HEYNE BÜCHER

Fantasy

Herausgegeben von Wolfgang Jeschke

Von Henry Rider Haggard erschienen in gleicher Ausstattung in der Reihe
HEYNE SCIENCE FICTION & FANTASY:

Sie · 06/4130
Allan Quatermain · 06/4131
Ayesha – Sie kehrt zurück · 06/4133
Sie und Allan · 06/4133
König Salomons Diamanten · 06/4134
Die heilige Blume · 06/4135
Das Halsband des Wanderers · 06/4136
Tochter der Weisheit · 06/4137
Das Sehnen der Welt · 06/4138
Morgenstern · 06/4146
Als die Welt erbebte · 06/4147
Das Nebelvolk · 06/4148
Das Herz der Welt · 06/4149
Kleopatra · 06/4310
Der Geist von Bambatse · 06/4311
Allan Quatermain der Jäger · 06/4367
Allan Quatermain und die Eisgötter · 06/4368
Das Elfenbeinkind · 06/4369
Der Gelbe Gott · 06/4370
Heu-Heu oder das Monster · 06/4466
Nada die Lilie · 06/4467

Weitere Ausgaben sind in Vorbereitung.

HENRY RIDER HAGGARD

Nada die Lilie

Roman

21. Band der Haggard-Ausgabe

Fantasy

Mit einem Nachwort herausgegeben
von
Dr. Franz Rottensteiner

WILHELM HEYNE VERLAG
MÜNCHEN

HEYNE SCIENCE FICTION & FANTASY
Band 06/4467

Titel der englischen Originalausgabe
NADA THE LILY
Deutsche Übersetzung von Hans Maeter
Das Umschlagbild schuf Thomas Thiemeyer
Die Illustrationen von Charles Kerr wurden
der Ausgabe von Longmans, Green,
London 1927, entnommen

Redaktion: Wolfgang Jeschke

Printed in Germany 1988
Umschlaggestaltung: Atelier Ingrid Schütz, München
Satz: Schaber, Wels
Druck und Bindung: Elsnerdruck, Berlin

ISBN 3-453-02771-X

Inhalt

Widmung		7
Vorwort		10
Einführung		14
I	Die Prophezeiung des Jungen Chaka	18
II	Mopo hat Schwierigkeiten	26
III	Mopo wagt sich nach Hause	32
IV	Die Flucht von Mopo und Baleka	37
V	Mopo wird Medizinmann des Königs	49
VI	Die Geburt Umslopogaas	54
VII	Umslopogaas antwortet dem König	64
VIII	Das große *Ingomboco*	71
IX	Umslopogaas geht verloren	83
X	Die Probe Mopos	92
XI	Der Rat Balekas	103
XII	Die Erzählung von Galazi, dem Wolf	110
XIII	Galazi wird König der Wölfe	120
XIV	Die Wolfsbrüder	132
VX	Der Tod der Schlächter des Königs	139
XVI	Umslopogaas zieht aus, um die Axt zu erobern	145
XVII	Umslopogaas wird Häuptling des Volkes der Axt	153
XVIII	Der Fluch Balekas	162
XIX	Masilo kommt zum Kraal Duguza	174
XX	Mopo verhandelt mit den Prinzen	182

XXI Der Tod Chakas ... 191
XXII Mopo zieht aus, um den Schlächter zu suchen ... 201
XXIII Mopo enthüllt sich dem Schlächter ... 209
XXIV Der Tod der Buren ... 219
XXV Der Krieg mit dem Volk der Halakazi ... 229
XXVI Nada wird gefunden ... 240
XXVII Das Zertreten des Feuers ... 249
XXVIII Die Lilie wird zu Dingaan gebracht ... 257
XXIX Mopo erzählt seine Geschichte ... 265
XXX Die Ankunft Nadas ... 273
XXXI Der Krieg der Frauen ... 281
XXXII Zinita kommt zum König ... 290
XXXIII Das Ende der Geisterwölfe ... 298
XXXIV Der Abschied der Lilie ... 312
XXXV Die Rache Mopos und seines Adoptivsohns ... 319
XXXVI Mopo beendet seine Geschichte ... 326

Nachwort von Dr. Franz Rottensteiner ... 328

Widmung

Sompseu –

denn ich will dich bei dem Namen nennen, der fünfzig Jahre lang von allen Stämmen zwischen dem Sambesi und Kap Agulhas in Ehren gehalten worden ist – ich grüße dich.

Sompseu, mein Vater, ich habe ein Buch geschrieben, das von Menschen und Dingen berichtet, von denen du mehr weißt als alle anderen, die noch das Licht erblicken. Deshalb habe ich deinen Namen in dieses Buch gesetzt und es dir zugeeignet.

Auch wenn du Chaka nicht kanntest, so haben du und er doch dieselbe Sonne scheinen gesehen, du hast seinen Bruder Panda und seine Unterführer gekannt, und vielleicht sogar den Mopo, der diese Geschichte erzählt, seinen Diener, der ihn gemeinsam mit den Prinzen erschlug. Du kennst den Kreis der Zauberer und die unbesiegbaren Zulu Impis. Du hast ihre Könige gekrönt und in ihren Räten gesessen, und mit dem Blut deines Sohnes hast du eines Staatsmannes Fehler und eines Generals Irrtum gesühnt.

Sompseu, in meinen Ohren klingt eine Ballade über die Zeit, als du die Herrschaft über dieses Volk der Zulu errangest. Ist es nicht wahr, mein Vater, daß du lange Stunden schweigend und allein saßest, während dreitausend Krieger nach deinem Leben schrien? Und als sie dessen müde wurden, bist du nicht aufgestanden und hast, auf den Ozean deutend, gesagt: »Tötet mich, wenn ihr das wollt, ihr Männer von Cetywayo, aber ich sage euch, daß für jeden Tropfen meines Blutes hundert Rächer aus jenem Meer steigen werden«?

Dann, so wird berichtet, wandten sich die Regimenter und starrten auf das dunkle Wasser, als ob der Tag Ulundis bereits gekommen wäre und sie die Mörder schon über die Ebenen kommen sähen.

So, Sompseu, gelangte dein Name zu Ruhm unter den Zulus, wie er schon bei vielen anderen Stämmen berühmt geworden war, und die Edlen der Zulu-Völker beugten sich vor dir, und sie erwiesen dir die Bayéte, die königliche Ehrerbietung, und ließen durch den Mund ihres Rates erklären, daß der Geist Chakas in dir sei.

Viele Jahre sind seither vergangen, und du bist alt geworden, mein Vater. Viele Jahre sind vergangen, seit ich ein Junge war und dir folgte, als du gegen die Buren zogst und ihr Land für die Königin erobertest.

Warum hast du das getan, mein Vater? Ich will es dir sagen, weil ich die Wahrheit kenne. Du hast es getan, weil anderenfalls die Zulus die Buren vernichtet hätten. Hatten sich nicht schon Cetywayos

Impis zum Angriff gegen das Land versammelt, und war es nicht, weil es das Land der Königin wurde, daß sie auf dein Wort hin grollend in ihre Kraals zurückgingen*? Um Blutvergießen zu verhindern hast du das Land jenseits des Vaals erobert. Vielleicht hättest du es besser gelassen, denn ›der Tod trifft seine eigene Wahl‹, und es hat trotzdem Tote gegeben – durch unsere eigenen Leute, und mit dem Töten die Schande. Aber das konnten wir in jenen Tagen noch nicht wissen, und der Majuba war für uns lediglich ein kleiner Berg!

Feinde haben in dieser Sache falsche Aussagen gegen dich gemacht, Sompseu, gegen dich, dessen einzige Fehler aus seinem Großmut erwuchsen. Aber was hat das zu bedeuten? Wenn du hinübergegangen sein wirst, ist es vergessen, denn der Stachel der Undankbarkeit ist kurz, und Lügen verdorren wie das Veldt im Winter. Nur dein Name wird nicht vergessen werden; so wie man ihn während deines Lebens hörte, soll man ihn auch in den Geschichten hören, und ich hoffe, daß mein bescheidener Beitrag ihm gerecht werden möge. Das Schicksal hat mich auf einen anderen Weg geführt; ich muß das Feld des Handelns verlassen und mich in Büchern vergraben, aber die alten Zeiten und die alten Freunde leben in meinen Erinnerungen weiter, und solange ich denken kann, werde ich sie und dich nicht vergessen.

Deshalb, vielleicht zum letztenmal, spreche ich zu dir von der anderen Seite des Meeres und erhebe meine Hand zum *Sibonga*** und dem königlichen Salut, der jetzt, nachdem die Könige der ›Völker des Himmels‹ verschwunden sind und aufgehört haben, eine Nation zu sein, außer Ihrer Majestät nur noch dir zukommt:

Bayéte, Vater, Häuptling der Häuptlinge!
Löwe! Unbesiegbarer Elefant!
Du, der du uns von alters her großgezogen hast!
Du, der du alle anderen Menschen überragtest und ihr Führer warst!
Und zuletzt durch deine einmalige Stärke auch die Buren besiegtest!
Helfer der Vaterlosen, die in Not sind!
Ich grüße dich, Vater!
Bayéte, O Sompseu.

* Ich danke meinem Vater Sompseu für seine Nachricht. Ich bin froh, daß er sie geschickt hat, denn die Holländer haben mich ermüdet, und ich will nur einmal, nur ein einzigesmal, gegen sie kämpfen und sie über den Vaal treiben. Kabana, du siehst, daß meine Impis versammelt sind. Zum Kampf gegen die Holländer habe ich sie zusammengerufen; jetzt schicke ich sie in ihre Dörfer zurück. – Nachricht von Cetywayo an Sir T. Shepstone, April 1887.

** Ehrerbietiger Gruß

Bayéte! Baba, Nkosi ya makosi!
Ngonyama! Indhlovu ai pendulva!
Wen' o wa vela wasi pata!
Wen' o wa hlul' izizwe zonke za patwa nguive!
Wa geina nge la Mabun' o wa ba hlul u yedwa!
Umsizi we zintandane e zihlupekayo!
Si ya kuleka Baba!
Bayéte, T'Sompseu!

und Lebewohl!

H. Rider Haggard

An Sir Theophilus Shepstone, K. C. M. G.
Natal
13. September 1891

Der Autor dieses Romans hatte nicht nur die Absicht, eine packende Geschichte vom Leben der Wilden zu schreiben. Als er noch ein kleiner Junge war – das liegt jetzt siebzehn Jahre zurück –, hatte er das Glück, nach Südafrika zu kommen. Dort geriet er in die Gesellschaft von Männern, die seit dreißig oder vierzig Jahren in engem Kontakt mit den Zulus lebten, mit ihrer Geschichte, mit ihren Helden und mit ihren Bräuchen. Von diesen Männern hörte er viele Geschichten und Legenden, von denen die meisten heute fast vergessen sind, und die sehr bald überhaupt nicht mehr erzählt werden. Damals waren die Zulus noch eine Nation. Jetzt ist diese Nation zerstört, und das Ziel der weißen Herrscher ist es, den kriegerischen Geist, für den die Zulus berühmt waren, zu töten und ihn durch das Streben nach friedlichem Fortschritt zu ersetzen. Die militärische Organisation der Zulus, auf ihre Weise vielleicht die beste, die jemals existiert hat, gehört schon der Vergangenheit an; sie fand ihr Ende bei Ulundi. Es war Chaka, der diese Organisation schuf und sie aus kleinsten Anfängen aufbaute. Als er zu Beginn des Jahrhunderts auf der Szene erschien, war er der Herrscher eines einzigen, kleinen Stammes; als er im Jahr 1828 durch die Assegais* seiner Brüder Umhlangana und Dingaan und seines Dieners Mopo (oder Ulundi, wie er auch genannt wird) getötet wurde, lag ihm ganz Südostafrika zu Füßen, und es wird gesagt, daß er auf seinem Weg zur Macht mehr als eine Million Menschen hingemetzelt habe**.

In diesem Buch wird der Versuch unternommen, den wahren Charakter dieses kolossalen Genius und Inkarnation des Bösen zu schildern – eines Napoleon und Tiberius in einem – und auch den seines Bruders und Nachfolgers, Dingaan, also soll an dieser Stelle nicht näher auf sie eingegangen werden. Ziel des Autors war es außerdem, in erzählerischer Form eine Vorstellung der bemerkenswerten Geisteshaltung zu geben, von der diese Könige und ihre Untertanen beherrscht wurden, und Begebenheiten afrikanischer Geschichte in einer leicht faßbaren Form zu vermitteln, Begebenheiten, die man heute nur noch in wenigen, seltenen Nachschlagewerken finden kann, die weitgehend unbekannt sind und fast ausschließlich von Studenten und Forschern benutzt werden.

Logischerweise bietet so ein Unterfangen einige Schwierigkeiten,

* Kampfspeere – Anm. d. Übers.

** Zu Beginn des 19. Jahrhunderts war Südostafrika relativ dicht besiedelt. Chaka hat einen großen Teil der Bevölkerung ausgelöscht.

da ein Mensch, der sich damit befaßt, für eine gewisse Zeit seine Zivilisation vergessen und mit dem Verstand eines Zulus des alten Regimes denken und mit seiner Stimme sprechen muß. Alle Schreckenstaten, die von den alten Zulutyrannen begangen wurden, können in diesem höflichen Zeitalter des Melanits* und der Torpedos nicht gedruckt werden; viele Details sind aus diesem Grund unerwähnt geblieben. Aber es bleibt noch genug übrig, und jeder von Ihnen, der etwas dagegen hat, daß man über Massaker und Kriege schreibt – ausgenommen vielleicht Zeitungskorrespondenten – oder daß die Leiden der Menschheit unter einer der grausamsten Tyranneien der Welt die Grundlage eines Romans bildet, ist herzlich eingeladen, dieses Buch ungelesen zu lassen.

Die meisten, fast alle der hier geschilderten historischen Begebenheiten, entsprechen in ihrer Substanz den Tatsachen. So wird geschildert, daß Chaka seine Mutter Unandi aus den historisch belegten Gründen tötete und einen ganzen Stamm in der Titiyana-Klamm vernichtete, und daß er das Kommen des weißen Mannes voraussagte, als er tödlich verwundet im Sterben lag. Bei den Ereignissen, die sich auf den Missionar und das Holzfeuer beziehen, ist es unmöglich, den geschichtlichen Wahrheitsbeweis anzutreten. Sie kamen dem Autor durch einen alten Reisenden ›im Zululand‹ zu Ohren, aber es gelang ihm nicht, sie von anderen Quellen bestätigen zu lassen. Es ist jedoch sicher, daß diese Könige ihre Soldaten vielen Tests von gleicher Härte unterzogen. Umbopo, oder Mopo, wie er in diesem Bericht genannt wird, hat tatsächlich gelebt. Nachdem er Chaka ermordet hatte, führte sein Weg steil nach oben. Dann verschwand er wieder von der Bildfläche, aber man weiß nicht, ob auch er ›den Weg des Assegai‹ ging, oder ob er – wie hier angedeutet – in die Nähe von Stanger ging und dort unter dem Namen Zweete lebte. Das Schicksal der beiden Liebenden am Eingang der Höhle ist eine wahre Zulu-Legende, die aus stilistischen Gründen in ihren Details stark abgeändert wurde. Der 1874 verstorbene Mr. Leslie berichtet in seinem posthum veröffentlichten Buch *Among the Zulus and Amatongas*: »Neulich habe ich eine Geschichte gehört, aus der ich, wenn mir die Gabe des Schreibens gegeben wäre, die Grundlage eines erstklassigen, spannenden Romans machen könnte.« Es ist die Geschichte, die für den Plot dieses Romans verwendet wurde. Auch ihm schuldet der Autor Dank für die Schilderung der Tricks, durch die Umslopogaas in die Festung der Swazis eindringen konnte; Mr. Leslie erfuhr davon durch einen Zulu, der

* Melanit: einer der ersten modernen Sprengstoffe – *Anm. d. Übers.*

diese Tat vollbrachte und dadurch eine Frau gewann. Weiteren Dank schuldet der Autor seinen Freunden Mr. F. B. Fynney, ehemals Unterhändler bei den Zulus, der ihm in vergangenen Jahren bei Gesprächen viele Informationen gegeben hat, und in jüngerer Zeit durch seine Broschüre *Zululand and the Zulus*, sowie Mr. John Bird, ehemals Schatzmeister der Regierung von Natal, dessen Aufzeichnungen *The Annals of Natal* für alle, die sich mit dem Studium der frühen Geschichte dieser Kolonie und von Zuzuland befassen, von unschätzbarem Wert ist.

Was die wilderen und romantischeren Begebenheiten dieser Geschichte betrifft, wie die Jagd von Umslopogaas und Galazi nach den Wölfen (eigentlich Hyänen, weil es in Zululand keine wirklichen Wölfe gibt), kann der Autor nur sagen, daß sie ihm als Legenden erscheinen, wie sie wahrscheinlich mit den Namen dieser Helden mythisch verknüpft werden. Ähnliche Sagen und Traditionen lassen sich häufig in den Schriften über primitive Völker finden; ich denke dabei an die *Völsunga Saga*. Die Keule ›Wächter der Furten‹, oder, um sie bei ihrem Zulu-Namen zu nennen, *U-nothlola-mazibuko*, ist eine historische Waffe, über die Bischof Callaway berichtete. Sie gehörte einst einem gewissen Undhlebekazizwa. Er war ein gewalttätiger Mensch, denn ›egal, worüber in unserem Dorf diskutiert wurde, brachte er die Sache mit seinem Stock zum Abschluß‹. Aber sein Ende war gut; als er von Zulu-Kriegern angegriffen wurde, erschlug er nicht weniger als zwanzig von ihnen mit dem ›Wächter‹, und es staken so viele Speere in seinem Körper ›wie Rohr in einem Morast‹. Die Kraft dieses Mannes war so enorm, daß er einen Leoparden ›wie eine Fliege‹ töten konnte, so wie Umslopogaas in dieser Geschichte den Verräter erschlägt.

Vielleicht sollte es gestattet sein, ein paar Worte über den Mystizismus der Zulus hinzuzufügen, über ihre Magie und ihren Aberglauben, die in diesem Buch erwähnt werden. Nichts davon ist übertrieben. Der Autor erinnert sich noch sehr gut an eine alte Legende, in der geschildert wird, wie der Schutzgeist der Amazulu gesehen wurde, als er durch einen Sturm ritt. Mr. Fynney berichtet darüber in der bereits erwähnten Broschüre: »Die Eingeborenen haben einen Geist, den sie *Nomkubulwana* oder *Inkosazana-ye-Zulu* (Himmelskönigin) nennen. Man sagt, daß sie in eine weiße Robe gekleidet sei und die Gestalt eines jungen Mädchens annähme, eines Engels, richtiger ausgedrückt. Sie erscheint, so wird behauptet, von Zeit zu Zeit einem ausgewählten Menschen, dem sie Weissagungen macht. Aber diese Weissagungen, ganz gleich welchen Inhalts, müssen vor allen Außenstehenden streng geheimgehalten werden. Ich erinnere mich, daß *Nomkubulwana* unmittelbar vor Ausbruch des Zulu-Krieges erschien und eine Weissagung machte, die im ganzen Land eine starke Wirkung auslöste, und ich weiß, die Zulus waren überzeugt, daß ihnen ein großes Unheil bevorstand. Eins der unheilverkündenden Omen war das Feuer, das angeblich vom Himmel gefallen war und das Gras auf den Gräbern der alten Zulu-Könige in Brand gesetzt hatte... Zu einer anderen Zeit erschien *Nomkubulwana* in Zululand, und infolge dieses Besuchs vergruben alle Eingeborenenfrauen ihre Kinder bis zum Hals im Sand und verließen sie für einige Zeit. Doch bei Anbruch der Dunkelheit kehrten sie zurück und gruben die Kleinen wieder aus.«

Für dieses göttliche Wesen gibt es also Belege, und das gilt auch für die meisten der anderen übernatürlichen Dinge, von denen in diesem Buch die Rede ist. Die Bestimmung des genauen Standorts und Stellenwerts, den *Umkulunkulu* – der Alt-Alte, der Groß-Große, der Himmelsherrscher – im Bewußtsein der Zulus einnimmt, ist weitaus komplizierter, und für eine genauere Bestimmung muß ich den Leser an Bischof Callaways Arbeit *The Religious System of the Amazulu* verweisen. Vereinfacht ausgedrückt scheint der Charakter *Umkulunkulus* eine Aufwertung der Vorstellung eines Ahnengeistes zu einem Gott zu sein. Im Fall eines fähigen und hochintelligenten Menschen, wie dem Mopo in dieser Geschichte, muß dieses Ideal natürlich auf einer sehr hohen Ebene liegen; er spricht deshalb vom *Umkulunkulu* als dem Großen Geist oder Gott.

Es bleibt dem Autor nun nichts weiter übrig, als sich dafür zu entschuldigen, daß diese Geschichte nicht farbiger ausgefallen ist. Es wäre eine Bereicherung gewesen, einige fröhlichere und glücklichere Fakten einzuflechten. Doch das war nicht möglich. Der Autor ist überzeugt, ein wahrheitsgetreues Bild jener Zeit gegeben zu haben, obwohl man gewisse Details sicher korrigieren könnte. Aber der alte Mann, der die Geschichte seiner Fehler und seiner Rache erzählt, kann dieses Thema wohl kaum in einem optimistischen oder auch nur fröhlichen Ton abhandeln.

Einführung

Vor einigen Jahren – es war während des Winters vor dem Zulu-Krieg – reiste ein Weißer Mann durch Natal. Sein Name ist ohne Belang, da er in dieser Geschichte keine Rolle spielt. Er hatte zwei beladene Wagen bei sich, die er nach Pretoria bringen mußte. Es war kalt, und es gab nur wenig oder gar kein Gras für die Ochsen, was die Reise sehr erschwerte; aber er hatte sie auf sich genommen, weil die hohen Preise, die zu dieser Jahreszeit bezahlt wurden, ihn für jeden möglichen Verlust an Zugtieren reich entschädigen würden. Also zog er weiter und weiter, und alles ging gut, bis er die kleine Stadt Stanger hinter sich gelassen hatte, einstmals der Sitz Duguzas, der Kraal Chakas, des ersten Zulu-Königs und Onkels von Cetywayo. In der Nacht, nachdem er Stanger verlassen hatte, wurde die Luft eisig, schwere, graue Wolken verdunkelten den Himmel und verdeckten die Sterne.

»Wenn ich nicht in Natal wäre, würde ich sagen, daß ein schwerer Schneesturm in der Luft liegt«, murmelte der Weiße Mann im Selbstgespräch. »So einen Himmel habe ich in Schottland oft erlebt, bevor es schneite.« Dann erinnerte er sich daran, daß es in Natal seit vielen Jahren keinen richtigen Schneefall mehr gegeben hatte, und nachdem er einen Schluck ›Squareface‹ getrunken und eine Pfeife geraucht hatte, ging er unter dem Zeltdach des größeren Wagens schlafen.

Während der Nacht erwachte er durch die eisige Kälte und durch das Brüllen der Ochsen, die, jeder an seinem Platz, am Trek-Seil festgebunden waren. Er schlug die Plane zurück und blickte hinaus. Der Boden war weiß von Schnee, und ein scharfer Wind fegte dichte Wirbel von Flocken über das Land.

Er sprang auf, zog sich an und schrie dabei nach seinen Kaffern, die unter den Wagen schliefen. Sie erwachten aus der Betäubung, die bereits von ihnen Besitz ergriffen hatte, und krochen zitternd heraus, von Kopf bis Fuß in ihre Schlafdecken gewickelt.

»Schnell!« sagte er zu ihnen auf Zulu. »Macht rasch! Oder wollt ihr zusehen, wie die Ochsen in Schnee und Wind verrecken? Macht sie von dem Trek-Seil los und treibt sie zwischen die Wagen, dort haben sie etwas Schutz.« Er steckte die Laterne an und sprang in den Schnee.

Schließlich war es getan – keine leichte Aufgabe, da die klammen Hände der Kaffern kaum in der Lage waren, die steifgefrorenen Taue zu lösen. Die Wagen wurden parallel zueinander geschoben, so daß die sechsunddreißig Ochsen zwischen ihnen Platz und

Schutz finden konnten. Mit Stricken wurden sie kreuzweise an den Vorder- und Hinterrädern der Wagen festgebunden. Dann kroch der Weiße Mann wieder zurück ins Bett, und die frierenden Kaffern krochen, nach einer Stärkung mit einem Schluck Gin – oder Squareface, wie es die Eingeborenen nennen – in den anderen Wagen und zogen die Plane über sich.

Eine Weile war es still bis auf das Brüllen der eng zusammengedrängten, unruhigen Ochsen.

»Wenn es weiter so schneit, werde ich meine Tiere verlieren«, murmelte der Weiße Mann. »So eine Kälte können sie nicht ertragen.«

Kaum waren diese Worte über seine Lippen gekommen, als der Wagen von heftigen Stößen geschüttelt wurde; man hörte das Knallen zerreißender Stricke, das Trampeln von Hufen. Wieder blickte er hinaus. Die Ochsen hatten ›skrecked‹ und rannten dicht aneinandergedrängt in die Nacht hinaus, auf der Suche nach Schutz vor der schneidenden Kälte. Eine knappe Minute später waren sie verschwunden. Es blieb ihm nichts mehr zu tun, als auf den Morgen zu warten.

Als es endlich hell wurde, war das Land unter einer dicken weißen Schneedecke ertrunken. Eine Suche, soweit sie überhaupt möglich war, blieb erfolglos. Die Ochsen waren verschwunden, ihre Spuren von dem frischgefallenen Schnee zugedeckt worden. Der Weiße Mann rief seine Kaffern zusammen. »Was sollen wir tun?« fragte er.

Einer sagte dies, ein anderer das, aber alle waren einer Meinung, daß man abwarten müsse, bis der Schnee getaut war.

»Oder bis wir alle erfroren sind, ihr Söhne dummer Mütter!« sagte der Weiße Mann, der sehr übler Laune war. Hatte er nicht in dieser Nacht Ochsen im Wert von vierhundert Pfund verloren?

Jetzt sprach ein Zulu, der bisher geschwiegen hatte. Er war der Fahrer des ersten Wagens.

»Mein Vater«, sagte er zu dem Weißen Mann, »dies ist mein Rat. Die Ochsen sind im Schnee verloren. Niemand weiß, wohin sie gelaufen sind, ob sie noch leben oder nur noch Kadaver aus Knochen und Fell sind. Doch in dem Kraal dort drüben« – er deutete auf ein paar Hütten, die etwa zwei Meilen entfernt am Hang eines Hügels standen – »wohnt ein Zauberer namens Zweete. Er ist alt – sehr alt – aber auch sehr weise, und wenn irgendein Mensch dir sagen kann, wo deine Ochsen sind, mein Vater, dann ist er es.«

»Unsinn!« knurrte der Weiße Mann. »Aber da es im Kraal auch nicht kälter sein kann als im Wagen, werden wir gehen und Zweete fragen. Nimm eine Flasche Squareface und Schnupftabak als Geschenke mit.«

Eine Stunde später trat er in die Hütte Zweetes. Vor ihm stand ein uralter Mann, mit einem nur noch aus Haut und Knochen bestehenden Körper und blinden Augen, und einer Hand – der linken –, die weiß und verdorrt war.

»Was willst du von Zweete, mein weißer Vater?« fragte der alte Mann mit brüchiger Stimme. »Du glaubst nicht an mich und an meine Weisheit; warum also sollte ich dir helfen? Ich werde es trotzdem tun, obwohl es gegen euer Gesetz ist, das du brichst, wenn du mich fragst. Ja, um dir zu zeigen, daß Wahrheit in der Zauberei der Zulus liegt, will ich dir helfen. Ich weiß, was du suchst, mein weißer Vater. Du willst wissen, wohin deine Ochsen gerannt sind, als sie Schutz vor der Kälte suchten. Ist es nicht so?«

»So ist es«, sagte der Weiße Mann. »Du hast lange Ohren.«

»Ja, mein weißer Vater, ich habe lange Ohren, auch wenn sie sagen, daß ich taub werde. Ich habe auch scharfe Augen, selbst wenn ich dein Gesicht nicht sehen kann. Laß mich hören! Laß mich sehen!«

Eine Weile herrschte Stille. Zweete wiegte seinen mageren Körper hin und her, und dann sagte er: »Du hast eine Farm, Weißer Mann; in der Nähe von Pine Town, nicht wahr? Ah! Ich dachte es mir – und eine Stunde entfernt lebt ein Bure, der nur noch vier Finger an seiner rechten Hand hat. Auf seiner Farm ist eine kleine Senke, in der Mimosenbäume wachsen. In dieser Senke wirst du deine Ochsen wiederfinden – ja, fünf Tagereisen von hier entfernt wirst du sie wiederfinden – alle. Ich sage alle, mein Vater, bis auf drei – den großen, schwarzen Africander-Ochsen, den kleinen, roten Zulu-Ochsen, der nur ein Horn hat, und den gefleckten Ochsen. Diese drei wirst du nicht wiederfinden, weil sie im Schnee umgekommen sind. Schicke deine Leute, und sie werden alle anderen dort finden. Nein, nein! Ich will keine Bezahlung! Ich mache keine Wunder für Geld. Warum denn auch? Ich bin reich.«

Der Weiße Mann glaubte natürlich kein Wort davon. Aber schließlich – so groß ist die Macht des Aberglaubens – schickte er doch seine Männer aus. Und es soll gleich hier gesagt werden, daß sie elf Tage später mit den Ochsen zurückkehrten – mit Ausnahme der drei Tiere, die Zweete genannt hatte. Danach zweifelte er nicht mehr. Er hatte die elf Tage des Wartens in einer Hütte im Kraal des Alten verbracht, und an jedem Nachmittag ging er in Zweetes Hütte und sprach mit ihm bis in die Nacht hinein.

Am dritten Tag hatte er Zweete gefragt, warum seine linke Hand so ausgebleicht und verdorrt sei, und wer Umslopogaas und Nada wären, die er einige Male erwähnt habe. Da erzählte ihm der alte Mann die Geschichte, die hier niedergelegt worden ist. Tag für Tag erzählte er, bis er zum Ende gekommen war. Nicht alles davon ist in diesem Buch niedergeschrieben worden, manches wurde vergessen oder als unwichtig fortgelassen. Es war dem Autor auch nicht möglich, die ganze Kraft des Zulu-Idioms wiederzugeben, noch war er in der Lage, ein Bild des Erzählers zu schaffen. Denn, um die Wahrheit zu sagen, er spielte die Geschichte, anstatt sie zu erzählen. Wenn es um den Tod eines Kriegers ging, so stach er mit seinem Stock zu und zeigte, wie und wo der Stich getroffen hatte; wenn sein Bericht traurig wurde, begann er zu stöhnen oder weinte sogar. Außerdem sprach er mit unterschiedlichen Stimmen, jeweils einer anderen für die verschiedenden Gestalten seiner Erzählung. Dieser uralte, hagere Mann schien in einer lange zurückliegenden Vergangenheit zu leben. Es war diese Vergangenheit, die zu seinem Zuhörer sprach, ihm von längst vergessenen Taten berichtete, von Taten, die niemand mehr kennt.

Doch der Weiße Mann hat den Inhalt der Geschichte Zweetes niedergeschrieben, so gut er es konnte, und in dem Geist, in dem Zweete sie vortrug. Und weil die Geschichte von Nada, der Lilie, und von all denen, deren Leben mit dem ihren verwoben waren, ihn tief bewegte, tat er noch ein Weiteres und ließ seine Aufzeichnungen drucken, damit sich andere ein Urteil darüber bilden können.

Damit ist seine Rolle zu Ende. Nun soll der Mann, den man Zweete nannte, der jedoch einen anderen Namen hatte, selbst berichten.

KAPITEL I

Die Prophezeiung des Jungen Chaka

Du bittest mich, mein Vater, dir die Geschichte der Jugend Umslopogaas zu erzählen, des Inhabers der Eisernen Häuptlingswürde, Besitzer der Axt ›Witwenmacher‹, den man ›Bulalio‹, den Schlächter, nannte, und von seiner Liebe zu Nada, der schönsten aller Zulu-Frauen. Es ist eine lange Geschichte, aber du wirst viele Nächte hier sein, und, wenn ich lange genug lebe, um sie dir zu erzählen, so sollst du sie hören. Stärke dein Herz, mein Vater, denn vieles von dem, was ich dir berichten werde, ist traurig, und selbst jetzt, wenn ich an Nada denke, dringen Tränen durch das Horn, das meinen alten Augen den Anblick des Lichts verwehrt.

Weißt du, wie alt ich bin, mein Vater? Du weißt es nicht. Du glaubst, ich sei ein alter, alter Zauberer namens Zweete. Das haben die Menschen seit vielen Jahren geglaubt, aber Zweete ist nicht mein Name. Nur wenige wissen das, denn ich habe die Wahrheit in meiner Brust versiegelt, damit – obwohl ich jetzt unter dem Gesetz des Weißen Mannes lebe und die Große Königin mein Häuptling ist – nicht doch ein Assegai mein Herz durchbohrt, falls jemand meinen richtigen Namen erfährt.

Sieh auf diese Hand, mein Vater – nein, nicht die linke, die im Feuer verdorrt ist, blicke auf meine rechte Hand. Du kannst sie sehen; ich bin blind und sehe sie nicht. Aber vor meinem inneren Auge sehe ich sie noch so, wie sie einst war. Ja! Ich sehe sie voller Blut und voller Kraft – und rot von dem Blut zweier Könige. Höre, mein Vater; neige dein Ohr und höre mir zu: Ich bin Mopo. – Ah! Ich fühle, daß du zusammenzuckst. Du bist zusammengezuckt wie das Regiment der Bees, als Mopo vor sie hintrat, mit dem Assegai, von dem das Blut Chakas langsam zur Erde tropfte. Ja, ich bin Mopo, der Chaka, den König, tötete*. Ich tötete ihn gemeinsam mit Dingaan und Umhlangana, den Prinzen; aber mein Assegai war es, der ihm die Wunde schlug, aus der sein Leben entwich, und ohne mich wäre er nie getötet worden. Ich habe ihn gemeinsam mit den Prinzen getötet, aber Dingaan, ich und ein anderer haben es allein vollbracht.

Was sagst du? Dingaan ist von den Tongola getötet worden?

* Der Napoleon der Zulus, eines der größten Genies und der größte Tyrann, die jemals gelebt haben. Er wurde im Jahr 1828 getötet, nachdem er mehr als eine Million Menschen umgebracht hatte.

Ja, ja, das stimmt, aber nicht dort. Er starb auf dem Geisterberg; er liegt an der Brust der alten Stein-Hexe, die dort oben hockt und auf den Untergang der Welt wartet. Doch auch ich war auf dem Geisterberg. In jenen Tagen trugen mich meine Beine noch rasch voran, und der Rachedurst nahm mir den Schlaf. Ich lief während des Tages, und in der Nacht fand ich ihn. Ich und ein anderer, wir töteten ihn. Ah! Ah!

Warum ich dir das erzähle? Was dies mit der Liebe von Umslopogaas und Nada, der Lilie, zu tun hat? Ich werde es dir sagen. Ich habe Chaka aus Rache für meine Schwester Baleka getötet, der Mutter Umslopogaas, und weil er meine Frauen und Kinder ermordet hat.

Ich und Umslopogaas haben Dingaan um Nadas willen getötet, die meine Tochter war.

Es sind große Namen in der Geschichte, mein Vater. Ja, viele haben diese Namen gehört: als die *Impis* sie schrien, zogen sie in den Kampf. Ich habe bei dem Laut Berge beben und Wasser erzittern sehen. Aber wo sind sie jetzt? Die Stille hat sie, und die weißen Männer schreiben über sie in ihren Büchern. Ich habe die Tore der Weite für die Träger dieser Namen geöffnet. Sie sind hindurchgeschritten und weitergegangen. Ich habe die Schnüre zerrissen, die sie an die Welt fesselten. Sie sind abgestürzt! Ha! Ha! Abgestürzt! Vielleicht fallen sie noch. Vielleicht kriechen sie in ihren verkommenen Kraals umher, in den Häuten von Schlangen. Ich wünschte, ich kennte diese Schlangen, damit ich sie mit meinen Hacken zertreten könnte. Dort drüben, tief unter uns, beim Begräbnisplatz der Könige, ist eine Schlucht. In dieser Schlucht bleichen die Knochen Chakas, des Königs, der für Baleka starb. Weit von hier, im Zululand, ist eine tiefe Kluft im Geisterberg. Am Grund dieser Kluft liegen die Knochen Dingaans, des Königs, der für Nada starb. Es war ein tiefer Fall, und er war schwer; seine Knochen sind in viele kleine Teile zerschmettert worden. Ich bin hingegangen, um sie zu betrachten, nachdem die Geier und die Schakale mit ihrer Arbeit fertig waren.

Und dann habe ich dreimal gelacht und bin hierhergekommen, um zu sterben.

All das liegt nun schon lange zurück, und ich bin doch nicht gestorben; obwohl ich wünsche, tot zu sein und den Weg zu gehen, den Nada gegangen ist. Vielleicht habe ich so lange gelebt, um dir diese Geschichte erzählen zu können, Vater, damit du sie den weißen Männern weitererzählen kannst, wenn du es willst.

Wie alt ich bin? Das weiß ich nicht. Sehr, sehr alt. Wenn Chaka noch leben würde, wäre er so alt wie ich*. Keiner der Menschen, die ich als Junge gekannt habe, ist noch am Leben. Ich bin so alt, daß ich mich beeilen muß. Das Gras verdorrt, und der Winter ist nahe. Ja, während ich mit dir spreche, nagt der Winter an meinem Herzen. Nun, ich bin bereit, in der Kälte zu schlafen, und vielleicht werde ich im Frühling wieder erwachen.

Bevor die Zulus ein Volk waren – denn ich will am Anfang beginnen –, wurde ich beim Stamm der Langeni geboren. Wir waren kein großer Stamm; später stellten unsere wehrfähigen Männer ein komplettes Regiment in Chakas Armee, es waren nur zwei- bis dreitausend, aber sie waren sehr tapfer. Jetzt sind sie alle tot und ihre Frauen und Kinder mit ihnen. Der Stamm ist nicht mehr. Er ist vergangen wie der Mond des letzten Monats; wie das geschah, werde ich dir nach und nach erzählen.

Unser Stamm lebte in einem wunderbaren offenen Land; die Buren, die wir *Amaboona* nannten, sollen jetzt dort sein, wie ich gehörte habe. Mein Vater, Makedama, war der Häuptling des Stammes, und sein Kraal stand auf dem Gipfel eines Hügels. Aber ich war nicht der Sohn seiner Hauptfrau. Eines Abends, als ich noch sehr klein war, gerade so groß, daß ich einem Mann bis zum Ellenbogen reichte, ging ich mit meiner Mutter jenseits des Viehkraals, um zuzusehen, wie die Rinder heimgetrieben wurden. Meine Mutter liebte die Rinder, besonders eine Kuh mit einem weißen Gesicht, die ihr überallhin folgte. Sie trug meine kleine Schwester Baleka auf ihrer Hüfte; Baleka war damals noch sehr klein. Wir gingen, bis wir den Jungen begegneten, die die Rinder heimtrieben. Meine Mutter rief die Kuh mit dem weißen Gesicht und fütterte sie mit Maisblättern, die sie mitgebracht hatte. Die Jungen zogen mit den Rindern weiter, aber die weißgesichtige Kuh blieb bei meiner Mutter. Sie sagte, sie würde die Kuh mit in den Kraal nehmen, wenn wir nach Hause gingen. Meine Mutter setzte sich auf den Boden und säugte das Kind, meine kleine Schwester Baleka, während ich in ihrer Nähe spielte, und die Kuh graste. Kurz darauf sahen wir eine Frau, die über die Ebene auf uns zukam. Sie ging wie jemand, der sehr müde ist. Auf ihrem Rücken trug sie ein Bündel Matten, und an der Hand führte sie einen Jungen, der etwa in meinem Alter war, aber viel größer und stärker als ich. Wir warteten eine lange Weile, bis die

* Damit wäre er fast hundert Jahre alt, ein Alter, das von Eingeborenen sehr selten erreicht wird. Der Autor erinnert sich jedoch, daß er einmal mit einer alten Zulu-Frau gesprochen hat, die ihm erzählte, daß sie heiratete, als Chaka noch König war.

CHARLES KERR

Frau uns erreicht hatte und auf dem Veldt niedersank, denn sie war völlig erschöpft. An der Art, wie sie ihr Haar trug, erkannten wir, daß sie nicht zu unserem Stamm gehörte.

»Ich grüße euch«, sagte die Frau.

»Guten Tag«, antwortete meine Mutter. »Was suchst du?«

»Essen, und eine Hütte zum Schlafen«, sagte die Frau. »Ich bin einen langen Weg gegangen.«

»Wie wirst du genannt? – Und welches ist dein Volk?« fragte meine Mutter.

»Mein Name ist Unandi; ich bin die Frau Senzangaconas, vom Stamme der Zulu«, sagte die Fremde.

Nun hatte es Krieg gegeben zwischen unserem Volk und den Zulus, und Senzangacona hatte unsere Krieger getötet und viele unserer Rinder geraubt. Als also meine Mutter die Worte Unandis hörte, sprang sie wütend auf.

»Du wagst es, herzukommen und mich um Nahrung und Obdach zu bitten, du Frau eines Zulu-Hundes!« schrie sie. »Verschwinde vor meinen Augen, bevor ich die Mädchen rufe, daß sie dich aus unserem Land prügeln!«

Die Frau, die sehr hübsch war, wartete, bis meine Mutter zu Ende gesprochen hatte, dann sah sie auf und sagte langsam und leise: »Neben dir steht eine Kuh, und Milch tropft aus ihrem Euter; willst du nicht mir und dem Jungen zumindest eine Kalebasse Milch geben?« Und sie nahm eine Kalebasse aus ihrem Bündel und streckte sie uns entgegen.

»Nicht einen Tropfen!« sagte meine Mutter.

»Wir sind durstig und haben einen weiten Weg hinter uns; gib uns wenigstens etwas Wasser. Wir haben seit vielen Stunden kein Wasser gefunden.«

»Auch kein Wasser, Frau eines Hundes! Geht und sucht euch selbst welches.«

Die Augen der Frau füllten sich mit Tränen, der Junge aber verschränkte die Arme vor der Brust und starrte uns finster an. Er war ein hübscher Junge, mit klaren, schwarzen Augen, doch jetzt waren sie wie der Himmel kurz vor dem Ausbruch eines Unwetters.

»Mutter«, sagte er, »wir sind hier genauso unerwünscht wie dort drüben«, und er deutete mit einem Kopfnicken in das Land, in dem das Volk der Zulu lebte. »Laß uns nach Dingiswayo gehen; die Umtetwa werden uns beschützen.«

»Ja, laß uns gehen, mein Sohn«, antwortete Unandi; »doch der Weg ist weit, und wir sind erschöpft und werden auf ihm zusammenbrechen und sterben.«

Ich hörte ihre Worte, und irgend etwas rührte mein Herz; die Frau und der Junge taten mir leid, weil sie so müde und ermattet aussahen. Ohne meiner Mutter ein Wort zu sagen, riß ich der Frau die Kalebasse aus der Hand und lief damit zu einer kleinen Senke in der Nähe, denn ich wußte, daß auf dem Boden der Senke eine Quelle war. Kurz darauf kam ich mit der gefüllten Kalebasse wieder zurück. Meine Mutter wollte mich festhalten, denn sie war sehr wütend, doch ich lief an ihr vorbei und gab die Kalebasse dem Jungen. Jetzt gab meine Mutter es auf, sich einzumischen, doch sie peitschte die Frau ununterbrochen mit ihrer scharfen Zunge und sagte, daß ihr Mann Unheil über unsere Kraals gebracht habe, und in ihrem Herzen fühle sie, daß noch größeres Unheil durch ihren Sohn über uns kommen würde. Ihr *Ehlosé** sage ihr das. Ah! mein Vater, ihr *Ehlosé* sagte die Wahrheit. Wenn diese Frau Unandi und ihr Kind an diesem Tag auf dem Veldt gestorben wären, wären die Gärten meines Volkes heute keine Wildnis, und ihre Knochen würden nicht in der großen Schlucht liegen, die in der Nähe von U'Cetywayos Kraal ist.

Während meine Mutter so sprach, standen ich und die Kuh mit dem weißen Gesicht schweigend neben ihr, und das Baby Baleka schrie laut. Der Junge, Unandis Sohn, dem ich die Kalebasse gegeben hatte, bot sie nicht seiner Mutter an. Er trank zwei Drittel des Wassers selbst, und ich glaube, er hätte alles getrunken, wenn sein Durst nicht gelöscht gewesen wäre. Doch als er gelöscht war, gab er die Kalebasse seiner Mutter, und sie trank den Rest. Dann nahm er die Kalebasse wieder, und mit ihr in der Hand trat er auf mich zu. In der anderen Hand hielt er einen kurzen Stock.

»Wie heißt du, Junge?« fragte er mich in einem Ton, wie ihn ein großer, reicher Mann gebraucht, wenn er mit einem spricht, der klein und arm ist.

»Mein Name ist Mopo«, antwortete ich.

»Und wie ist der Name deines Volkes?«

Ich nannte ihm den Namen meines Stammes, des Stammes der Langeni.

»Gut, Mopo; und jetzt will ich dir meinen Namen nennen. Ich bin Chaka, Sohn von Senzangacona, und mein Volk wird die Amazulu genannt. Und noch etwas will ich dir sagen: Ich bin jetzt noch klein, und mein Volk ist ein kleines Volk. Aber ich werde groß werden, so groß, daß man meinen Kopf in den Wolken nicht mehr sehen kann; du wirst zu ihm aufblicken und ihn doch nicht sehen können.

* Wächter-Geist

Mein Gesicht wird deine Augen blenden; denn es wird strahlen wie die Sonne. Und wenn ich groß bin und mein Volk groß ist und wir die Erde flachgetrampelt haben, so weit, wie ein Mensch gehen kann, dann werde ich mich an deinen Stamm erinnern – an den Stamm der Langeni, der mir und meiner Mutter einen Becher Milch verweigerte, als wir durstig und müde waren. Siehst du diese Kalebasse? Für jeden Tropfen, den sie enthalten kann, soll das Blut eines Mannes fließen – das Blut eines eurer Männer. Doch weil du mir Wasser gegeben hast, will ich dich verschonen, Mopo, und nur dich, und dich groß machen unter mir. Du sollst in meinem Schatten fett werden. Nur dir, dir allein, werde ich niemals etwas antun, auch wenn du gegen mich sündigst, das schwöre ich dir. Doch was diese Frau betrifft« – und er deutete mit dem Stock auf meine Mutter –, »so soll sie sich beeilen und bald sterben, damit ich sie nicht lehren muß, nach wie langer Zeit der Tod von mir kommen kann. Ich habe gesprochen.« Und er knirschte mit den Zähnen und schüttelte seinen Stock gegen uns.

Meine Mutter stand eine Weile schweigend. Dann rief sie empört: »Du kleiner Lügner! Er spricht wie ein Mann, nicht wahr? Das Kalb brüllt wie ein Bulle. Ich werde ihn einen anderen Ton lehren – diesem Bengel eines falschen Propheten!« Sie setzte Baleka zu Boden und lief auf den Jungen zu.

Chaka stand völlig reglos, bis sie ihn erreicht hatte. Dann riß er plötzlich den Stock empor, den er in der Hand hielt, und schlug ihr damit so hart auf den Kopf, daß sie besinnungslos zu Boden stürzte. Dann lachte er, wandte sich um und ging mit seiner Mutter Unandi fort.

Dies, mein Vater, waren die ersten Worte, die ich Chaka sprechen hörte, und es waren Worte von prophetischer Bedeutung, die zur Wahrheit wurden. Selbst jetzt noch werden sie wahr. Er sagte, daß die Zulus sich erheben würden. Und haben sie sich nicht erhoben? Er sagte dann auch, wie sie zu Fall kommen würden. Und sie werden fallen. Sammelt der Weiße Mann nicht gerade jetzt seine Soldaten gegen U'Cetywayo, wie sich Geier um einen sterbenden Ochsen versammeln? Die Zulus sind nicht mehr das, was sie einmal waren, um sich gegen den Weißen Mann durchsetzen zu können. Ja, ja, die Prophezeiungen werden sich erfüllen, und mein Gesang ist die Ballade eines Volkes, das zum Untergang verurteilt ist.

Aber davon will ich sprechen, wenn es an der Zeit ist.

Ich ging zu meiner Mutter. Sie richtete sich auf und drückte beide Hände vor ihr Gesicht. Das Blut aus der Wunde, die der Stock geschlagen hatte, rann über ihre Hände und Unterarme auf ihre Brust, und ich wischte das Blut mit Gras ab. Eine ganze Zeit saß sie so, während das Kind schrie und die Kuh muhte, weil sie gemolken werden wollte, und ich der Mutter mit Gras das Blut abwischte. Schließlich löste sie die Hände von ihrem Gesicht und sprach zu mir.

»Mopo, mein Sohn«, sagte sie. »Ich habe einen Traum gehabt. Ich träumte, daß ich den kleinen Jungen Chaka sähe, der mich geschlagen hat. Er war erwachsen und so groß wie ein Riese. Er schritt über die Berge und über das Veldt, seine Augen waren feurig wie Blitze, und in seiner Hand trug er einen kleinen Assegai, der von Blut gerötet war. Er packte die Menschen, einen nach dem anderen, und zerriß sie mit seinen Händen und zertrampelte ihre Kraals mit seinen Füßen. Vor ihm lag das Land grün und blühend wie im Sommer, und hinter ihm war das Land schwarz, als wenn Feuer das Gras verbrannt hätte. Ich sah unsere Menschen, Mopo, es waren viele, und sie waren fett, und ihre Herzen lachten; die Männer waren tapfer, die Mädchen schön; ich habe ihre Kinder zu Hunderten gesehen. Und ich sah sie wieder, Mopo: Sie waren Knochen, weiß gebleichte Knochen, Tausende von Knochen, die an einem felsigen Ort übereinanderlagen, und er, Chaka, stand über den Knochen und lachte, bis die Erde erzitterte. Dann, Mopo, in meinem Traum, sah ich dich als erwachsenen Mann. Du warst als einziger von unserem Volk übriggeblieben. Ich sah dich, wie du dich von hinten an den Riesen Chaka heranschlichst, und bei dir waren andere Männer, Männer von königlicher Erscheinung. Du tötetest Chaka mit einem kleinen Assegai, und er stürzte zu Boden und wurde wieder klein. Er fiel und verfluchte dich. Aber du schriest einen Namen in sein Ohr – den Namen Balekas, deiner Schwester – und er starb. Laß uns nach Hause gehen, Mopo, laß uns nach Hause gehen; es wird dunkel.

Also standen wir auf und gingen nach Hause. Aber ich sagte kein Wort, denn ich hatte Angst – große Angst.

KAPITEL II

Mopo hat Schwierigkeiten

Jetzt muß ich dir erzählen, wie meine Mutter tat, was der Junge Chaka ihr befohlen hatte und rasch starb. Denn sein Stock hatte sie an der Stirn getroffen, und die Wunde entzündete sich und wollte nicht heilen. Sie wurde zu einem Abszeß, und der Abszeß fraß sich nach innen, bis er das Gehirn erreichte. Da stürzte meine Mutter zu Boden und starb, und ich weinte sehr viel um sie, weil ich sie geliebt hatte, und weil es so schrecklich war, sie kalt und steif liegen zu sehen, sie kein Wort mehr sprechen zu hören, so laut ich auch rief. Nun, sie haben meine Mutter begraben, und sie war bald vergessen. Nur ich dachte noch an sie, niemand sonst – nicht einmal Baleka, denn sie war noch sehr klein – und was meinen Vater betraf, so nahm er bald eine andere, junge Frau und war zufrieden. Danach wurde ich sehr unglücklich, denn meine Brüder liebten mich nicht, weil ich viel klüger war als sie und geschickter mit dem Assegai und schneller beim Laufen; deshalb vergifteten sie den Geist meines Vaters gegen mich, und er behandelte mich schlecht. Aber Baleka und ich liebten einander, denn wir waren beide einsam, und sie klammerte sich an mich wie eine Schlingpflanze an den einzigen Baum in einer Steppe, und obwohl ich noch sehr jung war, lernte ich dieses: um weise zu sein, braucht man Stärke; denn obwohl der, der den Assegai hält, tötet, ist der, dessen Verstand die Schlacht leitet, stärker als der, der tötet. Ich erkannte jetzt, daß die Hexen-Sucher und die Medizinmänner sehr gefürchtet waren, und daß alle Menschen im Land zu ihnen aufblickten, so daß, selbst wenn sie nur einen Stock in der Hand hielten, zehn mit Speeren bewaffnete Männer vor ihnen flohen. Deshalb beschloß ich, Medizinmann und Zauberer zu werden, denn die allein können Menschen, die sie hassen, durch Worte töten. Also lernte ich die Kunst des Medizinmannes. Ich brachte Opfer, ich ging ins Veldt hinaus, um dort allein zu fasten, ich tat alle Dinge, von denen du gehört hast, und ich lernte viel; denn in unserer Magie gibt es sowohl Weisheit als auch Lügen – und das weißt du, mein Vater, denn sonst wärst du nicht hergekommen, um mich nach deinen Ochsen zu fragen.

So ging es weiter, bis ich zwanzig Jahre alt war – ein voll erwachsener Mann. Zu der Zeit wußte ich alles, was ich allein lernen konnte, also schloß ich mich dem Haupt-Medizinmann unseres Stammes an, der Noma hieß. Er war alt, hatte nur noch ein Auge und war sehr weise. Von ihm lernte ich einige Tricks und einige

Weisheiten, doch schließlich wurde er eifersüchtig auf mich und stellte mir eine Falle, um mich zu fangen. Der Zufall wollte es, daß ein reicher Mann eines Nachbarstammes eine Herde Rinder verloren hatte und mit Geschenken beladen zu Noma kam, damit er sie ausschnüffele. Noma versuchte es, konnte sie jedoch nicht entdekken; seine Seherkraft ließ ihn im Stich. Der Dorfälteste wurde wütend und verlangte seine Geschenke zurück; aber Noma gab niemals her, was er einmal in seinen Händen hatte, und es kam zu einem erregten Streit. Der Dorfälteste sagte, daß er Noma töten würde; Noma drohte, daß er den Dorfältesten verzaubern würde.

»Schweigt!« sagte ich, da ich fürchtete, daß Blut vergossen werden würde. »Schweigt, und laßt mich sehen, ob meine Schlange mir sagen wird, wo deine Rinder sind.«

»Du bist doch noch ein Junge«, antwortete der Dorfälteste. »Kann ein Junge Weisheit besitzen?«

»Das werden wir bald wissen«, sagte ich und nahm die Knochen in meine Hand*.

»Laß die Knochen liegen!« schrie Noma. »Wir werden unsere Schlangen nichts mehr fragen. Sie sollen diesem Sohn eines Hundes nicht zu Diensten sein!«

»Er wird die Knochen werfen«, sagte der Dorfälteste. »Wenn du versuchen solltest, ihn daran zu hindern, werde ich mit meinem Assegai Sonnenschein in deinen Körper lassen.« Und er hob den Speer.

Ich beeilte mich nun anzufangen. Ich warf die Knochen. Der Dorfälteste hockte vor mir auf dem Boden und beantwortete meine Fragen. Du kennst dich in diesen Dingen aus, mein Vater – wie der Medizinmann manchmal erfährt, wo verlorengegangene Dinge sich befinden, denn unsere Ohren sind lang, und manchmal sagt es ihm sein *Ehlosé,* so wie erst kürzlich, als es mir sagte, wo deine Ochsen seien. Nun, in diesem Fall ließ mich meine Schlange nicht im Stich. Ich wußte nichts von den Rindern dieses Mannes, aber mein Geist war in mir, und bald sah ich sie, und ich beschrieb sie ihm, eins nach dem anderen, sagte ihm ihre Färbung und ihr Alter – alles. Ich sagte ihm, wo sie waren, und daß eins der Tiere in den Fluß gefallen und ertrunken sei, weil es sich mit dem linken Vorderbein in einer gegabelten Wurzel verfangen habe. So wie mein *Ehlosé* es mir sagte, so sagte ich es dem Dorfältesten.

Der Mann war natürlich sehr erfreut und sagte, wenn meine Vision sich als richtig erweisen sollte, würde er die Geschenke Noma

* Die Medizinmänner der Kaffern verwenden Knöchel von Tieren bei ihren magischen Riten und werfen sie, so wie wir Würfel werfen.

wieder wegnehmen und sie mir geben; und er fragte die Leute, die herumsaßen – und es waren viele –, ob das nicht gerecht sei. »Ja, ja«, sagten sie, das sei gerecht, und sie würden dafür sorgen, daß es so gemacht würde. Aber Noma saß schweigend da und sah mich böse an. Er wußte, daß ich eine wahre Prophezeiung gemacht hatte und war wütend darüber. Es war eine wichtige Sache: Die verlorene Rinderherde war groß und wertvoll, und wenn man sie finden würde, wo ich es vorausgesagt hatte, würden alle Menschen mich für den größeren Zauberer halten. Es war jetzt spät geworden, und der Mond war noch nicht aufgegangen, deshalb sagte der Dorfälteste, daß er in unserem Kraal übernachten und beim ersten Tageslicht mit mir zu dem Ort gehen würde, an dem seine Rinder seien. Danach ging er.

Auch ich ging in meine Hütte und legte mich schlafen. Plötzlich erwachte ich, als ich ein schweres Gewicht auf meiner Brust fühlte. Ich wollte hochfahren, doch etwas Kaltes preßte sich gegen meine Kehle. Ich ließ mich also wieder zurücksinken und öffnete die Augen. Die Tür der Hütte war offen, der Mond stand wie ein Feuerball dicht über dem Horizont, und sein Licht fiel in die Hütte. Es fiel auf das Gesicht von Noma, dem Medizinmann. Er hockte auf mir, starrte mich mit seinem einen Auge an, und in seiner Hand hielt er ein Messer. Das war das Kalte, was ich an meiner Kehle gefühlt hatte.

»Du Welpe, den ich aufgezogen habe, damit er mich anfällt«, zischte er in mein Ohr. »Du wagst es also, zu prophezeien, wo ich versagt habe, wie? Na schön, ich werde dir zeigen, was mit solchen Welpen geschieht. Zuerst werde ich dir die Zungenwurzel durchstechen, damit du nicht schreien kannst, und dann werde ich dich in Stücke schneiden, langsam, Stück für Stück, und morgen früh werde ich den Leuten sagen, daß es die Geister getan hätten, als Strafe für deine Lügen. Zuerst werde ich dir die Arme und Beine abschneiden. Ja, ja, ich werde einen Stock aus dir machen! Dann werde ich...« Und er begann, mir die Spitze seines Messers in den Hals zu drücken.

»Gnade, mein Onkel«, sagte ich, denn ich hatte Angst, und das Messer schmerzte. »Gnade. Ich werde auch alles tun, was du verlangst!«

»Wirst du das tun?« sagte er und drückte mir noch immer das Messer an die Kehle. »Wirst du jetzt aufstehen, die Rinder dieses Hundes finden und sie zu einem geheimen Ort treiben und sie dort verstecken?« Und er nannte ein winziges Tal, das nur wenigen bekannt war. »Wenn du das tust, lasse ich dich leben und gebe dir drei von den Rindern. Wenn du dich weigerst oder versuchst, mich zu hintergehen, dann, beim Geist meines Vaters, werde ich einen Weg finden, um dich zu töten!«

»Natürlich werde ich es tun, mein Onkel«, antwortete ich. »Warum hast du mir nicht vertraut? Wenn ich gewußt hätte, daß du die Rinder behalten willst, hätte ich sie doch nicht ausgeschnüffelt. Ich habe es nur getan, weil ich fürchtete, daß du sonst alle Geschenke verlieren würdest.«

»Du bist nicht so dumm, wie ich dachte«, knurrte er. »Steh auf und tu, was ich dir gesagt habe. Du kannst zwei Stunden nach Sonnenaufgang wieder zurück sein.«

Ich stand auf und überlegte die ganze Zeit, ob ich ihn anspringen sollte. Aber ich war unbewaffnet, und er hatte ein Messer. Und selbst wenn es mir gelingen sollte, ihn zu töten, würde man glauben, daß ich ihn ermordet hätte, und ich würde den Assegai schmecken. Also faßte ich einen anderen Plan. Ich würde gehen und die Rinder an dem Ort finden, wo ich sie ausgeschnüffelt hatte, aber ich würde sie nicht in das geheime Versteck treiben. Nein! Ich würde sie auf kürzestem Weg zum Kraal zurückbringen und Noma vor allen Männern als Betrüger und Dieb entlarven, vor dem Häuptling, meinem Vater, vor dem ganzen Dorf. Aber ich war damals noch sehr jung und kannte das Herz Nomas nicht. Nicht umsonst war er sein ganzes Leben lang Medizinmann gewesen. Oh! Er war böse! – Hinterhältig wie ein Schakal und wütend wie ein Löwe. Er hatte mich neben sich gepflanzt wie einen jungen Baum, doch er wollte mich stutzen wie einen Busch. Doch jetzt war ich hochgewachsen und überragte ihn; deshalb wollte er mich ausreißen.

Ich trat in die Ecke meiner Hütte. Noma ließ mich keine Sekunde lang aus den Augen. Ich nahm ein Kerrie* und meinen kleinen Schild. Dann trat ich in das Mondlicht hinaus. Bis ich den Kraal hinter mir gelassen hatte, hielt ich mich im Schatten und schlich langsam und lautlos voran. Danach begann ich zu laufen. Ich sang dabei, um die Geister fernzuhalten, mein Vater.

Eine Stunde lang lief ich so über die Ebene, bis ich die Hügel erreichte, wo der Busch begann. Hier, im Schatten der Bäume, war es sehr dunkel, und ich sang noch lauter. Schließlich fand ich den schmalen Büffelpfad, den ich suchte, und folgte ihm bis zu einer kleinen Lichtung, die im hellen Mondlicht lag. Ich kniete mich auf den Boden und sah umher. Ja! Meine Schlange hatte mich nicht be-

* Haumesser, etwas kürzer und breiter als die heutigen Buschmesser – *Anm. d. Übers.*

logen: Dort waren die Spuren der Rinder. Glücklich ging ich weiter, bis ich die Talsenke erreichte, durch die der Fluß verlief, manchmal flüsterte ich, manchmal sang ich vor mich hin, manchmal führte ich laute Selbstgespräche. Hier und da waren die Spuren nicht zu übersehen: Die Rinder hatten mit ihren breiten Hufen Gras und Kräuter niedergetreten. Schließlich erreichte ich einen Teich. Ich kannte ihn, es war der Teich, den die Schlange mir gezeigt hatte. Und dort, am Rand des Teichs, halb unter Wasser, lag der ertrunkene Ochse, einen Fuß in einer gegabelten Wurzel verhakt. Alles war genauso, wie ich es im Geiste gesehen hatte.

Ich trat zum Ufer und blickte umher. Ich sah ein leichtes Blitzen. Es war der Widerschein des ersten Sonnenlichts von den Hörnern der Rinder. Eins von ihnen erhob sich jetzt, schnaubte und schüttelte sich den Tau vom Fell. Im Nebel und in der morgendlichen Dämmerung erschien es mir so riesig wie ein Elefant.

Dann trieb ich sie zusammen – es waren siebzehn Stück – und trieb sie den schmalen Pfad entlang auf den Kraal zu. Es wurde jetzt rasch hell, und die Sonne stand bereits eine Stunde lang am Himmel, als ich die Stelle erreichte, wo ich abbiegen mußte, wenn ich die Rinder zu dem Versteck bringen wollte, wie Noma es mir gesagt hatte. Aber ich dachte nicht daran. Nein, ich würde alle siebzehn Rinder zum Kraal treiben und allen Männern sagen, daß Noma ein Dieb war. Trotzdem setzte ich mich für eine Weile hin, um auszuruhen, weil ich müde geworden war. Als ich so saß, hörte ich ein Geräusch und wandte mich um. Eine Gruppe von Männern tauchte auf der Kuppe des Hügels auf, und Noma führte sie an. Neben ihm war der Dorfälteste, dem die Rinder gehörten. Ich stand auf und sah ihnen entgegen. Ich hatte keine Ahnung, was sie vorhatten. Aber als ich aufgestanden war, begannen sie auf mich zuzulaufen, und sie schrien und fuchtelten mit Stöcken und Speeren.

»Da ist er!« schrie Noma. »Da ist er – der gerissene Kerl, den ich großgezogen habe, damit er Schande über mich bringt! Was habe ich euch gesagt? Habe ich nicht gesagt, daß er ein Dieb ist? Ja – ja! Ich kenne deine Tricks, Mopo. Seht ihr? Er ist dabei, die Rinder zu stehlen! Er hat von Anfang an gewußt, wo sie waren, und jetzt treibt er sie fort, um sie zu verstecken. Gerade der richtige Preis, um damit eine Frau zu kaufen, nicht wahr, du schlauer Bursche?« Mit erhobenem Stock stürzte er sich auf mich, und ihm folgte der Dorfälteste, schäumend vor Wut.

Jetzt begriff ich, mein Vater. Mein Herz krampfte sich zusammen, alles verschwamm vor meinen Augen, und ich sah nur noch rot. Das war immer so, wenn ich gezwungen war zu kämpfen. Ich schrie nur ein einziges Wort: »Lügner!« und lief ihm entgegen. Noma schlug mit seinem Stock nach mir, doch ich wich dem Schlag aus und fing ihn mit meinem Schild auf. Dann schlug ich zurück. *Peng!* War das ein Schlag! Das Kerrie grub sich tief in Nomas Schädel, und er fiel tot zu meinen Füßen nieder. Ich schrie wieder und stürzte mich auf den Dorfältesten. Er warf seinen Assegai, aber er verfehlte mich, und in der nächsten Sekunde traf ich auch ihn. Er riß seinen Schild hoch, doch ich schlug ihn ihm auf den Schädel, und er rollte bewußtlos auf den Boden. Ob er am Leben blieb oder nicht, ich weiß es nicht, mein Vater; aber da er einen dicken Schädel hatte, ist es wahrscheinlich, daß er am Leben blieb. Dann, während die Männer vor Schreck wie gelähmt standen, fuhr ich herum und floh wie der Wind. Jetzt wurden auch sie wieder lebendig, liefen mir nach, warfen ihre Speere und versuchten, mir den Weg abzuschneiden. Aber keiner von ihnen konnte mich fangen – nein, nicht einer –, ich lief wie der Wind, wie ein Bock, wenn die Hunde aus dem Schlaf erwachen. Ihr Schreien und Rufen wurde leiser und leiser, und schließlich war ich außer Sicht und allein.

KAPITEL III

Mopo wagt sich nach Hause

Ich warf mich ins Gras und atmete keuchend, bis sich mein Atem wieder beruhigt hatte; dann ging ich weiter und versteckte mich im Schilf am Ufer des Morastes. Den ganzen Tag über lag ich so und dachte nach. Was sollte ich tun? Jetzt war ich ein Schakal ohne Zuflucht. Wenn ich zu meinen Leuten zurückging, würden sie mich töten, da sie mich doch für einen Dieb hielten. Mein Blut würde für Nomas Blut vergossen werden, und das wollte ich nicht. Trotzdem war mein Herz schwer. Doch dann fiel mir Chaka ein, der Junge, dem ich vor langer Zeit eine Kalebasse Wasser gegeben hatte. Ich hatte von ihm gehört; sein Name war im ganzen Land bekanntgeworden; die Luft war bereits schwer mit seinem Namen; selbst die Bäume und das Gras sprachen von ihm. Die Worte, die er damals gesagt, die Vision, die meine Mutter gehabt hatte, begannen sich zu bewahrheiten. Mit der Hilfe der Umtetwas hatte er den Platz seines Vaters Senzangacona eingenommen; er hatte den Stamm der Amaquabe vertrieben; jetzt machte er Krieg gegen Zweete, den Häuptling der Endwande, und er hatte geschworen, daß er die Endwande in den Boden treten würde, so tief, daß niemand sie wiederfinden könne. Jetzt erinnerte ich mich daran, daß Chaka mir versprochen hatte, mich groß zu machen, daß ich in seinem Schatten fett werden könne; und ich dachte mir, daß ich aufstehen und zu ihm gehen sollte. Vielleicht würde er mich töten. Aber was kam es darauf an? Ich würde bestimmt getötet werden, wenn ich hierblieb. Ja, ich würde gehen. Doch jetzt zog mich mein Herz in eine andere Richtung. Es gab nur einen Menschen auf der Welt, den ich liebte: meine Schwester Baleka. Mein Vater hatte sie dem Häuptling eines Nachbarstammes versprochen, aber ich wußte, daß diese Heirat gegen ihren Willen war. Vielleicht würde meine Schwester mit mir davonlaufen, wenn ich zu ihr gelangen und ihr sagen konnte, daß ich gehen wollte. Ich würde es versuchen – ja, ich würde es versuchen.

Ich wartete, bis es dunkel geworden war, dann kroch ich aus meinem Rohrdickicht heraus und schlich wie ein Schakal auf den Kraal zu. In den Maisgärten machte ich eine Weile Pause, weil ich sehr hungrig war, und füllte meinen Magen mit süßem, halbreifem Mais. Dann ging ich weiter, bis ich den Kraal erreichte. Ein paar von meinen Leuten hockten vor einer Hütte und unterhielten sich im Licht eines Feuers. Ich kroch näher, lautlos wie eine Schlange, und versteckte mich hinter einem kleinen Busch. Ich wußte, daß sie mich nicht sehen konnten, da ich außerhalb des Lichtkreises ihres Feuers war, und ich wollte hören, was sie sagten. Wie ich vermutet hatte, sprachen sie über mich und beschimpften mich. Sie sagten, ich würde Unglück über den Stamm bringen, weil ich Noma getötet hatte, einen großen und berühmten Medizinmann, und daß die Männer des Dorfältesten Bezahlung verlangen würden, weil ich ihn angegriffen hatte. Außerdem erfuhr ich, daß mein Vater allen Männern des Stammes befohlen hatte, am Morgen aufzubrechen, um mich zu suchen und zu töten. Ah, dachte ich, ihr könnt jagen, aber ihr werdet keine Beute nach Hause bringen. In diesem Augenblick erhob sich ein Hund, der beim Feuer gelegen hatte, und begann zu schnüffeln. Ich konnte nicht sehen, was für ein Hund es war – ich muß zugeben, daß ich an die Hunde überhaupt nicht gedacht hatte, als ich mich dem Kraal näherte; das kommt von der Unerfahrenheit, mein Vater. Der Hund schnüffelte und schnüffelte, dann begann er zu knurren, und er starrte ständig in meine Richtung. Ich bekam Angst.

»Was hat denn der Hund?« sagte einer der Männer zu einem der anderen. »Geh und sieh nach!« Doch der andere Mann nahm gerade eine Prise Schnupftabak und hatte keine Lust aufzustehen. »Soll der Hund doch selbst nachsehen«, antwortete er und nieste, »wozu halten wir denn einen Hund, wenn wir die Diebe selbst fangen müssen?«

»Dann geh!« sagte der erste Mann zu dem Hund. Und der Hund rannte bellend fort. Jetzt sah ich ihn: Es war mein eigener Hund, Koos, ein sehr guter Hund. Während ich noch überlegte, was ich tun sollte, bekam er Witterung von mir, hörte auf zu bellen, lief um den Busch herum auf mich zu und leckte mein Gesicht. »Sei still, Koos!« flüsterte ich. Und er legte sich neben mich.

»Wo steckt denn der Hund jetzt?« sagte der erste Mann. »Ist er verhext, daß er plötzlich zu bellen aufhört und nicht zurückkommt?«

»Wir wollen nachsehen«, sagte der andere Mann und stand auf, einen Speer in der Hand.

Wieder packte mich die nackte Angst, denn ich war sicher, daß sie mich fangen würden oder daß ich wieder um mein Leben laufen müßte. Aber als ich aufsprang, um fortzurennen, glitt eine große, schwarze Schlange aus dem Gebüsch und bewegte sich rasch auf die Männer und auf die Hütten zu. Sie sprangen ängstlich zur Seite, und alle folgten der Schlange und sagten, sie sei der Grund gewesen, daß der Hund so gebellt habe. Es war mein gutes *Ehlosé,* mein

Vater, das die Gestalt einer Schlange angenommen hatte, um mir das Leben zu retten.

Als sie gegangen waren, kroch ich in die andere Richtung, und Koos folgte mir. Zuerst überlegte ich, ob ich ihn töten sollte, denn ich fürchtete, daß er mich verraten könnte; aber als ich ihn zu mir rief, um ihm den Kopf mit meinem Kerrie einzuschlagen, setzte er sich auf den Boden, wedelte mit dem Schwanz und blickte mich an, und ich brachte es nicht übers Herz. Also dachte ich, daß ich es darauf ankommen lassen würde, und wir gingen zusammen weiter. Dies war mein Plan: Zuerst wollte ich in meine eigene Hütte kriechen und mir meine Assegais und eine Felldecke holen, dann wollte ich mit Baleka sprechen. Meine Hütte, dachte ich, würde leer sein, denn außer mir wohnte niemand in ihr, und die Hütten Nomas waren ein Stück entfernt, zur Rechten. Ich erreichte den Rohrzaun, der die Hütten umschloß. Am Tor war niemand zu sehen, und es war auch nicht mit Dornenbüschen verschlossen, wie es sonst der Fall war. Es war meine Aufgabe, es abends zu schließen, und ich war nicht da, um es zu tun. Ich befahl meinem Hund, sich zu legen und trat hindurch. Ungesehen gelangte ich zu meiner Hütte. Vor dem Eingang verhielt ich und lauschte. Nichts rührte sich, ich hörte nicht einmal Atmen. Also kroch ich hinein und suchte nach meinen Assegais, die so sorgfältig geschnitzt waren, daß ich sie nicht zurücklassen wollte. Ich fand sie bald. Dann tastete ich nach meiner Felldecke, und plötzlich berührte meine Hand etwas Kaltes. Ich zuckte zurück, streckte dann meine Hand wieder aus. Es war das Gesicht eines Mannes – das Gesicht eines toten Mannes, das Gesicht Nomas, den ich getötet hatte, und den man in meine Hütte gelegt hatte, bis man ihn begraben würde. Oh, hatte ich Angst! Denn Noma tot und im Dunkel war schlimmer als Noma lebend. Ich wollte schon hinausstürzen, als ich plötzlich Stimmen hörte, Stimmen von Frauen, die vor der Hütte miteinander sprachen. Ich kannte die Stimmen; es waren die beiden Frauen Nomas, und eine von ihnen sagte, sie sei gekommen, um bei ihrem Mann Totenwache zu halten. Jetzt saß ich wirklich in der Falle, denn bevor ich etwas unternehmen konnte, sah ich, wie sich der Eingang der Hütte verdunkelte, und an dem keuchenden, prustenden Atem erkannte ich Nomas fette Erste Frau, die jetzt in die Hütte kam. Stöhnend hockte sie sich neben dem Toten auf den Boden, und zwar so, daß ich nicht die Tür erreichen konnte, und begann zu lamentieren und Flüche auf mein Haupt zu beschwören. Ah! Sie konnte natürlich nicht wissen, daß ich ihr zuhörte. Ich hockte bei Nomas Kopf, und meine Angst beflügelte meinen Geist. Jetzt, wo die Frau hier war, schwand meine

Angst vor dem Toten, und ich erinnerte mich, daß er auch ein großer Betrüger gewesen war, also, dachte ich, wollte ich dafür sorgen, daß er noch ein letztesmal betrog. Ich schob meine Hände unter seine Schultern und schob ihn aufrecht, so daß er jetzt auf dem Boden saß. Die Frau hörte das Geräusch und stieß einen erstickten Schrei aus.

»Wirst du wohl ruhig sein, du alte Hexe?« sagte ich mit Nomas tiefer Stimme. »Ich werde dich lehren, zu schweigen.« Und ich stieß den toten Noma über sie.

Sie wurde bewußtlos vor Entsetzen, und ob sie sich jemals wieder von dem Schock erholt hat, ich weiß es nicht. Aber mir reichte es, daß sie jetzt still lag. Ich packte den Teppich – später stellte ich fest, daß es Nomas bester Kaross war, den die Basutos aus sorgsam ausgewählten Katzenfellen herstellen und der mindestens drei Ochsen wert war – und floh, gefolgt von Koos.

Nun mußt du wissen, mein Vater, daß der Kraal des Häuptlings, meines Vaters Makedama, etwa hundert Schritte entfernt lag, und dorthin mußte ich, weil Baleka dort schlief. Diesmal wagte ich nicht, das Tor zu benutzen, weil dort immer eine Wache stand, also schnitt ich mit meinem Assegai ein Loch in den Rohrzaun und kroch zu der Hütte, in der Baleka und einige ihrer Halbschwestern schliefen. Ich wußte, an welcher Stelle der Hütte sie gewöhnlich lag. Also legte ich mich auf die Seite und begann langsam, sehr langsam und vorsichtig, ein Loch in die Graswand der Hütte zu schneiden. Es dauerte ziemlich lange, weil die Grasschicht sehr dick war, doch endlich hatte ich es fast geschafft. Ich hörte auf, weil mir plötzlich einfiel, daß Baleka vielleicht ihren Schlafplatz gewechselt haben mochte und ich ein falsches Mädchen aufwecken könnte. Ich war drauf und dran, meinen Plan aufzugeben und allein zu fliehen, als ich plötzlich ein Mädchen auf der anderen Seite der Graswand weinen hörte. »Ah«, dachte ich, »das ist Baleka, die um ihren Bruder weint!« Also brachte ich meinen Mund dicht an die dünne Schicht der Graswand, die noch geblieben war, und flüsterte: »Baleka, meine Schwester! Baleka, weine nicht! Mopo, dein Bruder ist hier. Sprich kein Wort, sondern stehe sofort auf und komm aus der Hütte heraus. Bringe deine Felldecke mit.«

Nun, Baleka war ein sehr kluges Mädchen. Sie schrie nicht auf, wie es die meisten getan hätten. Nein, sie begriff sofort, und nachdem sie eine Weile gelauscht hatte, stand sie auf und kroch aus der Hütte, die Felldecke in der Hand.

»Warum bist du hier, Mopo?« flüsterte sie, als wir uns trafen. »Sie werden dich töten!«

»Still!« sagte ich. Und dann erzählte ich ihr von dem Plan, den ich gemacht hatte. »Kommst du mit mir?« fragte ich, als ich zu Ende war, »oder willst du mir Lebewohl sagen und wieder in die Hütte zurückkriechen?«

Sie überlegte eine Weile, dann sagte sie: »Nein, mein Bruder, ich werde mit dir gehen, denn ich liebe dich allein von allen Menschen, auch wenn ich glaube, daß dies das Ende sein wird – daß du mich in den Tod führen wirst.«

Damals dachte ich nicht lange über ihre Worte nach, doch später fielen sie mir wieder ein. Also schlichen wir uns beide davon, gefolgt von dem Hund Koos, und bald liefen wir über das Veldt, unsere Gesichter dem Land des Zulu-Stammes zugewandt.

KAPITEL IV

Die Flucht von Mopo und Baleka

Wir gingen die ganze Nacht hindurch, bis selbst der Hund müde war. Dann versteckten wir uns in einem Maisfeld und blieben dort den ganzen Tag über, da wir Angst hatten, gesehen zu werden. Am Nachmittag hörten wir Stimmen, und als wir zwischen den Maishalmen hindurchblickten, sahen wir eine Gruppe von Männern meines Vaters, die nach uns suchten. Sie gingen zu einem in der Nähe gelegenen Kraal und fragten, ob jemand uns gesehen hätte, und danach sahen wir sie eine ganze Weile nicht mehr. Als es Nacht wurde, gingen wir weiter; aber, wie das Schicksal es wollte, begegneten wir einer alten Frau, die uns sehr seltsam ansah, jedoch nichts sagte. Von da an gingen wir ohne Pause, Tag und Nacht, denn wir wußten, daß die alte Frau unseren Verfolgern berichten würde, uns gesehen zu haben; und so geschah es auch. Am Abend des dritten Tages erreichten wir einen Maisgarten und sahen, daß er zertrampelt war. Zwischen den niedergetretenen Pflanzen fanden wir den Leichnam eines sehr alten Mannes. Er war voller Assegais, wie ein Stachelschwein voller Stacheln. Wir wunderten uns darüber und gingen vorsichtig weiter. Dann sahen wir, daß der Kraal, zu dem dieser Garten gehörte, niedergebrannt worden war. Wir krochen darauf zu, und – oh! was für ein grauenhafter Anblick! Später gewöhnten wir uns an solche Bilder. Überall lagen Tote herum, Hunderte von Toten – alte Männer, junge Männer, Frauen, Kinder, Säuglinge an den Brüsten ihrer Mütter – sie alle lagen zwischen den niedergebrannten Hütten, von Assegais durchbohrt. Die Erde war rot von ihrem Blut, und rot waren ihre Körper im Licht der untergehenden Sonne. Es war, als ob das ganze Land von der blutigen Hand des Großen Geistes, des Umkulunkulu, besudelt worden wäre. Baleka sah es und begann zu weinen; sie war am Ende ihrer Kraft, das arme Mädchen, denn wir hatten unterwegs nur wenig zu essen gefunden, nur Gras und ein bißchen grünen Mais.

»Ein Feind war hier«, sagte ich, und während ich sprach, glaubte ich von der anderen Seite des Rohrzauns ein Stöhnen zu hören. Ich ging hinüber und sah nach. Eine junge Frau lag dort auf dem Boden. Sie war schwer verletzt, lebte aber noch, mein Vater. Ein Stück von ihr entfernt lag ein toter Mann und neben ihm mehrere andere tote Männer von einem anderen Stamm; er war kämpfend gestorben. Vor der Frau lagen die Leichen von drei Kindern, ein viertes, noch ein Säugling, lag auf ihr. Ich blickte die Frau an, und während ich sie anblickte, stöhnte sie wieder, öffnete die Augen und sah mich, und sah auch den Speer, den ich in der Hand hielt.

»Töte mich schnell!« keuchte sie. »Habt ihr mich nicht lange genug gequält?«

Ich sagte ihr, daß ich ein Fremder sei und nicht die Absicht habe, sie zu töten.

»Dann bring mir Wasser«, sagte sie. »Hinter dem Kraal ist eine Quelle.«

Ich rief Baleka, zu der Frau zu kommen, und ging dann mit meiner Kürbisflasche zu der Quelle. Es lagen Leichen in der Quelle, doch ich zog sie heraus, und als das Wasser wieder etwas sauberer geworden war, füllte ich die Kürbisflasche und brachte sie zu der Frau. Sie nahm einen langen Schluck, und das Wasser belebte sie ein wenig.

»Wie ist es passiert?« fragte ich.

»Es war ein *Impi* von Chaka, dem Häuptling der Zulus, der uns gefressen hat«, antwortete sie. »Sie sind am frühen Morgen über uns hergefallen, als wir noch in den Hütten lagen und schliefen. Ja, ich erwachte von dem Lärm des Tötens. Ich schlief bei meinem Mann, dem, der dort drüben liegt, und mit den Kindern. Wir liefen alle hinaus. Mein Mann hatte seinen Speer und seinen Schild. Er war ein tapferer Mann. Du siehst, er ist tapfer gestorben. Drei Zulus hat er getötet, bevor er selbst getötet wurde. Dann haben sie mich gepackt und meine Kinder getötet und mich mit ihren Speeren durchbohrt, bis sie glaubten, daß ich tot sei. Dann gingen sie fort. Ich weiß nicht, warum sie gekommen sind, aber ich glaube, es war, weil unser Häuptling sich geweigert hat, Männer zu schicken, die Chaka bei seinem Krieg gegen Zweete helfen sollten.«

Sie schwieg, dann stieß sie einen gellenden Schrei aus und starb.

Meine Schwester weinte, aber ich war zu müde, um davon berührt zu sein.

»Ah«, sagte ich zu mir, »der Große Geist muß böse sein. Wenn er nicht böse wäre, könnte so etwas nicht geschehen.« So dachte ich damals, mein Vater; jetzt denke ich anders. Ich weiß, daß wir nicht den Weg des Großen Geistes gefunden hatten, das ist alles. Ich war ein Küken in jenen Tagen, mein Vater, aber später habe ich mich an solche Anblicke gewöhnt. Sie berührten mich nicht mehr – kein bißchen. Doch damals, in den Tagen Chakas, waren die Flüsse rot von Blut. Ja, wir mußten uns das Wasser ansehen, ob es klar war, bevor wir tranken. Damals lernten die Menschen zu sterben, ohne viel Lärm zu machen. Es war ja auch egal. Jetzt wären sie ohnehin alle tot. Es ist egal. Alles ist egal, nur das Geborenwerden ist von

Bedeutung. Und es ist ein Fehler, geboren zu werden, ein Fehler, den man bitter zu büßen hat, mein Vater.

Wir blieben in dieser Nacht in dem Kraal, aber wir konnten nicht schlafen, denn wir hören die *Itongo*, die Geister der Toten, wie sie umherirrten und einander riefen in der Dunkelheit. Es war natürlich, daß sie das taten; Männer suchten ihre Frauen, Mütter ihre Kinder. Doch wir hatten Angst, daß sie auf uns wütend sein könnten, weil wir hier waren, also lagen wir dicht aneinandergedrängt und zitterten in den Armen des anderen. Koos zitterte ebenfalls, und von Zeit zu Zeit heulte er laut. Aber die Geister schienen uns nicht zu bemerken, und gegen Morgen wurden ihre Rufe leiser.

Beim ersten Morgengrauen standen wir auf und gingen an den Toten vorbei zur Ebene. Jetzt hatten wir keine Schwierigkeiten mehr, den Weg zu Chakas Kraal zu finden, denn wir brauchten nur den Spuren des *Impi* zu folgen, und den Spuren der Rinder, die sie geraubt hatten. Hin und wieder fanden wir auch einen toten Krieger, den die anderen getötet hatten, weil seine Wunden ihn daran hinderten, weiterzumarschieren. Jetzt kamen mir jedoch Zweifel, ob es weise sei, Chaka aufzusuchen, denn nach dem, was wir gesehen hatten, befürchtete ich, daß er auch uns töten würde. Aber wir hatten keine andere Wahl. Wohin sollten wir uns auch wenden? Es blieb uns nichts anderes übrig, als weiterzugehen und abzuwarten, was passieren würde. Wir wurden immer schwächer vor Hunger, und Baleka sagte, wir sollten uns lieber hinsetzen und sterben, dann hätten wir keine Sorgen mehr. Also setzten wir uns an eine Quelle. Doch ich hatte noch keine Lust zu sterben, obwohl ich wußte, daß Baleka recht hatte, und es besser wäre, nicht mehr zu leben. Als wir so saßen, rannte der Hund Koos plötzlich auf einen nahen Busch zu, und dann hörte ich die Geräusche eines Kampfes. Ich lief zu dem Busch – Koos hatte einen Duiker-Bock gepackt, fast so groß wie er, der anscheinend in dem Busch geschlafen hatte. Als ich meinen Speer in den Bock stieß, schrie ich vor Glück, denn jetzt hatten wir zu essen. Als der Bock tot war, zog ich ihn ab, und wir schnitten kleine Stückchen Fleisch ab, wuschen sie im Wasser der Quelle und aßen sie roh, weil wir kein Feuer hatten, um sie zu braten. Es ist nicht angenehm, rohes Fleisch zu essen, aber das störte uns nicht, und die Nahrung gab uns neue Kräfte. Als wir soviel gegessen hatten, wie wir konnten, standen wir auf und wuschen uns in der Quelle. Doch während wir uns wuschen, blickte Baleka auf und stieß einen erschrockenen Schrei aus. Auf der Kuppe eines Hügels, etwa zehn Speerwurfweiten entfernt, standen sechs bewaffnete Männer, Männer meines Stammes – Kinder meines Vaters Makedama –, die uns noch immer verfolgten und uns töten wollten. Sie entdeckten uns, stießen Schreie aus und begannen zu laufen. Auch wir sprangen auf und liefen – wir liefen wie Böcke, denn an unseren Füßen fraß die Angst.

Nun sah das Land folgendermaßen aus: Vor uns lag eine offene Ebene, die leicht zum Ufer des Weißen Umfolozi abfiel, der sich wie eine riesige, glänzende Schlange durch das Land windet. Auf der anderen Seite stieg das Gelände wieder an, und wir wußten nicht, was jenseits lag, doch glaubten wir, daß in dieser Richtung der Kraal Chakas liegen mußte. Wir liefen zum Fluß – wohin sonst hätten wir laufen sollen? Und hinter uns rannten die Krieger. Sie kamen näher und näher; sie waren kräftig, und sie waren wütend, weil wir so weit gekommen waren. So schnell wir auch laufen mochten, sie kamen immer näher und näher. Jetzt lag das Flußufer vor uns; der Fluß war voll und breit. Die Wasser tosten, weißer Gischt schäumte über unsichtbare Felsen. Stromabwärts waren Stromschnellen, die niemand überwinden konnte, dazwischen lag ein stiller Teich, in dem das Wasser ruhiger war – bis auf eine starke Strömung.

»Ah! Mein Bruder, was sollen wir tun?« rief Baleka ängstlich.

»Wir müssen wählen«, antwortete ich. »Wir können an den Speeren unserer Leute sterben oder den Fluß versuchen.«

»Es ist leichter, durch das Wasser zu sterben als durch das Eisen«, sagte sie.

»Gut«, sagte ich. »Mögen unsere Schlangen jetzt ihren Blick auf uns richten und unsere Väter mit uns sein! Zumindest können wir schwimmen.« Und ich führte sie zum Ufer des Teichs. Wir warfen unsere Decken fort – alles, außer einem Assegai, den ich zwischen die Zähne nahm – und sprangen in die Fluten. Wir wateten, so weit wir konnten. Das Wasser stieg uns bis an die Brust – wir schwammen, als wir in der Mitte des Flusses den Boden unter den Füßen verloren, und der Hund Koos schwamm uns voraus.

In diesem Augenblick tauchten die Krieger am Ufer auf. »Ah! Ihr kleinen Leute«, riefen sie, »ihr könnt schwimmen, wie? Und wenn schon, ihr werdet ertrinken! Und wenn nicht, so kennen wir eine Furt, und wir werden euch fangen und töten – ja, und wenn wir euch bis zum Ende der Welt verfolgen müßten, wir werden euch erwischen!« Und er schleuderte einen Assegai nach uns, der zwischen uns ins Wasser schlug wie ein Blitz.

Während er sprach, schwammen wir, so rasch wir konnten, und jetzt waren wir mitten in der Strömung. Sie riß uns flußabwärts, aber wir kamen trotzdem voran, weil wir gute Schwimmer waren.

Das Problem war: Wenn wir das andere Ufer erreichen konnten, bevor wir in die Stromschnellen gewirbelt wurden, waren wir sicher; wenn nicht, dann gute Nacht! Jetzt näherten wir uns dem anderen Ufer, aber wir waren bereits so nahe am schäumenden Wasser. Wir kämpften, wir wehrten uns. Baleka war ein tapferes Mädchen, und sie schwamm mit aller Kraft. Aber das Wasser riß sie immer weiter auf die Stromschnellen zu, und ich konnte nichts tun, um ihr zu helfen. Ich klammerte mich an einem Felsen fest und sah mich um. Dort war Baleka, und acht Schritte vor ihr kochte das Wasser. Ich konnte nicht zurückschwimmen. Ich war zu schwach dazu, und ich war sicher, daß sie sterben mußte. Aber der Hund Koos sah, daß sie in Gefahr war. Er schwamm auf sie zu, bellte, warf sich herum und nahm Richtung auf das Ufer. Sie packte seinen Schwanz mit der rechten Hand. Er schwamm mit aller Kraft – er war sehr stark. Auch sie schwamm, mit ihren Füßen und mit ihrer linken Hand – und allmählich, sehr langsam, näherten sie sich dem Ufer. Ich streckte ihr den Schaft meines Assegais entgegen. Sie packte ihn mit ihrer linken Hand. Ihre Füße hingen bereits über der Klippe der Stromschnelle, doch ich zog, und Koos zerrte, und wir brachten sie zum Ufer, wo sie keuchend zusammenbrach.

Jetzt sahen die Krieger am anderen Ufer, daß wir es geschafft hatten, und sie schrien uns Drohungen zu, dann liefen sie das Ufer entlang.

»Steh auf, Baleka!« sagte ich. »Sie suchen jetzt eine Furt.«

»Ah, laß mich sterben!« sagte sie.

Doch ich zwang sie aufzustehen, und nach einer Weile kam sie wieder zu Atem, und wir gingen so rasch wir konnten den langen Hang hinauf. Zwei Stunden lang gingen wir, oder mehr, bis wir den Scheitelpunkt des Hangs erreichten und von dort – in weiter Ferne – einen großen Kraal erblickten.

»Nimm dich zusammen«, sagte ich. »Dort drüben liegt der Kraal Chakas.«

»Ja, mein Bruder«, antwortete sie, »aber was erwartet uns dort? Der Tod ist hinter uns und vor uns – wir sind mitten im Tod.«

Kurz darauf erreichten wir einen Pfad, der von der Furt durch den Umfolozi zum Kraal führte. Über ihn waren die *Impi* gegangen. Wir folgten dem Pfad, bis wir endlich nur noch eine halbe Wegstunde von dem Kraal entfernt waren. Dann blieben wir stehen und blickten zurück – und sahen hinter uns unsere Verfolger – fünf Männer – denn einer war im Fluß ertrunken.

Wieder begannen wir zu laufen, aber jetzt waren wir sehr geschwächt, und sie holten rasch auf. Wieder dachte ich an den Hund.

Er war scharf und würde jeden in Stücke reißen, auf den ich ihn ansetzte. Ich rief ihn zu mir und sagte ihm, was er tun sollte, obwohl ich wußte, daß ich ihn in den Tod schickte. Er verstand und rannte knurrend auf die Krieger zu, das Haar gesträubt. Sie versuchten, ihn mit ihren Speeren und Kerries zu töten, doch er sprang um sie herum und hielt sie auf Distanz. Schließlich schlug ein Mann nach ihm, und er sprang ihn an und packte ihn bei der Gurgel. Er biß sich fest, und der Mann und der Hund rollten über und über, bis beide starben. Ah! Was für ein Hund! Solche Hunde gibt es heutzutage nicht mehr! Sein Vater war ein Buren-Hund, der erste, der in dieses Land gekommen war. Er hatte einmal ganz allein einen Leoparden getötet.

Nun, das war das Ende von Koos!

Wir liefen weiter und weiter. Jetzt waren wir nur noch dreihundert Schritte vom Tor des Kraals entfernt, und drinnen ging irgend etwas vor; das erkannten wir an dem Lärm und dem aufwirbelnden Staub. Die vier Männer ließen den toten Hund und den sterbenden Krieger zurück und liefen uns nach. Ich sah, daß sie uns einholen würden, bevor wir das Tor erreichten, denn Baleka konnte sich kaum noch auf den Beinen halten. Dann hatte ich einen Gedanken. Ich hatte sie hergebracht, und nun war es meine Pflicht, ihr Leben zu retten, wenn es mir möglich war. Wenn sie den Kraal ohne mich erreichte, war sie gerettet. Chaka würde ein so junges und schönes Mädchen nicht töten.

»Lauf weiter, Baleka! Lauf!« rief ich und blieb zurück. Sie war jetzt fast blind vor Erschöpfung und Angst, und da sie nicht wußte, was ich vorhatte, taumelte sie auf das Tor des Kraals zu. Mein Herz schlug, und das Blut rauschte in meinen Ohren, doch als sie näher kamen und ich mich ihnen zuwandte – den Assegai in meiner Hand – tanzten rote Schleier vor meinen Augen, und alle Furcht fiel von mir ab.

Die Männer liefen, zwei und zwei, mit dem Abstand einer Speerwurfweite zwischen sich. Aber von dem ersten Paar war der eine fünf oder sechs Schritte dem anderen voraus. Dieser Mann schrie mit voller Stimme und griff mich an, Speer und Schild erhoben. Ich hatte keinen Schild, nur den Assegai; aber ich war listig, und er zu selbstsicher. Er stürzte sich auf mich. Ich blieb stehen und wartete, bis er den Speer zurückriß, um mich damit zu durchbohren. In der letzten Sekunde ließ ich mich auf die Knie fallen und stieß meinen Assegai mit aller Kraft unter den Rand des Schildes. Er stieß ebenfalls zu, aber über mich hinweg, sein Speer ritzte mir nur die linke Schulter auf. Hier kannst du noch die Narbe sehen, Weißer Vater.

Und mein Assegai? Ah! Der traf ihn genau in der Mitte und durchbohrte ihn! Er rollte über und schrie vor Schmerzen. Doch ich war jetzt ohne Waffe, denn der Schaft meines Speers – es war ein leichter Wurf-Assegai – war in zwei Stücke zerbrochen, und ich hielt nur noch einen kurzen Stock in meiner Hand. Und jetzt war der andere heran! Er kam mir so riesig wie ein Baum vor. Ich war bereits tot; es gab keine Rettung; die Dunkelheit fiel auf mich herab, um mich zu verschlingen. Doch plötzlich sah ich einen Lichtstrahl in dem Dunkel. Ich fiel auf Hände und Knie und warf mich zur Seite. Mein Körper rammte die Beine des Mannes, als er mir gerade seinen Speer in den Leib stoßen wollte. Wie ein gefällter Baum stürzte er zu Boden. Bevor er wußte, was geschehen war, stand ich schon wieder auf den Beinen. Sein Speer war ihm aus der Hand gefallen. Ich riß ihn an mich, und als der Mann sich erhob, stieß ich ihm den Speer in den Rücken. Es ging schneller als das Zittern eines Blattes, mein Vater; und mit dem Schütteln eines Blattes war er auch tot. Jetzt lief ich los, denn ich hatte nicht den Mut, es auch mit den beiden anderen aufzunehmen. Mein Mut war erschöpft.

Etwa hundert Schritte vor mir entfernt taumelte Baleka auf das Tor des Kraals zu, beide Arme ausgestreckt, wie jemand, der zuviel Bier getrunken hat. Als ich sie einholte, war sie noch etwa vierzig Schritte vom Tor entfernt, und jetzt verließ sie auch der Rest ihrer Kraft. Ja! Sie stürzte bewußtlos zu Boden, und ich blieb bei ihr stehen. Und an dieser Stelle wäre auch ich getötet worden, denn nun kamen die beiden anderen, die eine Weile bei ihren toten Kameraden stehengeblieben waren, und sie schäumten vor Wut. Doch in diesem Augenblick wurde das Tor des Kraals geöffnet, und heraus drängte eine Gruppe von Kriegern, die einen Gefangenen mit sich schleiften. Ihnen folgte ein großer Mann, der ein Leopardenfell über den Schultern trug und laut lachte. In seiner Gesellschaft hielten sich fünf oder sechs andere Männer auf, und ihnen folgte eine Kompanie Soldaten.

Die Soldaten sahen, daß hier ein Kampf stattfand und liefen auf uns zu. Sie erreichten uns im selben Moment wie unsere beiden Verfolger.

»Wer seid ihr?« schrien sie. »Wer wagt es, am Tor des Elefantenkraals zu töten? Hier tötet nur der Elefant selbst.«

»Wir sind die Kinder Makedamas«, antworteten sie, »und wir verfolgen diese Übeltäter, die Verbrechen und Mord in unserem Kraal begangen haben. Sieh! Zwei von uns hat er hier umgebracht, und andere liegen tot neben dem Weg. Erlaubt, daß wir die beiden töten.«

»Richte eure Bitte an den Elefanten«, sagten die Soldaten. »Und bittet ihn gleichzeitig, daß ihr nicht getötet werdet.«

In diesem Augenblick sah der hochgewachsene Häuptling das Blut und hörte die Worte. Er trat auf uns zu; er war wirklich ein Hüne und noch recht jung an Jahren. Selbst die größten der anderen überragte er um mindestens einen Kopf, und seine Brust war so breit wie zwei; sein Gesicht war grausam und schön, und wenn er wütend war, leuchteten seine Augen wie Feuer.

»Wer sind diese, die es wagen, den Staub am Tor meines Kraals aufzuwirbeln?« fragte er und runzelte ärgerlich die Stirn.

»O Chaka, o Elefant«, antwortete der Hauptmann der Soldaten und verneigte sich tief vor ihm, »die Männer sagen, daß diese beiden Übeltäter sind, und daß sie sie verfolgen, um sie zu töten.«

»Gut«, sagte er, »sollen sie die Übeltäter töten.«

»O Großer Häuptling! Dank sei dem Großen Häuptling!« sagten die beiden Männer meines Volkes, die uns töten wollten.

»Ich höre euch«, sagte er, und wandte sich dann wieder an den Hauptmann. »Und wenn sie die Übeltäter getötet haben, laß sie blenden und fortjagen, damit sie ihren Weg nach Hause tastend suchen, denn sie haben es gewagt, einen Speer vor den Toren der Zulus zu heben. Und nun könnt ihr mich wieder preisen, meine Kinder!« Und er lachte, und die Soldaten murmelten: »*Ou!* Er ist weise, er ist groß, seine Gerechtigkeit ist so hell und so schrecklich wie die Sonne!«

Doch die beiden Männer meines Volkes schrien auf vor Angst, denn so eine Gerechtigkeit hatten sie nicht gesucht.

»Schneidet ihnen auch die Zungen heraus«, sagte Chaka. »Oder soll sich das Land der Zulus so ein Gejammer anhören? Niemals! Die Rinder würden Fehlgeburten haben. An die Arbeit, ihr Schwarzen! Dort liegt das Mädchen. Sie schläft und ist hilflos. Tötet sie! Was? Ihr zögert? Nun denn, wenn ihr noch Zeit zum Nachdenken habt, will ich euch etwas zu tun geben. Nehmt diese Männer, beschmiert sie mit Honig und bindet sie auf Ameisenhaufen; wenn morgen die Sonne aufgeht, werden sie ihre Gedanken von innen gesehen haben. Aber vorher tötet diese beiden gejagten Schakale.« Er deutete auf Baleka und mich. »Sie scheinen müde zu sein und brauchen Schlaf.«

Jetzt öffnete ich zum erstenmal den Mund, denn die Soldaten traten auf uns zu, um uns zu töten.

»O Chaka«, rief ich. »Ich bin Mopo, und dies ist meine Schwester Baleka.«

Ich schwieg, und ein tosendes Gelächter klang auf.

»Sehr schön, Mopo und deine Schwester Baleka«, sagte Chaka grinsend. »Guten Morgen, Mopo und Baleka – und auch gute Nacht.«

»O Chaka«, rief ich. »Ich bin Mopo, der Sohn Makedamas vom Stamm der Langeni. Ich war es, der dir vor vielen Jahren, als wir beide klein waren, eine Kalebasse mit Wasser brachte. Damals hast du mich aufgefordert, zu dir zu kommen, wenn du groß und mächtig geworden seist, und du hast geschworen, mich zu beschützen und mir nie etwas zu tun. Deshalb bin ich gekommen und habe meine Schwester mitgebracht; und jetzt bitte ich dich, iß nicht die Worte auf, die du damals gesprochen hast.«

Während ich sprach, veränderte sich Chakas Gesicht, und er hörte mir ernsthaft und aufmerksam zu, wie ein Mann, der die Hand an sein Ohr hält. »Das sind keine Lügen«, sagte er. »Willkommen, Mopo! Du sollst ein Hund in meiner Hütte sein und von meiner eigenen Hand gefüttert werden. Aber von deiner Schwester war nicht die Rede. Warum also sollte sie nicht getötet werden, wo ich doch Rache geschworen habe gegen deinen ganzen Stamm, nur dich ausgenommen?«

»Weil sie zu schön ist, um getötet zu werden, o Häuptling!« antwortete ich. »Und auch, weil ich sie liebe und ihr Leben als Gnade von dir erbitte.«

»Dreht das Mädchen um!« befahl Chaka. Und sie taten es, damit er ihr Gesicht sehen konnte.

»Wieder hast du keine Lüge gesprochen, Sohn Makedamas«, sagte der Häuptling. »Ich gewähre dir die Gnade. Auch sie soll in meiner Hütte liegen und eine meiner ›Schwestern‹ werden. Jetzt berichte mir, was los ist, aber sage die Wahrheit.«

Also setzte ich mich und erzählte ihm alles. Er wurde nicht müde zuzuhören. Doch als ich fertig war, sagte er nur eines: er wünschte, der Hund Koos wäre nicht getötet worden, denn wenn er am Leben geblieben wäre, hätte er ihn auf die Hütte meines Vaters Makedama gesetzt und ihn zum Häuptling über die Langeni ernannt.

Dann sagte er zum Hauptmann und zu den Soldaten: »Ich nehme meine Worte zurück. Diese Männer der Langeni sollen nicht verstümmelt werden. Einer von ihnen soll sterben, der andere am Leben bleiben. Hier«, er deutete auf den Mann, den die anderen aus dem Kraal geschleppt hatten, »hier, Mopo, haben wir einen Mann, der sich als Feigling erwiesen hat. Gestern wurde auf meinen Befehl ein Kraal von Hexern vernichtet – vielleicht hast du auf deinem Weg etwas davon gesehen. Dieser Mann und drei andere haben einen Soldaten dieses Kraals angegriffen, der seine Frau und seine Kinder verteidigte. Der Mann kämpfte gut – drei meiner Leute hat er getötet. Dieser Hund war zu feige, ihm gegenüberzutreten. Er tötete ihn durch einen Speerwurf, und dann hat er die Frau und ihre Kinder erstochen. Das ist nichts; aber er hätte sich dem Mann stellen sollen. Jetzt kann er das nachholen. Er soll bis zum Tod mit einem der beiden Schweine aus deinem Stall kämpfen.« Er deutete mit dem Speer auf die Männer aus dem Kraal meines Vaters. »Und der andere soll gehetzt werden, so wie sie dich gehetzt haben. Ich werde das andere Schwein mit einer Botschaft zu seinem Koben zurückschicken. – Wählt, Kinder Makedamas, welcher von euch soll am Leben bleiben?«

Nun waren die beiden Männer meines Stammes Brüder und liebten einander, und jeder von ihnen war bereit zu sterben, damit der andere frei sein würde. Deshalb traten sie beide vor und sagten, sie wollten gegen den Zulu kämpfen.

»Was? Gibt es Ehre unter Schweinen?« sagte Chaka. »Dann werde ich entscheiden. Seht ihr diesen Assegai? Ich werde ihn in die Luft werfen; fällt er mit der Spitze nach oben zu Boden, soll der größere Mann frei sein, wenn der Schaft nach oben zeigt, gehört dem kleineren das Leben. Also!« Er wirbelte den kurzen Speer hoch in die Luft. Alle Augen waren auf ihn gerichtet, als er zu Boden fiel. Mit dem Schaft voran schlug er auf.

»Komm her, du«, sagte Chaka zu dem größeren der beiden Brüder. »Lauf zurück zum Kraal Makedamas und sage dort: So spricht Chaka, der Löwe des Zulu-ka-Malandela: Vor vielen Jahren hat dein Stamm mir Milch verweigert. Heute heult der Hund deines Sohnes Mopo auf dem Dach deiner Hütte*. – Geh!«

Der Mann wandte sich um, schüttelte seinem Bruder die Hand und ging, um die Botschaft des bösen Omens zum Kraal seines Stammes zu bringen.

Dann forderte Chaka den Zulu und den letzten der Männer, die uns verfolgt hatten, auf, miteinander zu kämpfen. Nachdem sie den Häuptling gepriesen hatten, gingen sie aufeinander los, und am Ende war es der Mann meines Stammes, der den Zulu tötete. Doch sowie er wieder etwas zu Atem gekommen war, wurde er gezwungen, um sein Leben zu laufen, und fünf Zulus hetzten hinter ihm her.

Doch am Ende konnte er ihnen entkommen. Chaka war nicht einmal wütend darüber; ich glaube sogar, daß er den Männern, die ihn

* Bei den Zulus gilt es als ein sehr böses Omen, wenn ein Hund auf das Dach einer Hütte klettert. Das zu sagen, ist eine Drohung, die von jedem Zulu verstanden und sehr ernst genommen wird.

verfolgten, Anweisung gegeben hatte, ihn entkommen zu lassen. Es gab nur einen guten Zug in Chakas bösem Charakter: er würde immer das Leben eines tapferen Mannes schonen, wenn er es tun konnte, ohne das Gesicht zu verlieren. Was mich anging, so war ich glücklich, daß ein Mann meines Volkes den Zulu getötet hatte, der die Kinder der sterbenden Frau ermordet hatte, die wir jenseits des Flusses gefunden hatten.

KAPITEL V

Mopo wird Medizinmann des Königs

Dies also, mein Vater, waren die Ereignisse, die dazu führten, daß ich, Mopo, und meine Schwester Baleka in den Kraal Chakas, des Löwen der Zulu, kamen. Du könntest jetzt fragen, warum ich mich so lange mit einer Geschichte aufgehalten habe, die nicht anders ist, als die Geschichten anderer Menschen unseres Volkes. Aber das wird sich zeigen, denn aus dieser Sache, wie ein Baum aus einem Samen, wuchs die Geburt Umslopogaas Bulalios – Umslopogaas, des Schlächters – und Nada, der Schönen, von deren Liebe meine Geschichte berichten soll. Denn Nada war meine Tochter, und Umslopogaas – obwohl nur wenige Menschen es wußten – kein anderer, als der Sohn Chakas, von meiner Schwester Baleka geboren.

Als sich Baleka nun von den Strapazen unserer Flucht erholt und ihre Schönheit zurückgewonnen hatte, nahm Chaka sie zur Frau, das heißt, als eine der Frauen, die er seine ›Schwestern‹ nannte. Und mich machte Chaka zu einem seiner Medizinmänner, und er war mit meiner Medizin so zufrieden, daß ich schließlich sein Ober-Medizinmann wurde. Das war nun ein sehr wichtiger und einflußreicher Posten, durch den ich im Laufe der Jahre fett an Rindern und Frauen wurde; doch barg er auch große Gefahren. Denn wenn ich am Morgen kräftig und gut gelaunt aufstand, wußte ich niemals, ob ich nicht am Abend steif und rot schlafen würde, für immer. Zahlreich waren die Medizinmänner, die Chaka mordete; wenn ihre Medizin nicht gut war, wurden sie getötet. Und irgendwann würde der Tag kommen, an dem sich der König krank am Körper oder schwer an der Seele fühlte, und dann warteten der Assegai oder die Folter auf den, der ihn behandelt hatte. Doch ich entging diesem Schicksal, teils wegen der Macht meiner Kunst, und auch dank des Eides, den Chaka geschworen hatte, als wir beide Kinder gewesen waren. So kam es, daß ich überall dort war, wo der König weilte. Ich schlief in der Nähe seiner Hütte, saß hinter ihm im Rat, und in der Schlacht war ich ständig an seiner Seite.

Ah! Die Schlachten! – Die Schlachten! In jenen Tagen wußten wir zu kämpfen, mein Vater! In jenen Tagen folgten die Geier zu Tausenden unseren *Impis,* und Rudel von Hyänen folgten unserem Weg, und keiner blieb hungrig. Niemals werde ich die Schlacht vergessen, bei der ich zum erstenmal an der Seite Chakas stand. Es war kurz nachdem der König seinen großen Kraal am Südufer des Umhlatuze errichtet hatte. Just zu dieser Zeit griff Häuptling Zwide seinen Rivalen Chaka zum drittenmal an, und Chaka stellte sich ihm mit zehn vollen Regimentern* entgegen, die zum erstenmal mit dem kurzen Stoßspeer bewaffnet waren.

Das Gelände lag folgendermaßen: Auf einem langgestreckten, flachen Hügel vor unseren drei *Impis* waren die Regimenter Zwides massiert; es waren siebzehn; die Erde war schwarz von ihrer Masse; ihre Federbüsche waren weiß wie Schnee. Auch wir waren auf einem Hügel, und zwischen uns lag ein schmales Tal, durch das ein kleiner Fluß rann. Die ganze Nacht hindurch loderten unsere Feuer durch das Dunkel, die ganze Nacht hindurch hallte der Gesang der Soldaten von den Hügeln wider. Dann kam das Grau der Dämmerung. Die Ochsen brüllten angesichts des neuen Lichts, die Regimenter erhoben sich von ihren Betten aus Speeren; sie sprangen auf und schüttelten den Tau von ihren Schilden und Haaren – ja! sie sprangen auf! Zum Sterben bereit! Die *Impis* nahmen Aufstellung, Regiment für Regiment, Männer so zahllos wie die Sterne, und wie die Sterne strahlten sie. Die Morgenbrise sprang auf und fächelte sie, und die Federbüsche auf ihren Köpfen bogen sich im Wind, wiegten sich wie reifendes Gras, reif für die Assegais. Über der Kimm des Hügels tauchte die Sonne auf, die Sonne des Schlachtens; sie glühte rot auf den roten Schilden; schien rot auf das Schlachtfeld; die weißen Federbüsche der Häuptlinge erstrahlten rot im Blut des Himmels. Sie wußten es; sie sahen das Omen des Todes, und – ah! – sie lachten vor Freude, daß die Schlacht zum Leben erwachte. Was war der Tod! War es nicht gut, durch den Speer zu sterben? Was war der Tod? War es nicht gut, für den König zu sterben? Der Tod war die Armee des Sieges. Der Sieg würde heute nacht ihre Braut sein – und oh! wie warm und weich ihre Brust war.

Hört! – Der Kriegsgesang, das *Ingomo*, eine Melodie, deren Macht einen Mann zum Wahnsinn treiben kann, klang irgendwo am linken Flügel auf und wurde weitergetragen, von Regiment zu Regiment – wie ein rollender Ball von Gesang:

Wir sind die Männer des Königs,
Geboren, um getötet zu werden für ihn.
Auch du bist einer von uns!
Wir sind die Zulu, die Kinder des Löwen.
Was! Zitterst du etwa?

* etwa 30000 Mann

Plötzlich sah man Chaka durch die Reihen stapfen, gefolgt von seinen Hauptleuten, seinen *Indunas*, und mir. Er stolzierte wie ein großer Bock; Tod lag in seinen Augen, und wie ein Bock zog er die Luft in die Nüstern, roch den Geruch des Schlachtens. Er hob seinen Assegai, und es wurde totenstill; nur der Gesang der Männer war noch zu hören.

»Wo sind die Kinder Zwides?« rief er, und seine Stimme war wie die Stimme eines Bullen.

»Dort drüben, mein Vater«, antworteten sie, und alle Speere wiesen über das Tal hinweg.

»Sie kommen nicht her«, rief er wieder. »Sollen wir hier herumsitzen, bis wir alt geworden sind?«

»Nein, Vater«, antworteten sie. »Anfangen! Anfangen!«

»Das Umkandhlu-Regiment soll vortreten!« rief er, und noch während er sprach, drängten sich die schwarzen Schilde der Umkandhlu aus den Reihen der *Impis*.

»Geht, meine Kinder!« schrie Chaka. »Dort ist der Feind! Geht, und kommt nicht zurück!«

»Wir hören dich, Vater!« antworteten sie im Chor und liefen den Hang hinab wie eine riesige Herde von Wild mit Hörnern aus geschmiedetem Eisen.

Jetzt durchquerten sie den Fluß, und nun erwachte Zwide. Ein Raunen lief durch seine Kompanien; die Speere funkelten im Licht der Sonne.

Ou! Sie greifen an! *Ou!* Sie stoßen aufeinander! Höre das Zusammenkrachen der Schilde! Höre den Gesang der Schlacht!

Hin und her tobt der Kampf. Die Umkandhlu weichen zurück – sie fliehen! Sie kommen zurück über den Fluß – die Hälfte von ihnen; die anderen sind tot. Ein Wutgeheul erhebt sich von unseren Heerscharen. Nur Chaka lächelt.

»Macht Platz! Macht Platz!« schreit er. »Macht Platz für die Umkandhlu-*Mädchen*!« Mit hängenden Köpfen ziehen sie durch unsere Reihen nach hinten.

Jetzt flüstert er den *Indunas* etwas zu. Die *Indunas* laufen. Sie flüstern mit Menziwa, dem General, und mit den Hauptleuten. Dann laufen zwei Regimenter den Hang hinab, zwei andere nach rechts und noch zwei andere nach links. Aber Chaka bleibt auf dem Hügel, mit den drei verbliebenen Regimentern. Wieder das Krachen aufeinanderprallender Schilde. Ah! Das sind Männer! Sie kämpfen, sie fliehen nicht. Ein Regiment nach dem anderen fällt über sie her, doch sie stehen. Sie fallen zu Hunderten und zu Tausenden, doch nicht ein Mann zeigt dem Feind seinen Rücken, und auf jedem

Gefallenen liegen zwei Tote. *Ou!* Mein Vater, nicht ein Mann dieser zwei Regimenter blieb am Leben. Es waren noch Jungen, doch sie waren die Kinder Chakas. Menziwa lag unter einem Haufen seiner gefallenen Krieger begraben. Solche Männer gibt es heute nicht mehr.

Sie sind alle tot und still. Chaka hält sich noch immer zurück. Er blickt nach Norden und nach Süden. Sieh! Zwischen den Bäumen schimmern Speere. Jetzt marschieren die vier Regimenter, die er an die Flanken geschickt hat, voran, wie die Greifer einer riesigen Zange, und greifen den Feind an beiden Flanken an. Sie töten und werden getötet, denn die Männer Zwides sind zahlreich und tapfer, und das Glück der Schlacht wendet sich gegen uns.

Jetzt spricht Chaka das Wort. Die Hauptleute hören es, die Soldaten recken den Hals, um es zu verstehen.

Endlich ist es soweit. *»Greift an! Greift an, Kinder der Zulu!«*

Ein ohrenbetäubendes Brüllen, das Donnern von Füßen, das Blitzen der Speere, und wie Wasser, das sich über einen geborstenen Damm ergießt, wie Sturmwolken vor einem Orkan, rasen wir den Hang hinab, auf den Feind zu. Die Gegner formieren sich, um sich uns entgegenzustellen; der Fluß liegt hinter uns; unsere Verwundeten richten sich auf und winken uns voran. Wir trampeln sie nieder. Was soll's? Sie können nicht mehr kämpfen. Dann stoßen wir auf Zwide, der vorstürmt, um uns heiß zu begrüßen. Bulle trifft auf Bulle. *Ou!* Mein Vater, ich weiß nichts mehr. Alles wird rot. Dieser Kampf! Dieser Kampf! Wir haben sie hinweggespült. Als es zu Ende war, war nichts mehr zu sehen, aber der Hang war schwarz und rot. Nur wenige flohen; es waren nur wenige übrig, die fliehen konnten. Wir haben sie vernichtet wie ein Feuer; wir haben sie aufgefressen. Wir hielten inne und sahen nach dem Feind. Es gab nur noch Tote. Die Heerscharen Zwides hatten aufgehört zu existieren. Dann riefen wir unsere Männer zusammen. Zehn Regimenter hatten die Sonne aufgehen sehen; drei Regimenter sahen die Sonne sinken; der Rest war dort, wo keine Sonne scheint.

So waren die Schlachten in den Tagen Chakas.

Du fragst mich nach dem Umkandhlu-Regiment, das aus der Schlacht floh. Ich werde dir sagen, was geschah. Als wir in unseren Kraal zurückgekehrt waren, rief Chaka das Regiment zusammen. Er sprach zu den Männern, mit sanfter, sehr sanfter Stimme. Er dankte ihnen für ihre Dienste. Er sagte, es sei nur natürlich, daß *Mädchen* beim Anblick von Blut ohnmächtig würden und in den Schutz ihrer Kraale zurückliefen. Doch hätte er ihnen befohlen, nicht zurückzukommen, und sie seien trotzdem zurückgekommen!

Was sollte er nun mit ihnen tun? Welche Wahl blieb ihm? Und er bedeckte sein Gesicht mit einer Decke. Dann töteten die Soldaten alle von ihnen – es waren fast zweitausend – und sie lachten und höhnten dabei.

So verfuhr man mit Feiglingen in jenen Tagen, mein Vater. Danach war jeder Zulu soviel Wert wie fünf Männer eines jeden anderen Stammes. Selbst wenn zehn Feinde gegen ihn standen, wandte er ihnen nicht den Rücken zu und floh. »Kämpft und fallt, aber flieht nicht!« war unsere Parole. Niemals, solange Chaka lebte, passierte ein Feind das Tor seines Kraals.

Diese Schlacht war nur eine von vielen. Mit jedem neuen Mond begann ein neues *Impi* seine Speere zu waschen und kam ausgedünnt zurück, doch mit einem Sieg und einer Herde erbeuteter Rinder. Ein Stamm nach dem anderen zerbrach unter unseren Schlägen. Die Männer dieser Stämme, die dem Assegai entrannen, wurden zu neuen Regimentern formiert, und auf diese Weise – obwohl in jedem Monat Tausende unserer Krieger starben – wurde die Armee trotzdem größer und größer. Sehr bald war keiner der Häuptlinge mehr am Leben. Umsuduka fiel, und nach ihm wurde Matiwane erschlagen. Dann fielen wir in das Land Natal ein. Als wir es betraten, war seine Bevölkerung so zahlreich, daß man sie nicht zählen konnte. Als wir es verließen, mochte man da und dort noch einen Mann finden, der sich in einem Erdloch versteckt hatte – das war alles. Männer, Frauen und Kinder, wir haben sie alle hinweggefegt; das Land war von ihnen gesäubert. Als nächster war U'Faku an der Reihe, der Häuptling der Amapondos. Ah! Wo ist U'Faku jetzt?

Und so ging es weiter und weiter, bis die Zulus der Kriege müde waren und selbst die schärfsten Assegais stumpf wurden.

KAPITEL VI

Die Geburt Umslopogaas

Dies war das Gesetz im Leben Chakas, daß er keine Kinder haben würde, obwohl er viele Frauen besaß. Jedes Kind, das eine seiner ›Schwestern‹ gebar, wurde auf der Stelle getötet.

»Was denn, Mopo«, sagte er einmal zu mir, »soll ich Kinder großziehen, damit sie mir den Assegai geben, wenn sie erwachsen geworden sind? Sie nennen mich einen Tyrannen. Sage mir, wie sterben die Häuptlinge, die von den Menschen Tyrannen genannt werden? Sie sterben durch die Hand derer, die sie gezeugt haben. Nein, Mopo, ich werde mein Leben lang herrschen, und wenn ich einst zu den Geistern meiner Väter eingehe, soll der Stärkste meine Macht und meinen Platz erobern!«

Nun geschah es, daß kurze Zeit nachdem er so zu mir gesprochen hatte, meine Schwester Baleka, die Frau des Königs, in die Wehen kam; und am gleichen Tag brachte meine Frau Macropha Zwillinge zur Welt, und das acht Tage nachdem meine Zweite Frau, Anadi, mir einen Sohn geboren hatte. Du fragst, mein Vater, wie es kam, daß ich verheiratet war, da Chaka allen seinen Soldaten die Heirat verboten hatte, bis sie in die mittleren Jahre gekommen waren. Es war eine Gnade, die er mir gewährte, als *Inyanga* der Medizin, da er wollte, daß ein Arzt auch die Krankheiten der Frauen wissen sollte, und vor allem lernen, ihre bösen Launen zu kurieren. Hoho! Als ob das möglich wäre, mein Vater.

Als der König hörte, daß Baleka im Kindbett lag, tötete er sie nicht sofort, weil er sie ein wenig gern hatte, doch er ließ mich zu sich rufen und befahl mir, mich um sie zu kümmern, und wenn das Kind geboren sei, sollte ich seine Leiche zu ihm bringen, wie es der Brauch war, damit er sicher sein konnte, daß es wirklich tot war. Ich warf mich vor ihm auf den Boden und ging, um seinen Befehl auszuführen. Doch mein Herz war schwer, denn war Baleka nicht meine Schwester? Und würde das Kind nicht Blut von meinem Blut sein? Trotzdem, es mußte sein, denn Chakas Flüstern war wie das Schreien anderer Könige, und wenn wir es wagten, uns seinem Befehl zu widersetzen, würden wir mit unserem Leben und mit den Leben aller, die in unserem Kraal waren, dafür büßen. Es war besser, daß ein Kind starb, als daß wir alle Futter für die Schakale wurden. Kurz darauf kam ich zu dem *Emposeni*, den Behausungen der Frauen des Königs, und sagte den Wachen, daß ich auf Befehl des Königs gekommen sei. Sie senkten ihre Assegais und ließen mich passieren, und ich betrat die Hütte Balekas. Ein paar andere Frauen des Königs waren bei ihr, doch als sie mich sahen, standen sie auf und gingen hinaus, denn es war ungesetzlich, daß sie blieben, wenn ich hier war. So blieb ich mit meiner Schwester allein.

Eine Weile lag sie schweigend, und auch ich sagte nichts, doch ich erkannte am Heben und Senken ihrer Brust, daß sie weinte.

»Still, meine Kleine«, sagte ich schließlich, »deine Sorgen werden bald vorüber sein.«

»Nein«, antwortete sie und hob den Kopf, »sie werden erst beginnen. Du grausamer Mann! Ich weiß, warum du hier bist. Du bist gekommen, um das Kind zu ermorden, das mir geboren werden soll.«

»Es ist der Befehl des Königs, Frau.«

»Es ist der Befehl des Königs, und was ist der Befehl des Königs? Habe ich denn dabei nichts zu sagen?«

»Es ist das Kind des Königs, Frau.«

»Es ist das Kind des Königs, aber ist es nicht auch mein Kind? Muß mein Kind von meinen Brüsten gerissen und erwürgt werden, und auch noch von dir, Mopo? Habe ich dich nicht geliebt, Mopo? Bin ich nicht mit dir von unserem Volk und vor der Rache unseres Vaters geflohen? Weißt du denn, daß es noch nicht zwei Monde her ist, daß der König Zorn auf dich hatte, weil er krank war, und dich hätte töten lassen, wenn ich ihn nicht für dich angefleht und ihn an sein Versprechen erinnert hätte? Und so zahlst du es mir zurück; du kommst, um mein Kind zu töten, mein erstgeborenes Kind!«

»Es ist der Befehl des Königs, Frau«, sagte ich ernst; aber mein Herz war gespalten.

Nun sagte Baleka nichts mehr, sondern wandte den Kopf zur Wand und begann bitterlich zu weinen und zu stöhnen.

Während sie so weinte, hörte ich ein Geräusch, und die Türöffnung verdunkelte sich. Eine Frau trat in die Hütte. Ich wandte mich um, damit ich sehen konnte, wer sie war, dann warf ich mich zu Boden, denn vor mir stand Unandi, die Mutter des Königs, die man ›Mutter der Himmel‹ nannte, dieselbe Frau, der meine Mutter einst Milch verweigert hatte.

»Heil dir, Mutter der Himmel«, sagte ich.

»Sei gegrüßt, Mopo«, antwortete sie. »Sage, warum weint Baleka? Ist es, weil die Last der Frauen auf ihr ruht?«

»Frage sie selbst, Mutter der Himmel.«

Nun sprach Baleka: »Ich weine, Mutter eines Königs, weil dieser Mann, der mein Bruder ist, von ihm geschickt wurde, der mein Herr ist und dein Sohn, um das Kind zu ermorden, das aus mir geboren werden wird. Oh, du, deren Brüste gesäugt haben, bitte für mich! Dein Sohn wurde nicht getötet, als er aus dir kam.«

»Vielleicht wäre es besser gewesen, wenn man ihn getötet hätte, Baleka«, sagte Unandi, »dann würden viele andere Männer noch die Sonne sehen, die jetzt tot sind.«

»Aber wenigstens als Kind war er doch gut und freundlich, und du hast ihn geliebt, Mutter der Zulu.«

»Nein, Baleka! Als Kind schon hat er mir in die Titten gebissen und mir das Haar ausgerissen; so wie er als Mann ist, so war er schon als Kind.«

»Aber sein Kind könnte doch anders sein, Mutter der Himmel! Denke doch daran, daß du keinen Enkelsohn hast, der sich im Alter um dich kümmern wird. Willst du denn, daß dein Stamm ausgelöscht wird? Der König, unser Herr, lebt im Krieg. Auch er kann sterben. Und was dann?«

»Dann ist die Wurzel Senzangaconas noch immer grün. Hat denn der König keine Brüder?«

»Sie sind nicht von deinem Fleisch, Mutter. Hörst du mir denn nicht zu? Dann flehe ich dich an, als Frau flehe ich dich als eine andere Frau an: Rette mein Kind oder töte mich mit ihm!«

Nun erweichte sich das Herz Unandis, und sie begann zu weinen.

»Wie kann man das tun, Mopo?« fragte sie. »Der König muß das tote Kind sehen, und wenn er Verdacht schöpft – und selbst das Rohr hat Ohren –, so kennst du das Herz Chakas und weißt, wo wir morgen liegen werden.«

»Gibt es denn keine anderen neugeborenen Kinder im Zululand?« sagte Baleka. Sie hatte sich aufgerichtet und flüsterte zischend wie eine Schlange. »Höre, Mopo! Liegt nicht auch deine Frau in den Wehen? Hör' mir zu, Mutter der Himmel, und auch du, mein Bruder, höre. Versucht nicht, mit mir ein Spiel zu treiben. Ich werde mein Kind retten, oder ihr werdet beide mit ihm sterben. Denn ich werde dem König sagen, daß ihr zu mir gekommen seid – ihr beide – und ein Komplott in mein Ohr geflüstert habt, ein Komplott, das Kind zu retten und den König zu ermorden. Wählt jetzt – und wählt schnell!«

Sie sank zurück. Es war still. Wir blickten einander an. Dann sagte Unandi: »Gib mir deine Hand, Mopo, und schwöre, daß du mir in dieser Sache die Treue halten wirst, so wie ich dir die Treue halten werde. Der Tag mag kommen, an dem dieses Kind, das noch nicht das Licht der Sonne gesehen hat, als König das Zululand beherrscht, und dann sollst du zum Dank der größte von allen Menschen sein, die Stimme des Königs, der Flüsterer im Ohr des Königs.

Aber wenn du deinen Eid brichst, dann hüte dich, denn ich werde nicht allein sterben!«

»Ich schwöre, Mutter der Himmel«, sagte ich.

»Es ist gut, Sohn Makedamas.«

»Es ist gut, mein Bruder«, sagte Baleka. »Geh jetzt und tu, was getan werden muß, und tu es schnell, denn meine Sorge lastet auf mir! Geh, und denk daran, daß du nicht fehlen darfst, denn dann kenne ich keine Gnade, dann werde ich dir den Tod bringen; ja, das werde ich tun, selbst wenn ich selbst dabei sterben muß!«

So ging ich.

»Wohin willst du?« fragten die Wachen am Tor.

»Ich will meine Medizin holen, Männer des Königs«, antwortete ich.

So waren meine Worte; aber, oh! mein Herz war schwer, und ich faßte den Plan, aus Zululand zu fliehen. Ich konnte, ich wagte nicht zu tun, was sie von mir verlangten. Was? Sollte ich mein eigenes Kind töten, sein Leben für das Leben von Balekas Kind geben? Sollte ich meinen Willen über den Willen des Königs stellen, ein Kind das Licht der Sonne sehen lassen, das von ihm zur Dunkelheit verdammt worden war? Nein, ich würde fliehen, würde alles zurücklassen und einen weit entfernt lebenden Stamm suchen, um dort mein Leben neu zu beginnen. Hier konnte ich nicht mehr leben; hier, im Schatten Chakas, gab es nichts als den Tod.

Ich erreichte meine eigenen Hütten und sah, daß meine Frau Macropha Zwillinge geboren hatte. Ich schickte alle hinaus, bis auf Anadi, meine andere Frau, die mir vor acht Tagen einen Sohn geboren hatte. Einer der Zwillinge war tot geboren worden, er war ein Junge. Der andere war ein Mädchen und lebte. Es war das Mädchen, das Nada, die Schöne, werden sollte, Nada, die Lilie. Jetzt hatte ich eine Idee. Hier öffnete sich mir ein Weg, den ich gehen konnte.

»Gib mir den Jungen«, sagte ich zu Anadi. »Er ist nicht tot. Gib ihn mir, damit ich ihn aus dem Kraal hinausbringen und ihn mit meiner Medizin zum Leben erwecken kann.«

»Das hat keinen Sinn – das Kind ist tot«, sagte Anadi.

»Gib ihn mir, Frau!« sagte ich scharf. Und sie gab mir den Jungen.

Ich nahm ihn und wickelte ihn in mein Medizinbündel und schlug um alles eine Grasmatte.

»Sorgt dafür, daß niemand die Hütte betritt, bis ich zurück bin«, sagte ich, »und sprecht kein Wort davon, daß dieses Kind tot zu sein scheint. Wenn ihr zulaßt, daß jemand die Hütte betritt, oder wenn ihr ein Wort über diese Sache sprecht, dann hilft meine Medizin nicht, und das Kind ist wirklich tot.«

So ging ich fort und ließ die beiden Frauen verwirrt zurück, denn es ist nicht Brauch, bei der Geburt von Zwillingen beide am Leben zu lassen. So rasch ich konnte, lief ich zum Tor des *Emposeni* zurück.

»Ich bringe die Medizin, Männer des Königs!« sagte ich zu den Wachen.

»Tritt ein!« antworteten sie.

Ich passierte das Tor und betrat die Hütte Balekas. Unandi war allein mit meiner Schwester.

»Das Kind ist geboren«, sagte die Mutter des Königs. »Sieh ihn dir an, Mopo, Sohn Makedamas!«

Ich sah ihn an. Es war ein ungewöhnlich großes Kind mit großen schwarzen Augen, wie die Augen von Chaka, dem König.

Unandi trat zu mir. »Wo ist es?« flüsterte sie.

Ich löste die Grasmatte von meinem Bündel und nahm das tote Kind heraus.

»Gib mir das lebende Kind«, flüsterte ich zurück.

Sie gab es mir, und ich rieb seine Zunge mit einem Saft ein, der sie für eine Weile lähmte. Dann wickelte ich das Kind zusammen mit meiner Medizin in die Grasmatte. Um den Hals des totgeborenen Kindes schlang ich eine Grasschnur, als ob ich es damit erdrosselt hätte, und wickelte es lose in ein Stück Matte.

Nun sprach ich zum erstenmal zu Baleka. »Frau«, sagte ich, »und auch du, Mutter der Himmel, ich habe getan, was ihr von mir verlangt habt, doch sollt ihr wissen, daß, bevor alles vorüber sein wird, diese Tat den Tod von vielen mit sich bringen wird. Schweigt wie ein Grab, denn ein offenes Grab steht für euch beide bereit.«

Ich ging wieder hinaus, die Matte mit dem toten Kind in meiner rechten Hand. Doch das Bündel mit der Medizin, in dem sich das lebende Kind befand, hatte ich über meiner Schulter befestigt. Ich passierte das Tor des *Emposeni*, und als ich an der Wache vorbeiging, hielt ich nur schweigend das Bündel mit dem toten Kind empor.

»Es ist gut«, sagten sie und nickten.

Doch nun verließ mich mein Glück, denn unmittelbar vor dem Tor traten mir drei Boten des Königs entgegen.

»Sei gegrüßt, Sohn Makedamas«, sagten sie. »Der König befiehlt dich ins *Intunkulu* – das ist das Haus des Königs, mein Vater.«

»Gut«, antwortete ich. »Ich werde sofort kommen. Doch erst muß ich in mein eigenes Haus, um nach Macropha zu sehen, meiner

Frau. Hier ist, was der König sehen will.« Ich zeigte ihnen das tote Kind. »Bringt es ihm, wenn ihr wollt.«

»So ist nicht der Befehl des Königs, Mopo«, sagten sie. »Er will, daß du sofort vor ihn trittst.«

Jetzt wurde mein Herz zu Wasser in meiner Brust. Könige haben viele Ohren. Konnte er etwas gehört haben? Und wie konnte ich es wagen, vor den Löwen zu treten, mit seinem lebenden Kind auf meinem Rücken? Doch Zaudern bedeutete den Tod. Angst zu zeigen, bedeutete den Tod. Ungehorsam bedeutete den Tod.

»Gut, ich komme«, sagte ich. Und wir gingen zum Tor des *Intunkulu.*

Es war kurz vor Sonnenuntergang. Chaka saß in dem kleinen Hof vor seiner Hütte. Ich fiel vor ihm auf die Knie, gab den königlichen Gruß *Bayéte* und blieb so.

»Steh auf, Sohn Makedamas«, sagte er.

»Ich kann es nicht, Löwe der Zulus«, antwortete ich. »Ich kann mich nicht erheben, da königliches Blut an meinen Händen klebt, bis der König mir vergeben hat.«

»Wo ist es?« fragte er.

Ich deutete auf die Matte in meiner Hand.

»Ich will es sehen.«

Ich schlug die Matte auseinander, er blickte das tote Kind an und lachte laut.

»Er hätte ein König werden können«, sagte er, als er einem Berater befohlen hatte, es fortzubringen. »Mopo, du hast ein Kind getötet, das vielleicht ein König geworden wäre. Hast du keine Angst?«

»Nein, Schwarzer«, antwortete ich. »Das Kind wurde auf Befehl eines Mannes getötet, der König *ist.*«

»Setz ich, ich will mit dir reden«, sagte Chaka, der sich in einer gelangweilten Stimmung befand. »Morgen sollst du für deine Tat fünf Ochsen erhalten; du sollst sie dir von der königlichen Herde auswählen.«

»Der König ist gut; er sieht, daß mein Gürtel eng geschnürt ist; er stillt meinen Hunger. Gestattet der König, daß ich jetzt gehe? Meine Frau liegt in den Wehen, und ich möchte nach ihr sehen.«

»Nein, bleibe noch. Sag mir, wie geht es Baleka, deiner Schwester und der meinen?«

»Es geht ihr gut.«

»Hat sie geweint, als du ihr das Kind genommen hast?«

»Nein, sie hat nicht geweint. Sie sagte: ›Der Wille meines Herrn ist mir Befehl.‹«

»Gut. Hätte sie geweint, ich hätte auch sie töten lassen. Wer war bei ihr?«

»Die Mutter der Himmel.«

Chakas Stirn umwölkte sich. »Unandi, meine Mutter – was wollte sie dort? Ich schwöre, obwohl sie meine Mutter ist... wenn ich glauben müßte...«

Eine Weile herrschte Stille, dann sprach er weiter. »Sag, was ist in dieser Matte?« Er deutete mit seinem kurzen Assegai auf das Bündel, das ich über meine Schulter geschlungen hatte.

»Medizin, mein König.«

»Du trägst so viel davon, daß du ein ganzes *Impi* versorgen könntest. Schnür die Matte auf. Ich will sie sehen.«

Du kannst mir glauben, mein Vater, daß mir vor Angst das Mark in den Knochen schmolz, denn wenn ich das Bündel aufschnürte, mußte er das Kind sehen, und dann...

»Es ist *tagati*, verzaubert, o König. Es ist nicht gut, Medizin anzusehen.«

»Mach es auf!« befahl er ärgerlich. »Was? Darf ich nicht sehen, was du mich zu schlucken zwingst? Ich, der ich der größte aller Medizinmänner bin?«

»Der Tod ist die Medizin des Königs«, antwortete ich, löste das Bündel von meiner Schulter und legte es so weit von ihm entfernt, wie ich es wagte, in den Schatten des Zauns. Dann beugte ich mich darüber und löste langsam die Schnüre, mit denen es zusammengehalten wurde. Dabei rann mir der Angstschweiß über die Stirn und in die Augen. Was sollte ich tun, wenn er das Kind sah? Was würde geschehen, wenn das Kind aufwachte und zu schreien begann? Ich würde ihm den Assegai aus der Hand reißen und ihn erstechen! Ja, ich würde den König töten und dann mich selbst! Jetzt hatte ich die Matte aufgerollt. In ihr befanden sich die Kräuter und Wurzeln meiner Medizin; zwischen ihnen, in Moos gewickelt, das bewußtlose Kind.

»Scheußliches Zeug«, sagte der König und nahm eine Prise Schnupftabak. »Jetzt sollst du sehen, Mopo, wie genau ich treffen kann. Soviel für deine dreckige Medizin!« Und er hob den Assegai, um ihn durch mein Bündel zu werfen. Aber während er warf, machte meine Schlange den König niesen, und so geschah es, daß der Assegai nur die äußeren Blätter meiner Medizin durchbohrte und das Kind unversehrt blieb.

»Möge der Himmel den König segnen!« sagte ich, wie es der Brauch verlangte.

»Ich danke dir, Mopo. Es ist ein gutes Omen. Und nun kannst

du gehen. Doch nimm noch einen Rat von mir mit: Töte deine Kinder, so wie ich die meinen töte, damit sie dir keine Sorgen machen können. Die Welpen von Löwen sollte man am besten ersäufen.«

Ich schnürte mein Bündel, so rasch ich konnte – obwohl meine Hände zitterten wie Blätter im Wind. Oh! Was würde geschehen, wenn das Kind erwachte und zu schreien begann! Ich war fertig; ich stand auf und grüßte den König. Dann richtete ich mich wieder auf und ging. Kaum hatte ich das Tor des *Intunkulu* hinter mir, als das Kind in dem Bündel zu schreien begann. Wenn das nur eine Minute früher geschehen wäre!

»Was?« sagte einer der Soldaten, als ich an ihm vorbeiging. »Hast du einen jungen Hund unter deinem *Moocha** versteckt?«

Ich antwortete nicht, sondern lief weiter, bis ich meine Hütte erreichte. Meine beiden Frauen waren allein.

»Ich habe dein Kind wieder zum Leben erweckt, Frau«, sagte ich, während ich das Bündel aufschnürte.

Anadi nahm das Kind und sah es an.

»Der Junge scheint größer als vorher«, sagte sie.

»Der Atem des Lebens ist jetzt in ihm und hat ihn aufgeblasen«, sagte ich.

»Seine Augen sind auch anders als vorher«, sagte sie wieder. »Sie sind jetzt groß und schwarz, wie die Augen des Königs.«

»Mein Geist hat in seine Augen geblickt und sie schön gemacht«, antwortete ich.

»Dieses Kind hat ein Muttermal an seinem Oberschenkel«, sagte sie noch einmal. »Das, welches ich dir gab, hatte keines.«

»Dort habe ich meine Medizin aufgelegt«, sagte ich.

»Es ist nicht dasselbe Kind«, sagte sie starrköpfig. »Es ist ein Wechselbalg, der Unglück in unser Haus bringen wird.«

Wütend sprang ich auf und verfluchte sie, weil ich erkannte, daß ich die Zunge dieser Frau zügeln mußte, denn sonst würde sie uns alle ins Verderben stürzen.

»Sei still, du Hexe!« schrie ich. »Wie kannst du es wagen, dein verlogenes Herz so sprechen zu lassen? Willst du einen Fluch auf unser Dach herabbeschwören? Willst du uns alle zum Futter für die Speere des Königs machen? Sag' solche Worte noch einmal, und du wirst in der Mitte des Kreises sitzen – und die *Imgomboco* werden dich als Hexe erkennen!«

* Gürtel aus Fell und Schwänzen von Ochsen

So tobte ich weiter und weiter und drohte ihr, sie dem Tod auszuliefern, bis sie vor Angst zusammenbrach. Sie fiel mir zu Füßen und flehte um Gnade und um Vergebung. Doch ich hatte noch immer Angst vor der Zunge dieser Frau. Und nicht ohne Grund.

KAPITEL VII

Umslopogaas antwortet dem König

Die Jahre gingen dahin, und die Angelegenheit schlief. Man hörte nichts mehr von ihr, doch sie schlief nur; und, mein Vater, ich hatte große Angst vor der Stunde, in der sie erwachen würde. Denn das Geheimnis war zwei Frauen bekannt – Unandi, der Mutter des Königs, und Baleka, meiner Schwester und der Frau des Königs – und zwei andere – Macropha und Anadi, meine Frauen – ahnten etwas davon. Wie konnte es dann für immer ein Geheimnis bleiben? Außerdem stellte es sich heraus, daß Unandi und Baleka ihre Liebe für das Kind nicht verbergen konnten, das angeblich mein Sohn war und Umslopogaas genannt wurde, in Wirklichkeit jedoch der Sohn Chakas, des Königs, und Balekas und der Enkelsohn Unandis war. Immer wieder erschien die eine oder die andere der beiden in meiner Hütte, unter dem Vorwand, meine Frauen besuchen zu wollen, nahmen den Jungen auf den Schoß und hätschelten ihn. Vergeblich redete ich auf sie ein, es zu lassen. Die Liebe in ihren Herzen war stärker als meine Worte, und sie kamen immer wieder. Und dies war das Ende davon: daß Chaka eines Tages das Kind auf den Knien Unandis, seiner Mutter, sitzen sah.

»Was macht meine Mutter mit deinem Bengel, Mopo?« fragte er mich. »Warum küßt sie nicht mich, wenn sie unbedingt jemanden küssen muß?« Und er lachte wie ein Wolf.

Ich sagte, daß ich es nicht wüßte, und damit war die Angelegenheit vorderhand erledigt. Doch danach ließ Chaka seine Mutter beobachten.

Der Junge Umslopogaas wuchs heran und wurde groß und kräftig; ein solches Kind konnte man in einem Umkreis von einer Tagesreise nicht noch einmal finden. Aber von klein auf war er mißlaunig, schweigsam, verschlossen und, wie sein Vater Chaka, völlig furchtlos. Auf der ganzen Welt gab es nur zwei Menschen, die er liebte, das waren ich, Mopo, den er Vater nannte, und Nada, die er für seine Schwester hielt.

Nun muß gesagt werden, daß Nada, so wie der Junge Umslopogaas der stärkste und tapferste unter den Knaben war, sie die lieblichste und schönste unter den Mädchen war. Um die Wahrheit zu sagen, mein Vater, so glaube ich nicht, daß sie von reinem Zulublut war, obwohl ich dessen nicht völlig sicher bin. Doch waren ihre Augen größer und sanfter als die unseres Volkes, ihr Haar länger und weniger kraus, und ihre Haut heller – sie hatte eher die Farbe geriebenen Kupfers. All dies hatte sie von ihrer Mutter, Macropha; doch war sie noch hellhäutiger als Macropha – heller als alle Menschen meiner Rasse, die ich jemals gesehen hatte. Ihre Mutter, Macropha, meine Frau, war von Swazi-Blut und wurde nach einem Überfall zusammen mit anderen Gefangenen zum Kraal des Königs gebracht, und der König gab sie mir zur Frau. Es wurde behauptet, daß sie die Tochter eines Swazi-Dorfältesten vom Stamm der Halakazi sei. Daß sie von seiner Frau geboren wurde, ist wahr. Aber ob er ihr Vater war, das weiß ich nicht, denn ich hörte von den Lippen Macrophas selbst, daß vor ihrer Geburt ein weißer Mann im Kraal ihres Vaters gewohnt habe. Er war ein Portugiese von der Küste, ein schöner Mann und geschickt im Schmieden von Eisen. Dieser weiße Mann liebte die Mutter meiner Frau, Macropha, und manche glaubten, daß Macropha seine Tochter sei und nicht die des Swazi-Dorfältesten. Eins weiß ich gewiß: daß vor der Geburt meiner Frau der Portugiese von dem Swazi getötet wurde. Aber über solche Dinge kann niemand die Wahrheit wissen, und ich spreche nur von ihnen, weil die Schönheit Nadas mehr der Schönheit weißer Menschen entsprach als der unseren, und das wäre nur natürlich, wenn ihr Großvater ein Weißer gewesen sein sollte.

Umslopogaas und Nada waren immer beisammen. Sie aßen zusammen, sie schliefen beieinander und wanderten zusammen; sie dachten mit einem Gedanken und sprachen mit einer Zunge. *Ou!* Was für ein schöner Anblick die beiden waren! Zweimal während ihrer Kindheit rettete Umslopogaas Nada das Leben.

Beim erstenmal geschah es folgendermaßen: Sie waren weit vom Kraal fortgegangen, auf der Suche nach bestimmten Beeren, die die Kleinen lieben. Sie gingen und gingen, bis sie endlich diese Beeren fanden, und sie aßen nach Herzenslust davon. Darüber war es Abend geworden, und als sie sich ausruhten, schliefen sie ein. Mitten in der Nacht erwachten sie wieder. Ein scharfer Wind wehte, und ein kalter Regen fiel auf sie nieder, denn es ist zu Beginn des Winters, daß die Früchte reifen.

»Steh auf, Nada!« sagte Umslopogaas. »Wir müssen den Kraal finden, oder die Kälte wird uns töten.«

Nada stand auf, frierend und voller Angst, und Hand in Hand stolperten sie durch das Dunkel. Doch in Wind und Dunkel verloren sie den Weg, und als es endlich hell wurde, fanden sie sich in einem Wald, der ihnen fremd war. Sie ruhten sich eine Weile aus, fanden Beeren, die sie aßen, und gingen weiter. Sie gingen den ganzen Tag über, bis es wieder dunkel wurde, und sie brachen Zweige von den Bäumen und deckten sie über sich, um sich zu wärmen, und sie waren so erschöpft, daß sie sofort einschliefen. Als es dämmerte, erhoben sie sich, aber sie waren jetzt so müde, und es gab so wenige Beeren, daß sie gegen Mittag schon völlig erschöpft waren. Am Hang eines steilen Hügels legten sie sich hin, und Nada bettete ihren Kopf auf Umslopogaas' Schulter.

»Hier wollen wir sterben, mein Bruder«, sagte sie.

Doch bereits in diesem Alter war der Junge sehr tapfer, und er antwortete: »Die Zeit zum Sterben, Schwester, kommt, wenn der Tod sie bestimmt. Ruh dich hier aus. Ich will auf den Hügel steigen und mich umsehen.«

So verließ er sie und kletterte auf die Kuppe des Hügels. Auf dem Weg fand er reichlich Beeren und eine Wurzel, die gut zu essen ist, und er stopfte sich damit voll. Schließlich erreichte er die Hügelkuppe und blickte über die grüne See des Waldes hinweg. Und dort, weit im Osten, sah er eine senkrechte, helle Linie, die wie Dampf vor einer dunklen Klippe wirkte, und er wußte, daß es der Wasserfall hinter dem Kraal des Königs war. Er stieg wieder hinab, jubelnd vor Freude, und nahm für Nada Beeren und Wurzeln mit. Doch als er sie erreichte, sah er, daß ihre Sinne sie verlassen hatten. Hunger, Kälte und Erschöpfung waren zuviel für sie gewesen, und über ihr stand ein Schakal, der jedoch die Flucht ergriff, als Umslopogaas sich näherte. Nun wollte es scheinen, als ob der Junge nur zwei Möglichkeiten hätte. Die eine war, sich selbst zu retten, die andere, sich neben Nada zu legen und mit ihr zu sterben. Doch er fand einen dritten Weg. Er riß sein *Moocha* auseinander, machte Stricke davon, und mit den Stricken band er sich Nada auf den Rücken. Dann machte er sich auf den Weg zum Kraal des Königs. Er hätte ihn wohl nie erreicht, denn der Weg war weit, doch gegen Abend sahen Boten, die durch den Wald liefen, einen nackten Jungen, der ein Mädchen auf seinen Rücken gebunden und einen Stock in der Hand hatte. Er torkelte mühsam voran, seine Augen quollen aus den Höhlen, und Schaum stand auf seinen Lippen. Er konnte nicht sprechen vor Erschöpfung, und die Seile hatten seine Schultern wundgescheuert. Doch einer der Boten erkannte ihn als Umslopogaas, den Sohn Mopos, und sie trugen ihn zum Kraal. Sie wollten das Mädchen Nada zurücklassen, da sie sie für tot hielten, doch er deutete auf ihre Brust, und als einer von ihnen seine Hand darauflegte, fühlte er, daß ihr Herz noch schlug, also brachten sie auch Nada mit zum Kraal. Das Ende der Geschichte war, daß beide sich wieder erholten und einander noch mehr liebten als zuvor.

Danach bat ich, Mopo, Umslopogaas, im Kraal zu bleiben und nicht seine Schwester in die Wildnis zu führen. Aber der Junge war unruhig wie ein Fuchs, und wohin er auch ging, Nada folgte ihm. So geschah es, daß sie eines Tages, als das Tor offen war, aus dem Kraal schlüpften und eine tiefe Schlucht in der Nähe aufsuchten, die einen bösen Ruf hatte, weil behauptet wurde, daß Geister darin spukten und jeden töteten, der es wagte, sie zu stören. Ob das stimmt oder nicht, vermag ich nicht zu sagen, doch ich weiß, daß eine gewisse alte Frau in jener Schlucht wohnte. Sie hauste in einer Höhle und lebte von allem, was sie töten oder stehlen oder mit ihren Händen ausgraben konnte. Diese Frau war wahnsinnig, denn es hatte sich ergeben, daß ihr Mann von den Hexen-Suchern ›ausgeschnüffelt‹ und getötet worden war. Dann hatte Chaka, wie es der Brauch war, seine Soldaten ausgeschickt, um seinen Kraal zu vernichten, und sie gingen zu dem Kraal und töteten alle, die darin waren. Zuletzt brachten sie die Kinder des Mannes um, drei junge Mädchen, und sie hätten auch ihre Mutter assegait, wenn nicht bei dem Anblick des Entsetzens plötzlich ein Geist in sie gefahren und sie verrückt geworden wäre. Also ließen sie sie gehen, weil sie Angst hatten, sie zu berühren, wegen des Geistes, der in ihr war. Und auch später wagte niemand, sie zu berühren. Also floh sie und lebte fortan in jener Schlucht; und dies war die Art ihres Wahnsinns: Wenn immer sie Kinder sah, besonders kleine Mädchen, wurde sie von dem Drang gepackt, sie zu töten, so wie ihre Kinder getötet worden waren. Sie tötete sehr oft, denn wenn der Mond am höchsten stand und ihr Wahnsinn besonders stark war, ging sie lange Strecken, um Kinder zu finden, und sie riß sie aus ihren Kraals wie eine Hyäne. Aber trotzdem wagte niemand, sie zu berühren, wegen des Geistes, der in ihr war, nicht einmal die Eltern der Kinder, die sie ermordet hatte.

So gelangten Umslopogaas und Nada zu der Schlucht, in der die Kindsmöderin hauste, und setzten sich an das Ufer eines Teichs, nicht weit vom Eingang der Höhle entfernt, in der sie lebte. Umslopogaas ließ Nada allein, um nach Felsenlilien zu suchen, die sie liebte. Nada blieb am Teichufer sitzen und begann Blumen zu einer Girlande zu winden. Als Umslopogaas ein Stück entfernt war, blieb er stehen und rief ihr etwas zu, und sein Rufen weckte die Frau, die in ihrer Höhle geschlafen hatte, denn sie kam sonst nur bei Nacht heraus, wie eine Hyäne. Jetzt trat die Frau aus ihrer Höhle, einen Speer in der Hand, und sie roch Blut. Sie entdeckte Nada, die beim Teich im Gras saß und Blumen wand, und kroch auf sie zu, um sie zu töten. Doch in diesem Augenblick – so hat das Kind mir berichtet – spürte Nada plötzlich einen kühlen Windhauch, und sie bekam Angst, obwohl sie die Frau, die sie ermorden wollte, nicht sehen konnte. Sie ließ die Blumen fallen und blickte in das Wasser des Teichs, und dort sah sie hinter sich das verzerrte Gesicht der Kindsmörderin, die schon fast über ihr war, mit wirr herabhängenden Haarzotteln und blutgierig glänzenden Augen.

Mit einem Schrei sprang Nada auf und floh den Pfad entlang, den Umslopogaas gegangen war, und die Wahnsinnige lief ihr nach. Umslopogaas hörte ihren Schrei. Er fuhr herum und lief zurück. Und vor ihm war die Mörderin. Sie hatte Nada eingeholt und sie bereits an den Haaren gepackt, den Speer erhoben, um sie zu durchbohren. Umslopogaas hatte keinen Speer, nur einen kurzen Stock. Doch ohne zu zögern fiel er die Wahnsinnige an und hieb ihr den Stock mit solcher Kraft auf den Arm, daß sie das Mädchen losließ und sich schreiend auf ihn stürzte. Sie stieß mit dem Speer nach ihm, doch er wich dem Stoß aus. Wieder stach sie zu, doch er sprang in die Luft, und der Speer fuhr unter seinen Füßen hindurch. Sie stieß ein drittesmal zu, und obwohl er sich zu Boden warf, um dem Stich auszuweichen, durchbohrte der Assegai seine Schulter. Doch das Gewicht seines Körpers riß ihr den Schaft aus der Hand, und bevor sie ihn packen konnte, war Umslopogaas aufgesprungen und außer Reichweite, den Speer noch immer in der Schulter.

Die Frau fuhr herum, schreiend vor Wut und Wahnsinn, und stürzte sich auf Nada, um sie mit ihren bloßen Händen zu ermorden. Doch Umslopogaas biß die Zähne zusammen, riß den Speer aus seiner Schulter und griff sie an. Die Frau hob einen schweren Stein vom Boden auf und warf ihn nach Umslopogaas; sie schleuderte ihn mit einer solchen Wucht, daß er zersplitterte, als er gegen einen anderen Stein prallte. Doch Umslopogaas lief weiter auf sie zu und rannte ihr den Speer durch den Leib, so daß sie tot zu Boden stürzte. Danach verband Nada seine Wunde, die sehr tief war und stark schmerzte, und sie kehrten zum Kraal des Königs zurück und erzählten mir diese Geschichte.

Nun gab es einige, die verlangten, daß man den Jungen töten müsse, weil er jemanden umgebracht hatte, der vom Geist besessen gewesen sei. Aber ich sagte nein, niemand solle ihn anrühren. Er hatte die Frau getötet, um sein Leben und das seiner Schwester zu verteidigen; und jeder hat das Recht, in Selbstverteidigung zu töten, mit Ausnahme des Königs und solcher, die auf Befehl des Königs handeln. Außerdem, sagte ich, wenn die Frau von einem Geist besessen gewesen sei, so war es ein böser Geist, denn kein guter Geist würde die Opfer von Kindern verlangen, sondern höchstens von Rindern, denn es ist gegen unsere Sitten, den *Amatonga* Menschenopfer darzubringen, selbst nicht im Krieg, obwohl die Hunde von Basutus das tun. Aber das Geschrei wurde immer lauter und lauter, weil die Hexen-Sucher nach dem Leben des Jungen schrien und behaupteten, daß Unheil über uns hereinbrechen würde, wenn wir ihn nicht töteten, da er eine von Geistern Besessene getötet habe, und schließlich gelangte die Sache zu Ohren des Königs. Nun rief Chaka mich und den Jungen zu sich, und er ließ auch die Hexen-Sucher kommen.

Als erstes trugen die Hexen-Sucher ihre Ansichten vor und verlangten den Tod von Umslopogaas. Chaka fragte sie, was geschehen würde, wenn man den Jungen nicht tötete. Sie antworteten, daß der Geist der toten Frau ihn dazu zwingen würde, Unheil über das Haus des Königs zu bringen. Chaka fragte, ob er Unheil über ihn, den König, bringen würde. Sie befragten die Geister und antworteten dann nein, nicht über ihn, aber über ein Mitglied des königlichen Hauses, das ihm folgen würde. Chaka sagte, ihm sei es egal, was denen geschähe, die nach ihm kämen, und ob es denen gut oder schlecht erginge. Dann sprach er zu Umslopogaas, der ihm stolz in die Augen blickte, so wie ein Gleicher einen Gleichen anblickt.

»Junge«, sagte er. »Was hast du zu sagen? Hast du einen Grund, warum du nicht getötet werden sollst, wie es diese Männer verlangen?«

»Dies ist der Grund, Schwarzer«, antwortete Umslopogaas, »daß ich die Frau durchbohrt habe, um mein Leben zu verteidigen.«

»Das ist nichts«, sagte Chaka. »Wenn ich, der König, dich töten wollte, dürftest du dann mich töten, oder die, die ich dazu ausgeschickt habe? Das *Itongo* der Frau war ein Geister-König und befahl ihr, dich zu töten. Also hättest du dich töten lassen müssen. Hast du keinen anderen Grund?«

»Diesen, Elefant«, antwortete Umslopogaas. »Die Frau hätte meine Schwester ermordet, die ich mehr liebe als mein eigenes Leben.«

»Das ist nichts«, sagte Chaka. »Wenn ich aus irgendeinem Grund befehlen würde, dich zu töten, sollte ich dann nicht auch befehlen, alle anderen zu töten, die innerhalb deiner Tore leben? Wenn du nicht mehr zu sagen hast, mußt du sterben.«

»Ich habe dies zu sagen, Fresser deiner Feinde, und wenn auch das nicht genug ist, so laß uns aufhören zu reden und laß mich töten. Du, o König, hast den Befehl gegeben, diese Frau zu töten. Diejenigen, die du ausgeschickt hast, um sie zu töten, haben sie verschont, weil sie sie für besessen hielten. Ich habe den Befehl des Königs ausgeführt; ich habe sie getötet, und deshalb habe ich nicht den Tod verdient, sondern eine Belohnung.«

»Gut gesprochen, Umslopogaas!« sagte Chaka. »Laßt diesem Jungen mit dem Herzen eines Mannes zehn von meinen Rindern geben. Sein Vater soll sie hüten, bis er erwachsen geworden ist. Bist du nun zufrieden, Umslopogaas?«

»Ich nehme, was mir zukommt, und ich danke dem König, weil er mich nicht zu bezahlen braucht, wenn es nicht sein Wunsch ist«, sagte Umslopogaas.

Chaka starrte ihn eine Weile an, schien wütend zu werden, lachte dann jedoch schallend.

»Hört, ihr Männer! Dieses Kalb ist wie ein anderes, das vor langer Zeit im Kraal von Senzangacona geworfen wurde!« sagte er. »So wie ich einst war, so ist dieser Junge. Geh, Bursche, geh diesen Weg weiter, und am Ende werden sie dir den königlichen Gruß *Bayéte* zuschreien. Aber komm mir nicht in die Quere, denn zwei von dieser Art passen nicht zusammen. Und nun geh!«

Also gingen wir, doch als wir an den Hexen-Suchern vorbeikamen, sah ich sie miteinander flüstern, denn sie waren unzufrieden und sahen Unheil voraus. Außerdem waren sie auf mich eifersüchtig und wollten mich durch den Jungen treffen, den man meinen Sohn nannte.

KAPITEL VIII

Das große *Ingomboco*

Danach war es ruhig, bis nach dem Ende des Festes der Ersten Früchte. Nur wenige Menschen wurden während dieses Festes getötet, obwohl ein großes *Ingomboco* – eine Hexenjagd – stattfand und viele von den Hexen-Suchern ausgeschnüffelt wurden, weil sie Zauberei gegen den König anwandten. Auf diesem Gebiet war es mittlerweile im Zululand so schlimm geworden, daß alle Menschen sich vor den Hexen-Suchern fürchteten. Keiner konnte mehr ruhig schlafen, denn er wußte nicht, ob ihn nicht am nächsten Morgen der Stab eines *Isanusi* – so nennen wir die Hexen-Sucher – berühren und man ihn zum Tod führen würde. Eine ganze Weile unternahm Chaka nichts, und solange die Hexen-Sucher nur solche Leute ausschnüffelten, die er ohnehin loswerden wollte – und davon gab es viele –, ließ er sie gewähren. Als sie jedoch begannen, nach ihren eigenen Interessen zu handeln und Menschen zu Tode brachten, die er nicht töten wollte, wurde er wütend. Doch war es ein strenger Brauch des Landes, daß jeder, den der Stab eines *Isanusi* berührte, des Todes war, er und sein ganzes Haus; deshalb fand sich der König in einer schwierigen Lage, denn er konnte nicht wagen, solche Menschen zu retten, selbst wenn er sie liebte. Eines Abends kam ich zu ihm, um ihn zu behandeln, denn sein Gemüt war krank. Gerade an diesem Tag hatte ein *Ingomboco* stattgefunden, und fünf der tapfersten Hauptleute seiner Armee waren von den Hexen-Suchern ausgeschnüffelt worden, zusammen mit vielen anderen, und alle waren sie vernichtet worden, und man hatte Männer ausgesandt, um auch die Frauen und Kinder der Verdammten zu töten. Jetzt war Chaka sehr wütend und öffnete mir sein Herz.

»Die Hexen-Sucher herrschen im Zululand, und nicht ich, Mopo, Sohn Makedamas«, sagte er zu mir. »Wo soll das enden? Werden sie eines Tages selbst mich ausschnüffeln und töten? Diese *Isanusis* werden mir zu mächtig; sie liegen auf dem Land wie der Schatten der Nacht. Sage mir, wie ich mich von ihnen befreien kann.«

»Wer über die Brücke der Speere geht, fällt ins Nichts«, sagte ich vorsichtig. »Selbst Hexen-Sucher finden keinen Halt auf dieser Brücke. Hat nicht auch ein Hexen-Sucher ein Herz, das aufhören kann zu schlagen? Hat er nicht Blut, das vergossen werden kann?«

Chaka maß mich mit einem seltsamen Blick. »Du bist ein mutiger Mann, daß du es wagst, so zu mir zu sprechen, Mopo«, sagte er.

»Weißt du nicht, daß es ein Sakrileg ist, einen *Isanusi* zu berühren?«

»Ich spreche das aus, was mein König denkt«, antwortete ich. »Höre, o König! Es ist wahrhaftig ein Sakrileg, einen wirklichen *Isanusi* zu berühren. Doch was ist, wenn ein *Isanusi* nur ein Lügner ist? Was ist, wenn er falsch ausschnüffelt und solche zu Tode bringt, die unschuldig sind und bar jeden Übels? Ist es dann ein Sakrileg, sie eben dem Ende auszuliefern, das sie vielen anderen bereitet haben? Sage mir, ob es so ist, mein König.«

»Das sind gute Worte«, antwortete Chaka. »Doch sage mir, Sohn Makedamas, wie kann man so etwas beweisen?«

Nun beugte ich mich zu ihm und flüsterte meinen Rat in das Ohr des Schwarzen, und er nickte zustimmend.

Ich gab ihm diesen Rat, weil auch ich das Übel der *Isanusis* erkannt hatte, und weil ich ihre Geheimnisse kannte. Außerdem fürchtete ich um mein Leben, und um das Leben all derer, die mir lieb waren. Denn die *Isanusis* haßten mich, weil auch ich in ihrer Magie gebildet war, weil auch ich das Sehende Auge und das Hörende Ohr besaß.

Eines Morgens, wenige Tage nach diesem Gespräch, geschah etwas Ungewöhnliches im königlichen Kraal, und der König selbst kam herausgestürzt und rief alle Leute zuammen, daß sie mit eigenen Augen sähen, welches Übel ihm von einem Zauberer angetan worden war. Sie liefen zusammen und sahen dies: An die Torpfosten des *Intunkulu*, des Hauses des Königs, war Blut geschmiert worden. Selbst die tapfersten Männer zitterten am ganzen Körper, als sie das sahen; Frauen jammerten so laut, wie sie über Tote jammern; sie jammerten über das Entsetzen dieses Omens.

»Wer hat das getan?« brüllte Chaka mit einer Stimme, die wie Donner klang. »Dies ist keine kleine Sache, die man mit dem Blut von ein paar Leuten abwaschen und dann vergessen kann. Der Mann, der dies getan hat, soll nicht allein oder mit nur ein paar Begleitern in die Welt der Geister gehen. Sein ganzer Stamm soll ihm folgen, bis hinunter zum letzten Säugling und zu den Rindern in seinem Kraal! Schickt Boten aus, nach Norden und Süden, nach Osten und Westen, ruft alle Hexen-Sucher des Landes zusammen! Sie sollen die Hauptleute aller Regimenter herbeiholen, und die Dorfältesten von jedem Kraal! Am zehnten Tag von heute soll der Kreis des *Ingomboco* hier versammelt sein, und es wird ein Ausschnüffeln von Hexen und Zauberern geben, wie es Zululand noch nie erlebt hat!«

So zogen die Boten hinaus, um den Befehl des Königs auszuführen, und dann erschienen Tag für Tag die Menschen beim Kraal, die der König zu sich befohlen hatte, fielen vor Chaka auf die Knie und priesen ihn laut. Doch er begrüßte keinen von ihnen. Nur einen Edlen ließ er sofort töten, weil der einen Stock aus dem königlichen Rotholz* in seiner Hand trug, den Chaka selbst ihm vor Jahren geschenkt hatte.

In der letzten Nacht vor dem Zusammentreten des *Ingomboco* kamen die Hexen-Sucher, die männlichen und die weiblichen, in den Kraal. Es waren hundert und noch ein halbes Hundert von ihnen, und sie sahen häßlich und furchterregend aus mit ihrem Schmuck aus weißen Menschenknochen, mit Blasen von Fischen und Ochsen und mit Schlangenhäuten. Schweigend zogen sie in den Kraal, bis sie das *Intunkulu*, das Haus des Königs, erreichten. Dort blieben sie stehen und sangen dieses Lied, daß es der König hören sollte:

Wir sind gekommen, o König, wir sind gekommen
aus den Höhlen, von den Felsen, aus den Sümpfen,
Um uns im Blut der Erschlagenen zu baden;
Wir haben unsere Schar zusammengerufen,
so wie sich die Geier auf dem Schlachtfeld sammeln,
Wenn sie das Blut der Erschlagenen wittern.

Wir sind nicht allein gekommen, o König;
mit jedem Weisen kommt auch ein Geist,
Der uns die Namen der Verdammten zuflüstert.
Wir kommen nicht allein, o König, denn wir sind die Söhne
und Indunas *des Todes,*
Und er führt unsere Schritte zu den Verdammten.

Rot erhebt sich der Mond über dem Land,
rot sinkt die Sonne im Westen;
Seht sie an, ihr Zauberer, und sagt ihnen Lebewohl!
Wir zählen euch zu Hunderten,
ihr, die ihr Flüche auf den König herabschreit.
Ha! Bald werden wir euch *Lebewohl sagen!*

Dann schwiegen sie, und schweigend schritten sie zu dem Platz, der ihnen angewiesen wurde, um dort die Nacht zu verbringen und ihre Zaubersprüche zu murmeln. Doch die anderen, die zusammengeru-

* Dieses herrliche Holz wird in Natal ›rotes Ebenholz‹ genannt

fen worden waren, zitterten vor Angst, als sie ihre Worte vernommen hatten, denn sie wußten sehr wohl, daß viele von ihnen der Schlag mit dem Gnu-Schwanz treffen würde, bevor die Sonne zum anderenmal sank. Und auch ich zitterte, denn mein Herz war voller Angst. Ah! Mein Vater. Die Tage der Herrschaft Chakas waren eine schlimme Zeit, und an jeder Ecke lauerte der Tod auf uns! Damals konnte kein Mann sein Leben sein eigen nennen, oder das seiner Frauen und seiner Kinder. Alles gehörte dem König, und was der Krieg verschonte, nahmen die Hexen-Sucher.

Der Morgen dämmerte in einem unheilvollen Blutrot, und noch bevor die Sonne aufgegangen war, liefen Herolde nach allen Richtungen, um die Menschen zum *Ingomboco* des Königs zu rufen. Die Männer kamen zu Hunderten, nur mit kurzen Stöcken in den Händen – das Tragen von Waffen wurde mit dem Tode bestraft –, und setzten sich in einem großen Kreis vor das Tor des königlichen Hauses. Oh! Ihre Gesichter waren ernst und ihre Augen voller Angst, und sie hatten keinen Hunger, um etwas zu essen, sie, die sie dem Tod zur Nahrung werden sollten. Sie setzten sich; dann zogen außerhalb des Kreises Gruppen von Soldaten auf, ausgesuchte Männer, groß und grausam, die nur mit Kerries bewaffnet waren. Dies waren die Vollstrecker.

Als alles bereit war, trat der König heraus, gefolgt von seinen *Indunas* und von mir. Als er erschien, in seinen Kaross aus Löwenfellen gekleidet und alle anderen überragend, warfen sich alle Versammelten – und es waren mehr als das Wild in den Bergen – zur Erde, und von allen Lippen ertönte der königliche Gruß *Bayéte*. Doch Chaka nahm keinerlei Notiz davon; seine Stirn war umwölkt wie ein Berggipfel. Er warf nur einen kurzen Blick auf die versammelten Menschen, auf die Vollstrecker, und jeder, den sein Blick traf, wurde grau vor Angst. Dann schritt er weiter und setzte sich auf einen Hocker an der Nordseite des weiten Kreises.

Eine Weile herrschte absolute Stille; dann erschien durch das Tor der Frauenhäuser eine Gruppe von Mädchen. Sie trugen ihre mit Glasperlen verzierten Tanzkleider und grüne Zweige in den Händen. Während sie näherschritten, klatschten sie in die Hände und sangen mit leiser Stimme:

»Wir sind die Herolde königlichen Mahls. Ai! Ai!
Geier werden es fressen. Ah! Ah!
Es ist gut – es ist gut, für den König zu sterben!«

Ihr Gesang brach ab, und sie stellten sich hinter uns auf. Nun hob Chaka die Hand, und man hörte das Geräusch laufender Füße.

Schließlich erschien – aus der Richtung der königlichen Hütten – die große Schar der *Abangoma*, der Hexen-Sucher – die Männer zur Rechten, die Frauen zur Linken. Jeder und jede von ihnen trug in der linken Hand den Schwanz eines Gnus, in der rechten ein Bündel von Assegais und einen kleinen Schild. Es war ein schrecklicher, furchteinflößender Anblick, und die Menschenknochen, die sie zu Ketten gebunden um Hals und Gelenke trugen, rasselten, die Blasen und Schlangenhäute wehten hinter ihnen her, ihre Gesichter glänzten von dem Öl, mit dem sie sie eingerieben hatten, ihre Augen starrten wie die Augen von Fischen, und ihre Lippen zuckten hungrig, als sie sich in der Runde umsahen. Ha! Ha! Diese Kinder des Bösen konnten natürlich nicht wissen, wer die Mörder sein würden, und wer die Opfer, bevor die Sonne untergehen würde.

So kamen sie heran, wie eine graue Armee von Toten. Sie kamen heran, und es herrschte eine Totenstille, in der man nur das Klatschen ihrer nackten Füße hörte und das trockene Rasseln ihrer Knochenketten, bis sie in mehreren Reihen hintereinander vor dem Schwarzen standen. Als sie so Aufstellung genommen hatten, stießen sie alle ihre kleinen Schilde empor, und sie schrien mit einer Stimme: »Heil dir, Vater!«

»Seid gegrüßt, meine Kinder!« antwortete Chaka.

»Was suchst du, Vater?« schrien sie wieder. »Blut?«

»Das Blut der Schuldigen«, antwortete er.

Sie wandten sich um und sprachen leise miteinander; die Gruppe der Männer sprach mit der Gruppe der Frauen.

»Der Löwe der Zulu will Blut!« riefen die Männer.

»Er soll gesättigt werden!« kreischten die Frauen.

»Der Löwe der Zulu riecht Blut!«

»Er soll Blut sehen!« kreischten die Frauen.

»Seine Augen suchen nach den Zauberern.«

»Er soll ihre Toten zählen!« kreischten die Frauen.

»Ruhe!« rief Chaka. »Verschwendet die Zeit nicht zum Schwatzen, sondern nutzt sie zur Arbeit. Hört zu! Zauberer haben mich behext! Zauberer haben es gewagt, Blut auf die Torpfosten des Königs zu schmieren. Grabt ihre Erdlöcher auf und findet sie, ihr Geier! Schnüffelt an den Toren der Menschen und nennt mir ihre Namen, ihr Schakale! Ihr Jäger der Nacht! Zerrt sie aus ihren Höhlen, wenn sie sich verstecken, holt sie von den Enden der Erde, wenn sie geflohen sind, und aus ihren Gräbern, wenn sie tot sind. An die Arbeit! An die Arbeit! Findet die Schuldigen, und ich will euch reich beschenken; und die Schuldigen, selbst wenn es ein ganzes Volk sein sollte, sie sollen alle erschlagen werden. Fangt an! Fangt an! Arbeitet in Gruppen von zehn, denn ihr seid viele, und alles muß erledigt sein, bevor die Sonne sinkt.«

»Es wird erledigt sein, Vater«, antworteten sie.

Nun traten zehn der Frauen vor, an ihrer Spitze die berühmteste der weiblichen Zauberer jener Tage – eine alte Frau namens Nobela, eine Frau, für deren Augen die Dunkelheit keine Schleier hatte, deren Nase so scharf war wie die eines Hundes, die die Stimmen der Toten hörte, wenn sie nächtens schrien. Alle anderen *Isanusis*, Männer und Frauen, setzten sich in einen Halbkreis, dem König zugewandt, doch diese Frau trat vor, und mit ihr kamen neun ihrer Schwestern. Sie blickten nach Norden und nach Süden, nach Osten und nach Westen und suchten die ganze Erde ab; sie blickten nach Norden und nach Süden, nach Osten und nach Westen und erforschten die Herzen der Menschen. Dann ließen sie sich auf Hände und Knie nieder und krochen in dem Kreis umher wie riesige Katzen; dann warfen sie sich auf die Erde und berochen sie. Und während der ganzen Zeit war es totenstill, so still wie die Mitte der Nacht, und in der Stille konnten die Männer das Schlagen ihrer Herzen hören. Nur hin und wieder schrie einer der Geier in den Bäumen.

Endlich richtete Nobela sich auf und sprach.

»Riecht ihr ihn, Schwestern?«

»Wir riechen ihn«, antworteten sie.

»Sitzt er gen Osten, Schwestern?«

»Er sitzt gen Osten«, antworteten sie.

»Ist er der Sohn eines Fremden, Schwestern?«

»Er ist der Sohn eines Fremden.«

Dann krochen sie näher, sie krochen auf Händen und Knien, bis sie sich bis auf zehn Schritte der Stelle genähert hatten, wo ich zwischen den *Indunas* saß, in der Nähe des Königs. Die *Indunas* blickten einander an, und ihre Gesichter wurden grau vor Angst; und was mich betrifft, mein Vater, meine Knie waren weich, und das Mark in meinen Knochen wurde zu Wasser. Denn ich wußte nur zu gut, wer der Sohn eines Fremden war, von dem sie sprachen. Ich war es, mein Vater, ich, der nun ausgeschnüffelt werden würde; und wenn sie mich ausschnüffelten, würde man mich töten, mich und mein ganzes Haus, denn gegen die Hexen-Sucher konnte mich selbst der Eid des Königs nicht schützen. Ich blickte in die grausamen Gesichter der *Isanusis*, die auf mich zukrochen wie Schlangen. Ich wandte den Kopf und sah, wie die Vollstrecker ihre Kerries fester packten, um den Schuldigen zu töten, und eine würgende Bitterkeit stieg in mir auf. Doch dann erinnerte ich mich an die Worte, die der König und ich miteinander geflüstert hatten, und an den Grund, aus dem dieses *Ingomboco* einberufen worden war, und meine Zuversicht kehrte zurück, wie der erste Schimmer der Morgendämmerung nach einer Sturmnacht. Trotzdem wagte ich nicht, zu sehr zu hoffen, denn es war sehr wohl möglich, daß der König diese Falle nur aufgestellt hatte, um mich darin zu fangen.

Jetzt hatten sie mich erreicht und blieben vor mir hocken.

»Haben wir falsch geträumt, Schwestern?« fragte Nobela, die Alte.

»Was wir nächtens träumten, sehen wir nun im Licht des Tages«, antworteten sie.

»Soll ich den Namen in eure Ohren flüstern, Schwestern?«

Sie hoben ihre Köpfe vom Boden wie Schlangen und nickten, und als sie nickten, rasselten die Ketten aus Menschenknochen an ihren hageren Hälsen. Dann steckten sie die Köpfe zusammen, und Nobela sagte ihnen flüsternd das Wort.

»Ha! Ha!« lachten sie. »Wir hören dich! Ja, sein Name ist es! Laßt uns ihn nennen im Angesicht des Himmels, seinen und den seines Hauses; dann soll er nie wieder einen anderen Namen hören!«

Plötzlich sprangen sie auf, stürzten auf mich zu, richteten ihre Gnu-Schwänze auf mich, und Nobela schlug mir mit dem ihren ins Gesicht und schrie: »Sei gegrüßt, Mopo, Sohn Makedamas! Du bist der Mann, der Blut an die Torpfosten des Königs geschmiert hat, um den König zu behexen! Dein Haus soll von der Erde getilgt werden!«

Ich sah sie kommen, ich fühlte den Schlag ins Gesicht, doch es war alles wie in einem Traum. Ich hörte das Trampeln der Vollstrecker, als sie auf mich zuliefen, um mir einen schrecklichen Tod zu bereiten, aber meine Zunge klebte an meinem Gaumen – ich brachte nicht ein Wort heraus. Ich sah den König an, und als ich das tat, glaubte ich ihn murmeln zu hören: »Sehr nahe, sehr nahe, aber nicht im Ziel.«

Dann hob er seinen Speer, und es war wieder still. Die Vollstrekker blieben reglos stehen, die Hexen-Sucher verharrten mit ausgestreckten Armen, die Männer schienen selbst den Atem anzuhalten.

»Halt!« sagte Chaka. »Tritt zur Seite, Sohn Makedamas, den man einen Übeltäter genannt hat! Tritt zur Seite, Nobela, und auch ihr anderen, die ihr ihn einen Übeltäter genannt habt! Was? Soll ich mich mit dem Leben eines einzigen Hundes zufrieden geben? Schnüffelt weiter, ihr Geier, eine Gruppe nach der anderen, schnüffelt weiter! Der Tag ist für die Arbeit, die Nacht für das Festmahl!«

Ich erhob mich, völlig verwirrt, und trat zur Seite. Die Hexen-Sucherinnen traten ebenfalls zur Seite, genauso verwirrt wie ich, denn so ein Ausschnüffeln hatte dieses Land noch niemals gesehen. Bis zu dieser Stunde galt das Gesetz: Wenn ein Mann mit dem Gnu-Schwanz eines *Isanusi* geschlagen wurde, starb er noch in derselben Sekunde. Warum, also, fragten sich die Männer, wurde mein Tod hinausgeschoben? Die Hexen-Sucherinnen stellten sich ebenfalls diese Frage und blickten den König an, daß er sie erleuchte, doch der Schwarze sagte nicht ein einziges Wort.

So standen wir also an der Seite, während eine zweite Gruppe der *Isanusi*-Frauen mit ihren Riten begann. Genau wie die anderen gingen sie vor, und doch nicht ganz, denn es ist die Art der *Isanusis*, daß nicht zwei von ihnen auf die gleiche Art schnüffeln. Und diese Gruppe blickte in die Gesichter der Berater des Königs und erkärte sie der Zauberei für schuldig.

»Stellt euch auf die Seite!« sagte der König zu denen, die ausgeschnüffelt worden waren. »Und ihr, die ihr die Schlechtigkeit dieser Männer herausgefunden habt, stellt euch zu denen, die Mopo, den Sohn Makedamas, beim Namen genannt haben. Es ist sehr gut möglich, daß sie alle schuldig sind.«

Also traten auch diese zur Seite, und eine dritte Gruppe machte sich ans Werk. Und sie benannten einige der großen Generale, und auch sie forderte der König auf, zur Seite zu treten, gemeinsam mit denen, die sie beschuldigt hatten.

So ging es den ganze Tag hindurch. Eine Gruppe der Frauen nach der anderen verdammte ihre Opfer, bis sie alle damit fertig waren und nun, zusammen mit denen, die die benannt hatten, zur Seite traten. Dann waren die männlichen *Isanusis* an der Reihe, und ich merkte, daß jetzt die Angst an ihren Herzen nagte, weil sie eine Falle witterten. Doch der Befehl des Königs mußte befolgt werden, und auch wenn ihre Magie hier versagte, so mußten sie doch Opfer finden. Also schnüffelten sie diesen Mann aus und jenen, bis die Verdammten nach hunderten zählten. Sie hockten schweigend auf dem Boden, blickten einander mit traurigen Augen an und sahen die Sonne, die wir zum letztenmal zu sehen glaubten, langsam zum Horizont sinken. Und während der Tag immer kürzer wurde, wurden die Männer, die nicht verdammt worden waren, immer wütender und ungeduldiger. Sie sprangen in die Luft, sie mahlten mit den Zähnen, sie warfen sich zu Boden und wälzten sich. Sie fingen Schlangen und fraßen sie lebend, sie schrien zu den Geistern empor und riefen die Namen der toten Könige.

Endlich wurde es Abend, und die letzte Gruppe der *Isanusi* tat

ihre Pflicht. Sie erschnüffelten einige der Wächter des *Emposeni*, des Frauenhauses. Doch unter diesen *Isanusi* befand sich ein Mann, ein junger, hochgewachsener Mann, der sich zurückhielt und sich nicht an ihrem Tun beteiligte, sondern allein in der Mitte des großen Kreises stand, den Blick zum Himmel gerichtet.

Und als seine Gruppe ebenfalls zur Seite beordert wurde wie die anderen, gemeinsam mit denen, die sie ausgeschnüffelt hatten, rief der König mit lauter Stimme nach dem letzten der *Isanusi*, fragte ihn nach seinem Namen und seinem Stamm, und warum er allein nicht seine Pflicht getan habe.

»Mein Name ist Indabazimbi, Sohn des Arpi, o König«, antwortete er, »und ich bin vom Stamm der Maquilisini. Befiehlt mir der König, den auszuschnüffeln, den mir die Geister als Täter des Bösen verraten haben?«

»Ich befehle es dir«, sagte der König.

Der junge Mann Indabazimbi trat ohne Zögern auf den König zu, ohne ein Wort, ohne Schreie und Gesten, sondern wie einer, der von der Tür seines Hauses zum Rinderkraal geht, und dann schlug er dem König mit seinem Gnu-Schwanz ins Gesicht und sagte: »Ich erschnüffele die *Himmel über mir**!«

Ein Schrei des Erstaunens und des Schreckens kam von der Menge, und alle erwarteten, daß dieser Narr mit der Folter getötet werden würde. Aber Chaka stand auf und lachte schallend.

»Du hast es gesagt«, rief er, »und du allein! Hört, ihr Leute! *Ich* habe es getan! *Ich* habe Blut an die Pfosten meines Kraaltors geschmiert; mit meinen eigenen Händen habe ich es getan, damit ich erfahre, welches die wahren *Isanusi* sind, und welches die falschen! Nun stellt es sich heraus, daß es im ganzen Zululand nur einen einzigen wahren *Isanusi* gibt – diesen jungen Mann – und von den falschen... seht sie euch an und zählt sie, sie sind wie Blätter an einem Baum. Seht! Dort stehen sie, und neben ihnen stehen jene, die sie verdammt haben – die Unschuldigen, die sie zusammen mit ihren Frauen und Kindern dazu verdammt haben, den Tod von Hunden zu sterben. Nun frage ich euch, mein Volk, was für eine Belohnung soll ihnen werden?«

Nun erhob sich ein lautes Geschrei aus der Menge. »Sie sollen sterben, o König!«

»Ja«, antwortete er. »Sie sollen sterben, wie es Lügnern zukommt!«

Nun hoben die *Isanusis*, Männer wie Frauen, ein lautes Geschrei

* Ein Zulu-Titel für den König

an, sie schrien vor Angst, und sie schrien um Gnade, und sie zerrissen sich die Haut mit ihren Fingernägeln, denn nichts wollten sie weniger, als ihre eigene Medizin zu schmecken, die Medizin des Todes. Doch der König lachte nur noch lauter.

»Hört, ihr Leute!« rief er und deutete auf die große Gruppe von uns, die wir ausgeschnüffelt worden waren. »Ihr seid von diesen Scharlatanen zum Sterben verdammt worden. Nun zahlt es ihnen heim, stopft euch voll mit ihnen. Erschlagt sie, meine Kinder! Tötet sie alle! Löscht sie aus! Trampelt sie in den Boden! Alle! Alle! Alle! Außer dem jungen Mann!«

Nun sprangen wir auf, denn in unseren Herzen brannte der Haß und die Gier nach Rache für die Angst, die wir erlitten hatten. Die Verdammten erschlugen die Verdammer, und aus dem Kreis des *Ingomboco* scholl Geschrei und Lachen, denn die Herzen der Menschen jubilierten, weil das Joch der Hexen-Sucher endlich von ihnen genommen worden war.

Schließlich war es getan, und wir traten von dem Berg von Toten zurück. Jetzt war nichts mehr zu hören, keine Schreie, kein Stöhnen, keine Flüche. Die Hexen-Sucher gingen nun den Weg, auf den sie viele andere geschickt hatten. Der König trat näher, um sie anzusehen. Er kam allein, und alle, die seinen Befehl ausgeführt hatten, senkten den Kopf und gingen geduckt an ihm vorbei und priesen ihn mit lauter Stimme. Nur ich blieb stehen, so wie ich war, von oben bis unten mit Blut, Sand und Schlamm bedeckt, denn ich fürchtete mich nicht vor der Gegenwart des Königs. Chaka trat näher und blickte auf den Berg der Erschlagenen und auf die Staubwolke, die noch immer darüber hing.

»Dort liegen sie, Mopo«, sagte er. »Dort liegen sie, die es gewagt haben, dem König falsch zu prophezeien. Das war ein guter Rat von dir, Mopo, der mich gelehrt hat, ihnen eine Falle zu stellen. Aber mir war, als ob ich dich zusammenzucken sah, als Nobela, die Königin der Zauberinnen, dich mit dem Todesbringer ins Gesicht schlug. Nun, jetzt sind sie tot, und das Land kann wieder freier atmen; und das Böse, das sie getan haben, es ist wie der Staub hier, der sich bald wieder zu Boden senken wird und dort verloren ist.«

So sprach er und schwieg dann. Weil plötzlich – sich unter der Staubwolke etwas bewegte, sich etwas durch den Berg von Leichen nach oben arbeitete. Langsam, langsam kam es hervor, schob die Toten hierhin und dorthin, bis es schließlich hervorkroch, auf den Füßen stand und auf uns zuwankte. Es war ein entsetzlicher Anblick. Das Etwas war eine alte Frau, und selbst unter der dicken Schicht von Blut und Schmutz erkannte ich sie. Es war Nobela, die,

die mich verdammt hatte, sie, die ich eben in den Boden getreten hatte, und die von den Toten auferstanden war, um mich zu verfluchen!

Sie wankte weiter, ihr Kleid hing in blutdurchtränkten Fetzen um ihren Körper, Gesicht und Leib waren von hundert Wunden zerfleischt. Ich sah, daß sie starb, doch noch war ein Funke Leben in ihr, und das Feuer des Hasses brannte in ihren Schlangenaugen.

»Heil dir, König!« schrie sie.

»Schweig, Lügnerin!« antwortete er. »Du bist tot!«

»Noch nicht, König. Ich habe deine Stimme gehört, und die Stimme dieses Hundes, den ich den Schakalen vorwerfen wollte, und ich werde nicht sterben, bevor ich gesagt habe, was ich sagen will. Ich habe ihn heute morgen ausgeschnüffelt, als ich lebte; jetzt, wo ich so gut wie tot bin, schnüffle ich ihn wieder aus. Er wird dich wirklich mit Blut beschmieren, Chaka – er und Unandi, deine Mutter, und Baleka, deine Frau. Denke an meine Worte, wenn der Assegai sich vor dir zum letztenmal rot färbt, König. Lebewohl!« Sie stieß einen gellenden Schrei aus, dann fiel sie zu Boden und war tot.

»Die Hexe lügt hart, und sie stirbt hart«, sagte der König wegwerfend und wandte sich ab. Doch die Worte der sterbenden Nobela hafteten in seinem Gedächtnis, oder jedenfalls die Worte, die sich auf Unandi und Baleka bezogen. Sie ruhten in seinem Kopf wie Samen in der Erde, und sie keimten dort, um Früchte zu tragen, wenn ihre Zeit gekommen sein würde.

KAPITEL IX

Umslopogaas geht verloren

Von nun an, nach dem Ausschnüffeln der Hexen-Sucher, ließ Chaka seine Mutter Unandi und seine Frau Baleka, meine Schwester, bewachen, und die Spione berichteten ihm, daß die beiden Frauen heimlich zu meiner Hütte kamen und dort einen Jungen – eins meiner Kinder – küßten und herzten. Nun erinnerte sich Chaka wieder an die Prophezeiung Nobelas, der toten *Isanusi,* und Mißtrauen regte sich in seinem Herzen. Doch zu mir sagte er nichts von dieser Sache, denn jetzt, wie immer, sahen seine Augen über meinen Kopf hinweg. Er fürchtete sich nicht vor mir oder glaubte, daß ich ein Komplott gegen ihn ausbrütete, ich, der ich sein Hund war. Doch tat er dies (ob mit Absicht oder durch Zufall, kann ich nicht sagen): Er beauftragte mich, einen weit entfernten Stamm aufzusuchen, der nahe der Grenze der Swazis lebte, um dort die dem König gehörenden Rinder zu zählen, die dieser Stamm in Obhut hatte, und ihm die Anzahl der Tiere zu nennen und um wie viele sie sich vermehrt hätten. Also verneigte ich mich vor dem König und sagte ihm, daß ich wie ein Hund rennen würde, um seinen Befehl auszuführen, und er gab mir Männer, die mich begleiten sollten.

Dann ging ich zu meinen Hütten zurück, um mich von meinen Frauen und meinen Kindern zu verabschieden, und dort stellte ich fest, daß meine Frau Anadi, die Mutter von Moosa, meinem Sohn, krank im Gemüt geworden war, denn seltsame Dinge gingen in ihrem Kopf vor, und was in ihrem Kopf vorging, das sagte sie auch, da sie, ohne jeden Zweifel, von einem Geist besessen war, der ein Feind meines Hauses sein mußte.

Trotzdem mußte ich tun, was der König mir befohlen hatte, und ich sagte das meiner Frau Macropha, der Mutter Nadas, und – wie alle Welt annahm – auch Umslopogaas', des Sohnes von Chaka. Doch als ich Macropha von meinem Auftrag berichtete, brach sie in Tränen aus und klammerte sich an mich. Ich fragte sie, warum sie weine, und sie antwortete, daß der Schatten des Unheils auf ihrem Herzen läge, denn sie sei sicher, wenn ich sie im Kraal des Königs zurückließe, würde ich bei meiner Rückkehr weder sie noch meine Tocher Nada, noch Umslopogaas, den man meinen Sohn nannte, und den ich liebte wie einen Sohn, noch im Land der Lebenden finden. Ich versuchte sie zu beruhigen, doch je mehr ich auf sie einsprach, desto mehr weinte sie und sagte immer wieder, sie wüßte, daß es so geschehen würde.

Nun fragte ich sie, was ich tun sollte, denn ihre Tränen rührten mich, und die Angst vor dem Unheil kroch von ihr auf mich über, so wie ein Schatten aus dem Tal den Berghang hinaufkriecht.

Sie sagte: »Nimm mich mit dir, mein Mann, damit ich dieses böse Land verlassen kann, wo selbst der Himmel Blut regnet, und laß mich für eine Weile bei meinem eigenen Stamm ausruhen, bis der Terror Chakas vorüber ist.«

»Wie kann ich das tun?« sagte ich. »Niemand darf des Königs Kraal ohne seine Erlaubnis verlassen.«

»Ein Mann kann seine Frau fortschicken«, antwortete sie. »Der König stellt sich nicht zwischen einen Mann und eine Frau. Du mußt sagen, mein Mann, daß du mich nicht mehr liebst, daß ich dir keine Kinder mehr gebäre, und daß du mich deshalb dorthin zurückschickst, woher ich gekommen bin. Nach einer Weile können wir wieder zusammenkommen, wenn wir noch unter den Lebenden weilen.«

»So soll es sein«, antwortete ich. »Verlasse den Kraal mit Nada und Umslopogaas noch in dieser Nacht und erwarte mich morgen am Flußufer. Von dort an werden wir zusammen weiterziehen, und mögen die Geister unserer Väter uns schützen.«

Wir küßten uns, und Macropha und die beiden Kinder verließen heimlich den Kraal.

Beim Dämmern des nächsten Tages rief ich die Männer zusammen, die der König mir gegeben hatte, und wir brachen auf. Als die Sonne schon hoch am Himmel stand, kamen wir zum Flußufer, und dort wartete Macropha mit den beiden Kindern. Sie erhoben sich, als ich auf sie zutrat, doch ich blickte meine Frau finster an, damit sie mich nicht begrüße. Die Männer, die bei mir waren, sahen sie unsicher an.

»Ich habe mich von dieser Frau getrennt«, sagte ich zu ihnen. »Sie ist ein verdorrter Baum, eine abgenutzte, alte Vettel, und ich nehme sie mit mir, um sie ins Land der Swazis zu bringen, woher sie gekommen ist.

»Hör auf zu heulen!« schrie ich Macropha an. »Das ist mein Wille!«

»Was sagt der König dazu?« fragte einer der Männer.

»Dem König werde ich selbst antworten«, sagte ich, und wir setzten unseren Weg fort.

Nun muß ich berichten, wie wir Umslopogaas verloren, den Sohn Chakas, der inzwischen ein großer Junge geworden war, fast schon ein Mann, von gewalttätigem Charakter, groß und sehr kräftig für sein Alter.

Wir waren sieben Tage unterwegs, denn es war ein weiter Weg, und in der Nacht des siebenten Tages gelangten wir in ein bergiges Land, in dem es nur wenige Kraals gab, denn Chaka hatte sie vor einigen Jahren alle aufgefressen. Vielleicht kennst du den Ort, mein Vater. Es gibt dort einen hohen und seltsam geformten Berg. Es spukt dort, und man nennt ihn deshalb auch den Geisterberg, und seine Spitze hat die Form eines grob geformten Kopfes, des Kopfes einer alten Frau. Hier, in dieser Wildnis, mußten wir die Nacht verbringen, da es bereits dunkelte. Nun stellten wir bald fest, daß es viele Löwen in den Felsen gab; wir hörten sie brüllen und bekamen Angst. Nur Umslopogaas nicht, der vor nichts Angst hatte. Also machten wir einen kreisförmigen Zaun von Dornbüschen und setzten uns in seine Mitte, die Assegais in der Hand. Wenig später ging der Mond auf – es war ein voller Mond und sehr hell – und jetzt konnten wir unsere Umgebung überblicken, ziemlich weit sogar. Sechs Speerwurfweiten von uns entfernt befand sich eine Klippe, und am oberen Rand der Klippe war eine Höhle, und in dieser Höhle lebten zwei Löwen und ihre Jungen. Als das Mondlicht hell genug geworden war, sahen wir die Löwen herauskommen. Sie standen auf einem kleinen Felsvorsprung, und mit ihnen kamen zwei Junge heraus, und sie spielten miteinander wie Kätzchen; wenn wir nicht solche Angst gehabt hätten, wäre es ein lieblicher, erfreulicher Anblick gewesen.

»Oh! Umslopogaas!« sagte Nada. »Ich wünschte, ich hätte eins von den beiden Kleinen.«

Der Junge lachte. »Dann werde ich dir eins holen, Schwester.«

»Sei still, Junge!« sagte ich. »Kein Mensch kann junge Löwen aus ihrem Bau holen und es überleben.«

»Es ist schon getan worden, Vater«, antwortete er lachend. Und dann wurde nicht mehr über diese Sache gesprochen.

Als nun die Löwen eine Weile gespielt hatten, nahm die Löwin die Jungen in ihr Maul und trug sie in den Bau zurück. Dann kam sie wieder heraus und ging zusammen mit ihrem Gefährten auf die Jagd nach Nahrung. Kurz darauf hörten wir ihr Brüllen ziemlich weit entfernt. Nun schürten wir das Feuer noch einmal auf und legten uns in unserer Umzäunung aus Dornbüschen schlafen. Wir hatten keine Angst mehr, da wir wußten, daß die Löwen weit entfernt waren und sich satt fraßen. Doch Umslopogaas schlief nicht, denn er war entschlossen, das Löwenjunge zu holen, das Nada haben wollte, und da er jung und leichtsinnig war, dachte er nicht an die

Gefahr, in die er sich und uns alle bringen würde. Furcht kannte er nicht, und wie immer, wenn Nada auch nur ein Wort sagte, nein, wenn sie sich auch nur in Gedanken etwas wünschte, würde er nicht eher ruhen, bis er ihr ihren Wunsch erfüllt hatte.

Während wir also schliefen, stand Umslopogaas lautlos auf und kroch wie eine Schlange, den Assegai in der Hand, durch den Dornenzaun aus unserem Lager. Dann schlich er zum Fuß der Klippe, in der sich die Höhle des Löwenpaares befand, und kletterte sie hinauf. Er erreichte den Eingang der Höhle, kroch hinein und tastete umher. Die jungen Löwen hörten ihn, und da sie annahmen, es sei ihre Mutter, die zurückkehrte, begannen sie zu winseln und zu schnurren und um Nahrung zu betteln. Über einen Haufen von Knochen, die den ganzen Boden der Höhle bedeckten, kroch der Junge weiter, auf die beiden Löwenjungen zu, deren Augen er im Dunkel leuchten sah. Als er sie erreicht hatte, packte er eins von ihnen und tötete das andere mit seinem Assegai, weil er nicht beide tragen konnte. Nun beeilte er sich, die Höhle zu verlassen, bevor die Löwen zurückkämen, und kroch durch die Dornenhecke ins Lager zurück.

Ich erwachte in diesem Augenblick, weil es zu dämmern begann, stand auf und sah mich um. Und dort, auf der anderen Seite des Lagers, beim Dornenzaun, stand der Junge Umslopogaas, und er wirkte wie ein Riese im Morgennebel. Er lachte über das ganze Gesicht, zwischen den Zähnen den Assegai, der noch blutig war, und in seinen Händen das Löwenjunge, das wimmerte und strampelte.

»Wach auf, meine Schwester!« rief er. »Hier ist der kleine Löwe, den du dir gewünscht hast! Ah! Er beißt! Aber er wird bald zahm sein.«

Nada wachte auf und schrie vor Freude, als sie das Löwenjunge erblickte.

Ich stand eine Weile sprachlos. »Du Narr!« schrie ich schließlich. »Laß sofort das Junge frei, bevor die Löwen zurückkommen und uns zerreißen!«

»Ich werde es nicht freilassen, mein Vater«, sagte er trotzig. »Sind wir nicht fünf Männer mit Speeren? Sollten wir nicht mit zwei Katzen fertig werden? Ich hatte keine Angst, als ich allein in ihre Höhle ging. Habt ihr alle Angst, ihnen auf offenem Feld entgegenzutreten?«

»Du bist verrückt«, sagte ich. »Laß das Junge frei!« Und ich lief auf ihn zu, um es ihm fortzunehmen. Doch er sprang zur Seite.

»Ich werde nie etwas herausgeben, was ich einmal besitze!« sagte er. »Jedenfalls nicht lebend.« Und plötzlich packte er den Kopf des

Löwenjungen und brach ihm das Genick. Dann warf er es zu Boden. »Sieh, nun habe ich getan, was du mir befohlen hast, mein Vater!«

Während er das sagte, hörten wir ein wütendes Brüllen von der Höhle in den Klippen. Die Löwen waren zurückgekehrt und sahen, daß ein Junges tot war, und das andere verschwunden.

»Zurück hinter den Zaun! Zurück hinter den Zaun!« schrie ich, und wir sprangen über die Dornbüsche, und alle Männer packten ihre Speere, und ihre Hände zitterten vor Angst und von der Morgenkälte. Wir blickten auf. Dort kamen sie, die beiden Löwen, der Spur dessen folgend, der ihre Jungen geraubt hatte. Der Löwe lief voran, und er brüllte drohend. Die Löwin folgte ihm, doch sie brüllte nicht, denn in ihrem Maul trug sie das Junge, das Umslopogaas in der Höhle mit seinem Assegai getötet hatte. Jetzt waren sie heran, rasend vor Wut, mit gesträubten Mähnen, und die langen Schwänze peitschten ihre Flanken.

»Ich verfluche dich, Sohn Mopos!« rief einer der Männer Umslopogaas zu. »Wenn wir dies überstehen, werde ich dich verprügeln, bis Blut spritzt!«

»Zuerst verprügele die Löwen, dann kannst du mich verprügeln, falls du es schaffst«, antwortete der Junge lachend. »Und mit dem Verfluchen solltest du warten, bis du beides getan hast.«

Nun hatten die Löwen unser Lager erreicht. Sie liefen zu dem toten Jungen, das unmittelbar außerhalb des Dornenzaunes lag. Der Löwe blieb stehen und schnupperte daran. Dann brüllte er. Ah! – Er brüllte, daß die Erde erzitterte. Die Löwin ließ das tote Junge, das sie im Maul trug, fallen und nahm das andere auf.

»Tritt hinter mich, Nada!« rief Umslopogaas. »Der Löwe setzt zum Sprung an!«

Während er das sagte, duckte sich das riesige Tier und schnellte sich vom Boden ab. Wie ein riesiger Vogel flog er auf uns zu.

»Fangt ihn mit den Speeren auf!« schrie Umslopogaas, und als ob wir es gewohnt wären, ihm zu gehorchen, taten wir, was er gesagt hatte; wir kauerten uns dicht beieinander auf den Boden und hielten unsere Assegais so, daß der Löwe in sie hineinsprang und die Spitzen sich tief in seinen Körper bohrten. Doch die Wucht des Sprunges und das Gewicht des riesigen Tieres riß uns zu Boden, und er fiel auf uns, schlug mit seinen Krallen nach uns und nach den Speeren, und brüllte vor Schmerz und vor Wut, während er um sich schlug. Dann sprang er auf die Füße und biß nach den Speeren, deren Schäfte aus seiner Brust ragten. Umslopogaas, der nicht gewartet hatte, bis der Löwe aufgesprungen war, sondern rechtzeitig einen Satz zur Seite gemacht hatte, stieß einen lauten Schrei aus und rammte dem Löwen seinen Assegai in die rechte Schulter. Der Löwe stöhnte auf, kippte zur Seite und war tot.

Die Löwin stand noch immer vor dem Zaun, eins ihrer toten Jungen im Maul, das andere zu ihren Füßen, denn sie konnte sich nicht dazu entschließen, eins von ihnen zu verlassen. Doch als sie das letzte Aufstöhnen ihres Gefährten hörte, ließ sie das Junge fallen und duckte sich zum Sprung. Umslopogaas stand allein, denn nur er hatte seinen Assegai aus dem Kadaver des Löwen gerissen. Die Löwin sprang auf den Jungen zu, der reglos wie ein Stein ihren Angriff erwartete. Jetzt stürzte sie in seinen Speer, der tief in ihren Körper eindrang. Jetzt zerbrach er. Umslopogaas stürzte mit der Löwin zu Boden, tot oder bewußtlos, und sie begrub ihn unter ihrem Körper. Sie sprang auf – der abgebrochene Speer ragte aus ihrer Brust – roch an Umslopogaas, und dann, als ob sie wüßte, daß er es war, der ihre Jungen getötet hatte, packte sie ihn an Lendentuch und *Moocha* und sprang mit ihm über den Zaun.

»Oh, rettet ihn!« schrie Nada. »Rettet ihn!«

Die Löwin blieb einen Augenblick lang bei ihren toten Jungen stehen – und die reglose Gestalt Umslopogaas hing aus ihrem Maul –, als ob sie sich fragte, ob sie nicht wichtiger wären, und wir hofften, sie würde den Jungen fallen lassen. Doch dann, vielleicht irritiert durch unsere Schreie, wandte sie sich um und lief davon, auf den Dschungel zu, mit Umslopogaas in ihrem Maul. Wir packten unsere Speere und folgten ihr, doch bald wurde der Boden steinig, und so angestrengt wir auch suchten, wir konnten keine Spur von Umslopogaas oder der Löwin entdecken. Sie waren verschwunden wie eine Wolke. Also gingen wir zurück, und – Ah! – mein Herz war schwer, denn ich liebte den Jungen, als ob er wirklich mein Sohn wäre. Aber ich wußte, daß er tot war, und das war das Ende.

»Wo ist mein Bruder?« schrie Nada, als wir zurückkamen.

»Verloren«, antwortete ich. »Er ist verloren, und wir werden ihn nie wiederfinden.«

Nun begann das Mädchen bitterlich zu weinen, warf sich auf den Boden und schrie: »Ich wünschte, ich wäre auch tot, wie mein Bruder!«

»Laßt uns weitergehen«, sagte Macropha, meine Frau.

»Hast du denn keine Träne für deinen Sohn?« fragte einer der Männer, die uns begleiteten.

»Was nützt es, über Tote zu weinen? Bringt es sie ins Leben zurück?« antwortete sie. »Laßt uns gehen.«

Der Mann fand diese Worte seltsam, aber er wußte ja nicht, daß Umslopogaas nicht von Macropha geboren worden war.

Trotzdem warteten wir an jenem Platz noch einen ganzen Tag lang, in der Hoffnung, daß die Löwin vielleicht in ihre Höhle zurückkehren würde, so daß wir sie wenigstens töten konnten. Doch sie kam nicht zurück. Also rollten wir am nächsten Morgen unsere Decken zusammen und setzten schweren Herzens unsere Reise fort.

Nada war vor Trauer und Schmerz so schwach, daß sie sich kaum auf den Beinen halten konnte, doch von diesem Tag an kam während der ganzen Reise nie wieder der Name Umslopogaas' über ihre Lippen. Sie hatte ihn in ihrem Herzen begraben und schwieg. Und auch ich schwieg. Doch ich fragte mich immer wieder, warum ich Umslopogaas' Leben vor den Fängen des Löwen der Zulu gerettet hatte, nur damit eine Löwin aus einer Felsenhöhle ihn verschlingen konnte.

Und so vergingen die Tage, bis wir den Kraal erreichten, wo ich die Geschäfte des Königs zu erledigen hatte und wo ich und meine Frau uns voneinander trennen mußten.

Am Morgen nach unserer Ankunft in dem Kraal – und nachdem wir uns zum Abschied heimlich geküßt hatten, denn vor anderen mußten wir so tun, als ob wir verfeindet wären – trennten wir uns wie zwei Menschen, die einander niemals wiedersehen wollten, und wir sollten einander auch nicht wiedersehen. Und ich nahm Nada zur Seite und sagte zu ihr: »Wir trennen uns jetzt, meine Tochter, und ich weiß nicht, ob wir uns wiedersehen werden, denn wir leben in schweren Zeiten, und es geschieht zu eurer Sicherheit, daß ich meine Augen eures Anblicks beraube. Nada, du wirst bald eine Frau sein, und du wirst schöner sein als alle anderen Frauen unseres Volkes, und viele große Männer werden dich zur Frau haben wollen, und vielleicht bin ich, dein Vater, dann nicht bei dir, um den auszuwählen, den du heiraten sollst, wie es der Brauch unseres Landes ist. Doch ich sage dir schon heute, sofern es dir möglich sein sollte, heirate nur einen Mann, den du lieben kannst, und sei nur ihm treu, denn das ist der Weg, auf dem das Glück einer Frau liegt.«

Das Mädchen nahm meine Hand und sah mir ins Gesicht. »Friede, mein Vater«, sagte sie. »Sprich nicht über meine Heirat, denn ich werde keinen Mann nehmen, nun, da Umslopogaas durch meine Leichtfertigkeit gestorben ist. Ich will allein leben und allein sterben, und oh! möge ich bald sterben, damit ich bald bei ihm bin, den allein ich liebe!«

»Nein, nein, Nada«, sagte ich. »Umslopogaas war dein Bruder, und es schickt sich nicht, so von ihm zu sprechen, auch wenn er tot ist.«

»Ich weiß nichts von solchen Dingen, mein Vater«, sagte sie. »Ich sage nur, was mein Herz mir befiehlt, und es befiehlt mir, daß ich Umslopogaas lieben mußte, als er noch lebte, und daß ich ihn bis ans Ende meiner Tage lieben muß. Ah! Du hältst mich noch immer für ein Kind. Doch mein Herz ist groß, und es belügt mich nicht.«

Jetzt schalt ich das Mädchen nicht weiter, denn ich wußte ja, daß Umslopogaas nicht ihr Bruder war, sondern ein Mann, den sie hätte heiraten können. Und ich war erstaunt, daß die Stimme der Natur so laut und deutlich in ihr klang und ihr sagte, was rechtens war, selbst wenn es wie ein Unrecht erschien.

»Sprich nicht mehr von Umslopogaas«, sagte ich, »denn er ist tot, und auch wenn du ihn nicht vergessen kannst, so sprich doch nicht von ihm. Und ich bitte dich, meine Tochter, daß du mich in deiner Erinnerung behältst, und die Liebe, die ich für dich habe, und die Worte, die ich dir von Zeit zu Zeit gesagt habe, auch wenn wir uns nicht wiedersehen sollten. Die Welt ist eine dornige Wildnis, meine Tochter, und die Dornenbüsche werden mit Regen von Blut gewässert, und wir ziehen wie verlorene Wanderer durch einen dichten Nebel. Ich weiß nicht, warum man unsere Füße auf diesen Weg gesetzt hat, warum wir ihn gehen müssen. Aber schließlich kommen wir zu seinem Ende, und wir sterben und gehen fort, und niemand weiß, wohin, doch vielleicht wird dort, wohin wir gehen, aus dem Bösen ein Gutes, und alle jene, die einander hier auf Erden lieb waren, werden einander in den Himmeln noch lieben, denn ich kann nicht glauben, daß der Mensch geboren wird, um für immer zu vergehen, sondern daß er wieder zu *Umkulunkulu* zurückkehrt, der ihn auf seine Reise geschickt hat. Darum sei guter Hoffnung, meine Tochter, denn auch wenn es nicht so sein sollte, so bleibt wenigstens der Schlaf, und der Schlaf ist sanft, und sanft ist auch das Lebewohl.«

Wir küßten uns und gingen auseinander, und ich sah ihnen nach, Macropha, meiner Frau, und Nada, meiner Tochter, bis sie verschwanden, wo Erde und Himmel und Nebel einander berührten, und ich war sehr traurig, weil ich, nachdem ich Umslopogaas verloren hatte, nun auch sie verlor.

KAPITEL X

Die Probe Mopos

Vier Tage blieb ich bei den Hütten des Stammes und erledigte den Auftrag des Königs. Und am fünften Morgen stand ich auf, und mit mir die Männer, die der König mir mitgegeben hatte, und wir machten uns auf den Rückweg zu unserem Kraal. Doch als wir ein kleines Stück gegangen waren, stießen wir auf eine Gruppe Soldaten, die uns befahlen, stehenzubleiben.

»Was wollt ihr, Männer des Königs?« fragte ich sie.

»Dies, Sohn Makedamas«, antwortete ihr Specher. »Gib uns deine Frau Macropha und deine Kinder, Umslopogaas und Nada, daß wir mit ihnen tun, was uns der König befohlen hat.«

»Umslopogaas«, antwortete ich, »ist an einen Ort gegangen, an den selbst der Arm des Königs nicht hinreicht, denn er ist tot; und meine Frau Macropha und meine Tochter Nada sind jetzt in den Höhlen der Swazis, und der König muß sie mit einer Armee Soldaten suchen, wenn er sie finden will. Macropha kann er gerne haben, denn ich habe sie verstoßen; und was Nada betrifft, nun, es gibt viele Mädchen, und es ist nicht wichtig, ob sie lebt oder stirbt; trotzdem bitte ich, sie zu verschonen.« So sprach ich, sehr selbstsicher und gleichgültig, weil ich wußte, daß meine Frau und mein Kind für Chaka nicht mehr erreichbar waren.

»Du tust gut daran, um das Leben dieses Mädchens zu bitten«, sagte der Soldat lachend, »denn alle, die dir geboren wurden, sind tot, auf Befehl des Königs.«

»Wirklich?« sagte ich ruhig, obwohl meine Knie zitterten und mir die Zunge am Gaumen klebte. »Der Wille des Königs muß ausgeführt werden. Doch ein gespaltener Stock läßt neue Blätter sprießen; ich kann mehr Kinder haben.«

»Das ist so, Mopo. Doch zuvor mußt du dir neue Frauen beschaffen, denn die deinen sind tot, alle fünf.«

»Ist das so?« antwortete ich. »Dem König sei Dank. Ich hatte diese zänkischen Weiber satt.«

»So, Mopo«, sagte der Soldat. »Aber um andere Frauen zu haben, die dir andere Kinder gebären können, müßtest du leben, denn einem Toten werden keine Kinder geboren, und ich denke, daß Chaka einen Assegai bereithält, den du küssen sollst.«

»Ist das so?« antwortete ich. »Der Wille des Königs geschehe. Die Sonne ist heiß, und ich bin müde von dem langen Weg. Der Krieger, der den Assegai küßt, schläft tief und fest.«

So sprach ich, mein Vater, und in dieser Stunde hatte ich wirklich den Wunsch, zu sterben. Die Welt war leer geworden. Macropha und Nada waren fort, Umslopogaas war tot, und meine anderen Frauen und Kinder waren von Chaka ermordet worden. Ich hatte nicht den Mut, ein neues Haus zu bauen, denn es war niemand mehr da, den ich lieben konnte, und es schien, daß auch ich sterben mußte.

Die Soldaten fragten die Männer, die bei mir waren, ob ich die Wahrheit gesagt hätte, ob Umslopogaas tatsächlich tot sei und Macropha und Nada ins Swaziland gegangen seien. Ja, sagten sie, es sei die Wahrheit. Dann sagten die Soldaten mir, daß sie mich zum König zurückbringen würden, und ich wunderte mich darüber, weil ich erwartet hatte, daß sie mich auf der Stelle töten würden. So gingen wir weiter, und nach und nach erfuhr ich, was im Kraal des Königs geschehen war.

An dem Tag, an dem ich aufgebrochen war, hatte der König durch seine Spione erfahren, daß meine zweite Frau – Anadi – krank sei und in ihrer Krankheit seltsame Worte spräche. Bei Sonnenuntergang ging der König in Begleitung von drei Soldaten zu meinem Kraal. Er ließ die drei Soldaten am Tor zurück und befahl ihnen, niemanden herein- oder hinauszulassen. Dann ging Chaka allein in die große Hütte, in der Anadi krank lag, seinen kleinen Assegai mit dem Schaft aus dem königlichen Rotholz in der Hand. Wie es der Zufall wollte, befand sich zu diesem Zeitpunkt auch Unandi in der Hütte, die Mutter des Königs, und auch Baleka, meine Schwester, die Frau Chakas, denn da die beiden nicht wußten, daß ich Umslopogaas mit mir genommen hatte, waren sie – töricht wie Frauen sind – wie gewohnt herübergekommen, um den Jungen zu verwöhnen. Doch als sie die Hütte betraten, fanden sie dort alle meine anderen Frauen und Kinder. Sie schickten die Kinder fort, alle außer Moosa, den Sohn Anadis, die krank lag – es war dies der Junge, der acht Tage vor Umslopogaas geboren worden war, dem Sohn Chakas. Die beiden Frauen behielten Moosa in der Hütte, und küßten ihn, und gaben ihm *Imphi** zu essen, damit es meinen anderen Frauen nicht seltsam erschiene, wenn sie nun, da Umslopogaas fort war, von keinem anderen Kind Notiz nahmen.

Während sie so saßen, verdunkelte sich der Eingang, und der König selbst kroch hindurch, und er sah, wie die beiden Frauen Moosa liebkosten. Als die beiden Frauen sahen, wer hereingekommen war, warfen sie sich vor ihm zu Boden und priesen ihn. Doch er lächelte

* Eine Art von Zuckerrohr

grimmig und befahl ihnen, sich zu setzen. Dann sagte er zu ihnen: »Ich fragte euch, Unandi, meine Mutter, und Baleka, meine Frau, warum ich hierhergekommen bin, in die Hütte von Mopo, dem Sohn Makedamas. Ich werde es euch sagen: Es ist, weil er in meinem Auftrag fortgegangen ist und ich gehört habe, daß seine Frau Anadi krank ist – es ist die, die dort liegt, nicht wahr? Deshalb, weil ich der Erste Medizinmann des Landes bin, bin ich gekommen, um sie zu heilen.«

So sprach er. Dabei blickte er sie ununterbrochen an und nahm eine Prise Schnupftabak von der Klinge seines Assegais, und obwohl seine Worte freundlich klangen, zitterten die beiden Frauen vor Angst, denn wenn Chaka in diesem Ton sprach, bedeutete das den Tod für viele. Doch Unandi, die Mutter der Himmel, antwortete und sagte, es sei gut, daß der König gekommen sei, denn seine Medizin würde der Frau, die dort krank lag, Ruhe und Frieden bringen.

»Ja«, antwortete er, »es ist gut. Es freut mich auch zu sehen, meine Mutter und meine Schwester, wie ihr jenes Kind küßt und hätschelt. Wahrlich, ihr könntet es nicht mehr lieben, wenn es euer eigen Fleisch und Blut wäre.«

Nun zitterten sie wieder und beteten in ihren Herzen, daß Anadi, die kranke Frau, die eingeschlafen war, nicht aufwachen und in ihrem Wahn törichte Worte sprechen möge. Doch ihre Gebete wurden von unten beantwortet, und nicht von oben, denn Anadi erwachte, und als sie die Stimme des Königs vernahm, wandte ihr krankes Hirn sich dem zu, den sie für das Kind des Königs hielt.

»Ah!« sagte sie, richtete sich auf und deutete auf ihren Sohn Moosa, der verängstigt an der Wand der Hütte hockte. »Küsse ihn, Mutter der Himmel, küsse ihn! Wie nennen sie ihn, diesen jungen Welpen, der Unheil an unsere Tür bringt? Sie nennen ihn den Sohn von Mopo und Macropha!« Und sie lachte wild und sank wieder auf ihr Lager aus Fellen zurück.

»Sie nennen ihn den Sohn von Mopo und Macropha?« sagte der König mit leiser Stimme. »Wessen Sohn ist er denn, Frau?«

»Oh, frage sie nicht, o König!« riefen seine Mutter und seine Frau und warfen sich ihm zu Füßen, denn sie waren verrückt vor Angst. »Frage sie nicht; sie hat befremdliche Fantasien, die für deine Ohren nicht gut zu hören sind. Sie ist verhext und hat wirre Träume und Fantasien.«

»Schweigt!« sagte er. »Ich will die Fantasien dieser Frau hören. Vielleicht leuchtet ein Stern der Wahrheit durch das Dunkel ihres Verstandes, und ich möchte Licht sehen. – Wer ist er dann, Frau?«

»Wer er ist?« antwortete sie. »Bist du wirklich so ein Narr, daß du fragst, wer er ist? Er ist... *schschsch!*... beuge dein Ohr herab zu mir... laß es mich dir zuflüstern, denn selbst das Rohr der Hütten flüstert alles dem König zu. Er ist... Hörst du mir zu? Er ist der Sohn von Chaka und Baleka, der Schwester Mopos, der Wechselbalg, den Unandi, die Mutter der Himmel, diesem Haus unterschob, um ihm Unheil zu bringen, und den sie eines Tages, wenn das Land der Tyrannei des Königs müde geworden ist, hinausführen wird vor das Volk, um ihn an die Stelle des Königs zu setzen.«

»Es ist eine Lüge, o König!« schrien die beiden Frauen. »Höre nicht auf sie! Es ist eine Lüge! Der Junge ist ihr eigener Sohn, Moosa, den sie in ihrer Krankheit nicht erkennt!«

Doch Chaka stand auf und lachte schrecklich. »Wahrlich, Nobela hat gut prophezeit«, rief er, »und ich habe ihr Unrecht getan, als ich sie tötete. Dies also ist dein Trick, Mutter. Du wolltest mir einen Sohn geben, der ich keinen Sohn haben will; du wolltest mir einen Sohn geben, der mich töten sollte. Gut! Mutter der Himmel, nimm die Verdammnis der Himmel! Du wolltest mir einen Sohn geben, der an meiner Stelle herrschen sollte; jetzt werde ich, dein Sohn, mich selbst einer Mutter berauben! Stirb, Unandi! – Stirb durch die Hand dessen, den du geboren hast!« Und er hob den kurzen Assegai und durchbohrte den Leib seiner Mutter.

Einen Augenblick stand Unandi, die Mutter der Himmel, die Frau Senzangaconas, reglos, schweigend. Dann hob sie die Hand und zog den Assegai aus ihrem Leib.

»So sollst auch du sterben, Chaka der Böse«, rief sie und hielt ihm den Assegai hin, besudelt mit ihrem Blut. Dann stürzte sie auf den Boden der Hütte und war tot.

So ermordete Chaka seine Mutter Unandi.

Als nun Baleka sah, was geschehen war, lief sie aus der Hütte zum *Emposeni,* und sie lief so schnell, daß die Posten beim Tor sie nicht aufhalten konnten. Doch als sie ihre eigene Hütte erreicht hatte, verließen sie ihre Kräfte, und sie fiel bewußtlos zu Boden. Doch der Junge Moosa, mein Sohn, der vor Angst kein Glied rühren konnte, blieb, wo er war, und Chaka, der glaubte, er sei sein Sohn, ermordete ihn ebenfalls mit eigener Hand.

Dann verließ er die Hütte, befahl den drei Soldaten beim Tor, auf ihrem Posten zu bleiben, ließ den Kraal von einer Kompanie Soldaten umstellen und in Brand stecken.

Sie taten es, und als die Menschen herausgerannt kamen, machten sie sie nieder, und die anderen, die nicht herauskamen, verbrannten in den Flammen. So also starben sie, meine Frauen, meine

Kinder, meine Diener, und alle, die sich zufällig bei ihnen aufhielten. Der Baum war verbrannt, und mit ihm die Bienen, die darin waren, und ich allein war noch am Leben – ich, und Macropha – und Nada, die weit entfernt war.

Doch damit war Chakas Blutdurst noch nicht gestillt, denn er schickte Soldaten aus mit dem Befehl, Macropha, meine Frau, zu töten, und Nada, meine Tochter, und den Jungen, den sie meinen Sohn nannten. Doch gab er den Befehl, daß sie mich nicht töten sollten, sondern lebend zu ihm brächten.

Als mich die Soldaten nun nicht töteten, ging ich mit mir zu Rate, denn ich war sicher, daß Chaka mich nur am Leben ließ, um mich später zu töten, und auf eine sehr grausame Art. Deshalb dachte ich eine Weile, selbst zu tun, was andere mit mir tun wollten. Warum sollte ich, der ich bereits verdammt war, auf den Tod warten? Was hielt mich denn noch in diesem Leben, da alle, die ich liebte, tot waren? Zu sterben war leicht, denn ich kannte die Wege des Todes. In meinem Gürtel trug ich eine geheime Medizin; wer davon ißt, mein Weißer Vater, wird den Schatten der Sonne nicht mehr sehen, und nicht mehr die Sterne erblicken. Ich hatte keine Lust, den Assegai kennenzulernen, oder den Kerrie; noch wollte ich den langsamen Tod unter den Messern der Folterer sterben oder an den Qualen des Durstes, oder bis ans Ende meiner Tage augenlos durch die Wildnis irren. Deshalb hatte ich seit dem Tag, an dem ich im Kreis der Verdammung gesessen und Stunde um Stunde in das Gesicht des Todes geblickt hatte, ständig diese Medizin bei mir, bei Tag und bei Nacht. Und nun war die Zeit gekommen, sie zu benutzen.

Solche Gedanken hatte ich, als ich die Nächte durchwachte. Ah! und ich nahm die bittere Droge heraus und legte sie auf meine Zunge. Doch als ich das tat, dachte ich an meine Tochter Nada, die mir verblieben war, wenngleich sie sich jetzt in einem so weit entfernten Land aufhielt, und an meine Frau Macropha, und an meine Schwester Baleka, die noch lebte, wie ich von den Soldaten erfahren hatte, obwohl ich zu der Zeit noch nicht wußte, warum der König nicht auch sie getötet hatte. Und noch ein anderer Gedanke wurde in meinem Herzen geboren. Solange ich am Leben blieb, konnte ich mich an ihm rächen, an ihm, der dieses Leid über mich gebracht hatte; doch können die Toten zuschlagen? Nein! Die Toten haben keine Kraft, und wenn sie noch Herzen haben sollten, die leiden können, so haben sie doch keine Hände, die Schläge austeilen können. Nein, ich würde weiterleben. Die Zeit zum Sterben würde erst kommen, wenn der Tod sich nicht mehr länger abweisen ließ. Die Zeit zum Sterben würde erst kommen, wenn die Stimme Chakas mich zum Sterben verdammte. Der Tod trifft seine eigene Wahl und beantwortet keine Fragen; er ist ein Gast, dem niemand die Tür seiner Hütte zu öffnen braucht, denn wenn er es will, kann er durch die Graswände kommen wie durch Luft. Nein, ich würde meine Medizin jetzt noch nicht schmecken.

Also lebte ich weiter, mein Vater, und die Soldaten brachten mich zurück zum Kraal Chakas. Als wir nun zum Kraal kamen, war es Nacht, denn die Sonne war untergegangen, bevor wir die Tore erreichten. Trotzdem ging der Hauptmann meiner Bewacher, so wie es ihm befohlen worden war, sofort zum König und berichtete ihm, daß ich vor der Tür sei. Und der König sagte: »Laßt ihn vor mich treten, diesen, der mein Medizinmann war, damit ich ihm sage, wie ich sein Haus behandelt habe.«

Also packten sie mich und brachten mich in das Haus des Königs und stießen mich durch die Tür der großen Hütte ihm zu Füßen.

In der Mitte der Hütte brannte ein Feuer, denn die Nacht war kalt, und Chaka saß auf der anderen Seite des Feuers, mit dem Blick zum Eingang der Hütte, und der Rauch des Feuers kräuselte sich um sein Gesicht, und das Licht der Flammen ließ seine schrecklichen Augen glänzen.

Beim Eingang der Hütte packten mich einige seiner Berater bei den Armen und zerrten mich zum Feuer. Doch ich riß mich los, stieß sie von mir und warf mich zu Boden und pries den König und nannte ihn bei seinen königlichen Namen. Die Berater wollten mich wieder packen, doch Chaka sagte: »Laßt ihn; ich will mit meinem Diener sprechen.« Nun verneigten sich die Berater und traten nach beiden Seiten zurück und verneigten sich bis zur Erde. Doch ich setzte mich dem König gegenüber auf den Boden, und wir sprachen miteinander durch das Feuer.

»Berichte mir von dem Vieh, das zu zählen ich dich ausgesandt habe, Mopo, Sohn Makedamas«, sagte Chaka. »Haben meine Diener meine Rinder ehrlich gehütet?«

»Das haben sie, o König«, antwortete ich.

»Dann sage mir, wie viele es sind, und wie sie aussehen, ohne auch nur eins zu vergessen.«

Ich sagte es ihm, Ochse für Ochse, Kuh für Kuh, und Kalb für Kalb, ohne eins zu vergessen; und Chaka lauschte schweigend, wie einer, der schläft. Doch ich wußte, daß er nicht schlief, denn die ganze Zeit spiegelte sich das Licht des Feuers in seinen grausamen Augen. Und ich wußte auch, daß er mich nur quälen wollte, oder daß er vielleicht von dem Stand seiner Herde hören wollte, bevor er mich tötete. Schließlich hatte ich alles gesagt.

»Es steht also alles gut«, sagte der König. »Es gibt noch ehrliche Menschen in diesem Land. Weißt du, Mopo, daß während deiner Abwesenheit Kummer über dein Haus gekommen ist?«

»Ich habe davon gehört, o König«, antwortete ich, als ob es sich nur um eine Kleinigkeit handelte.

»Ja, Mopo, Kummer ist über dein Haus gekommen, der Fluch des Himmels ist auf deinen Kraal gefallen. Sie haben mir gesagt, Mopo, daß das Feuer, das vom Himmel fiel, dein Haus rasch aufgefressen hat.«

»Ich habe es gehört, o König!«

»Sie haben mir gesagt, Mopo, daß die Menschen in deinem Haus beim Angesicht des Feuers verrückt wurden und träumten, daß es keinen Ausweg gäbe, daß sie sich mit ihren Assegais erstachen oder in die Flammen sprangen.«

»Ich habe es gehört, o König. Was liegt daran? Selbst der kleinste Fluß ist tief genug, um einen Narren zu ertränken.«

»Du hast von diesen Dingen gehört, Mopo, doch hast du noch nicht alles vernommen. Weißt du, Mopo, daß unter denen, die in deinem Kraal starben, auch sie war, die mich geboren hat, sie, die man die Mutter der Himmel nannte?«

Nun, mein Weißer Vater, handelte ich sehr weise, so wie es mein guter Geist mir eingab, denn ich warf mich zu Boden und schrie laut, als ob ich vom Schmerz zerrissen würde.

»Verschone meine Ohren, Schwarzer!« heulte ich. »Sage mir nicht, daß sie, die dich geboren hat, tot ist, o Löwe der Zulu. Was die anderen betrifft, wen kümmert das schon? Es ist nur ein Windhauch, ein Wassertropfen, doch dieser Gram ist wie ein Sturm oder wie das Meer.«

»Genug, mein Diener, genug!« sagte die höhnische Stimme Chakas. »Doch wisse dies: Du hast wohl daran getan, so laut zu klagen, weil die Mutter der Himmel nicht mehr ist, und es wäre schlecht für dich gewesen, hättest du getrauert, weil das Feuer vom Himmel deine Tore geküßt hat. Denn wenn du das letztere getan und das erstere gelassen hättest, so hätte ich gewußt, daß dein Herz böse ist, und dann hättest du jetzt wirklich geweint – Tränen aus Blut, Mopo. Es ist gut für dich, daß du mein Rätsel richtig gelöst hast.«

Nun erkannte ich die gähnende Tiefe der Grube, die Chaka für mich gegraben hatte, und ich segnete mein *Ehlosé*, das mir gesagt hatte, wie ich richtig handeln mußte. Ich hoffte, daß Chaka mich nun gehen lassen würde; doch dem war nicht so, denn dies war erst der Anfang meiner Probe.

»Weißt du, Mopo«, sagte der König, »daß meine Mutter, als sie in den Flammen deines Kraals starb, seltsame und schreckliche Worte schrie, die durch das Singen der Flammen an mein Ohr drangen? Dies waren ihre Worte: daß du, Mopo, und deine Schwester Baleka, und deine Frauen, euch verabredet hättet, mir, der ich kinderlos bleiben will, ein Kind zu geben. Das waren ihre Worte, die Worte, die durch das Singen des Feuers an meine Ohren drangen. Sage mir nun, Mopo, wo sind die Kinder, die du aus deinem Kraal geführt hast, der Junge mit den Löwenaugen, den man Umslopogaas nennt, und das Mädchen Nada?«

»Umslopogaas ist vom Maul eines Löwen getötet worden, o König«, antwortete ich, »und Nada sitzt in den Höhlen der Swazi.« Und ich erzählte ihm vom Tod Umslopogaas', und wie ich Macropha, meine Frau, von mir geschieden hätte.

»Der Junge mit den Löwenaugen zum Löwenmaul!« sagte Chaka. »Genug von ihm, er ist tot. Nada werde ich vielleicht noch mit dem Assegai in den Höhlen der Swazi suchen lassen; genug auch von ihr. Laß uns jetzt über die Worte meiner Mutter – die zu meinem großen Kummer tot ist, Mopo – sprechen, von den Worten, die durch das Singen des Feuers an meine Ohren drangen. Sage mir, Mopo, sage es mir jetzt: Ist es eine wahre Geschichte?«

»Nein, o König! Sicher war die Mutter der Himmel schon nicht mehr bei Sinnen, als sie diese Worte sprach«, antwortete ich. »Ich weiß nichts davon, o König!«

»Du weißt nichts davon, Mopo?« sagte der König. Und wieder blickte er mich durch den Rauch des Feuers mit seinen schrecklichen Augen an. »Du weißt nichts davon, Mopo? Dir scheint kalt zu sein; deine Hände zittern vor Kälte. Wärme sie dir, wärme sie dir, Mopo! Strecke die linke Hand in das Herz der Flamme!« und er deutete mit seinem kurzen Assegai, dem Assegai mit dem Schaft von rotem Holz, ins Zentrum des Feuers, wo die Flamme am heißesten war. Er deutete auf die Flamme und lachte.

Jetzt, mein Vater, wurde mir wirklich kalt – ja, mir wurde kalt bei dem Gedanken, daß mir bald sehr heiß werden sollte, denn ich wußte, was Chaka beabsichtigte: Er wollte die Feuerprobe an mir durchführen.

Einen Augenblick saß ich schweigend, reglos. Dann sprach der König wieder mit lauter Stimme: »Nein, Mopo, sei nicht so zaghaft; soll ich hier warm sitzen und zusehen, wie du vor Kälte leidest? Kommt, meine Berater, nehmt die Hand Mopos und haltet sie in die Flamme, auf daß sein Herz vor Entzücken juble, während wir uns weiter über die Angelegenheit dieses Kindes unterhalten, das, wie meine Mutter sagte, Baleka geboren wurde, meiner Frau und der Schwester Mopos, meines Dieners.«

»Das ist nicht nötig, o König«, sagte ich, mit dem Mut der Angst, denn ich erkannte, daß der Tod alle Zweifel beenden würde, wenn ich nichts unternahm. Und wieder kam mir der Gedanke an das Gift, das ich bei mir trug, und daß ich es schlucken und so allem ein Ende machen sollte; aber der Lebenswille ist stark, Weißer Vater, und stark war auch mein Rachedurst. Deshalb sagte ich zu meinem Herzen: »Noch nicht; ich werde auch dieses ertragen. Später, wenn es noch nötig sein sollte, kann ich sterben.«

»Ich danke dem König für seine Gnade, und ich will mich gerne an dem Feuer wärmen. Sprich weiter, o König, während ich mich wärme, und du wirst die Wahrheit hören«, sagte ich mutig.

Dann, mein Vater, streckte ich meine linke Hand aus und hielt sie ins Feuer – nicht in die heißeste Stelle des Feuers, sondern wo der Rauch sich von der Flamme löst. Jetzt war meine Haut feucht von dem Schweiß der Angst, und zuerst schlugen die Flammen um meine Hand herum und brannten sie nicht. Aber ich wußte, daß die Qualen bald beginnen würden.

Chaka saß eine Weile schweigend und sah mich lächelnd an. Dann sagte er – sehr langsam, damit die Flammen ihre Arbeit tun konnten: »Sage mir nun, Mopo, weißt du nichts über diese Sache von der Geburt eines Sohnes durch deine Schwester Baleka?«

»Ich weiß nur dies, o König«, antwortete ich, »daß ein Sohn vor langen Jahren von deiner Frau Baleka geboren wurde, daß ich dieses Kind auf deinen Befehl hin tötete und dir die Leiche zu Füßen legte.«

Jetzt, mein Vater, war die Feuchtigkeit meiner Haut von der Hitze aufgezehrt, und die Flammen verzehrten mein Fleisch, und die Schmerzen waren schrecklich. Doch davon ließ ich mir in meinem Gesicht nicht anmerken, denn ich wußte sehr wohl, wenn ich jetzt zeigte, daß ich Schmerzen hatte, oder sogar aufschrie, hatte ich die Probe nicht bestanden, und der Tod war mir sicher.

Nun sprach der König wieder: »Schwörst du bei meinem Haupt, Mopo, daß mir kein Sohn in deinem Kraal gesäugt wurde?«

»Ich schwöre es, o König! Ich schwöre es bei deinem Haupt«, antwortete ich.

Und jetzt, mein Vater, waren die Schmerzen durch das Feuer so schrecklich, daß man sie nicht beschreiben kann. Ich fühlte, daß meine Augen aus ihren Höhlen quollen, mein Blut schien in mir zu kochen; es stieg mir in den Kopf, und zwei Tränen aus Blut rannen über meine Wangen. Aber noch hielt ich meine Hand im Feuer und ließ mir nichts anmerken, während der König und seine Berater mich aufmerksam beobachteten. Wieder schwieg Chaka eine Weile, und dieser Augenblick kam mir länger vor als alle Jahre meines Lebens.

»Ah!« sagte er schließlich. »Ich sehe, daß dir nun warm genug geworden ist, Mopo! Nimm deine Hand aus dem Feuer. Ich bin zufrieden; du hast die Probe bestanden. Dein Herz ist rein; denn wenn Lügen in ihm gewesen wären, hätte das Feuer ihnen eine Zunge gegeben, und du hättest laut geschrien und zum letztenmal Musik gemacht, Mopo!«

Nun zog ich meine Hand aus den Flammen, und fürs erste war der Schmerz vorbei.

»Es ist gut, o König!« sagte ich ruhig. »Das Feuer hat keine Macht über die, deren Herz rein ist.«

Doch während ich sprach, blickte ich auf meine linke Hand. Sie war schwarz, mein Vater – schwarz wie ein verkohlter Stock, und die Nägel waren von den verdorrten Fingern gebrannt. Sieh sie dir an, mein Weißer Vater; du kannst sie sehen, meine Augen sind blind. Die Hand ist weiß, wie die deine – sie ist weiß und tot und verdorrt. Das sind die Spuren des Feuers in Chakas Hütte – die Spuren des Feuers, das mich vor vielen, vielen Jahren geküßt hat. Seit jener Nacht der Qual konnte ich diese Hand kaum noch gebrauchen. Doch blieb mir noch meine rechte Hand, mein Vater, und – Ah! – wie habe ich sie gebraucht!

»Es scheint, als ob Nobela, die *Isanusi,* die nun tot ist, gelogen hat, als sie mir sagte, daß mir Übel von dir kommen würde, Mopo«, sagte Chaka nun. »Es scheint, daß du dieses Verbrechens unschuldig bist, und daß Baleka, deine Schwester, ebenso unschuldig ist, und daß die Worte, welche die Mutter der Himmel durch den Gesang des Feuers sprach, keine wahren Worte waren. Es ist gut für dich, Mopo, denn in einem solchen Fall hätte auch mein Eid dir nicht geholfen. Doch meine Mutter ist tot – tot in den Flammen, mit deinen Frauen und Kindern, Mopo, und das ist das Werk von Hexerei. Wir werden eine Trauerfeier abhalten, Mopo, du und ich, eine Trauerfeier, wie man sie im Zululand noch nie erlebt hat, denn alle Menschen der Erde sollen dabei weinen und wehklagen. Und bei dieser Trauerfeier soll es ein Ausschnüffeln geben, Mopo. Doch werden wir keine Hexen-Sucher dazu bestellen; du und ich werden die Hexen-Sucher sein, und wir selbst werden ausschnüffeln, wer dieses Unheil über uns gebracht hat. Was! Soll meine Mutter ungerächt bleiben, sie, die mich geboren hat und durch Hexerei hinweggerafft worden ist? Und sollen deine Frauen und Kinder ungerächt bleiben – da du doch unschuldig bist? Geh jetzt, Mopo, mein getreuer Diener, den ich durch die Wärme meines Feuer geehrt habe, geh!« Und wieder starrte er mich durch den Rauch des Feuers an und deutete mit seinem Assegai zur Tür der Hütte.

KAPITEL XI

Der Rat Balekas

Ich stand auf, pries den König mit lauter Stimme und verließ das *Intunkulu,* das Haus des Königs. Ich ging langsam durch das Tor, doch als ich außerhalb des Tores war, packte mich der Schmerz, und er war stärker, als ich ihn ertragen konnte. Ich lief stöhnend hin und her, bis ich zu der Hütte eines Mannes kam, den ich kannte. Dort fand ich einen Topf mit Fett, und ich steckte meine verbrannte Hand hinein, wickelte ein Fell darum und ging wieder hinaus, weil ich nicht stillstehen konnte. Wieder ging ich hin und her, bis ich zu der Stelle kam, wo meine Hütte gestanden hatte. Der Zaun des Kraals war noch vorhanden, er war nicht verbrannt. Ich ging durch das Tor; es gab nur noch Asche, und sie lag knöcheltief. Ich ging durch die Asche, und meine Füße traten auf etwas Hartes, Scharfes. Der Mond schien hell, und ich sah, worauf ich getreten hatte. Es waren die geschwärzten Knochen meiner Frauen und Kinder. Ich warf mich auf die Asche, und Bitternis zerriß mir das Herz. Ich bedeckte meinen Körper mit der Asche meines Kraals und mit den Knochen meiner Frauen und Kinder. Ja, mein Vater, dort lag ich, und auf mir war ihre Asche, und unter der Asche ihre Knochen. So lag ich zum letztenmal in meinem Kraal, vor der Kälte der Nacht geschützt durch den Staub derer, denen ich das Leben gegeben hatte. So standen die Dinge in den Tagen Chakas, mein Vater; ja, und nicht nur für mich allein, sondern auch für viele andere.

Ich lag zwischen der Asche und stöhnte vor Schmerzen in der Wunde, und ich stöhnte auch vor Schmerzen in meinem Herzen. Warum hatte ich nicht das Gift geschmeckt, dort in der Hütte Chakas und vor seinen Augen? Warum schmeckte ich es nicht jetzt, um ein Ende zu machen? Nein, ich hatte die Schmerzen durchgestanden; ich würde ihm diesen letzten Triumph über mich nicht geben. Jetzt, nachdem ich die Feuerprobe bestanden hatte, konnte ich wieder groß werden in dem Land, und ich würde groß werden. Ja, ich würde meinen Kummer in mir vergraben und groß werden, so daß ich eines Tages Rache an dem König üben konnte. Ah! mein Vater, in dieser Nacht, als ich so in der Asche lag, betete ich zu den *Amatonga,* zu den Geistern meiner Ahnen. Ich betete zu meinem *Ehlosé,* zu dem Geist, der über mich wacht – ja, und ich wagte es sogar, zu *Umkulunkulu* zu beten, der Großen Seele der Welt, zu *Umkulunkulu,* der sich unsichtbar und unhörbar durch die Himmel und über die Erde bewgt. Und ich betete, daß ich leben möge, um Chaka zu töten, so wie er die getötet hatte, die mir lieb waren. Und während ich so betete, schlief ich ein, oder, wenn ich nicht schlief, so entfloh das Licht des Verstandes aus meinem Kopf, und ich wurde wie einer, der tot ist. Dann kam eine Vision über mich, die als Antwort auf meine Gebete geschickt wurde, oder vielleicht war es auch ein Wahn, aus meinem Gram geboren. Denn, mein Vater, es schien mir, als ob ich am Ufer eines großen, breiten Flusses stünde. Es war düster dort, das Licht stand tief auf der Oberfläche des Flusses, doch weit entfernt, auf der anderen Seite des Flusses, war ein Glühen, wie das Glühen der Morgenröte nach einer Sturmnacht, und in dem Glühen sah ich ein mächtiges Feld von Röhricht, das im Morgenwind hin und her wogte, und aus dem Röhricht traten Männer und Frauen und Kinder, zu Hunderten und Tausenden, und sprangen ins Wasser des Flusses. Alle die Menschen, die ich sah, mein Vater, waren schwarz – keiner von ihnen war weiß, so wie dein Volk, mein Vater, denn diese Vision war eine Vision der Zulu-Rasse, die allein ›aus dem Rohr‹ gekommen ist. Nun sah ich, daß von denen, die den Fluß überquerten, einige sehr schnell schwammen und andere im flachen Uferwasser stehenblieben – es war wie im Leben, mein Vater: manche Menschen sterben früh, und manche leben viele Jahre lang. Und ich sah die vielen Gesichter der Menschen im Wasser, und darunter viele, die ich kannte. Dort, mein Vater, sah ich das Gesicht Chakas, und das meine war nahe bei ihm; dort sah ich auch das Gesicht von Dingaan, dem Prinzen, das seines Bruders, und das Gesicht des Jungen Umslopogaas, und das Gesicht Nadas, meiner Tochter, und nun wußte ich zum erstenmal, daß Umslopogaas nicht tot war, sondern nur verschwunden.

Nun wandte ich mich in meiner Vision um und blickte auf das Ufer, auf dem ich stand. Ich sah, daß sich hinter dem Ufer eine mächtige Klippe erhob, steil und schwarz, und in dieser Klippe waren Türen aus Elfenbein, und aus ihnen fiel Licht und schallte Lachen. Und es gab noch weitere Türen, so schwarz wie aus Kohle gemacht, und aus ihnen kamen Finsternis und lautes Stöhnen. Ich sah auch, daß sich vor den Türen ein Sessel befand, und auf diesem Sessel saß eine unbeschreiblich schöne Frau. Sie war groß, und sie allein von allen hatte eine weiße Haut, und sie trug eine weiße Robe, und ihr Haar war wie Gold, das im Feuer schmilzt, und ihr Gesicht war strahlend wie die Mittagssonne. Dann sah ich, daß die Menschen, die aus dem Fluß stiegen, vor diese Frau traten und sie mit lauter Stimme priesen.

»Heil dir, *Inkosazana-y-Zulu*! Heil dir, Königin der Himmel!«

Nun hielt diese königliche Frau in jeder Hand einen Stab, und der

Stab in ihrer rechten Hand war weiß und von Elfenbein, und der Stab in ihrer linken Hand war schwarz und von Ebenholz. Und auf die, welche vor ihren Thron traten und sie grüßten, deutete sie mit dem Stab von Elfenbein in ihrer rechten Hand, und mit dem Stab von Ebenholz in ihrer linken Hand. Und mit dem Stab von Elfenbein deutete sie auf die Türen aus Elfenbein, aus denen Licht und Lachen kamen, und mit dem Stab von Ebenholz deutete sie auf die Türen aus Kohle, aus denen Finsternis und Stöhnen drangen. Und wenn sie so deutete, wandten sich die, welche sie grüßten, um und gingen fort, die einen durch die Türen des Lichts, und manche durch die Türen der Finsternis.

Schließlich, während ich so stand, kam eine Handvoll Menschen vom Flußufer herauf. Ich sah sie an und erkannte sie. Da war Unandi, die Mutter Chakas, da war Anadi, meine Frau, und Moosa, mein Sohn, und alle meine anderen Frauen und Kinder, und all die, welche mit ihnen gestorben waren.

Sie standen vor der königlichen Gestalt dieser Frau, der Fürstin der Himmel, der von *Umkulunkulu* die Aufgabe übertragen worden war, über das Volk der Zulu zu wachen, und sie schrien laut: »Heil dir, *Inkosazana-y-Zulu*! Heil dir!«

Dann deutete sie, die *Inkosazana*, mit dem Elfenbeinstab auf die Elfenbeintore; aber die Menschen blieben vor ihr stehen, ohne sich zu rühren. Jetzt sprach die Frau zum erstenmal, mit einer leisen, sanften Stimme, die traurig klang und einen erschauern machte.

»Tretet ein, Kinder meines Volkes, tretet ein zum Gericht. Warum zögert ihr? Tretet ein in die Pforten des Lichts.«

Doch noch immer rührten sie sich nicht, und in meiner Vision sagte Unandi: »Wir zögern, Königin der Himmel – wir zögern, um Gerechtigkeit zu erbitten für den, der uns ermordet hat. Ich, die ich auf Erden die Mutter der Himmel genannt wurde, erflehe von der Königin der Himmel im Namen all dieser Menschen Gerechtigkeit für den, der uns ermordete.«

»Wie wird er genannt?« fragte die Königin der Himmel.

»Chaka, König der Zulu«, antwortete Unandi. »Chaka, mein Sohn.«

»Viele sind gekommen, um auf diesen Kopf Rache zu erbitten«, sagte die Königin der Himmel, »und es werden noch viele kommen. Fürchte dich nicht, Unandi, dieser Kopf soll fallen. Fürchtet euch nicht, Anadi, und ihr Frauen und Kinder Mopos, er wird fallen, sage ich euch. Mit dem Speer, der deine Brust durchbohrte, Unandi, soll auch die Brust Chakas durchbohrt werden, und ihr Frauen und Kinder von Mopo sollt wissen, daß es die Hand Mopos sein wird, die den Speer führt. Und ich werde es sein, die seine Hand führt. Ja, ich werde ihn lehren, meine Rache herauszufordern! Tretet ein, Kinder meines Volkes – tretet ein, denn die Verdammnis Chakas ist beschlossen.«

So träumte ich, mein Vater. Ja, dies war die Vision, die mir gesandt wurde, als ich in Schmerzen und Gram zwischen den Knochen meiner Toten und in der Asche meines Kraals lag. So wurde es mir gegeben, die *Inkosazana* der Himmel zu sehen. Noch zweimal sah ich sie, wie du später erfahren wirst, doch das war auf der Erde und mit wachen Augen. Ja, dreimal wurde es mir gewährt, dieses Gesicht zu sehen, und ich werde es nicht wiedersehen, bevor ich sterbe, denn niemand darf das Gesicht der *Inkosazana* viermal sehen und leben. Oder bin ich verrückt, mein Vater, und habe diese Visionen nur aus der Verwirrung meines Wahnsinns gewebt? Ich weiß es nicht, doch ist es die Wahrheit, daß ich glaubte, sie zu sehen.

Ich erwachte, als der Himmel von der Dämmerung grau wurde; es waren die Schmerzen in meiner verbrannten Hand, die mich aus meinem Schlaf, oder aus meiner Betäubung, rissen. Ich stand auf, schüttelte die Asche von mir und verließ den Kraal, um sie abzuwaschen. Dann kam ich zurück und setzte mich außerhalb des Tors des *Emposeni* auf einen Stein und wartete, daß die Frauen des Königs, die er seine ›Schwestern‹ nannte, herauskommen würden, um Wasser zu ziehen, wie es der Brauch war. Schließlich kamen sie. Ich saß, meinen Kaross über mein Gesicht gezogen, um es zu verbergen, und wartete auf Baleka. Schließlich sah ich sie; ihr Gesicht war traurig, und sie ging mit langsamen, schleppenden Schritten, den Wasserkrug auf dem Kopf. Ich flüsterte ihren Namen, und sie trat zur Seite, hinter einen Aloebusch, und während sie so tat, als ob sie sich einen Dorn eingetreten hätte und ihn nun herauszöge, wartete sie, bis alle anderen Frauen des Königs vorbei waren. Dann trat sie auf mich zu, und wir begrüßten uns.

»Es war ein böser Tag, an dem ich auf dich hörte, Baleka«, sagte ich, »auf dich und auf die Mutter der Himmel, um das Leben deines Kindes zu retten. Sieh doch, was aus dieser Saat gewachsen ist! Tot ist mein ganzes Haus, tot ist die Mutter der Himmel – alle sind sie tot – und ich selbst bin durch die Feuerfolter gegangen.« Und ich streckte ihr meine verkohlte Hand entgegen.

»Ach, Mopo, mein Bruder«, antwortete sie, »das Fleisch ist dem Fleisch am nächsten, und ich würde mir wenig Gedanken machen, wenn nicht auch mein Sohn Umslopogaas tot wäre, wie ich eben hörte.«

»Du sprichst wie eine Frau, Baleka. Bedeutet es dir denn gar nichts, daß ich, dein Bruder, alles verloren habe – alle, die ich liebte?«

»Du kannst neuen Samen aussäen, mein Bruder, doch für mich gibt es keine Hoffnung mehr, denn der König sieht mich nicht mehr an. Ich bin traurig für dich, doch ich hatte nur dieses eine Kind, und das Fleisch ist dem Fleisch am nächsten. Glaubst du, daß ich entkommen kann? Nein, sage ich dir. Ich werde nur für eine kleine Weile verschont, und dann werde ich dorthin gehen, wo die anderen sind. Chaka hat mich schon für das Grab vorgemerkt; eine kurze Zeit mag ich noch leben, dann kommt der Tod. Er spielt mit mir, wie ein Leopard mit einem verwundeten Bock spielt. Es macht mir nichts, ich bin müde, aber ich trauere um meinen Sohn; nie gab es so einen Jungen in diesem Land. Ich wünschte, daß ich bald stürbe, um ihn zu suchen.«

»Und wenn der Junge nicht tot ist, Baleka, was dann?«

»Was hast du gesagt?« antwortete sie und starrte mich mit wilden Augen an. »Oh, sage es noch einmal – noch einmal, Mopo! Gerne würde ich hundert Tode sterben, wenn ich wüßte, daß Umslopogaas noch lebt.«

»Nein, Baleka, ich weiß nichts. Doch in der letzten Nacht träumte ich einen Traum.« Und ich erzählte ihr meinen Traum, und auch das, was vor diesem Traum geschehen war.

Sie hörte mir zu, wie man den Worten eines Königs lauscht, wenn er Urteil über Leben und Tod spricht.

»Ich denke, daß Weisheit in deinen Träumen liegt, Mopo«, sagte sie schließlich. »Du warst schon immer ein seltsamer Mann, für den die Tore der Ferne keine Riegel haben. Jetzt hat mein Herz Gewißheit, daß Umslopogaas noch am Leben ist, und jetzt werde ich glücklich sterben. Nein, widersprich mir nicht; ich werde sterben, das weiß ich. Ich lese es in den Augen des Königs. Doch was macht das schon? Es ist nichts, wenn nur Prinz Umslopogaas lebt.«

»Deine Liebe ist groß, Frau«, sagte ich, »und diese, deine Liebe hat großen Kummer auf uns gebracht, und es könnte gut sein, daß am Ende alles sinnlos war, denn ein unheilvolles Schicksal schwebt über uns. Sage mir, was soll ich tun? Soll ich fliehen, oder soll ich hier ausharren und den Dingen ihren Lauf lassen?«

»Du mußt bleiben, Mopo. Sieh! Dies ist, was im Kopf des Königs vorgeht: Er hat Angst, weil seine Mutter durch seine eigene Hand gestorben ist. Ja, selbst er – er hat Angst, daß die Menschen sich gegen ihn stellen werden, gegen den, der seine eigene Mutter tötete. Deshalb wird er feststellen lassen, daß nicht er es war, der sie tötete, sondern daß sie in dem Feuer umgekommen ist, welches durch Zauberei auf deine Kraale herabbeschworen wurde; und wenn auch alle Menschen wissen, daß es eine Lüge ist, wird doch niemand wagen, ihm zu widersprechen. Wie er dir sagte, wird ein Ausschnüffeln stattfinden, aber ein Ausschnüffeln einer neuen Art, denn du und er werden die Hexen-Sucher sein, und bei diesem Ausschnüffeln wird er alle zu Tode bringen, die er fürchtet, alle, die ihn wegen seiner Grausamkeit hassen, und weil er seine Mutter ermordete. Aus diesem Grund, Mopo, wird er dich am Leben lassen – ja, und er wird dich groß machen in diesem Land, denn wenn seine Mutter Unandi wirklich durch Hexerei gestorben ist, wie er es behaupten wird, hast dann nicht auch du gemeinsam mit ihm Unrecht erlitten, und sind nicht auch deine Frauen und Kinder durch Hexerei umgekommen? Deshalb fliehe nicht; harre hier aus und werde groß – werde groß für das große Ziel der Rache, Mopo, mein Bruder. Du hast viel Unrecht zu rächen; bald wird es noch mehr sein, denn auch ich werde durch seine Hand sterben, und auch mein Blut wird zu dir nach Rache schreien. Höre, Mopo! Gibt es keine anderen Männer königlichen Geblüts im Land? Was ist mit Dingaan, was mit Umhlangana, was mit Panda, den Brüdern des Königs? Wollen nicht auch sie Könige sein? Erwachen sie nicht Tag für Tag aus dem Schlaf und fühlen ihre Glieder, um nachzusehen, ob sie noch leben? Legen sie sich nicht Nacht für Nacht schlafen, ohne zu wissen, ob es ihre Frauen sind, die sie küssen werden, bevor der Morgen graut, oder der rote Assegai des Königs? Nähere dich ihnen, mein Bruder; krieche in ihre Herzen und hole dir ihren Rat und gib ihnen den deinen; auf daß Chaka eines Tages zu dem Tor gebracht werden kann, durch das deine Frauen gegangen sind, und das auch ich bald durchschreiten werde.«

So sprach Baleka, und als sie gegangen war, dachte ich lange nach, denn es lag Weisheit in ihren Worten. Ich wußte sehr wohl, daß die Brüder des Königs ständig in Angst vor dem Tod lebten, denn sein Schatten lastete schwer auf ihnen. Mit Panda konnte man wenig anfangen, denn er lebte bescheiden und sprach wie einer, dessen Geist beschränkt ist. Doch Dingaan und Umhlangana waren aus einem anderen Holz geschnitzt, und aus ihnen konnte man einen Kerrie formen, der Chakas Gehirn eines Tages zu den Vögeln hinaufspritzen lassen würde. Aber die Zeit war noch nicht reif; Chakas Becher war noch nicht ganz gefüllt.

Nachdem ich zu Ende gedacht hatte, stand ich auf, ging zum Kraal meines Freundes, versorgte meine verbrannte Hand, die mir sehr starke Schmerzen bereitete, und während ich noch dabei war, kam ein Bote des Königs und beorderte mich zu ihm.

Ich trat vor den König, warf mich vor ihm zu Boden und rief ihn bei seinen königlichen Namen. Doch er nahm meine Hand und hob mich auf.

»Steh auf, Mopo, mein Diener«, sagte er mit sanfter Stimme. »Du hast viel Schmerz erlitten durch die Hexerei deiner Feinde. Ich, ich habe meine Mutter verloren, und du hast deine Frauen und Kinder verloren. Weint, meine Berater, weint, denn ich habe meine Mutter verloren, und Mopo, mein Diener, hat seine Frauen und Kinder verloren – wir sind beide Opfer der Hexerei unserer Feinde!«

Nun weinten alle Berater laut, während Chaka sie anstarrte.

»Höre, Mopo!« sagte der König, als das Weinen zu Ende war. »Niemand kann mir meine Mutter wiedergeben; aber ich kann dir andere Frauen geben, und du sollst wieder Kinder haben. Geh unter die Frauen, die für den König reserviert sind, und wähle dir sechs von ihnen aus. Geh unter das Vieh des Königs und wähle zehn mal zehn der besten Rinder. Ruf die Diener des Königs zusammen, daß sie deinen Kraal wieder aufbauen, größer und schöner als zuvor! Alle diese Dinge gebe ich dir gerne; aber du sollst noch mehr haben, Mopo. Ja! Du sollst deine Rache bekommen! Am ersten Tag des neuen Mondes rufe ich ein großes *Bandhla* zusammen, ein Treffen des ganzen Zulu-Volkes. Ja, auch dein Stamm, die Langeni, soll kommen. Wir werden gemeinsam über unseren Gram weinen; und dann werden wir auch erfahren, wer ihn über uns gebracht hat. Geh jetzt, Mopo, geh! Und geht auch ihr, meine Berater, damit ich allein weinen kann, weil meine Mutter tot ist!«

So also, mein Vater, erfüllten sich die Worte Balekas, und so, durch die listigen Ränke Chakas, wurde ich größer im Land, als ich es jemals zuvor gewesen war. Ich suchte mir die Rinder aus, und sie waren fett; ich wählte die Frauen, sie waren schön; doch ich hatte keine Lust an ihnen, und mir wurden auch keine Kinder mehr geboren. Denn mein Herz war wie ein verdorrter Ast; der Saft und die Kraft waren aus meinem Herzen verschwunden – herausgesogen durch das Feuer in Chakas Hütte, und ertränkt in der Trauer um die, die ich geliebt hatte.

KAPITEL XII

Die Erzählung von Galazi, dem Wolf

Nun, mein Vater, will ich ein wenig zurückgreifen, denn meine Geschichte ist lang und gewunden wie ein Fluß in einer Ebene, und dir von dem Schicksal Umslopogaas berichten, den der Löwe mit sich genommen hatte, wie er es mir Jahre später erzählte.

Die Löwin lief fort, mit Umslopogaas in ihrem Maul. Er versuchte, sich zu wehren, doch sie biß hart zu, also hing er reglos in ihrem Maul, und als er einen Blick zurückwarf, sah er Nada aus der Dornenumzäunung laufen und hörte sie schreien: »Rettet ihn!« Er sah ihr Gesicht und hörte ihre Stimme, und dann sah und hörte er nichts mehr, denn die Welt wurde dunkel um ihn, und er fiel in eine tiefe Ohnmacht. Schließlich erwachte er jedoch wieder, fühlte einen Schmerz in seinem Oberschenkel, wo die Löwin ihn gebissen hatte, und hörte Schreien. Er blickte auf. Über ihm stand die Löwin, die ihn aus ihrem Maul zu Boden fallen gelassen hatte. Sie fauchte wütend, denn vor ihr stand ein Junge, groß und kräftig, mit einem grimmigen Gesicht und einem schwarzgrauen Wolfsfell um seine Schultern, das er so befestigt hatte, daß Oberkiefer und Zähne des Wolfs auf seinem Kopf lagen. Er stand vor der Löwin und schrie sie an, und in einer Hand hielt er einen großen Kriegsschild, in der anderen eine große, mit Eisen beschlagene Keule.

Die Löwin duckte sich zum Sprung und knurrte schrecklich, doch der Junge wartete nicht auf ihren Angriff. Er sprang auf sie zu und schlug ihr mit der Keule auf den Kopf. Es war ein harter Schlag, der auch genau traf, doch er tötete sie nicht. Sie richtete sich auf und schlug mit den Pranken nach ihm. Er fing den Schlag mit seinem Schild auf, doch der Schild wurde ihm mit einer solchen Wucht gegen die Brust gestoßen, daß er rücklings zu Boden fiel und unter seinem Schild lag und vor Schmerzen wie ein Wolf heulte. Nun sprang die Löwin auf ihn zu und schlug mit beiden Pranken nach ihm. Doch weil der Schild ihn deckte, konnte sie ihn nicht töten. Umslopogaas erkannte jedoch, daß es nicht lange dauern würde, bis es ihr gelang, den Schild zur Seite zu schlagen, und dann würde sie den Fremden töten. Nun steckte in der Brust der Löwin noch immer Umslopogaas' abgebrochener Speer, und seine Klinge war eine Spanne tief eingedrungen. Nun kam ihm der Gedanke, daß er den Speer ganz in ihre Brust rammen mußte, wenn er nicht sterben wollte. Also sprang er auf, denn mit der Notwendigkeit kehrte auch seine Kraft zurück, und er lief auf die Löwin zu, die noch immer nach dem Jungen schlug, der unter seinem Schild lag. Sie bemerkte ihn nicht, und er warf sich neben ihr auf die Knie, packte den abgebrochenen Schaft des Speers, bohrte ihn tief in ihren Körper und drehte ihn herum. Jetzt sah die Löwin Umslopogaas. Brüllend fuhr sie herum und schlug nach ihm und zerfetzte mit ihren Krallen seine Brust und seine Arme. Er stürzte zu Boden, und während er auf sein Ende wartete, hörte er lautes Knurren, und eine Meute grauer und schwarzer Wölfe stürzte sich auf die Löwin und riß sie in Stücke. Danach verließen Umslopogaas wieder die Sinne, und das Licht erlosch vor seinen Augen, und er war wie tot.

Schließlich aber kehrte sein Bewußtsein wieder zurück, und damit auch die Erinnerung, und er erinnerte sich an die Löwin und hob den Kopf, um nach ihr zu sehen. Doch er konnte sie nirgends entdecken, und dann merkte er, daß er auf einem Bett aus Gras in einer Höhle lag, in mehrere Tierfelle gewickelt, und neben sich sah er eine Kalebasse mit Wasser. Er streckte die Hand aus und nahm einen Schluck von dem Wasser, und dann sah er, daß sein Arm dünn und schwach war, wie der eines Kranken, und seine Brust verschwollen und mit kaum zugeheilten Wunden bedeckt.

Während er nun so lag und nachdachte, verdunkelte sich der Eingang der Höhle, und derselbe Junge trat herein, der mit der Löwin gekämpft hatte und von ihr zu Boden gerissen worden war. Er trug einen toten Bock auf seiner Schulter. Er ließ ihn zu Boden gleiten, trat auf Umslopogaas zu und blickte ihn an.

»*Ou!*« sagte er. »Deine Augen sind offen – du lebst also, Fremder?«

»Ich lebe«, sagte Umslopogaas, »und ich bin hungrig.«

»Es ist Zeit«, sagte der andere, »denn seit ich dich mit vieler Mühe durch den Wald hierhergeschleppt habe, sind zwölf Tage vergangen. So tief waren die Wunden ihrer Krallen, daß ich für dich keine Hoffnung hatte. Zweimal war ich nahe daran, dich zu töten, damit du nicht mehr littest, und ich keine Sorge mehr mit dir hätte. Aber ich habe meine Hand zurückgehalten, wegen eines Wortes, das mir jemand sagte, der jetzt tot ist. Nun iß, damit deine Kraft zurückkehrt. Später werden wir reden.«

Also aß Umslopogaas, und nach und nach kehrten Gesundheit und Kraft zu ihm zurück – jeden Tag ein wenig mehr. Und später, wenn sie nächtens beim Feuer saßen, sprachen sie miteinander.

»Wie wirst du genannt?« fragte Umslopogaas den anderen.

»Ich werde Galazi genannt, Galazi, der Wolf«, sagte der, »und ich bin von Zulu-Blut – ja, vom Blut Chakas, des Königs, denn der Vater Senzangaconas, Chakas Vater, war mein Urgroßvater.«

»Woher kommst du, Galazi?«

»Ich bin aus Swaziland – von dem Stamm der Halakazi, über den ich herrschen sollte. Dies ist meine Geschichte: Siguyana, mein Großvater, war der jüngere Bruder Senzangaconas, des Vaters von Chaka. Doch er bekam Streit mit Senzangacona und wurde ein Wanderer. Mit einigen Leuten der Umtetwa wanderte er ins Swaziland und blieb dort beim Stamm der Halakazi, die in Höhlen wohnten. Und das Ende davon war, daß er den Häuptling tötete und sich an seine Stelle setzte. Doch es gab eine große Zahl von Männern, die seine Herrschaft haßten, weil er ein Zulu war, und sie wollten einen Häuptling von Swazi-Blut an seine Stelle setzen. Aber das konnten sie nicht, denn die Hand meines Vaters lag schwer auf dem Volk. Nun war ich der einzige Sohn, der meinem Vater von seiner Hauptfrau geboren worden war, also dazu ausersehen, nach ihm Häuptling des Stammes zu werden, und deshalb haßten mich diese Feinde meines Vaters – und es waren viele und große Männer. So standen die Dinge bis zum letzten Winter, und dann beschloß mein Vater, zwanzig der Dorfältesten zu töten, zusammen mit ihren Frauen und Kindern, weil er wußte, daß sie ein Komplott gegen ihn spannen. Doch diese Dorfältesten erfuhren, was er mit ihnen vorhatte, und sie beschworen eine der Frauen meines Vaters, eine Frau von ihrem eigenen Blut, ihm Gift zu geben. Also gab sie ihm während der Nacht Gift, und am Morgen wurde mir berichtet, daß mein Vater krank sei und mich zu sehen wünsche, und ich ging zu ihm. Ich fand ihn in seiner Hütte, und er krümmte sich vor Schmerzen.

›Was ist mit dir, mein Vater?‹ fragte ich. ›Wer hat dir Böses getan?‹

›Es ist dies, mein Sohn‹, sagte er keuchend. ›Man hat mich vergiftet, und sie, die dort drüben steht, hat es getan.‹ Und er deutete auf eine Frau, die nahe der Tür an der Wand der Hütte lehnte, das Kinn auf die Brust gesenkt und vor Angst zitternd, als sie die Früchte ihrer Untat vor Augen hatte.

Nun war dieses Mädchen jung und schön, und wir hatten uns gut verstanden, doch kann ich sagen, daß ich nicht zögerte, denn mein Herz kochte vor Wut. Ich zögerte nicht, sondern packte meinen Speer, lief auf sie zu, und obwohl sie um Gnade schrie, durchbohrte ich sie mit dem Speer.

›Das ist wohlgetan, Galazi!‹ sagte mein Vater. ›Doch wenn ich gegangen bin, sieh dich vor, mein Sohn, denn diese Swazi-Hunde werden dich fortjagen und dir deinen Platz nehmen! Doch wenn sie dich fortjagen und du noch lebst, schwöre mir dies: daß du nicht eher ruhen wirst, bis du mich gerächt hast.‹

›Ich schwöre es, mein Vater‹, antwortete ich. ›Ich schwöre, daß ich die Männer des Stammes der Halakazi ausrotten werde, jeden einzelnen von ihnen, mit Ausnahme der von meinem eigenen Blut, und ihre Frauen und Kinder in die Sklaverei verkaufen werde!‹

›Große Worte aus einem so jungen Mund‹, sagte mein Vater. ›Doch du wirst leben, um sie Wahrheit werden zu lassen. Dies weiß ich von dir und von deinem Tod: ein paar Jahre deines Lebens wirst du ein Wanderer sein, Enkel Siguyanas, und beim Wandern in einem anderen Land wirst du den Tod eines Mannes sterben, und nicht so einen Tod, wie ihn jene dort mir gegeben hat.‹ Nachdem er so gesprochen hatte, hob er den Kopf, blickte mich an, stöhnte laut auf und starb.

Nun trat ich aus der Hütte und schleppte den Leichnam des Mädchens hinter mir her. Vor der Hütte waren viele der Dorfältesten versammelt, die auf das Ende gewartet hatten, und ich sah, daß ihre Gesichter finster waren.

›Der Häuptling, mein Vater, ist tot!‹ rief ich mit lauter Stimme, ›und ich, Galazi, der ich jetzt euer Häuptling bin, habe dieses Mädchen getötet, das ihn ermordet hat!‹ Und ich rollte den Leichnam des Mädchens auf den Rücken, damit sie ihr Gesicht sehen konnten.

Nun befand sich der Vater des toten Mädchens unter denen, die vor mir standen, er, der sie zu der Tat angestiftet hatte, und er wurde wütend bei ihrem Anblick.

›Was, meine Brüder?‹ schrie er. ›Sollen wir es uns bieten lassen, daß dieser junge Zulu-Hund, der Mörder eines Mädchens, als Häuptling über uns herrschen soll? Niemals! Der alte Löwe ist tot, jetzt erlegt das Junge!‹ Und er rannte mit erhobenem Speer auf mich zu.

›Niemals!‹ schrien auch die anderen, und sie rannten ihm nach, ihre Speere erhoben.

Ich wartete, ich war völlig ruhig, denn ich wußte, daß ich noch nicht jetzt sterben sollte, ich wußte es von den letzten Worten meines Vaters. Ich wartete, bis der Mann dicht vor mir war und zustieß, da sprang ich zur Seite und durchbohrte ihn mit meinem Speer, und der Vater fiel tot auf die Leiche seiner Tochter. Dann stieß ich einen wilden Schrei aus und lief auf die anderen zu. Niemand berührte mich, und keiner konnte mich ergreifen; denn so ein Mann lebt nicht, der mich überholen kann.«

»Ich würde es versuchen«, sagte Umslopogaas lächelnd, denn von allen Jungen der Zulus war er der schnellste.

»Lerne zuerst wieder gehen, dann kannst du laufen«, sagte Galazi.

»Erzähle weiter«, bat Umslopogaas, »es ist eine lustige Geschichte.«

»Ja, es gibt noch einiges zu berichten, Fremder. Ich floh aus dem Gebiet der Halakazi, und ich hielt mich auch nicht lange im Land der Swazi auf, sondern ging, so rasch ich konnte, ins Land der Zulu. Nun hatte ich vor, zu Chaka zu gehen und ihm von dem Unrecht zu berichten, das mir geschehen war, und ihn zu bitten, ein *Impi* auszuschicken, um die Halakazi auszurotten. Doch während meiner Wanderung – ich nahm mir Nahrung und Obdach, wo ich sie finden konnte – kam ich eines Abends zum Kraal eines alten Mannes, der Chaka gekannt hatte, und auch Siguyana, meinen Großvater, und diesem alten Mann, bei dem ich zwei Tage blieb, erzählte ich meine Geschichte. Doch der alte Mann riet mir von meinem Vorhaben ab, indem er sagte, daß Chaka, dem König, Sprosse des königlichen Reises nicht willkommen seien, und daß er mich wahrscheinlich töten würde. Außerdem bot der Mann mir einen Platz in seinem Kraal an. Nun war mir bewußt, daß Weisheit in seinen Worten lag und ich dachte nicht mehr daran, vor den König zu treten und nach Gerechtigkeit zu rufen, denn er, der nach Gerechtigkeit ruft, findet oft nur den Tod. Trotzdem wollte ich nicht im Kraal des alten Mannes bleiben, denn er hatte Söhne, die nach ihm kommen sollten, und die mich nicht gerne sahen. Außerdem wollte ich selbst ein Häuptling sein, selbst wenn ich allein lebte. So verließ ich eines Nachts den Kraal und zog weiter.

Drei Abende später gelangte ich nun zu einem Kraal, der auf der anderen Seite des Flusses liegt, am Fuß des Berges. Vor dem Kraal saß eine sehr alte Frau und badete in den letzten Strahlen der Sonne. Sie erblickte mich, stand auf und sagte: ›Junger Mann, du bist groß und stark und gut zu Fuß. Möchtest du dir eine berühmte Waffe verdienen, eine Keule, die alle besiegt, die sich gegen sie stellen?‹

Ich sagte, daß ich so eine Keule wohl gern haben würde, und fragte, was ich tun müßte, um sie zu gewinnen.

›Dies mußt du tun‹, sagte die alte Frau; ›morgen früh, beim ersten Licht, wirst du auf jenen Berg hinaufsteigen‹ – und sie deutete auf den Berg, auf dem wir jetzt sind, Fremder, auf dessen Gipfel die Stein-Hexe bis in alle Ewigkeit hockt und auf das Ende der Welt wartet –; ›bis zu beim zweiten Drittel des Hangs an einen Pfad kommst, der sehr schwierig ist. Am Ende dieses Pfades kommst du in einen düsteren Wald. Es ist sehr dunkel in dem Wald, aber du mußt hindurchgehen, bis du zu einer freien Stelle am Fuß der höchsten Klippe gelangst. In dieser Klippe findest du eine Höhle, und in der Höhle wirst du die Knochen eines Mannes finden. Stecke die

Knochen in einen Beutel und bringe sie mir, dann sollst du die Keule haben!‹

Während sie so sprach, kamen Leute aus dem Kraal und hörten zu.

›Kümmere dich nicht um sie, junger Mann‹, sagten sie, ›falls du nicht deines Lebens müde sein solltest. Kümmere dich nicht um sie, sie ist verrückt. Der Berg ist verzaubert; er ist ein Ort der Geister. Sieh doch zu der Stein-Hexe hinauf, die dort oben sitzt! Böse Geister hausen in dem Wald, und seit vielen Jahren hat ihn kein Mensch mehr betreten. Der Sohn dieser Frau war ein Narr; er ist in den Wald gegangen und sagte, ihn kümmerten die Geister nicht, und die *Amatonga*, das Volk der Geister, tötete ihn dafür. Das war vor vielen Jahren, und niemand hat es gewagt, seine Knochen zu suchen und zurückzubringen. Die Alte sitzt schon seit Ewigkeiten vor dem Kraal und bittet jeden, der vorbeikommt, sie ihr zu bringen, und bietet als Belohnung die große Keule an; aber niemand hat es gewagt.‹

›Sie lügen!‹ rief die alte Frau. ›Es gibt keine Geister dort. Die Geister leben nur in ihren eigenen, feigen Herzen! Dort oben gibt es nur Wölfe. Ich weiß, daß die Knochen meines Sohnes in einer Höhle liegen, denn ich habe sie in einem Traum so liegen sehen. Aber meine alten Beine sind zu schwach, um mich auf den Berg hinaufzutragen, und alle diese Männer sind Feiglinge; es gibt keinen richtigen Mann mehr unter ihnen, seit die Zulus meinen Ehemann töteten!‹

Nun, ich hörte zu, ohne etwas zu sagen; doch nachdem sie alle gesprochen hatten, fragte ich, ob ich die Keule sehen könnte, die dem gehören sollte, der es wagte, unter die *Amatonga* zu gehen, die Geister, die in dem Wald des Geisterberges leben. Die alte Frau stand auf und kroch auf Händen und Knien in die Hütte. Kurz darauf kam sie wieder zurück und schleppte eine gewaltige Keule hinter sich her.

Sieh sie dir an, Fremder! Sieh sie dir an! Hat es jemals eine solche Keule gegeben?« Und Galazi hielt sie Umslopogaas vor das Gesicht.

Ich sage dir, mein Vater, das war eine Keule, denn ich, Mopo, sah sie in späteren Tagen. Sie war groß und knorrig und so schwarz wie Eisen, das im Rauch des Feuers gelegen hat, und mit Metall beschlagen, das von vielen Hieben blank und glatt gehämmert war.

»Ich blickte sie an«, fuhr Galazi fort, »und ich sage dir, Fremder, daß sich in mein Herz die Gier schlich, sie zu besitzen.

›Wie nennt man diese Keule?‹ fragte ich die alte Frau.

›Sie heißt *Wächter der Furten*‹, antwortete sie, ›und sie hat nicht vergebens gewacht. Fünf Männer haben diese Keule in ihren Kriegen geführt, und hundert-und-siebzig-und-drei haben unter ihren Schlägen ihr Leben gelassen. Er, der sie zuletzt hielt, erschlug zwanzig, bevor er selbst getötet wurde, denn dieses Schicksal geht mit der Keule: derjenige, der sie besitzt, soll mit ihr in der Hand sterben, doch auf eine ehrenvolle Art. Es gibt in ganz Zululand nur noch eine Waffe, die sich mit ihr vergleichen ließe, und das ist die große Axt von Jikaza, dem Häuptling des Volkes der Axt, der in dem Kraal dort drüben lebt; die uralte *Imbubuzi*, mit einem Schaft aus Horn, die den Sieg bringt. Wo diese Axt und die Keule Seite an Seite kämpfen, können nicht dreißig Männer gegen sie stehen. Ich habe gesprochen, nun wähle!‹ Und die alte Frau betrachtete mich mit ihren hornigen Augen.

›Jetzt spricht sie die Wahrheit‹, sagte einer der Umstehenden. ›Aber denke nicht mehr an die Keule, junger Mann; wer sie besitzt, teilt gewiß gewaltige Schläge aus, aber am Ende stirbt er durch den Assegai. Niemand wagt es, den *Wächter der Furten* zu besitzen.‹

›Ein guter und rascher Tod‹, antwortete ich. Und ich überlegte eine Weile, während die alte Frau mich noch immer mit ihren hornigen Augen anblickte. Schließlich stand sie auf. ›Nein, nein‹, sagte sie, ›der *Wächter* ist nicht für diesen. Dieser ist noch ein Kind. Ich muß einen Mann suchen, ich muß einen Mann suchen!‹

›Nicht so rasch, alte Frau‹, sagte ich. ›Wirst du mir diese Keule borgen, wenn ich auf den Berg gehe, um die Knochen deines Sohnes zu finden und sie dem Volk der Geister zu entreißen?‹

›Ich soll dir den *Wächter* borgen, Junge? Nein, nein! Ich würde weder dich, noch diese gute Keule je wiedersehen!‹

›Ich bin kein Dieb‹, antwortete ich. ›Wenn die Geister mich töten, wirst du mich nicht wiedersehen, und auch nicht die Keule; doch wenn ich es überlebe, werde ich dir die Knochen bringen, oder wenn ich sie nicht finden sollte, werde ich zurückkommen und den *Wächter* in deine Hände zurückgeben. Zum Schluß will ich dir noch sagen: wenn du mir die Keule nicht borgst, werde ich nicht auf den Geisterberg gehen.‹

›Junge, deine Augen sind ehrlich‹, sagte sie und sah mich noch immer an. ›Nimm den *Wächter*, suche die Knochen. Wenn du sterben solltest, so soll die Keule mit dir untergehen; wenn du die Knochen meines Sohnes nicht finden solltest, bringe mir die Keule zurück; doch wenn du die Knochen findest, dann gehört sie dir, und sie soll dir Glück und Ruhm bringen, und du sollst den Tod eines tapferen Kriegers sterben.‹

Am nächsten Morgen nahm ich also die Keule und einen kleinen Tanz-Schild und bereitete mich zum Aufbruch vor. Die alte Frau segnete mich, doch die anderen Leute im Kraal machten sich lustig über mich und sagten: ›So ein kleiner Mann für eine so große Keule! Sieh dich vor, kleiner Mann, daß die Geister nicht dich mit dieser Keule erschlagen!‹ So sprachen sie und lachten, doch ein Mädchen in dem Kraal – eine Enkelin der alten Frau – nahm mich zur Seite und flehte mich an, nicht zu gehen, denn der Wald auf dem Geisterberg habe einen üblen Namen: niemand wage sich hinein, da er voller Geister sei, die wie Wölfe heulten. Ich dankte dem Mädchen, doch zu den anderen sagte ich nichts, sondern fragte sie nur nach dem Weg zum Geisterberg.

Nun, Fremder«, sagte Galazi, »wenn du kräftig genug bist, komm mit mir zum Eingang der Höhle und blicke hinaus, denn der Mond scheint hell.«

Also erhob sich Umslopogaas und kroch durch den engen Eingang der Höhle. Dort, über ihm, ragte ein gewaltiger Gipfel zum Himmel empor. Er hatte die Gestalt einer sitzenden Frau, deren Kinn auf ihrer Brust ruht, und die Höhle befand sich im Schoß dieser Frau. Unterhalb des Höhleneingangs befand sich ein steiler Hang, der mit Buschwerk bewachsen war. Darunter lag der Wald, groß und dicht, der sich bis zu einer steil abfallenden Klippe erstreckte, und am Fuß dieser Klippe, auf der anderen Seite eines Flusses, lag die Weite von Zululand.

»Dort, Fremder«, sagte Galazi und deutete mit der Keule *Wächter der Furten* auf die Weite der Ebene, die ihnen zu Füßen lag, »dort steht der Kraal, in dem die alte Frau lebte; dort ist die Klippe, die sich aus der Ebene erhebt, und die ich hinaufsteigen mußte; dort ist der Wald, in dem die *Amatonga* leben, das Volk der Geister; dort, auf dieser Seite des Waldes, verläuft der Pfad, der zur Höhle führt, und hier ist die Höhle selbst. Siehst du diesen Stein am Eingang der Höhle? Er läßt sich drehen, und man kann den Eingang mit ihm verschließen. Er dreht sich sehr leicht – obwohl er so groß ist, daß ein Kind ihn bewegen kann –, denn er ruht auf einer scharfen Spitze. Doch merke dies: der Stein darf nicht zu weit gedreht werden; denn, sieh! wenn er diesen Punkt erreicht« – und er deutete auf eine Markierung an der Wand des Höhleneingangs –, »dann muß ein Mann schon sehr stark sein, um ihn wieder zurückdrehen zu können, obwohl ich es schon getan habe, und ich bin noch kein voll ausgewachsener Mann. Doch wenn er noch weiter gedreht wird, dann rollt er in die Höhle wie ein Kiesel und versperrt ihre Enge wie ein Lehmklumpen den Hals einer Kalebasse, und ich glaube nicht, daß zwei Männer imstande wären, ihn wieder hinauszudrücken. Sieh, ich drehe jetzt den Stein, wie ich es jeden Abend tue« – und er packte den Stein und schwang ihn herum, und er drehte sich auf seinem Auflagepunkt, wie sich eine Tür dreht. »So lasse ich ihn, und da nur wenige von dieser Höhle wissen, würde niemand vermuten, daß ihr Eingang hinter diesem Stein verborgen liegt, und doch kann er mit dem leichten Druck einer Hand zur Seite gerollt werden. Doch genug von diesem Stein. Tritt wieder herein, Wanderer, und ich will meine Geschichte weitererzählen, denn sie ist lang und seltsam.

Ich brach also vom Kraal der alten Frau auf, und die Menschen des Kraals folgten mir zum Ufer des Flusses. Er führte hohes Wasser, und nur wenige hätten gewagt, ihn zu überqueren.

›Ha! Ha!‹ schrien sie. ›Nun ist deine Reise schon zu Ende, kleiner Mann; halte Wache bei der Furt, du, der du den *Wächter der Furten* gewinnen willst! Schlage das Wasser mit der Keule, vielleicht ergibt es sich und läßt dich trockenen Fußes hinüber!‹

Ich antwortete nicht, sondern band mir den Schild auf die Schulter, und den Beutel, den ich mitgenommen hatte, um die Hüfte, und nahm die Lederschnur, die sich am Griff der schweren Keule befand, zwischen die Zähne. Dann sprang ich ins Wasser des Flusses und schwamm. Zweimal, Fremder, riß mich die Strömung unter, und die Leute am Ufer dachten schon, ich wäre verloren; aber ich kam wieder hoch, und schließlich erreichte ich das andere Ufer.

Nun machten die Leute am Ufer keine abfälligen Bemerkungen mehr; sie standen schweigend und nachdenklich, und ich ging weiter, bis ich zum Fuß der Klippe kam. Die Klippe ist steil und sehr schwer zu besteigen, Fremder; wenn du wieder kräftiger bist, werde ich dir den Weg zeigen. Doch ich schaffte es, und gegen Mittag erreichte ich den Wald. Hier, am Rand des Waldes, ruhte ich eine Weile und aß etwas von der Nahrung, die ich in dem Beutel mitgenommen hatte, denn jetzt mußte ich kräftig sein, um den Geistern gegenübertreten zu können, falls es hier wirklich Geister geben sollte. Dann stand ich auf und drang in den Wald ein. Die Bäume, die dort wachsen, sind riesig, Fremder, und ihr Laub ist so dicht, daß an einigen Stellen kaum Licht auf den Boden fällt. Trotzdem ging ich weiter, und verlor oft die Richtung. Doch von Zeit zu Zeit sah ich zwischen den Kronen der Bäume den Gipfel des Geisterberges hindurchschimmern, die Gestalt der alten Frau, und ich nahm Richtung auf ihre Knie. Mein Herz schlug laut, als ich so durch die Dunkelheit und die Einsamkeit des Waldes schritt, und immer wieder blieb ich stehen und blickte mich um, ob ich nicht irgendwo die Augen der *Amatonga* entdecken konnte. Doch ich sah keine Geister, nur hin und wieder große, gefleckte Schlangen, die über den Weg krochen, und vielleicht waren diese die *Amatonga*. Hin und wieder sah ich auch einen großen, grauen Wolf, der von einem Baum zum anderen schlich und mich beobachtete, und über meinem Kopf seufzte der Wind in den riesigen Kronen der Bäume, und es klang wie das Seufzen von vielen Hunderten von Frauen.

Trotzdem ging ich weiter und sang dabei laut vor mich hin, damit mein Herz nicht vor Angst stehenbliebe, und endlich, gegen Ende der zweiten Stunde, wurde der Wald lichter, der Boden begann steiler anzusteigen, und das Licht des Himmels fiel wieder auf den Boden. Doch du bist müde, Fremder, und es ist spät geworden. Schlafe jetzt, und morgen will ich dir das Ende der Geschichte erzählen. Doch sage mir zuvor: Wie wirst du genannt?«

»Ich werde Umslopogaas genannt, der Sohn Mopos«, antwortete ich, »und ich werde dir meine Geschichte erzählen, wenn du mit der deinen zu Ende gekommen bist. Jetzt laß uns schlafen.«

Als Galazi den Namen hörte, zuckte er zusammen, sagte aber nichts. Sie legten sich auf ihr Lager, und Galazi deckte Umslopogaas mit Fellen zu.

Doch Galazi, der Wolf, war so abgehärtet, daß er auf dem kahlen Felsen schlief und keine Decke brauchte. So schliefen sie, und vor dem verschlossenen Eingang der Höhle heulten die Wölfe, die Menschenblut witterten.

KAPITEL XIII

Galazi wird König der Wölfe

Am Morgen erwachte Umslopogaas und spürte, daß er rasch wieder zu Kräften kam. Trotzdem blieb er den ganzen Tag über in der Höhle, während Galazi hinausging, um zu jagen. Gegen Abend kehrte er zurück, einen erlegten Bock auf den Schultern, und sie häutete den Bock und aßen davon, während sie beim Feuer saßen. Und als die Sonne untergegangen war, setzte Galazi seine Geschichte fort.

»Nun, Umslopogaas, Sohn Mopos, höre! Ich hatte den Wald durchquert und war zu den Beinen der alten Stein-Hexe gelangt, die dort oben sitzt und für immer auf den Untergang der Welt wartet. Hier schien die Sonne hell und klar, hier huschten Eidechsen hin und her, und Vögel flogen in der Luft, und obwohl es schon Abend wurde – denn der Weg durch den Wald war lang gewesen – hatte ich keine Angst mehr. So kletterte ich den steilen Felshang hinauf, auf dem kleine Büsche wachsen, wie Haare auf den Armen eines Mannes, bis ich schließlich zu den Knien der Stein-Hexe gelangte, die die Plattform vor dem Eingang der Höhle bilden. Ich hob meinen Kopf über die Kante – die Knie der Stein-Hexe – und was ich sah, ließ mir das Blut in den Adern gefrieren, und mein Herz wurde zu Wasser, denn dort auf der Plattform, vor dem Höhleneingang, waren Wölfe, und sie waren riesig, und es waren viele. Einige von ihnen schliefen, und sie knurrten im Schlaf, andere nagten an den Schädeln erbeuteter Tiere, andere saßen aufrecht wie Hunde, und die Zunge hing ihnen aus dem grinsenden Maul. Ich blickte mich um, und hinter den Wölfen entdeckte ich den Eingang zu der Höhle, in der sich die Knochen des Sohnes der alten Frau befinden sollten. Doch ich wagte nicht, dorthin zu gehen, da ich mich vor den Wölfen fürchtete und wußte, daß sie die Geister waren, die auf diesem Berge hausen. Also überlegte ich mir, ob ich nicht besser fliehen sollte und wandte mich um. Doch während ich mich so umwandte, Umslopogaas, schwang die große Keule *Wächter der Furten* und schlug mir auf den Rücken, so wie man einen Feigling schlägt. Ob dies nun ein Zufall war, oder ob der *Wächter der Furten* den beschämen wollte, der ihn trug, kann ich nicht sagen. Doch dieser Schlag weckte die Scham in mir. Sollte ich zurückgehen und mich von den Menschen in dem Kraal und von der alten Frau auslachen lassen? Und wenn ich jetzt floh, würden die Geister mich nicht nächtens im Walde töten?

Nein, es war besser, in den Fängen der Wölfe und rasch zu sterben.

Also dachte ich in meinem Herzen; dann schwang ich – eilig, damit die Angst nicht wieder über mich kommen konnte – den *Wächter*, und sprang, den gellenden Kriegsschrei der Halakazi auf den Lippen, auf die Plattform und stürzte mich auf die Wölfe. Auch sie sprangen auf und standen heulend, mit gesträubtem Fell und feurigen Augen, und ihr Geruch drang mir in die Nase. Doch als sie sahen, daß es ein Mensch war, der da auf sie zukam, wurden sie von einer plötzlichen Furcht gepackt, flohen nach allen Seiten, sprangen mit großen Sätzen von Felsen zu Felsen und von der Plattform, die die Knie der Stein-Hexe bildet, so daß ich schließlich allein vor dem Höhleneingang stand. Nachdem ich so die Geister-Wölfe in die Flucht gejagt hatte, ohne auch nur einen Schlag führen zu müssen, schwoll mir das Herz vor Stolz, und mit festen Schritten trat ich in den Eingang der Höhle, so wie ein Hahn auf dem Dach einer Hütte stolziert, und blickte hinein. Wie es der Zufall wollte, fiel das rote Licht der sinkenden Sonne voll in das Innere der Höhle. Und wieder, Umslopogaas, wurde ich von Angst geschüttelt, denn in diesem Licht konnte ich das Ende der Höhle sehen.

Sieh! Dort ist eine Höhlung in der hinteren Wand, dicht unter dem Dach, in doppelter Mannshöhe. Es ist eine schmale und hohe Nische, nicht wahr? – als ob jemand sie mit einem Eisen geschlagen hätte, und ein Mann kann darin sitzen, wenn er die Beine herabhängen läßt. Ja, Umslopogaas, und ein Mann saß darin, oder das, was einmal ein Mann gewesen war. Dort saßen die Knochen eines Mannes, zusammengehalten von seiner verdorrten, schwarzen Haut, und es war ein schrecklicher Anblick. In seiner Hand hielt er ein Stück Fell von seiner *Moocha*. Es war zur Hälfte aufgegessen, Umslopogaas; er hatte es gegessen, bevor er starb. Seine Augen waren ebenfalls mit einem Fellstück seiner *Moocha* verbunden, als ob er sie vor einem unerträglichen Anblick hatte schützen wollen. Einer seiner Füße war fort, der andere hing über den Rand der Nische, und unter ihm auf dem Boden lag die Klinge seines zerbrochenen Speers, rot vor Rost.

Tritt jetzt näher, Umslopogaas, und lege deine Hand auf diese Wand; sie ist völlig glatt, nicht wahr? – so glatt, wie die Steine, mit denen die Frauen das Korn mahlen.

›Was hat sie so glatt gemacht?‹ wirst du fragen. Ich werde es dir sagen.

Als ich durch den Eingang in die Höhle blickte, sah ich dies: Auf dem Boden der Höhle lag eine Wölfin, und sie hechelte, als ob sie viele Meilen gelaufen sei; sie war groß und wild. In ihrer Nähe war ein anderer Wolf – es war ein Rüde –, alt und schwarz, und größer als alle anderen Wölfe, die ich jemals gesehen hatte, und sein Kopf und seine Flanken waren grau gestreift. Doch dieser Wolf stand auf seinen Beinen. Als ich in die Höhle trat, war er in der Nähe des Eingangs, doch plötzlich schnellte er los, zur Rückwand der Höhle, und sprang an ihr empor; er schnappte nach dem verdorrten Fuß des Toten, der aus der Nische hing. Seine Pfoten prallten gegen die Wand, dort, wo sie glatt ist, und er schien eine Sekunde lang an ihr zu kleben, während seine gewaltigen Kiefer sich krachend schlossen – doch gut eine Speerbreite unter dem herabhängenden Fuß des Toten. Mit einem Wutgeheul trabte er wieder zurück, um einen neuen Anlauf zu nehmen, und wieder sprang er nach dem Fuß des Toten, und seine Kiefer schlossen sich dicht unter ihm, und heulend fiel er wieder zu Boden. Jetzt erhob sich die Wölfin, und sie versuchten gemeinsam, den Toten aus seiner Nische zu reißen, aber es war alles vergeblich; sie verfehlten immer wieder den herabhängenden Fuß, und ihre Kiefer kamen ihm nie näher als eine Speerbreite. Nun weißt du, Umslopogaas, warum der Stein dort so glatt und glänzend ist. Monat um Monat, und Jahr um Jahr sind die Wölfe in ihrer Gier an ihr emporgesprungen, um die Knochen von dem zu fressen, der dort gesessen hat. Nacht für Nacht sind sie an der Wand der Höhle emporgesprungen, aber ihre zupackenden Kiefer konnten sich nie um den zweiten Fuß des Toten schließen. Einen Fuß hatten sie abreißen können, doch den zweiten bekamen sie nicht.

Während ich den beiden Wölfen zusah, erfüllt von Angst und Grauen, machte die Wölfin einen gewaltigen Sprung, so daß sie den herabhängenden Fuß beinahe erreichte. Sie fiel zurück, und dann sah ich, daß sie so bald nicht wieder springen würde; sie hatte sich verletzt und lag jaulend am Boden, und schwarzes Blut quoll aus ihrem Maul. Der Wolf sah es auch; er ging zu ihr, schnupperte an ihr, und als er merkte, daß sie verletzt war, packte er sie an der Kehle und schüttelte sie. Jetzt hallte die Höhle wider von Jaulen und Knurren und ersticktem Geheul, und die beiden Wölfe wälzten sich auf dem Boden unter ihm, der dort oben in der Nische saß, und das blutrote Licht der sterbenden Sonne ließ alles so unheimlich und grauenhaft wirken, daß ich zitterte wie ein Kind. Die Wölfin wurde rasch schwächer, denn die Fänge ihres Gefährten hatten sich tief in ihre Kehle gebohrt. Ich sah nun, daß jetzt der Augenblick gekommen war, ihn zu erschlagen, denn wenn er sie getötet hatte, würde er auch mich töten. Also schwang ich den *Wächter* und sprang in die Höhle, um den Wolf zu erschlagen, bevor er den Kopf heben konnte.

Doch er hörte meine Schritte, oder vielleicht war mein Schatten auf ihn gefallen. Er ließ von der Wölfin ab und hob den Kopf, dieser Vater aller Wölfe, und dann sprang er ohne einen Laut mir an die Kehle.

Ich hatte den *Wächter* bereits erhoben und schlug mit aller Kraft zu. Der Schlag traf ihn mitten im Sprung; er bekam ihn voll an die Brust und wurde zu Boden geschleudert. Doch er blieb nicht dort. Bevor ich noch einmal zuschlagen konnte, war er wieder aufgesprungen und fiel mich erneut an. Dieses Mal sprang ich zur Seite, als ich zuschlug, und die Keule traf ihn an das rechte Bein, und er konnte nicht mehr springen. Doch er gab nicht auf. Er lief auf mich zu, und obwohl ihn ein Schlag in die Flanke traf, packte er mich mit seinen Fängen, durchbiß den Lederbeutel, den ich mir um das Geschlecht gebunden hatte, und in mein Fleisch. Ich schrie auf vor Schmerz und Wut, packte den *Wächter* mit beiden Händen und rammte ihn dem Wolf auf den Schädel, so wie man einen Pfahl in den Boden treibt, und der Schädel zersplitterte wie ein irdener Topf, und der Wolf fiel mir tot zu Füßen. Er riß mich mit sich zu Boden, und als ich mich wieder aufrichtete, waren seine gewaltigen Fänge noch immer in mein Fleisch verbissen, und ich schob den Schaft der Keule zwischen seine Zähne und zwang seine starren Kiefer auseinander. Dann sah ich mir die Wunden an. Sie waren nicht tief, da der Lederbeutel mich geschützt hatte, aber ich spüre sie noch heute, denn es ist Gift im Maul eines Wolfs. Als ich mich nun umblickte, sah ich, daß die Wölfin wieder auf den Beinen stand, als ob sie unverletzt wäre; denn das ist die Natur dieser Geister, Umslopogaas, daß sie zwar ständig miteinander kämpfen, sich aber nicht gegenseitig töten können. Sie können nur von Menschen getötet werden, und auch das nur unter Schwierigkeiten. Dort stand sie also, doch sie blickte weder mich noch ihren toten Gefährten an, sondern nur zu ihm hinauf, der dort in seiner Nische saß. Lautlos trat ich von hinten auf sie zu, hob die Keule und schlug sie ihr mit aller Kraft auf den Kopf. Der Hieb brach ihr das Genick, und sie fiel tot zu Boden.

Nun ruhte ich mich eine Weile aus, dann trat ich zum Eingang der Höhle und blickte hinaus. Die Sonne ging unter; der Wald war schwarz, doch rötliches Licht fiel noch immer auf das Gesicht der Stein-Hexe, die für immer auf dem Gipfel des Berges sitzt. Hier also mußte ich die Nacht verbringen, denn, obwohl wir vollen Mond hatten, wagte ich doch nicht, während der Nacht durch den Wald zur Ebene zurückzugehen, allein mit Wölfen und Geistern. Und wenn ich es schon nicht allein wagte, um wieviel weniger würde ich es wagen, ihn mitzunehmen, der dort in der Nische am Ende der Höhle saß! Nein, ich mußte hierbleiben, also verließ ich die Höhle und ging zu einer Quelle, die rechts vom Eingang unter einem Stein hervortrat, wusch meine Wunden aus und trank. Dann ging ich zurück, setzte mich in den Eingang der Höhle und sah das letzte Licht vom Angesicht der Welt verschwinden. Während es verging, war alles still, doch als es ganz verschwunden war, erwachte der Wald. Ein Wind sprang auf und warf die grünen Kronen der Bäume hin und her, wie die Wellen des Meeres. Und aus der Tiefe des Waldes schallte das Heulen der Geister und Wölfe, und es wurde beantwortet durch Schreie von den Felsen über mir. Höre, Umslopogaas! Es war so ein Heulen und Schreien, wie wir es heute nacht hören!

Es war schrecklich hier am Höhleneingang, denn ich kannte noch nicht das Geheimnis des Steins, mit dem man die Höhle verschließen kann. Und hätte ich es gekannt, hätte ich es denn gewagt, die Höhle zu schließen und allein zu sein mit den toten Wölfen und ihm, den sie versucht hatten, herunterzuzerren? Ich trat weiter auf die Plattform hinaus und blickte zum Gipfel des Berges empor. Der Mond war aufgegangen, und sein Licht fiel voll auf das Gesicht der Stein-Hexe, die bis in die Ewigkeit dort oben sitzt. Sie schien mich anzugrinsen, und – Oh! – hatte ich Angst, denn ich wußte nun, daß dies ein Ort der Toten war, ein Ort, wo Geister auf den Felsen hokken und Geier in den Bäumen. Ich ging in die Höhle zurück, und da ich wußte, daß ich etwas tun mußte, wenn ich nicht verrückt werden wollte, kniete ich mich neben den Kadaver des großen Wolfs-Rüden, den ich erschlagen hatte, zog mein Messer aus Eisen heraus und begann ihn im Licht des Mondes zu häuten. Eine Stunde oder länger hatte ich damit zu tun, und ich sang, während ich so arbeitete, und versuchte ihn zu vergessen, der dort oben in der Nische hockte, und nicht das Heulen zu hören, das von allen Seiten des Berges schallte. Doch das Mondlicht fiel immer tiefer in die Höhle hinein, und nun konnte ich die Gestalt aus Knochen und Haut deutlich sehen, ja, ich sah selbst die Binde vor seinen Augen. Warum hatte er sich die Augen verbunden? fragte ich mich. Vielleicht, um nicht die blutgierigen Gesichter der Wölfe sehen zu müssen, wenn sie an der Wand emporsprangen, um ihn herabzuzerren.

Das Heulen kam immer näher; jetzt konnte ich graue Schatten zwischen den Steinen der Plattform hin und her huschen sehen. Ah! Dort starrten zwei rotglühende Augen zu mir herein; eine spitze Schnauze beschnüffelte den Kadaver, den ich abhäutete. Mit einem

Schrei riß ich die Keule empor und schlug zu. Ich hörte ein Schmerzensgeheul, und etwas rannte in die Nacht hinaus.

Nun war das Fell abgezogen. Ich warf es hinter mich, packte den abgehäuteten Kadaver, schleppte ihn vor die Höhle und ließ ihn dort liegen. Wieder kam das Heulen näher und näher, und ich sah graue Schatten heranschleichen, einen nach dem anderen. Jetzt versammelten sie sich um den abgehäuteten Kadaver, und dann fielen sie über ihn her, rissen ihn in Stücke und kämpften um die Fleischfetzen, bis alle verschlungen waren. Dann leckten sie sich ihre blutigen Lefzen und schlichen zum Wald zurück.

Schlief ich oder wachte ich? Ich kann es dir nicht sagen. Aber dies weiß ich: als ich zufällig aufblickte, sah ich, daß das Licht des Mondes auf ihn fiel, der dort in seiner Felsnische saß. Es war ein rotes Licht, und er schien in dem Licht zu leuchten wie etwas Fauliges. Ich sah, oder glaubte zu sehen, daß der herabhängende Kiefer sich bewegte, und aus dem Mund drang eine Stimme, die hart und hohl klang, wie die Stimme eines Menschen, dessen Kehle vor Durst vertrocknet ist.

›Heil dir, Galazi, Sohn Siguyanas‹, sagte die Stimme. ›Galazi, der Wolf! Sage, was tust du hier, auf dem Geisterberg, auf dem die Stein-Hexe für immer sitzt und auf den Untergang der Welt wartet?‹

Dann, Umslopogaas, antwortete ich, oder glaubte zu antworten, und auch meine Stimme klang fremd und hohl.

›Heil dir, Toter, der du dort sitzt wie ein Geier auf einem Felsen! Dies tue ich auf dem Geisterberg. Ich bin gekommen, um deine Knochen zu suchen und sie deiner Mutter zu bringen, damit sie sie begraben kann.‹

›Viele, viele Jahre habe ich hier oben gesessen, Galazi‹, antwortete die Stimme, ›und habe zugesehen, wie die Geister-Wölfe immer wieder emporsprangen, um mich herabzuzerren, bis der Fels unter ihren Pfoten glatt geworden war. So habe ich Tag für Tag und Nacht für Nacht hier gesessen, sieben Tage und sieben Nächte lang, als ich noch lebte, die hungrigen Wölfe unter mir und den Hunger in mir. Und so habe ich Jahr um Jahr hier gesessen, ein Toter im Herzen der Stein-Hexe, und sah die Sonne, den Mond und die Sterne, und hörte das Heulen der Geisterwölfe, die zu meinen Füßen tobten, und lernte die Weisheit der alten Hexe, die über mir sitzt, aus ewigem Stein geformt. Meine Mutter war jung und schön, als ich durch den verhexten Wald zog und die Knie aus Stein erklomm. Wie ist sie jetzt, Galazi?‹

›Sie ist weiß und faltig und sehr alt‹, antwortete ich. ›Sie sagen, daß sie verrückt sei, doch auf ihren Wunsch bin ich hergekommen, um dich zu suchen, Toter, und ich habe den *Wächter der Furten* bei mir, der deinem Vater gehört hat, und der nun mir gehören soll.‹

›Er soll dir gehören, Galazi‹, sagte die Stimme, ›denn du allein hast es gewagt, den Geistern entgegenzutreten, um mir Schlaf und ein Grab zu geben. Höre, dir soll auch die Weisheit der alten Hexe gehören, die für immer dort oben sitzt – dir und keinem anderen. Dies sind keine Wölfe, die du erschlagen hast; nein, es sind Geister – böse Geister von Menschen, die in einer vergangenen Zeit lebten, und die jetzt weiterleben müssen, bis sie von Menschen getötet werden. Und weißt du, Galazi, wie sie gelebt haben, und was für Nahrung sie gegessen haben? Wenn das Licht zurückkehrt, Galazi, klettere auf die Brüste der Stein-Hexe und blicke in die Kluft zwischen den Brüsten. Dort wirst du sehen, wie diese Menschen gelebt haben. Und deshalb sind sie jetzt dazu verdammt, hager und hungrig in der Gestalt von Wölfen umherzuschleichen, in Wald und Fels des Geisterberges, wo sie einst ihre scheußlichen Mahle verzehrten, bis sie eines Tages durch die Hand von Menschen sterben. Und wegen des nagenden Hungers in ihren Eingeweiden sind sie Jahr um Jahr nach mir gesprungen, um meine Knochen herabzureißen; und der, den du erschlagen hast, war ihr König, und sie, die an seiner Seite war, die Königin.

Nun, Galazi, der Wolf, dies ist die Wahrheit, die ich dir geben will: du sollst der König der Geisterwölfe sein, du und ein anderer, den dir eine Löwin bringen wird. Binde das schwarze Wolfsfell um deine Schultern, und die Wölfe werden dir gehorchen, alle dreihundert-und-sechzig-und-drei, die noch übrig sind, und lasse den, der dir von einer Löwin gebracht wird, das graue Fell umbinden. Wohin ihr beide geht, dorthin sollen die Wölfe euch folgen und euch Siege bringen, bis sie alle tot sein werden. Doch wisse dies: daß sie nur dort sein können, wo sie im Leben waren und ihre Nahrung erbeutet haben. Doch es war ein böses Geschenk, das du von meiner Mutter angenommen hast – *der Wächter;* denn obwohl du ohne den *Wächter* nicht den König der Geisterwölfe erschlagen hättest, wirst du als Träger des *Wächters* dereinst selbst getötet werden. Nun, wenn der Morgen kommt, trage mich zurück zu meiner Mutter, damit ich dort schlafen kann, wo keine Geisterwölfe springen. Ich habe gesprochen, Galazi.‹

Jetzt schien die Stimme des Toten immer leiser und leiser zu werden, und noch hohler zu klingen als zuvor, bis ich zuletzt seine Worte kaum noch verstehen konnte, aber doch antwortete ich ihm und fragte ihn dies:

›Wer ist es dann, den eine Löwin mir bringen wird, um mit mir über die Geisterwölfe zu herrschen, und wie ist sein Name?‹

Jetzt war die Stimme des Toten kaum noch zu hören, doch in der Stille der Höhle verstand ich diese Worte: ›Er heißt Umslopogaas, der Schlächter, Sohn von Chaka, dem Löwen der Zulus.‹ «

Umslopogaas fuhr zusammen. »Ich heiße Umslopogaas«, sagte er, »aber ›der Schlächter‹ werde ich nicht genannt, und ich bin der Sohn Mopos und nicht der Sohn von Chaka, dem Löwen der Zulus. Du hast einen Traum geträumt, Galazi, oder, wenn es kein Traum gewesen ist, so hat der Tote dich belogen.«

»Vielleicht war es so, Umslopogaas«, antwortete Galazi, der Wolf. »Vielleicht habe ich geträumt, oder vielleicht hat der Tote gelogen.

Dennoch: auch wenn er in diesem Punkt gelogen haben sollte, in anderen log er nicht, wie du jetzt hören sollst.

Nachdem ich diese Worte gehört hatte, oder träumte, sie zu hören, schlief ich ein, und als ich wieder erwachte, lag der Wald unter mir grau wie ein Nebel, doch das erste Licht des Morgens fiel auf das Gesicht von ihr, die in Stein auf dem Gipfel des Geisterberges sitzt. Nun erinnerte ich mich an den Traum, den ich geträumt hatte, und nun würde es sich zeigen, ob es nur ein Traum gewesen war. Also stand ich auf, verließ die Höhle und fand einen Weg, auf dem ich zu den Brüsten der Stein-Hexe hinaufsteigen konnte. Ich stieg ihn hinauf, und während ich aufstieg, fielen die ersten Strahlen der Sonne auf ihr steinernes Gesicht, und mein Herz jubelte. Doch je höher ich stieg, desto mehr zerfiel die Ähnlichkeit mit einem Frauengesicht, und schließlich, aus nächster Nähe, sah ich nur noch zerklüfteten Fels. Denn dies, Umslopogaas, ist die Art der Hexen, seien sie aus Stein oder aus Fleisch: wenn du ihnen nahekommst, wechseln sie ihre Gestalt.

Nun war ich auf den Brüsten der Stein-Hexe, und zwischen ihnen war eine Kluft, dreimal so breit, wie ein Mann springen kann, und in der Länge eine halbe Speerwurfweite, und vor dieser Kluft standen große, von Rauch geschwärzte Steine, und neben ihnen langen zerbrochene Töpfe aus Ton und ein Messer aus Feuerstein. Ich blickte in die Kluft hinab – sie war sehr, sehr tief und grün mit Moos, und große Farne wuchsen darin, weil sich in ihr die Feuchtigkeit sammelte. Sonst war nichts zu sehen. Ich hatte einen Lügen-Traum geträumt. Ich wandte mich schon zum Gehen, doch dann überlegte ich es mir anders und stieg in die Kluft zwischen den Brüsten der Frau aus Stein. Ich bahnte mir einen Weg zwischen den hohen Farnen. Unter den Farnen war ein dicker Teppich aus Moos. Ich schabte etwas davon mit dem *Wächter* beiseite, und dabei schlug die Keule gegen etwas, das hart und hohl klang; es war gelblich und rund. Ich hob es auf, Umslopogaas: es war der Schädel eines Kindes.

Ich grub tiefer und schabte mehr Moos zur Seite, und dann sah ich es: Unter dem Moos lagen Knochen, Berge von Menschenknochen – alte Knochen, die dort viele Jahre lang gelegen hatten; die kleineren waren verrottet, aber die größeren waren übriggeblieben – manche waren gelb, andere schwarz, und einige noch weiß. Sie waren nicht zerbrochen, wie die Knochen, die Hyänen und Wölfe zwischen ihren Zähnen gehabt hatten, doch an einigen von ihnen konnte ich die Spuren von Zähnen erkennen. Ich ging zur Höhle zurück, ohne auch nur noch einen Blick zurückzuwerfen.

Als ich nun in die Höhle zurückkam, tat ich dies: ich häutete auch die Wölfin ab. Als ich damit fertig war, stand die Sonne schon hoch am Himmel, und ich wußte, daß es Zeit war, zu gehen. Aber ich konnte nicht allein gehen. Er, der dort oben in der Nische der Höhle saß, mußte mit mir kommen. Ich hatte große Angst, ihn zu berühren – diesen Toten, der in meinem Traum mit mir gesprochen hatte; doch ich mußte es tun. Also trug ich Steine heran und häufte sie auf, bis ich ihn erreichen konnte; dann hob ich ihn herunter; er war sehr leicht, da er nur noch Haut und Knochen war. Als ich ihn herabgehoben hatte, band ich die Felle der beiden Wölfe um mich und ließ den Lederbeutel zurück, weil er zu klein war, um den Toten hineinzustecken, sondern ich setzte ihn auf meine Schultern, so wie ein Mann ein Kind tragen mag, denn seine Beine waren etwas gespreizt, und indem ich ihn an dem Fuß festhielt, der ihm verblieben war, machte ich mich auf den Weg zum Kraal. Den Hang hinab ging ich so schnell ich konnte, denn jetzt kannte ich den Weg und sah und hörte nichts, bis auf einmal, als plötzlich das Geräusch von Flügelschlägen in der Luft war und ein riesiger Adler auf das herabstieß, was auf meinen Schultern saß. Ich stieß einen lauten Schrei aus, und der Adler flog fort.

Dann betrat ich den Wald. Hier mußte ich vorsichtig gehen, damit der Kopf dessen, das auf meinen Schultern saß, nicht gegen einen Ast schlug und abgerissen wurde.

Eine ganze Weile ging ich so, bis ich in die Mitte des Waldes kam. Dann hörte ich plötzlich zu meiner Rechten einen Wolf heulen, und von links kam die Antwort mehrerer Wölfe, und diese wieder wurde von Geheul hinter mir beantwortet. Ohne zu Zögern ging ich weiter, denn ich wagte nicht stehenzubleiben, und richtete mich nach der Sonne, die ich hin und wieder zwischen den dichten Kronen der

Bäume erblickte. Nun sah ich Schatten, schwarze und graue, näherschleichen, und sie schnüffelten die Luft, als sie immer näher kamen. Jetzt erreichte ich eine kleine Lichtung – und alle Wölfe der Welt waren dort versammelt! Mein Herz wurde zu Wasser, und meine Beine zitterten. Von allen Seiten war ich von diesen Bestien umringt, und sie waren groß und hungrig. Ich blieb stehen, die Keule erhoben, und langsam krochen sie auf mich zu, bis sie einen dichten Kreis um mich gebildet hatten. Doch sie sprangen mich nicht an, sondern krochen nur näher und näher. Aber dann sprang doch einer, doch nicht nach mir, sondern nach dem, das auf meinen Schultern saß. Ich trat zur Seite, und er verfehlte es, und als er wieder zu Boden kam, stand er winselnd und knurrend, als ob er Angst hätte. Da erinnerte ich mich wieder an meinen Traum, wenn es wirklich ein Traum gewesen war, in dem der Tote mir gesagt hatte, daß ich der König der Geisterwölfe sein sollte – ich und ein anderer, den eine Löwin zu mir bringen würde. War es nicht so? Wenn es nicht so war, wie kam es dann, daß die Wölfe mich nicht verschlangen?

Einen Augenblick lang überlegte ich, dann erhob ich meine Stimme und heulte wie ein Wolf; und – *Ou!* – Umslopogaas, alle Wölfe heulten zur Antwort, und es war ein mächtiges Heulen! Ich streckte meine Hand aus und rief sie. Sie liefen heran und umringten mich, als ob sie mich fressen wollten. Doch sie taten mir nichts; sie leckten meine Beine mit ihren roten Zungen, und bissen einander, um mir nahe sein zu können, und sie preßten sich an mich, so wie es Katzen tun. Nur einer von ihnen schnappte nach dem, das auf meinen Schultern saß, doch ich gab ihm einen Hieb mit dem *Wächter*, und er schlich mit eingekniffener Rute davon, wie ein geprügelter Hund; und die anderen fielen über ihn her und bissen ihn, und er heulte auf. Jetzt wußte ich, daß ich nichts mehr zu befürchten hatte, denn ich war wirklich der König der Geisterwölfe, also ging ich weiter, und das riesige Rudel folgte mir. Ich ging weiter und weiter, und sie trotteten ohne einen Laut neben und hinter mir, und die welken Blätter raschelten unter ihren Pfoten, und sie wirbelten eine Staubwolke auf, bis ich schließlich den Rand des Waldes erreichte.

Jetzt dachte ich daran, daß ich so nicht von Menschen gesehen werden durfte, da sie mich sonst für einen Zauberer halten und mich töten würden. Deshalb blieb ich am Rand des Waldes stehen und gab den Wölfen ein Zeichen, daß sie zurückgehen sollten. Sie stimmten ein klagendes Geheul an, als ob sie in Trauer wären, doch ich rief ihnen zu, daß ich bald zurückkommen und ihr König sein würde, und es schien, als ob sie in ihren Herzen verstanden, was ich ihnen sagte. Dann gingen sie alle fort, noch immer heulend, und ich war allein.

Und nun, Umslopogaas, ist es Zeit zu schlafen. Morgen abend werde ich dir den Rest meiner Geschichte erzählen.«

CHARLES KERR

KAPITEL XIV

Die Wolfsbrüder

Nun, mein Vater, am folgenden Abend, saßen Umslopogaas und Galazi, der Wolf, wieder beim Feuer im Eingang ihrer Höhle, so wie wir jetzt hier beieinandersitzen, mein Vater, und Galazi setzte seine Geschichte fort.

»Ich ging weiter, bis ich an den Fluß kam; er war noch immer voll, aber das Wasser hatte sich doch etwas gesenkt, so daß ich mit meinen Füßen Grund fand. Ich watete in den Fluß und benutzte den *Wächter* als Stütze, und das Wasser reichte mir bis zu den Ellenbogen, aber nicht höher. Jetzt sah einer am anderen Ufer des Flusses, was da auf meinen Schultern saß, und er sah auch die Wolfsfelle auf meinem Kopf, und er lief zum Kraal zurück und schrie: ›Hier kommt einer, der auf dem Rücken eines Wolfs über das Wasser reitet!‹

So kam es, daß, als ich zum Ufer kam, alle Menschen dort versammelt waren, um mich zu empfangen, alle außer der alten Frau, die nicht so weit gehen konnte. Doch als ich näherkam, und als sie sahen, was es war, das da auf meinen Schultern saß, zitterten sie vor Angst. Aber sie liefen nicht fort, weil ihre Verwunderung sie festhielt; sie wichen nur zur Seite, wenn ich sie fast erreicht hatte, und klammerten sich aneinander wie verängstigte Kinder und sagten nichts. So ging ich durch die schweigende Menge, bis ich schließlich den Kraal erreichte, und vor dem Tor des Kraals saß die alte Frau und badete sich in der Sonne des Nachmittags.

Plötzlich blickte sie auf und rief: ›Was fehlt euch, Leute meines Hauses, daß ihr rückwärts geht, wie solche, die verhext worden sind, und wer ist dieser große und tödliche Mann, der auf euch zuschreitet?‹

Doch sie wichen noch immer zurück und sagten kein Wort, und die Kinder klammerten sich an die Frauen, und die Frauen klammerten sich an die Männer, bis sie die alte Frau erreicht hatten und sich hinter ihr aufstellten wie ein Regiment Soldaten. So standen sie an den Zaun des Kraals gedrängt. Ich aber trat vor die alte Frau und nahm den herunter, der auf meinen Schultern saß, und setzte ihn ihr zu Füßen auf den Boden und sagte: ›Frau, hier ist dein Sohn; ich habe ihn mit vieler Mühe aus den Fängen der Geister gerissen – es gibt viele davon dort oben –, und ich gebe dir alles, bis auf einen Fuß, den ich nicht finden konnte. Nimm ihn nun und begrabe ihn, denn ich bin seiner Gesellschaft leid.‹

Sie blickte auf das, was vor ihr auf dem Boden saß. Sie streckte ihre Hand aus und nahm die Binde von den eingesunkenen Augen. Dann stieß sie einen Schrei aus, einen lauten, schrillen Schrei, warf die Arme um den Hals des Toten und schrie: ›Es ist mein Sohn, den ich geboren habe – mein eigener Sohn, den ich seit zwei mal zehn und halb zehn Jahren nicht gesehen habe. Sei gegrüßt, Sohn, sei gegrüßt! Jetzt sollst du ein Grab finden, und ich mit dir. Ja! ich mit dir!‹

Und wieder stieß sie einen lauten Schrei aus und stand auf, beide Arme gen Himmel gereckt. Plötzlich quoll Schaum aus ihrem Mund, und sie fiel auf die Leiche ihres Sohnes und war tot.

Keiner von all den Menschen sprach ein Wort, denn sie waren alle voller Furcht. Doch schließlich rief einer: ›Wie heißt dieser Mann, der den Geistern die Leiche entrissen hat?‹

›Man nennt mich Galazi‹, antwortete ich.

›Nein‹, sagte er, ›du heißt *Der Wolf*. Seht doch die Wolfsfelle auf seinem Kopf!‹

›Ich heiße Galazi, und *Der Wolf* hast du mich genannt‹, sagte ich. ›Doch soll es so sein: Ich heiße von jetzt an Galazi, der Wolf.‹

›Ich glaube, er *ist* ein Wolf‹, sagte der Mann. ›Seht euch nur seine Zähne an, wie sie grinsen! Dies ist kein Mensch, meine Brüder, sondern ein Wolf!‹

›Kein Wolf und kein Mann‹, sagte ein anderer, ›sondern ein Zauberer. Niemand außer einem Zauberer hätte den Wald durchqueren und in den Schoß von ihr eindringen können, die dort oben in Stein für alle Ewigkeit sitzt.‹

›Ja! Ja! Er ist ein Wolf! Er ist ein Zauberer!‹ schrien sie. ›Tötet ihn! Tötet den Wolf-Zauberer, bevor er die Geister über uns bringt!‹ Und sie liefen mit erhobenen Speeren auf mich zu.,

›Ja, ich bin Wolf!‹ schrie ich. ›Und ich bin auch ein Zauberer! Und ich werde die Wölfe und die Geister über euch bringen, bevor ich mit euch fertig bin!‹ und ich wandte mich um und floh so schnell, daß ich sie bald hinter mir gelassen hatte. Während ich so rannte, begegnete mir jedoch ein Mädchen; sie trug einen Korb mit Mais auf dem Kopf und hielt ein totes Zicklein in der Hand. Ich lief auf sie zu, und heulte dabei wie ein wütender Wolf, und ich riß ihr den Mais vom Kopf und das Zicklein aus der Hand. Dann lief ich weiter, erreichte den Fluß und watete hindurch, und in dieser Nacht verbarg ich mich zwischen den Klippen nahe dem Ufer, und aß den Mais und das Fleisch des Zickleins.

Am nächsten Morgen, beim ersten Dämmern, stand ich auf und schüttelte den Tau aus dem Wolfsfell. Dann ging ich in den Wald und heulte wie ein Wolf. Sie kannten jetzt meine Stimme, die Geisterwölfe, und sie antworteten mir von nah und fern. Dann hörte ich das Trappeln ihrer Pfoten, und sie kamen heran, zu zehn und zu zwanzig, und sie umringten mich und blickten mich ergeben an. Ich zählte sie, und es waren dreihundert-und-sechzig-und-drei.

Später stieg ich zur Höhle hinauf, und seitdem lebe ich in dieser Höhle, Umslopogaas, seit fast zwölf Monden nun, und ich bin ein Wolfsmensch geworden. Denn ich jage und heule mit den Wölfen, und sie kennen mich, und was ich ihnen befehle, das tun sie. Bleibe, Umslopogaas. Du bist wieder gesund und kräftig, und wenn du den Mut dazu hast, sollst du es noch in dieser Nacht sehen. Komm jetzt! Hast du Mut, Umslopogaas?«

Nun erhob sich Umslopogaas und lachte laut. »Ich bin zwar noch jung an Jahren und habe die volle Manneskraft noch nicht erreicht«, rief er, »aber bis jetzt habe ich noch nichts und niemandem meinen Rücken zugewandt, sei es ein Mann, oder ein Löwe, oder eine Hexe, oder ein Geist. Also komm, daß wir dieses *Impi* sehen, das dir gehört – dieses *Impi* in schwarz und grau, das auf vier Beinen läuft und Fangzähne statt Speere trägt!«

»Vorher mußt du dir das Wolfsfell umbinden, Umslopogaas«, sagte Galazi, »sonst wäre, bevor ein Mann seine Finger zweimal zählen kann, nichts von dir übrig. Binde das Fell um den Hals und unter den Armen fest, und achte darauf, daß die Schnüre sich nicht lösen, denn sonst ware es dein Ende.«

Also nahm Umslopogaas das Fell der grauen Wölfin und befestigte es mit Lederschnüren an seinem Körper, und die Zähne der Wölfin waren auf seinem Kopf, und er nahm den Speer in die Hand. Galazi band sich nun auch das Fell des Königs der Wölfe um, und sie traten aus der Höhle auf die Plattform, die vor ihrem Eingang lag. Galazi blieb dort eine Weile stehen, und das Mondlicht fiel auf ihn, und Umslopogaas sah, daß sein Gesicht einen wilden und tierischen Ausdruck bekam, und seine Augen funkelten, und seine Zähne grinsten hinter grausam gekräuselten Lippen. Er legte den Kopf in den Nacken und stieß ein lautes Heulen aus; dreimal legte er den Kopf so zurück und heulte in die Nacht hinaus, und jedesmal lauter als zuvor. Und bevor die Echos seiner Schreie verklungen waren, ertönte aus allen Richtungen die Antwort; es heulte von den Felsen über ihnen, und aus der Tiefe des Waldes unter ihnen, aus Norden und Osten und Süden und Westen kam das Heulen der Antwort. Und es klang näher und immer näher; jetzt hörte man auch schon das Geräusch von Pfoten, und ein Wolf, riesig und grau, kam auf sie zugestürzt, und hinter ihm viele andere. Sie liefen auf

Galazi zu, sie sprangen an ihm empor, sie leckten mit ihren roten Zungen über seinen Körper, doch er vertrieb sie mit dem *Wächter*. Plötzlich entdeckten die Wölfe Umslopogaas und stürzten sich mit gebleckten Zähnen auf ihn.

»Bleib stehen und rühre dich nicht!« rief Galazi. »Du darfst keine Angst haben!«

»Ich habe immer Hunde gestreichelt«, antwortete Umslopogaas, »warum sollte ich sie jetzt fürchten?«

Aber wenn seine Worte auch mutig klangen, in seinem Herzen saß die Furcht, denn dies war ein schrecklicher Anblick. Die Wölfe stürzten mit gefletschten Zähnen auf ihn zu, von vorn und von hinten, von links und von rechts, und einen Atemzug später war er von allen Seiten umringt. Doch kein Zahn bohrte sich in sein Fleisch, denn als sie auf ihn zusprangen, nahmen sie den Geruch des Felles wahr, mit dem er sich eingehüllt hatte, und sie fielen ihm zu Füßen und beleckten auch ihn. Dann sah Umslopogaas, daß die Wolfsrüden ihn nicht mehr beachteten, doch die Wölfinnen sammelten sich um ihn, der das Fell einer Wölfin trug. Sie waren groß und mager und hungrig und alles voll ausgewachsene Tiere; es war nicht ein Junges unter ihnen, und es waren so viele, daß er sie im Mondlicht nicht zählen konnte. Umslopogaas blickte in ihre rotglühenden Augen, und sein Herz wurde zum Herzen eines Wolfes, und auch er legte den Kopf in den Nacken und heulte, und die Wölfinnen heulten zur Antwort.

»Das Rudel ist versammelt! Nun auf zur Jagd!« schrie Galazi. »Stärke deine Beine, mein Bruder, denn wir werden heute nacht weit umherschweifen! Ho, Schwarzfang! Ho, Grauschnauze! Ho, mein Volk, schwarz und grau! Auf! Auf!«

Er lief los, und mit ihm Umslopogaas, und ihnen folgten die Geisterwölfe. Sie liefen den Berghang hinab und sprangen von Fels zu Fels wie Böcke. Schließlich erreichten sie eine Senke, die dicht mit Bäumen bestanden war. Galazi blieb stehen und hob die Keule, und die Wölfe blieben ebenfalls stehen.

»Ich rieche eine Beute!« rief er. »Auf sie, meine Kinder, auf sie!«

Die Wölfe liefen lautlos in die Senke, doch Umslopogaas und Galazi blieben an ihrem Rand und warteten. Kurz darauf hörten sie das Krachen brechender Äste – und dann stand ein Büffel vor ihnen, ein Bulle, der wütend brüllte und die Luft in seine Nüstern sog.

»Der wird uns eine gute Jagd geben, Bruder! Sieh, er ist mager und schlank. Ah! Das Fleisch ist zart, das mein Volk zu Tode hetzt!«

Während Galazi so sprach, kamen die ersten Wölfe aus dem Gehölz und sahen den Büffel. Sie gaben Laut und sprangen auf ihn zu. Der Bulle sah sie auch und raste davon, und Umslopogaas und Galazi liefen hinter ihm her, und ihnen folgte die Meute der Wölfe, und die Felsen erzitterten von der Musik der Jagd.

Sie rannten den Berghang hinab, und jetzt spürte Umslopogaas in seinem Herzen, daß auch er ein Wolf geworden war. Sie rannten mit voller Kraft, doch seine Füße waren so schnell wie die der schnellsten unter den Wölfen; keiner von ihnen konnte ihn überholen, und in ihm war nur ein Gedanke: die Beute zu reißen. Jetzt näherten sie sich dem Rand des Waldes, und Galazi schrie Befehle. Er schrie sie Schwarzfang und Grauschnauze zu und Blut und Todesbiß, die sich nun von dem Rudel lösten und vorausliefen, so schnell, daß ihre Bäuche den Boden zu berühren schienen. Sie schossen von der Seite auf den Bullen zu und drängten ihn vom Wald ab und zwangen ihn, kehrtzumachen und hangaufwärts zu laufen. Die Jagd hatte ihre Richtung gewechselt. Der Bulle floh den Hang hinauf, und an seiner linken Flanke waren Grauschnauze und Todesbiß, und an der anderen Blut und Schwarzfang, und ihnen folgten die beiden Wolfsbrüder, und denen der Rest des Rudels mit heraushängenden Zungen. So rasten sie den Hang hinauf, doch Umslopogaas Füße wurden nicht müde, und sein Atem erlahmte nicht. Sie näherten sich dem Schoß der Stein-Hexe, in dem die Höhle lag. Der Bulle raste weiter, verrückt vor Todesangst. Er lief so schnell, daß die Wölfe zurückfielen, denn hier war der Boden eben, und das war ein Vorteil für ihn. Galazi sah Umslopogaas an, der an seiner Seite lief, und grinste.

»Du läufst nicht schlecht, mein Bruder, der vor kurzem noch krank gewesen ist. Jetzt wollen wir sehen, ob du besser bist als ich. Wer wird die Beute als erster berühren?«

Der Bulle war jetzt zwei Speerwurfweiten vor ihnen. Umslopogaas grinste Galazi an und sagte: »Gut! Also los!«

Sie liefen noch schneller, und eine Weile schien es Umslopogaas, als ob sie Seite an Seite blieben, nur der Bulle kam immer näher. Nun nahm er alle Kräfte zusammen und schickte sie in seine Beine, und nach einer Weile war er allein, und der Bulle war dicht vor ihm. Niemals waren Füße schneller gewesen als die von Umslopogaas. Jetzt hatte er den Bullen erreicht. Im Laufen legte er seine Hände auf den Rücken des Bullen und sprang. Er war auf ihm, er saß auf dem Bullen, so wie ein weißer Mann auf einem Pferd sitzt. Dann hob er seinen Speer und stieß ihn dem Bullen zwischen die Schultern. Das große Tier stolperte, blieb stehen, fiel zur Seite und war tot.

Galazi kam heran. »Wer ist nun der Schnellste, Galazi?« rief Umslopogaas. »Ich oder du oder dein Wolfsrudel?«

»Du bist der Schnellste, Umslopogaas«, sagte Galazi keuchend. »Noch nie ist ein Mann gelaufen wie du, und nie wird einer so laufen.«

Jetzt waren die Wölfe heran und wollten den Kadaver zerreißen, aber Galazi trieb sie mit seiner Keule zurück, und sie ruhten sich eine Weile aus. Dann sagte Galazi: »Wir wollen uns mit dem Speer Fleisch von dem Bullen schneiden.«

Also schnitten sie sich Fleisch von dem Bullen, und als sie damit fertig waren, gab Galazi den Wölfen ein Zeichen, und sie fielen über den blutigen Kadaver her, wobei sie wütend miteinander kämpften. Kurz darauf war nichts mehr davon übrig, außer den großen Knochen, und doch hatte jeder der Wölfe nur wenig bekommen.

Dann gingen sie zur Höhle zurück und schliefen.

Später erzählte Umslopogaas Galazi seine Geschichte, und Galazi fragte ihn, ob er bei ihm bleiben und sein Bruder sein, und mit ihm über das Volk der Wölfe herrschen wolle, oder ob er wieder zu seinem Vater Mopo im Kraal Chakas zurückkehren wolle.

Umslopogaas antwortete, daß er eigentlich vorhabe, seine Schwester Nada zu suchen, da er des Kraals von Chaka müde sei, doch an seine Schwester Tag und Nacht denken müsse.

»Wo, denn, ist Nada, deine Schwester?« fragte Galazi.

»Sie schläft in den Höhlen deines Volkes, Galazi; sie ist bei den Halakazi.«

»Bleibe eine Weile hier, Umslopogaas«, rief Galazi. »Bleibe, bis wir wirkliche Männer geworden sind. Dann wollen wir deine Schwester suchen und sie aus den Höhlen der Halakazi reißen!«

Nun hatte sich die Freude an dem Wolfsleben in Umslopogaas' Herz geschlichen, und er sagte, daß es so sein solle, und am nächsten Morgen machten sie sich zu Blutsbrüdern, auf daß sie bis zum Tod eins seien. Sie schlossen den Pakt vor allen Geisterwölfen, und die Wölfe heulten, als sie das Blut der Menschen rochen. Von nun an waren die beiden in allen Dingen gleich, und die Geisterwölfe gehorchten den Stimmen beider. Und in so mancher Mondnacht jagten die beiden zusammen mit den Wölfen und rissen Beute, daß sie essen konnten. Hin und wieder durchquerten sie auch den Fluß und jagten auf der Ebene, denn Wild war selten auf dem Berg, und dann kamen die Menschen des Kraals heraus, hörten ein mächtiges Heulen und sahen das Rudel über die Ebene jagen, und mit ihnen einen Mann oder zwei Männer. Dann sagten sie, daß die Geister wieder unterwegs seien und verkrochen sich in ihren Hütten und zitterten vor Angst. Aber bis jetzt hatten die Wolfsbrüder und ihr Rudel noch keinen Menschen getötet, sondern nur Wild, oder gelegentlich Elefanten und Löwen.

Nachdem nun Umslopogaas einige Monde im Hexen-Berg gelebt hatte, träumte er eines Nachts von Nada, und als er erwachte, war sein Herz weich, und er dachte, daß er erfahren müßte, was aus mir geworden war, aus Mopo, den er für seinen Vater hielt, und aus ihr, die er für seine Mutter hielt, und aus Nada, seiner Schwester, und allen anderen Schwestern und Brüdern. Also zog er sich an, um seine Nacktheit zu bedecken, und ließ Galazi zurück, und stieg hinab zu dem Kraal, in dem die alte Frau gewohnt hatte. Dort gab er vor, der junge Sohn eines Häuptlings zu sein, der eine Frau suche. Die Leute in dem Kraal hörten ihm zu, und sie sahen, daß sein Gesicht wild und finster war, und einer von ihnen fragte, ob dies Galazi, der Wolf, sei, Galazi, der Zauberer. Doch ein anderer antwortete, daß dieser nicht Galazi sei, denn ihre Augen hätten Galazi gesehen. Umslopogaas sagte, daß er nichts von Galazi wüßte, und von den Wölfen nur gehört habe, und während er so sprach, erschien ein *Impi* von fünfzig Männern und trat in den Kraal. Umslopogaas sah die Führer des *Impi* an und erkannte sie als Hauptleute Chakas. Anfangs wollte er mit ihnen sprechen, doch sein *Ehlosé* warnte ihn, den Mund zu halten. Also setzte er sich an die Wand der großen Hütte und hörte zu. Kurz darauf erschien der Dorfälteste des Kraals, und er zitterte vor Angst, denn er glaubte, das *Impi* sei hergeschickt worden, um ihn zu vernichten, und alles, was sein war, und er fragte den Führer des *Impi* nach seinen Befehlen.

»Es ist nur eine Kleinigkeit«, sagte der Führer des *Impi*. »Wir sind vom König ausgeschickt worden, um einen gewissen Jungen zu suchen, Umslopogaas, den Sohn von Mopo, dem Medizinmann des Königs. Mopo hat behauptet, daß dieser Junge in der Nähe dieser Berge von einem Löwen getötet worden sei, und Chaka will wissen, ob das wahr ist.«

»Wir wissen nichts von diesem Jungen«, sagte der Dorfälteste. »Aber was würdet ihr mit ihm tun, wenn ihr ihn fändet?«

»Nur dies: wir würden ihn töten.«

»Dazu müßtet ihr mich erst haben«, murmelte Umslopogaas unhörbar und lächelte.

»Wer ist dieser Mopo?« fragte der Dorfälteste.

»Ein Übeltäter, dessen Haus der König aufgefressen hat – Männer, Frauen und Kinder«, antwortete der Hauptmann.

KAPITEL XV

Der Tod der Schlächter des Königs

Als Umslopogaas diese Worte hörte, wurde sein Herz schwer, und eine heftige Wut zerriß ihm die Brust, denn er glaubte, daß ich, Mopo, mit dem Rest meines Hauses gestorben wäre, und er liebte mich. Aber er sagte nichts; er wartete, bis niemand in seine Richtung sah, dann schlich er hinter dem Rücken des Hauptmanns zur Tür und verließ die Hütte. Bald hatte er den Kraal hinter sich und lief zum Ufer des Flusses, durchquerte den Fluß und kam zum Geisterberg. Währenddessen fragte der Hauptmann den Dorfältesten, ob er irgend etwas über so einen Jungen wüßte, den sie suchten. Der Dorfälteste berichtete ihm von Galazi, dem Wolf, doch der Hauptmann sagte, das könne nicht der sein, den sie suchten, denn Galazi wohne schon seit vielen Monden auf dem Geisterberg.

»Da ist noch ein anderer Junge«, sagte der Dorfälteste, »ein Fremder, finster, kräftig und groß, mit Augen, die wie Speerklingen glänzen. Er ist jetzt hier; er sitzt dort an der Wand der Hütte.«

Der Hauptmann stand auf und sah zur Wand der Hütte, doch Umslopogaas war verschwunden.

»Jetzt ist der Junge geflohen«, sagte der Dorfälteste, »doch niemand hat ihn fliehen sehen! Vielleicht ist auch er ein Zauberer! Ja, jetzt erinnere ich mich, daß ich hörte, es seien jetzt zwei von ihnen auf dem Geisterberg, und daß sie bei Nacht mit den Geisterwölfen jagen; aber ich weiß nicht, ob es wahr ist.«

»Jetzt hätte ich Lust, dich zu töten«, sagte der Hauptmann wütend, »weil du es zugelassen hast, daß dieser Junge mir entwischt ist. Ohne Zweifel: es ist Umslopogaas, der Sohn Mopos.«

»Es ist nicht meine Schuld«, sagte der Dorfälteste. »Diese beiden jungen Männer sind Zauberer, die ungesehen und ungehört hierhin und dahin gehen können, wie es ihnen beliebt. Doch ich sage dir dies, Hauptmann des Königs: wenn du vorhast, auf den Geisterberg zu gehen, so mußt du mit deinen Soldaten allein gehen, denn niemand von uns wagt es, eine Fuß auf diesen Berg zu setzen.«

»Aber ich werde es wagen, und schon morgen«, sagte der Hauptmann. »Wir werden zu Männern im Kraal des Königs. Dort fürchten wir uns nicht vor Speeren, oder Geistern, oder wilden Tieren, oder Zauberei, sondern wir fürchten allein das Wort des Königs. Die Sonne sinkt. Gib uns zu essen. Morgen werden wir auf den Berg gehen.«

So, mein Vater, sprach der Hauptmann in seiner Torheit – er, der niemals wieder das Licht der Sonne sehen sollte.

Umslopogaas hatte inzwischen den Berg erreicht, und als er durch den Wald ging – in dem er jetzt jeden geheimen Weg kannte – wurde es dunkel, und mit der Dunkelheit erwachten die Wölfe und begannen zu heulen. Umslopogaas heulte zur Antwort, und sie kamen auf ihn zu, als erster der riesige Rüde Todesbiß, und Umslopogaas rief ihn beim Namen. Doch der mächtige Wolf griff ihn mit wütendem Knurren an. Und da fiel Umslopogaas ein, daß er das Wolfsfell nicht um seine Schultern gebunden hatte, und der Wolf ihn deshalb nicht erkannte. Während des Tages, wenn die Wölfe schliefen, konnten sie ohne diese Felle durch das Land gehen, nicht aber bei der Nacht. Er hatte das Fell nicht umgelegt, weil er nicht gewagt hatte, sich damit vor den Männern des Kraals zu zeigen, damit sie ihn nicht als einen der Wolfsbrüder erkennen sollten, und er hatte nicht vorgehabt, noch an diesem Abend auf den Berg zurückzukehren, sondern erst am kommenden Morgen. Doch jetzt sah Umslopogaas, daß er sich in einer tödlichen Gefahr befand. Er schlug Todesbiß mit seinem Kerrie zurück, aber nun waren schon andere heran, denn Wölfe sammeln sich schnell. Umslopogaas lief den Hang hinauf, zum Eingang der Höhle, und er war so schnell, daß die Wölfe ihn nicht erreichen konnten, obwohl sie ihm dicht auf den Fersen waren, und einmal schlug einer von ihnen seine Zähne in Umslopogaas' *Moocha*. Noch nie zuvor war er so schnell gelaufen, und schließlich erreichte er die Höhle und rollte den Stein vor den Eingang, und die Wölfe warfen sich wütend dagegen. Dann band Umslopogaas sich das Fell der Wölfin um, schob den Stein zur Seite und trat hinaus. Und die Augen der Wölfe starrten ihn an, und sie erkannten ihn als einen der Brüder, der über sie herrschte, und sie krochen davon.

Nun setzte Umslopogaas sich vor den Eingang der Höhle, wartete auf Galazi und dachte nach. Schließlich kam Galazi, und Umslopogaas erzählte ihm in wenigen Worten, was er erlebt hatte.

»Du hast dich in große Gefahr begeben, mein Bruder«, sagte Galazi. »Was nun?«

»Dies«, sagte Umslopogaas; »dieses Volk, das wir führen, ist hungrig auf Menschenfleisch; soll es sich an den Soldaten Chakas die Bäuche füllen, die auf der anderen Seite des Flusses im Kraal sitzen und mein Leben wollen. Ich will Rache nehmen für Mopo, meinen Vater, und für alle meine Brüder, die tot sind, und für meine Mütter, die Frauen Mopos. Was sagst du?«

Galazi lachte laut. »Das wird ein Spaß, mein Bruder!« sagte er.

»Ich bin es müde, immer nur Tiere zu jagen, laß uns heute nacht Menschen jagen!«

»Ja, heute nacht«, sagte Umslopogaas und nickte. »Ich sehne mich nach diesem Hauptmann, so wie sich ein Mädchen nach dem Kuß ihres Geliebten sehnt. Aber vorher wollen wir essen und ruhen, denn die Nacht ist noch jung. Dann, Galazi, rufen wir unser *Impi.*«

Also saßen sie und ruhten, und danach nahmen sie ihre Waffen, und Galazi heulte den Wölfen, und sie kamen zu zehn und zwanzig, bis alle versammelt waren. Galazi trat unter sie und hob den *Wächter*, und sie setzten sich auf ihre Hinterteile und blickten aufmerksam zu ihm auf.

»Heute nacht wollen wir kein Wild jagen, meine kleinen Freunde«, rief er, »sondern Menschen, und ihr liebt doch das Fleisch von Menschen!«

Nun begannen alle Wölfe so laut zu heulen, daß der Berg erzitterte, als ob sie verstanden hätten. Dann teilte sich das Rudel, wie es sein Brauch war, die Wölfinnen folgten Umslopogaas, und die Wölfe Galazzi, und lautlos liefen sie den Hang hinab. Sie kamen an den Fluß und durchschwammen ihn, und am anderen Ufer, acht Speerwurfweiten vom Fluß entfernt, stand der Kraal. Nun berieten sich die beiden Wolfsbrüder, und dann ging Galazi mit den Wolfs-Rüden zum Nordtor des Kraals, und Umslopogaas und die Wölfinnen gingen zum Südtor. Sie erreichten die Tore sicher und ungesehen, denn auf den Befehl der Brüder blieben die Wölfe still und heulten nicht. Die Tore waren mit Dornbüschen verschlossen, aber die Brüder zogen die Dornbüsche zur Seite, um den Weg freizumachen. Als sie das taten, hörten einige Hunde des Kraals das Rascheln der trockenen Dornbüsche, und als sie erwachten, rochen sie die Wölfe, die bei Umslopogaas waren, denn der Wind wehte aus dieser Richtung. Die Hunde liefen bellend heraus, und als sie das Südtor des Kraals erreichten, stürzten sie sich auf Umslopogaas. Als nun die Wölfe die Hunde sahen, konnten sie sich nicht länger zurückhalten; sie sprangen sie an und zerrissen sie in kleine Fetzen, und der Lärm dieses Kampfes drang in die Ohren der Soldaten Chakas und der Bewohner des Kraals, so daß sie von ihren Lagern sprangen und nach ihren Waffen griffen. Und als sie aus ihren Hütten stürzten, sahen sie einen Mann in einem Wolfsfell durch den leeren Rinderkraal laufen, denn das Gras stand hoch, und die Rinder waren auf den Weiden, und ihm folgte ein großes Rudel Wölfe, schwarze und graue. Sie schrien laut vor Entsetzen, daß die Geister über sie hergefallen seien, und flohen zum Nordtor des Kraals. Aber dort trafen sie auf einen Mann, der auch nur mit einem Wolfsfell bekleidet war, und auf ein großes Rudel Wölfe, schwarze und graue, die bei ihm waren.

Nun warfen sich einige von ihnen auf die Erde und schrien vor Angst, und manche versuchten zu fliehen, doch der größte Teil der Soldaten, und mit ihnen viele der Männer des Kraals, traten zu Gruppen zusammen, entschlossen, wie Männer in den Zähnen der Geister zu sterben, und das, obwohl sie vor Angst zitterten. Dann stieß Umslopogaas ein lautes Geheul aus, und Galazi heulte ebenso, und sie stürzten sich auf die Soldaten und die Menschen des Kraals, und mit ihnen kamen die Wölfe. Nun erhob sich ein Schreien und Heulen und Jaulen, das den Himmel erzittern machte, und die grauen Wölfe stürzten sich auf die Menschen und bissen und rissen. Sie kümmerten sich nicht um die Speere und Kerries der Soldaten. Einige wurden getötet, doch die anderen griffen wieder und wieder an. Schließlich brachen die Gruppen der Männer auseinander, und an jedem Menschen hingen zwei oder drei Wölfe und rissen ihn zu Boden. Einigen wenigen gelang die Flucht, doch die Wölfe verfolgten sie, von ihrem Geruchssinn geführt, und rissen sie, noch bevor sie die Tore des Kraals erreicht hatten.

Die Wolfsbrüder wüteten genauso wie die Wölfe. Der *Wächter* hatte viel zu tun, und viele gingen vor ihm zu Boden, und immer wieder blitzte der Speer Umslopogaas' im Licht des Mondes. Dann war es vorbei; niemand lebte mehr in dem Kraal, und die Wölfe knurrten zufrieden, als sie sich die Bäuche füllten, sie, die viele Tage lang gehungert hatten. Nun trafen sich die beiden Brüder wieder, und sie lachten in ihrer Wolfs-Freude, weil sie die geschlachtet hatten, die gekommen waren, um sie zu schlachten. Sie riefen den Wölfen und befahlen ihnen, die Hütten zu durchsuchen, und die Wölfe durchsuchten die Hütten, so wie Hunde in einer Hecke stöbern, und töteten alle, die sich dort versteckt hatten, oder trieben sie hinaus, auf daß sie draußen getötet wurden. Plötzlich sprang ein großer, kräftiger Mann aus der letzten Hütte, in der er sich versteckt gehalten hatte, und die Wölfe fielen ihn an, um ihn zu Boden zu reißen. Doch Umslopogaas trieb sie zurück, denn er hatte das Gesicht des Mannes erkannt: es war der Hauptmann, den Chaka ausgesandt hatte, um ihn zu töten. Nachdem er die Wölfe zurückgetrieben hatte, trat er auf den Hauptmann zu und sagte: »Sei gegrüßt, Hauptmann des Königs! Nun erzähle uns, wie dein Auftrag lautet, hier, unter dem Schatten von ihr, die in Stein dort oben sitzt.« Und er deutete mit seinem Speer auf die Stein-Hexe auf dem Gipfel des Geisterberges, die vom Licht des Mondes angestrahlt wurde.

Nun war der Hauptmann ein tapferer Mann, obwohl er sich vor

den Wölfen versteckt hatte, und er sagte mit fester Stimme: »Was geht es dich an, Zauberer? Deine Geisterwölfe haben meinem Auftrag ein Ende gesetzt. Sollen sie nun auch mir ein Ende bereiten.«

»Damit hat es keine Eile«, sagte Umslopogaas. »Sage, suchst du nicht einen gewissen Jungen, den Sohn Mopos?«

»Das ist so«, antwortete der Hauptmann. »Ich habe einen Jungen gesucht, und ich habe viele böse Geister gefunden.« Und er blickte die Wölfe an, die sich nur ein Stück zurückgezogen hatten und ihre Beute gierig anstarrten, und er erschauerte.

»Sage, Hauptmann« – Umslopogaas schlug ein Stück des Wolfsfells zurück, so daß das Mondlicht voll auf sein Gesicht fallen konnte –, »ist dies das Gesicht des Jungen, den du gesucht hast?«

»Es ist das Gesicht«, sagte der Hauptmann erstaunt.

»Ja«, lachte Umslopogaas, »es ist das Gesicht. Du Narr! Ich kannte deinen Auftrag und hörte deine Worte, und so habe ich sie beantwortet.« Und er deutete auf die Toten, an denen die Wölfe fraßen. »Wähle jetzt, und wähle schnell. Willst du vor meinen Wölfen um dein Leben laufen? Willst du gegen diese vier kämpfen?« Und er deutete auf Grauschnauze und Schwarzfang, auf Blut und Todesbiß, die mit geifernden Mäulern zu ihnen herüberstarrten. »Oder willst du mit mir kämpfen, und wenn ich getötet werde, gegen den, der die Keule trägt, und mit dem ich über dieses Volk der Grauen und Schwarzen herrsche?«

»Ich fürchte mich vor Geistern, doch vor Menschen habe ich keine Angst, selbst wenn sie Zauberer sind«, antwortete der Hauptmann.

»Gut!« rief Umslopogaas und schüttelte seinen Speer.

Sie fielen übereinander her, und es wurde ein furchtbarer Kampf. Denn nach kurzer Zeit zerbrach Umslopogaas' Speer im Schild des Hauptmanns, und er war ohne Waffe. Jetzt warf Umslopogaas sich herum und floh. Er sprang über die Toten hinweg und über die Wölfe, die an ihnen fraßen, und der Hauptmann folgte ihm mit erhobenem Speer und verhöhnte ihn. Auch Galazi wunderte sich, daß Umslopogaas vor seinem Gegner floh, vor einem einzelnen Mann! Hin und her hetzte Umslopogaas, und ständig hielt er seine Blick zu Boden gerichtet.

Plötzlich sah Galazi, der aufmerksam zuschaute, daß Umslopogaas wie ein herabstoßender Vogel auf etwas zulief, sich im Laufen bückte und es an sich riß. Dann blieb er stehen und fuhr herum, eine Axt in der rechten Hand. Der Hauptmann stürzte auf ihn zu, und die Axt fuhr herab und trennte die Spitze des Speers, mit dem der andere ihn durchbohren wollte, vom Schaft. Dann schlug Umslopogaas noch einmal zu: die halbmondförmige Klinge der Axt durchschlug den Schild und grub sich tief in die Brust des Hauptmanns. Der Hauptmann warf die Arme empor und stürzte zu Boden.

»Ah!« schrie Umslopogaas. »Du hast einen Jungen gesucht, um ihn zu erschlagen, und hast eine Axt gefunden, die dich erschlagen hat! Schlafe gut, du Hauptmann Chakas.«

Dann wandte Umslopogaas sich an Galazi und sagte: »Mein Bruder, ich werde nie wieder mit dem Speer kämpfen, sondern nur noch mit der Axt; um diese Axt zu suchen, bin ich hin und her gelaufen wie ein Feigling. Aber dies ist ein armseliges Ding! Sieh doch, der Stiel ist angebrochen, weil ich mit aller Kraft zugeschlagen habe! Jetzt weiß ich, was ich wirkich will: ich werde mir die große Axt Jikizas holen, die man den *Witwenmacher* nennt, auf daß Axt und Keule im Kampf nebeneinanderstehen.«

»Das wollen wir uns aber für eine andere Nacht aufheben«, sagte Galazi. »Für heute haben wir genug getan. Jetzt wollen wir nach Töpfen und nach Korn suchen, die wir brauchen, und dann zum Berg zurück gehen, damit uns nicht der Tag findet.«

So also brachten die Wolfsbrüder den Tod über das *Impi* Chakas, und dies waren nur die ersten Toten, die sie mit Hilfe der Wölfe auf ihrem Weg zurückließen. Immer wieder zogen sie durch das Land, fielen über die Menschen her, die sie haßten, und vernichteten sie, bis ihre Namen und die Namen der Geisterwölfe einen schrecklichen Klang in den Ohren der Menschen bekamen und das Land leergefegt war.

Doch sie mußten feststellen, daß die Wölfe nicht bereit waren, ihnen überallhin zu folgen. So geschah es in jener Nacht, als sie aufbrachen, um die Kraals des Volkes der Axt zu überfallen, in denen ihr Häuptling Jikiza wohnte, den man den Unbesiegbaren nannte, und der der Besitzer der Axt *Witwenmacher* war. Als sie sich dem Kraal näherten, machten die Wölfe plötzlich kehrt und flohen. Da erinnerte sich Galazi an den Traum, den er geträumt hatte, in dem der Tote in der Höhle zu ihm zu sprechen schien und ihm sagte, daß die Wölfe nur in dem Gebiet jagen durften, in denen sie früher als Menschenfesser gejagt hatten. Also machten auch sie kehrt und gingen zurück, doch Umslopogaas suchte nach einem Plan, um die Axt zu erobern.

KAPITEL XVI

Umslopogaas zieht aus, um die Axt zu erobern

Inzwischen waren viele Monde vergangen, seit Umslopogaas ein König der Wölfe geworden war, und er war nun ein voll ausgewachsener Mann, kräftig, groß und mutig: ein Töter von Menschen, flink zu Fuß, und mit einem Auge, das bei Nacht so gut sah wie am Tage. Aber noch wurde er nicht ›der Schlächter‹ genannt, und noch besaß er nicht die eiserne Königin, die Axt *Witwenmacher.* Doch der Wunsch, sie an sich zu bringen, beherrschte all sein Denken, denn es hatte noch keine Frau darin einen Platz gefunden, die alle anderen Gedanken hätte verdrängen können. Ja, mein Vater, selbst den Gedanken an eine gute Waffe kann eine Frau aus dem Herzen eines Mannes verdrängen!

Manchmal hockte Umslopogaas auch im Röhricht des Flusses und blickte zum Kraal Jikizas, des Unbesiegbaren, hinüber und beobachtete die Tore des Kraals, und einmal, als er so im Röhricht saß und hinüberstarrte, sah er einen Mann, groß und breit und haarig, der auf der Schulter eine Axt trug, deren Schneide im Licht der Sonne gleißte, und ihr Schaft war aus dem Horn eines Rhinozerosses. Nach diesem Anblick wuchs die Gier nach dieser Waffe in ihm mehr und mehr, bis er schließlich kaum noch schlafen konnte, da er ständig an sie dachte, und mit Galazi sprach er kaum noch über etwas anderes, und er ermüdete ihn mit seinem Gerede, denn Galazi liebte die Stille. Doch so sehr er sich auch danach sehnte, die Axt zu besitzen, sah er doch keinen Weg dazu.

Nun geschah es eines Tages, als Umslopogaas wieder im Ried verborgen saß, daß ein Mädchen auf das Ufer zukam. Sie war schlank und schön, und ihre Haut glänzte wie die Kupferringe, die sie um die Knöchel trug.

Sie kam mit langsamen Schritten zum Ufer, genau auf die Stelle, an der Umslopogaas im Ried hockte. Sie hockte sich ebenfalls zwischen das Rohr, nur eine Speerlänge von Umslopogaas entfernt, und begann zu weinen.

»Ich wünschte, daß die Geisterwölfe ihn verschlingen mögen«, sagte sie durch ihr Schluchzen, »und alles, was sein ist. Ja, und auch Masilo! Ich würde sie auf sie hetzen, selbst wenn ich selbst von ihren Fangzähnen zerrissen würde. Es ist besser, in den Zähnen der Wölfe zu sterben, als an dieses fette Schwein Masilo verkauft zu werden. Oh! Wenn ich den heiraten muß, werde ich ihm ein Messer als Brautkuß geben! Oh, wenn ich doch Herrin dieser Geisterwölfe wäre! Es würde ein Knochennagen im Kraal Jikizas geben, noch bevor der Mond wieder jung wird.«

Umslopogaas hörte alles, und plötzlich richtete er sich auf und blickte auf das Mädchen herab, und er war groß, und sein Gesicht war wild und grausam, und die Fänge im Maul des Wolfsfells, das er umgelegt hatte, glänzten auf seinem Kopf.

»Die Geisterwölfe sind dir zu Diensten, Mädchen«, sagte er. »Sie stehen immer bereit für solche, die ihre Dienste brauchen.«

Jetzt sah das Mädchen ihn und stieß einen leisen Schrei aus, dann wurde sie still vor Schrecken und starrte in die großen, grausamen Augen des Mannes, der sie angesprochen hatte.

»Wer bist du?« fragte sie schließlich. »Ich fürchte dich nicht, wer du auch sein magst.«

»Du solltest mich aber fürchten, Mädchen«, sagte Umslopogaas, »denn alle Menschen fürchten mich, und zu recht. Ich bin einer der Wolfsbrüder, deren Namen überall bekannt sind und Angst und Schrecken verbreiten. Ich bin ein Zauberer des Geisterberges. Nimm dich in acht, daß ich dich nicht töte. Es würde dir nichts nützen, nach deinen Leuten zu rufen, denn meine Füße sind schneller als die ihren.«

»Ich habe nicht den Wunsch, nach meinen Leuten zu rufen, Wolf-Mann«, sagte sie. »Und was das andere betrifft: Ich bin zu jung, um getötet zu werden.«

»Das ist so, Mädchen«, antwortete Umslopogaas und blickte ihre Schönheit an. »Was war mit den Worten, die ich von deinen Lippen hörte, über Jikiza und einen gewissen Masilo? Waren es nicht grausame Worte, wie sie meinem Herzen gefallen?«

»Ich sehe, daß du sie gehört hast«, antwortete das Mädchen. »Wozu also soll ich meinen Atem verschwenden und sie noch einmal sagen?«

»Das ist nicht nötig, Mädchen. Aber erzähle mir deine Geschichte; vielleicht kann ich einen Weg finden, dir zu helfen.«

»Da gibt es wenig zu erzählen«, sagte sie. »Es ist eine kurze Geschichte und eine gewöhnliche. Mein Name ist Zinita, und Jikiza, der Unbesiegbare, ist mein Stiefvater. Er hat meine Mutter geheiratet, die nun tot ist, aber nicht sein Blut ist in mir. Jetzt will er mich einem gewissen Masilo geben, einem alten, fetten Mann, den ich hasse. Aber Masilo hat Jikiza viele Rinder für mich geboten.«

»Gibt es denn einen anderen, den du heiraten willst, Mädchen?« fragte Umslopogaas.

»Es gibt keinen«, antwortete Zinita und sah ihm in die Augen.

CHARLES KERR.

»Und gibt es keinen Weg, auf dem du diesem Masilo entkommen könntest?«

»Es gibt nur einen Weg, Wolf-Mann – den Tod. Wenn ich tot bin, bin ich entkommen; wenn Masilo stirbt, bin ich entkommen; aber nicht für lange, denn dann wird man mich einem anderen geben. Doch wenn Jikiza stirbt, wird alles gut. Was ist mit deinem Wolfs-Volk, ist es nicht hungrig, Wolf-Mann?«

»Ich kann es nicht an diesen Ort bringen«, antwortete Umslopogaas. »Gibt es keinen anderen Weg?«

»Ja, es gibt einen anderen Weg«, sagte Zinita, »wenn sich einer findet, der es wagt, ihn zu gehen.« Und wieder sah sie ihn sehr seltsam an, und er spürte, wie sein Blut zu sieden begann. »Höre! Weißt du, wie das Volk der Axt beherrscht wird? Es wird beherrscht von ihm, der die Axt *Witwenmacher* hält. Wer diese Axt von ihm erobern kann, der sie hält, wird unser Häuptling. Doch wenn der, der die Axt hält, unbesiegt stirbt, dann übernimmt sein Sohn seine Macht, und mit ihr die Axt. So ist es seit Generationen gewesen, denn der, der den *Witwenmacher* hielt, war immer unbesiegbar. Doch habe ich gehört, daß der Urgroßvater Jikizas die Axt von dem gewann, der sie damals hielt; und er gewann sie durch eine List. Denn als er durch einen Schlag der Axt nur leicht getroffen worden war, fiel er zu Boden und tat, als ob er tot sei. Nun lachte der Besitzer der Axt und wandte sich ab und ging fort. Doch der Urgroßvater Jikizas sprang auf und stieß ihm seinen Speer in den Rücken, und so wurde er Häuptling des Volkes der Axt. Deshalb ist es Brauch, daß Jikiza allen Männern, die er mit der Axt tötet, den Kopf abschlägt.«

»Hat er viele getötet?« fragte Umslopogaas.

»Nicht viele – in den letzten Jahren«, sagte sie, »denn niemand wagt es, sich gegen ihn zu stellen, da es keine Chance gibt, ihn zu besiegen. Denn da er die Axt *Witwenmacher* hält, ist er unbesiegbar, und ein Kampf mit ihm ist der sichere Tod. Fünfzig-und-drei haben es versucht, und vor der Hütte Jikizas liegt ein Stapel von fünfzig-und-drei gebleichten Schädeln. Und nun noch eins: Die Axt muß im Kampf gewonnen werden; wenn sie gestohlen oder gefunden wird, besitzt sie keine Kraft – nein, sie bringt Schande und Tod auf den, der sie hält.«

»Wie kann ein Mann dann gegen Jikiza kämpfen?« fragte er.

»So: Einmal in jedem Jahr, am ersten Tag des neuen Mondes des Sommers, hält Jikiza ein Treffen mit den Dorfältesten des Stammes. Dann muß er sich erheben und alle und jeden herausfordern, mit ihm um die Axt zu kämpfen, und an seiner Stelle Häuptling zu werden. Wenn nun jemand vortritt, gehen sie in den Rinder-Kraal, und dort wird die Sache entschieden. Später, nachdem er seinem Gegner den Kopf abgeschlagen hat, geht Jikiza zurück zu dem Treffen mit den Dorfältesten, und sie setzen ihr Gespräch fort. Alle dürfen zu diesem Treffen kommen, und Jikiza muß gegen jeden kämpfen, der es will, ganz egal, wer es sein mag.«

»Vielleicht werde ich dort sein«, sagte Umslopogaas.

»Nach diesem Treffen am Tag des neuen Mondes soll ich Masilo zur Frau gegeben werden«, sagte das Mädchen. »Wenn aber jemand Jikiza besiegt, dann wird er Häuptling und kann mich geben, wem er will.«

Nun verstand Umslopogaas, was sie ihm sagen wollte, und er wußte, daß er ihr Gefallen gefunden hatte, und dieser Gedanke ließ sein Herz schneller schlagen, denn Frauen waren ihm noch fremd.

»Wenn ich zufällig dort sein sollte«, sagte er, »und wenn ich zufällig die Axt *Witwenmacher* gewinnen und zum Herrscher des Volkes der Axt werden sollte, wirst du nicht weit vom Schatten der Axt leben, Mädchen Zinita.«

»Das ist gut, Wolf-Mann; obwohl manche sicher nicht in ihrem Schatten leben wollen. Doch zuerst mußt du die Axt erobern. Viele haben es versucht, und keinem ist es gelungen.«

»Aber einem muß es schließlich gelingen«, sagte er, »und nun lebewohl«, und er sprang in den Fluß und schwamm zum anderen Ufer hinüber.

Das Mädchen Zinita sah ihm nach, bis er verschwunden war, und die Liebe drang in ihr Herz – eine Liebe, die stolz und eifersüchtig und stark war. Doch als Umslopogaas den Geisterberg hinaufstieg, dachte er mehr an die Axt *Witwenmacher* als an das Mädchen Zinita, denn von Anfang an und immer hatte er den Krieg mehr geliebt als die Frauen, obwohl es sein Schicksal war, daß Frauen ihm Unglück bringen sollten.

Fünfzehn Tage mußten noch vergehen bis zum neuen Mond, und während dieser Zeit dachte Umslopogaas viel und sprach wenig. Trotzdem erzählte er Galazi einiges von seinem Erlebnis, und daß er entschlossen sei, mit Jikiza, dem Unbesiegbaren, um die Axt *Witwenmacher* zu kämpfen. Galazi sagte, daß er es lieber lassen solle, und daß es besser sei, bei den Wölfen zu bleiben als auszuziehen, um verzauberte Waffen zu erobern. Er sagte auch, daß selbst wenn er die Axt gewänne, es damit nicht getan sei, weil er dann auch das Mädchen nehmen müsse, und in seinem Herzen gab es keinen

Platz für Frauen. Es war eine Frau gewesen, die seinen Vater in den Kraals der Halakazi vergiftet hatte.

Zu all dem sagte Umslopogaas nichts, denn er hatte sein Herz sowohl an die Axt, als auch an das Mädchen gehängt – wenn auch mehr an die erstere als an letztere.

So verging die Zeit, und schließlich kam der Tag des neuen Mondes. Bei Anbruch dieses Tages stand Umslopogaas auf und band sich sein Wolfsfell unter die *Moocha.* In seine Hand nahm er einen starken Kampfschild, den er aus Büffelhaut gefertigt hatte, und die leichte Axt mit der halbmondförmigen Klinge, mit der er den Hauptmann Chakas getötet hatte.

»Eine armselige Waffe, um Jikiza, den Unbesiegbaren, zu töten«, sagte Galazi zweifelnd.

»Sie wird ihren Zweck erfüllen«, antwortete Umslopogaas.

Nun aß er, und dann verließen die beiden Wolfsbrüder den Berg und durchquerten den Fluß bei einer Furt, denn er wollte seine Kräfte schonen. Auf der anderen Seite des Flusses verbarg Galazi sich im Ried, da sein Gesicht bekannt war, und dort sagte Umslopogaas ihm Lebewohl, ohne zu wissen, ob er ihn wiedersehen würde. Dann ging er zum Kraal Jikizas. Als er das Tor des Kraals erreichte, sah er, daß viele Menschen hineinströmten, und er mischte sich unter sie. Schließlich kamen sie zu einem offenen Platz vor der Hütte Jikizas, und dort waren die Dorfältesten versammelt. In ihrer Mitte, und vor einem Haufen aufgeschichteter Schädel, saß Jikiza, ein riesiger Mann, behaart und stolz, der mit rollenden Augen umherblickte. Mit einer Lederschnur an seinem Arm befestigt war die Axt *Witwenmacher,* und jeder Mann, der herantrat, grüßte die Axt und nannte sie *Inkosikaas,* oder Königin. Umslopogaas setzte sich zu den Menschen, die vor den Beratern hockten, und nur wenige nahmen Notiz von ihm, außer Zinita, die mürrisch hin und her ging und den Beratern Kalebassen mit Bier brachte. Neben Jikiza, zu seiner rechten, saß ein fetter Mann mit winzigen, zwinkernden Augen, der das Mädchen Zinita mit gierigen Blicken anstarrte.

Jener Mann, dachte Umslopogaas, ist Masilo. Man sollte etwas von dem Fett aus ihm herauslassen.

Schließlich sagte Jikiza: »Dies ist die Sache, die ich vor euch lege, meine Berater. Ich habe mich entschlossen, meine Stieftochter Zinita dem Mann Masilo zur Frau zu geben; aber die Hochzeitsgabe ist noch nicht geregelt. Ich verlange hundert Rinder von Masilo, denn das Mädchen ist schön und gut, und außerdem meine Tochter, wenn auch nicht von meinem Blut. Doch Masilo bietet nur fünfzig Rinder, und deshalb sind wir hier, um diese Sache zu regeln.«

»Wir hören dich, Herr der Axt«, antworteten die Berater, »aber zuvor, o Unbesiegbarer, mußt du an diesem Tage des Jahres, nach einem alten Brauch, jeden Mann öffentlich herausfordern, mit dir um den *Witwenmacher* und um deinen Platz als Häuptling des Volkes der Axt zu kämpfen.«

»Das ist eine lästige Sache«, knurrte Jikiza. »Kann ich nicht endlich davon verschont sein? Fünfzig-und-drei habe ich in meiner Jugend erschlagen, ohne auch nur eine Wunde zu erhalten, und jetzt rufe ich seit vielen Jahren meine Herausforderung, wie ein Hahn auf dem Misthaufen, doch keiner kräht eine Antwort.

Nun gut.« Er stand auf und sagte: »Ist unter euch ein Mann, der vortreten und gegen mich, Jikiza, um die Axt *Witwenmacher* kämpfen will? Dem, der mich besiegt, soll sie gehören, und mit ihr die Herrschaft über das Volk der Axt.«

So sprach er, und sehr schnell, wie ein Mann ein Gebet zu einem Geist murmelt, zu dem er nur wenig Zutrauen hat. Dann setzte er sich wieder hin, um weiter über die Angelegenheit von Masilo und dem Mädchen Zinita zu sprechen. Doch plötzlich sprang Umslopogaas auf und sah ihn über die Oberkante seines Kampfschildes hinweg an. »Hier steht einer, o Jikiza«, rief er, »der mit dir um die Axt *Witwenmacher* und um die Häuptlingswürde kämpfen will!«

Nun begannen alle Leute zu lachen, und Jikiza starrte ihn an.

»Tritt hinter deinem großen Schild hervor«, sagte er. »Tritt hervor und nenne mir deinen Namen und deine Abstammung – du, der du mit dem Unbesiegbaren um die Große Axt kämpfen willst.«

»Was bedeuten dir mein Name und meine Abstammung, Jikiza?« sagte Umslopogaas. »Verschwende keine Zeit damit und stelle dich mir zum Kampf, wie es der Brauch von dir fordert, denn ich sehne mich danach, den *Witwenmacher* in meiner Hand zu halten und auf deinem Platz zu sitzen und diese Sache der Rinder von Masilo, dem Schwein, zu regeln. Wenn ich dich getötet habe, werde ich mir einen Namen geben, ich, der jetzt keinen hat.«

Jetzt lachten die Leute wieder, doch Jikiza zitterte vor Wut und sprang auf.

»Was!« schrie er. »Du wagst es, so zu mir zu sprechen, du Kind, das kaum der Brust entwöhnt ist, zu mir, dem Unbesiegbaren, dem Halter der Axt! Nie hätte ich geglaubt, solche Worte von einem langbeinigen Welpen zu hören. Auf zum Rinder-Kraal, zum Rinder-Kraal, Volk der Axt, auf daß ich diesem Großmaul den Kopf von den Schultern schlage! An meinen Platz will er sich setzen, wie? – an den Platz, den ich und meine Väter durch die Kraft der Axt seit vier Generationen besitzen. Ich sage euch, daß ich bald auf seinem

Kopf stehen werde, und dann werden wir die Angelegenheit mit Masilo regeln.«

»Quassele nicht soviel, Mann«, sagte Umslopogaas, »oder wenn du schon quasseln mußt, so sage die Worte, die du noch sagen willst, bevor du der Sonne Lebewohl sagst.«

Jetzt erstickte Jikiza fast an seiner Wut, und Schaum trat ihm vor den Mund, so daß er nicht sprechen konnte. Aber für die Menschen war das alles ein Spaß – für alle außer Masilo, der den Fremden feindselig anstarrte.

So zogen sie alle zum Rinder-Kraal, und Galazi, der alles aus der Ferne beobachtete, konnte sich nun nicht länger zurückhalten, sondern kam zum Kraal und mischte sich unter die Leute.

KAPITEL XVII

Umslopogaas wird Häuptling des Volkes der Axt

Als nun Umslopogaas und Jikiza, der Unbesiegbare, zum Rinder-Kraal kamen, wurden sie in seine Mitte gestellt, mit einem Abstand von zehn Schritten zwischen ihnen. Umslopogaas war mit dem großen Schild und der kleinen, halbmondförmigen Axt bewaffnet, Jikiza trug den *Witwenmacher* und einen kleinen Tanzschild, und wenn man die Waffen der beiden ansah, konnte man meinen, daß dieser Fremde wahrhaft kein ebenbürtiger Gegner für den Herrn der Axt sei.

»Er ist schlecht bewaffnet«, sagte ein alter Mann. »Es sollte umgekehrt sein: große Axt, kleiner Schild. Jikiza ist unbesiegbar, und der große Schild wird diesem langbeinigen Fremden nicht helfen, wenn der *Witwenmacher* an das Büffelfell klopft.« Der alte Mann, der das sagte, befand sich in Hörweite von Galazi, dem Wolf, und Galazi dachte, daß seine Worte weise seien, und er sorgte sich um das Schicksal seines Bruders.

Jetzt war das Wort gegeben worden, und Jikiza stürzte sich auf Umslopogaas, und er brüllte dabei wie ein Büffel, denn seine Wut war groß. Aber Umslopogaas rührte sich nicht, bis sein Feind zuschlug. Erst jetzt sprang er zur Seite und schlug Jikiza die flache Klinge seiner kleinen Axt in den Rücken, denn er hatte nicht vor, ihn mit der kleinen Axt zu töten. Ein schallendes Gelächter brandete auf von den Hunderten von Menschen, die um den Kraal versammelt waren, und Jikizas Herz barst beinahe von Scham und Wut. Er fuhr herum wie ein gereizter Bulle und stürzte sich wieder auf Umslopogaas, der seinen Schild emporriß, um sich zu schützen. Doch plötzlich, kurz bevor die große Axt niederfuhr, stieß Umslopogaas einen Schrei aus, als ob er Angst hätte, warf sich herum und floh vor Jikiza. Wieder dröhnte lautes Lachen, als Umslopogaas wie ein gehetzter Bock floh, verfolgt von Jikiza, der in blinder Wut hinter ihm herjagte. Hin und her ging diese Jagd, und Umslopogaas war immer nur eine knappe Speerlänge vor seinem Verfolger, und er lief immer so, daß er die Sonne im Rücken hatte, damit er den Schatten Jikizas sehen konnte. Weiter ging die Jagd, und die Menschen jubelten, als wenn sie einen Hund anfeuerten, der einen Bock hetzt. Jetzt tat Umslopogaas so, als ob er vor Erschöpfung taumelte, und die Menschen glaubten, daß er keine Luft mehr hatte, doch er lief schneller und schneller und zog Jikiza hinter sich her.

Jetzt, als Umslopogaas am Atem Jikizas und an den taumelnden

Bewegungen seines Schattens erkannte, daß seine Kraft verbraucht war, tat er so, als ob er zusammenbräche und stolperte scharf nach rechts, und während er fiel, ließ er den großen Schild Jikiza direkt vor die Füße fallen. Jikiza, der jetzt völlig ausgepumpt war, stolperte blind in den Schild hinein und stürzte zu Boden. Umslopogaas stürzte sich auf ihn wie ein Adler auf eine Taube. Bevor irgend jemand wußte, was geschah, hielt er ein Messer in der Hand und durchschnitt damit den Lederriemen, mit dem die Axt *Witwenmacher* am Handgelenk Jikizas festgebunden war, dann sprang er zurück, die große Axt in der Hand, und warf seine eigene, kleine Waffe zu Boden. Jetzt erst erkannten die Zuschauer die List, mit der er gekämpft und gesiegt hatte, und alle, die Jikiza haßten, jubelten laut. Doch andere waren still.

Langsam erhob sich Jikiza vom Boden, erstaunt, daß er noch am Leben war, und während er aufstand, nahm er die kleine Axt Umslopogaas' auf, sah sie an und weinte. Umslopogaas aber hielt den *Witwenmacher*, das Zeichen der Häuptlingswürde, und betrachtete die halbrunde Klinge aus blauem Stahl, die Schönheit des Stiels, der mit Messingbändern zusammengehalten wurde, und an seinem Ende einen kleinen Knopf hatte wie der Knauf eines Stockes. Er sah die große Axt an, wie ein Liebender die Schönheit seine Braut genießt, und dann küßte er die breite Klinge und rief laut: »Sei gegrüßt, meine Königin, Frau meiner Jugend, die ich im Kampf gewonnen habe. Niemals wollen wir uns trennen, du und ich, und zusammen wollen wir sterben, du und ich, denn ich werde nicht zulassen, daß ein anderer dich besitzt, wenn ich gegangen bin.«

So rief er angesichts aller Menschen, die um den Rinder-Kraal versammelt waren. Dann wandte er sich Jikiza zu, der noch immer weinte, weil er alles verloren hatte.

»Wo ist dein Stolz jetzt, o Unbesiegbarer?« lachte Umslopogaas. »Kämpfe weiter. Du bist jetzt genauso gut bewaffnet, wie ich es vorher war, und ich hatte keine Angst, mich gegen dich zu stellen.«

Jikiza sah ihn an, dann stieß er einen Fluch aus, schleuderte die kleine Axt nach ihm und floh zum Tor des Rinder-Kraals.

Umslopogaas bückte sich, und die kleine Axt fuhr über ihn hinweg. Dann stand er eine Weile und sah dem flüchtenden Jikiza nach, und die Leute glaubten, er wollte ihn entkommen lassen. Doch das war nicht seine Absicht. Er wartete, bis Jikiza etwa die Hälfte der Strecke bis zum Tor zurückgelegt hatte, dann stieß er einen Schrei aus und raste ihm nach, so schnell, wie ein Blitz aus einer Wolke schießt, so schnell, daß die Zuschauer kaum der Bewegung seiner Beine folgen konnten. Jikiza lief auch schnell, doch schien es, als ob

CHARLES KERR

er auf der Stelle liefe. Jetzt hatte er das Tor des Kraals erreicht, und im gleichen Augenblick sah man das Blitzen niederfahrenden Stahls, und dann lag Jikiza zwischen den Torpfosten des Rinder-Kraals, und alle sahen, daß er tot war, getötet von der mächtigen Axt *Witwenmacher*, die er und seine Väter viele Jahre lang gehalten hatten.

Ein lauter Schrei ertönte aus der Menge der Zuschauer, als die Menschen sahen, daß Jikiza, der Unbesiegbare, endlich getötet worden war, und es waren viele, die Umslopogaas zujubelten und ihn den Häuptling und Herrn des Volkes der Axt nannten. Aber die Söhne Jikizas – es waren ihrer zehn – starke und mutige Männer, liefen auf Umslopogaas zu, um ihn zu töten. Umslopogaas wich zurück und hob den *Witwenmacher*, als einige der Berater sich zwischen ihn und die Söhne Jikizas drängten und riefen: »Halt!«

»Ist es nicht euer Gesetz, ihr Berater«, sagte Umslopogaas, »daß ich nach dem Sieg über den Häuptling des Volkes der Axt nun selbst dessen Häuptling bin?«

»So lautet unser Gesetz, Fremder«, antwortete ein alter Berater. »Aber auch dies ist unser Gesetz: daß du jetzt mit allen kämpfen mußt – einem nach dem anderen – die sich gegen dich stellen. So war es zu Zeiten meines Vaters, als der Großvater dessen, der jetzt dort tot liegt, die Axt eroberte, und so muß es noch heute sein.«

»Ich habe nichts gegen dieses Gesetz«, sagte Umslopogaas. »Wer also ist da, der sich gegen mich stellen und um die Axt *Witwenmacher* und die Herrschaft über das Volk der Axt kämpfen will?«

Nun traten alle zehn Söhne Jikizas vor wie ein Mann, denn in ihren Herzen brannte der Rachedurst über den Tod ihres Vaters, und weil die Häuptlingswürde ihrer Sippe genommen worden war, so daß ihnen nicht mehr viel daran lag, ob sie lebten oder starben. Doch außer diesen trat niemand vor, denn alle Menschen fürchteten sich, vor dem *Witwenmacher* bestehen zu müssen.

Umslopogaas zählte die Söhne Jikizas. »Ihr seid zehn«, sagte er. »Nun muß ich mich euch allen nacheinander zum Kampf stellen, und da bleibt mir heute keine Zeit mehr, die Sache von Masilo und dem Mädchen Zinita zu regeln. Hört zu! Was sagt ihr dazu, ihr Söhne Jikizas, des Besiegten? Wenn ich einen finde, der sich neben mich stellt bei diesem Kampf, und ihr greift uns gemeinsam an – zehn gegen zwei – um uns zu töten oder getötet zu werden, wäre euch das recht?«

Die Brüder berieten sich untereinander und erkannten, daß es für sie so besser war, als wenn sie einzeln gegen Umslopogaas und den *Witwenmacher* kämpfen mußten.

»Es soll so sein«, sagten sie, und die Berater gaben ihre Zustimmung.

Während Umslopogaas bei seinem Kampf gegen Jikiza vor ihm hin und her durch den Rinder-Kraal geflohen war, hatte er in der Menge das Gesicht Galazis, seines Bruders, entdeckt und wußte, daß der nach einem Kampf hungerte. Also rief er laut, daß er einen suche, der bei dem Kampf Rücken an Rücken mit ihm stehen wolle, und wenn sie den Sieg erringen würden, sollte dieser der Erste nach ihm unter dem Volk der Axt sein. Und während er so rief, ging er langsam vor der Menge entlang und blickte in ihre Gesichter, bis er zu Galazi kam, der auf den *Wächter* gestützt unter den anderen stand.

»Hier sehe ich einen kräftigen Burschen, der eine große Keule hat«, sagte Umslopogaas. »Wie ist dein Name, Bursche?«

»Man nennt mich Wolf«, antwortete Galazi.

»Sage mir, Wolf, bist du gewillt, Rücken an Rücken mit mir gegen zehn Männer zu kämpfen? Wenn wir den Sieg erringen, sollst du der Erste nach mir sein unter dem Volk der Axt.«

»Ich bin lieber in der Wildnis der Wälder und an der Brust der Berge als in den Kraals der Männer und Frauen, Axtträger«, antwortete Galazi. »Aber weil du dich als ein gewaltiger Krieger gezeigt hast und ich lange nicht die Freude eines Kampfes geschmeckt habe, werde ich Rücken an Rücken mit dir stehen, Axtträger, und diese Sache zu Ende bringen.«

»Gut so, Wolf!« rief Umslopogaas. Und sie gingen Seite an Seite – ein mächtiges Paar! – bis sie in der Mitte des Rinder-Kraals standen. Alle blickten sie verwundert an, und so mancher dachte, daß diese beiden niemand anderes sein konnten als die Wolfsbrüder, die auf dem Geisterberg lebten.

»Nun sind Axt *Witwenmacher* und Keule *Wächter der Furten* endlich zusammen, Galazi«, sagte Umslopogaas, »und ich denke, daß es nur wenige gibt, die vor ihnen standhalten können.«

»Das werden noch einige feststellen«, antwortete Galazi. »Zumindest wird dies ein fröhlicher Kampf, ganz egal, wie er ausgehen wird.«

»Ah«, sagte Umslopogaas. »Der Sieg ist gut, doch der Tod macht allem ein Ende und ist das Beste von allem.«

Dann besprachen sie, wie sie den Kampf führen wollten, und Umslopogaas blickte nachdenklich auf die Axt, die er in seinen Händen hielt, besonders den kleinen Knopf am unteren Stielende, der wie der Kopf eines Hammers aussah. Als er ihn lange genug betrachtet hatte, nahmen die beiden ihren Platz in der Mitte des Kraals ein, Rücken an Rücken, und die Menschen um den Kraal wunderten sich, wie Umslopogaas die Axt hielt, die gekrümmte Schneide seiner Brust zugewandt, den hammerartigen Knopf zum Gegner gerichtet. Nun nahmen auch die zehn Brüder Aufstellung und schüttelten ihre Speere; fünf von ihnen standen Umslopogaas gegenüber und fünf vor Galazi, dem Wolf. Sie waren alle große und kräftige Männer und wütend vor Schande und Schmach.

»Nichts außer Zauberei kann diese beiden retten«, sagte einer der Berater zu dem, der neben ihm stand.

»Doch es liegt eine geheime Kraft in der Axt«, antwortete der andere, »und was die Keule betrifft, so glaube ich sie zu kennen: ich denke, sie wird *Wächter der Furten* genannt, und wehe dem, der sich vor den *Wächter* stellt. Ich habe ihn selbst herabsausen sehen, als ich noch jung war. Außerdem sind dies keine Feiglinge, die die Axt und die Keule halten. Es sind zwar noch Jungen, aber sie haben Wolfsmilch getrunken.«

Inzwischen war ein alter Mann in die Mitte des Kraals getreten, um das Zeichen zum Beginn des Kampfes zu geben. Es war derselbe Mann, der Umslopogaas die Gesetze erklärt hatte. Er mußte das Zeichen geben, indem er einen Speer in die Luft schleuderte, und in dem Augenblick, wenn der Speer den Boden berührte, würde der Kampf beginnen.

Der alte Mann nahm den Speer und schleuderte ihn in die Luft, doch seine Hand war schwach, und warf ihn so ungeschickt, daß er zwischen den Söhnen Jikizas, die Umslopogaas gegenüberstanden, in den Boden fuhr. Sie sprangen auseinander, um nicht getroffen zu werden, und ihre Aufmerksamkeit wurde auf den Speer gelenkt. Umslopogaas jedoch achtete nur auf den Moment, in dem der Speer den Boden berührte, ohne sich darum zu kümmern, wo er zu Boden kam. Als die Speerspitze die Erde küßte, rief er ein Wort – und er und Galazi stürmten, ohne auf den Angriff der zehn Männer zu warten, wie diese es angenommen hatten, auf sie los. Während die Söhne Jikizas noch verwirrt waren – denn es war ihr Plan gewesen, zuerst anzugreifen – fielen die Wolfsbrüder über sie her. Der *Witwenmacher* fuhr empor, aber nicht zu einem gewaltigen Schlag. Das Hammerende klopfte nur leicht, so wie ein Specht an die Baumrinde klopft, und der Mann fiel tot um. Der *Wächter* war ebenfalls erhoben, doch er kam herab wie ein stürzender Baum, und ein zweiter Mann war tot. Nach diesem Angriff, der nur ein paar Augenblicke gedauert hatte, liefen die beiden Wolfsbrüder durch die Reihen der Jikiza-Söhne zurück, und wieder klopfte der *Witwenmacher* an, und wieder dröhnte der *Wächter*, und dann standem Umslopogaas und Galazi wieder Rücken an Rücken, doch vier ihrer Feinde waren tot.

Vorstoß und Rückzug waren so schnell, daß die Zuschauer kaum begriffen, was geschehen war. Selbst die Söhne Jikizas, die noch auf ihren Beinen standen, starrten einander verwundert an. Dann begriffen sie, daß sie nur noch zu sechst waren, denn vier von ihnen waren tot. Mit einem Wutschrei stürzten sie sich von beiden Seiten auf Umslopogaas und Galazi, doch bei jeder der beiden Gruppen war einer der Eifrigste und den anderen ein wenig voraus, und dieser kurze Vorsprung reichte den Wolfsbrüdern, sie zu erledigen, bevor die anderen heran waren. Der, welcher auf Umslopogaas zustürzte, stieß mit dem Speer nach ihm, doch Umslopogaas wich dem Stoß aus, indem er sich zur Seite beugte, so daß nur seine Haut aufgeritzt wurde, und während er sich zur Seite beugte, klopfte er mit dem Hammerende der Axt auf den Kopf seines Angreifers, und das war dessen Ende.

»Dieser Specht hat einen Schnabel aus Stahl, und er weiß ihn gut zu gebrauchen«, sagte der Berater, der unweit von Umslopogaas stand.

»Der ist wirklich ein Schlächter«, sagte der andere Mann, und die Menschen hörten die Namen. Von nun an kannten sie Umslopogaas als ›den Specht‹, und als *Bulalio*, oder ›den Schlächter‹, und bei keinem anderen Namen.

Nun war der, der Galazi, den Wolf, angriff, blind vor Wut und stürzte sich auf ihn, den Speer kurz haltend. Aber Galazi war ein erfahrener Krieger, der alle Tricks kannte. Er trat dem anderen einen Schritt entgegen, schwang den *Wächter* über den Kopf und ließ ihn mit voller Kraft auf Arm und Speer seines Gegners fallen. Der Sohn Jikizas riß seinen Schild empor, um den Schlag abzufangen, doch für den *Wächter* war der Schild nicht mehr, als ein Blatt für den Wind ist. Dröhnend schlug der *Wächter* auf den Schild, und die Büffelhaut zerriß unter seiner Wucht wie ein trockener Grashalm, und der, der den Schild trug, fiel zerschmettert zu Boden.

Jetzt hielten die vier, die übriggeblieben waren, Abstand von den beiden, sprangen hin und her und finteten mit ihren Speeren, trauten sich aber nicht mehr in die Reichweite von Axt und Keule. Einer von ihnen warf seinen Speer, und obwohl Galazi zur Seite sprang und den fliegenden Speer mit der Keule in zwei Teile zerhieb, traf ihn das kurze Schaftende mit der Eisenspitze doch in die Hüfte. Jetzt warf sich der Mann, der den Speer geworfen hatte, herum und floh, da seine Hände leer waren, und die anderen folgten ihm, denn ihr

Mut hatte sie verlassen, und sie wagten nicht länger, gegen diese beiden zu kämpfen.

So kam das Ende, und vom Anfang an hatte es nicht länger gedauert, als ein Mann braucht, um langsam bis hundert zu zählen.

»Es scheint, daß niemand mehr da ist, den wir töten können, Galazi«, sagte Umslopogaas und lachte laut. »Ah! Das war ein guter Kampf! Ho! Ihr Söhne des Unbesiegbaren, die ihr so schnell laufen könnt, schont eure Füße. Ich gebe euch Frieden; ihr sollt leben, um meine Hütten zu kehren und meine Felder zu pflügen, zusammen mit den anderen Frauen meines Kraals. – Nun, Berater, der Kampf ist vorüber, also laßt uns wieder zur Hütte des Häuptlings gehen, wo Masilo uns erwartet.« Und er wandte sich um und ging mit Galazi zur Hütte des Häuptlings zurück, und alle Menschen folgten ihm, schweigend und verwundert.

Als sie die Hütte erreichten, setzte sich Umslopogaas auf den Platz, an dem vorher Jikiza gesessen hatte, und das Mädchen Zinita brachte ihm ein feuchtes Tuch und wusch die Wunde aus, die der Speer ihm gerissen hatte. Dann wollte sie auch Galazis Wunde auswaschen, und die seine war tiefer, doch Galazi sagte ihr grob, sie solle ihn in Ruhe lassen, da er nicht zulassen wollte, daß eine Frau an seiner Wunde herumfummelte. Denn weder jetzt noch später wandte Galazi sich einer Frau zu; doch Zinita haßte er mehr als alle anderen.

Jetzt sprach Umslopogaas zu Masilo, dem Schwein, der mit ängstlichem Gesicht vor ihm saß. »Es scheint, o Masilo, daß du dieses Mädchen Zinita zur Frau haben wolltest und gegen ihren Willen, sogar mit Zwang. Nun, eigentlich hatte ich vor, dich zu töten, um ihre Wut zu beschwichtigen, aber es ist heute schon genug Blut geflossen. Doch sollst du eine Hochzeitsgabe von hundert Rindern diesem Mädchen geben, das ich selbst heiraten werde. Und danach wirst du von hier gehen und das Volk der Axt verlassen, damit dir nicht Schlimmeres geschehe, Masilo, du Schwein.«

Masilo stand schweigend auf und ging, und sein Gesicht war grün vor Angst, doch er zahlte die hundert Rinder und floh zum Kraal Chakas. Zinita sah ihn gehen, und sie war froh darüber, und noch mehr, weil der Schlächter sie zur Frau genommen hatte.

»Ich bin froh, Masilo los zu sein«, sagte sie in Hörweite von Galazi, »aber es hätte mir noch besser gefallen, wenn ich ihn tot vor mir gesehen hätte.«

Diese Frau hat ein grausames Herz, dachte Galazi, und sie wird Umslopogaas, meinem Bruder, kein Glück bringen.

Nun huldigten die Berater und die Hauptleute vom Volk der Axt dem, den sie ›den Schlächter‹ genannt hatten, und ehrten ihn als ihren Häuptling und Halter der Axt, und auch der Axt erwiesen sie Ehrfurcht. So wurde Umslopogaas der Häuptling dieses Volkes, und es war ein großes Volk, und er wurde fett an Rindern und Frauen, und niemand wagte ihm zu widersprechen. Von Zeit zu Zeit kam es allerdings vor, daß ein Mann es wagte, ihn zum Kampf herauszufordern, doch konnte keiner ihn besiegen, und nach einer Weile hatte niemand mehr Lust, dem *Witwenmacher* gegenüberzutreten.

Auch Galazi wurde ein Großer unter dem Volk, doch er lebte nur selten in seinen Kraals, denn er liebte die Wildnis der Wälder und die Brust der Berge, und oft jagte er wie früher durch die Wälder und über die Ebene, und die heulende Meute jagte mit ihm.

Doch Umslopogaas, der Schlächter, war nur sehr selten dabei, wenn Galazi und seine Wölfe nächtens jagten. Er schlief an der Seite Zinitas, und sie liebte ihn sehr und gebar ihm Kinder.

KAPITEL XVIII

Der Fluch Balekas

Jetzt, mein Vater, windet sich meine Geschichte zurück, so wie sich ein Fluß seiner Quelle zuwindet, und ich werde dir von den Ereignissen berichten, die im Kraal des Königs Gibamaxegu, geschahen, den ihr Weißen Gibbeclack nennt. In eurer Sprache wird er ›Heraussuchen-der-alten-Männer‹ genannt, denn es war dort, wo Chaka all die Alten ermordete, die nicht mehr für den Krieg taugten.

Nachdem ich, Mopo, dort vor dem König gestanden hatte und er mir fette Rinder und neue Frauen gegeben hatte, und einen Kraal, in dem ich wohnen konnte, wurden die Knochen von Unandi, der Großen Elefantin, der Mutter der Himmel, aus der Asche meiner Hütte zusammengesucht, und weil nicht alle gefunden werden konnten, sammelten wir auch ein paar Knochen meiner Frauen, um das Gerippe vollständig zu machen, doch Chaka erfuhr nichts davon. Als nun alles beisammen war, machten wir eine große Grube, und die Knochen wurden in ihrer richtigen Ordnung hineingelegt und begraben, aber nicht allein, denn um sie herum setzten wir zwölf Mädchen und Dienerinnen Unandis, und auch diese wurden mit Erde bedeckt, so daß sie starben, und sie blieben bei den Knochen von Unandi, ihrer Herrin. Außerdem wurden alle, die bei dem Begräbnis dabei waren, in Regimenter eingeteilt und mußten ein Jahr lang bei dem Grab leben. Es waren dies sehr viele, mein Vater, doch ich war nicht einer von ihnen. Auch gab Chaka Befehl, daß in diesem Jahr kein Korn gesät werden sollte, und die Milch der Kühe mußte auf den Boden geschüttet werden, und ein volles Jahr lang durfte keine Frau ein Kind gebären, und wenn eine ein Kind gebären sollte, so sollte sie getötet werden, und ihr Mann mit ihr. Und alle diese Dinge wurden getan, mein Vater, und großer Kummer kam über das Land.

Doch sonst war jetzt Stille. Chaka war voller Unruhe und schweren Gemüts, und er weinte oft, und wir, die wir seine Diener waren, weinten ebenfalls, bis wir uns so daran gewöhnten, daß wir stundenlang ohne aufzuhören weinen konnten. Keine wütende Frau kann so weinen, wie wir an jenen Tagen weinten; es war eine Kunst, mein Vater, und für das Lehren dieser Kunst habe ich viele Rinder erhalten, denn wehe dem, der in jenen Tagen keine Tränen hatte. Damals war es auch, daß Chaka einen Hauptmann und fünfzig Soldaten ausschickte, um nach Umslopogaas zu suchen, denn, obwohl er kein Wort mehr über diese Sache verlor, glaubte er mir doch nicht die Geschichte, die ich ihm erzählt hatte, daß Umslopogaas zwischen den Zähnen eines Löwen gestorben sei, und er glaubte auch nicht denen, die bei mir gewesen waren. Wie es diesen Soldaten Chakas in den Händen von Umslopogaas und Galazi, dem Wolf, und in den Fängen des Volkes der Geisterwölfe ergangen ist, habe ich dir schon erzählt, mein Vater. Keiner von ihnen ist jemals zurückgekommen. Und Tage später wurde dem König berichtet, daß sie vermißt und nicht zurückgekehrt seien, doch er lachte nur und sagte, daß der Löwe, der Umslopogaas gefressen habe, sicher auch sie verschlungen hätte.

Schließlich kam die Nacht des neuen Mondes, diese schreckliche Nacht, die von einem noch schrecklicheren Morgen gefolgt werden sollte. Ich saß am Kraal Chakas, und er legte seinen Arm um meine Schultern und stöhnte und weinte um seine Muter, die er ermordet hatte, und ich stöhnte auch, aber ich weinte nicht, weil es dunkel war und ich tags darauf viel weinen mußte, angesichts des Königs und aller Männer. Deshalb sparte ich mir meine Tränen auf, damit ich sie hatte, wenn sie gebraucht wurden.

Die ganze Nacht über kamen von allen Seiten Menschen auf den Kraal zu, und, da sie zu Tausenden und Zehntausenden kamen, füllten sie die Nacht mit ihren Schreien, bis es schien, als ob die ganze Welt mit Wehklagen erfüllt wäre. Niemand wagte, mit seinem Wehklagen aufzuhören, und niemand wagte, auch nur einen Schluck Wasser zu trinken. Dann wurde es Tag, und Chaka stand auf und sagte: »Komm, Mopo, laß uns gehen und uns diese ansehen, die gekommen sind, um mit uns zu trauern!« Also gingen wir hinaus, gefolgt von Männern mit Keulen, die den Befehlen des Königs gehorchen sollten.

Außerhalb des Kraals waren die Menschen versammelt, und es waren so viele wie Blätter auf den Bäumen. Überall war das Land schwarz von ihnen. Als sie den König erblickten, hörten sie mit ihrem Heulen auf und sangen das Kriegs-Lied, und dann heulten sie weiter, und Chaka ging zwischen ihnen hindurch und weinte. Jetzt wurde der Anblick ziemlich schrecklich, mein Vater, denn als die Sonne höherstieg und der Tag immer heißer wurde, wurden die Menschen, die dicht gedrängt wie eine Herde Rinder standen, immer schwächer und schwächer, und obwohl geopferte Ochsen herumlagen, durften sie doch weder essen, noch trinken. Viele sanken zu Boden und wurden zu Tode getrampelt, andere nahmen viel Schnupftabak, damit sie weinen konnten, andere beschmierten ihre Augen und Wangen mit Speichel, andere gingen auf und ab, mit heraushängender Zunge, und lautes Stöhnen kam aus ihrer ausgedörrten Kehle.

»Jetzt, Mopo, werden wir erfahren, wer die Zauberer sind, die Unglück über uns gebracht haben«, sagte der König, »und welches die Männer mit den ehrlichen Herzen.«

Während er so sprach, gingen wir auf einen Mann zu, einen bekannten Häuptling. Sein Name war Zwaumbana, und er war der Häuptling der Amabovus, und bei ihm waren seine Frauen und Männer seines Stammes. Dieser Mann konnte nicht mehr weinen; er keuchte vor Hunger und Durst. Der König sah ihn an.

»Sieh, Mopo«, sagte er zu mir, »sieh dieses Tier, das keine Tränen für meine Mutter hat, die tot ist! Ein Monster ohne Herz! Sollen solche wie er leben, um die Sonne zu sehen, Mopo, während du und ich weinen müssen? Niemals! Niemals! Bringt ihn fort, und alle, die bei ihm sind! Bringt sie fort, diese Menschen ohne Herz, die nicht um meine Mutter weinen, die durch Zauberei getötet wurde!«

Und Chaka ging weinend weiter, und ich folgte ihm und weinte auch. Aber der Häuptling Zwaumbana und alle, die bei ihm waren, wurden von den Männern mit den Keulen erschlagen, und diese mußten auch weinen, während sie die anderen erschlugen. Nun trafen wir einen anderen Mann, der, als er den König sah, heimlich eine Prise Schnupftabak nahm, um Tränen in seine Augen zu bringen. Doch Chaka hatte scharfe Augen, und er bemerkte es.

»Sieh ihn an, Mopo«, sagte er, »sieh dir diesen Zauberer an, der keine Träne hat, obwohl meine Mutter durch Zauberei getötet wurde. Sieh, er nimmt Schnupftabak, um Tränen in seine Augen zu bringen, die trocken sind vor Schlechtigkeit. Bringt ihn fort, diesen herzlosen Burschen! Oh, bringt ihn fort!«

So wurde auch dieser erschlagen, und dies waren nur die ersten von Tausenden, denn jetzt trat Chakas ganze Bösartigkeit zutage, und mit ihr kam ein Blutrausch. Es ging hin und her und weinte, und trat immer wieder in seine Hütte und nahm einen Schluck Bier, und ich ging mit ihm, denn er sagte, da wir die Trauernden wären, müßten wir auch trinken. Und immer wieder, während wir so unter den Menschen auf und ab gingen, hob er seinen Arm oder den kurzen Assegai und rief: »Bringt sie fort! Bringt sie fort, diese herzlosen Bestien, die nicht weinen, wo meine Mutter tot ist«, und die, die in der Richtung standen, in die er deutete, wurden auf der Stelle getötet, bis die Totschläger keine Kraft mehr hatten und nun selbst getötet wurden, weil ihre Kraft erlahmt war und sie keine Tränen mehr hatten. Und auch ich mußte töten, ich mußte töten, um nicht selbst getötet zu werden.

Jetzt wurden die Menschen wahnsinnig vor Durst und Wut und Angst. Sie fielen übereinander her und töteten einander; jeder Mann, der einen Feind hatte, suchte ihn und tötete ihn. Niemand blieb verschont, und das Land wurde zum Schlachtfeld. An diesem Tag wurden siebentausend Menschen umgebracht, und Chaka ging noch immer weinend zwischen ihnen auf und ab und sagte: »Bringt sie fort, die herzlosen Bestien, bringt sie fort!« Doch, mein Vater, es war auch viel List in dieser Grausamkeit, denn obwohl er viele aus reiner Freude am Töten umbrachte, starben an diesem Tag auch alle, die er haßte oder fürchtete.

Schließlich wurde es Nacht. Die Sonne ging an diesem Abend blutrot unter, und der Himmel war wie Blut, und Blut bedeckte die Erde unter dem Himmel. Jetzt hörte das Töten auf, weil niemand mehr die Kraft hatte, zu töten, und die Menschen lagen in Haufen auf dem Boden, die Toten und die Lebenden zusammen. Ich sah die Lebenden an und wußte, wenn sie nicht essen und trinken würden, wären die meisten von ihnen tot, bevor der Morgen graute, und ich sagte das dem König, denn zu dieser Stunde war es mir egal, ob ich leben oder sterben würde. Selbst mein Rachedurst war verschwunden, erdrückt von dem Gram in meinem Herzen.

»Wir haben getrauert, o König«, sagte ich, »und es war ein fröhliches Trauern für Männer, die reinen Herzens sind, doch für Zauberer ein Trauern, wie sie es nicht lieben. Ich denke, daß dein Gram nun gestillt ist, o König, deiner, und auch der meine.«

»Noch nicht, Mopo«, antwortete der König. »Dies war erst der Anfang. Unsere Trauer war fröhlich heute, doch morgen soll es noch fröhlicher sein.«

»Morgen, o König, werden nur noch wenige Menschen leben, um mit dir zu trauern, denn das Land wird von ihnen leergefegt sein.«

»Wie, Mopo, Sohn Makedamas? Nur ein paar von den vielen Tausenden, die sich hier versammelt haben, sind heute gestorben, so wenige, daß man sie nicht einmal vermissen wird.«

»Nur wenige sind unter dem Assegai und dem Kerrie und der Keule gestorben, o König. Aber Hunger und Durst werden das Werk der Speere beenden. Die Menschen haben einen Tag und eine Nacht weder gegessen, noch getrunken, und einen Tag und eine Nacht haben sie geweint und gestöhnt. Sieh dich doch um, Schwarzer, dort liegen sie in Haufen mit den Toten. Beim Licht des morgigen Tages werden auch sie tot sein oder im Sterben liegen.«

Nun überlegte Chaka eine Weile, und er sah, daß er nur noch eine Handvoll Menschen unter seiner Herrschaft behalten würde, wenn er zu weit ginge.

»Es ist hart, Mopo«, sagte er dann, »daß du und ich alleine um unsere Toten trauern müssen, während diese Hunde sich vollstopfen und Feste feiern. Doch aus der Güte meines Herzens will ich gnädig zu ihnen sein. Also geh, Mopo, Sohn Makedamas, und sage meinen Kindern, daß sie essen und trinken mögen, wenn ihnen das Leid nicht die Kehle zuschnürt, denn das Trauern ist zu Ende. Meine Mutter, Unandi, wird sicher nicht schlafen, da so wenig Blut auf ihrem Grab vergossen wurde – und ihr Geist wird mich in meinen Träumen heimsuchen. Doch aus der Güte meines Herzens erkläre ich das Trauern nun als beendet. Laß meine Kinder essen und trinken, wenn sie das Herz dazu haben.«

»Glücklich ist das Volk, über das so ein König gesetzt wurde«, sagte ich, dann ging ich hinaus und sagte die Worte Chakas den Häuptlingen und den Hauptleuten und allen anderen, die noch soviel Stimme hatten, die Güte des Königs zu preisen. Doch die meisten, die schon so durstig waren, daß sie den Tau von ihren Stöcken leckten, liefen zum Wasser, wie Rinder, die fünf Tage lang durch die Wüste gezogen sind, und füllten sich den Bauch mit Wasser, und manche von ihnen wurden am Ufer zu Tode getrampelt.

Danach schlief ich, so gut ich es konnte; und mein Herz war schwer, mein Vater, denn ich wußte, daß Chakas Blutdurst noch lange nicht gestillt war.

Am nächsten Morgen zogen viele Menschen wieder zu ihren Kraalen zurück, nachdem sie vom König die Erlaubnis dazu eingeholt hatten, andere zerrten die Toten zum Platz der Knochen, und wieder andere wurden in *Impis* ausgeschickt, um die zu töten, die nicht zur Trauer des Königs erschienen waren. Als die Mitte des Tages vorüber war, sagte Chaka, daß er etwas umhergehen wolle und befahl nun einigen anderen *Indunas* und Dienern, ihn zu begleiten. Wir gingen schweigend, der König lehnte sich auf meine Schulter wie auf einen Stock. »Was ist mit deinem Volk, Mopo?« sagte er schließlich. »Was ist mit dem Stamm der Langeni? Waren sie hier? Ich habe sie nicht gesehen.«

Ich antwortete ihm, daß ich es nicht wüßte. Sie seien hergerufen worden, doch der Weg sei lang und die Zeit kurz, um mit so vielen Menschen so weit zu marschieren.

»Hunde müssen schnell laufen, wenn ihr Herr sie ruft, Mopo, mein Diener«, sagte Chaka, und das schreckliche Feuer trat in seine Augen, das ich nie in den Augen eines anderen Mannes gesehen. Da wurde mir schwer ums Herz, mein Vater – ja, obwohl ich wenig Liebe für mein Volk hegte, das mich fortgejagt hatte, wurde mir schwer ums Herz. Jetzt hatten wir eine Stelle erreicht, an der sich eine schmale, tiefe Schlucht im schwarzen Gestein befindet, und der Name dieser Schlucht ist U'Donga-lu-ka-Tatiyana. Zu beiden Seiten dieser Schlucht neigt sich der Boden steil auf ihre klaffenden Lippen zu, und hier setzte Chaka sich hin und dachte nach. Schließlich sah er auf, als eine große Menschenmenge, Männer, Frauen und Kinder, über die Ebene kam, wie eine lange, riesige Schlange, die auf den Kraal Gibamaxegu zukroch.

»Ich denke, Mopo«, sagte der König, »daß ich an der Farbe der Schilde diese als den Stamm der Langeni erkenne – dein eigenes Volk, Mopo.«

»Es ist mein Volk, o König«, antwortete ich.

Nun sandte Chaka Boten aus, die das Volk der Langeni zu ihm rufen sollten, an den Ort, an dem er saß. Andere Boten wurden zum Kraal geschickt, nachdem er ihnen seine Befehle in die Ohren geflüstert hatte, doch was er ihnen sagte, wußte ich damals noch nicht.

Nun saß Chaka reglos und schweigend und blickte zu der langen Schlange von Menschen hinüber, die auf den Kraal zugingen, bis die Boten sie erreichten und sie ihre Richtung änderten und begannen, den Hügel emporzusteigen.

»Wieviele Menschen sind es, dieses, dein Volk?« fragte der König.

»Ich weiß es nicht, o Elefant«, antwortete ich, »denn ich habe es seit vielen Jahren nicht gesehen. Sie haben vielleicht die Zahl dreier Regimenter.«

»Nein, mehr«, sagte der König. »Was denkst du, Mopo, würde dieses, dein Volk die Schlucht hinter uns füllen?« Und er deutete auf den tiefen Spalt im Fels.

Jetzt, mein Vater, begann ich am ganzen Körper zu zittern, da ich den Plan Chakas erkannte; doch ich fand keine Worte, denn meine Zunge klebte am Gaumen.

»Es sind viele Menschen«, sagte Chaka, »und doch, Mopo, wette ich mit dir um fünfzig Rinder, daß sie nicht die Schlucht füllen.«

»Der König beliebt zu scherzen«, sagte ich.

»Ja, Mopo, ich scherze; doch auch im Scherz sollst du die Wette annehmen.«

»Wie es der König befiehlt«, murmelte ich – der ich seinen Wunsch nicht abschlagen durfte.

Jetzt waren die Menschen meines Stammes herangekommen; an ihrer Spitze ging ein alter Mann mit weißem Haar und weißem Bart, und als ich ihn ansah, erkannte ich meinen Vater, Madedama. Als er in Hörweite des Königs gekommen war, entbot er ihm den königlichen Gruß *Bayéte* und warf sich vor ihm auf den Boden und kroch auf Händen und Knien auf Chaka zu und pries ihn, während er so kroch. Und all die Tausende von Menschen warfen sich auch zu Boden und priesen den König mit lauter Stimme, und der Hall ihrer Stimme, als sie ihn priesen, klang wie Donner.

Schließlich lag Makedama, mein Vater, der das letzte Stück auf Bauch und Brust gekrochen war, wie eine Schlange, vor dem König. Chaka sagte ihm, daß er aufstehen solle und begrüßte ihn freundlich; doch alle anderen – und es waren Tausende – lagen noch immer auf dem Bauch und schlugen den Kopf in den Staub.

»Steh auf, Makedama, mein Kind, Vater des Volkes der Langeni«, sagte Chaka, »und sage mir, warum seid ihr so spät zu meiner Trauer gekommen?«

»Der Weg ist weit, o König«, antwortete Makedama, mein Vater, der mich nicht erkannte. »Der Weg ist weit, und die Zeit war kurz. Und die Frauen und Kinder wurden müde und haben sich die Füße wundgelaufen, und sie sind jetzt am Ende ihrer Kraft.«

»Sprich nicht davon, Makedama, mein Kind«, sagte der König. »Sicherlich hat dein Herz getrauert, und auch die Herzen deines Volkes, und bald sollen sie sich ausruhen und ihre Mattigkeit vergessen. – Sage, sind alle hier, jeder einzelne?«

»Jeder, o Elefant! Nicht einer ist zurückgeblieben. Meine Kraale sind verlassen, die Rinder weiden unbewacht auf den Hügeln, Vögel mästen sich am Korn, da niemand da ist, sie zu verscheuchen.«

»Das ist gut, Makedama, mein treuer Diener! Und doch bist du gekommen, um mit mir zu trauern, ist es nicht so? Jetzt höre! Sage allen deinen Leuten, daß sie sich links und rechts von mir aufstellen, auf das Gras der steilen Hänge, die zu den Rändern jener Schlucht abfallen.«

Also sagte Makedama, mein Vater, seinen Leuten, das zu tun, was der König befohlen hatte, denn weder er noch die *Indunas* ahnten auch nur, was Chaka vorhatte; doch ich, der ich sein schwarzes Herz kannte, ich wußte es. Nun zogen die Menschen zu Hunderten und zu Tausenden vorbei und stellten sich zu beiden Seiten des Königs auf das Gras der Abhänge, und sie standen so dicht gedrängt, daß von dem Gras nichts mehr zu sehen war. Als alle so auf den Abhängen standen, sprach Chaka wieder zu Makedama, meinem Vater, und befahl ihm, auf den Boden der Schlucht hinabzusteigen und dort seine Stimme in lauter Klage zu erheben. Der alte Mann gehorchte dem König. Langsam und mühselig stieg er zum Boden der Schlucht hinab und stand dort. Die Schlucht war so tief und eng, daß das Licht nicht bis auf ihren Boden fiel, auf dem er jetzt stand, und ich konnte nur sein weißes Haar aus dem Dunkel leuchten sehen.

Dann erhob er seine Stimme, und sie erreichte die Tausende von Menschen, die sich auf den Abhängen drängten. Sie schien leise und dünn, aber sie klang doch wie die Stimme von einem, der zur Zeit des Schnees vom Gipfel eines Berges spricht.

»Trauert, Kinder Makedamas!«

Und all die Tausende von Menschen – Männer, Frauen und Kinder – wiederholten seine Worte in dröhnenden Lauten:

»Trauert, Kinder Makedamas!«

Und wieder schrie er:

»Trauert, Kinder Makedamas! Kinder der Langeni, trauert mit der ganzen Welt!«

Ein drittes Mal klang seine Stimme aus der Tiefe:

»Trauert, Kinder Makedamas, trauert, Kinder der Langeni, trauert mit der ganzen Welt!

Heult, ihr Krieger; weint, ihr Frauen, schlagt euch auf die Brüste, ihr Mädchen, schluchzt, ihr Kinder!

Trinkt vom Wasser der Tränen, bedeckt euch mit dem Staub des Leides.

Trauere, o Stamm der Langeni, weil die Mutter der Himmel nicht mehr ist.

Trauert, ihr Kinder Makedamas, weil der Geist der Fruchtbarkeit nicht mehr ist.

Trauert, o ihr Menschen, weil der Löwe der Zulus verlassen worden ist.

Laßt eure Tränen fallen, wie der Regen fällt, laßt eure Schreie sein wie die Schreie von Frauen, die gebären.

Denn Gram ist auf uns herabgefallen wie Regen, die Welt hat Tod empfangen und geboren.

Große Finsternis ist auf uns gekommen, die Finsternis und die Schatten des Todes.

Der Löwe der Zulus wandert und wandert in Verzweiflung, weil die Mutter der Himmel nicht mehr ist.

Wer soll ihm Trost bringen? Es liegt Trost in den weinenden Augen seiner Kinder.

Trauert, Volk der Langeni; laßt die Stimmen eurer Trauer gegen den Himmel schlagen und ihn aufreißen.

Ou-ai! Ou-ai! Ou-ai!«

So sang der alte Mann, mein Vater Makedama, tief unten im Dunkel der Schlucht. Er sang mit einer leisen, dünnen Stimme, doch Vers für Vers wurde sein Gesang aufgenommen von den Tausenden, die auf den Hängen standen, und der Berg wurde erschüttert von ihrem Gesang. Außerdem öffnete ihr Schreien den Busen einer schweren Regenwolke, die sich über uns gebildet hatte, und der Regen fiel in großen, schweren Tropfen, als ob selbst der Himmel weinte, und mit dem Regen kamen Blitze und das Grollen von Donner.

Chaka lauschte, und große Tränen rannen über seine Wangen, denn sein Herz konnte von Gesang leicht gerührt werden. Jetzt prasselte der Regen herunter und senkte sich wie ein Schleier über die Tausende von Menschen; doch ihr Singen klang weiter durch den Regen, und das Grollen des Donners ging darin unter. Plötzlich wurde es still, und ich blickte nach rechts. Dort, über die Köpfe der Menschen hinweg, sah ich eine lange Reihe von Kriegern auf dem Kamm oberhalb der Senke auftauchen, und ihn ihren Händen glänzte eine Hecke von Speeren. Ich blickte nach links; auch dort sah ich eine Kette von Kriegern, und in ihren Händen eine Hecke von Speeren.

Plötzlich gellte wieder ein Schrei auf, doch diesmal war es kein Schrei der Trauer, sondern ein Schrei von Angst und Entsetzen.

»Ah! Jetzt trauern sie wirklich«, sagte Chaka in mein Ohr; »jetzt trauert dein Volk mit dem Herzen, und nicht nur mit den Lippen.«

Während er sprach, drängte die Menge auf beiden Seiten der Schlucht nach vorn, wie eine Welle, brandete wieder zurück, dann wieder nach vorn, und dann, mit entsetzlichen Schreien, vorwärtsgetriebenen von den Speeren der Soldaten, begannen sie in die Schlucht zu stürzen, eine Kaskade von Männern, Frauen und Kindern, und verschwanden in der dunklen Tiefe.

Mein Vater, vergib mir die Tränen, die aus diesen blinden Augen quellen; ich bin sehr alt, ich bin wie ein kleines Kind, und wie ein kleines Kind weine ich. Ich kann nicht weitersprechen, nicht alle entsetzlichen Einzelheiten schildern. Aber schließlich war es vorbei, und alles war still.

So wurde Makedama, mein Vater, unter dem Leib seines Volkes begraben; so wurde das Leben des Stammes der Langeni beendet; so wie es meine Mutter geträumt hatte, war es geschehen, und so hatte Chaka grausam Rache genommen für die Tasse Milch, die man ihm vor vielen Jahren verweigert hatte.

»Du hast deine Wette nicht gewonnen, Mopo«, sagte der König jetzt. »Sieh, dort ist noch ein kleiner Platz, gerade groß genug, daß einer dort schlafen könnte. Gefüllt bis zum Rand ist diese Kornkammer mit den Ähren des Todes, in denen kein lebendiges Korn zurückgeblieben ist. Doch ist da noch ein kleiner Platz. Gibt es keinen, der ihn füllen kann? Sind wirklich alle Kinder vom Stamm der Langeni tot?«

»Einen gibt es noch, o König!« antwortete ich. »Ich bin vom Stamm der Langeni, laß meine Leiche diesen Platz füllen.«

»Nein, Mopo, nein. Wer sollte dann die Wette halten? Außerdem kann ich dich nicht töten, es wäre gegen meinen Eid. Und trauern wir nicht gemeinsam, du und ich?«

»Sonst gibt es niemanden mehr vom Stamm der Langeni, o König! Ich habe die Wette verloren, ich werde bezahlen.«

»Ich glaube, daß es doch noch jemand gibt«, sagte Chaka. »Da ist diese Schwester von dir und mir, Mopo. Ah, dort kommt sie.«

Ich blickte auf, mein Vater, und ich sah dies: Ich sah Baleka, meine Schwester auf uns zukommen, und über ihren Schultern lag ein *Kaross* aus Wildkatzenfellen, und hinter ihr waren zwei Soldaten. Sie ging stolz erhobenen Hauptes, und ihr Schritt war wie der Schritt einer Königin. Jetzt sah sie das Bild des Todes, denn die Toten lagen vor ihr wie schwarzes Wasser in einem sonnenlosen Teich. Einen Augenblick lang stand sie zitternd da, nun wußte sie, was ihr bevorstand, dann ging sie weiter und trat vor Chaka.

»Was ist es, das du von mir willst, o König?« sagte sie.

»Du bist zu einer guten Stunde gekommen, meine Schwester«, sagte Chaka und wich ihrem Blick aus. »Es ist dies: Mopo, mein Diener und dein Bruder, hat eine Wette mit mir gemacht, eine Wette um Rinder. Es ist nur eine Kleinigkeit, auf das wir gewettet haben: ob alle Menschen vom Stamm der Langeni – dein eigener Stamm, Baleka, meine Schwester – jenen Platz dort bis zum Rand füllen würden. Als die Langeni von meiner Wette hörten, Schwester, stürzten sie sich freudig zu Tausenden in die Schlucht, so eifrig waren sie, diese Wette zu entscheiden. Doch nun scheint es, als ob dein Bruder die Wette verloren hat, denn es ist noch immer Platz für einen, bis die Schlucht voll ist. Nun, meine Schwester, erinnerte mich dein Bruder Mopo daran, daß noch ein Mitglied des Langeni-Stammes auf Erden lebt, das auf diesem frei gebliebenen Platz schlafen sollte, damit die Wette in seinem Sinn ausgehe, und er flehte mich an, nach diesem Menschen zu schicken. Und, meine Schwester, da ich nicht nehmen will, was ich nicht ehrlich gewonnen habe, bin ich seiner Bitte gefolgt. Und nun magst du zur Seite treten und mit Mopo sprechen, allein – *wie du schon einmal mit ihm gesprochen hast, als dir ein Kind geboren wurde, Schwester*!«

Baleka achtete nicht auf seine Worte, denn sie wußte, was er damit sagen wollte. Sie sah ihm in die Augen und sagte: »Von dieser Nacht an sollst du nicht mehr ruhig schlafen, Chaka, bis du in das Land kommst, in dem es keinen Schlaf gibt! Ich habe gesprochen.«

Chaka sah und hörte, und plötzlich trat er zwei Schritte zurück, denn Angst nagte an seinem Herzen, und er wandte den Kopf zur Seite.

»Mopo, mein Bruder«, sagte Baleka, »laß uns zum letztenmal miteinander sprechen. Es ist der Befehl des Königs.«

So trat ich zur Seite mit Baleka, meiner Schwester, und ein Speer war in meiner Hand. Wir standen allein vor den Toten, und Baleka zog einen Zipfel ihres *Kaross* vor ihr Gesicht und sprach zu mir mit leiser Stimme aus seinem Schatten:

»Was habe ich dir vor einer Weile gesagt, Mopo? So ist es nun gekommen. Schwöre mir, daß du leben wirst, und daß diese, deine Hand, die ich jetzt in der meinen halte, mich rächen wird.«

»Ich schwöre es dir, meine Schwester.«

»Schwöre mir, daß du dann, wenn die Rache getan ist, hinausgehen wirst, um meinen Sohn Umslopogaas zu suchen, wenn er noch leben sollte, und ihn in meinem Namen segnest.«

»Ich schwöre es dir, meine Schwester.«

»Lebe wohl, Mopo! Wir haben uns immer lieb gehabt, und nun ist alles verblichen, und es kommt mir vor, als seien wir wieder die kleinen Kinder, die in den Kraals der Langeni spielen. Mögen wir einstmals in einem anderen Land spielen! Nun, Mopo ...« – und sie blickte mich mit ihren großen Augen an –, »nun bin ich müde. Ich will zu den Geistern meines Volkes. Ich höre sie nach mir rufen. Es ist vorbei.«

Was ich dann tat, will ich dir nicht sagen, mein Vater.

KAPITEL XIX

Masilo kommt zum Kraal Duguza

In jener Nacht fiel der Fluch Balekas auf Chaka, und er schlief schlecht. So schlecht schlief er, daß er mich zu sich rief und mir befahl, mit ihm zu gehen. Wir gingen, und wir gingen allein und schweigend. Chaka bestimmte den Weg, und ich folgte ihm. Nun sah ich, daß seine Füße ihn zum Donga-lu-ka-Tatiyana trugen, jenem Ort, wo all mein Volk tot lag, und mit ihm Baleka, meine Schwester. Wir stiegen langsam den Hang hinauf, und dann standen wir am Rand der Schlucht, an derselben Stelle, an der Chaka gestanden hatte, als die Menschen meines Volkes in die Tiefe gestürzt waren wie ein Wasserfall. Damals hatten Stöhnen und Schreie die Luft erzittern lassen, doch jetzt herrschte Stille. Der Mond war auch heute voll, und sein Licht fiel auf die Toten, die vor uns in der Schlucht lagen; ja, ich sah sie alle, ich konnte sogar das Gesicht Balekas erkennen, meiner Schwester. Sie hatten sie in die Mitte der Toten geworfen. Noch nie war sie so schön gewesen wie in dieser Stunde, und doch, als ich sie anblickte, kroch Angst in mein Herz.

»Jetzt hättest du deine Wette nicht gewonnen, Mopo, mein Diener«, sagte Chaka. »Sieh, wie sie zusammengesunken sind! Die Schlucht ist nicht voll; es ist noch so viel Platz wie die Länge eines Kampfspeers.«

Ich antwortete nicht; aber beim Klang der Stimme des Königs regten sich die Schakale und schlichen davon.

Jetzt lachte er laut und sagte: »Du solltest gut schlafen heute nacht, meine Mutter, denn ich habe dir viele geschickt, die dich in den Schlaf wiegen. Ah, ihr Leute vom Stamm der Langeni, ihr habt vergessen, aber ich habe mich erinnert! Ihr habt vergessen, wie eine Frau und ein Junge zu euch kamen und euch um Nahrung und Unterkunft baten, und ihr habt sie ihnen verweigert – sogar eine Kalebasse Milch habt ihr ihnen verwehrt! Was habe ich euch an jenem Tag geschworen, Leute vom Stamm der Langeni? Habe ich nicht geschworen, daß ich für jeden Tropfen Milch in der Kalebasse, die ihr mir verweigert habt, einen Mann eures Stammes töten würde? Und habe ich mein Versprechen nicht gehalten? Liegen hier nicht mehr Männer, als eine Kalebasse Tropfen fassen könnte, und bei ihnen ihre Frauen und Kinder, so unzählig wie Blätter an einem Baum? O ihr Leute vom Stamm der Langeni, die ihr mir Milch verweigert habt, als ich klein war, nachdem ich groß geworden bin, habe ich meine Rache genommen! Nachdem ich groß geworden bin! Ah! Wer ist so groß wie ich? Die Erde erbebt unter meinen Füßen; wenn ich spreche, zittern die Menschen; wenn ich die Stirn runzele, sterben sie – sterben sie zu Tausenden. Ich bin groß geworden, und groß werde ich bleiben! Das Land ist mein, so weit einen Mann seine Füße tragen können ist das Land mein, und mein sind alle, die darin leben. Und ich werde noch größer sein – größer und größer. Ist es dein Gesicht, Baleka, das zu mir aufblickt aus den Tausenden von Gesichtern derer, die ich getötet habe? Du hast mir geschworen, daß ich von nun an schlecht schlafen soll. Baleka, ich fürchte dich nicht – denn wenigstens du schläfst gut. Sage mir, Baleka – erwache aus deinem Schlaf und sage mir, wer es ist, den ich fürchten muß!«

Und plötzlich hörte er auf, von seinem Ruhm und seiner Größe zu prahlen.

Nun, mein Vater, während Chaka, der König, so sprach, kam es mir in den Sinn, allem ein Ende zu machen und ihn zu töten, denn mein Herz war krank vor Zorn und vor Durst nach Rache. Schon stand ich hinter ihm, schon hatte ich den Stock, den ich in der Hand trug, erhoben, um sein Gehirn zu verspritzen, als ich innehielt – denn ich sah etwas...

Dort, mitten unter den Toten, bewegte sich ein Arm. Er bewegte sich, er hob sich, er wies zum Ende der Schlucht, die im tiefen Schatten lag, und es schien, als sei es der Arm Balekas. Vielleicht war es auch nicht ihr Arm, vielleicht war es der Arm von einem der Tausende von Toten, die dort lagen, magst du sagen, mein Vater! Doch zumindest hob sich der Arm an der Seite Balekas, und er war geschmückt mit solchen Armreifen, wie sie Baleka getragen hatte, und er hob sich von ihrer Seite, wenngleich ihr kaltes Gesicht unbeweglich blieb. Dreimal hob sich der Arm, und dreimal richtete er sich auf das dunkle Ende der Schlucht, und dreimal gab er ein Zeichen mit einem gekrümmten Finger, wie um jemanden herbeizurufen aus dem Dunkel der Schlucht, und aus der Masse der Toten. Dann fiel der Arm wieder herab, und in der tiefen Stille hörte ich ihn herabfallen, und ich hörte das Klirren der Armreifen. Und als der Arm herabfiel, tönte aus dem tiefen Schatten Gesang, ein Gesang, von solcher Wildheit und Süße, wie ich ihn nie zuvor gehört hatte. Die Worte des Gesangs habe ich damals deutlich verstanden, mein Vater, aber später wurden sie aus meiner Erinnerung gelöscht, und ich weiß sie nicht mehr. Nur dies weiß ich noch, daß die Worte des Gesangs vom Werden der Dinge handelten, vom Anfang und vom Ende der Menschen. Sie erzählten, wie die schwarzen Völker wurden, und wie sie wuchsen, und wie die weißen Menschen sie auffressen würden, und warum sie da waren, und warum sie aufhören würden, zu sein. Sie erzählten vom Bösen und vom Guten, von Frauen und von Männern, und wie die Menschen einander bekämpfen, und warum sie es tun, und was das Ende dieser Kämpfe sein wird. Der Gesang erzählte auch vom Volk der Zulu, und er sprach von einem Ort der Kleinen Hand, den es erobern würde, und von einem Ort, an dem die Weiße Hand über sie herrschen würde, und wie sie dahinschmelzen würden unter dem Schatten der Weißen Hand und vergessen sein sollten, und wie sie hinübergehen würden in ein anderes land, wo die Dinge nicht sterben, sondern ewig leben, die Guten mit den Guten, die Bösen mit den Bösen. Der Gesang erzählte vom Leben und vom Tod, von Freude und von Leid, von der Zeit und von dem Meer, in dem die Zeit nichts weiter ist als ein treibendes Blatt, und warum all diese Dinge so sind. Viele Namen kamen auch in diesem Gesang vor, und ich kannte nur wenige davon, doch mein Name war darunter, und der Balekas, und der Name Umslopogaas', und der Name von Chaka, dem Löwen. Nur eine kurze Zeit sang die Stimme, und doch war dies alles in ihrem Gesang – ja, und noch vieles mehr; doch die Bedeutung dieses Gesangs ist mir entfallen, obwohl ich sie damals kannte, aber ich werde sie wieder wissen, wenn alles getan ist. Die Stimme aus dem Schatten sang, bis die ganze Schlucht mit ihrem Klang erfüllt war, und selbst die Toten schienen ihr zu lauschen. Chaka hörte sie auch, und er zitterte vor Angst, doch seine Ohren waren taub für die Last seiner Schuld.

Die Stimme kam näher, und jetzt erschien im Dunkel ein mattes Leuchten; es war wie das Leuchten auf den Körpern von Menschen, die sechs Tage tot sind. Langsam kam es näher, durch den tiefen Schatten, und während es näherkam, sah ich, daß die Form dieses Leuchtens die Gestalt einer Frau hatte. Ich hatte damals sehr scharfe Augen, und ich erkannte ihr erhabenes Gesicht sofort. Mein Vater, es war das Gesicht der *Inkosazana-y-Zulu,* der Königin der Himmel! Langsam kam sie auf uns zu, und ihre Füße glitten über den Golf, der voll war mit Toten; und während sie näherkam, schien es mir, als ob sich Schatten von den Leibern der Toten erhöben und ihr folgten, der Königin der Toten – Tausende und Tausende von ihnen. Und, ah! – ihre erhabene Schönheit, mein Vater –, der Schimmer ihres Haares von geschmolzenem Gold, ihrer Augen, die strahlend waren wie der Mittagshimmel, die Ebenmäßigkeit ihrer Arme und Brüste, die die Farben von Schnee hatten, der im Licht der untergehenden Sonne glüht. Ihre Schönheit war überwältigend und furchtbar, doch ich war froh, daß ich lebte, um sie zu sehen, mein Vater.

Nun trat sie vor uns, und Chaka warf sich zu Boden, kraftlos vor Angst, und verbarg sein Gesicht in den Händen; ich jedoch hatte keine Angst, mein Vater – denn nur die Bösen müssen den Anblick der Königin der Himmel fürchten. Nein, ich hatte keine Angst, ich stand aufrecht und Angesicht zu Angesicht vor ihrer erhabenen Schönheit. In ihrer Hand hielt sie einen kleinen Speer mit einem Schaft aus dem roten, königlichen Holz; es war ein Zwilling zu dem Speer, den Chaka in seiner Hand hielt, der Speer, mit dem er seine Mutter getötet hatte, und mit dem er selbst getötet werden sollte. Jetzt beendete die Königin der Himmel ihren Gesang und stand vor dem am Boden liegenden König und vor mir, der ich hinter dem König stand, und das Leuchten, das von ihr ausging, fiel auf uns. Sie hob ihren kleinen Speer und berührte mit ihm die Stirn von Chaka, Sohn des Senzancagona, und das war ihr Zeichen der Verdammung. Dann begann sie zu sprechen, doch obwohl Chaka die Berührung gespürt hatte, konnte er ihre Worte nicht hören, denn sie waren für mich allein bestimmt.

»Mopo, Sohn des Makedama«, sagte sie mit leiser Stimme, »halte deine Hand zurück, denn sein Becher ist noch nicht gefüllt. Wenn du mich zum drittenmal erblickst, wenn du mich durch den Sturm reiten siehst, dann schlage zu, Mopo, mein Kind.«

So sprach sie zu mir, und eine Wolke zog am Angesicht des Mondes vorüber.

Als sie vorbeigezogen war, war die Königin der Himmel fort, und ich war wieder allein mit Chaka, mit der Nacht und mit den Toten.

»Wer war das, Mopo?« fragte er mit hohler Stimme.

»Es war die *Inkosazana* der Himmel, sie, die für ewig über die Menschen unserer Rasse wacht, o König, und die sich von Zeit zu Zeit den Menschen zeigt, bevor große Dinge geschehen.«

»Ich habe von dieser Königin gehört«, sagte Chaka. »Warum ist sie jetzt gekommen, was war das für ein Lied, das sie gesungen hat, und warum hat sie mich mit dem Speer berührt?«

»Sie ist gekommen, o König, weil die tote Hand Balekas sie herbeigewinkt hat, wie du es selbst gesehen hast. Das Lied das sie sang, handelt von Dingen, die zu hoch für mich sind; und warum sie dich mit dem Speer an der Stirn berührt hat, weiß ich nicht, o König! Vielleicht war es, um dich zum König eines größeren Reiches zu krönen.«

»Ja! Vielleicht zum König des Reiches der Toten!«

»Das bist du schon, Schwarzer«, antwortete ich mit einem Blick auf die schweigende Menge in der Schlucht.

Wieder zitterte Chaka. »Komm, laß uns gehen, Mopo«, sagte er. »Jetzt habe ich gelernt, was es heißt, Angst zu haben.«

»Die Angst ist ein Gast, den jeder bewirten muß, früher oder später, selbst die Könige, o Erschütterer der Erde!« sagte ich, und wir wandten uns um und gingen schweigend zum Kraal zurück.

Nach dieser Nacht erklärte Chaka, daß der Kraal Gibamaxegu verhext sei, und verhext sei auch das Land der Zulus, da er nicht mehr ruhig schlafen könne, sondern von Angst geschüttelt aufführe und den Namen Balekas schrie. Deshalb wurde sein Kraal schließlich verlassen, und er baute sich weit entfernt einen neuen, die große Stadt Duguza, hier in Natal.

Dort, auf der Ebene, ist ein Ort des weißen Mannes – er wird Stanger genannt; an diesem Platz, wo jetzt die Stadt des weißen Mannes steht, war einst der große Kraal Duguza. Ich kann nicht sehen, mein Vater, denn meine Augen sind dunkel; aber du kannst sehen. Wo das Tor des Kraals errichtet wurde, steht jetzt ein Haus; es ist das Haus, in dem der weiße Mann Gerechtigkeit spricht; das ist der Ort, an dem sich das Tor des Kraals befand, durch das die Gerechtigkeit niemals schritt. Dahinter ist ein anderes Haus, in dem die weißen Männer, die gegen den König des Himmels gesündigt haben, um Vergebung beten; an jener Stelle sah ich viele, die nichts Böses getan hatten, einen König um Gnade anflehen, doch nicht einem wurde sie gewährt. *Ou!* die Worte Chakas sind Wahrheit geworden! Ich werde dir bald davon erzählen, mein Vater. Der weiße Mann hält das Land und geht her und hin, seinen friedlichen Geschäften nach, wo damals *Impis* auszogen, um zu töten; seine Kinder lachen und sammeln Blumen, wo Hunderte von Männern in ihrem Blute lagen; sie baden im Wasser des Imbozamo, wo einst die Krokodile mit dem Fleisch von Menschen gefüttert wurden; seine jungen Männer küssen die Mädchen, wo damals andere Mädchen vom Assegai geküßt wurden. Alles hat sich geändert, nichts ist so wie es früher war, und von Chaka ist nichts mehr da als ein Grab, irgendwo dort drüben, und ein Name der Angst.

Nachdem Chaka nun zum Duguza-Kraal gekommen war, blieb er für eine Weile ruhig, doch dann kam der alte Blutdurst wieder über ihn, und er schickte seine *Impis* gegen das Volk der Pondos, und sie vernichteten dieses Volk und brachten ihre Rinder mit sich. Doch die Krieger durften nich ruhen; wieder wurden sie in den Krieg geschickt – zu Zehntausenden – um Sotyangana zu schlagen, den Häuptling des Volkes, das nördlich des Limpopo lebt. Singend zogen sie hinaus, nachdem der König sie angesehen und ihnen befohlen hatte, siegreich zurückzukehren, oder gar nicht. Ihre Zahl war so groß, daß sie von der Stunde der Dämmerung bis fast zur Mitte des Tages durch das Tor des Kraals zogen, wie eine riesige Herde von Vieh, sie, die Unbesiegten. Sie konnten nicht wissen, daß der Sieg sie nicht mehr anlächeln würde; daß sie zu Tausenden in den Marschen des Limpopo an Hunger und Fieber sterben mußten, und daß die von ihnen, die zurückkehrten, ihre Schilder in den Bäuchen trugen, da sie das Leder ihrer Schilde gegessen hatten, um nicht zu verhungern! Doch was gehen sie uns an? Sie waren nichts. *Staub* war der Name eines der großen Regimenter, die gegen Sotyangana auszogen, und zu Staub wurden sie – Staub, der in den Tod geweht wurde vom Atem Chakas, des Löwen der Zulus.

Jetzt waren nur noch wenige Männer am Kraal Duzuga zurückgeblieben, denn fast alle waren mit den *Impis* fortgezogen, und nur die Frauen und Alten lebten im Kraal. Dingaan und Umhlangana, die Brüder des Königs, waren auch dort, denn Chaka ließ es nicht zu, daß sie den Kraal verließen, aus Furcht, daß sie ein Komplott gegen ihn schmieden könnten, und er blickte sie immer böse an, so daß sie um ihr Leben zitterten, obwohl sie nicht wagten, ihre Angst zu zeigen, da sonst leicht aus der Angst Schicksal werden konnte. Doch ich wußte, daß sie Angst vor Chaka hatten, und wie eine Schlange kroch ich in ihr Vertrauen, und wir sprachen miteinander, verstohlen und in Andeutungen. Aber davon später, mein Vater, denn jetzt muß ich dir erst von der Ankunft Masilos erzählen, von ihm, der Zinita heiraten wollte, und den Umslopogaas, der Schlächter, aus den Kraals des Volkes der Axt vertrieben hatte.

Es war an dem Tag, nachdem die *Impis* ausgezogen waren, daß Masilo in den Kraal Duguza kam und um Erlaubnis bat, mit dem König sprechen zu dürfen. Chaka saß vor seiner Hütte, und bei ihm waren Dingaan und Umhlangana, seine königlichen Brüder. Ich war ebenfalls dort, und auch andere *Indunas*, Berater des Königs. Chaka war müde an diesem Vormittag, denn er hatte schlecht geschlafen, wie immer in der letzten Zeit. Deshalb, als einer ihm sagte, daß ein gewisser Wanderer namens Masilo mit ihm reden wolle, befahl er nicht, daß der Mann getötet würde, sondern sagte, man solle ihn vor ihn bringen. Kurz darauf hörte man lautes Preisen, und ich sah einen fetten Mann, der durch den Staub auf uns zukroch und die *Sibonga* sagte, daß heißt, alle königlichen Namen Chakas. Der König befahl ihm, mit dem Preisen aufzuhören und ihm zu sagen, was er wolle. Da setzte der Mann sich auf und erzählte die ganze

Geschichte, die du, mein Vater, bereits gehört hast: wie ein junger Mann, groß und stark, zu den Kraals des Volkes der Axt gekommen sei und den Häuptling Jikiza, den Halter der Axt, besiegt habe und selbst Häuptling dieses Volkes geworden sei, und wie er die Rinder Masilos genommen und ihn fortgejagt habe. Nun wußte Chaka nichts von diesem Volk der Axt, denn das Land war weit in jenen Tagen, mein Vater, und es lebten viele kleine Stämme darin, von denen der König nicht einmal gehört hatte. Also befragte er Masilo über dieses Volk der Axt, über die Anzahl seiner Krieger, ihren Reichtum an Rindern, und besonders über den Tribut, den sie dem König zahlten.

Masilo antwortete, daß die Anzahl ihrer Krieger vielleicht ein halbes Regiment ausmache, daß ihr Reichtum an Vieh groß sei, daß sie keinen Tribut zahlten, und daß der Name des jungen Mannes *Bulalio*, der Schlächter, sei – zumindest sei er unter diesem Namen bekannt.

Nun wurde der König wütend. »Steh auf, Masilo«, sagte er, »und laufe zu diesem Volk, und spreche in das Ohr dieses Volkes, und in das Ohr dessen, den sie den Schlächter nennen, und sage dieses: ›Es gibt einen anderen Schlächter, der in einem Kraal namens Duguza sitzt, und diese ist seine Botschaft an euch, o Volk der Axt, und an dich, der du die Axt hältst. Erhebt euch mit allem Volk und allem Vieh eures Volkes, und tretet vor den, der in dem Kraal Duguza sitzt, und legt in seine Hände die große Axt *Witwenmacher*. Erhebt euch eilends und folgt seinem Befehl, wenn ihr nicht bald für immer sitzen wollt*.‹ «

Masilo nickte und sagte, so solle es sein, doch der Weg sei weit, und er habe große Furcht, vor dem zu erscheinen, den man den Schlächter nenne, und der zwanzig Tagesreisen nach Norden säße, im Schatten des Geisterberges.

»Geh«, sagte der König, »und stehe am dreißigsten Tage von heute wieder vor mir, mit der Antwort dieses Jungen mit seiner Axt! Wenn du nicht vor mir stehst, wie ich es befehle, dann werden einige kommen und dich suchen, und auch diesen Jungen mit einer Axt.«

Also brach Masilo auf, um dem Befehl des Königs zu gehorchen, und Chaka sprach nicht mehr über diese Sache. Ich aber fragte mich in meinem Herzen, wer dieser junge Mann mit der Axt sein mochte; denn ich dachte, daß er mit Jikiza und den Söhnen Jikizas auf seine Art fertiggeworden war, wie sie Umslopogaas gehabt hätte, wenn

* Die Zulus werden in sitzender Stellung begraben.

er noch am Leben wäre und ein Mann geworden sei. Doch auch ich sagte nichts über diese Sache.

Nun erhielt ich an diesem Tage auch die Nachricht, daß meine Frau Macropha und meine Tochter Nada bei ihrem Volk in Swaziland getötet worden seien. Es wurde gesagt, daß die Männer des Häuptlings der Halakazi ihren Kraal überfallen und alles, was lebte, vor den Assegai gestellt hätten, darunter auch Macropha und Nada. Ich hörte die Nachricht, aber ich hatte keine Tränen, mein Vater, denn ich war so tief in Sorgen versunken, daß mich nichts mehr berühren konnte.

KAPITEL XX

Mopo verhandelt mit den Prinzen

Zwanzig-und-acht Tage vergingen, mein Vater, und am zwanzig-und-neunten Tag geschah es, daß Chaka, nachdem er in seinem unruhigen Schlaf einen Traum geträumt hatte, eine Anzahl der Frauen des Kraals vor sich kommen ließ, und es waren hundert oder mehr. Einige davon waren seine eigenen Frauen, die er seine ›Schwestern‹ nannte, und andere waren Mädchen, die noch keinem Mann gegeben worden waren; aber alle waren sie jung und schön. Was dieser Traum war, den Chaka geträumt hatte, weiß ich nicht, oder ich habe es vergessen, denn in jenen Tagen träumte er viele Träume, und alle seine Träume führten zu einem Ende, dem Tod von Menschen.

Er saß vor seiner Hütte, mit finsterem Gesicht, und ich war bei ihm. Zu seiner Linken standen die Frauen und Mädchen, und ihre Knie waren schwach vor Angst. Eine nach der anderen wurden sie nun vor ihn geführt und standen dort, den Kopf gesenkt. Dann sagte er ihnen, sie sollten frohen Mutes sein und sprach in freundlichem Ton mit ihnen, und schließlich stellte er ihnen diese Frage: »Hast du, meine Schwester, eine Katze in deiner Hütte?«

Nun sagten einige, daß sie eine Katze in ihrer Hütte hätten, und andere, daß sie keine Katze in ihrer Hütte hätten, und manche sagten gar nichts, weil sie vor Angst die Sprache verloren hatten. Doch ganz egal, wie ihre Antwort lautete, das Ende war immer dasselbe, denn der König seufzte schwer und sagte: »Lebe wohl, meine Schwester; es ist schade, daß eine Katze in deiner Hütte ist«, oder »daß keine Katze in deiner Hütte ist«, oder »daß du mir nicht sagen kannst, ob eine Katze in deiner Hütte ist oder nicht«.

Dann wurde die Frau von Männer hinausgezerrt und zu einem Ort außerhalb des Kraals gebracht, und erschlagen. So ging es viele Stunden lang, bis schließlich sechzig-und-zwei Frauen und Mädchen hingemordet worden waren. Doch dann wurde ein Mädchen vor den König gebracht, und ihre Schlange hatte ihr einen raschen Verstand gegeben; denn als Chaka sie fragte, ob es in ihrer Hütte eine Katze gäbe oder nicht, antwortete sie, daß sie es nicht wüßte, »aber es ist eine halbe Katze auf mir«, und sie deutete auf ein Katzenfell, das vor ihr Geschlecht gebunden war.

Nun lachte der König und klatschte in die Hände und sagte, daß er endlich die Antwort auf seinen Traum erhalten habe; und er tötete niemanden mehr an diesem Tag, und auch nie wieder – bis auf ein einziges Mal.

An diesem Abend war mir das Herz schwer in meiner Brust, und ich weinte in meinem Herzen: »Wie lange noch?« – und ich fand keine Ruhe. Also verließ ich den Kraal Duguza und ging hinaus zu den Bergen, die hinter dem Kraal waren, und setzte mich auf einen Felsen auf der Höhe eines Hanges, so daß ich weit auf das Land hinausblicken konnte, das sich nach Norden und nach Süden erstreckte, nach links und nach rechts. Der Tag neigte sich jetzt der Nacht zu, und die Luft war still, denn es war sehr heiß, und ein Gewitter braute sich zusammen. Die Sonne sank blutrot und färbte das Land mit der Farbe des Blutes; es war, als ob alles Blut, das Chaka vergossen hatte, über das Land flösse, das von Chaka beherrscht wurde. Dann lösten sich aus dem Schoß der Nacht riesige Wolken und legten sich vor die Sonne, und die Sonne krönte sie mit ihrem Licht, und in ihren Herzen zuckten Blitze, wie ein Blut aus Feuer. Der Schatten ihrer Flügel fiel auf die Berge und auf die Ebene, und unteren ihren Flügeln war Schweigen. Langsam versank die Sonne, und die Formen der Wolken strömten zueinander wie ein *Impi* auf den Befehl seines Hauptmannes, und das Zucken der Blitze war wie das Schimmern der Speere dieses *Impis*. Ich blickte hinauf, und eine starke Angst ergriff mein Herz. Das Blitzen erstarb, und die Stille wurde tiefer und tiefer, bis ich sie hören konnte; nicht ein Blatt regte sich, kein Vogel erhob seine Stimme, die Welt schien tot – und ich allein lebte in dieser toten Welt.

Doch plötzlich, mein Vater, fiel ein heller Stern vom Himmel und beleuchtete die Ränder der Wolken, und als er in die Wolken hineinfiel, brach der Sturm los. Die graue Luft erzitterte, ein Stöhnen rann durch die Felsen, und ein eisiger Hauch kam aus dem Mund des Sturms und fegte über die Erde. Er packte den fallenden Stern und trieb ihn auf mich zu, und jetzt war er ein großer Ball von Feuer, und er wurde größer und immer größer, und dann nahm er die Gestalt einer Frau an. Ich kannte diese Frau, mein Vater, ja, als sie noch weit entfernt war, wußte ich, wer sie war: die *Inkosazana* war gekommen, so wie sie es mir versprochen hatte, und sie ritt durch den Sturm. Immer näher kam sie, vorangerissen von dem scharfen Wind, und oh! es war ein entsetzlicher Anblick, denn ihre Robe waren die Blitze des Sturmes! Blitze zuckten aus ihren großen Augen, und Blitze waren in ihrem wallenden Haar, und in ihrer Hand trug sie einen Speer von Feuer, und sie schüttelte ihn, während sie näher kam. Jetzt war sie am Eingang des Passes; vor ihr war Stille, doch hinter ihr schlugen die Schwingen des Sturms, und Donner rollte, und der Regen zischte wie viele Schlangen. Sie flog an mir vorbei, und als sie vorbeiflog, wandte sie den Kopf und sah mich mit ihren furchtbaren Augen an, so daß ich erstarrte. Sie war da! Sie war fort! Aber sie sagte nicht ein Wort zu mir, sondern schüttelte nur ihren flammenden Speer. Und doch schien es mir, daß der Sturm sprach, daß der Felsen schrie, daß der Regen mir drei Worte ins Ohr zischte, und diese drei Worte waren:

SCHLAG ZU, MOPO!

Ich hörte sie in meinem Herzen, oder mit meinen Ohren, was kommt es darauf an? Dann blickte ich auf: durch den heulenden Sturm und den prasselnden Regen konnte ich sie noch immer sehen, hoch in der Luft. Jetzt lag der Kraal Duguza direkt unter ihr, und der flammende Speer fiel aus ihrer Hand in den Kraal, und rote Flammen züngelten auf.

Dann glitt sie über das Ende der Welt hinweg, um in ihre eigene Welt zurückzukehren. So, mein Vater, sahen meine Augen die Königin der Himmel zum dritten- und letztenmal, oder vielleicht träumte mein Herz nur, daß ich sie sah. Bald werde ich sie wiedersehen; aber das wird nicht mehr hier sein.

Für eine Weile saß ich so, dann stand ich auf und kämpfte meinen Weg zurück zum Kraal Duguza. Als ich mich dem Kraal näherte, hörte ich laute Angstschreie durch das Heulen des Sturms und das Prasseln des Regens. Ich trat hinein und fragte einen, was denn wäre, und er sagte mir, daß Feuer vom Himmel auf die Hütte des Königs gefallen sei, während er schlief, und daß das ganze Dach der Hütte verbrannt sei, doch schließlich hätte der Regen das Feuer gelöscht.

Ich ging weiter, bis ich zu der großen Hütte des Königs kam, und ich sah im Licht des Mondes, der nun wieder vom Himmel schien, daß Chaka vor seiner Hütte stand und vor Angst zitterte, und das Regenwasser lief an ihm herab, während er auf seine Hütte starrte, deren Strohdach verbrannt war.

Ich grüßte den König und fragte ihn, was für ein Übel ihm widerfahren sei. Als er mich sah, packte er mich beim Arm und klammerte sich an mich, wie sich ein Kind an seinen Vater klammert, wenn die Schlächter und Totschläger des Königs kommen, und zog mich in eine kleine Hütte, die in der Nähe stand.

»Was für ein Übel ist dir widerfahren, o König?« fragte ich noch einmal, als er Licht gemacht hatte.

»Bis jetzt habe ich nur selten Angst gehabt, Mopo«, sagte er, »doch jetzt bin ich voller Angst; ja, meine Angst ist so mächtig wie in jener lange zurückliegenden Nacht, als die tote Hand Balekas etwas herbeiwinkte, das über die Gesichter der Toten schritt.«

»Und was fürchtest du, o König, der du der Herr der Erde bist?«

Nun beugte Chaka sich vor und flüsterte mir zu: »Höre, Mopo, ich habe einen Traum geträumt. Als das Urteil an diesen Zauberern vollstreckt war, ging ich und legte mich schlafen, während es noch heller Tag war, denn ich kann kaum noch Schlaf finden, wenn die Dunkelheit die Welt verschluckt hat. Der Schlaf ist von mir gegangen – diese, deine Schwester, Baleka, hat ihn mit sich genommen in das Reich der Toten. Ich legte mich hin und schlief, aber ein Traum kam über mich und saß bei mir, das Gesicht verdeckt, und zeigte mir ein Bild. Es schien mir, daß die Wand meiner Hütte zusammenfiele, und ich sah ein weites Land, und in der Mitte dieses Landes lag ich tot, von vielen Wunden bedeckt, während um meine Leiche meine Brüder Dingaan und Umhlangana herumschritten wie stolze Löwen. Auf der Schulter Umhlanganas war mein königliches *Kaross*, und es war Blut an dem *Kaross*; und in der Hand Dingaans war mein königlicher Speer, und es war Blut an dem Speer. Dann, in der Vision dieses, meines Traumes, tratest du heran, Mopo, und hobst deine Hand und gabst den königlichen Gruß *Bayéte* diesen, meinen Brüdern, und mit deinem Fuß tratest du meine Leiche, die Leiche deines Königs. Dann deutete der Traum mit dem verhüllten Gesicht nach oben und war plötzlich verschwunden, und ich erwachte, und – *Ay!* – Feuer brannte im Dach meiner Hütte. So habe ich geträumt, Mopo, und nun, mein Diener, sage mir, warum ich dich nicht töten sollte, dich, der du anderen Königen dienst, dich, der du meinen königlichen Gruß den Prinzen erweist, meinen Brüdern?« Und er blickte mich finster an.

»Wie du es willst«, sagte ich leise. »Es war ein böser Traum, o König, und ein noch schlimmeres Omen war das, was auf deine Hütte fiel. Und doch...« Ich sprach nicht weiter.

»Und doch – Mopo, du treuloser Diener?«

»Und doch, o König, erscheint es mir in meiner Torheit, daß man den Kopf der Schlange zertreten sollte, und nicht ihren Schwanz, denn ohne den Schwanz kann der Kopf weiterleben, doch nicht der Schwanz ohne den Kopf.«

»Du willst sagen, Mopo, wenn diese Prinzen tot wären, könnten weder du, noch ein anderer Mann ihnen den königlichen Gruß erweisen. Habe ich dich richtig gehört, Mopo?«

»Wer bin ich, daß ich meine Stimme erheben dürfte, um nach dem Blut von Prinzen zu verlangen?« antwortete ich. »Urteile du, o König!«

Nun brütete Chaka eine Weile vor sich hin, dann sagte er: »Sage, Mopo, kann es heute nacht getan werden?«

»Es sind nur wenige Männer im Kraal, o König. Fast alle sind in den Krieg gezogen; und von den wenigen sind viele Diener der Prinzen, und sie könnten Schlag mit Schlag vergelten.«

»Wie dann, Mopo?«

»Ich weiß es nicht, o König; doch in dem großen Kraal jenseits des Flusses ist ein Regiment, das ›Die Schlächter‹ genannt wird. Morgen mittag könnte es hier sein, und dann...«

»Du sprichst weise, mein Kind Mopo; es wird also morgen sein. Rufe dieses Regiment der Schlächter, und Mopo, ich rate dir, mich nicht zu enttäuschen.«

»Wenn ich dich enttäuschte, o König, enttäuschte ich mich selbst, denn ich weiß, daß mein Leben an dieser Sache hängt.«

»Wenn alle Worte, die jemals über deine Lippen kamen, Lügen waren, dieses Wort ist die Wahrheit, Mopo«, sagte Chaka. »Außerdem merke dir dies, mein Diener: falls es fehlschlagen sollte, wirst du keinen gewöhnlichen Tod sterben. Geh jetzt!«

»Ich höre den König«, antwortete ich und ging hinaus.

Nun, mein Vater, wußte ich, daß Chaka mich für den Tod bestimmt hatte, nachdem er mich vorher dazu benutzt haben würde, die Prinzen zu töten. Doch ich hatte keine Furcht, da ich wußte, daß die Stunde Chakas endlich gekommen war.

Eine Weile saß ich in meiner Hütte und dachte nach. Dann, als alle Männer schliefen, stand ich auf und kroch wie eine Schlange auf vielen Umwegen zur Hütte Dingaans, des Prinzen, der mich in dieser Nacht erwartete. Im Schatten der Hütte kroch ich zur Tür und kratzte auf eine bestimmte Weise daran. Kurz darauf wurde sie geöffnet, und ich kroch hinein, und die Tür wurde wieder geschlossen. Es brannte nur eine kleine Lampe in der Hütte, doch in ihrem Licht sah ich die beiden Prinzen nebeneinander sitzen, in Decken gewickelt, die sie sich über die Gesichter gezogen hatten.

»Wer ist es, der gekommen ist?« fragte der Prinz Dingaan.

Nun zog ich die Decke, die ich wie sie vor mein Gesicht gezogen hatte, beiseite, und auch sie enthüllten ihre Gesichter. Ich sagte: »Heil euch, ihr Prinzen, die ihr morgen Staub sein werdet! Heil euch, ihr Söhne Senzangaconas, die ihr morgen Geister sein werdet!« Und ich deutete auf sie mit meiner verdorrten Hand.

Jetzt wurden die Prinzen unruhig und zitterten vor Angst.

»Was willst du, du Hund, daß du Worte von so schlechtem Omen zu uns zu sprechen wagst?« sagte Prinz Dingaan mit leiser Stimme.

»Warum deutest du auf uns mit deiner weißen, verdorrten Hand, du Zauberer?« zischte Prinz Umhlangana.

»Habe ich es euch nicht gesagt, ihr Prinzen«, flüsterte ich, »daß ihr zuschlagen müßt oder sterben, und hat nicht euer Mut euch verlassen? Hört mir jetzt zu! Chaka hat wieder einen Traum geträumt; jetzt ist es Chaka, der zuschlagen wird, und ihr seid schon so gut wie tot, ihr Kinder Senzangoconas.«

»Falls die Schlächter des Königs schon vor der Tür stehen, wirst du als erster sterben, du, der du uns verraten hast!« sagte Prinz Dingaan und zog einen kurzen Assegai unter seinem *Kaross* hervor.

»Höre zuerst den Traum des Königs, o Prinz«, sagte ich; »dann, wenn du es willst, töte mich und stirb selbst. Chaka, der König, schlief und träumte, daß einer von euch, den Prinzen, das königliche *Kaross* trüge.«

»Wer von uns trug das königliche *Kaross*?« fragte Prinz Dingaan begierig; und beide sahen mich an und warteten auf meine Antwort.

»Prinz Umhlangana trug es – im Traum Chakas –, o Dingaan, Reis eines königlichen Baums!« sagte ich langsam und nahm Schnupftabak, während ich sprach, und beobachtete die beiden über meinen Schnupftabaklöffel hinweg.

Nun blickte Dingaan seinen Bruder mit finsterem Gesicht an; doch das Gesicht Umhlanganas war wie der Morgenhimmel.

»Chaka träumte auch dies«, fuhr ich fort; »daß einer von euch, den Prinzen, den königlichen Speer hielte.«

»Wer hielt den königlichen Speer?« fragte Umhlangana.

»Prinz Dingaan hielt ihn – in dem Traum Chakas –, o Umhlangana, der du aus einer königlichen Wurzel entsprossen bist! –, und es tropfte Blut von dem Speer.«

Nun verdüsterte sich das Gesicht Umhlanganas, und Dingaans Gesicht strahlte wie der Sonnenaufgang.

»Chaka träumte auch dies: daß ich Mopo, euer Hund, der ich nicht würdig bin, zusammen mit solchen Namen erwähnt zu werden, zu euch trat und euch den königlichen Gruß erwies, sogar das *Bayéte*.«

»Wem erwiesest du das *Bayéte*, o Mopo, Sohn Makedamas?« fragten die Prinzen wie aus einem Mund und warteten auf meine Worte.

»Ich erwies es euch beiden, o Zwillingssterne des Morgens, Prinzen der Zulus – in dem Traum Chakas erwies ich es euch beiden.«

Nun blickten die beiden Prinzen hierhin und dorthin und schwiegen, da sie nicht wußten, was sie sagen sollten, denn diese Prinzen haßten einander, und nur die Angst hatte sie zu Bettgenossen gemacht.

»Aber was nützt dieses Gerede, ihr Herren des Landes«, fuhr ich fort, »da ihr doch beide schon so gut wie tot seid und die Geier, die heute noch hungrig sind, schon morgen ihre Bäuche mit Fleisch vom Besten füllen können? Chaka, der König, ist jetzt ein Medizinmann der Träume, und um solche Träume zu verscheuchen, hat er ein sicheres Mittel.«

Nun verfinsterten sich die Stirnen der beiden wirklich, denn sie sahen, welches Schicksal auf sie wartete.

»Dies sind die Worte Chakas, des Königs, ihr Bullen, welche die Herde führen! Alle sind zum Tode verdammt, ihr und ich, und viele andere Männer, die uns lieben. In dem großen Kraal jenseits des Flusses ist ein Regiment; es wird herbeigeholt, und dann – gute Nacht! Habt ihr noch Worte, die ihr denen sagen wollt, die auf der Erde bleiben? Vielleicht lebe ich noch eine kleine Weile, nachdem ihr gegangen seid, und kann sie zu ihren Ohren tragen.«

»Können wir uns nicht erheben und Chaka überfallen?« fragte Dingaan.

»Das ist nicht möglich«, sagte ich. »Der König ist bewacht.«

»Hast du keinen Plan, Mopo?« stöhnte Umhlangana. »Ich glaube, du hast einen Plan, um uns zu retten.«

»Und wenn ich einen Plan hätte, ihr Prinzen, was soll meine Belohnung sein? Sie muß groß sein, sehr groß, denn ich bin müde, und ich will meine Weisheit nicht für ein kleines Ding hergeben.«

Nun boten die beiden Prinzen mir gute Dinge an, und jeder von ihnen versprach mir mehr als der andere, wie zwei junge Männer, die Rivalen um die Gunst eines Mädchens sind, dessen Vater sie mehr und mehr versprechen. Ich hörte ihnen zu und sagte immer wieder, es sei nicht genug, bis beide schließlich bei ihren Köpfen schworen, und bei den Knochen Senzangaconas, ihres Vaters, daß ich der erste Mann sein sollte, nach ihnen, den Königen des Landes, und Kommandeur all seiner *Impis,* wenn ich ihnen einen Weg zeigte, um Chaka zu töten und Könige zu werden. Dann, als sie so geschworen hatten, sprach ich und überlegte mir jedes meiner Worte.

»In dem großen Kraal jenseits des Flusses, o ihr Prinzen, ist nicht nur ein Regiment, sondern deren zwei. Eines heißt ›Die Schlächter‹ und liebt Chaka, den König, der ihnen viele Rinder und Frauen gegeben hat. Das andere heißt ›Die Bienen‹, und dieses Regiment ist hungrig und verlangt nach Rindern und Frauen; außerdem ist Prinz Umhlangana General dieses Regiments, und es liebt ihn. Dies nun ist mein Plan: wir werden das Regiment ›Die Bienen‹ im Namen Umhlanganas herbefehlen, und nicht ›Die Schlächter‹ im Namen Chakas. Beugt euch vor, o Prinzen, damit ich in eure Ohren flüstern kann.«

Sie beugten sich vor, und ich flüsterte zu ihnen eine Weile über den Tod eines Königs, und die Söhne Senzangaconas nickten zur Antwort mit ihren Köpfen. Dann stand ich auf, kroch aus der Hütte, so wie ich hereingekommen war, weckte einige meiner zuverlässigen Boten und schickte sie in die Nacht hinaus.

KAPITEL XXI

Der Tod Chakas

Am nächsten Morgen, zwei Stunden vor der Mitte des Tages, trat Chaka aus der Hütte, in der er während der Nacht gesessen hatte, und ging in einen kleinen Kraal, der fünfzig Schritte von seiner Hütte entfernt lag. Denn es war meine Pflicht, den Platz auszuwählen, an dem der König sitzen sollte, um den Rat seiner *Indunas* zu hören und Urteil über die zu sprechen, die er töten wollte, und für den heutigen Tag hatte ich diesen Ort dazu ausgewählt. Chaka ging allein von seiner Hütte zu dem kleinen Kraal, und, aus eigenen Gründen, begleitete ich ihn und ging hinter ihm, und während wir so gingen, blickte der König mich über seine Schulter hinweg an und sagte leise:

»Ist alles bereit, Mopo?«

»Es ist alles bereit, Schwarzer«, antwortete ich. »Das Regiment ›Die Schlächter‹ wird gegen Mittag hier sein.«

»Wo sind die Prinzen, Mopo? fragte der König.

»Die Prinzen sind in den Häusern ihrer Frauen, o König«, antwortete ich; »sie trinken Bier und schlafen in den Schößen ihrer Frauen.«

Chaka lächelte zufrieden. »Zum letztenmal, Mopo!«

»Zum letztenmal, o König!«

Wir kamen zu dem Kraal, und Chaka setzte sich in den Schatten des Riedzauns auf ein weichgeklopftes Ochsenfell. In seiner Nähe stand ein Mädchen, das eine Kalebasse mit Bier für ihn bereithielt; außerdem war noch der alte Häuptling Inguazonca da, ein Bruder Unandis, der Mutter der Himmel, und der Häuptling Umxamama, den Chaka liebte. Als wir eine Weile in dem Kraal gesessen hatten, kamen einige Männer, die der König ausgesandt hatte, um Kranichfedern zu holen. Nun lag der Ort, wo man solche Federn finden konnte, eine Monatsreise vom Kraal Duguza entfernt, und diese Männer hatten lange gebraucht, um dem Befehl des Königs zu folgen, und Chaka war zornig auf sie. Der Führer dieser Männer war ein alter Hauptmann Chakas, der in vielen Schlachten unter ihm gekämpft hatte, aber jetzt nicht mehr zum Krieg taugte, da seine rechte Hand von einer Axt abgeschlagen worden war. Er war ein großer Mann und sehr tapfer.

Chaka fragte ihn, warum er so lange gebraucht habe, um die Federn zu finden, und er antwortete, daß die Kraniche aus dem Teil des Landes, wohin er geschickt worden sei, abgezogen waren, und er warten mußte, bis sie zurückkehrten, um sie dann mit seinen Schlingen zu fangen.

»Du hättest den Kranichen folgen sollen, ja, und wenn sie bis zum Sonnenuntergang geflogen wären, du ungehorsamer Hund!« sagte der König. »Bringt ihn fort, und auch die anderen, die bei ihm gewesen sind! Und tötet sie!«

Nun bettelten einige der Männer um Gnade, doch der Hauptmann salutierte dem König, nannte ihn Vater und bat nur um eine Gunst, bevor er stürbe.

»Was willst du?« fragte Chaka.

»Mein Vater«, sagte der Mann, »ich möchte zwei Dinge. Ich habe viele Male an deiner Seite gekämpft, als wir beide jung waren; und niemals habe ich dem Feind meinen Rücken gezeigt. Der Hieb, der die Hand von meinem Arm trennte, galt deinem Kopf, o König; ich habe ihn mit meinem bloßen Arm abgefangen. Es ist nichts; nach deinem Willen habe ich gelebt, und nach deinem Willen werde ich sterben. Wer bin ich denn, daß ich das Wort des Königs in Frage stellte? Doch möchte ich um dieses bitten: daß du dein *Kaross* ablegst, o König, damit meine Augen zum letztenmal den Körper des Mannes sehen dürfen, den ich vor allen anderen liebe.«

»Du machst viele Worte«, sagte der König ungeduldig. »Was noch?«

»Dies, mein Vater: daß ich meinem Sohn Lebewohl sagen darf; er ist noch ein Kind, so groß, o König«, und er hielt seine Hand in Kniehöhe.

»Dein erster Wunsch sei gewährt«, sagte der König, nahm das *Kaross* von den Schultern und entblößte seine mächtige Brust. »Und auch den zweiten will ich dir gewähren, denn ich bin nicht willens, den Vater von dem Sohn zu trennen. Bringt den Jungen her; du sollst ihm Lebewohl sagen und ihn dann mit deiner eigenen Hand töten, bevor du selbst stirbst. Es wird ein Spaß sein, das zu sehen.«

Nun wurde der Mann grau unter seiner schwarzen Haut, und er zitterte ein wenig, als er sagte: »Des Königs Wille ist der Wille seines Dieners; laßt das Kind herbringen.«

Doch ich blickte Chaka an und sah, daß große Tränen über sein Gesicht rollten, und da wußte ich, daß er alles nur gesagt hatte, um diesen Hauptmann auf die Probe zu stellen, der ihn über alles liebte.

»Laßt den Mann gehen«, sagte der König, »ihn und die bei ihm sind.«

So gingen sie, und ihre Herzen waren leicht, und sie priesen den König.

Ich habe dir dies erzählt, mein Vater, obwohl es nichts mit meiner

Geschichte zu tun hat, weil ich nur dieses Mal, dieses einzige Mal, erlebt habe, daß Chaka einem Mann Gnade erwies, den er zum Sterben verdammt hatte.

Als der Hauptmann und seine Leute den Kraal verlassen hatten, wurde dem König mitgeteilt, daß ein Mann gekommen sei, der ihn sprechen wolle. Der König nickte, und Masilo kam auf Händen und Knien herangekrochen, Masilo, dem Chaka befohlen hatte, eine Botschaft zu dem zu tragen, den sie Bulalio nannten, oder den Schlächter, und der über das Volk der Axt herrschte. Es war wirklich Masilo, doch er war nicht mehr fett, denn die Reise hatte ihn mager gemacht; außerdem waren auf seinem Rücken Wunden von Stockschlägen, die kaum zugeheilt waren.

»Wer bist du?« fragte Chaka.

»Ich bin Masilo, vom Volk der Axt, dem du befohlen hast, seinem Häuptling, Bulalio, dem Schlächter, eine Botschaft zu bringen und am dreißigsten Tag zurück zu sein. Sieh, o König, ich bin zurück, wenn auch in einem traurigen Zustand!«

»So scheint es!« sagte der König und lachte laut. »Ich erinnere mich jetzt: sprich, Masilo, der Dünne, der du einmal Masilo, der Fette, warst; was ist mit diesem Schlächter? Wird er herkommen mit all seinem Volk und die Axt *Witwenmacher* in meine Hände legen?«

»Nein, o König, er kommt nicht. Er empfing mich im Zorn, und im Zorn jagte er mich aus seinem Kraal. Und als ich ging, ergriffen mich die Diener Zinitas, der, die ich haben wollte, die aber jetzt die Frau des Schlächters ist, und sie drückten mein Gesicht in den Staub und schlugen mich mit Stöcken, während Zinita dabeistand und lachte und die Schläge zählte.«

»Hah!« sagte der König. »Und was waren die Worte dieses Welpen?«

»Dies waren seine Worte, o König: ›Bulalio, der Schlächter, der im Schatten des Geisterberges sitzt, an den Schlächter, der im Kraal Duguza sitzt: Dir zahle ich keinen Tribut, denn du bist ein Nichts. Und wenn du die Axt *Witwenmacher* haben willst, so komme zum Geisterberg und hole sie dir. Dieses verspreche ich dir: du sollst in ein Gesicht blicken, das du kennst, denn es ist einer, der Rache nehmen wird für einen gewissen Mopo.‹«

Nun, während Masilo so sprach, sah ich zwei Dinge: erstens, daß ein kleiner Stock durch das Ried des Zauns gesteckt wurde, und zweitens, daß das Regiment ›Die Bienen‹ den Hang außerhalb des Kraals herunterkam, in Befolgung des Befehls, den ich ihm im Namen Umhlanganas erteilt hatte. Der Stock sagte mir, daß die Prinzen hinter dem Zaun versteckt saßen und auf mein Zeichen warteten, und die Ankunft des Regiments, daß die Zeit zum Handeln gekommen war.

Als Masilo zu Ende gesprochen hatte, sprang Chaka wütend auf. Seine Augen rollten, und Schaum stand vor seinem Mund, denn solche Worte hatten noch niemals seine Ohren beleidigt, seit er König war, und Masilo kannte ihn nicht, denn sonst hätte er es nicht gewagt, sie zu äußern.

Eine Weile stand er so, sprachlos vor Wut und keuchend, und schüttelte seinen kleinen Speer. Endlich fand er wieder Worte.

»Dieser Hund!« zischte er. »Dieser Hund, der es wagt, mir ins Gesicht zu spucken! Hört her, alle! Ich befehle, daß dieser Schlächter in Stücke gerissen wird, er und sein ganzer Stamm! Und auch du, der du es gewagt hast, mir diese Worte eines Stinktiers der Berge ins Gesicht zu schleudern! Und auch du, Mopo, denn dein Name wurde genannt! Ho! Umxamama, mein Diener, töte mir diesen Sklaven von einem Boten, schlage ihm das Gehirn aus dem Schädel! Sofort!«

Der alte Häuptling Umxamama sprang auf, um dem Befehl des Königs zu gehorchen, doch er war alt und nicht mehr schnell auf den Beinen, und am Ende war es Masilo, der verrückt vor Angst, Umxamama tötete, und nicht Umxamama Masilo. Dann sprang Inguazonca, der Bruder Unandis, der Mutter der Himmel, auf Masilo zu und schnitt ihm die Kehle durch, doch wurde er dabei selbst verwundet. Nun sah ich Chaka an, der seinen kleinen Speer schüttelte, und überlegte rasch, denn die Stunde war gekommen.

»Hilfe!« schrie ich. »Der König wird ermordet!«

Als ich das rief, wurde der Riedzaun zerrissen, und die Prinzen Umhlangana und Dingaan brachen hindurch, wie Bullen durch eine Hecke brechen.

Nun deutete ich mit meiner verdorrten Hand auf Chaka und sagte: »Dort steht euer König!«

Die beiden Prinzen rissen kurze Stoßspeere unter ihren *Karossen* heraus und stießen sie in Chakas Körper. Umhlanganas Speer drang in seine linke Schulter, Dingaans Speer in seine rechte Seite. Chaka ließ den kleinen Speer mit dem roten Schaft fallen und starrte die beiden an, so daß die Prinzen, seine Brüder, ängstlich vor ihm zurückwichen.

Dann sagte er: »Was! Ihr wollt mich ermorden, meine Brüder – Hunde meines eigenen Hauses, die ich gefüttert habe? Ihr wollt mich ermorden, um mein Land zu nehmen und darüber zu herrschen? Ihr werdet nicht lange auf meinem Platz sitzen! Ich höre das

CHARLES KERR

Geräusch vieler Schritte – Schritte von Füßen eines großen, weißen Volkes. Sie werden euch zertreten, Kinder meines Vaters! Sie werden über das Land herrschen, das ich erobert habe, und ihr und euer Volk werdet ihr Sklave sein!«

So sprach Chaka, während des Blut an ihm herabrann und zu Boden tropfte, und wieder blickte er sie an.

»Macht ein Ende, o ihr, die ihr Könige sein wollt!« schrie ich; aber ihre Herzen waren zu Wasser geworden, und sie konnten es nicht tun. Da sprang ich, Mopo, vor und nahm den kleinen Assegai mit dem roten Schaft vom Boden auf – denselben Assegai, mit dem Chaka Unandi, seine Mutter, ermordet hatte, und Moosa, meinen Sohn, und ich hob ihn empor, und während ich ihn emporhob, mein Vater, war wieder, wie in den Tagen, als ich jung war, ein roter Schleier vor meinen Augen.

»Warum willst du mich töten, Mopo?« fragte der König.

»Für Baleka, meine Schwester, der ich geschworen habe, es zu tun, und für alle meine Frauen und Kinder«, schrie ich und stieß den Speer tief in seine Brust. Er fiel zu Boden und lag sterbend auf seinem Ochsenfell. Noch einmal sprach er, und nur noch einmal, und er sagte: »Ich wünschte jetzt, daß ich auf die Stimme Nobelas gehört hätte, die mich vor dir gewarnt hat, du Hund.«

Dann schwieg er für immer. Ich aber kniete mich neben ihn und flüsterte in sein Ohr die Namen aller, die von meinem Blut waren, und die er getötet hatte – den Namen Makedamas, meines Vaters, den Namen meiner Mutter, den Namen Anadis, meiner Frau, den Namen Moosas, meines Sohnes, und die Namen meiner anderen Frauen und Kinder, und den Namen Balekas, meiner Schwester. Seine Augen und Ohren waren offen, und ich glaube, mein Vater, daß er noch sah und verstand; und ich denke, daß der Haß in meinem Gesicht, als ich meine verdorrte Hand vor seinen Augen schüttelte, ihm mehr Angst machte als der Schmerz des Todes.

Schließlich wandte er den Kopf ab, schloß seine Augen und stöhnte. Er war tot.

So, mein Vater, ging Chaka, der König, der größte Mann, der jemals im Zululand lebte, und der grausamste, durch meine Hand zu jenen Kraals der *Inkosazana*, in denen es keinen Schlaf gibt. Im Blut starb er, der im Blut gelebt hatte, denn der Kletterer fällt schließlich mit dem Baum, und der Schwimmer wird am Ende vom Fluß fortgetragen. Jetzt ging er den Weg, der für ihn flachgetreten war von den Füßen der Menschen, die er abgeschlachtet hatte, und es waren so viele wie Grashalme auf einem Berghang. Doch ist es eine Lüge, zu sagen – wie es manche tun –, daß er feige gestorben sei und um Gnade gewinselt habe. Chaka starb so, wie er gelebt hatte, als tapferer Mann. *Ou!* Mein Vater, ich weiß es, denn diese Augen haben es gesehen, und diese Hand war es, die sein Leben genommen hat.

Nun war er tot, und das Regiment ›Die Bienen‹ kam heran, und ich konnte nicht wissen, wie sie die Sache aufnehmen würden, denn obwohl Prinz Umhlangana ihr General war, liebten doch alle Soldaten den König, weil im Kampf ihm keiner gleichkam, und wenn er gab, so gab er mit offener Hand. Ich blickte umher: Die Prinzen standen reglos, als ob sie nicht glauben könnten, was ihre Augen sahen; das Mädchen war davongelaufen; der Häuptling Umxamama war tot, durch die Hand Masilos, der ebenfalls tot war; und der alte Häuptling Inguazonca, der Masilo getötet hatte, stand verwundet und verwirrt an der Wand; sonst war niemand im Kraal.

»Wacht auf, ihr Könige!« schrie ich den Brüdern zu. »Das *Impi* steht vor dem Tor! Rasch! Erstecht diesen Mann« – und ich deutete auf den alten Häuptling –, »und überlaßt alles andere mir!«

Nun wachte Dingaas auf, sprang auf Inguazonca, den Bruder Unandis zu, und durchbohrte ihn mit seinem Speer, so daß er ohne einen Laut tot zu Boden sank.

»Dieser kann nichts mehr erzählen«, sagte ich und deutete auf den toten Häuptling.

Inzwischen waren unter den Frauen Gerüchte im Umlauf über den Tod des Königs, denn manche hatten die Schreie gehört und das Aufblitzen von Speeren über dem Zaun des Kraals gesehen, und von den Frauen kamen die Gerüchte zu dem Regiment ›Die Bienen‹, das singend zum Tor des Kraals zog. Und plötzlich brach das Singen ab, und die Männer liefen auf die Hütte zu, vor der wir standen.

Ich lief ihnen entgegen, stieß laute Klagerufe aus und hielt in meiner Hand den kleinen Assegai des Königs, der vom Blut des Königs rot war, und sagte zu den Hauptleuten des Regiments: »Wehklagt, ihr Hauptleute und Soldaten, weint und wehklagt, denn euer Vater ist nicht mehr! Er, der euch nährte, ist nicht mehr! Der König ist tot! Jetzt werden Erde und Himmel ineinanderstürzen, denn der König ist tot!«

»Wie denn, Mopo?« rief der Führer des Regiments. »Wie kommt es, daß unser Vater tot ist?«

»Er ist tot durch die Hand eines bösen Wanderers, namens Masilo, der, nachdem er vom König zum Sterben verdammt worden war, den Assegai aus der Hand des Königs riß und ihn erstach. Und danach, bevor er von uns dreien, den Prinzen und mir, überwältigt werden konnte, tötete er auch noch die Häuptlinge Inguazonca und

Umxamama. Kommt her und seht ihn an, ihn, der euer König war, damit die Geschichte von seinem Tod durch die Hand Masilos durch das ganze Land getragen werde.«

»Du bist besser als Macher von Königen, Mopo, denn als Beschützer des einen, der dein König war, vor dem Speer eines Wanderers«, sagte der Führer des Regiments ›Die Bienen‹ und blickte mich mißtrauisch an.

Doch sein Wort wurde nicht beachtet, denn nun drängten sich die Hauptleute, um den anzusehen, der tot war, und andere, zusammen mit vielen Soldaten, liefen nach allen Richtungen auseinander und schrien in ihrer Angst, da nun Erde und Himmel ineinanderstürzen würden und die Rasse der Menschen aufhören würde zu bestehen, weil Chaka, der König, tot war.

Nun, mein Vater, wie soll ich, dessen Tage gezählt sind, dir von all den Dingen erzählen, die nach dem Tod Chakas geschahen? Wenn ich von allen berichten wollte, würde es viele Bücher des weißen Mannes füllen, und vielleicht sind einige davon auch in solchen Büchern aufgeschrieben. Nur aus diesem Grund – um meine Worte nicht zu lang werden zu lassen – habe ich nur einige der Dinge erwähnt, die während der Regierung Chakas geschahen, denn meine Geschichte handelt nicht von seiner Herrschaft, sondern von dem Schicksal einer Handvoll Menschen, die in jenen Tagen lebten, und von denen nur noch Umslopogaas und ich am Leben sind – falls Umslopogaas, der Sohn Chakas, wirklich noch auf dieser Erde weilen sollte. Deshalb will ich nur ein paar kurze Worte über die Dinge sagen, die geschahen, nachdem Chaka tot war, und bis zu dem Tag, an dem ich von Dingaan, dem neuen König, ausgeschickt wurde, um den herbeizuholen, den man den Schlächter nannte, und der über das Volk der Axt herrschte, damit er sich dem König unterwürfe. Ah! Wenn ich damals nur gewußt hätte, daß dieser kein anderer war als Umslopogaas, denn dann wäre Dingaan den Weg gegangen, den Chaka ging, und auf dem Umhlangana ihm folgte, und Umslopogaas hätte über das Volk der Zulus als König regiert. Aber ach! meine Weisheit hatte mich verlassen. Ich hörte nicht auf die Stimme meines Herzens, die mir sagte, daß es Umslopogaas war, der jene Botschaft an Chaka schickte, in der er Rache für einen Mopo schwor, und ich wußte es erst, als es zu spät war, denn ich dachte, daß dieser Mann von einem anderen Mopo spräche. So, mein Vater, macht das Schicksal oft einen Mann zum Narren. Wir glauben, daß wir unser Schicksal selbst gestalten könnten, doch das Schicksal gestaltet uns, und nichts geschieht, was das Schicksal nicht will. Alle Dinge gehören zu einem großen Plan, mein Vater, der von der Hand des *Umkulunkulu* in den Becher geritzt ist, aus dem er das Wasser seiner Weisheit trinkt; und unser Leben, und was wir tun, und was wir nicht tun, sind nichts als winzige Teile dieses Plans, der so groß ist, daß nur das Auge dessen, der hoch oben sitzt, des *Umkulunkulu,* ihn ganz überblicken kann. Selbst Chaka, der Töter vieler Menschen, und alle, die er getötet hat, sind nur winzige Staubkörner in der Größe dieses Plans. Wie können wir weise sein, mein Vater, die wir doch nur die Werkzeuge der Weisheit sind? Wie können wir bauen, die wir doch nur Kiesel in der Wand sind? Und wie können wir Leben geben, die wir doch nur Kinder im Schoß des Schicksals sind? Und wie können wir töten, die wir doch nur Speere in der Hand des Töters sind?

Dies geschah, mein Vater: Nach dem Tod Chakas wurden alle Dinge im Lande in Ordnung gebracht. Zuerst sagten die Leute, daß Masilo, der Fremde, den König erstochen habe; dann wurde behauptet, daß Mopo, der weise Mann, der Medizinmann und Leibdiener des Königs, ihn ermordet habe, und daß die beiden großen Bullen, die Brüder Umhlangana und Dingaan, auch ihre Speere gegen ihn erhoben hätten. Doch er war tot, und Erde und Himmel waren nicht ineinandergestürzt, was also sollte es? Außerdem hatten die beiden neuen Könige versprochen, die Menschen gnädig zu behandeln und das schwere Joch Chakas von ihren Schultern zu nehmen, und Menschen, denen es schlecht geht, sind immer bereit, auf eine Besserung ihres Loses zu hoffen. So kam es, daß die einzigen Feinde, die die Prinzen hatten, sie selber waren, daß heißt, jeder war der Feind des anderen, und Engwade, Sohn von Unandi, Chakas Halbbruder. Doch ich, Mopo, der jetzt der erste Mann im Lande war, nach den beiden Königen, hörte auf, Medizinmann zu sein und wurde General, und ich zog mit dem Regiment ›Die Bienen‹ und dem Regiment ›Die Schlächter‹ gegen Engwade und seine Kraals. Es war ein harter Kampf, doch am Ende schlug ich ihn und tötete ihn und sein ganzes Volk; Engwade tötete acht Männer mit eigener Hand, bevor ich ihn tötete. Dann zog ich mit den wenigen Männern, die von den beiden Regimentern geblieben waren, zum Kraal zurück.

Nachdem Engwade nicht mehr war, stritten die beiden Könige immer heftiger, und ich überlegte mir, welcher von ihnen der bessere sei – der bessere für meine Pläne. Ich fand heraus, daß beide mich fürchteten, daß Umhlangana mich jedoch mit Sicherheit töten würde, wenn er die Oberhand gewänne, während in Dingaan dieser Gedanke noch nicht war. Also drückte ich die Waagschale Umhlanganas herunter und hob die Dingaans, und schickte seine Angst vor Umhlangana zur Ruhe, indem ich Umhlangana den Weg seines Bruders Chaka gehen ließ, den Weg des Assegai, und Dingaan nun allein regieren konnte. Das ist das Schicksal der Fürsten dieser Erde, mein Vater. Sieh, ich bin nur ein kleiner Mann, und mein Leben ist jetzt bescheiden, und doch habe ich den Tod dreier solcher Fürsten herbeigeführt, und zwei ihnen sind von meiner eigenen Hand gestorben.

Es war vierzehn Tage nach dem Hinscheiden von Prinz Umhlangana, daß die große Armee in einem jämmerlichen Zustand aus den Marschen des Limpopo zurückkehrte, denn die Hälfte von ihr war vom Feind erschlagen oder vom Fieber hinweggerafft worden, und der Rest war fast verhungert. Es war ein Glück für die, welche am Leben geblieben waren, daß Chaka tot war, weil sie sonst wahrscheinlich zu ihren Brüdern geschickt worden wären, die am Limpopo gestorben waren; denn noch nie war ein Zulu-*Impi* ohne Sieg und ohne ein einziges Rind zurückgekommen. So geschah es, daß sie glücklich waren, einen König zu begrüßen, der ihnen das Leben ließ, und von nun an, bis sein Schicksal ihn ereilte, regierte Dingaan unbehelligt.

Nun ließ sich nicht verleugnen, daß Dingaan vom Blut Chakas war, denn wie Chaka war er mächtig in seinem Auftreten und grausam in seinem Herzen, doch besaß er nicht die Macht und den Verstand Chakas. Außerdem war er hinterhältig und verlogen, was Chaka nicht gewesen war, und er liebte die Frauen und verbrachte mit ihnen die Zeit, die er den Angelegenheiten des Landes hätte geben sollen. Aber dennoch regierte er für eine Weile in dem Land, und auch dies muß ich erzählen: Dingaan wollte Panda töten, seinen Halbbruder, damit das Haus Senzangaconas, seines Vaters, sein sei. Nun war der Panda ein Mann von harmlosem Gemüt, der den Krieg nicht liebte, und deshalb hielt man ihn für schwachsinnig; und weil ich Panda liebte, sprachen ich und Häuptling Mapita für ihn, als Dingaan davon sprach, ihn zu töten, indem wir dem König erklärten, daß er von einem schwachsinnigen Narren nichts zu befürchten hätte. Und deshalb gab Dingaan schließlich nach und sagte: »Nun gut, ihr bittet mich, das Leben dieses Hundes zu verschonen, und ich werde es auch tun. Doch eines Tages wird er mich beißen.«

So wurde Panda zum Aufseher über die Rinder des Königs. Doch am Ende wurden die Worte Dingaans wahr, denn es waren die Zähne Pandas, die ihn von seinem Thron zerrten. Aber wenn Panda der Hund war, der zubiß, so war ich, Mopo, der Mann, der ihn auf die Fährte setzte.

KAPITEL XXII

Mopo zieht aus, um den Schlächter zu suchen

Nun verließ Dingaan den Kraal Duguza, ging zurück ins Zululand und baute einen großen Kraal bei Mahlabatine, das ›Umgugundhlovu‹ genannt wird, das heißt ›das Poltern eines Elefanten‹. Auch befahl er, daß die hübschesten Mädchen aus dem ganzen Land zu ihm gebracht würden, als seine Frauen, und obwohl viele gefunden wurden, verlangte er immer mehr. In dieser Zeit kam das Gerücht zu Dingaans Ohren, daß in Swaziland, beim Stamm der Halakazi, ein Mädchen von außergewöhnlicher Schönheit lebe, das ›die Lilie‹ genannt würde, und deren Haut heller sei als die Haut unserer Rasse, und er bestand darauf, dieses Mädchen als Frau zu haben. Deshalb schickte er eine Gruppe von Boten zum Häuptling der Halakazi und verlangte, daß dieses Mädchen ihm gegeben würde. Einen Mond später kehrten die Boten wieder zurück und sagten dem König, daß sie im Kraal der Halakazi nichts als harte Worte bekommen hätten und mit Flüchen und Schlägen hinausgejagt worden wären.

Dies war die Botschaft des Häuptlings der Halakazi an Dingaan, den König der Zulus: daß das Mädchen, welches ›die Lilie‹ genannt wurde, in der Tat ein Wunder an Schönheit und bis jetzt keinem Mann gegeben worden sei; denn sie habe noch keinen Mann gefunden, dem sie ihre Gunst geben könne, und sie würde von dem Volk so hoch geachtet, daß man ihr keinen Mann aufzwingen wolle. Außerdem, ließ der Häuptling sagen, verachteten er und sein Volk Dingaan und alle Zulus, so wie ihre Väter vorher Chaka verachtet hätten und spuckten auf seinen Namen, und niemals würde ein Mädchen der Halakazi die Frau eines Zulu-Hundes sein.

Dann ließ der Häuptling der Halakazi das Mädchen, das ›die Lilie‹ genannt wurde, vor die Boten Dingaans bringen, und sie sahen, daß sie wirklich wunderschön war, und sie beschrieben sie so: groß und schlank wie ein Ried, und sie bewegte sich auch mit der Grazie eines Rieds, das vom Wind bewegt werde. Ihr Haar sei gelockt und hinge ihr bis auf die Schultern herab, ihre Augen seien groß und sanft wie die einer Antilope, ihre Haut habe die Farbe von Sahne, ihr Lächeln sei wie das Kräuseln von Wasser, über das der Wind streiche, und wenn sie spräche, sei ihre Stimme sanfter und süßer als der Klang eines Instruments der Musik. Sie berichteten auch, daß das Mädchen mit ihnen sprechen wollte, der Häuptling es jedoch verboten und es mit allen Ehren habe fortbringen lassen.

Nun, als Dingaan dies hörte, wurde er so wild wie ein Löwe im Netz, denn sein Verlangen nach diesem Mädchen war groß und wichtiger als alles andere, und es erboste ihn, daß er, der alles hatte, dieses Mädchen nicht haben sollte. Also befahl er, ein großes *Impi* aufzustellen und es nach Swaziland zu schicken, um den Stamm der Halakazi auszulöschen und das Mädchen gefangen zu nehmen. Doch als diese Sache mit den *Indunas* beraten wurde, sprach ich, als Oberster der *Indunas*, dagegen, indem ich sagte, daß der Stamm der Halakazi groß und stark sei, und daß ein Krieg gegen die Halakazi auch einen Krieg gegen die Swazi bedeute; außerdem wohne dieser Stamm in Höhlen, die schwer einzunehmen seien. Und weiter, so sagte ich, sei dies nicht die Zeit, ein *Impi* wegen eines einziges Mädchens auszuschicken, denn es seien erst wenige Jahre vergangen, seit der Schwarze gestürzt wurde, und der Feinde seien viele, und die Zahl der Soldaten sei gering geworden, da die Hälfte von ihnen in den Marschen des Limpopo verdorben sei. Jetzt müsse die Zeit genutzt werden, um das Volk der Zulus wieder stark zu machen, denn noch sei es schwach wie ein kleines Kind, oder wie ein Mann, dessen Fleisch vom Hunger aufgezehrt sei. Mädchen gäbe es viele; solle der König sie doch alle nehmen, um sein Herz zu befriedigen, doch solle er keinen Krieg machen für dieses eine.

So sprach ich mutig im Angesicht des Königs, wie es kein Mensch gewagt hätte, zu Chaka zu sprechen, und mein Mut ging über auf die Herzen der anderen *Indunas* und Generäle, und sie wiederholten meine Worte, weil sie wußten, daß von allen möglichen Torheiten ein Krieg gegen die Swazis die größte war.

Dingaan hörte zu, und seine Stirn umwölkte sich, doch saß er noch nicht so fest auf dem Thron, als daß er es hätte wagen können, unsere Worte beiseitezuschieben, denn es gab noch viele im Land, die die Erinnerung an Chaka liebten und wußten, daß Dingaan ihn ermordet hatte, und auch Umhlangana. Denn nun, da Chaka tot war, vergaßen die Menschen sehr schnell, wie grausam er sie behandelt hatte, sondern erinnerten sich nur daran, daß er ein großer Mann gewesen war, der das Volk der Zulus aus dem Nichts geschaffen hatte, so wie ein Schmied einen blitzenden Speer aus einem Eisenklumpen formt. Und außerdem war durch den Wechsel ihrer Herren ihr Los nicht leichter geworden, denn so wie Chaka mordete, mordete auch Dingaan, und so wie Chaka die Menschen unterdrückte, so unterdrückte sie auch Dingaan. Deshalb hörte Dingaan auf die Stimmen der *Indunas*, und kein *Impi* wurde gegen die Halakazi geschickt, um das Mädchen zu holen, das ›die Lilie‹ genannt wurde. Doch in seinem Herzen blieb das Verlangen nach ihr, und von dieser Stunde an haßte er mich, weil ich mich seinem Willen widersetzt und die Erfüllung seines Verlangens verhindert hatte.

Nun, mein Vater, muß ich dieses erzählen: Obwohl ich es damals nicht wußte, war das Mädchen, das ›die Lilie‹ genannt wurde, niemand anderes als meine Tochter Nada. Mir kam zwar der Gedanke in mein Gehirn, daß keine außer Nada so schön sein konnte; doch wußte ich mit Sicherheit, daß Nada und ihre Mutter Macropha tot waren, denn der, welcher mir diese Nachricht gebracht hatte, hatte ihre Leichen beieinander liegen sehen, wie sie einander in den Armen hielten, getötet durch einen einzigen Speerstoß. Doch, wie es sich herausstellte, hatte er sich geirrt; denn obwohl Macropha tatsächlich getötet worden war, war es ein anderes Mädchen gewesen, das in seinem Blut bei ihr lag; denn die Menschen, zu denen ich Macropha und Nada geschickt hatte, waren eine Seitenlinie des Halakazi-Stammes, und jener Häuptling der Halakazi, der auf dem Platz saß, der eigentlich Galazi, dem Wolf, gehörte, hatte Streit mit ihnen und war eines Nachts über sie hergefallen und hatte sie aufgefressen.

Wie wir später erfuhren, war der Grund ihrer Vernichtung, genau wie danach die Vernichtung der Halakazi, die Schönheit Nadas, und nichts anderes, denn der Ruhm ihrer Schönheit hatte sich im ganzen Land verbreitet, und der alte Häuptling der Halakazi hatte befohlen, daß dieses Mädchen in seinen Kraal gebracht werden und dort leben sollte, damit ihre Schönheit seinen Kraal erleuchte wie die Sonne und daß sie, so sie gewillt sei, einen der Großen vom Stamm der Halakazi zum Manne nehmen solle. Doch der Dorfälteste des Kraals weigerte sich, sie herauszugeben, denn niemand, der sie jemals angesehen hatte, konnte es zulassen, daß seine Augen die Lilie nicht mehr sehen sollten, obwohl man ihr zugestanden hatte, daß sie nicht gegen ihren Willen einem Mann gegeben werden sollte. Viele Männer hatten um sie geworben, doch sie hatte immer nur den Kopf geschüttelt und gesagt: »Nein, ich will keinen Mann nehmen.« Und das war genug.

Denn die Männer sagten sich, daß es besser sei, wenn sie unverheiratet bliebe und alle sie ansehen könnten, denn daß sie aus ihrem Angesicht in die Hütte eines Mannes gehen würde, weil sie dachten, daß ihre Schönheit zur Freude aller da sein solle, wie die Schönheit der Morgenröte und des Abends. Doch war diese Schönheit Nadas ein Unheil und die Ursache für vieles Sterben, von dem ich noch berichten werde, mein Vater, und wegen ihrer Schönheit, und wegen der großen Liebe, die sie in ihrem Herzen trug, sollte sie, ›die Lilie‹, selbst verdorren, und der Becher meines Leides sollte überfließen, und das Herz Umslopogaas', des Schlächters, Chakas Sohn, sollte so öde werden wie ein schwarzes Land, über welches das Feuer gegangen ist. So war es vorbestimmt, mein Vater, und so sollte es geschehen, und wir sehen daran, daß alle Menschen, die schwarzen wie die weißen, das suchen, was schön ist, und wenn sie es schließlich finden, verlieren sie es sehr bald wieder, und manchmal ist es ihr Tod. Denn große Schönheit und großes Glück haben Flügel, und sie verweilen nicht lange auf der Erde. Sie kommen wie Adler vom Himmel herab, und zum Himmel steigen sie sehr bald wieder hinauf.

So kam es, mein Vater, daß ich, Mopo, der ich meine Tochter Nada tot glaubte, nicht ahnte, daß sie die war, die man ›die Lilie‹ nannte, und die in den Kraals der Halakazi lebte, und die Dingaan, der König, zur Frau haben wollte.

Nachdem ich nun vereitelt hatte, daß er ein *Impi* aussandte, um ›die Lilie‹ aus den Gärten der Halakazi zu pflücken, lernte Dingaan, mich zu hassen. Außerdem war ich der einzige, der sein Geheimnis wußte, mit mir hatte er seinen Bruder Chaka getötet, und später auch seinen Bruder Umhlangana, und ich war es, der ihn davon abgehalten hatte, auch seinen Bruder Panda zu töten; deshalb haßte er mich, wie kleinherzige Männer die hassen, die sie emporgehoben haben. Doch noch traute er sich nicht, mich zu beseitigen, denn meine Stimme klang laut in dem Land, und wenn ich sprach, hörten die Menschen mir zu. Deshalb suchte er schließlich nach einem Weg, mich für eine Weile los zu sein, bis er stark genug geworden war, mich töten zu können.

»Mopo«, sagte der König eines Tages zu mir, als ich mit den anderen *Indunas* und Generälen in seinem Rat saß, »denkst du noch an die letzten Worte des Großen Elefanten, der tot ist?« Damit meinte er Chaka, seinen Bruder, doch nannte er nicht seinen Namen, den der Name Chaka war *hlonipa* im Land, so wie es der Brauch ist bei den Namen toter Könige – das heißt, es ist nicht erlaubt, daß sie über die Lippen kommen.

»Ich erinnere mich an seine Worte, o König«, antwortete ich. »Es waren düstere Worte, denn dies war ihre Last: daß du und dein Bruder nicht für lange auf dem Thron der König sitzen solltet, sondern daß die weißen Männer kommen und dir dein Königtum nehmen und dein Land aufteilen würden. So lautete die Prophezeiung des Löwen der Zulus, doch warum davon reden? Schon einmal habe ich eine Prophezeiung von ihm gehört, und seine Worte sind Wahrheit geworden. Möge dieses Omen ein Ei ohne Dotter sein; möge nichts daraus schlüpfen; möge dieser Vogel nie auf deinem Dach hocken, o König!«

Jetzt zitterte Dingaan vor Angst, denn die Worte Chakas waren Tag und Nacht in seinem Kopf; dann wurde er wütend, biß sich auf die Lippe und sagte: »Du bist ein Narr, Mopo! Wenn du einen Raben am Tor eines Kraals krächzen hörst, mußt du auch noch denen, die darin wohnen, erzählen, daß er nur darauf wartet, ihnen die Augen auszupicken? Solche Schreier böser Omen können selbst Böses erfahren, Mopo.« Er schwieg, starrte mich eine Weile an und fuhr dann fort: »Ich habe nicht jene Worte gemeint, die von einer Zunge rollten, die der Tod schon gelöst hatte, sondern die anderen, die von einem gewissen Bulalio, dem Schlächter, handelten, der über das Volk der Axt herrscht und im Schatten des Geisterberges weit im Norden wohnt. Ich habe diese, seine Worte klar vernommen, als ich im Schatten des Riedzauns hockte, bevor ich in den Kraal lief, um den, der mein Bruder war, vor dem Speer Masilos zu retten.«

»Auch ich erinnere mich an diese Worte, o König!« sagte ich. »Ist es der Wille des Königs, ein *Impi* zu sammeln, um diesen Emporkömmling aufzufressen? So lautete der Befehl dessen, der von uns gegangen ist, und es war sein letzter Befehl.«

»Nein, Mopo, das ist nicht mein Wille. Wenn kein *Impi* zu finden ist, um die Halakazi auszulöschen und mir die zu bringen, die mein Herz begehrt, so kann man sicher auch keines finden, um den Schlächter und sein Volk aufzufressen. Außerdem hat Bulalio, der Schlächter, nicht mich beleidigt, sondern einen Elefanten, dessen Trompeten man nicht mehr hört. Dies ist mein Befehl, Mopo, mein Diener: daß du mit nur ein paar Männern in Frieden zu diesem Bulalio gehst und ihm sagst: ›Ein größerer Elefant als der, welcher schlafen gegangen ist, trampelt jetzt über dieses Land, und es ist zu seinen Ohren gekommen, daß du – Häuptling des Volkes der Axt – keinen Tribut zahlst und gesagt hast, daß du wegen des Todes eines gewissen Mopo nichts mit dem zu tun haben willst, dessen Schatten auf diesem Land liegt. Nun wird ein Mopo zu dir geschickt, Schlächter, um festzustellen, ob diese Geschichte wahr ist, denn, sollte sie wahr sein, so sollst du das Gewicht der Beine des Elefanten spüren, der jetzt in dem Kraal Umgugundhlovu trompetet. Denke also nach, und wäge deine Worte, bevor du antwortest, Schlächter.‹«

Als ich nun diesen Befehl des Königs vernahm und über ihn nachdachte, wußte ich sofort, daß es eine List war, um mich für eine Weile los zu sein, damit er Zeit hatte, meinen Sturz vorzubereiten, und daß es ihn wenig interessierte, was mit einem kleinen Häuptling war, der weit entfernt lebte und es einmal gewagt hatte, Chaka zu trotzen. Doch ich wollte selbst gehen, denn in mir war ein starkes Verlangen, diesen Bulalio zu sehen, der Rache für einen Mopo geschworen hatte, und dessen Taten solche waren, wie Umslopogaas sie vollbracht haben mochte, wenn Umslopogaas gelebt hätte, um das Licht zu sehen. Deshalb antwortete ich: »Ich höre den König. Des Königs Wille geschehe, aber, o König, du schickst einen großen Mann für einen kleinen Auftrag.«

»Nein, Mopo«, antwortete Dingaan. »Mein Herz sagt mir, daß dieses Küken von Schlächter zu einem großen Hahn heranwachsen wird, wenn man ihm nicht rechtzeitig den Kamm stutzt! Und mit der Kunst des Kammstutzens, Mopo, bist du wohl vertraut.«

»Ich höre den König«, sagte ich.

So, mein Vater, kam es, daß ich am nächsten Morgen aufbrach, mit nur zehn ausgesuchten Männern, und mich auf den weiten Weg zum Geisterberg machte. Und während dieses Marsches dachte ich viel an eine lange zurückliegende Zeit, in der ich diesen selben Weg schon einmal gegangen war. Damals waren Macropha, meine Frau, und Nada, meine Tochter, und Umslopogaas, der Sohn Chakas, den man für den meinen hielt, an meiner Seite gegangen. Jetzt waren sie, wie ich glaubte, alle tot, und ich ging allein; und auch ich würde sicher bald tot sein. Nun, die Menschen lebten nur wenige Tage in jener Zeit, was kam es also darauf an? Zumindest hatte ich Rache an Chaka genommen, und mein Herz war zufrieden.

Schließlich kam ich eines Abends an jene einsame Stelle, an der wir damals gelagert hatten, und wo Umslopogaas von der Löwin weggeschleppt worden war, und wieder blickte ich zu der Höhle hinauf, aus der er das Junge geholt hatte, und auf das schreckliche Gesicht der Stein-Hexe, die auf dem Gipfel des Geisterberges sitzt und auf den Untergang der Welt wartet. Ich fand kaum Schlaf in jener Nacht, weil der Kummer an meinem Herzen nagte, sondern saß wach und blickte zu dem hellen Mond hinauf, und zu dem grauen Gesicht der Stein-Hexe, und zu dem Dunkel des Waldes, der sich unterhalb ihrer Knie ausbreitete, wie ein schwarzes Fell, und fragte mich, ob die zerbrochenen Knochen von Umslopogaas irgendwo in diesem Wald lägen. Während der langen Reise hatte ich viele Geschichten über den Geisterberg gehört, von dem alle schworen, daß er verhext sei, von Menschen in der Gestalt von Wölfen, sagten einige; von den *Esemkofu,* sagten andere, das sind Menschen, die gestorben und durch Zauberei wieder zum Leben erweckt worden sind. Sie haben keine Zungen, diese *Esemkofu,* denn wenn sie Zungen hätten, würden sie den Sterblichen mit lauter Stimme die entsetzlichen Geheimnisse der Toten zuschreien; so aber können sie nur einen heulenden Laut von sich geben, und man kann ihr Heulen nächtens aus den Wäldern hören *»Ai – ah! Ai – ah!«*

Du lachst, mein Vater, aber ich lachte nicht, als ich an diese Geschichten dachte; denn wenn die Menschen Seelen haben, wohin gehen die Seelen, wenn der Körper tot ist? Sie müssen doch irgendwohin gehen, und wäre es so seltsam, wenn sie in das Land zurückgingen, in dem sie geboren wurden? Aber ich habe nicht viel über solche Dinge nachgedacht, obwohl ich ein Medizinmann bin und etwas über das Wesen der *Amatonga,* das Volk der Geister, weiß. Um die Wahrheit zu sagen, mein Vater, ich hatte so viel mit dem Lösen der Seelen von Menschen zu tun, daß ich mir nicht mehr viele Gedanken über sie machte, nachdem sie gelöst waren; dazu werde ich noch viel Zeit haben, wenn ich selbst zu ihnen gehöre.

So saß ich also unter dem hellen Mond und starrte zu dem Berg hinauf und zu dem Wald, der an ihm wuchs wie Haar auf dem Kopf einer Frau, und als ich so saß und starrte, hörte ich einen Laut, der von weither zu kommen schien, aus dem Herzen des Waldes, glaubte ich. Zuerst klang er leise und weit entfernt, doch kam er rasch näher und näher und näher, und dann wußte ich, was es war: es waren die Laute wilder Tiere auf der Jagd. Immer näher und näher scholl die Musik der Jagd, und die Felsen hallten wider von ihr, und sie ließ das Herz schneller schlagen, wenn man sie hörte. Es mußte ein riesiges Rudel sein, das da durch die stille Nacht jagte; und jetzt kam es in Sicht, auf der anderen Seite des Hanges, und das Heulen und Toben war so laut, daß die, welche mit mir waren, erschrocken aus dem Schlaf fuhren. Plötzlich erschien ein riesiger Kudu-Bulle für einen Augenblick auf der oberen Kante des Hanges, dann verschwand er wieder im Schatten. Er raste auf uns zu, und hinter ihm hetzten graue, hagere Bestien, Hunderte von ihnen, und mit ihnen liefen zwei andere Gestalten – zwei Männer!

Jetzt polterte der Kudu-Bulle an uns vorbei, kaum eine halbe Speerwurfweite entfernt, und hinter ihm raste das riesige Rudel der Wölfe, und aus den Kehlen der Wölfe tönte die schreckliche Musik. Und wer waren die beiden, die mit den Wölfen jagten, zwei Männer, groß und kräftig? Sie liefen lautlos und schnell, Wolfsfänge glänzten auf ihren Köpfen, und Wolfsfelle hingen von ihren Schultern. In der Hand des einen sah ich eine Axt – das Mondlicht spiegelte sich auf ihrem Blatt – und in der Hand des anderen eine mächtige Keule. Schulter an Schulter liefen sie; noch nie zuvor hatte ich Männer so laufen sehen: Wie ein Sturmwind kamen sie den Hang herab auf uns zu, das Rudel der Wölfe fiel zurück; nur vier von ihnen konnten mithalten. Sie kamen heran, sie waren vorbei, sie waren fort, und mit ihnen ihre unheimlichen Begleiter. Die Musik wurde leiser, erstarb, war tot; die Jagd war weit entfernt, die Nacht war wieder still.

»Nun, meine Brüder«, fragte ich einen von denen, die bei mir waren, »was war das, was wir eben gesehen haben?«

Und einer antwortete: »Wir haben die Geister gesehen, die im Schoß der alten Hexe leben, und es sind die Wolfsbrüder, die Zauberer, welche die Könige der Geister sind.«

KAPITEL XXIII

Mopo enthüllt sich dem Schlächter

Die ganze Nacht hindurch hielten wir Wache, doch sahen und hörten wir nichts mehr von den Wölfen oder von den beiden Männern, die mit ihnen jagten. Am Morgen, bei Anbruch der Dämmerung, schickte ich einen Boten zu Bulalio, dem Häuptling des Volkes der Axt, und ließ ihm sagen, daß ein Abgesandter Dingaans, des Königs, zu ihm gekommen sei und in Frieden in seinem Kraal mit ihm zu sprechen wünsche. Ich trug dem Boten jedoch auf, nicht meinen Namen zu nennen, sondern nur zu sagen, daß ich ›der Mund Dingaans‹ sei. Dann gingen ich und die anderen langsam dem Boten nach, der vorauslief, denn es war noch immer ein weiter Weg bis zu dem Kraal, und ich hatte dem Boten befohlen, zurückzukommen und mir die Antwort des Schlächters, des Trägers der Axt, mitzuteilen.

Wir gingen den ganzen Tag, bis die Sonne tief am Himmel stand, und wir gingen um den Fuß des Geisterberges herum, am Ufer eines Flusses entlang, der dort fließt. Wir trafen keinen Menschen, doch stießen wir auf die Reste eines Kraals, in denen die Knochen vieler Männer lagen, und bei den Knochen rostige Assegais und die Reste von Schilden aus Büffelhaut. Die Schilde waren schwarz-und-weiß, und ich kannte diese Farben; sie gehörten den Soldaten, die Chaka vor Jahren ausgeschickt hatte, um nach Umslopogaas zu suchen, und die nicht mehr zurückgekehrt waren.

»Nun«, sagte ich, »sie haben es böse getroffen, diese Soldaten des Schwarzen, der fortgegangen ist, denn ich glaube, dies sind die Schilde, die sie getragen haben, und daß ihre Augen einst durch die Löcher in jenen Schädeln das Licht sahen.«

»Ja, dies sind die Schilde, die sie trugen, und das die Schädel, die auf ihren Schultern saßen«, antwortete einer. »Sieh, Mopo, Sohn Makedamas, daß es nicht Menschenwerk war, das ihnen den Tod brachte. Männer brechen die Knochen ihrer Feinde nicht in Stücke, so wie diese Knochen in Stücke zerbrochen sind. *Ou!* Männer zerbrechen sie nicht, aber Wölfe tun es, und gestern nacht sahen wir Wölfe jagen, und sie jagten nicht allein, Mopo. *Ou!* Dies ist ein verhextes Land!«

Schweigend gingen wir weiter, und während der ganzen Zeit starrte die Stein-Hexe, die auf dem Gipfel des Geisterberges sitzt, auf uns herab. Schließlich, eine Stunde vor Sonnenuntergang, kamen wir in offenes Land, und dort, auf einem flachen Hügel jenseits des Flusses, sahen wir den Kraal des Volkes der Axt. Es war ein großer Kraal und gut gebaut, und die Rinder waren auf der ganzen Ebene, und es waren ihrer so viele wie eine Herde von Wild. Wir gingen zum Fluß und durchquerten ihn bei einer Furt, dann setzten wir uns und warteten, bis wir den Mann, den ich ausgeschickt hatte, auf uns zukommen sahen. Er kam und grüßte mich, und ich fragte ihn, was er mir zu sagen habe.

»Dies habe ich dir zu sagen, Mopo«, antwortete er. »Ich habe ihn gesehen, den man Bulalio nennt, und er ist ein gewaltiger Mann – groß und schlank, mit einem finsteren Gesicht, und er trägt eine riesige Axt, eine Axt, wie sie der trug, der gestern nacht mit den Wölfen jagte. Als ich vor den Häuptling gebracht wurde, grüßte ich ihn und sprach zu ihm – die Worte, die du mir auf die Zunge gelegt hattest, sagte ich ihm. Er hörte mir zu, dann lachte er laut und sprach: ›Sage dem, der dich geschickt hat, daß der Mund Dingaans willkommen sein und die Worte Dingaans in Frieden sprechen soll. Doch wollte ich, es wäre der Kopf Dingaans, der zu mir kommt, und nicht nur sein Mund, denn dann würde sich auch die Axt *Witwenmacher* an unserem Gespräch beteiligen – ja! das würde sie, wegen eines Mopo, den sein Bruder Chaka ermordet hat, würde sie auch mit Dingaans sprechen. Aber der Mund ist nicht der Kopf, also soll der Mund in Frieden kommen.‹ «

Zum zweitenmal hörte ich nun, daß dieser Mopo von Bulalio, dem Schlächter, genannt wurde. Wen gab es, der Mopo so liebte, außer dem, der schon lange tot war? Aber vielleicht sprach der Häuptling von einem anderen Mopo, denn dieser Name gehörte nicht mir allein – tatsächlich hatte Chaka einen Häuptling dieses Namens bei dem großen Trauern getötet, weil er meinte, zwei Mopos im Land seien zuviel, und er tötete diesen Mopo, obwohl der heftig weinte, während die Augen anderer trocken blieben. Also sagte ich nur, daß dieser Bulalio ein starkes Herz habe, und wir gingen zum Tor des Kraals.

Niemand war dort, um uns zu empfangen, und es stand auch niemand vor den Türen im Inneren des Kraals, doch auf der anderen Seite, aus dem Rinder-Kraal, stiegen Staubwolken auf, und ich hörte Geräusche, wie von Männern, die sich zum Krieg sammeln. Jetzt bekamen einige derer, die bei mir waren, Angst und wollten zurücklaufen, weil sie Verrat fürchteten, und ihre Angst wurde noch größer, als wir beim Betreten des Rinder-Kraals fünfhundert Soldaten sahen, die in Kompanien eingeteilt wurden, und vor ihnen zwei riesige Männer, die hin und her liefen und Befehle schrien.

Doch ich rief: »Nein! Nein! Lauft nicht weg! Tapfere Blicke

schmelzen die Herzen der Feinde. Außerdem, wenn dieser Bulalio uns ermorden wollte, brauchte er dazu nicht so viele seiner Krieger zusammenzurufen. Er ist ein stolzer Häuptling und will uns seine Macht zeigen, da er ja nicht wissen kann, daß der König für jeden seiner Männer eine Kompanie aufstellen könnte.«

So gingen wir weiter, auf das *Impi* zu, das auf der anderen Seite des Kraals stand. Jetzt bemerkten uns die beiden großen Männer, und sie kamen auf uns zu. Voran ging einer, der eine riesige Axt auf seiner Schulter trug, und ihm folgte einer mit einer gewaltigen Keule. Ich blickte dem ersteren ins Gesicht, und – ah! – mein Vater, mein Herz war betäubt vor Freude, denn ich erkannte ihn über die Kluft der Jahre hinweg. Es war Umslopogaas, mein adoptiertes Kind! Umslopogaas! und kein anderer, der nun zum Mann herangewachsen war – *Ou!* – und zu einem Mann, wie es keinen anderen gab in ganz Zululand. Er war groß und grimmig, etwas mager von Gestalt, aber mit breiten Schultern und schmalen Hüften. Seine Arme waren lang und nicht sehr dick, doch die Muskeln standen hervor wie Taue; seine Beine waren auch lang, und genauso mit Muskeln bepackt wie seine Arme. Sein Auge war wie das eines Adlers, die Nase etwas gekrümmt, und er trug den Kopf ein wenig vorgestreckt, wie ein Mann, der ständig nach einem verborgenen Feind Ausschau hält. Er schien langsam zu gehen, doch kam er rasch heran, mit den fließenden, geschmeidigen Bewegungen eines Wolfes oder eines Löwen, und ständig spielten seine Finger an dem Hornstiel der Axt *Witwenmacher*.

Der andere war ebenfalls groß, nur einen halben Kopf kleiner als Umslopogaas, doch kräftiger gebaut. Seine Augen waren klein, und sie zwinkerten ununterbrochen. Er sah sehr wild aus, und wenn er grinste, bleckte er die Zähne wie ein Wolf.

Als ich Umslopogaas sah, mein Vater, wurde mein Herz in mir zu Wasser, und ich wäre am liebsten zu ihm gelaufen und hätte meine Arme um seinen Hals geschlungen. Doch ging ich mit mir zu Rate und tat es nicht – nein, ich zog einen Zipfel des *Kaross*, den ich trug, vor meine Augen und verdeckte so mein Gesicht, damit er mich nicht erkennen sollte. Dann stand er vor mir, sah mich mit seinen scharfen Augen an, und ich trat auf ihn zu und grüßte ihn.

»Sei gegrüßt, o Mund Dingaans!« sagte er mit lauter Stimme. »Du bist ein recht kleiner Mann, um der Mund eines so großen Königs zu sein.«

»Der Mund ist nur ein kleiner Teil des Körpers, selbst wenn es der Körper eines großen Königs ist, o Häuptling Bulalio, Herrscher des Volkes der Axt, Zauberer der Wölfe, die auf dem Geisterberg hausen, der du einst Umslopogaas warst, der Sohn Mopos.«

Nun, als Umslopogaas diese Worte hörte, zuckte er zusammen wie ein Kind, das im Dunkel der Nacht ein Rascheln hört, und er starrte mich durchdringend an.

»Du bist gut informiert«, sagte er.

»Die Ohren des Königs sind groß, auch wenn sein Mund klein ist, o Häuptling Bulalio«, antwortete ich, »und ich, der ich nur der Mund bin, sage, was die Ohren gehört haben.«

»Woher weißt du, daß ich bei den Wölfen auf dem Geisterberg gelebt habe, o Mund?« fragte er.

»Die Augen des Königs sehen weit, o Häuptling Bulalio. So sahen sie in der letzten Nacht eine große, fröhliche Jagd. Es scheint, daß sie einen Kudu-Bullen fliehen sahen, gehetzt von unzähligen Wölfen, die ihre Musik machten, und mit den Wölfen liefen zwei Männer, in Wolfsfelle gekleidet, Männer wie du, Bulalio, und wie der mit der Keule, der hinter dir steht.«

Jetzt hob Umslopogaas den *Witwenmacher*, als ob er mich mit ihm niederschlagen wollte, doch dann ließ er ihn wieder sinken, und Galazi, der Wolf, starrte mich mit weit aufgerissenen Augen an.

»Woher weißt du, daß ich einst Umslopogaas genannt wurde, da ich diesen Namen schon vor so vielen Jahren verloren habe? Sprich, o Mund, damit ich dich nicht töte.«

»Töte mich, wenn du willst, Umslopogaas«, antwortete ich. »Doch wisse, daß, wenn das Gehirn verspritzt ist, der Mund stumm bleibt. Der, welcher Gehirn verspritzt, verliert Weisheit.«

»Antworte!« sagte er.

»Ich antworte nicht. Wer bist du denn, daß ich dir antworten soll? Ich weiß es, und das ist genug. Nun zu meinem Geschäft.«

Umslopogaas knirschte wütend mit den Zähnen. »Ich bin solche Worte in meinem eigenen Kraal nicht gewohnt!« sagte er scharf. »Aber gut: zu deinem Geschäft. Sprich von deinem Geschäft, kleiner Mund.«

»Dies ist mein Geschäft, kleiner Häuptling: Als der Schwarze, der fortgegangen ist, noch lebte, hast du ihm eine Botschaft durch einen Masilo geschickt – eine Botschaft, wie sie seine Ohren noch nie gehört hatten, und das hätte deinen Tod bedeutet, o du von Stolz aufgeblasener Narr. Du hattest Glück, daß der Tod vorher zu dem Schwarzen kam und seine Hand nicht mehr zuschlagen konnte. Nun aber ist Dingaan, dessen Schatten auf diesem Land liegt, der König, dem ich diene, auf dem Platz des Schwarzen, der fortgegangen ist, und er spricht zu dir durch mich, seinen Mund. Er verlangt dies zu wissen: Ist es wahr, daß du dich nicht seiner Herrschaft beugen und ihm keinen Tribut zahlen willst, Tribut an Männern und Mädchen und Rindern, und ihm auch in seinen Kriegen nicht dienen willst? Antworte, du kleiner Dorfältester! – und antworte in kurzen, knappen Worten!«

Jetzt stockte Umslopogaas der Atem vor Wut, und wieder spielte seine Hand mit der großen Axt. »Es ist dein Glück, o Mund, daß ich dir sicheres Geleit geschworen habe, sonst wäre es dir ergangen wie gewissen Soldaten, die vor vielen Jahren hergeschickt worden waren, um einen Umslopogaas zu suchen. Ja, ich will dir antworten, und mit kurzen, knappen Worten: Sieh dir diese Speere an – sie sind nur ein Viertel der Männer, die ich aufstellen kann; das ist meine Antwort. Und jetzt sieh zu jenem Berg hinauf, zu dem Berg der Geister und der Wölfe – unbekannt, und unpassierbar für alle Menschen, außer mir und dem anderen; das ist meine Antwort: Speere und Berg werden zusammenkommen – der Berg wird lebendig werden mit Speeren und den Fängen der Wölfe. Soll Dingaan kommen und sich seinen Tribut holen! Ich habe gesprochen!«

Ich lachte schrill auf, um das Herz Umslopogaas', meines adoptierten Sohnes, noch weiter zu prüfen.

»Du Narr!« sagte ich. »Du Junge mit dem Gehirn eines Affen! Für jeden Speer, den du besitzt, hat Dingaan, dem ich diene, hundert Speere, und dein Berg wird flachgetrampelt werden von seinen Heeren; und was deine Wölfe und deine Geister angeht, sieh, mit dem Mund Dingaans spucke ich auf sie!« Und ich spuckte auf den Boden.

Jetzt zitterte Umslopogaas vor Wut, und die große Axt zitterte in seinen Händen. Er wandte sich an den Mann, der hinter ihm stand, und sagte: »Sage mir, Galazi, der Wolf, soll ich diesen Mann töten, und die, die bei ihm sind?«

»Nein«, antwortete der Wolf grinsend, »töte sie nicht; du hast ihnen sicheres Geleit geschworen. Außerdem sollen sie zu ihrem Hund von einem König zurückgehen, damit der seine Welpen herschickt, um gegen unsere Wölfe zu kämpfen. Das wird ein hübscher Kampf!«

»Geh, o Mund«, sagte Umslopogaas, »und geh rasch, damit dir kein Unheil geschehe! Außerhalb meines Tores sollst du zu essen finden, um deinen Hunger zu stillen. Und wenn du gegessen hast, ziehe rasch weiter, denn wenn ich dich morgen früh noch innerhalb einer Speerwurfweite von meinem Kraal sehen solltest, werden du und die anderen für immer hierbleiben, o Mund von Dingaan, dem König!«

Nun tat ich so, als ob ich gehen wollte, doch wandte ich mich noch einmal um und sagte: »In deiner Botschaft an den Schwarzen, der tot ist, waren Worte über einen gewissen Mann – wie hieß er noch? – über einen gewissen Mopo.«

Jetzt starrte Umslopogaas mich an, wie ein Mann, der von einem Speer verwundet wurde.

»Mopo! Was ist mit Mopo, o Mund, dessen Augen blind sind? Mopo ist tot; Mopo, dessen Sohn ich war!«

»Ah!« sagte ich. »Ja, Mopo ist tot – das heißt, der Schwarze, der fortgegangen ist, hat einen gewissen Mopo getötet. Wie kommt es, o Bulalio, daß du sein Sohn warst?«

»Mopo ist tot«, sagte Umslopogaas noch einmal, »er ist tot mit all seinem Haus; sein Kraal ist flachgestampft, und darum habe ich den Schwarzen gehaßt, und darum hasse ich auch Dingaan, seinen Bruder, und ich werde wie Mopo und das Haus Mopos sein, bevor ich ihm auch nur einen einzigen Ochsen als Tribut gebe.«

Während der ganzen Zeit hatte ich zu Umslopogaas mit verstellter Stimme gesprochen, mein Vater, doch nun sprach ich mit meiner eigenen Stimme und sagte:

»So! Jetzt sagst du endlich die Wahrheit, junger Mann, und durch stetes Graben bin ich der Sache auf den Grund gekommen. Es ist also wegen dieses toten Hundes Mopo, daß du dem König Trotz bietest!«

Umslopogaas hörte meine Stimme, und nun zitterte er nicht mehr vor Wut, sondern vor Angst und vor Überraschung. Er sah mich durchdringend an, sagte aber nichts.

»Hast du in der Nähe eine Hütte, o Häuptling Bulalio, Feind Dingaans, des Königs, wo ich, der Mund des Königs, eine Weile mit dir allein sprechen kann? Denn ich will die Botschaft, die du mir mitgeben willst, Wort für Wort lernen, damit ich sie ohne Fehler wiedergeben kann. Fürchte dich nicht, Schlächter, allein mit mir in einer leeren Hütte zu sitzen! Ich bin unbewaffnet und alt, und in deiner Hand hältst du etwas, vor dem ich mich fürchten müßte«, und ich deutete auf seine Axt.

Jetzt sagte Umslopogaas, der noch immer am ganzen Körper zitterte: »Folge mir, o Mund, und du, Galazi, bleibe bei diesen Männern.«

Also folgte ich Umslopogaas, und wir traten zu einer großen Hütte. Er deutete auf den Eingang, und ich kroch hinein, und er folgte mir. Im ersten Augenblick war es völlig dunkel in der Hütte, denn draußen ging die Sonne unter. Ich wartete so lange, wie ein Mann braucht, um bis fünfzig zu zählen und bis sich unsere Augen

an die Dunkelheit gewöhnt hatten. Dann schlug ich das *Kaross* zurück und blickte Umslopogaas in die Augen.

»Sieh mich an, o Häuptling Bulalio, o Schlächter, der einst Umslopogaas hieß – sieh mich an und sage mir, wer ich bin.«

Er sah mich an, und sein Kiefer fiel herab.

»Entweder bist du Mopo, mein Vater, der alt geworden ist – Mopo, der tot ist, oder du bist der Geist Mopos«, sagte er mit leiser Stimme.

»Ich bin Mopo, dein Vater, Umslopogaas«, sagte ich. »Du hast lange gebraucht, mich zu erkennen, mich, der ich dich im ersten Augenblick erkannt habe.«

Da schrie Umslopogaas laut auf, ließ die Axt *Witwenmacher* zu Boden fallen und warf sich an meine Brust und weinte dort. Und ich weinte auch.

»Oh, mein Vater!« sagte er. »Ich dachte, daß du mit den anderen gestorben seist, und jetzt bist du zu mir zurückgekommen, und ich, ich hätte in meiner Torheit beinahe die Axt gegen dich erhoben. Oh, es ist gut, daß du lebst und nicht tot bist, daß ich wieder in dein Antlitz blicken kann – in dieses Antlitz, das ich tot glaubte, das aber lebt, obwohl es traurig verändert ist, durch die Jahre und durch das Leid.«

»Friede, Umslopogaas, mein Sohn«, sagte ich. »Auch ich habe dich für tot gehalten, obwohl es mir seltsam vorkam, daß ein anderer Mann als Umslopogaas die Taten vollbringen könnte, die mir über Bulalio, den Häuptling des Volkes der Axt, zu Ohren gekommen waren – und der es wagte, Chaka die Zähne zu zeigen! Doch du bist nicht tot, und ich, ich bin auch nicht tot. Es war ein anderer Mopo, den Chaka getötet hat. Ich habe Chaka getötet, nicht er mich.«

»Und was ist mit Nada, mit Nada, meiner Schwester?«

»Macropha, deine Mutter, und Nada, deine Schwester, sind tot, Umslopogaas, getötet durch die Hände der Halakazi, die in Swaziland leben.«

»Ich habe von diesem Volk gehört«, antwortete er, »und auch Galazi, der Wolf, kennt es. Er trägt einen Haß gegen die Halakazi in seinem Herzen, den er befriedigen muß – für die Ermordung seines Vaters; jetzt habe auch ich Haß auf sie, weil sie meine Mutter und meine Schwester ermordet haben. Ah, Nada, meine Schwester! Nada, meine Schwester!« und der große Mann bedeckte sein Gesicht mit beiden Händen und wiegte sich hin und her in seinem Schmerz.

Nun, mein Vater, dachte ich daran, Umslopogaas die Wahrheit

nicht mehr länger vorzuenthalten und ihm zu sagen, daß Nada nicht seine Schwester sei, und ich nicht sein Vater, sondern daß er der Sohn Chakas sei, der durch meine Hand gestorben war. Doch ich tat es nicht, obwohl ich jetzt wünschte, daß ich es getan hätte. Denn ich sah, wie groß sein Stolz war, und wie groß sein Herz, und wenn er erfahren hätte, daß der Thron von Zuzuland rechtens ihm gehörte, hätte nichts und niemand ihn zurückhalten können, und er hätte sofort zur offenen Rebellion gegen den König aufgerufen, und nach meiner Ansicht war die Zeit noch nicht reif dafür. Hätte ich nur ein kurzes Jahr vorher gewußt, daß Umslopogaas noch lebte, hätte er dort gesessen, wo Dingaan an jenem Tage saß; doch ich wußte es nicht, und die Gelegenheit war vorüber – jedenfalls für eine Weile. Jetzt war Dingaan König und der Herr über viele Regimenter, denn ich hatte ihn von seinen Kriegen zurückgehalten, wie von dem Überfall auf die Swazis. Die Chance war vorbei, aber es würde wieder eine geben, und bis sie da war, mußte ich schweigen. Ich würde jedoch etwas tun: Ich würde Dingaan und Umslopogaas zusammenbringen, damit Umslopogaas im Land bekannt wurde als ein großer Häuptling und als der erste von allen Kriegern. Dann würde ich dafür sorgen, daß er zu einem *Induna* erhoben wurde, und zum General, der die *Impis* des Königs in die Kriege führte, denn der, der die *Impis* kommandierte, war bereits ein halber König.

Also schwieg ich über diese Sache, aber bis zum Grauen des Morgens saßen Umslopogaas und ich zusammen und sprachen, und jeder erzählte dem anderen, was ihm in all den Jahren geschehen war, seit Umslopogaas mir durch das Maul der Löwin entrissen wurde. Ich erzählte ihm, wie alle meine Frauen und Kinder getötet worden waren, wie Chaka mich gefoltert hatte, und ich zeigte ihm auch meine weiße, verdorrte Hand. Ich erzählte ihm vom Tod Balekas, meiner Schwester, und aller Menschen des Volkes der Langeni, und wie ich für all das an Chaka meine Rache genommen und Dingaan an seiner Stelle zum König gemacht hatte und jetzt der erste Mann im Lande war, nach dem König, obwohl der König mich sehr fürchtete und wenig liebte. Doch ich sagte ihm nicht, daß Baleka, meine Schwester, seine Mutter war.

Als ich mit meiner Geschichte zu Ende gekommen war, erzählte mir Umslopogaas die seine: wie Galazi ihn aus den Fängen der Löwin befreit hatte; wie er einer der Wolfsbrüder geworden war; wie er Jikiza besiegt hatte, und die Söhne Jikizas, und wie er zum Häuptling des Volkes der Axt geworden war und Zinita zur Frau genommen hatte und groß im Land geworden war.

Ich fragte ihn, wie es dann käme, daß er noch immer nächtens mit den Wölfen jage, so wie er es letzte Nacht getan habe. Er antwortete, daß es jetzt, da er groß geworden sei, nichts mehr gäbe, das er gewinnen könne, und von Zeit zu Zeit werde er von der Langeweile geplagt, und dann müsse er mit Galazi und den Wölfen jagen, denn nur dadurch könne er Ruhe finden.

Ich sagte ihm, daß ich ihm, wenn die Zeit gekommen sei, ein besseres Wild zeigen würde, das er jagen könne, und dann fragte ich ihn, ob er seine Frau, Zinita, liebe. Umslopogaas antwortete, daß er sie mehr lieben würde, wenn sie ihn nicht so sehr liebte, denn sie sei eifersüchtig und zänkisch, und das sei eine Last für ihn. Dann, nachdem er etwas geschlafen hatte, führte er mich aus der Hütte, und ich und meine Leute bekamen vom Besten vorgesetzt, und ich sprach mit Zinita und mit Galazi, dem Wolf. Letzteren mochte ich sehr. Dies war ein guter Mann, den man im Kampf gern in seinem Rücken hatte. Doch mein Herz hatte kein Gefühl für Zinita. Sie war hübsch und groß, aber ihre Augen waren hart, und sie beobachtete ständig Umslopogaas, meinen adoptierten Sohn; und ich merkte, daß er, der sonst keine Angst kannte, sie zu fürchten schien. Und auch sie mochte mich nicht, denn als sie sah, wie der Schlächter meinen Arm umspannte, erwachte sofort die Eifersucht in ihr – so wie sie bereits auf Galazi eifersüchtig war – und sie hätte mich sicher weggeschickt, wenn ihr das möglich gewesen wäre. So kam es, daß mein Herz gegen Zinita sprach – aber es sagte mir nichts Schlimmeres als das, was sie noch tun sollte.

KAPITEL XXIV

Der Tod der Buren

Am Morgen nahm ich Umslopogaas zur Seite und sagte ihm dieses:

»Mein Sohn, gestern, als du mich noch nicht anders kanntest, denn als den Mund Dingaans, gabst du mir eine Botschaft, die ich Dingaan, dem König, übermitteln sollte, und die, wäre sie den Ohren des Königs gegeben worden, den sicheren Tod für dich und dein Volk bedeutet hätte. Der Baum, der allein auf der Ebene steht, Umslopogaas, hält sich für groß und glaubt, daß es keinen Schatten gibt, der größer ist als der seine. Doch gibt es andere und größere Bäume. Du bist so ein alleinstehender Baum, Umslopogaas, aber die obersten Äste dessen, dem ich diene, sind dicker als dein Stamm, und in seinem Schatten leben viele Holzfäller, die hinausgehen und solche Bäume umschlagen, die zu hoch werden. Du bist Dingaan nicht gewachsen, der du hier allein in einem leeren Land lebst; nur in deinen eigenen Augen, und in den Augen derer, die um dich sind, bist du groß geworden. Außerdem, Umslopogaas, wisse dies: Dingaan haßt dich bereits wegen der Worte, die du in einer vergangenen Zeit durch den Narren Masilo an den Schwarzen, der tot ist, schicken ließest, denn Dingaan hörte diese Worte, und es ist sein Wille, dich aufzufressen. Nur aus einem einzigen Grund hat er mich hergeschickt: um mich für eine Weile los zu sein, und wie immer auch die Worte lauten mögen, die ich zu ihm zurückbringe, das Ende wird das gleiche sein: daß eine Nacht kommen wird, in der du ein *Impi* vor dem Tor deines Kraals stehen siehst.«

»Wozu machen wir dann noch viele Worte, mein Vater?« fragte Umslopogaas. »Das, was kommen muß, wird kommen. Laß mich hier auf das *Impi* Dingaans warten und kämpfen, bis ich getötet werde.«

»Nein, Umslopogaas, mein Sohn; es gibt andere Mittel als den Assegai, um einen Mann zu töten, und ein krummer Stock kann im Dampf noch geradegebogen werden. Es ist mein Wunsch, Umslopogaas, daß Dingaan dir statt Haß Liebe geben soll; statt Tod, Größe; und daß du in seinem Schatten wachsen sollst. Höre! Dingaan ist nicht das, was Chaka war, obwohl er wie Chaka grausam ist. Dieser Dingaan ist ein Narr, und es ist sehr wohl möglich, daß sich ein Mann findet, der, in seinem Schatten groß geworden, ihn am Ende überschattet. Ich könnte es schaffen – ich selbst; doch ich bin alt und ausgezehrt vom Leid, und ich habe nicht mehr den Wunsch zu herrschen. Du aber bist jung, Umslopogaas, und es gibt keinen Mann wie dich in dem Land. Außerdem sind da noch Dinge, über die man besser nicht sprechen sollte, die dir jedoch als Floß dienen können, wenn du zur Macht schwimmst.«

Nun blickte Umslopogaas mich aufmerksam an, denn in jenen Tagen war er ehrgeizig und bestrebt, der Erste unter seinem Volk zu sein. Aber, da das Blut Chakas in seinen Adern floß, wie hätte es anders sein können?

»Wie ist dein Plan, mein Vater?« fragte er. »Sage mir, wie dies getan werden kann.«

»Ich will dir den Weg zeigen, Umslopogaas. Beim Stamm der Halakazi, in Swaziland, lebt ein Mädchen, das ›die Lilie‹ genannt wird, ein Mädchen von fast übernatürlicher Schönheit, und Dingaan brennt vor Begierde, sie als Frau zu haben. Nun, vor einiger Zeit schickte er Boten zu dem Häuptling der Halakazi, die für ihn die Heirat mit diesem Mädchen aushandeln sollten, doch der Häuptling der Halakazi sandte die Boten mit beleidigenden Worten zurück und ließ dem König sagen, daß die Schönheit der Erde niemals einem Zulu-Hund als Frau gegeben würde. Darauf wurde Dingaan wütend, und er hätte seine *Impis* versammelt und sie gegen die Halakazi geschickt, um sie zu vernichten und ihm das Mädchen zu bringen, wenn ich ihn nicht davon zurückgehalten hätte, indem ich ihm sagte, daß jetzt nicht die Zeit für einen neuen Krieg sei; und das ist der Grund, warum Dingaan mich haßt, weil er besessen ist von dem Verlangen, diese Lilie zu pflücken. Verstehst du nun, Umslopogaas?«

»Etwas«, antwortete er. »Sprich deutlicher.«

»*Ou*! Umslopogaas! Halbe Worte sind oft besser als ganze in diesem, unserem Land. Doch höre mir zu! Dies ist mein Plan: daß du den Stamm der Halakazi überfallen und vernichten sollst und das Mädchen dem König, Dingaan, als Friedensgeschenk bringst.«

»Das ist ein guter Plan, mein Vater«, antwortete er. »Zumindest, Mädchen oder kein Mädchen, gibt es für uns einen Kampf, und Rinder zu verteilen, wenn der Kampf vorbei ist.«

»Erst kämpfe, dann verteile die Beute, Umslopogaas.«

Jetzt dachte er eine Weile nach, und dann sagte er: »Erlaube, daß ich Galazi, den Wolf, herbeirufe. Du brauchst nichts zu fürchten, er ist mein Hauptmann, und man kann ihm vertrauen.«

Kurze Zeit darauf kam Galazi und setzte sich uns gegenüber, und ich erklärte ihm die Sache so: daß Umslopogaas den Stamm der Halakazi überfallen und Dingaan das Mädchen, nach dem es ihn verlangte, als Friedensgabe bringen wolle, ich ihn jedoch davon zurückhalten wolle, da der Stamm der Halakazi groß und stark sei.

Ich sagte es so, damit mir eine Hintertür offenblieb, durch die ich schlüpfen konnte, falls Galazi den Plan verraten sollte; und Umslopogaas erkannte das, obwohl meine Vorsicht unnötig war, denn Galazi war ein aufrechter Mann.

Galazi, der Wolf, hörte mir schweigend zu, bis ich fertig gesprochen hatte, dann sprach er, und er sprach mit einer leisen, ruhigen Stimme, doch schien es mir, als ob sich ein Feuer in seinen Augen entzündete, während er sprach.

»Nach dem Gesetz bin ich der Häuptling der Halakazi, o Mund Dingaans, und ich kenne dieses Volk gut. Es ist ein starkes Volk und kann zwei volle Regimenter aufstellen, während Bulalio nur ein Regiment hat, und nur ein kleines. Außerdem haben sie bei Tag und bei Nacht Wachen aufgestellt, und Spione streifen durch das ganze Land, so daß es schwer sein wird, sie zu überraschen. Dazu ist ihre Festung eine riesige Höhle, die nur in ihrer Mitte zum Himmel offen ist, und es ist noch niemandem gelungen, diese Festung zu nehmen; man kann sie nicht einmal finden, da nur wenige ihr Geheimnis kennen. Nur wenige, wie ich sagte, doch ich bin einer davon, denn mein Vater zeigte mir die Höhle und ihren verborgenen Zugang, als ich noch ein kleiner Junge war. Deshalb, o Mund Dingaans, sollst du wissen, daß es keine leichte Aufgabe ist, die Bulalio sich gesetzt hat, wenn er die Halakazi vernichten will. Das ist die Lage der Dinge, soweit sie Bulalio betrifft, was jedoch mich betrifft, o Mund Dingaans, so trägt sie ein anderes Gesicht. Wisse, daß ich vor vielen Jahren meinem Vater, der im Sterben lag, vergiftet von einer Hexe dieses Volkes, schwor, daß ich nicht eher ruhen würde, bis ich ihn gerächt hätte – bis ich die Halakazi vernichtet, ihre Männer erschlagen und ihre Frauen und Kinder als Sklaven in die Häuser von Fremden gebracht hätte! Jahr um Jahr, Mond um Mond, Nacht um Nacht, wenn ich allein auf dem Geisterberg lag, habe ich mich gefragt, wie ich meinen Schwur einlösen könnte, doch fand ich keinen Weg. Nun aber scheint es, als ob es doch einen Weg gibt, und ich bin glücklich darüber. Dennoch ist dies ein großes Abenteuer, und bevor es vorbei ist, wird es das Volk der Axt vielleicht nicht mehr geben.« Und er schwieg und nahm Schnupftabak. Dabei blickte er über den Rand seines Löffels in unsere Gesichter.

»Galazi, der Wolf«, sagte Umslopogaas, »auch für mich trägt diese Sache ein anderes Gesicht. Du hast deinen Vater durch die Hände der Halakazi-Hunde verloren, und ich – obgleich ich es bis gestern abend noch nicht wußte – habe durch die Speere der Halakazi meine Mutter verloren, und mit ihr eine, die ich mehr liebte als alles andere auf der Welt, meine Schwester Nada, und die auch mich liebte. Beide sind nun tot, von den Halakazi ermordet. Dieser Mann, der Mund Dingaans«, und er deutete auf mich, Mopo, »dieser Mann sagt, wenn es mir gelänge, die Halakazi zu vernichten und dieses Mädchen, das ›die Lilie‹ genannt wird, gefangenzunehmen, würde ich das Herz Dingaans erobern. Mir liegt nichts an Dingaan, ich würde lieber meinen Weg allein gehen und so leben, wie es mir gefällt, und sterben, wenn meine Zeit gekommen ist, sei es durch die Hand Dingaans oder durch eine andere – was kommt es darauf an? Doch aus diesem Grund, wegen der Ermordung Macrophas, meiner Mutter, und Nadas, meiner Schwester, werde ich Krieg führen gegen die Halakazi und sie vernichten, oder von ihnen vernichtet werden. Vielleicht, o Mund Dingaans, wirst du mich bald im Kraal deines Königs sehen, und mit mir das Mädchen, die Lilie, und alle Rinder der Halakazi; aber vielleicht wirst du mich nicht sehen, und dann wirst du wissen, daß ich tot bin, und daß es die Krieger der Axt nicht mehr gibt.«

So sprach Umslopogaas zu mir vor Galazi, dem Wolf; aber später umarmte er mich und sagte mir Lebewohl, denn er hatte wenig Hoffnung, daß wir uns wiedersehen würden. Und auch ich zweifelte daran; denn, wie es Galazi gesagt hatte, war das Abenteuer groß; doch hatte ich viele Male gesehen, daß es oft der mutigste Werfer ist, der den Kampf der Speere gewinnt.

Also trennten wir uns – ich, um zu Dingaan zurückzukehren, und ihm zu sagen, daß Bulalio, der Häuptling des Volkes der Axt, gegen die Halakazi gezogen sei, um die Lilie aus ihrem Garten zu pflücken und sie dem König als Friedensgabe zu bringen, während Umslopogaas in seinem Kraal blieb, um sein *Impi* für den Krieg gegen die Halakazi aufzustellen.

Eilig legte ich den Weg vom Geisterberg zum Kraal Umgugundhlovu zurück und trat vor Dingaan, der mich zuerst kühl anblickte. Doch als ich ihm berichtete und ihm sagte, daß der Häuptling Bulalio auf den Kriegspfad gegangen sei, um seinem König die Lilie zu erobern, änderte sich seine Miene sofort. Er nahm meine Hand und lobte mich und sagte, daß ich meinen Auftrag sehr gut erledigt habe, und daß er ein Narr gewesen sei, an mir zu zweifeln, als ich damals meine Stimme erhoben hatte, um ihn davon abzubringen, ein *Impi* gegen die Halakazi zu schicken. Jetzt erkenne er, daß es von Anfang an mein Plan gewesen sei, das Halakazi-Feuer von einer anderen Hand auseinanderreißen zu lassen, damit seine eigene vor Verbrennungen bewahrt bliebe, und er dankte mir.

Außerdem sagte er zu mir: Wenn dieser Häuptling des Volkes der Axt ihm dieses Mädchen brächte, nach dem ihn verlangte, würde er ihm nicht nur die Worte vergeben, die er durch den Mund Masilos dem Schwarzen, der tot sei, übermitteln ließ, sondern er solle auch alle erbeuteten Rinder der Halakazi für sich behalten dürfen, und er würde ihn groß machen im Land. Ich antwortete, daß alles nach dem Willen des Königs geschehen solle, und daß ich nur meine Pflicht gegenüber dem König getan und alles so geregelt habe, daß, was auch geschehen mochte, ein stolzer Häuptling gestutzt und ein Feind ohne Kosten für den König vernichtet würde, wobei es vielleicht noch möglich sei, daß der König schon bald die Lilie an seiner Seite habe.

Nun konnte ich nur noch abwarten, was geschehen würde.

Jetzt ist der Zeitpunkt gekommen, wo der weiße Mann in meine Geschichte eintritt, der weiße Mann des Volkes, das wir die *Amaboona* nennen, ihr aber die Buren. *Ou!* – Ich habe keine Liebe für diese *Amaboona*, obwohl ich es war, der ihnen den Sieg über Dingaan gab – ich und Umslopogaas.

Vor dieser Zeit waren nur selten weiße Männer zu den Kraals Chakas und Dingaans gekommen, und diese wenigen kamen, um zu beten, und nicht, um zu kämpfen. Doch diese Buren taten beides: beten und kämpfen, und sie stahlen auch, was ich nicht verstehen konnte, da die Gebete des weißen Mannes doch sagen, daß diese Dinge nicht getan werden sollen.

Nun, als ich etwas weniger als einen Mond vom Geisterberg zurück war, erschienen die Buren, sechzig von ihnen, kommandiert von einem Hauptmann namens Retief, einem großen, kräftigen Mann, und sie waren mit *Roers* bewaffnet – den langen Gewehren, die sie zu der Zeit hatten –, aber es konnten ihrer auch hundert gewesen sein, wenn man ihre Diener und Nachreiter mitzählte. Sie wollten eine Überschreibung des Landes in Natal haben, das zwischen den Flüssen Tugela und Umzimoubu liegt. Doch auf meinen Rat und den anderer *Indunas* bestand der König darauf, daß die Buren vorher einen gewissen Häuptling namens Sigomyela angreifen sollten, der Rinder des Königs gestohlen hatte und in der Nähe der Quathlamba-Berge lebte, und diese Rinder zurückbrächten. Die Buren erklärten sich damit einverstanden und ritten fort, um diesen Häuptling anzugreifen, und wenig später waren sie zurück, nachdem sie das Volk Sigomyelas vernichtet hatten, und sie brachten alle Rinder Sigomyelas mit, zusammen mit denen, die er dem König gestohlen hatte.

Das Gesicht Dingaans strahlte, als er die Rinder sah, und in dieser Nacht rief er uns, den Rat der *Amapakati*, zusammen, und befragte uns um unsere Meinung wegen der Überschreibung des Landes. Ich sprach als erster und sagte, daß es egal sei, ob er es täte oder nicht, weil der Schwarze, der tot sei, das Land bereits den Engländern, dem Volk von George, gegeben habe, und das Ende wäre, daß das Volk von George und die *Amaboona* um dieses Land kämpfen würden. So begannen die Worte des Schwarzen Wirklichkeit zu werden, denn schon jetzt konnten wir die Schritte eines weißen Volkes hören, welches das Königtum auffressen würde.

Als ich so gesprochen hatte, wurde das Herz Dingaans schwer, und sein Gesicht verdüsterte sich, denn meine Worte staken in seiner Brust wie ein Hakenspeer. Doch sagte er nichts, sondern entließ den Rat.

Am nächsten Morgen versprach der König, das Papier zu unterzeichnen, durch das die Länder den Buren gegeben werden sollten, und alles war so glatt wie ein Wasser, über das kein Wind weht. Vor der Unterzeichnung der Papiere gab der König einen großen Tanz, denn es waren viele Regimenter im Kraal, und dieser Tanz dauerte drei Tage; doch am dritten Tag entließ der König alle Regimenter, bis auf eins, ein *Impi* aus jungen Burschen, dem er befahl zu bleiben. Nun hatte ich mich schon die ganze Zeit über gefragt, was in Dingaans Kopf vor sich gehen mochte, und ich fürchtete für die *Amaboona*. Doch er behielt seine Gedanken für sich und sagte nichts; er sprach nur kurz mit den Hauptleuten dieses Regiments, mit niemandem sonst, nicht einmal mit einem seiner *Indunas*. Doch ich wußte, daß er Böses im Sinn hatte und war halb entschlossen, den Hauptmann Retief zu warnen, tat es aber nicht, da ich befürchtete, mich zum Narren zu machen. Ah! mein Vater, hätte ich nur gesprochen! Wie viele Menschen hätten gelebt, die bald tot waren! Doch was kommt es darauf an? Die meisten von ihnen wären inzwischen ohnehin gestorben.

Am vierten Morgen schickte Dingaan in aller Frühe einen Boten zu den Buren und ließ ihnen sagen, sich am Rinder-Kraal mit ihm zu treffen, denn dort wollte er sein Zeichen auf das Papier setzen. Also kamen sie, und sie stellten ihre Gewehre beim Eingang des Kraals zusammen, denn es bedeutete den Tod für jeden Mann, schwarz oder weiß, bewaffnet vor den König zu treten. Nun, mein Vater, war der Kraal Umgugundhlovu wie ein großer Kreis gebaut, wie es bei königlichen Kraalen üblich war. Umschlossen wurde er von einem hohen Außenzaun; dahinter standen die Tausende von Hütten, und vor diesen war der innere Zaun, so daß diese Hütten zwischen den Zäunen einen riesigen Ring um das Zentrum des Kraals bildeten. In diesem inneren Raum lag der große Platz, von einem Ausmaß, daß fünf Regimenter darauf stehen konnten, und hinter diesem Platz, auf der dem Eingang gegenüberliegenden Seite, war der Rinder-Kraal, der wiederum einen eigenen Zaun hatte. Hinter dem Rinder-Kraal waren das *Emposeni*, das Haus der Frauen des Königs, das Haus der Wachen und das *Intunkulu*, das Haus des Königs.

Dingaan trat an diesem Morgen heraus und setzte sich auf einen Hocker vor den Rinder-Kraal, und neben ihm stand ein Mann, der einen Schild über Dingaans Kopf hielt, um ihn vor der Sonne zu schützen. Und auch wir, die Mitglieder des *Amapakati*, des Rates, waren dort, und entlang des Zaunes des Rinder-Kraals standen die jungen Soldaten dieses Regiments, mein Vater. Sie trugen keine Speere und keine Kerries, sondern nur kurze Stöcke, und der Hauptmann dieses Regiments stand in der Nähe des Königs, zu seiner Rechten.

Jetzt kamen die Buren heran. Sie gingen zu Fuß und traten zusammen vor den König, und Dingaan begrüßte sie freundlich und schüttelte Retief, ihrem Hauptmann, die Hand. Nun zog Retief das Papier aus einer Ledertasche, in dem die Grenzen des Landes, das ihnen übertragen werden sollte, festgelegt waren, und es wurde dem König von einem Dolmetscher übersetzt. Dingaan sagte, daß alles so gut sei und machte sein Zeichen auf das Papier, und Retief und die anderen Buren waren zufrieden und lächelten über das ganze Gesicht. Dann wollten sie sich verabschieden, doch Dingaan erlaubte es ihnen nicht und sagte, daß sie vorher noch essen sollten und dann zuschauen, wenn die Soldaten ein wenig tanzten, und er befahl, ihnen Töpfe mit gekochtem Fleisch und Schüsseln mit Milch vorzusetzen, und sie wurden gebracht. Die Buren sagten, daß sie schon gegessen hätten, doch sie tranken die Milch, wobei sie die Schüsseln von Hand zu Hand gehen ließen.

Nun begann das Regiment zu tanzen, und sie sangen das *Ingomo*, den Kriegsgesang der Zulus, mein Vater, und die Buren zogen sich etwas zur Mitte des Kraals zurück, um den Soldaten Platz zum Tanzen zu lassen. In diesem Augenblick hörte ich, wie Dingaan einem Boten den Befehl gab, sofort zu dem weißen Medizinmann der Gebete zu laufen, der außerhalb des Kraals lebte, und ihm sagen sollte, er möge keine Angst haben; und ich fragte mich, was das zu bedeuten haben mochte, denn warum sollte der Medizinmann der Gebete sich vor einem Tanz fürchten, wie er ihn schon viele Male gesehen hatte? Schließlich stand Dingaan auf und ging, von allen anderen gefolgt, auf Hauptmann Retief zu, und verabschiedete sich von ihm, indem er ihm die Hand schüttelte und ihm das *Hambla*

Gachle bot, das heißt, er solle in Frieden gehen. Dann wandte er sich um und ging auf das Tor zu, das zu seinem Haus führte, und ich sah, daß in der Nähe des Tores der Hauptmann des Regiments stand, und er stand dort wie einer, der auf Befehle wartet.

Plötzlich, mein Vater, blieb Dingaan stehen und schrie mit lauter Stimme: *»Bulalani Abatakati!«* – Erschlagt die Zauberer! Und nachdem er das geschrien hatte, bedeckte er das Gesicht mit dem Zipfel seiner Decke und verschwand hinter dem Zaun.

Wir, die Berater, standen reglos, wie Menschen, die zu Stein geworden waren; doch bevor wir unsere Sinne wieder sammeln und etwas sagen oder tun konnten, schrie auch der Hauptmann des Regiments mit lauter Stimme: *»Bulalani Abatakati!«* Und der Ruf wurde von allen Seiten aufgegriffen. Dann, mein Vater, ertönte ohrenzerreißendes Geschrei, und das Trampeln von Tausenden von Füßen, und durch die aufwirbelnden Staubwolken sahen wir, wie die Soldaten sich auf die *Amaboona* stürzten, und durch das Schreien hörten wir die Schläge ihrer Stöcke.

Die *Amaboona* zogen ihre Messer und kämpften tapfer, aber bevor ein Mann bis hundert zählen kann, war es vorbei, und sie schleppten die *Amaboona* fort, manche tot, doch die meisten noch lebend. Sie schleppten sie durch das Tor des Kraals über das offene Land zu dem Schlachthügel, und dort, auf dem Schlachthügel, wurden sie massakriert, bis zum letzten Mann. Wie? Ah – ich will es dir lieber nicht beschreiben, mein Vater. Doch am Ende waren sie alle tot und wurden auf einen Haufen geworfen.

Jetzt gingen ich und die anderen Berater zum Haus des Königs. Wir fanden ihn vor seiner Hütte stehend und grüßten ihn schweigend durch das Erheben unserer Hände. Keiner von uns sagte ein Wort, und es war Dingaan, der schließlich sprach, und er lachte dabei ein wenig, wie ein Mann, der sich unsicher fühlt.

»Ah, meine Freunde«, sagte er, »als die Geier sich heute morgen ihr Gefieder putzten und zum Himmel nach Blut krächzten, konnten sie nicht wissen, daß sie nicht lange auf das Festmahl zu warten brauchten, das ich ihnen bereitet habe. Und auch ihr, meine Diener, habt nicht gewußt, was für einen großen König die Himmel ausgewählt haben, um über euch zu herrschen, noch konntet ihr die Tiefe des Verstandes eures Königs ermessen, der immerdar auf die Wohlfahrt seines Volkes bedacht ist. Jetzt ist das Land frei von diesen weißhäutigen Zauberern, von deren Schritten der Schwarze krächzte, als er sein Leben aufgab, und bald wird es ganz von ihnen befreit sein, denn dies war nur der Anfang. – Ho! Boten!« Und er wandte sich zu den Männern um, die hinter ihm standen. »Lauft zu den Regimentern, die jenseits der Berge versammelt sind, und bringt ihren Hauptleuten das Wort des Königs. Dies ist des Königs Wort, daß die *Impis* in das Land Natal ziehen und dort alle Buren erschlagen; sie sollen ausgelöscht werden, Männer, Frauen und Kinder! Fort mit euch!«

Nun riefen die Boten den königlichen Gruß *Bayéte* und schnellten los, wie Speere aus der Hand des Kriegers schnellen, und waren fort. Doch wir, die Berater, die Mitglieder des *Amapakati*, standen noch immer schweigend.

Nun wandte Dingaan sich an mich und sagte: »Ist dein Herz jetzt zufrieden, Mopo, Sohn Makedamas? Ständig hast du mir von diesem weißen Volk ins Ohr geblökt, und von dem, was es tun wird. *Ou!* Ich habe sie nur mit meinem Atem angeblasen, und sie sind fort. Sage, Mopo, sind die *Amaboona*-Zauberer da draußen alle tot? Denn wenn noch einer leben sollte, will ich mit ihm sprechen.«

Ich blickte Dingaan ins Gesicht und sagte: »Sie sind alle tot, und du, o König, bist auch tot.«

»Es wäre gut für dich, du Hund«, sagte Dingaan, »wenn du mir sagen würdest, was deine Worte bedeuten sollen.«

»Der König möge mir verzeihen«, antwortete ich, »dies ist ihre Bedeutung: Du kannst diese weißen Männer nicht töten, denn sie sind nicht von einer Rasse, sondern von vielen, und das Meer ist ihre Heimat; sie erheben sich aus dem schwarzen Wasser. Töte die, die hier sind, und andere werden kommen, um sie zu rächen, mehr und mehr und mehr! Heute war deine Stunde des Schlagens; wenn ihre Stunde kommt, werden sie zurückschlagen. Jetzt liegen *sie* in ihrem Blut, getötet von deiner Hand; an einem Tag, der kommen wird, o König, wirst *du* in deinem Blut liegen, durch ihre Hand. Wahnsinn ist über dich gekommen, o König, daß du dies getan hast, und die Frucht deines Wahnsinns wird dein eigener Tod sein. Ich habe gesprochen, ich, der ich ein Diener des Königs bin. Der Wille des Königs geschehe.«

Ich stand völlig still und wartete darauf getötet zu werden, denn, mein Vater, in der Wut meines Herzens über die Untat, die er begangen hatte, konnte ich meine Worte nicht mehr beherrschen. Dreimal sah Dingaan mich mit einem finsteren, schrecklichen Blick an, und doch erkannte ich Angst in seinem Gesicht, Angst, die sich mit seiner Wut stritt, und ich wartete darauf, welche Seite diesen Kampf gewinnen würde, die Angst oder die Wut. Als er schließlich sprach, sagte er nur ein Wort: *»Geh!«*, und nicht drei Worte: *»Bringt ihn fort!«* Also verließ ich den Kraal des Königs lebend, und alle anderen Berater gingen mit mir, und wir ließen den König allein.

Ich ging mit einem schweren Herzen, mein Vater, denn von all den schrecklichen Taten, die ich gesehen hatte, schien mir diese die schrecklichste – daß die *Amaboona* auf eine so hinterhältige Art abgeschlachtet worden waren, und daß die *Impis* genauso hinterhältig alle anderen ermorden sollten, zusammen mit ihren Frauen und Kindern.

Ja, und sie taten es, mein Vater – sechshundert von ihnen haben sie erschlagen – drüben in Weenen, dem Land des Weinens, wie es heute heißt.

Sage mir, mein Vater, warum erlaubt der *Umkulunkulu*, der hoch droben in den Himmeln sitzt, daß solche Dinge unter ihm auf der Erde getan werden? Ich habe die Predigten des weißen Mannes gehört, und sie sagen, daß sie alles über Ihn wüßten – daß seine Namen Macht und Gnade und Liebe seien. Warum erlaubt Er dann, daß solche Dinge geschehen? Warum duldet Er, daß Männer wie Chaka und Dingaan die Menschen der Erde quälen und am Ende doch nur einen Tod bezahlen für die Tausende, die sie in den Tod geschickt haben? Es ist wegen der Sündhaftigkeit der Menschen, sagst du; aber nein, nein, so kann es nicht sein, denn gehen nicht die Schuldlosen mit den Schuldigen? Sterben nicht unschuldige Kinder zu Hunderten? Vielleicht gibt es eine andere Antwort, doch wer bin ich, mein Vater, daß ich mir anmaße, in meiner Torheit den Weg des Unsuchbaren zu suchen? Vielleicht ist es nur ein Teil des Großen Plans, von dem ich schon sprach – des Plans auf dem Becher, der das Wasser Seiner Weisheit enthält. *Ou!* Ich verstehe es nicht, ich, der ich nur ein Wilder bin, doch habe ich auch nicht mehr Wissen in den Herzen von euch gezähmten Menschen gefunden. Ihr wißt viele Dinge, doch diese wißt ihr nicht: ihr könnt uns nicht sagen, was wir eine Stunde vor unserer Geburt waren, noch was wir eine Stunde nach unserem Tod sein werden, noch warum wir geboren werden, noch warum wir sterben. Ihr könnt nur hoffen und glauben – das ist alles, und vielleicht, mein Vater, werde ich, bevor viele Tage vergangen sind, weiser sein als ihr alle. Denn ich bin sehr alt, und die Flamme meines Lebens ist heruntergebrannt – sie brennt nur noch in meinem Gehirn; dort ist sie noch hell. Doch bald wird sie ganz erlöschen, und dann werde ich vielleicht verstehen.

KAPITEL XXV

Der Krieg mit dem Volk der Halakazi

Jetzt, mein Vater, muß ich dir erzählen, wie Umslopogaas, der Schlächter, und Galazi, der Wolf, gegen das Volk der Halakazi zogen. Als ich den Schatten des Geisterberges verlassen hatte, rief Umslopogaas all seine Ältesten zusammen und sagte ihnen, es sei sein Wille, daß das Volk der Axt nicht länger ein kleiner Stamm bleiben solle; daß es groß werden und die Köpfe seiner Rinder nach Zehntausenden zählen solle.

Die Männer fragten ihn, wie das zu erreichen sei – ob er vielleicht gegen Dingaan, den König, Krieg führen wolle? Umslopogaas antwortete, nein, er wolle versuchen, die Gnade des Königs zu finden, und zwar auf diese Weise: Und er erzählte ihnen von dem Mädchen, das ›die Lilie‹ genannt wurde, und vom Stamm der Halakazi in Swaziland, und daß er diesen Stamm vernichten wolle. Nun sagten einige der Dorfältesten ja zu diesem Plan, und andere sagten nein, und die Worte wurden hitzig, und sie saßen bis in den Abend. Doch als es Abend geworden war, stand Umslopogaas auf und sagte, daß er der Häuptling unter der Axt sei, und kein anderer, und daß es sein Wille sei, mit seinen Kriegern gegen die Halakazi zu ziehen. Falls es einen Mann gäbe, der sich seinem Willen widersetzen wolle, so solle er vortreten und gegen ihn kämpfen, und der, der in diesem Kampf Sieger bliebe, solle das Sagen haben. Doch es trat niemand vor, denn es gab nur wenige, die der Schneide der großen Axt *Witwenmacher* gegenüberstehen wollten, und deshalb wurde beschlossen, daß das Volk der Axt Krieg gegen die Halakazi führen würde, und Umslopogaas schickte Boten aus, um alle Krieger zu sich zu rufen.

Doch als Zinita, seine Hauptfrau, davon erfuhr, wurde sie wütend und schalt Umslopogaas und verfluchte mich, Mopo, den sie nur als den Mund Dingaans kannte, da sie ganz richtig vermutete, daß ich diesen Plan gemacht und ihn Umslopogaas gegeben hatte.

»Was!« schrie sie. »Du lebst hier in Frieden und Reichtum, und willst hinausziehen und Krieg führen gegen solche, die dir nichts getan haben! Um dort vielleicht zu sterben oder ein anderes Unglück zu erleiden! Du sagst, daß du es tun mußt, um ein Mädchen für Dingaan zu erobern, damit er dir wohlgesonnen wird! Hat Dingaan nicht mehr Mädchen, als er zählen kann? Ich glaube eher, daß du unser, deiner Frauen, müde geworden bist und für dich selbst neue Frauen holen willst, Bulalio; und was das Wohlwollen des Königs betrifft: Verhalte dich ruhig, dann wird sein Wohlwollen am größten sein. Wenn der König seine *Impis* gegen dich ausschickt, dann ist die Zeit zum Kämpfen gekommen, o Narr mit dem kleinen Hirn!«

So sprach Zinita zu ihm, ohne ihre Worte zu wägen, denn sie hielt ihre Zunge nie im Zaum, und da sie eine Frau war, konnte Umslopogaas sie nicht zum Kampf fordern. Also mußte er ihr Gezeter über sich ergehen lassen und es ertragen, denn es ist oft so, mein Vater, daß die größten Männer in ihren eigenen Hütten die kleinsten sind. Außerdem wußte er, daß Zinita nur deshalb so bittere Worte für ihn fand, weil sie ihn liebte.

Drei Tage später waren nun alle Krieger versammelt, und es waren fast zweitausend, gute und tapfere Männer. Umslopogaas trat vor sie hin und sprach zu ihnen und sagte ihnen, was sie vorhätten. Und Galazi, der Wolf, stand an seiner Seite. Sie hörten ihm schweigend zu, und Umslopogaas erkannte sehr klar, daß – genau wie vorher die Dorfältesten – die einen dies dachten und die anderen das. Nun sprach Galazi kurz zu ihnen und sagte ihnen, daß er die Straßen und die Höhlen der Halakazi gut kenne, und auch die Anzahl ihrer Rinder. Doch noch immer blieben viele, die zweifelten.

Da sagte Umslopogaas diese Worte: »Morgen bei Sonnenaufgang werde ich, Bulalio, Halter der Axt, Häuptling des Volkes der Axt, gegen die Halakazi ziehen, mit Galazi, dem Wolf, meinem Bruder. Und selbst wenn nur zehn von euch uns folgen, werden wir gehen. Jetzt wählt, Soldaten! Soll mit uns kommen, wer will, und sollen die anderen bei ihren Frauen und den kleinen Kindern bleiben.«

Nun erhob sich ein Schrei zum Himmel:

»Wir gehen mit dir, Bulalio, zum Sieg oder zum Tod!«

So brachen sie am folgenden Morgen auf, und es war ein großes Jammern und Heulen unter den Frauen des Volkes der Axt. Nur Zinita jammerte nicht; sie stand mit finsterem Gesicht vor der Tür der Hütte und weigerte sich sogar, ihrem Herrn Lebewohl zu sagen; doch als er fort war, weinte auch sie.

Nun marschierten Umslopogaas und sein *Impi* rasch und weit, und sie litten Hunger und Durst, bis sie schließlich in das Land der Swazi kamen, und wenig später erreichten sie das Land der Halakazi an einem hohen, engen Paß. Galazi, der Wolf, befürchtete, daß der Paß besetzt sein würde, denn obwohl sie auf ihrem Weg alle Kraale in Frieden gelassen und sich nur so viele Rinder genommen hatten, wie sie als Nahrung brauchten, wußte er doch, wie schnell sich Nachrichten vom Durchzug eines *Impi* verbreiten, und daß Boten zu den Halakazi geschickt worden waren, um sie zu warnen.

Doch sie fanden nicht einen Mann auf dem Paß, und auf der anderen Seite lagerten sie, weil es längst Nacht geworden war. Am nächsten Morgen blickten Umslopogaas und Galazi auf die weite Ebene hinab, und Galazi zeigte seinem Bruder einen langen, niedrigen Hügel, etwa zwei Marschstunden entfernt.

»Dort, mein Bruder«, sagte er, »liegt der Kraal der Halakazi, wo ich geboren wurde, und in dem Hügel ist die große Höhle.«

Sie zogen weiter, und bevor die Sonne hoch am Himmel stand, kamen sie auf die Kuppe eines Hügels, und sie hörten den Ton von Hörnern von der anderen Seite. Sie stiegen auf den höchsten Punkt der Hügelkuppe und blickten den anderen Hang hinab, und dort – noch ziemlich weit entfernt, kam das ganze *Impi* der Halakazi auf sie zu, und es war ein großes *Impi.*

»Sie haben alle ihre Kräfte gesammelt«, sagte Galazi. »Für jeden unserer Männer haben sie drei oder vier!«

Die Soldaten sahen ebenfalls, daß die Zahl der Feinde ihnen überlegen war, und manchen verließ der Mut.

Da sagte Umslopogaas zu ihnen: »Dort drüben sind die Halakazi-Hunde, meine Kinder; sie sind viele und wir nur wenige. Aber soll man in unseren Hütten sagen, daß wir, Männer von Zulublut, vor einer Meute von Halakazi-Hunden geflohen sind? Sollen unsere Frauen und Kinder *das* Lied in unsere Ohren singen, o Soldaten der Axt?«

Nun schrien einige: »Niemals!« doch andere waren still.

Umslopogaas sprach weiter: »Kehre zurück, wer das will; noch ist Zeit dazu. Ihr anderen aber, die ihr Männer seid, kommt mit mir. Und wenn ihr alle zurückgehen wollt, werden die Axt *Witwenmacher* und die Keule *Wächter der Furten* die Sache allein regeln.«

Nun brandete ein lauter Schrei auf: »Wir werden gemeinsam sterben, so wie wir gemeinsam gelebt haben!«

»Schwört ihr das?« rief Umslopogaas und reckte die Axt *Witwenmacher* in die Luft.

»Wir schwören es bei der Axt!« schrien sie.

Jetzt bereiteten Umslopogaas und Galazi sich für den Kampf vor. Sie postierten alle jungen Männer auf dem unteren Teil des lehmigen, zerklüfteten Hangs, denn diese waren kein großer Verlust, wenn sie vom Speer getroffen wurden, und Galazi, der Wolf, kommandierte sie. Die Veteranen aber blieben auf der Kuppe des Hügels, und mit ihnen Umslopogaas.

Nun kamen die Halakazi heran, und es waren vier volle Regimenter. Die Ebene war schwarz von ihnen, und die Luft erzitterte von ihren Schreien, und ihre Speere blitzten im Licht der Sonne. Am

Fuß des Hügels hielten sie an und schickten einen Herold aus, der fragen sollte, was das Volk der Axt von ihnen wolle. Der Schlächter antwortete, daß er drei Dinge wolle: erstens, den Kopf ihres Häuptlings, auf dessen Platz von nun an Galazi sitzen werde; zweitens, das Mädchen, das ›die Lilie‹ genannt würde; und drittens, tausend Rinder. Wenn diese drei Forderungen erfüllt würden, wolle er das Volk der Halakazi verschonen; wenn nicht, würde er sie in den Boden stampfen und sich alles nehmen, was sie hatten.

Der Herold ging zurück, und als er den Halakazi die Worte Umslopogaas' gesagt hatte, brachen sie in schallendes Gelächter aus; sie brüllten so laut, daß der Himmel erzitterte. Die Stirn Umslopogaas', des Schlächters, wurde rot unter seiner schwarzen Haut, und er schüttelte wütend den *Witwenmacher*.

»Ihr werdet ein anderes Lied singen, bevor die Sonne untergegangen ist!« schrie er den Halakazi zu, und dann trat er zu seinen Kriegern und sprach mit diesem Mann und mit jenem und fand Worte, um ihnen Mut zu machen.

Jetzt brachen die Halakazi in ein lautes Geschrei aus und stürmten auf die jungen Männer zu, die von Galazi geführt wurden, doch der Boden des Hangs war schwerer Lehm, aus dem Felsen wuchsen, und sie kamen nur langsam voran, und wenn sie heran waren, fielen Galazi, der Wolf, und die jungen Krieger über sie her und erschlugen sie. Doch es kamen immer mehr, und wegen ihrer Überzahl konnten sie sie nicht lange aufhalten, und nach einer Weile tobte der Kampf auf der ganzen Länge und Breite des Hangs. Doch Galazi führte seine jungen Männer so gut, und sie kämpften so verbissen unter seinem Auge, daß die Halakazi alle ihre Krieger einsetzen mußten, bevor die jungen Männer Galazis getötet wurden oder zurückwichen. *Ou!* Und zweimal machte Galazi einen Vorstoß mit solchen, die er um sich sammeln konnte, und zweimal brachte er den Angriff der Halakazi zum Stehen und schuf eine solche Verwirrung unter ihnen, daß schließlich Kompanie mit Kompanie vermischt war, und Regiment mit Regiment. Doch die Übermacht war zu groß, und bald war die Hälfte der jungen Männer tot, und die anderen wurden den Hang hinauf zurückgetrieben, wenn sie sich auch verbissen wehrten.

Währenddessen saßen Umslopogaas und die Veteranen auf der Kuppe des Hügels und beobachteten den Kampf. »Diese Halakazi-Hunde haben einen Narren zum General«, sagte Umslopogaas. »Er hat keine Reserven, auf die er zurückgreifen kann, und Galazi hat seine Schlachtordnung durcheinandergebracht und seine Regimenter gemischt, wie Milch und Sahne in einer Schüssel ge-

CHARLES

mischt werden. Die Halakazi sind kein *Impi* mehr, sondern ein Mob!«

Die Veteranen rutschten unruhig hin und her, streckten die Beine aus und zogen sie wieder unter sich; sie starrten auf das Getümmel der Schlacht, sie blickten einander an und sprachen leise miteinander.

»Ein guter Schlag, Galazi!« rief einer. »*Ou*! Der ist erledigt! Ein tapferer Mann! Ho! Und eine gute Keule ist dieser *Wächter*!«

»Der Kampf kommt näher, mein Bruder«, sagte ein anderer. Und während sie so sprachen, wurden ihre Gesichter finster und entschlossen, und ihre Hände umfaßten die Speere fester.

Schließlich rief ein Hauptmann Umslopogaas zu: »Sage, Schlächter, wird es nicht Zeit, daß wir auch etwas tun? Das Gras ist zu feucht, um lange darauf zu sitzen, und wir haben schon Krämpfe in den Beinen.«

»Wartet noch«, sagte Umslopogaas. »Laßt sie noch eine Weile spielen und müde werden.«

Während er so sprach, hatten die Halakazis sich gesammelt und stürmten in einem Haufen auf Galazi zu, und auf die von den jungen Männern, die noch auf den Beinen waren. Ja, und jetzt mußten sie zurückweichen! Und die Halakazi drängten nach, und an ihrer Spitze ihr Häuptling, umgeben von einer Gruppe seiner Tapfersten.

Umslopogaas sah es und sprang auf die Füße. »Jetzt auf sie, Wölfe!« schrie er.

Seine Krieger sprangen auf, wie von Federn hochgeschnellt, wie eine Woge, die von einer Klippe emporgerissen wird. Und wie eine Woge ergossen sie sich auch über den Hang, allen voraus der Schlächter, der seine Axt *Witwenmacher* hoch über seinem Kopf schwang. *Ou!* Und seine Füße waren schnell! So schnell waren seine Füße, daß er den anderen bald um das Viertel einer Speerwurfweite voraus war. Galazi hörte sie kommen und blickte sich um, und während er sich umsah, raste der Schlächter an ihm vorbei. Jetzt stürmte auch Galazi wieder voran, und die beiden Wolfsbrüder rasten den Hang hinab, mit einem Abstand von vier Speerlängen zwischen sich.

Die Halakazi sahen und hörten das auch, und sie suchten sich zu sammeln, um dem Ansturm widerstehen zu können. Umslopogaas sah vor sich den Häuptling der Halakazi, einen großen Mann, von den Assegais seiner Garde umgeben. Umslopogaas lief direkt auf ihn zu, und ein Dutzend Speere wurden erhoben, um ihn zu begrüßen, und ein Dutzend Schilde deckten nach allen Seiten; dies war eine Festung, die kein Mensch einzunehmen vermochte.

Doch der Schlächter nahm sie ein – und allein! Er verlangsamte seinen Lauf, er konzentrierte sich –, und dann sprang er hoch! So hoch sprang er, daß seine Füße gegen die Köpfe der Krieger traten und gegen den oberen Rand eines Schildes. Sie stießen nach ihm mit ihren Speeren, doch er flog über sie hinweg wie ein Adler. Er war über sie hinweg! Er kam zu Boden! *Ou! Witwenmacher* wurde hochgerissen – und fuhr herab! Und kein Schild und kein Speer vermochten seiner Schneide zu widerstehen, sie zersplitterten unter dem Schlag der Axt – und auch der Kopf eines Mannes –, und die Halakazi hatten keinen Häuptling mehr!

Der Ring der Schilde drehte sich um sich selbst. Narren! Galazi kommt jetzt über euch! Was war das? Seht nur, seht! Wie viele Knochen mögen ungebrochen geblieben sein in dem, den der *Wächter* eben mit voller Wucht traf? Und wieder geht einer zu Boden! Rückt zusammen, Schild-Männer! Rückt zusammen! *Ou!* Warum flieht ihr?

Die Woge brandet ans Ufer! Hört, wie sie brüllt – hört, wie die Schilde aufeinanderkrachen! Steht, ihr Männer der Halakazi, steht!

So, es ist getan! Sie werden zurückgedrängt – sie fliehen! Und jetzt brandet eine Woge des Schlachtens über das Land –, der Feind wird wie Sand vor einem Sturm! Und aus den Reihen der Verfolger ertönt ein Zischen, und es klingt wie das Zischen eines dünnen Wasserstrahls.

»S'gee!« sagte das Zischen. *»S'gee! S'gee!«*

Ich, mein Vater, bin ein alter Mann. Was habe ich noch mit dem Kampf zu tun, mit dem Kampf und seiner Lust? Doch es ist besser, im Kampf zu sterben, als ohne Kampf zu leben. Ich habe Kämpfe gesehen – viele Kämpfe habe ich gesehen. Oh! Wir konnten kämpfen, als ich ein Mann war, mein Vater, aber keiner, den ich kannte, konnte kämpfen wie Umslopogaas, der Schlächter, der Sohn Chakas, und sein Blutsbruder Galazi, der Wolf! Sie haben sie weggefegt, die Halakazi; sie haben sie weggefegt, so wie eine Frau den Staub aus ihrer Hütte fegt, so wie der Wind die welken Blätter wegfegt. Es war vorüber, kaum daß es richtig begonnen hatte. Manche waren tot, und manche waren geflohen, und das war das Ende des Kampfes. Nein, nein, nicht das Ende dieses Krieges. Die Halakazi wurden im Feld schwer geschlagen, aber viele blieben am Leben und erreichten die große Höhle und mußten noch getötet werden. Zu dieser Höhle ging der Schlächter nun, mit den Männern seines *Impi*, die ihm geblieben waren. Viele waren in dem Kampf getötet worden; aber gibt es einen besseren Tod, als im Kampf zu sterben?

Und jene, die noch lebten, waren so gut wie die ganze Zahl des *Impi*, denn ihr Mut war gewachsen, weil sie nun wußten, daß sie nicht leicht zu überrennen waren, wenn Axt und Keule sie führten.

Jetzt standen sie vor einem Berg, der an seinem Fuß etwa dreitausend Schritte maß. Er war nicht hoch, aber doch nicht zu erklettern, denn ein Stück oberhalb des Fußes, den Sand und Geröll bedeckten, waren steile, glatte Wände aus Fels, an denen sich niemand halten konnte, ausgenommen vielleicht Eidechsen und Käfer. Kein Mensch war zu sehen, weder auf dem Berg, noch außerhalb davon, noch in dem großen Kraal der Halakazi, der östlich des Berges lag, doch im Boden waren Spuren von Rindern und Menschen, und aus dem Inneren des Berges hörte man das Muhen von Rindern.

»Hier ist das Nest der Halakazi«, sagte Galazi, der Wolf.

»Hier ist wirklich ihr Nest«, antwortete Umslopogaas, »doch wie kommen wir an die Eier, um sie auszusaugen? Es sind keine Äste an diesem Baum.«

»Aber ein Loch ist in seinem Stamm«, antwortete Galazi, der Wolf.

Nun führte er sie ein Stück weiter, bis sie zu einer Stelle kamen, wo der Boden zertrampelt war wie der Eingang zu einem Rinder-Kraal, und sie sahen, daß sich dort eine kleine Höhlung befand, die in den Berg führte, wie die Öffnung einer Tür, die man in den Häusern des weißen Mannes findet. Aber diese Tür war mit großen Steinblöcken versperrt, die so aufeinandergetürmt waren, daß man sie von außen nicht herausdrücken konnte. Nachdem das Vieh in den Berg getrieben worden war, hatten sie die Tür mit den Steinen geschlossen.

»Hier kommen wir nicht hinein«, sagte Galazi. »Folgt mir.«

Sie folgten ihm und kamen zur Nordseite des Berges, und dort, zwei Speerwurfweiten entfernt, stand ein Soldat der Halakazi. Als er sie sah, verschwand er sofort.

»Hier ist das Schlupfloch«, sagte Galazi, »und der Fuchs ist in seinen Bau gekrochen.«

Nun liefen sie zu der Stelle und sahen ein kleines Loch im Gestein, kaum größer als der Eingang zum Bau eines Ameisenbären, und aus dem Loch kamen Geräusche und etwas Licht.

»Wo ist die Hyäne, die diesen Bau aufreißt?« rief Umslopogaas. »Hundert Rinder für den Mann, der hineinkriecht und uns den Weg freimacht.«

Zwei junge Männer traten vor, trunken von dem Sieg, den sie erkämpft hatten, und begierig, Ruhm und Rinder zu gewinnen.

»Hier sind Hyänen, Balulio!« schrien sie.

»In den Bau mit euch«, sagte Umslopogaas, »und haltet den Gang eine Weile offen, bis die anderen folgen.«

Die beiden jungen Männer rannten auf das Loch zu, und der, der es als erster erreichte, kroch auf Händen und Knien hinein, den Schild unter sich, den Speer in der Hand. Das Licht, das aus dem Loch fiel, verdunkelte sich für eine Weile, dann hörten sie Kampfgeräusche, und kurz darauf fiel wieder Licht aus dem Loch. Der Mann war tot.

»Dieser hatte eine schlechte Schlange«, sagte der zweite Soldat. »Seine Schlange hat ihn im Stich gelassen. Wir wollen sehen, ob meine besser ist.«

Nun kroch er auf Händen und Knien in das Loch, genau wie der erste es getan hatte, aber dieser hielt den Schild über seinen Kopf. Eine Weile hörten sie ihn kriechen und dann das Krachen von Schlägen auf den Ochsenfellschild, und nach den Schlägen, Stöhnen. Er war auch tot, doch es schien, als ob sie seine Leiche in dem engen Gang steckengelassen hatten, denn jetzt fiel kein Licht heraus. Dies war der Grund dafür, mein Vater: Als sie auf den Mann eingeschlagen hatten, war er in dem engen Gang wieder ein Stück zurückgekrochen und war dort gestorben, und keiner wollte sich die Mühe machen ihn herauszuzerren.

Jetzt starrten die Soldaten auf das Loch, das in den Berg führte, und keinem schien sein Anblick zu gefallen, denn es ist ein erbärmlicher Tod, darin zu sterben. Umslopogaas und Galazi blickten ebenfalls in den Eingang.

»Man nennt mich den Wolf«, sagte Galazi nach einer Weile, »und ein Wolf sollte keine Angst vor der Dunkelheit haben; außerdem ist dies mein Volk, und ich sollte der erste sein, der es besucht«, und er ließ sich auf Hände und Knie nieder, ohne weitere Worte zu machen.

Umslopogaas jedoch, der noch immer in den Eingang der Höhle blickte, sagte zu ihm: »Warte, Galazi; ich werde als erster gehen! Ich habe einen Plan. Du folgst mir. Und ihr, meine Kinder, macht ein lautes Geschrei, damit sie uns nicht hören, wenn wir in ihren Bau kriechen; und wenn wir in ihrer Höhle sind, folgt uns so schnell ihr könnt, denn wir können den Weg nicht sehr lange offen halten. Und hört auch dies! Dies ist mein Rat an euch: Wenn ich falle, wählt sofort einen anderen Häuptling – Galazi, wenn er noch leben sollte.«

»Nein, Schlächter«, sagte Galazi, der Wolf, »nicht mich. Denn wir werden zusammen leben oder sterben.«

»So soll es sein, Galazi. Dann wählt einen anderen Mann und versucht diesen Weg nicht mehr, denn wenn wir ihn nicht freikämpfen können, schafft es kein anderer. Holt euch Nahrung und wartet hier, bis diese Schakale aus ihrem Bau kommen; dann seid bereit. Lebt wohl, meine Kinder!«

»Lebe wohl, Vater«, antworteten sie, »und sei wachsam, damit wir nicht eine Herde ohne Hirten werden, die verlassen durch die Einöde irrt.«

Nun kroch Umslopogaas in die Höhle; er nahm keinen Schild mit, sondern hielt den *Witwenmacher* in beiden Händen, und dicht hinter ihm kroch Galazi. Als er etwa sechs Speerlängen in den Gang gekrochen war, streckte er seine Hand aus und, wie er es erwartet hatte, berührte er die Füße des Mannes, der vor ihm hineingekrochen und getötet worden war.

Nun tat Umslopogaas dies: er drückte seinen Kopf unter die Beine des Toten und schob sich voran, bis der Leichnam des Mannes auf seinem Rücken lag, und er hielt ihn dort fest, indem er beide Unterarme des Toten mit seiner linken Hand umklammerte. Dann schob er sich langsam weiter vor und sah, daß er dicht vor dem Ende des Ganges war; doch es war fast dunkel in der Höhle, die hinter dem Gang lag, und ein großer Felsen verschattete das Licht, das irgendwo weiter hinten brannte.

Das ist gut für mich, dachte Umslopogaas, denn so können sie nicht die Toten von den Lebenden unterscheiden. Es könnte sein, daß ich das Licht der Sonne wiedersehe.

Jetzt hörte er einen der Halakazi-Krieger, die in der Höhle waren, sprechen.

»Die Zulu-Ratten scheinen genug zu haben«, sagte er. »Sie fürchten den Stock des Rattenfängers.«

»Schade, es ist ein lustiger Sport«, sagte ein anderer und lachte.

Umslopogaas schob sich jetzt rasch vorwärts, den Toten auf seinem Rücken, und plötzlich war er aus dem Gang heraus und in einer Höhle, im Schatten eines Felsens.

»Bei der Lilie!« schrie ein Soldat. »Da kommt noch einer! Das ist für dich, Zulu-Ratte!« Und er schlug seinen Kerrie auf den Kopf des Toten.

»Und das auch!« schrie ein zweiter und stieß seinen Speer mit einer solchen Wucht in den Körper des Toten, daß er am Rücken wieder heraustrat und Umslopogaas' Haut aufritzte.

»Und das! Und das! Und das!« schrien andere und schlugen und stießen mit ihren Kerries und Speeren.

Umslopogaas stöhnte laut und lag still.

»Es ist sinnlos, noch mehr Kraft zu verschwenden«, sagte der Mann, der als erster zugeschlagen hatte. »Diese Ratte wird nie wieder ins Zululand zurückrennen, und ich denke nicht, daß es noch mehr gibt, die Lust haben, ihm zu folgen. Wir wollen der Sache ein Ende machen. Sucht Steine zusammen und verstopft das Loch. Der Spaß ist vorbei.«

Er wandte sich um, während er sprach, und auch die anderen kehrten Umslopogaas den Rücken zu, und darauf hatte der Schlächter gewartet. Er stieß den Toten von sich und sprang auf die Füße. Die anderen hörten ihn und fuhren herum; aber schon klopfte der Hammerknopf auf der Rückseite des *Witwenmachers* an den Kopf des Mannes, der bei der Lilie geschworen hatte, und er würde nie wieder von ihr sprechen. Nun sprang Umslopogaas auf einen der Felsblöcke und stand dort wie ein riesiger Bulle vor dem Abendlicht der Sonne.

»Die Zulu-Ratte ist nicht so leicht zu erschlagen, ihr Wiesel!« schrie er, und sie stürzten sich laut schreiend von allen Seiten auf ihn. Die Streitaxt fuhr nach links und nach rechts, und die Klinge sauste mit einer solchen Geschwindigkeit durch die Luft, daß eines Menschen Auge ihr nicht zu folgen vermochte. Aber auch wenn sie die Klinge nicht sahen, mein Vater, so starben doch viele von ihrer Schneide. Jetzt drängten die Feinde aus allen Richtungen auf den Schlächter ein, sie brandeten wie Brecher an dem Felsen empor, auf dem er stand. Überall blitzten Speere, und ihre Klingen fuhren auf ihn zu. Die Krieger, die vor ihm und zu beiden Seiten waren, fielen unter den Schlägen der Axt – doch waren auch welche in seinem Rücken; einer verwundete ihn mit seinem Speer am Hals, und ein anderer riß seinen Speer empor, um ihn Umslopogaas in den Rükken zu stoßen, als der Mann plötzlich in den Staub fiel – um zu Staub zu werden.

Denn jetzt war auch der Wolf aus dem Gang heraus, und der *Wächter* machte sich an die Arbeit; und sein Arbeitseifer war so groß, daß der Schlächter sehr bald keine Angst mehr um seinen Rücken haben mußte – dafür hatten um so mehr die zu fürchten, die hinter seinem Rücken standen. Die beiden Wolfsbrüder kämpften prächtig und machten ein großes Fest des Schlachtens, und nun erschienen – einer nach dem anderen – die federgeschmückten Köpfe des Volkes der Axt im Ausgang des engen Lochs, und starke Arme griffen in den Kampf ein. Sie sprangen aus dem Loch und in die Schlacht, wie Otter in einen Fluß springen – jetzt waren es zehn von ihnen, nun zwanzig – und dann ergriffen die Halakazi die Flucht, da sie der Mut verließ. Der Rest der Krieger des Volkes der Axt konnte in Ruhe und Frieden durch den Gang in die Höhle kriechen, und es wurde Nacht, bis sie alle hindurch waren.

KAPITEL XXVI

Nada wird gefunden

Umslopogaas rief seine Männer zusammen.

»Es ist fast dunkel geworden«, sagte er, »aber das Licht muß uns reichen, um diese Wiesel aus ihrem Bau zu jagen. Komm, mein Bruder Galazi! Du weißt, wo sie sich verkrochen haben, du wirst uns führen.«

Also führte Galazi das *Impi*. Als sie um die Ecke eines Gangs bogen, gelangten sie auf einen großen, offenen Platz in der Mitte des Berges unter freiem Himmel. Eine Quelle sprudelte, und Tausende von Rindern standen auf dem Platz.

Galazi führte sie weiter, zur linken Innenwand des Berges, und dort, unter einer weit überhängenden Klippe, befand sich der Eingang zur Großen Höhle. Es war völlig dunkel in der Höhle, doch neben dem Eingang sahen sie einen großen Haufen von Kienholz, das als Fackeln diente.

»Damit werden wir uns Licht machen«, sagte Galazi, und jeder zweite Mann nahm ein Kienholz und entzündete es an einem Feuer, das in der Nähe des Höhleneingangs brannte. Dann stürmten sie hinein, die brennenden Fackeln und die Assegais über ihren Köpfen schwingend. Hier leisteten die Halakazi zum letztenmal Widerstand, und das flackernde Licht der Kienfackeln warf die Schatten der kämpfenden Krieger an die Wände der Höhle. Doch die Halakazi standen nicht lange, denn der Mut hatte sie verlassen. *Ou!* Was für ein Schlachten! Ich weiß nicht, wie viele getötet wurden, ich weiß nur dies: daß die Halakazi aufhörten, ein Stamm zu sein, als Umslopogaas, den man Bulalio, den Schlächter nannte, sie in den Boden trampelte; sie sind jetzt nichts mehr als ein Name. Das Volk der Axt trieb sie aus der Höhle auf den offenen Platz in der Mitte des Berges, und beendete den Kampf bei Sternenlicht zwischen den Rindern.

In einer Ecke der Höhle entdeckte Umslopogaas eine Gruppe von Männern, die sich um etwas drängten, als ob sie es schützen wollten, und er lief auf diese Gruppe zu. Doch als Umslopogaas die Gruppe der Krieger niedergekämpft hatte, sah er im Schein der Kienfackeln einen großen, schlanken Mann an der Wand lehnen. Er hatte keine Waffe und verdeckte seinen Körper mit einem großen Schild.

»Du bist ein Feigling!« schrie Umslopogaas und schlug mit der Axt auf den Schild. Die Schneide der Axt drang durch das Büffel-

CHARLES KERR.

leder des Schildes und klirrte gegen den Fels, verfehlte jedoch den Kopf des Halakazi.

»Ah! Soldat, töte mich nicht! Warum willst du mich töten?« sagte eine helle, klare Stimme.

Nun war der Schild an der Axt hängengeblieben und vor dem Gesicht fortgerissen worden, und etwas in dem Klang der Stimme hielt Umslopogaas davon zurück, noch einmal zuzuschlagen: es war, als ob ein Traum aus seiner Kindheit sich in seine Erinnerung drängte. Seine Fackel war fast heruntergebrannt, doch er streckte sie vor, damit das Licht auf das Gesicht dessen fiele, der dort an der Felswand lehnte. Die Kleidung war die eines Mannes, aber der Körper nicht – nein, es war der Körper einer schönen Frau, deren Haut fast weiß war. Sie nahm die Hände von ihrem Gesicht, und jetzt konnte er es deutlich sehen. Er sah Augen, die wie Sterne strahlten, Haar, das in Locken bis auf die Schultern fiel, und ein Gesicht von solcher Schönheit, wie man sie bei Menschen unseres Volkes nicht findet. Und wie die Stimme ihm von etwas gesagt hatte, das er verloren hatte, so schienen seine Augen ihm über die Dunkelheit vieler Jahre hinweg etwas zeigen zu wollen.

Er sah die Schönheit des Mädchens an, und das Mädchen blickte in sein finsteres Gesicht, auf seinen mächtigen Körper, der vom Kampf und von Wunden rot gezeichnet war. So sahen sie einander an, eine lange Zeit, und das Licht der Kienfackel tanzte auf ihren Gesichtern, und auf den Felswänden der Höhle, und auf dem blutigen Blatt der Axt *Witwenmacher*, und um sie herum tobte noch immer der Kampf.

»Wie wirst du genannt, du, die du so schön bist?« fragte er schließlich.

»Man nennt mich ›die Lilie‹; doch hatte ich früher einen anderen Namen; einst war ich Nada, die Tochter Mopos, aber der Name und alle anderen sind tot, und ich werde jetzt zu ihnen gehen. Töte mich und mache ein Ende. Ich werde die Augen schließen, damit ich die große Axt nicht fallen sehe.«

Umslopogaas starrte sie mit weit aufgerissenen Augen an, und die Axt *Witwenmacher* fiel ihm aus den Händen und klirrte zu Boden.

»Sieh mich an, Nada, Tochter Mopos!« sagte er mit leiser Stimme. »Sieh mich an und sage mir, wer ich bin!«

Sie blickte ihn an, und wieder und wieder, dann beugte sie sich näher, und ihr Gesicht war wie das eines Menschen, der über den Rand der Welt hinwegblickt. »Bei meinem Herzen«, flüsterte sie schließlich, »bei meinem Herzen, du bist Umslopogaas, mein Bruder, der tot ist, und den ich, tot und lebend, mehr liebte als alles andere auf der Welt, und nur ihn allein.«

Die Kienfackel erlosch, als Umslopogaas sie zu Boden fallen ließ, und in der Dunkelheit riß er das Mädchen in die Arme, drückte sie an sich und küßte sie, seine Schwester, die er nach so vielen Jahren wiedergefunden hatte, und sie küßte ihn.

»Jetzt küßt du mich«, sagte sie, »doch eben noch hat mir deine Axt Haare abgeschoren und meinen Kopf nur um die Breite eines Fingers verfehlt – und noch immer dringt der Lärm vom Kampf in meine Ohren! Ah! Ich erbitte eine Gunst von dir, mein Bruder, eine Gunst: es soll kein Tod mehr sein, nun, da wir uns wiedergefunden haben. Das Volk der Halakazi ist besiegt, und seine Niederlage ist gerecht, denn so, auf die gleiche Art, haben sie die getötet, bei denen ich vorher lebte. Doch sie haben mich gut behandelt, mich nicht in eine Ehe gezwungen und mich vor Dingaan geschützt; darum verschone die, die noch leben, mein Bruder.«

Also erhob Umslopogaas seine Stimme und befahl, mit dem Töten einzuhalten, und er schickte schnelle Boten aus, mit dieser Botschaft: Dies ist der Befehl Bulalios: Daß jeder, der von nun an seine Hand gegen das Volk der Halakazi erhebt, selbst getötet werden soll. Und die Soldaten gehorchten ihm, obwohl sein Befehl für die meisten zu spät kam, und es wurden keine Halakazi mehr getötet. Man ließ sie fliehen, außer den Frauen und Kindern, die zurückgehalten wurden, um als Gefangene fortgeführt zu werden. Und die Halakazi liefen weit in dieser Nacht, und sie kamen auch nie mehr als ein Volk zusammen, denn sie fürchteten Galazi, den Wolf, der ihr Häuptling sein würde, sondern verstreuten sich über die ganze Welt und lebten in der Fremde.

Nachdem die Soldaten gut und reichlich von den Vorräten der Halakazi gegessen hatten und Wachen aufgestellt worden waren, um die erbeuteten Rinder zu schützen, sprach Umslopogaas lange mit Nada, der Lilie, und fragte sie über alles aus, was ihr geschehen war, seit er von ihr und mir, Mopo, getrennt wurde, und anschließend erzählte er ihr von seinem Leben. Nada erzählte ihm all das, was du bereits weißt, mein Vater, wie sie bei dem kleinen Stamm gelebt hatten, der den Halakazi untertan war, sie und ihre Mutter Macropha, und wie sich der Ruhm ihrer Schönheit über das ganze Land verbreitet hatte. Dann sagte sie ihm, wie die Halakazi sie von dem kleinen Stamm verlangt hätten, und wie sie schließlich mit Gewalt geraubt worden war, wobei alle Menschen des Kraals getötet wurden, auch ihre Mutter, Macropha. Von da an hatte sie bei den Halakazi gelebt, die ihr einen neuen Namen gaben und sie ›die Lilie‹ nannten, und sie hatten sie gut behandelt und sie wegen ihrer Schönheit und ihres Sanftmuts in Ehren gehalten und sie nicht in eine Ehe gezwungen.

»Und warum wolltest du nicht heiraten, Nada, meine Schwester«, fragte Umslopogaas, »die du schon weit über das Alter der Heirat hinaus bist?«

»Das kann ich nicht sagen«, antwortete sie und senkte den Kopf, »doch es ist nun einmal so. Ich habe nur den Wunsch, allein gelassen zu werden.«

Nun dachte Umslopogaas eine Weile nach, und dann sagte er: »Du weißt nicht, warum ich diesen Krieg gemacht habe, und warum das Volk der Halakazi tot oder verstreut ist und sein Vieh die Beute meines Arms. Ich will es dir sagen: Ich bin hergekommen, um dich zu erbeuten, die ich nur durch den Mund anderer als ›die Lilie‹ kannte, die schönste aller Frauen, um dich Dingaan zur Frau zu geben. Deshalb habe ich diesen Krieg begonnen: um dich Dingaan zu geben und meinen Frieden mit ihm zu machen.«

Als Nada, die Lilie, nun diese Worte hörte, begann sie zu zittern und weinte, und sie fiel vor Umslopogaas auf die Knie, umklammerte seine Beine und schrie: »Oh, tue mir das nicht an, mir, deiner Schwester!« flehte sie. »Lieber nimm wieder deine große Axt in die Hände und mach ein Ende mit mir und mit der Schönheit, die so viel Leid über so viele Menschen gebracht hat, und am meisten über mich, die ich sie tragen muß! Oh, hätte ich doch nicht meinen Kopf hinter dem Schild zur Seite gerissen, sondern die Axt treffen lassen. Deshalb war ich wie ein Mann gekleidet: um das Schicksal eines Mannes zu finden. Ah! Verflucht sei die Schwäche der Frauen, die mich dem Tod entriß, um mich nun der Schande auszuliefern!«

So flehte sie Umslopogaas an, mit ihrer sanften, süßen Stimme, und sein Herz wurde zu Wasser in ihm, obwohl er nicht mehr daran dachte, sie Dingaan zu geben, wie einst Baleka Chaka gegeben wurde, damit sie am Ende das gleiche Schicksal habe wie Baleka.

»Es gibt viele Frauen, Nada«, sagte er, »die es nicht für ein Unglück hielten, wenn sie dem obersten aller Häuptlinge zur Frau gegeben würden.«

»Dann gehöre ich nicht zu denen«, antwortete sie. »Nein, lieber will ich sterben durch meine eigene Hand, wenn es sein muß.«

Nun fragte Umslopogaas sich, warum Nada einen solchen Widerwillen vor der Ehe hatte, doch er sprach nicht darüber, sondern sagte nur:

»Kannst du mir dann raten, Nada, wie ich mich aus dieser Pflicht lösen kann? Ich muß zu Dingaan gehen, wie ich es Mopo, unserem Vater, versprochen habe; was soll ich sagen, wenn Dingaan mich nach der Lilie fragt, die zu pflücken ich ausgezogen bin, und nach der sein Herz verlangt? Was soll ich sagen, um mein Leben vor dem Zorn Dingaans zu retten?«

Nada dachte eine Weile nach, dann sagte sie dies: »Du wirst ihm sagen, mein Bruder, daß die Lilie, welche die Kleidung eines Kriegers trug, in der Hitze des Kampfes getötet wurde. Sieh doch: keiner deiner Männer weiß, daß du mich gefunden hast; in der Stunde des Sieges denken Soldaten an andere Dinge, und nicht an Mädchen. Dies nun ist mein Plan: Wir werden hinausgehen und beim Licht der Sterne nach einem hübschen Mädchen suchen, denn sicher wurden einige von ihnen in der Hitze der Kämpfe getötet, und sie werden wir wie einen Krieger kleiden und sie neben die Leiche eines deiner eigenen Männer legen. Morgen, wenn es Tag geworden ist, wirst du mit einigen deiner Hauptleute und Soldaten nach der Lilie suchen, und ihr werdet sie in der Dunkelheit der Höhle entdecken, wohin du sie in dieser Nacht gebracht hast. Du darfst die anderen nur einen kurzen Blick auf dieses tote Mädchen werfen lassen und mußt ihnen sagen, daß diese die Lilie war, die von einem deiner eigenen Krieger getötet wurde, und den du in deinem Zorn auch tötetest. Sie werden sich bei einem so gewohnten Anblick nicht lange aufhalten, und wenn einer sie doch genauer ansehen und feststellen sollte, daß sie nicht so besonders schön sei, so wirst du ihm sagen, daß der Tod sie all ihrer Schönheit beraubt habe. So wird die Geschichte, die du Dingaan erzählen wirst, von anderen bestätigt, und Dingaan muß sie dir glauben.«

»Und was dann, Nada?« fragte Umslopogaas. »Was ist, wenn meine Männer unter den gefangenen Frauen und Kindern ein Mädchen von solcher Schönheit entdecken und dich daran erkennen?«

»Niemand wird mich sehen, Umslopogaas«, sagte Nada. »Du mußt dafür sorgen, daß ich unbemerkt aus dem Berg komme. Ich werde durch das Land wandern, als Junge verkleidet und das Gesicht hinter einer Decke versteckt, und wenn welche mich treffen, wer wird dann sagen, daß ich die Lilie bin?«

»Und wohin willst du wandern, Nada? In den Tod? Müssen wir, die wir uns nach so langen Jahren wiedergefunden haben, uns nun für immer trennen?«

»Wo, sagtest du, ist der Ort, an dem du lebst, mein Bruder? Im Schatten des Geisterberges, den die Menschen an der Form eines Felsens erkennen, der wie eine zu Stein erstarrte alte Frau aussieht, nicht wahr? Erzähle mir, welcher Weg dorthin führt.«

Also beschrieb Umslopogaas ihr den Weg zum Geisterberg, und sie hörte ihm schweigend zu.

»Gut«, sagte sie, als er zu Ende gekommen war. »Ich bin kräftig, und meine Füße sind schnell; vielleicht werden sie mich so weit tragen, und wenn ich den Schatten dieses Berges erreiche, wirst du vielleicht eine Hütte finden, in der ich mich verstecken kann, Umslopogaas, mein Bruder.«

»So soll es sein, meine Schwester«, antwortete Umslopogaas, »aber der Weg ist weit, und es gibt viele Gefahren für ein Mädchen, das allein wandert, ohne Nahrung und ohne Obdach.« Während er das sagte, dachte er an Zinita, seine Frau, und er wußte, daß sie Nada nicht mögen würde, obgleich sie nur seine Schwester war.

»Trotzdem muß ich diesen Weg gehen, und die Gefahren auf mich nehmen«, sagte sie lächelnd.

Nun ließ Umslopogaas seinen Bruder Galazi, den Wolf, rufen, und er erzählte ihm alles, denn Galazi war der einzige Mann, dem er vertraute. Der Wolf hörte ihm schweigend zu, und er bewunderte die Schönheit Nadas im Licht der Sterne. Als alles berichtet war, sagte er nur, daß er sich nun nicht länger wundere, daß die Halakazi wegen der Schönheit dieses Mädchens Dingaan getrotzt und den Tod über sich gebracht hatten. Trotzdem hatte er jedoch in seinem Herzen ein schlechtes Gefühl bei dieser Sache, und er wußte, daß der Tod noch nicht überstanden war, und er sagte es den beiden. »Dort, vor uns, sitzt der Stern des Todes«, schloß er und deutete auf die Lilie.

Nada begann zu zittern wegen des bösen Omens dieser Worte, und der Schlächter wurde wütend, doch Galazi weigerte sich entschieden, seine Worte zurückzunehmen, noch wollte er ihnen etwas hinzufügen. »Ich habe nur gesagt, was in meinem Herzen ist«, sagte er nur.

Sie standen auf und gingen, um unter den Toten nach einem Mädchen zu suchen, das für ihren Zweck geeignet war, und sie fanden auch bald eins, ein großes hübsches Mädchen, und Galazi trug es auf seinen Armen in die Große Höhle.

Hier, in der Höhle, war jetzt niemand mehr außer den Toten, und sie sahen schrecklich aus im Licht der Fackeln, wie sie so dalagen in ihrem Blute.

»Sie schlafen fest«, sagte die Lilie, als sie auf die Toten blickte. »Die Ruhe ist süß.«

»Auch wir werden sie bald gewinnen, Mädchen«, sagte Galazi bitter, und wieder begann Nada zu zittern.

Dann, nachdem sie dem toten Mädchen die Kleidung eines Kriegers angezogen und Schild und Speer neben sie gelegt hatten, suchten sie unter den toten Kriegern nach einem vom Volk der Axt und legten ihn neben das Mädchen. Dann verließen sie die Höhle, und Umslopogaas und Galazi gingen unter dem Vorwand, die Wachen zu kontrollieren, von einem Ort zum anderen, und die Lilie ging hinter ihnen, wie eine Leibwache, das Gesicht hinter einem Schild verborgen, einen Speer in der Hand, und einen Beutel mit Mais und Trockenfleisch an ihrem Gürtel.

So gelangten sie zu dem Eingang, der in den Berg führte. Die Steine, mit denen er blockiert gewesen war, waren zur Seite geräumt worden von den Halakazi, die noch lebten, als Umslopogaas den Befehl zur Beendigung des Kampfes gegeben hatte, und die aus dem Berg geflohen waren. Doch standen jetzt Wachen dort, die verhindern sollten, daß einige von ihnen zurückkämen. Umslopogaas rief die Wachen an, und sie grüßten ihn, und er sah, daß sie von dem Kampf völlig erschöpft waren und kaum noch sahen oder hörten, was um sie herum vorging. Umslopogaas, Galazi und Nada gingen an ihnen vorbei aus dem Berg und über die Ebene, die nun vor ihnen lag.

Nach einer Weile blieben sie stehen, und der Schlächter und die Lilie verabschiedeten sich voneinander. Galazi blickte sie schweigend an, und als sie zurückgingen, erkannte er, daß Umslopogaas' Herz schwer war. Sie blieben stehen und sahen der Lilie nach, die rasch und leichtfüßig wie eine Gazelle über die Ebene lief.

»Ich weiß nicht, wann ich sie wiedersehen werde«, sagte Umslopogaas, als sie in den Schatten der Nacht verschwunden war.

»Mögest du sie niemals wiedersehen«, antwortete Galazi, »denn ich bin sicher, wenn du diese, deine Schwester, wiedersiehst, wird sie noch viel mehr Menschen den Tod bringen als jetzt dort um ihrer Schönheit willen liegen. Sie ist ein Stern des Todes, und wenn dieser Stern untergeht, wird der Himmel blutrot sein.«

Umslopogaas antwortete nicht, sondern trat langsam in die Öffnung, die in den Berg führte.

»Wie kommt es, o Häuptling«, fragte der Mann, der der Hauptmann der Wache war, »drei sind hinausgegangen, doch nur zwei kommen zurück?«

»Du Narr!« antwortete Umslopogaas. »Bist du betrunken vom

Bier der Halakazi oder blind vor Müdigkeit? Zwei sind hinausgegangen, und zwei kommen zurück. Ich habe den, der bei uns war, längst fortgeschickt.«

»So ist es, Vater«, sagte der Hauptmann. »Zwei gingen hinaus, und zwei kamen zurück.«

KAPITEL XXVII

Das Zertreten des Feuers

Am nächsten Morgen erwachte das *Impi* vom Schlaf erfrischt, und nachdem die Soldaten gegessen hatten, rief Umslopogaas sie zusammen. Ach! Fast die Hälfte derer, die tags zuvor noch die Sonne gesehen hatten, sahen sie nicht mehr. Der Schlächter sprach zu seinen Kriegern und dankte ihnen für das, was sie getan hatten, um Ruhm und Rinder zu gewinnen. Sie waren fröhlich und guter Dinge und dachten kaum an die, welche tot waren, und sie sangen Lieder vom Ruhm Bulalios, und vom Ruhm Galazis, und sie sangen mit lauter Stimme. Als der Gesang zu Ende war, sprach Umslopogaas wieder zu ihnen; er sagte, daß sie einen großen Sieg errungen hätten, und daß die erbeuteten Rinder zahllos seien. Etwas jedoch fehle – es fehle die, deretwegen sie hergekommen seien, um sie dem König zum Geschenk zu machen. Wo war die Lilie?

Gestern sei sie gesehen worden, fuhr er fort, in ein *Moocha* gekleidet, wie ein Mann, und mit einem Schild in der Hand; das habe er von Gefangenen erfahren. Aber wo war sie jetzt?

Nun sagten alle Soldaten, daß sie sie nicht gesehen hätten. Als sie wieder schwiegen, sagte Galazi das, was sie zwischen sich ausgemacht hatten. Er sagte, daß er gestern, als sie die Große Höhle stürmten, einen Mann auf einen Krieger der Halakazi zulaufen gesehen habe, um ihn zu töten. Doch im letzten Augenblick habe der, der getötet werden sollte, seinen Schild fallen lassen und um Gnade gebeten, und Galazi habe erkannt, daß es kein Krieger war, sondern ein sehr schönes Mädchen. Also habe er dem Mann zugerufen, sie am Leben zu lassen, denn es war der Befehl gegeben worden, keine Frau zu töten; doch der Mann habe in seinem Blutrausch zurückgeschrien, ob Mann oder Mädchen, sie müsse sterben – und er habe sie getötet. Daraufhin habe er – Galazi – in seinem Zorn diesen Mann mit dem *Wächter* erschlagen, und er hoffe, daß er nichts Falsches getan habe.

»Du hast richtig gehandelt, mein Bruder«, sagte Umslopogaas. »Kommt mit uns, ein paar von euch, und laßt uns dieses tote Mädchen suchen. Vielleicht ist es die Lilie, und wenn sie es ist, ist es ein Unglück für uns, denn ich weiß nicht, wie ich es Dingaan sagen sollte.«

So gingen einige der Männer mit Umslopogaas und Galazi, und sie kamen zu der Stelle, an die sie das tote Mädchen gelegt hatten, und neben sie den Krieger vom Volk der Axt.

»Es ist alles so, wie es mein Bruder, der Wolf, gesagt hat.« Umslopogaas schwenkte seine Kienfackel über den beiden, die tot am Boden lagen. »Ohne Zweifel, hier liegt sie, um die wir hergekommen sind, und neben ihr der Narr, der sie getötet hat und dann selbst von dem *Wächter* getötet wurde. Ein trauriger Anblick, und eine traurige Geschichte, die ich im Kraal Dingaans erzählen muß. Doch ist es nun einmal so, und wir können nichts mehr daran ändern; und dieses Mädchen, das einmal die Schönste im ganzen Land war, ist nun kein schöner Anblick mehr. – Laßt uns gehen!« Und er wandte sich rasch ab, und erst als sie zurückgingen, sagte er: »Bindet dieses tote Mädchen in Ochsenfelle, nachdem ihr den Körper gut eingesalzen habt; wir wollen sie mit uns nehmen.« Und so geschah es.

Nun sagten die Hauptleute: »Ja, es ist so, mein Vater, und nichts läßt sich mehr ändern, und Dingaan wird auf seine Braut verzichten müssen.« So sprachen sie alle, bis auf den Mann, der in der vergangenen Nacht Hauptmann der Wache gewesen war, als Umslopogaas und Galazi und noch jemand durch den Ausgang auf die Ebene gegangen waren. Dieser Mann sagte nichts, doch dachte er sich sein Teil. Denn er war sicher, daß es drei waren, die hinausgingen, und nicht zwei. Außerdem schien es ihm, daß sich das *Kaross* des dritten etwas verschob, als er sich an ihm, dem Hauptmann der Wache, vorbeidrängte, und daß er die gerundeten Formen einer Frau darunter gesehen hätte, und darüber die Augen einer Frau – groß und dunkel, wie die Augen einer Gazelle.

Auch war diesem Hauptmann aufgefallen, daß Bulalio keinen der Hauptleute gerufen hatte, um den Leichnam des toten Mädchens anzusehen, und daß er die Kienfackel ständig hin und her geschwenkt hatte, als er sie über das Mädchen hielt – er, dessen Hand sonst immer die ruhigste war. All das dachte er bei sich, und er vergaß nichts davon.

Nun wollte es der Zufall, mein Vater, daß Umslopogaas während des Rückmarsches Grund hatte, diesem Mann harte Worte zu sagen, weil dieser versucht hatte, einem anderen einen Teil der Beute zu stehlen, die sie bei den Halakazi gemacht hatten. Er gab ihm harte Worte dafür, nahm ihm seinen Rang und stellte einen anderen über ihn. Außerdem nahm er ihm einige der erbeuteten Rinder fort und gab sie dem, den er hatte bestehlen wollen.

Und, obwohl er zu Recht bestraft worden war, wurde dieser Mann bitter auf Umslopogaas und dachte mehr und mehr an den Dritten, der die Höhle verlassen hatte und nicht zurückgekehrt war, und an dem er die Rundungen einer Frau und die Augen einer Frau gesehen zu haben glaubte.

Umslopogaas begann seinen Marsch zum Kraal Umgugundhlovu, in dem Dingaan saß. Doch bevor sie aufbrachen, fragte er Galazi, den Wolf, in Gegenwart aller Soldaten, ob er mit ihm kommen oder lieber hierbleiben und Häuptling der Halakazi sein wolle, wie es ihm durch das Recht seiner Geburt und des Sieges zustand. Der Wolf lachte und sagte, daß er hergekommen sei, um Rache zu üben, nicht um seinen Platz als Häuptling zu beanspruchen, und daß auch nicht mehr viele von den Halakazi übrig seien, über die er herrschen könne, falls er es wollte. Und dann sagte er noch dies: daß sie als Blutsbrüder nebeneinander aufgewachsen seien wie ein Baum mit einem zweigeteilten Stamm, bis ihre Wurzeln ineinander verflochten waren, und daß, wenn einer von ihnen ausgegraben würde, um im Boden des Swazilandes neu eingesetzt zu werden, beide verdorren würden, oder daß zumindest er, Galazi, verdorren würde, der nur einen Mann und gewisse Wölfe liebe.

Also sprach Umslopogaas nicht mehr von der Häuptlingswürde, sondern gab den Befehl zum Aufbruch. Er führte eine große Zahl an Rindern mit, die er Dingaan zum Geschenk geben wollte, und einen langen Zug von Gefangenen – junge Mädchen und Kinder –, denn er wollte versuchen, das Herz Dingaans zu beschwichtigen, da er ihm nicht die brachte, nach der Dingaan verlangte, die Lilie, die Blume der Blumen. Doch da er ein vorsichtiger Mann war und wenig Vertrauen in die Güte von Königen hatte, sandte er, sobald sie die Grenze von Zululand erreicht hatten, die besten der Rinder und die hübschesten der Mädchen zum Kraal des Volkes der Axt im Schatten des Geisterberges. Und der, der früher ein Hauptmann der Wache gewesen und jetzt nur ein einfacher Soldat war, merkte sich auch dieses.

Nun ergab es sich, daß ich, Mopo, eines bestimmten Morgens im Kraal Umgugundhlovu saß, unter den Beratern des Königs. Denn ich gehörte noch immer zu seinen Beratern, obwohl er kein Wort mehr mit mir gesprochen hatte seit der Stunde, da ich ihm prophezeit hatte, daß aus dem Blut der weißen Männer, die er heimtückisch ermordet hatte, die Blume seines eigenen Todes sprießen würde. Denn, mein Vater, es geschah am Tag nach der Ermordung der *Amaboona*, daß Umslopogaas in den Kraal Umgugundhlovu kam.

Nun war an diesem Morgen das Herz Dingaans bedrückt, und er suchte nach etwas, womit er seinen Sinn erfreuen konnte, und er besann sich auf den weißen Mann der Gebete, der zum Kraal gekommen war, um uns, das Volk der Zulus, zu lehren, andere Götter zu ehren, als den König und den Assegai. Er war ein guter Mann, doch glücklos mit seinen Lehren, die schwer zu verstehen waren;

und außerdem waren die *Indunas* gegen sie, weil sie anscheinend einen Herrn über den Herrn, und einen König über den König setzen und denen vom Frieden predigen wollten, deren Geschäft der Krieg war. Trotzdem ließ Dingaan diesen weißen Mann zu sich rufen, um mit ihm zu disputieren, denn Dingaan hielt sich für den Klügsten aller Menschen.

Der weiße Mann erschien, doch sein Gesicht war noch bleicher als sonst, weil er gesehen hatte, was mit den Buren geschehen war, und weil er ein freundlicher Mann war, der so einen Anblick nicht mochte.

Der König bot ihm an, sich zu setzen, und sagte ihm dann: »An einem anderen Tag, o Weißer Mann, erzähltest du mir von einem Ort des Feuers, wohin nach ihrem Tod alle die Menschen gehen, die im Leben böse gewesen waren. Sage mir nun aus deiner Weisheit: Liegen meine Väter in jenem Ort des Feuers?«

»Wie kann ich das wissen, König«, antwortete der Medizinmann der Gebete, »der ich nicht befugt bin, über die Taten der Menschen zu richten? Dies nur will ich sagen: daß jene, die Unschuldige morden und berauben und unterdrücken und falsch Zeugnis reden, an diesem Platz des Feuers sind.«

»Es scheint, als ob meine Väter all diese Dinge getan haben, und wenn sie an jenem Ort sind, so will auch ich dorthin gehen, denn ich möchte bei meinen Vätern sein. Doch denke ich, daß ich dem Feuer entkommen kann, sollte ich an jenen Ort gehen.«

»Wie, König?«

Nun hatte Dingaan eine Falle für diesen Medizinmann der Gebete vorbereitet. In der Mitte des freien Raums vor dem Rinder-Kraal, wo er tags zuvor die Buren überfallen lassen hatte, war jetzt ein riesiger Scheiterhaufen errichtet worden – zuunterst trockenes Buschwerk, über dem Buschwerk Holzscheite und darauf sogar ein paar ganze Baumstämme. Es mochten an die sechzig Karrenladungen trockenen Holzes dort aufgeschichtet worden sein, mein Vater.

»Du sollst es mit deinen eigenen Augen sehen, Weißer Mann«, sagte Dingaan und gab den Befehl, den riesigen Holzstoß von allen Seiten in Brand zu setzen. Dann rief er das Regiment zu sich, das im Kraal zurückgeblieben war – es waren tausend und ein halbes tausend junger Burschen – dasselbe Regiment, das am Vortag die Buren massakriert hatte.

Als nun das Feuer brannte, nahm das Regiment Aufstellung in langen Reihen. Inzwischen waren fast alle Menschen im Kraal herbeigelaufen, denn die Flammen schlugen hoch zum Himmel empor, und obwohl wir gut hundert Schritte von dem Feuer entfernt saßen, war die Hitze kaum zu ertragen, wenn der Wind aus der Richtung des Feuers wehte.

»Jetzt, Medizinmann der Gebete, will ich dich fragen: Ist dein Ort der Feuer heißer als dieses Feuer?«

Er antwortete, daß er es nicht wisse, doch sei dieses Feuer sicherlich sehr heiß.

»Dann will ich dir jetzt zeigen, wie ich ihm entkommen kann, falls ich jemals in einem solchen Feuer liegen sollte – ja, und wenn es zehnmal so groß und hundertmal so heiß wäre wie dieses. – Ho! meine Kinder!« rief er den Soldaten zu und sprang auf. »Seht ihr das Feuer dort? Lauft und zertretet es mit euren Füßen! Wo jetzt noch Feuer ist, soll nichts als Schwärze und Asche sein!«

Nun hob der weiße Mann seine Hände und flehte zu Dingaan, dies nicht zu befehlen, da viele dabei den Tod finden würden. Doch der König gebot ihm zu schweigen. Da blickte der weiße Mann zum Himmel empor und begann laut zu seinen Göttern zu beten.

Ein paar Augenblicke lang sahen auch die Soldaten einander zweifelnd an, denn das Feuer tobte entsetzlich, und die Flammen loderten hoch gen Himmel empor, und über ihnen tanzte die kochende Luft. Doch ihr Hauptmann schrie ihnen zu: »Der König ist groß! Hört die Worte eures Königs, der euch ehrt! Gestern haben wir die *Amaboona* aufgefressen – das war nichts, denn sie waren unbewaffnet. Hier ist ein Feind, der eurer würdiger ist! Kommt, meine Kinder, wir wollen uns im Feuer waschen – wir, die wir heißer sind als das Feuer! Groß ist der König, der uns ehrt!«

So sprach er und lief vorwärts, und mit gellenden Kampfschreien folgten ihm die Soldaten, Reihe um Reihe. Es waren noch Jungen, doch sie waren tapfer. Außerdem wußten sie, daß der Tod nicht nur vor ihnen war, sondern auch hinter ihnen, und daß er alle die treffen würde, die zögerten oder zurückblieben; und es war weitaus besser, ehrenvoll zu sterben als mit Schande. Reihe um Reihe liefen sie auf die Flammen zu wie in die Lust einer Schlacht, und als sie in die Flammen liefen, sangen sie das *Ingomo*, den Kriegsgesang der Zulus. Nun hatte der Hauptmann das Feuer erreicht. Wir sahen, wie er seinen Schild hob, um die Hitze abzuwehren – und dann war er verschwunden; er sprang mit einem großen Satz mitten in die Flammen, und man sollte keine Spur von ihm wiederfinden.

Ihm folgte die erste Kompanie. Die Männer stürzten sich ins Feuer, schlugen die Flammen mit ihren Schilden aus Ochsenleder, trampelten sie mit ihren nackten Füßen nieder, rissen die brennenden Scheite heraus und schleuderten sie zur Seite. Nicht ein Mann dieser Kompanie lebt, mein Vater; sie stürzten ins Feuer wie Motten, die durch die Flamme einer Kerze flattern, und dort, wo sie fielen, starben sie und verbrannten.

Doch nach ihnen kamen andere Kompanien, und bei dem Kampf gegen diesen Feind waren die glücklicher dran, die als letzte kamen. Jetzt quollen dicke Rauchwolken aus den Flammen, und das Feuer brannte niedriger und niedriger, und der Rauch wurde dichter und dichter; und nun taumelten Männer aus den Flammen hervor, verbrannt, mit abgesengtem Haar, nackt und voller Brandblasen, und jenseits der Flammen sanken sie zu Boden und blieben so liegen. Nach ihnen kamen andere; und jetzt gab es kaum noch Flammen, nur noch dichten Rauch, in dem wir die Menschen wie vage Schatten umhertaumeln sahen, und dann, mein Vater, war es vorbei; sie hatten das Feuer besiegt, und das ohne große Verluste bei den letzten sieben Kompanien, obwohl jeder Mann daran beteiligt war, es zu zertrampeln. Wie viele dabei umgekommen sind? Nein, das weiß ich nicht, sie wurden nie gezählt; aber durch Tote und Verletzte war das Regiment auf seine halbe Stärke reduziert worden, bis der König ihm neue Soldaten gab.

»Siehst du, Medizinmann der Gebete«, sagte Dingaan lachend, »so werde ich dem Ort des Feuers entkommen in dem Land, von dem du uns immer erzählst, falls es diesen Ort überhaupt gibt: Ich werde meinen *Impis* befehlen, es auszutreten.«

Da verließ der Mann der Gebete den Kraal Dingaans und sagte, er würde die Zulus nicht mehr lehren, und er hat das Land verlassen. Als er gegangen war, wurden das verbrannte Holz und die verbrannten Männer weggeräumt, die Verletzten verbunden oder getötet, je nach der Schwere ihrer Wunden, und die, die nur wenig verletzt waren, traten vor den König und priesen ihn.

»Ich werde euch neue Schilde und Federbüsche geben lassen, meine Kinder«, sagte Dingaan, denn ihre Schilde waren schwarz und verkohlt, und von den weißen Federbüschen waren nur noch wenige im ganzen Regiment geblieben.

»Ou!« sagte Dingaan und sah die Soldaten an, die noch lebten. »Rasieren wird leicht und billig sein an dem Ort, von dem der Weiße Mann spricht.«

Dann befahl er, den Männern Bier zu bringen, denn die Hitze hatte sie durstig gemacht.

Ich habe dir dies erzählt, mein Vater, da es, auch wenn du es nicht glauben magst, mit meiner Geschichte zu tun hat; denn kaum war diese Sache vorbei, als Boten vor den König traten und ihm sagten, daß Bulalio, der Häuptling des Volkes der Axt, mit seinem *Impi* vor dem Kraal sei, nachdem er die Halakazi in Swaziland vernichtet und mit reicher Beute zurückgekehrt sei. Nun, als ich dies hörte, hüpfte mein Herz vor Freude, da ich sah, daß es ein guter Rat gewesen war, den ich Umslopogaas, meinem adoptierten Sohn, gegeben hatte. Und Dingaan war ebenfalls sehr froh; er sprang auf und tanzte hin und her wie ein Kind.

»Endlich haben wir gute Nachrichten«, rief er und hatte das Zertreten des Feuers schon vergessen, »nun sollen meine Augen endlich die Lilie sehen, die meine Hand schon so lange pflücken wollte. Bulalio und seine Männer sollen sofort vor mich treten!«

Eine Weile war es still, dann hörte man aus der Ferne, von außerhalb des hohen Zauns, der den Großen Platz umgab, einen Gesang, und dann liefen zwei Männer durch das Tor des Kraals; zwei Männer mit schwarzen Federbüschen auf ihren Köpfen und schwarzen Schilden in ihren linken Händen, und in der rechten Hand des einen war eine Axt, und in der des anderen eine Keule, und von ihren Schultern hingen Wolfsfelle. Sie liefen mit weitausgreifenden Schritten, Schulter an Schulter, die Schilde und die Köpfe vorgestreckt, so wie ein Bock läuft, wenn ihm die Hunde dicht auf der Spur sind, und noch nie hatte man im Kraal Umgugundhlovu Männer so laufen sehen wie die beiden Wolfsbrüder.

So liefen sie über die halbe Weite des Großen Platzes und blieben dann plötzlich stehen, und da, wo sie stehenblieben, stob die Asche des zertretenen Feuers von ihren Füßen auf wie eine Wolke.

»Bei meinem Kopf! Seht! Diese beiden treten in Waffen vor mich!« sagte Dingaan mit finsterem Gesicht, »und das bringt den Tod! – Sagt mir, wer ist dieser große Mann mit dem finsteren Gesicht, der die Axt trägt? Wüßte ich nicht, daß er tot ist, so würde ich sagen, daß es der Schwarze ist, mein Bruder, so wie er war, als wir Zwide erschlugen; genauso trug er seinen Kopf auf den Schultern und genauso blickte er um sich wie ein Löwe.«

»Ich denke, das ist Bulalio, der Schlächter, der Häuptling des Volkes der Axt, o König«, sagte ich.

»Und wer ist der andere, der bei ihm ist? Auch er ist ein großer Mann. Noch nie haben meine Augen ein solches Paar gesehen!«

»Ich denke, das ist Galazi, der Wolf, der Blutsbruder des Schlächters und sein General«, antwortete ich wieder.

Jetzt kamen die Soldaten des Volkes der Axt heran, nur mit kurzen Stöcken bewaffnet. Sie kamen in Reihen von vieren, und sie trugen den Kopf gesenkt, und die schwarzen Schilde vorgestreckt, und sie formierten sich in Kompanien hinter den Wolfsbrüdern, bis alle versammelt waren. Dann wurden die gefangenen Frauen und Kinder der Halakazi auf den Großen Platz getrieben, und sie drängten sich hinter den Soldaten zusammen wie verängstigte Kälber.

»Ein schöner Anblick, wahrhaftig!« sagte Dingaan, als er die Kompanien der Soldaten mit ihren schwarzen Federbüschen und ihren schwarzen Schilden vor sich sah. »Ich habe keine besseren Soldaten in meinen *Impis*, doch meine Augen sehen diese zum erstenmal.« Und wieder verfinsterte sich sein Gesicht.

Nun hob Umslopogaas plötzlich seine Axt und stürmte vor, und hinter ihm dröhnten die nackten Füße seiner Soldaten auf den Boden. In vollem Tempo rasten sie auf uns zu, und der Wind drückte ihnen die Federbüsche auf die Köpfe, bis ich sicher war, daß sie uns in den Boden trampeln würden. Doch als Umslopogaas nur noch zehn Schritte vom König entfernt war, riß er wieder die Axt empor, und Galazi hob den *Wächter*, und das *Impi* stand, und wieder stoben Wolken von Staub und Asche empor. Die Soldaten standen in langen, ausgerichteten Reihen, die Schilde vorgestreckt, die Köpfe gesenkt. Nicht ein Kopf ragte mehr als die Breite eines Kerries über den Rand des Schildes hinweg.

So standen sie etwa eine Minute lang, dann hob Umslopogaas zum drittenmal seine Axt, und in diesem Augenblick richteten die Männer sich auf, warfen ihre Schilde hoch in die Luft und aus allen Kehlen dröhnte der königliche Gruß: *»Bayéte!«*

»Ein schöner Anblick, wahrhaftig!« rief Dingaan. »Aber diese Soldaten sind zu gut ausgebildet, um mir niemals gedient zu haben, und auch nicht dem Schwarzen, der vor mir war, und dieser Schlächter ist ein zu guter Hauptmann, würde ich sagen. Kommt her, ihr beiden!« rief er laut.

Die beiden Wolfsbrüder traten vor und standen vor dem König, und er blickte sie eine Weile an, und sie blickten ihn an.

KAPITEL XXVIII

Die Lilie wird zu Dingaan gebracht

»Wie heißt ihr?« fragte Dingaan.

»Wir heißen Bulalio, der Schlächter, und Galazi, der Wolf«, antwortete Umslopogaas.

»Warst du es, Bulalio, der einmal eine gewisse Botschaft an den Schwarzen sandte, der tot ist?«

»Ja, o König, ich habe eine Botschaft gesandt, doch nach allem, was ich gehört habe, hat Masilo, mein Bote, mehr getan, als nur meine Worte übermittelt, denn er hat den Schwarzen erstochen. Masilo hatte ein böses Herz.«

Jetzt zuckte Dingaan zusammen, denn er wußte sehr gut, daß er selbst und ein gewisser Mopo den Schwarzen erstochen hatten, doch glaubte er, daß dieser Häuptling aus dem Hinterland nichts davon gehört hatte, also sprach er nicht mehr über die Botschaft.

»Wie kommt es, daß du in Waffen vor mir stehst? Kennst du nicht das Gesetz, daß jeder, der in Waffen vor den König tritt, stirbt?

»Wir kennen dieses Gesetz nicht, o König«, sagte Umslopogaas. »Außerdem gibt es dies dazu zu sagen: Ich herrsche allein durch den Besitz dieser Axt. Wenn ich ohne die Axt gesehen werde, kann mir jeder Mann meinen Platz nehmen, der dazu fähig ist, denn diese Axt ist die Königin des Volkes der Axt, und der, der sie hält, ihr Diener.«

»Ein seltsamer Brauch«, sagte Dingaan, »doch wollen wir nicht mehr davon reden. – Doch du, Wolf, was hast du zu sagen über die große Keule, die du trägst?«

»Dies ist über die Keule zu sagen, o König«, antwortete Galazi; »die Keule ist der Wächter meines Lebens. Wenn ich ohne diese Keule gesehen werde, kann mir jeder Mann mein Leben nehmen, der dazu fähig ist, denn die Keule ist mein Wächter, und nicht ich bin der Wächter der Keule.«

»Noch nie warst du näher daran, sowohl die Keule, als auch dein Leben zu verlieren«, sagte der König finster.

»Es mag so sein, o König«, antwortete der Wolf. »Wenn die Stunde gekommen ist, wird der *Wächter* aufhören zu wachen.«

»Ihr seid ein seltsames Paar«, sagte Dingaan. »Wo kommt ihr her, und was ist euer Geschäft im Palast des Elefanten?«

»Wir waren in einem fernen Land, o König!« antwortete Umslopogaas. »Wir sind in ein fernes Land gezogen, um eine Blume zu suchen, die ein Geschenk für den König sein sollte, und bei unserer Suche nach dieser Blume haben wir einen Garten der Halakazi zertrampelt, und dort stehen einige von denen, die diesen Garten bearbeiteten« – und er deutete auf die Gefangenen – »und draußen stehen die Rinder, die ihn pflügten.«

»Gut, Schlächter! Ich sehe die Gärtner, und ich höre das Brüllen der Rinder, doch was ist mit der Blume? War diese Blume zufällig eine Lilie?«

»Es war eine Lilie, o König! Aber ach! die Lilie ist verwelkt. Nichts ist von ihr übriggeblieben als der Stengel, weiß und verdorrt, wie die Knochen der Menschen.«

»Was soll das heißen?« rief Dingaan und sprang auf die Füße.

»Das soll der König erfahren«, antwortete Umslopogaas, wandte sich um und sprach ein paar Worte zu seinen Hauptleuten, die hinter ihm standen. Die Reihen der Soldaten öffneten sich, und dann kamen vier Männer aus den hinteren Rängen auf uns zugelaufen. Auf ihren Schultern trugen sie eine Bahre, und auf der Bahre lag etwas, das in rohe Ochsenfelle geschlagen und mit Lederschnüren umwickelt war. Die vier Männer salutierten und legten ihre Last vor die Füße des Königs.

»Öffnet!« sagte der Schlächter; und sie öffneten das Bündel, das auf der Bahre lag, und vor den Augen des Königs lag, in Salz gepackt, der Körper eines Mädchens, das einmal groß und hübsch gewesen war.

»Hier liegt sie, die Lilie, o König«, sagte Umslopogaas, und deutete mit seiner Axt, »doch wenn diese Blume noch blüht, so nicht hier.«

Dingaan starrte auf die Tote, und Bitternis kam über ihn, weil es sein größter Wunsch – vor allen anderen – gewesen war, die Schönheit dieser Lilie zu besitzen.

»Schafft mir dieses Aas aus den Augen und werft es den Hunden vor!« schrie er, und so sprach er von der, die er hatte zur Frau nehmen wollen, nun, da sie tot war. »Schafft es fort! Und du, Schlächter, sag mir, wie es geschehen konnte, daß dieses Mädchen getötet wurde, und es wäre gut für dich, wenn du mir eine gute Antwort gäbest, denn dein Leben hängt an deinen Worten.«

Also erzählte Umslopogaas dem König die Geschichte, die er vorbereitet hatte, um sich gegen den Zorn Dingaans zu schützen. Und als er zu Ende gesprochen hatte, berichtete Galazi, wie er gesehen habe, daß ein Soldat das Mädchen tötete und er in seinem Zorn diesen Mann selbst erschlug.

Dann traten die Hauptleute und Soldaten vor, die das Mädchen und den Soldaten tot nebeneinander liegen gesehen hatten, und sagten das dem König.

Jetzt wurde Dingaan sehr wütend, doch war nun nichts mehr zu ändern. Die Lilie war tot, und niemand hatte die Schuld daran außer einem, der auch tot war, und damit unerreichbar für den Zorn des Königs.

»Geh! Du und dein Volk«, sagte er zu Umslopogaas. »Ich nehme alle Rinder und alle Gefangenen. Seid dankbar, daß ich nicht auch euer Leben nehme – einmal, weil ihr es gewagt habt, ohne meinen Befehl Krieg zu machen, und zum anderen, weil ihr, als ihr diesen Krieg machtet, mir nur die Leiche derjenigen bringt, nach der ich verlangte.«

Als der König so davon sprach, alle Männer vom Volk der Axt zu töten, lächelte Umslopogaas grimmig und blickte seine Soldaten an. Dann grüßte er den König und wandte sich zum Gehen. Doch in diesem Augenblick sprang ein Mann aus den Reihen seines *Impi*, lief vor den König und rief: »Ist es erlaubt, vor dem König die Wahrheit zu sagen und danach im Schatten des Königs zu schlafen?«

Nun war dies der Mann, der in der Nacht, als drei aus dem Tor des Berges gingen, und nur zwei zurückkamen, Hauptmann der Wache gewesen war, derselbe Mann, dem Umslopogaas später seinen Rang genommen hatte.

»Sprich, du bist sicher«, sagte der König.

»O König, man hat deine Ohren mit Lügen gefüllt«, sagte der Soldat. »Höre, o König! Ich war Hauptmann der Wache in der Nacht, als wir die Halakazi vernichteten. Drei traten durch das Tor, das aus dem Berg führt – es waren Bulalio, der Wolf Galazi und ein anderer. Dieser andere war groß und schlank, und er trug seinen Schild so, daß sein Gesicht verdeckt war. Als dieser dritte an mir vorbeitrat – das Tor aus dem Berg ist sehr eng, o König! – streifte er mich, und sein *Kaross* verschob sich ein wenig. Unter diesem *Kaross* sah ich seine Brust, und es war nicht die Brust eines Mannes, o König, sondern die Brust einer Frau, und ihre Haut war hell, fast weiß. Als das *Kaross* sich verschob, senkte dieser dritte seinen Schild, und hinter dem Schild war nicht das Gesicht eines Mannes, sondern das eines Mädchens, das schöner war als der Mond, und mit Augen, die heller funkelten als die Sterne. Drei gingen hinaus durch das Tor im Berg, o König, und nur zwei kamen zurück, und als ich ihnen nachblickte, schien es mir, als ob ich den dritten über die Ebene nach Osten laufen sähe, und er lief, so wie ein junges Mädchen läuft, o König. Und, o Elefant, dies alles hat Bulalio, der dort steht, abgestritten, als ich ihn, als Hauptmann der Wache, nach dem dritten fragte, der hinausgegangen sei, und er sagte, es seien nur zwei gewesen, er und Galazi, der Wolf. Außerdem wurde niemand von den Gefangenen gerufen, um den Leichnam des Mädchens anzusehen und zu sagen, ob diese die Lilie sei, und jetzt ist es zu spät dazu, und der Mann, der neben ihr lag, wurde nicht von Galazi in der Höhle getötet. Ich habe ihn draußen mit eigenen Augen fallen sehen; er wurde durch ein Kerrie der Halakazi getötet, und nicht von der Keule Galazis. Und noch etwas, König der Welt, die besten der Gefangenen und die besten der Rinder sind nicht unter denen, die eine Gabe für dich sein sollen – sie sind im Kraal von Bulalio, dem Häuptling des Volkes der Axt. Ich habe gesprochen, o König! Ich habe gesprochen, weil mein Herz die Lüge nicht liebt. Ich habe die Wahrheit gesprochen, und nun mußt du mich vor diesen Wolfsbrüdern schützen, o König!«

Während der ganzen Zeit, in der der Verräter seine Geschichte erzählte, trat Umslopogaas, langsam und unmerklich, Fußbreite um Fußbreite, näher auf ihn zu, bis er nur noch so weit von ihm entfernt war, daß er ihn mit dem ausgestreckten Arm hätte berühren können. Niemand sah es, außer mir, Mopo, und vielleicht Galazi, weil alle anderen in das Gesicht Dingaans blickten, so wie man Sturmwolken anblickt, kurz bevor das Unwetter losbricht.

»Fürchte die Wolfsbrüder nicht, Soldat«, sagte Dingaan mit vor Wut keuchender Stimme und rollenden Augen. »Die Pranke des Löwen schützt dich, mein Diener.«

Doch bevor der König ganz zu Ende gesprochen hatte, sprang Umslopogaas den Verräter an. Er landete mit seinem ganzen Gewicht auf ihm, und er sprach kein Wort, aber oh! seine Augen waren schrecklich. Er packte den Mann mit seinen Händen und zerbrach ihn, so wie ein Kind einen dürren Stecken zerbricht – nein, ich kann nicht sagen, ob es so war, weil es so schnell geschah, daß das Auge nicht zu folgen vermochte. Er zerbrach ihn, riß ihn über seinen Kopf und warf den Toten vor die Füße des Königs.

»Nimm deinen Diener, König!« schrie er. »Jetzt schläft er für immer in deinem Schatten!«

Nun war Totenstille, in der man nur erregtes Atmen hörte, denn so eine Tat war noch nie im Angesicht des Königs begangen worden – nein, nicht seit den Tagen von Senzangacona, der Wurzel.

Nun sprach Dingaan, und seine Stimme war heiser vor Wut, und sein Körper zitterte.

»Tötet ihn!« schrie er. »Tötet diesen Hund und alle, die bei ihm sind!«

»Jetzt kommen wir endlich zu einem Spiel, das ich spielen kann«, antwortete Umslopogaas. »Ho! Volk der Axt! Wollt ihr stillhalten und euch von diesen angesengten Ratten abschlachten lassen?« und

CHARLES KERR

er deutete mit seiner Axt *Witwenmacher* auf die Soldaten, die dem Feuer unverletzt entkommen konnten, deren Gesichter jedoch von den Flammen versengt worden waren.

Als Antwort schallte ihm ein Schrei entgegen, ein Schrei und lautes Lachen.

»Nein, Schlächter, wir denken nicht daran!« Und sie wandten sich nach links und rechts und stellten sich den Soldaten Dingaans gegenüber und schüttelten ihre Schilde.

Umslopogaas sprang zurück zu seinen Männern. Die Soldaten des Königs liefen auf die Männer des Volkes der Axt zu, um dem Willen des Königs zu gehorchen. Doch Galazi sprang vor den König und hob den *Wächter* über Dingaans Kopf.

»Halt!«

Wieder war Stille, denn die Männer sahen, daß der Schatten des *Wächters* über dem Kopf Dingaans lag.

»Es wäre schade, wenn viele sterben müßten, wo einer genügt!« rief der Wolf. »Wenn auch nur ein Schlag fällt, dann liegt der *Wächter* dort, wo jetzt nur sein Schatten liegt, und ein Volk hat keinen König mehr. – Ein Wort, König!«

Dingaan starrte zu dem großen Mann empor, der über ihm stand und fühlte den Schatten der riesigen Keule wie einen Eishauch auf seiner Stirn, und wieder zitterte er am ganzen Körper, doch diesmal vor Angst.

»Geht in Frieden!« sagte er.

»Ein gutes Wort für dich, König«, sagte der Wolf grinsend und trat langsam zu seinen Kompanien zurück. »Preist den König!« rief er dabei. »Der König befiehlt, daß seine Kinder in Frieden gehen sollen.«

Doch als Dingaan den eisigen Schatten des *Wächters* nicht mehr auf seiner Stirn fühlte, kehrte seine Wut zurück, und er wollte seinen Soldaten befehlen, über das Volk der Axt herzufallen, doch ich hielt ihn davon zurück.

»Es wäre dein Tod, o König! Der Schlächter zertritt Männer, wie du sie hast, unter seinen Füßen zu Staub, und dann wird wieder der *Wächter* auf dich herabblicken.«

Dingaan sah ein, daß ich recht hatte und gab nicht den Befehl, das Volk des Schlächters anzugreifen, weil er nur noch die Männer bei sich hatte, die vom Feuer verschont geblieben waren. Und alle anderen *Impis* waren nach Natal gezogen, um die Buren zu töten. Trotzdem aber wollte er Blut haben, und so wandte er sich an mich.

»Du bist ein Verräter, Mopo, wie ich es schon lange geahnt habe, und ich werde dir geben, was jener Hund seinem treulosen Diener gegeben hat!« Und er sprang mit erhobenem Assegai auf mich zu.

Doch ich sah den Stoß kommen und wich ihm aus, indem ich hoch in die Luft sprang. Dann fuhr ich herum und floh, verfolgt von einigen der Soldaten. Ich hatte es nicht weit bis zu den letzten Kompanien des Volkes der Axt, und sie sahen mich kommen und blieben stehen, und Umslopogaas, der als letzter ging, lief mir entgegen. Nun blieben die Soldaten, die mich verfolgten und mich töten wollten, zurück, da sie nicht in die Reichweite der Axt kommen wollten.

»Bei diesem König ist kein Platz mehr für mich, mein Sohn«, sagte ich zu Umslopogaas.

»Fürchte nichts, mein Vater, ich werde dir einen anderen Platz finden«, antwortete er.

Nun rief ich den Soldaten, die mich verfolgt hatten, zu: »Sagt dies eurem König: daß es ein Fehler war, mich von sich zu schicken, denn ich, Mopo, habe ihn auf seinen Thron gesetzt, und nur ich kann ihn auf diesem Thron halten. Und sagt ihm auch dies: daß er einen noch größeren Fehler begehen würde, sollte er mich dort suchen, wohin ich jetzt gehe, denn der Tag, an dem wir uns wieder Angesicht zu Angesicht gegenüberstehen, wird der Tag seines Todes sein. So spricht Mopo, der *Inyanga*, Mopo, der Medizinmann, der niemals prophezeit, was nicht sein wird.«

Dann marschierten wir aus dem Kraal Umgugundhlovu, und als ich diesen Kraal wiedersah, war es, um alles zu verbrennen, was Dingaan unverbrannt gelassen hatte, und als ich Dingaan wiedersah... Ah! das werde ich dir erzählen, wenn die Zeit dazu gekommen ist, mein Vater.

Wir marschierten aus dem Kraal, und niemand hinderte uns daran, weil es niemanden gab, der uns hätte hindern können, und als wir ein Stück vom Kraal entfernt waren, ließ Umslopogaas halten und sagte: »Ich hätte gute Lust, dahin zurückzukehren, woher wir gekommen sind, um diesen Rattenkönig zu töten, bevor er mich tötet.«

»Es ist besser, einen furchtsamen Löwen in seinem Dickicht zu lassen, mein Sohn«, sagte ich ihm, »denn ein Löwe, der gestellt wird, ist gefährlich. Du kannst sicher sein, daß jeder Mann, jung und alt, jetzt in Waffen an den Toren von Umgugundhlovu steht, für den Fall, daß dir einfallen sollte, zurückzukehren, mein Sohn; und obwohl er jetzt Angst hat, wird Dingaan um sein Leben kämpfen. Als du die Gelegenheit hattest, ihn zu töten, hast du es nicht getan; jetzt ist die Stunde vorbei.«

»Weise Worte!« sagte Galazi. »Ich wünschte, daß der *Wächter* dorthin gefallen wäre, wohin sein Schatten fiel.«

»Welchen Rat gibst du mir jetzt, Vater?« fragte Umslopogaas.

»Diesen: daß ihr beiden nicht länger im Schatten des Geisterberges leben sollt, sondern euer Volk und eure Rinder versammelt und nach Norden zieht, auf der Spur Mosilikatzes, des Löwen, der die Herrschaft Chakas abschüttelte. Dort könnt ihr beide herrschen, gemeinsam und jeder für sich, und du brauchtest nie wieder an Dingaan zu denken.«

»Das werde ich nicht tun, mein Vater«, antwortete er. »Ich will im Schatten des Geisterberges leben, solange es mir vergönnt ist.«

»Und das will auch ich«, setzte Galazi hinzu, »doch nicht nur im Schatten des Geisterberges, sondern zwischen seinen Felsen. Was! Sollen meine Wölfe ohne Führer sein, wenn sie jagen? Sollen Grauschnauze und Schwarzfang, Blut und Todesbiß und alle anderen der Schwarzen und Grauen vergeblich nach mir heulen?«

»So sei es, meine Kinder. Ihr seid jung und hört nicht auf den Rat der älteren. Soll alles so werden, wie es kommen soll.«

So sprach ich, weil ich nicht wußte, aus welchem Grund Umslopogaas seine Kraals nicht verlassen wollte. Dies aber war der Grund: weil er Nada befohlen hatte, dort auf ihn zu warten.

Später, als sie zu ihm gekommen war, wäre er vielleicht fortgezogen, aber da war der Himmel wieder klar und die Wolken der Gefahr hatten sich für eine Weile verzogen.

Oh! Wenn Umslopogaas, mein adoptierter Sohn, nur auf mich gehört hätte! Er würde jetzt als König regieren und nicht als Ausgestoßener durch fremde Länder wandern; und Nada würde leben und wäre nicht gestorben, und das Volk der Axt wäre nicht ausgelöscht worden.

Dieses noch über Dingaan: Als er meine Botschaft hörte, wurde er wieder von Angst geschüttelt, weil er wußte, daß ich kein Lügner war.

Deshalb hielt er seine Hand für eine Weile zurück und sandte kein *Impi* aus, um Umslopogaas zu vernichten, um nicht zu Tode zu kommen, wie ich es ihm versprochen hatte. Und bevor er diese Angst überwinden konnte, hatte er alle Hände voll zu tun mit dem Krieg gegen die *Amaboona*, wegen der Ermordung der weißen Männer, und er hatte keine Soldaten übrig, um sich an einem kleinen Häuptling zu rächen, der weit entfernt von seinem Kraal lebte.

Doch seine Wut war gewaltig, und wie es seine Art war, mordete er viele unschuldige Menschen, um sie zu stillen.

KAPITEL XXIX

Mopo erzählt seine Geschichte

Später nun, während des langen Marsches zum Geisterberg, erzählte mir Umslopogaas alles, was es zu erzählen gab über die Vernichtung der Halakazi und des Wiederfindens von Nada.

Als ich hörte, daß Nada, meine Tochter, noch lebte, weinte ich vor Glück, obwohl ich, wie Umslopogaas, große Angst um sie hatte, denn der Weg zum Geisterberg war weit und voller Gefahren für ein Mädchen, das allein wanderte.

Aber noch immer sagte ich Umslopogaas nicht die Wahrheit über seine Geburt, da wir während des Marsches niemals allein sein konnten, und selbst die Bäume Ohren hatten, und derselbe Wind, der im Laub der Bäume flüsterte, auch in das Ohr des Königs flüstern konnte. Aber ich wußte, daß die Stunde gekommen war, wo ich reden mußte, denn ich war entschlossen, daß Umslopogaas zum Sohn Chakas erklärt und zum König der Zulus gemacht werden und den Platz Dingaans einnehmen sollte, seines Onkels. Doch alle diese Dinge sollten nicht Wirklichkeit werden, weil es vom Schicksal anders bestimmt worden war, mein Vater. Hätte ich gewußt, daß Umslopogaas noch lebte, als ich Chaka tötete, dann, glaube ich, hätte ich es schaffen können, ihn zum König zu machen. Aber es war alles schiefgegangen. Die Lilie war niemand anderes als Nada, und wie konnte Umslopogaas Nada, die er für seine Schwester hielt, und die meine Tochter war, gegen ihren Willen Dingaan geben? Wegen Nada war es auch, daß Dingaan und Umslopogaas zu Todfeinden wurden, und aus demselben Grund war ich in Ungnade gefallen und zum Flüchtling geworden, und mein Rat wurde nun nicht mehr gehört vom Ohr des Königs.

Also mußte alles neu begonnen werden; und während ich mit dem *Impi* zum Geisterberg zog, dachte ich viel und oft darüber nach, wie dieser Neubeginn aussehen sollte. Doch ich sprach nicht darüber.

Schließlich erreichten wir alle den Schatten des Geisterberges und die Stein-Hexe, die für immer dort oben sitzt und auf das Ende der Welt wartet; und an diesem Abend kamen wir zum Kraal des Volkes der Axt und zogen mit lautem Gesang durch das Tor. Doch Galazi war nicht bei uns; er war zurückgeblieben und auf seinen Berg gestiegen, um sein Wolfsrudel zusammenzurufen, und als wir am Fuß des Berges auf den Kraal zugingen, hörten wir das laute Heulen der Wölfe, als sie ihn willkommen hießen.

Als wir uns dem Kraal näherten, kamen alle Frauen und Kinder heraus, um uns zu begrüßen, an ihrer Spitze Zinita, die Hauptfrau Umslopogaas'. Sie kamen voller Freude, doch als sie sahen, wie viele von denen, die hinausgezogen waren, nicht zurückkamen, wurde aus ihrer Freude Trauer, und lautes Weinen stieg zum Himmel empor.

Umslopogaas begrüßte Zinita freundlich; und doch fand ich, daß da etwas fehlte. Anfangs sprach sie mit leiser Stimme zu ihm, doch als sie erfuhr, was geschehen war, waren ihre Worte nicht mehr sanft, denn sie verfluchte mich und sang ein lautes Lied für Umslopogaas.

»Siehst du, Schlächter!« rief sie. »Siehst du jetzt, was geschehen ist, nur weil du auf diesen alten Narren gehört hast« – mit dem alten Narren meinte sie mich, mein Vater –, »auf diesen alten Narren, der sich der ›Mund Dingaans‹ nennt! Wahrlich, ein Mund ist er, ein Mund, aus dem nichts als Torheiten und Lügen kommen! Was war es, das er dir geraten hat? Daß du gegen die Halakazi ziehen und Dingaan ein Mädchen holen solltest! Und was hast du getan? Du bist über die Halakazi hergefallen und hast ohne Zweifel viele unschuldige Menschen erschlagen mit deiner großen Axt, und du hast auch die Hälfte unserer Männer verloren, deren Knochen jetzt in den Höhlen von Swaziland bleichen, und zurückgebracht hast du nichts als ein paar Rinder von schlechter Rasse und Weiber und Kinder, die wir nun durchfüttern müssen!

Und das ist noch nicht alles. Du bist angeblich ausgezogen, um ein Mädchen zu holen, das Dingaan haben wollte, doch als du dieses Mädchen fandest, hast du es gehen lassen, weil es, wie du sagst, deine Schwester sei und Dingaan nicht heiraten wolle. Bei den Himmeln, ist der König nicht gut genug für eine Schwester von dir? Und was ist das Ende dieser Geschichte? Du versuchst, den König zu täuschen, und man kommt dir auf die Schliche. Dann tötest du einen Mann vor den Augen Dingaans und fliehst und bringst diesen alten Narren mit in den Kraal, damit er dich noch mehr von seinen Torheiten lehre. Du hast also die Hälfte deiner Männer verloren und dir den König zum Feind gemacht, was uns allen den Tod bringen wird, und einen Narren als Berater! *Ou!* Schlächter, halte dich an deine Axt und laß andere für dich denken, die mehr Verstand haben als du!«

So ging es ohne Unterlaß, und es war einige Wahrheit in ihren Worten.

Zinita hatte eine scharfe Zunge. Ich saß schweigend, bis sie zu Ende gesprochen hatte, und auch Umslopogaas schwieg, obwohl man ihm seine Wut anmerkte, doch sie sprach ohne Pause, so daß ein Mann nicht ein einziges Wort einwerfen konnte.

»Friede, Frau«, sagte ich schließlich, »sprich nicht schlecht von solchen, die weise sind und schon viel gesehen haben, bevor du geboren wurdest.«

»Sprich nicht schlecht von ihm, der mein Vater ist«, knurrte Umslopogaas. »Ja! Obwohl du es nicht weißt, dieser ›Mund‹, den du verhöhnst, ist Mopo, mein Vater.«

»Dann gibt es einen Mann unter dem Volk der Axt, der einen Narren zum Vater hat. Von allem, was ich heute gehört habe, ist dies das schlimmste.«

»Es gibt einen Mann unter dem Volk der Axt, der eine zänkische Schlange zur Frau hat«, sagte Umslopogaas und sprang auf. »Geh! Zinita! – und merke dir dies: sollte ich dich noch einmal solche Worte gegen meinen Vater zischen hören, wirst du weiter gehen, als nur zu deiner Hütte, denn ich werde dich verstoßen und aus meinem Kraal jagen. Ich habe dich schon zu lange ertragen.«

»Ich gehe«, sagte Zinita. »Oh! Womit habe ich dies verdient! Ich habe dich zum Häuptling gemacht, und nun drohst du mir, mich zu verstoßen?«

»Meine eigenen Hände haben mich zum Häuptling gemacht«, sagte Umslopogaas, trat auf sie zu und stieß sie aus der Hütte.

»Es ist eine Strafe, mit einer solchen Frau verheiratet zu sein, mein Vater«, sagte er dann.

»Ja, eine schwere Strafe, Umslopogaas, doch das sind die Lasten, die einem Manne auferlegt sind. Lerne daraus, Umslopogaas, und habe so wenig wie möglich mit Frauen zu tun; vor allem, liebe sie nicht zu sehr, dann wirst du mehr Frieden finden.« So sprach ich zu ihm, und ich wollte, er hätte auf diesen meinen Rat gehört, denn es war die Liebe von Frauen, die schließlich Unheil auf Umslopogaas' Haupt brachte.

All dies liegt nun schon viele Jahre zurück, doch erst kürzlich habe ich gehört, daß Umslopogaas nach Norden geflohen sei, und dort wird er bis zu seinem Tod ein Wanderer sein, wegen einer Frau, die ihn verriet, indem sie behauptete, er habe einen Lousta ermordet, der sein Blutsbruder war, genau wie Galazi, der Wolf, sein Blutsbruder gewesen ist. Ich weiß nicht, wie es dazu kommen konnte, doch Umslopogaas, der so mutig und stark war, hatte diese eine Schwäche, genau wie sein Onkel Dingaan, und sie hat ihn am Ende zerstört, und wegen dieser Schwäche werde ich ihn nicht wiedersehen.

Nun, mein Vater, saßen wir eine Weile schweigend in der Hütte,

Umslopogaas und ich, und während wir so saßen, war es mir, als ob ich eine Ratte im Strohdach der Hütte rascheln hörte.

Dann sagte ich: »Umslopogaas, die Stunde ist gekommen, in der ich ein Wort in dein Ohr flüstern will, ein Wort, daß ich als Geheimnis seit der Stunde deiner Geburt in meiner Brust verschlossen hielt.«

»Sprich, mein Vater«, sagte er und sah mich erstaunt an.

Ich kroch zur Tür der Hütte und sah hinaus. Die Nacht war dunkel, und ich konnte niemanden entdecken, und ich konnte auch niemanden hören, doch, da ich ein vorsichtiger Mann bin, ging ich einmal um die Hütte herum. Ah, mein Vater, wenn du ein Geheimnis offenbaren willst, darfst du dich nicht so leicht täuschen lassen. Es ist nicht genug, nur hinaus- und umherzublicken. Grabe den Boden auf und suche auch auf dem Dach! Dann, nachdem das alles getan ist, geh an einen anderen Ort und sage, was du zu sagen hast. Die Frau hatte recht: Ich war ein Narr, trotz all meiner Weisheit und meiner weißen Haare war ich ein Narr. Wäre ich nicht so ein Narr gewesen, hätte ich die Ratte ausgeräuchert, die im Stroh des Daches geraschelt hatte, bevor ich meine Lippen öffnete, denn diese Ratte im Dach der Hütte war Zinita, mein Vater, Zinita, die auf das Dach gestiegen war und nun dort im Dunkel lag, ihr Ohr am Abzugsloch der Feuerstelle, und uns belauschte. Es war eine große Arglist, und dazu ein böses Omen, dasböseste aller Omen, doch es ist nur wenig Ehre in den Frauen, wenn sie das erfahren wollen, was andere vor ihnen geheimzuhalten versuchen, und dabei wägen sie nicht einmal die Omen.

Nachdem ich also gesucht und nichts gefunden hatte, sprach ich zu Umslopogaas, meinem adoptierten Sohn, ohne zu ahnen, daß der Tod, in der Gestalt einer Frau, über unseren Köpfen auf dem Dach der Hütte lag.

»Höre, Umslopogaas«, sagte ich, »und wisse, daß du kein Sohn von mir bist, wenngleich du mich von deinen ersten Tagen an Vater genannt hast. Du bist aus einer edleren Wurzel gesprossen, Schlächter.«

»Ich war immer zufrieden mit der meinen«, sagte Umslopogaas, »die Rasse ist mir gut genug. Aber sage, wessen Sohn bin ich dann?«

Nun beugte ich mich vor und flüsterte ihm meine Worte ins Ohr, aber – ach! – nicht leise genug. »Du bist ein Sohn des Schwarzen, der tot ist. Ja! Du bist vom Blut Chakas und Balekas, meiner Schwester!«

»Also bin ich doch mit dir verwandt, Mopo, und darüber bin ich froh. *Ou!* Wer hätte gedacht, daß ich der Sohn des *Silwana* bin, der Sohn des Hyänen-Mannes! Vielleicht ist das der Grund dafür, daß ich, wie Galazi, die Gesellschaft der Wölfe liebe, obwohl in meinem Herzen keine Liebe für meinen Vater oder irgendeinen seines Hauses gewachsen ist.«

»Du hast auch wenig Grund, ihn zu lieben, Umslopogaas, denn er hat deine Mutter, Baleka, ermordet, und auch dich wollte er töten. Aber du bist der Sohn Chakas, und nicht der meine.«

»Nun, die Augen dessen müssen wahrhaftig scharf sein, der seinen eigenen Vater in der Menge erkennt, mein Onkel. Und doch hörte ich einst diese Geschichte, obgleich ich sie längst vergessen hatte.«

»Von wem hast du sie gehört, Umslopogaas? Bis jetzt war sie nur einem Menschen bekannt, die anderen, die davon wußten, sind tot. Jetzt ist sie zweien bekannt« – ah! mein Vater, ich erriet nicht, wer der dritte war –, »von wem also hast du sie gehört?«

»Von einem Toten; das heißt, Galazi, der Wolf, hat sie von dem Toten gehört, der in der Höhle im Geisterberg saß, denn der Tote sagte ihm, daß ein Mann kommen und sein Bruder sein würde, und er würde ihm von einer Löwin gebracht werden, und sein Name sei Umslopogaas Bulalio, der Sohn Chakas, und Galazi hat es mir wiedererzählt, doch ich hatte es vergessen.«

»Es scheint, daß es Weisheit unter den Toten gibt«, antwortete ich, »denn siehe! jetzt wirst du wirklich Umslopogaas Bulalio genannt, und ich sage dir heute, daß du der Sohn Chakas bist. Doch höre mir weiter zu.«

Nun erzählte ich ihm alles, was geschehen war, von der Stunde seiner Geburt an, und als ich ihm die Worte seiner Mutter, Baleka, sagte, die sie sprach, nachdem ich ihr meinen Traum erzählt hatte, und wie sie gestorben sei, auf Befehl Chakas, und von ihrer großen Würde, mit der sie in den Tod gegangen sei, begann Umslopogaas zu weinen, und ich denke, daß er ein Mann war, der selten weinte, weder vorher, noch danach. Doch als ich mit meiner Erzählung fertig war, bemerkte ich, daß er mir kaum noch zuhörte, wie ein Mann, auf dessen Herzen eine gewichtigere Last liegt, und bevor ich ganz zu Ende gesprochen hatte, unterbrach er mich.

»Also, Mopo, mein Onkel, wenn ich der Sohn Chakas und Balekas bin, dann ist Nada, die Lilie, nicht meine Schwester.«

»Nein, Umslopogaas, Nada ist eine Kusine von dir.«

»Auch dann ist unser Blut nahe verwandt«, sagte er, »doch das soll nicht zwischen uns stehen.« Und sein Gesicht lächelte.

Ich blickte ihn fragend an.

»Du wirst alt, mein Onkel. Dies will ich damit sagen: daß ich Nada heiraten will, wenn sie noch lebt, denn ich erkenne jetzt, daß ich noch nie eine Frau so geliebt habe, wie ich Nada liebe, die Lilie.«

Und während er so sprach, hörte ich wieder eine Ratte im Strohdach der Hütte rascheln.

»Heirate sie, wenn du willst, Umslopogaas«, sagte ich. »Doch glaube ich, daß eine Zinita, deine *Inkosikasi,* dir dazu eine Menge zu sagen haben wird.«

»Zinita ist zwar meine Hauptfrau«, sagte Umslopogaas, »aber sollte sie mich davon abhalten, mir andere Frauen zu nehmen, wie es der rechtmäßige Brauch ist?« Seine Stimme klang gereizt und wütend, und ich erkannte daran, daß er den Zorn Zinitas fürchtete.

»Der Brauch ist rechtens, und er ist gut«, sagte ich, »aber er hat zeitweilig viel Unheil gebracht. Zinita kann dir wenig vorwerfen, wenn du ihr ihren Platz läßt und sie genauso liebst wie bisher. Doch genug davon. Noch steht Nada nicht vor deinem Tor, und vielleicht wird sie nie dort stehen. Sieh, Umslopogaas, es ist mein Wunsch, daß du einst als König über Zululand herrschen sollst, durch das Recht deiner Geburt, und wenngleich die Dinge für dich zur Zeit sehr schlecht zu stehen scheinen, bin ich doch überzeugt, daß sich ein Weg finden läßt, um dieses Ziel zu erreichen.«

»Und wie?«

»Auf diese Art: Viele der großen Häuptlinge, die Freunde von mir sind, hassen Dingaan und fürchten ihn, und wenn sie wüßten, daß ein Sohn Chakas lebt, und daß dieser Sohn der Schlächter ist, könnte dieser über die Schultern dieser Häuptlinge auf den Thron steigen. Außerdem lieben die Soldaten den Namen Chakas, denn wenn er auch oft grausam zu ihnen war, hat er sich doch immer großzügig gezeigt. Dingaan aber lieben sie nicht, denn seine Last ist die Last Chakas, doch seine Gaben sind die Gaben Dingaans; deshalb würden sie Chakas Sohn mit Jubel begrüßen, wenn sie sicher wären, daß er wirklich ein Reis dieses Stammes ist. Doch dies ist der Punkt, wo der Halsring scheuert, denn es gibt keinen anderen Beweis dafür, als mein Wort. Dennoch, ich will es versuchen.«

»Vielleicht ist es einen Versuch wert, vielleicht auch nicht, mein Onkel«, antwortete Umslopogaas. »Eines aber weiß ich: Mir wäre es lieber, Nada heute nacht vor meinem Tor zu sehen, als alle Häuptlinge des Landes ›Heil dem König!‹ schreien zu hören.«

»Eines Tages wirst du anders darüber denken, Umslopogaas; und nun müssen wir Spione in den Kraal Umgugundhlovu setzen, die uns ständig über die Pläne des Königs informieren, damit nicht plötzlich ein *Impi* vor deinem Tor steht, um dich aufzufressen. Aber vielleicht ist er für eine Weile mit anderen Dingen beschäftigt, denn diese weißen *Amaboona* werden seine Assegais mit Kugeln erwidern. Noch ein letzter Rat: Laß vorläufig nichts über diese Sache von deiner Geburt verlauten, am wenigsten vor Zinita, deiner Frau, oder vor irgendeiner anderen Frau.«

»Fürchte nichts, mein Onkel«, sagte er. »Ich kann schweigen.«

Kurz darauf verließ Umslopogaas mich und ging zur Hütte Zinitas, seiner *Inkosikasi*, die auf ihren Decken lag und zu schlafen schien.

»Sei gegrüßt, mein Mann«, sagte sie langsam und verschlafen, wie jemand, der gerade erwacht. »Ich habe einen seltsamen Traum geträumt. Ich träumte, daß man dich ›König‹ nannte, und daß alle Regimenter der Zulus an dir vorbeizogen und dir den königlichen Gruß *Bayéte* erwiesen.

Umslopogaas blickte sie prüfend an, denn er wußte nicht, ob sie auf irgendeine Weise etwas erfahren hatte oder ob dies ein Omen war. »Solche Träume sind gefährlich«, sagte er, »und wer sie träumt, sollte sie in seiner Brust verschließen, bis sie vergessen sind.«

»Oder bis sie erfüllt werden«, sagte Zinita, und wieder wußte Umslopogaas nicht, was er von ihren Worten halten sollte.

Nach diesem Abend begann ich nun mit meiner Arbeit: Ich setzte Spione in den Kraal Dingaans, und von ihnen erfuhr ich alles, was dort vorging.

Zunächst gab der König den Befehl, daß ein *Impi* aufgestellt würde, um das Volk der Axt aufzufressen, doch kurz darauf kam die Nachricht, daß die Buren, in einer Stärke von fünfhundert berittenen Männern, auf den Kraal Umgugundhlovu zögen. Also konnte Dingaas kein *Impi* entbehren, um es zum Geisterberg zu schicken, und wir, die wir im Schatten des Geisterberges lebten, behielten unseren Frieden.

Dieses Mal wurden die Buren geschlagen, denn Bogoza, der Spion, führte sie in einen Hinterhalt; aber nur wenige von ihnen wurden getötet, und sie zogen sich nur zurück, um erneut zuzuschlagen, und Dingaan wußte das.

Um diese Zeit wurden auch die englischen weißen Männer, das Volk Georges, die Dingaan am unteren Tugela-Fluß angegriffen hatte, von unseren Soldaten geschlagen und getötet, und auch alle, die bei ihnen waren.

Noch eine zweite Arbeit hatte ich mir vorgenommen: Mit der Hilfe gewisser Medizinmänner füllte ich das Land mit Gerüchten, Prophezeiungen und dunklen Sprüchen, und ich beeinflußte die Gehirne vieler Häuptlinge, die mir bekannt waren, indem ich ihnen Botschaften sandte, deren Sinn kaum zu verstehen war, aus denen sie nur entnehmen konnten, daß sie sich auf die Ankunft Eines vorbereiten müßten, der ihnen offenbart werden würde, wenn die Zeit gekommen sei. Es war dies eine langwierige und zeitraubende Arbeit, denn die Stämme dieser Häuptlinge lebten weit voneinander entfernt, und manche von ihnen waren mit ihren *Impis* unterwegs.

So verstrich die Zeit, und viele Tage waren vergangen, seit wir im Kraal am Geisterberg eingetroffen waren. Umslopogaas hatte keinen Streit mehr mit Zinita, doch sie beobachtete ihn ständig, und er hatte ein schweres Herz. Denn er wartete auf Nada, und sie kam nicht.

Und dann kam sie doch.

KAPITEL XXX

Die Ankunft Nadas

Eines Nachts – es war eine Vollmondnacht – saßen ich und Umslopogaas allein in meiner Hütte, und wir sprachen über unser Komplott, und dann, als wir damit fertig waren, sprachen wir über Nada, die Lilie.

»Ach, mein Onkel«, sagte Umslopogaas niedergeschlagen, »wir werden Nada nie wiedersehen; sicher ist sie tot oder als Gefangene verschleppt worden, denn sonst hätte sie längst hier sein müssen. Ich habe überall nach ihr suchen lassen, doch niemand hat sie gesehen oder auch nur von ihr gehört.«

»Nicht alles, was verborgen ist, ist verloren«, sagte ich; doch war auch ich überzeugt, daß Nada umgekommen sei.

Wir saßen eine Weile schweigend, und in dieses Schweigen hinein hörten wir einen Hund bellen. Wir standen auf und krochen aus der Hütte, um zu sehen, was den Hund aufgestört hatte, denn es war schon spät in der Nacht, und wir mußten wachsam sein. Vielleicht hatte der Hund nur gebellt, weil ein Blatt geraschelt hatte, es konnte aber auch sein, daß er gebellt hatte, weil aus der Ferne die Schritte eines *Impi* klangen.

Wir brauchten nicht lange zu suchen, denn wenige Schritte entfernt entdeckten wir einen großen, schlanken Mann, der einen Assegai in der einen Hand hielt und einen kleinen Schild in der anderen, und zu den Hütten herüberstarrte, wie einer, der sich fürchtet. Wir konnten das Gesicht des Mannes nicht sehen, weil das Licht hinter ihm war. Eine zerfetzte Decke hing von seiner Schulter, und seine Füße waren wund, denn er stand auf einem Bein und hatte das andere angezogen. Jetzt blickte er vorsichtig um die Hütte herum, doch wir standen in ihrem Schatten, und er sah uns nicht. Eine Weile stand er so, anscheinend unentschlossen, dann sprach er zu sich selbst, und seine Stimme klang seltsam weich und sanft.

»Es sind viele Hütten hier. Wie kann ich wissen, welche von ihnen das Haus meines Bruders ist? Wenn ich von einem der Soldaten entdeckt werde, muß ich vor ihm den Mann spielen, und ich bin dessen müde geworden. Am besten, ich lege mich hier an den Zaun und warte, bis es Morgen wird; das Bett ist weicher als viele andere, in denen ich geschlafen habe, und ich bin müde von dem langen Weg – ich muß schlafen.«

Und die Gestalt wandte sich um, so daß das Licht des Mondes auf ihr Gesicht fiel.

Mein Vater, es war das Gesicht Nadas, meiner Tochter, die ich seit so vielen Jahren nicht gesehen hatte, und doch erkannte ich es sofort über die Kluft der Jahre hinweg. Ja, obwohl die Knospe sich zur Hälfte entfaltet hatte, erkannte ich sie. Ihr Gesicht war müde, doch – ach! – es war schön, denn es war dies um die Schönheit meiner Tochter Nada, der Lilie: Sie schien von innen heraus zu glühen – ja, so wie Licht durch die dünne Rinde einer Kalebasse glüht, und darin unterschied sie sich von allen anderen Frauen unseres Volkes, die, wenn sie hübsch sind, nur hübsch im Fleisch sind.

Mein Herz rief nach Nada, als sie dort im Licht des Mondes stand, verlassen und allein, ohne einen Ort, an dem sie ihr Haupt zur Ruhe betten konnte, Nada, die allein von allen meinen Kindern mir geblieben war. Ich gab Umslopogaas ein Zeichen, sich im Schatten zu verbergen, und trat vor.

»Ho!« rief ich mit rauher Stimme. »Wer bist du, Wanderer, und was willst du hier?«

Nada fuhr zusammen wie ein erschreckter Vogel, doch sie faßte sich sofort wieder und wandte sich mir zu.

»Wer bist du, daß du mich das fragst?« sagte sie mit verstellter, tiefer Stimme.

»Einer, der einen Stock auf den Rücken von Dieben und Herumtreibern tanzen läßt, Junge. Komm her, sage mir, was du hier willst, oder verschwinde. Du bist nicht von diesem Volk. Dein *Moocha* sieht aus, als ob es von der Machart der Swazi wäre, und hier lieben wir die Swazis nicht.«

»Wenn du nicht ein alter Mann wärst, würde ich dich schlagen für deine Unverschämtheit«, sagte Nada und versuchte, tapfer zu wirken, während ihre Blicke hin und her fuhren und nach einem Fluchtweg suchten. »Außerdem habe ich keinen Stock, sondern nur einen Speer, und der ist für Krieger, nicht für einen alten *Umfagozan* wie dich.« Ja! mein Vater, ich mußte es erleben, von meiner eigenen Tochter ein *Umfagozan* genannt zu werden – ein nichtswürdiger Halunke!

Nun tat ich, als ob ich sehr wütend würde, und sprang auf sie zu, das Kerrie über den Kopf geschwungen, und nun war es zu Ende mit ihrer Tapferkeit; sie ließ den Speer fallen und stieß einen leisen Schrei aus. Aber sie hielt noch immer den kleinen Schild vor ihr Gesicht. Ich packte sie beim Arm und schlug mit meinem Kerrie auf ihren Schild – es war ein Schlag, der kaum eine Fliege zerdrückt hätte, doch dieser tapfere Krieger begann am ganzen Körper zu zittern.

»Wo ist dein Mut jetzt, du, der es wagt, mich einen *Umfagozan* zu nennen«, sagte ich; »du, der du wie ein Mädchen schreist und dessen Arm weich ist, wie der eines Mädchens?«

Sie antwortete nicht, sondern zog ihre zerfetzte Decke um sich, und ich ließ ihren Arm los, packte die Decke und riß sie herunter, so daß ihre Schultern und Brüste entblößt waren. Nun lachte ich laut und gab sie frei.

»Seht! Hier steht der Krieger, der einen alten *Umfagozan* für seine Unverschämtheit schlagen wollte, ein Krieger, dessen Gestalt bestens für den Kampf geeignet ist! Nun, du hübsches Mädchen, das nächtens in Männerkleidung durch das Land zieht, was hast du mir zu sagen? Und beeile dich mit deiner Geschichte, wenn du nicht willst, daß ich dich dem Häuptling als Beute schenke! Der alte Mann sucht schon lange eine neue Frau!«

Als Nada sah, daß ich sie als Frau erkannt hatte, warf sie den Schild neben den Speer und ließ den Kopf hängen. Doch als ich sagte, daß ich sie zum Häuptling schleppen würde, warf sie sich vor mir zu Boden und umklammerte meine Knie, denn da ich von einem alten Häuptling gesprochen hatte, konnte es nicht Umslopogaas sein.

»Oh, mein Vater!« flehte die Lilie. »Oh, mein Vater, habe Mitleid mit mir! Ja, ja! Ich bin ein Mädchen – ein Mädchen, keine Frau – und du bist alt, und vielleicht hast du Töchter, die so sind wie ich; in ihrem Namen flehe ich um Mitleid! Mein Vater, ich bin lange und weit gegangen und habe vieles ausgehalten, um den Weg zu dem Kraal zu finden, in dem mein Bruder herrscht, doch nun scheint es, als ob ich zu einem falschen Kraal gekommen bin. Vergib mir, daß ich so ungehörig zu dir gesprochen habe, mein Vater; es war nur die List einer Frau, mit der ich mein Geschlecht verheimlichen wollte, mein Vater, denn du weißt, wie schwer es ist, als Frau allein unter fremden Männern zu sein.«

Nun gab ich ihr keine Antwort, und aus diesem Grund: Als ich hörte, wie Nada mich Vater nannte – ohne zu wissen, daß ich wirklich ihr Vater war – und wie sie so vor mir am Boden lag und meine Knie umklammerte und mich um Mitleid bat im Namen meiner Tochter, mich, der ich kinderlos war bis auf sie, hätte ich fast geweint. Doch sie dachte, ich antwortete nicht, weil ich wütend auf sie sei und sie gleich zu diesem alten Häuptling schleppen wollte, und sie flehte mich weiter an, und jetzt weinte sie sogar.

»Mein Vater«, sagte sie, »tu mir das nicht an. Laß mich gehen und zeige mir den richtigen Weg, den ich gehen muß; du, der du alt bist, weißt, daß ich zu hübsch bin, um zu deinem Häuptling geschleppt zu werden. Höre! Alle, die ich kannte, sind tot, ich bin allein auf der

Welt, bis auf diesen Bruder, den ich suche. Oh! Wenn du mich verrätst, möge so ein Schicksal auch deiner eigenen Tochter widerfahren! Möge auch sie die Sklaverei kennenlernen, und nicht die Liebe, die sie sucht!« Und sie sank schluchzend zusammen.

Nun wandte ich den Kopf und sagte in Richtung auf die Hütte: »Häuptling«, sagte ich, »dein *Ehlosé* ist dir heute günstig gesonnen, denn es hat dir ein Mädchen geschickt, das so schön ist wie die Lilie der Halakazi« – bei diesen Worten hob Nada den Kopf und blickte mich mit wilden Augen an. »Komm und nimm dir das Mädchen!«

Nada sprang auf und griff nach dem Assegai, den sie fallengelassen hatte, doch ob sie damit mich töten wollte oder den Häuptling, den sie so sehr fürchtete, oder sich selbst, kann ich nicht sagen, denn als sie aufsprang, rief sie in ihrer Not den Namen Umslopogaas'. Sie nahm den Speer vom Boden auf, und als sie sich wieder aufrichtete – da stand er vor ihr, auf seine große Axt gestützt; und der alte Mann, der sie bedroht hatte, war verschwunden – nicht sehr weit, ehrlich gesagt, nur um die Ecke der Hütte.

Nun starrte Nada, die Lilie, den großen Mann an, der auf seine Axt gestützt vor ihr stand. Dann rieb sie sich die Augen und starrte ihn weiter an.

»Ich träume«, murmelte sie schließlich. »Eben noch habe ich mit einem alten Mann gesprochen, und jetzt steht vor mir der, nach dem ich mich so lange sehnte.«

»Ich glaubte eben, Mädchen, die Stimme einer gewissen Nada gehört zu haben, die nach einem Umslopogaas rief«, sagte der Mann, der sich auf die Axt lehnte.

»Ja, ich habe nach ihm gerufen; doch wo ist der alte Mann, der mich so schlecht behandelt hat? Ach, was kommt es darauf an? Soll er doch sein, wo er will, und dort bleiben. Doch du bist Umslopogaas, mein Bruder, oder solltest es sein, bei der Größe deiner Axt. Den Mann hinter der Axt kann ich bei dem Licht nicht genau erkennen; aber die Axt erkenne ich, denn sie ist einmal dicht vor meinen Augen niedergefahren.«

So sprach sie immer weiter, um Zeit zu gewinnen, und dabei ließ sie nicht eine Sekunde ihren Blick von Umslopogaas, bis sie sicher war, daß er es war und kein anderer. Dann hörte sie auf zu sprechen, warf sich an seine Brust und küßte ihn.

»Hoffentlich schläft Zinita fest«, murmelte Umslopogaas, der sich plötzlich daran erinnerte, daß Nada nicht seine Schwester war, auch wenn sie es noch glaubte.

Er nahm sie bei der Hand und sagte: »Tritt ein, Schwester. Von allen Mädchen der Welt bist du mir am meisten willkommen, da ich dich schon tot glaubte.«

Ich aber, Mopo, lief vor ihnen in die Hütte, und als sie hereingetreten, sah Nada mich beim Feuer sitzen.

»Hier ist er, mein Bruder«, sagte Nada und deutete mit dem Finger auf mich, »hier ist der alte *Umfagozan*, der erst vor einer kurzen Weile Schande auf mich gebracht hat. Ah! mein Bruder, er hat mich, ein Mädchen, mit seinem Kerrie geschlagen, und das nur, weil ich ihm sagte, ich würde ihn für seine Unverschämtheit mit dem Assegai durchbohren. Und er hat etwas noch Schlimmeres getan: Er schwor, daß er mich zu irgendeinem alten Häuptling schleppen und mich ihm zum Geschenk machen würde, und das wollte er gerade tun, als plötzlich du da warst. Wirst du zulassen, daß diese Dinge ungestraft bleiben, mein Bruder?«

Nun lächelte Umslopogaas grimmig, und ich antwortete: »Wie hast du mich vorhin genannt, als du mich anflehtest, dich zu schützen? Mein Vater, hast du mich genannt, war es nicht so?« und ich wandte mein Gesicht so, daß das Licht des Feuers darauf fiel.

»Ja, ich habe dich Vater genannt, alter Mann. Das ist nicht ungewöhnlich, denn ein heimatloser Wanderer muß Väter finden, wo er kann – und doch!... Nein, es kann nicht sein! So verändert... Und diese weiße Hand! Und doch... oh! wer bist du? Einst gab es einen Mann namens Mopo, und er hatte eine kleine Tochter, die Nada hieß. – Oh! Mein Vater, mein Vater! Jetzt erkenne ich dich!«

»Ja, Nada – doch ich habe dich schon im ersten Augenblick erkannt; durch all deine Verkleidung und nach all den Jahren habe ich dich sofort erkannt.«

Nun fiel mir die Lilie um den Hals und schluchzte, und ich glaube, ich habe auch geweint.

Als sie dann mit dem Schluchzen fertig war, brachte Umslopogaas Nada, der Lilie, *maas* zu essen und einen Maisbrei. Sie aß die geronnene Milch, doch von dem Maisbrei aß sie nichts, weil sie zu müde sei, sagte sie.

Nun erzählte sie uns die Geschichte ihrer langen Wanderung, seit sie sich von der Höhle der Halakazi von Umslopogaas getrennt und in die Ebene hinaus geflohen war, und ihre Erzählung war so lang, so lang, daß ich sie nicht wiederholen möchte. Nur dies will ich erzählen: daß Nada unterwegs von Räubern gefangengenommen wurde und eine Weile als Junge unter ihnen lebte; doch schließlich fand man heraus, daß sie eine Frau war und wollte sie dem Häuptling geben. Aber Nada überredete sie, den Häuptling zu töten und sie zum Häuptling zu machen, und sie taten es auch, wegen der Medizin in ihren Augen, die nur Nada von allen Frauen besaß, und wie sie durch diese Medizin in ihren Augen die Halakazi beherrscht hatte, so beherrschte sie jetzt auch diese Räuber. Doch am Ende liebten alle Räuber sie, und sie verkündete, daß sie nur den stärksten von ihnen nehmen würde. Da begannen sie übereinander herzufallen, und während sie einander töteten – so brachte Nada den Tod über die Räuber, wie sie den Tod über alle anderen brachte – gelang ihr die Flucht, indem sie den Männern sagte, sie wolle sich ihren Kampf nicht mitansehen, sondern würde etwas entfernt auf den Sieger warten.

Danach hatte sie noch eine Reihe anderer Abenteuer zu bestehen, doch schließlich traf sie eine alte Frau, die ihr den Weg zum Geisterberg wies. Wer diese alte Frau war, konnte natürlich niemand herausfinden, doch Galazi schwor, als er später davon hörte, daß es die Stein-Hexe des Geisterberges selbst gewesen sei, die sich in eine alte Frau verwandelt habe, um Nada zu Umslopogaas zu führen, damit sie das Leid und die Freude des Volkes der Axt würde. Ich weiß nicht, ob es so gewesen ist, mein Vater, doch kann ich mir kaum vorstellen, daß die alte Hexe wegen einer so unwichtigen Sache aus ihrem Stein herausgekrochen ist.

Als Nada nun mit ihrer Erzählung zu Ende gekommen war, berichtete Umslopogaas ihr, wie es ihm bei Dingaan ergangen war. Als er ihr erzählte, wie er die Leiche des Mädchens vor den König gelegt und ihm gesagt habe, dies sei der Stengel der verwelkten Lilie, sagte sie, so sei es gut gewesen; und als er ihr erzählte, wie er den Verräter zerbrochen habe, klatschte sie in die Hände, obwohl Nada ein weiches Herz hatte und Erzählungen vom Töten sonst nicht mochte. Doch als er zum Ende kam, war sie plötzlich sehr bedrückt und sagte, es schiene, als ob ein böses Schicksal sie verfolge und daß die Menschen vom Volk der Axt nun ihretwegen in Gefahr seien, von Dingaan getötet zu werden.

»Ach! Mein Bruder«, sagte sie, und umklammerte die Hand Umslopogaas', »lieber würde ich sterben, als auch dir Unheil zu bringen!«

»Das würde nichts mehr ändern, Nada«, antwortete er. »Ob du nun tot bist oder lebst, der Haß Dingaans lastet bereits auf mir. Und, Nada, dieses sollst du wissen: *Ich bin nicht dein Bruder!*«

Als die Lilie diese Worte vernahm, stieß sie einen kleinen Schrei aus, ließ die Hand Umslopogaas' fahren, umklammerte die meine und drängte sich an mich.

»Was soll das heißen, mein Vater?« fragte sie. »Er, der mein Zwilling war, er, mit dem ich aufgewachsen bin, sagt, daß er mich all die Jahre belogen hat, daß er nicht mein Bruder ist; wer, dann, ist er, mein Vater?«

»Er ist dein Vetter, Nada.«

»Ah«, antwortete sie, »das macht mich froh. Ich wäre unglücklich gewesen, wenn der, den ich liebe, sich mir als ein Fremder enthüllt hätte, an dem ich kein Teil habe.« Und sie lächelte ein wenig mit den Augen und mit den Mundwinkeln. »Doch erzähle mir auch diese Geschichte.«

Also erzählte ich ihr die Geschichte von der Geburt Umslopogaas', denn ich vertraute ihr.

»Ah«, sagte sie, als ich zu Ende gesprochen hatte, »ah, du bist der Sproß einer bösen Rasse, Umslopogaas, selbst wenn es eine königliche ist. Ich werde dich von nun an nur noch ein wenig lieben, Kind des Hyänen-Mannes.«

»Das wäre schlimm«, sagte Umslopogaas, »denn du sollst wissen, Nada, daß ich mir wünsche, du würdest mich noch mehr lieben als bisher – daß du meine Frau sein und mich als deinen Mann lieben sollst!«

Jetzt wurde das Gesicht der Lilie ernst und sanft, und aller versteckter Spott schwand aus ihren Zügen und aus ihren Worten.

»Hast du mir nicht in jener Nacht in den Höhlen der Halakazi von einer Zinita gesprochen, die deine Frau ist und die *Inkosikaas* des Volkes der Axt?«

Umslopogaas runzelte die Stirn. »Was ist mit Zinita?« sagte er. »Es ist wahr, sie ist meine Hauptfrau, aber ist es nicht erlaubt, daß ein Mann mehr Frauen nehmen kann als nur eine?«

»So ist es wohl«, antwortete Nada lächelnd, »denn sonst würden viele Männer lange unverheiratet bleiben, weil nur wenige Mädchen die nehmen würden, bei denen sie ihr ganzes Leben lang allein arbeiten müßten. Aber, Umslopogaas, auch wenn zwanzig Frauen da sind, muß doch eine von ihnen die erste sein. Nun ist es so mit mir: Wo immer mich das Schicksal bis jetzt hingeworfen hat, hat es mich auch zur ersten gemacht, und so mag es auch dieses Mal kommen – was dann, Umslopogaas?«

»Laß die Frucht reifen, bevor du sie pflückst, Nada«, antwortete er. »Wenn du mich liebst und mich heiratest, so ist es mir genug.«

»Ich hoffe, daß es dir nicht mehr als genug sein wird«, sagte sie und streckte ihm die Hand entgegen. »Höre, Umslopogaas; frage meinen Vater, wie die Worte lauteten, die ich ihm vor vielen Jahren sagte, bevor ich zur Frau wurde, als ich ihn, mit meiner Mutter, Macropha, verließ, um zum Volk der Swazi zu gehen. Es war, nachdem du von einer Löwin fortgeschleppt worden warst, Umslopogaas. Ich sagte meinem Vater, daß ich nie in meinem Leben einen Mann heiraten würde, weil ich nur dich liebe, und du seist tot. Mein Vater schalt mich dafür und sagte, ich dürfe nicht so von meinem Bruder sprechen; doch es war mein Herz, das gesprochen hatte, und es sprach die Wahrheit, denn, Umslopogaas, du bist nicht mein Bruder! Ich habe meinen Schwur gehalten. Wie viele Männer waren es, die mich heiraten wollten, seit ich zur Frau geworden bin, Umslopogaas? Ich sage dir, es waren mehr, als es Blätter an einem Baum gibt. Doch habe ich mich keinem gegeben, und es war ein Glück für mich, daß mich niemand in eine Ehe gezwungen hat. Jetzt erhalte ich die Belohnung für mein Warten, denn der, den ich verloren glaubte, wurde wiedergefunden, und ihm allein gebe ich all meine Liebe.

Doch hüte dich, Umslopogaas! Über alle ist Unglück gekommen, die mich geliebt haben; selbst über die, die mich nur um sich haben wollten, um mich immer sehen zu könnnen.«

»Ich werde dieses Risiko auf mich nehmen, Nada«, sagte der Schlächter, und er zog sie an seine breite Brust und küßte sie.

Schließlich löste sie sich aus seinen Armen und bat ihn, sie allein zu lassen, denn sie sei müde und wolle schlafen.

Und er ging.

KAPITEL XXXI

Der Krieg der Frauen

Beim Morgengrauen des folgenden Tages kam Galazi vom Geisterberg herab und trat durch das Tor des Kraals.

Vor meiner Hütte sah er Nada, die Lilie, sitzen, und er grüßte sie, da er sich an sie erinnerte. Dann trat er auf den Großen Platz und sprach mit mir.

»Ich sehe, daß der Stern des Todes beim Volk der Axt aufgegangen ist, Mopo«, sagte er. »War es wegen ihrer Ankunft, daß meine grauen Freunde gestern nacht so seltsam heulten? Ich weiß es nicht, aber ich weiß dies: Der Stern schien als erstes auf mich an diesem Morgen, und das ist mein Unheil. Nun, sie ist schön genug, um vielen Unheil zu bringen, Mopo.« Und er lachte und ging, seine Keule schwingend, weiter. Doch seine Worte bedrückten mich, weil sie in mir die Erinnerung weckten, daß überall dort, wo der Anblick Nadas die Herzen der Männer erfreut hatte, auch Männer zu Tode gekommen waren.

Dann ging ich zu meinem Haus zurück, um Nada abzuholen und sie zum Großen Platz zu bringen. Sie erwartete mich bereits; sie hatte einige der Kleider angelegt, die ich ihr gebracht hatte; ihr lokkiges Haar fiel ihr auf die Schultern, um ihren Hals und um die Handgelenke und unter dem linken Knie trug sie Ringe aus Elfenbein, und in der Hand hielt sie eine Lilie, die sie gepflückt hatte, als sie zum Baden ans Flußufer gegangen war. Vielleicht hatte sie das getan, mein Vater, weil sie auch hier die Lilie genannt werden wollte, und es ist ein Brauch der Zulu, Menschen nach solchen Kleinigkeiten zu benennen. Doch welcher Mann kennt schon die Gedanken einer Frau und könnte sagen, was sie mit einer bestimmten Absicht tut und was Zufall ist?

Sie hatte mich auch um einen Umhang gebeten, den ich besaß; es war dies eine wunderbare Arbeit der Basutos, aus den weißesten Straußenfedern, die ich jemals gesehen habe; und diesen Umhang legte sie sich um ihre Schultern, und er hing ihr bis zur Hüfte herab. Schon in ihrer Kindheit hatte Nada immer versucht, von anderen abzustechen und sich nie so zu kleiden wie die anderen Mädchen, die nackt herumliefen, bis auf ihre Gürtel; sie hatte immer ein Tuch oder ein Fell gefunden, das sie sich um ihre Brüste binden konnte. Vielleicht lag es daran, daß ihre Haut heller war als die anderer Mädchen, oder weil sie wußte, das die, welche ihre Schönheit verbirgt, oft als die Schönste erscheint, oder weil vielleicht etwas Wahres war an der Geschichte von ihrem weißen Blut, und diese Gewohnheit ihr durch das Blut mitgegeben worden war. Ich weiß es nicht, mein Vater; auf jeden Fall machte sie es so.

Nun nahm ich Nada bei der Hand und führte sie durch die Morgenluft zum Großen Platz, den wir auch den Platz der Versammlung nennen, und – ah! – sie war süßer als die Luft und schöner als die aufgehende Sonne.

Es waren viele Menschen auf dem Platz, denn es war der Tag der monatlichen Versammlung des Rates, und auch alle Frauen des Kraals waren gekommen, und an ihrer Spitze stand Zinita. Nun hatte es sich bereits herumgesprochen, daß das Mädchen, das der Schlächter aus den Höhlen der Halakazi geholt hatte, in den Kraal des Volkes der Axt gekommen war, und alle warteten auf sie.

»*Ou!*« sagten die Männer, als sie lächelnd an ihnen vorbeischritt, ohne nach links oder nach rechts zu blicken, und doch alles sah. »*Ou!* ist diese Blume schön! Kein Wunder, daß die Halakazi für sie gestorben sind!«

Die Frauen sahen sie auch an, doch sie sagten kein Wort über die Schönheit Nadas; sie schienen sie kaum zu bemerken.

»Das ist die, für die so viele unserer Männer unbeerdigt liegen«, sagte eine.

»Wo hat sie diese feinen Kleider gefunden«, sagte eine andere, »sie, die gestern nacht als abgerissener Wanderer hier ankam?«

»Federn allein reichen ihr nicht; seht, sie muß auch noch Blumen tragen; aber sie passen besser zu ihren Händen als der Stiel einer Grabhacke«, bemerkte eine dritte.

»Ich denke, daß der Häuptling des Volkes der Axt jetzt eine gefunden hat, die er mehr verehrt als die Axt, und daß einige darüber in Trauer gehen werden«, sagte eine vierte und warf einen raschen Blick auf Zinita und die anderen Frauen aus dem Haushalt des Schlächters.

So sprachen die Frauen und warfen ihre Worte wie Assegais, und Nada hörte sie alle, und sie wußte auch, was sie bedeuteten, doch das Lächeln wich nicht für eine Sekunde von ihrem Gesicht.

Nur Zinita sagte nichts, sondern blickte Nada unter gesenkter Stirn an, während sie an der linken Hand die kleine Tochter Umslopogaas' hielt, ihr Kind, und durch die Finger der rechten Hand Kugeln der Kette gleiten ließ, die um ihren Hals lag. Wir gingen an ihr vorbei, und Nada, die sehr wohl ahnte, wer diese Frau war, wandte ihren Kopf und sah mit direktem Blick in die zornigen Augen Zinitas. Was in diesem Blick lag, kann ich nicht sagen, doch weiß ich, daß Zinita, die Angst kaum kannte, etwas in Nadas Blick sah, das sie fürchten ließ. Zumindest war sie es, die sich abwandte – und die Lilie ging sanft lächelnd weiter, auf Umslopogaas zu, den sie mit einem leichten Kopfnicken begrüßte.

»Sei gegrüßt, Nada!« sagte der Schlächter. Dann wandte er sich an seine Dorfältesten und sagte: »Dies ist sie, um die wir zu den Höhlen der Halakazi gezogen sind, und die Dingaan haben wollte. *Ou!* Die Sache ist jetzt heraus! Einer erzählte sie im Kraal des Königs, der sie nicht mehr erzählen kann. Sie hat mich gebeten, sie vor Dingaan zu retten, und das habe ich auch getan, und alles wäre gut gegangen, wenn nicht dieser Verräter gewesen wäre, den ich zerbrochen habe, denn ich hatte für Dingaan eine andere mitgenommen. Seht sie euch an, meine Freunde, und sagt mir, ob ich nicht recht daran getan habe, sie für mich zu gewinnen – die Lilie, wie es keine zweite auf der Welt gibt – zur Freude des Volkes der Axt, und zur Frau für mich.«

Mit einer Stimme antworteten die Dorfältesten: »Du hast wahrhaftig recht getan, Schlächter«, denn die Schönheit Nadas blendete sie, und sie würden sie verehren, wie andere vor ihnen sie verehrt hatten. Nur Galazi, der Wolf, schüttelte den Kopf. Aber er sagte nichts, denn Worte sind machtlos gegen das Schicksal. Da nun Zinita, wie ich später erfuhr, herausgefunden hatte, aus welcher Wurzel Umslopogaas war, wußte sie auch, daß Nada nicht seine Schwester sein konnte. Trotzdem fragte sie, als Umslopogaas erklärte, daß er die Lilie zur Frau nehmen wolle: »Wie kann das sein, Herr?«

»Was soll diese Frage, Zinita?« antwortete er. »Ist es nicht erlaubt, daß ein Mann eine andere Frau nehmen kann, wenn er es will?«

»Das kann er, Herr«, sagte sie; »aber Männer heiraten nicht ihre Schwestern, und ich habe gehört, du habest sie nur deshalb vor Dingaan gerettet, weil sie deine Schwester ist.«

»So habe ich es damals auch geglaubt, Zinita«, antwortete er; »doch jetzt weiß ich es besser. Nada ist die Tochter Mopos, der dort drüben steht, aber er ist nicht mein Vater, obwohl er mich immer seinen Sohn nannte, noch war die Mutter Nadas meine Mutter. So ist es, ihr Leute.«

Jetzt sah Zinita mich an und murmelte: »O du Narr von einem Mund, nicht umsonst habe ich gefürchtet, daß Unheil von dir kommen wird.«

Ich hörte ihre Worte, ließ mir jedoch nichts anmerken, und sie sagte nun: »Hier liegt ein Geheimnis, o Herr Bulalio. Wirst du uns erklären, wer dein Vater ist?«

»Ich habe keinen Vater«, antwortete er, und sein Gesicht verfinsterte sich. »Die Himmel über uns sind mein Vater. Ich bin aus Blut und Feuer geboren worden, und sie, die Lilie, ist von der Schönheit geboren worden, um meine Gefährtin zu sein. Und jetzt schweige, Frau.« Er überlegte einen Augenblick lang, dann setzte er hinzu: »Nein, wenn du es unbedingt wissen mußt: mein Vater war Indabazimbi, der Hexen-Sucher, der Ausschnüffler des Königs, der Sohn Arpis.« Dies sagte Umslopogaas aus einem Einfall des Augenblicks heraus, da er bestritten hatte, mein Sohn zu sein, und den Schwarzen, der tot war, seinen wirklichen Vater, nicht zu nennen wagte. Doch der Ausspruch wurde in späteren Jahren im ganzen Land verbreitet, und die Leute sagten, Umslopogaas sei der Sohn Indabazimbis, des Hexen-Suchers, der geflohen war, und er widersprach diesem Gerücht nicht. Denn als dieses Spiel zu Ende gespielt worden war, wollte er es nicht mehr bekanntwerden lassen, daß er der Sohn Chakas war, da er nun nicht mehr König der Zulus werden wollte und fürchtete, den Zorn Pandas heraufzubeschwören, wenn ihm zu Ohren käme, daß er ein Sohn Chakas war und dadurch ein Geburtsrecht auf den Thron hatte, auf dem nun Panda saß.

Als die Leute dies hörten, dachten sie, daß Umslopogaas es nur gesagt hätte, um sich über Zinita lustig zu machen, und doch sagte er die Wahrheit, als er in seinem Zorn behauptete, von den ›Himmeln über uns‹ geboren zu sein, denn so nennen die Zulus ihren König, und mit diesem Namen hatte der Medizinmann Indabazimbi Chaka an dem Tag des großen Ausschnüffelns angesprochen. Doch die Leute verstanden es nicht in diesem Sinn. Sie glaubten, daß er die Wahrheit spräche, als er sagte, er sei der Sohn Indabazimbis, des Hexen-Suchers, der inzwischen aus dem Land geflohen war, und niemand wußte, wohin.

Jetzt wandte sich Nada an Zinita und sagte zu ihr mit einer süßen, freundlichen Stimme: »Wenn ich auch keine Schwester Bulalios bin, so werde ich doch bald eine Schwester von dir sein, der *Inkosikaas* des Häuptlings. Sollte dich das nicht freuen, Zinita, und solltest du mich nicht in Freundschaft und mit dem Kuß des Friedens begrüßen, die ich von so weit her gekommen bin, um deine Schwester zu sein?« und Nada streckte ihr beide Hände entgegen, aber ob sie dies mit ihrem Herzen tat, oder nur, um sich vor den Leuten ins rechte Licht zu setzen, daß weiß ich nicht. Doch Zinita blickte sie mit finsterem Gesicht an und zerrte an ihrer Halskette, daß die Schnur riß und die Kugeln, die mit dieser Schnur aufgereiht waren, nach allen Seiten zu Boden sprangen.

»Behalte deine Küsse für unseren Herrn, Mädchen«, sagte Zinita mit vor Zorn bebender Stimme. »So wie die Kugeln meiner Halskette in alle Richtungen verstreut sind, so wirst du das Volk der Axt in alle Winde zerstreuen.«

Nada wandte sich mit einem leisen Seufzen ab, und die Leute begannen zu murmeln, denn sie dachten, daß Zinita sie schlecht behandelt habe. Dann streckte Nada ihre Hand aus und reichte Umslopogaas die Lilie mit den Worten: »Hier ist ein Pfand unserer Heirat, Herr, denn mein Vater und ich haben nicht ein einziges Rind, um es dir geben zu können – wir, die wir Ausgestoßene sind; möge ich dir Glück und Frieden bringen, mein Herr!«

Umslopogaas nahm die Blume und sah etwas lächerlich damit aus – man war den Anblick der Axt in seinen Händen gewöhnt, nicht den einer Blume; und damit war jenes Gespräch zu Ende.

Nun wollte es der Zufall, daß dies der Tag des Jahres war, an dem, nach altem Brauch, der Halter der Axt alle Männer herausfordern mußte, um mit ihm um den Besitz des *Witwenmachers* und um die Häuptlingswürde über das Volk der Axt zu kämpfen. Deshalb erhob sich Umslopogaas, nachdem dieses Gespräch zu Ende war, und sprach die vorgeschriebenen Worte der Herausforderung, in der festen Überzeugung, daß niemand sie annehmen würde, denn schon seit Jahren hatte es keiner mehr gewagt, sich ihm zu stellen. Doch an diesem Tag traten drei Männer vor, und zwei von ihnen waren Hauptleute, die der Schlächter liebte. Zusammen mit allem Volk blickte er sie verwundert an.

»Was soll das?« sagte er mit leiser Stimme zu dem Hauptmann, der ihm am nächsten stand und als erster gegen ihn kämpfen würde.

Zur Antwort deutete der Mann schweigend auf die Lilie. Nun begriff Umslopogaas, daß die Medizin von Nadas Schönheit in allen Männern den Wunsch weckte, sie zu besitzen, und da der, der die Axt gewann, auch sie bekam, würde er gegen viele kämpfen müssen. Nun, so mußte er eben kämpfen oder sich beschämen lassen.

Von diesem Kampf gibt es wenig zu sagen, mein Vater. Umslopogaas erschlug den ersten Mann und auch den zweiten, und der dritte verlor daraufhin seinen Mut und erklärte eilig, auf den Kampf gegen den Schlächter verzichten zu wollen.

»Ah!« sagte Galazi, der neben mir stand und zusah: »Was habe ich dir gesagt, Mopo? Der Fluch beginnt schon zu wirken. Er ist der ständige Begleiter deiner Tochter, alter Mann.«

»Das fürchte ich auch«, antwortete ich, »und doch ist dieses Mädchen schön und gut und sanft.«

»Das ändert nichts daran«, sagte Galazi.

An diesem Tage nun nahm Umslopogaas Nada, die Lilie, zur Frau, und für eine Weile war alles ruhig und friedlich. Doch wuchs in dieser Zeit die Wurzel des Unheils, das über uns kommen sollte, denn von dem Tag an, an dem Umslopogaas Nada zur Frau genommen hatte, haßte er selbst den Anblick seiner anderen Frauen – und am meisten den Anblick Zinitas. Galazi sagte, das sei, weil Nada ihn verhext habe, doch ich weiß, daß die einzige Hexerei, die sie anwandte, die Medizin ihrer Augen, ihrer Schönheit und ihrer Liebe war. Trotzdem geschah es, daß der Schlächter von nun an und bis lange nach ihrem Tod nur sie liebte, sie allein, und das ist die schlimmste Krankheit, die einen Mann befallen kann.

Wie du dir sicher denken kannst, mein Vater, nahmen Zinita und seine anderen Frauen ihm das sehr übel. Eine Weile warteten sie ab, weil sie glaubten, seine Liebe zu Nada würde sich bald abgenutzt haben, doch dann begannen sie sich zu beklagen, bei ihrem Mann und bei anderen, bis die Menschen des Kraals schließlich in zwei Parteien gespalten waren: die Partei Zinitas und die Partei Nadas.

Die Partei Zinitas bestand nur aus Frauen und aus solchen Männern, die ihre Frauen liebten und fürchteten. Die Partei Nadas aber war weitaus stärker, und sie bestand nur aus Männern, und aus dieser Spaltung entstand viel Bitterkeit auf den Plätzen und viel Streit in den Hütten. Aber weder die Lilie noch Umslopogaas kümmerten sich darum, sie kümmerten sich eigentlich um gar nichts, da sie völlig in ihrer Liebe zueinander aufgingen.

Eines Tages nun, als sie schon drei Monde lang verheiratet waren, kam Nada aus der Hütte ihres Mannes, als die Sonne schon hoch am Himmel stand, und ging einen steinigen Weg entlang zum Flußufer, um zu baden. Zur Rechten dieses Weges lagen die Maisfelder des Häuptlings, und Zinita und die anderen Frauen Umslopogaas' arbeiteten auf diesen Feldern und rissen Unkraut heraus. Sie blickten auf und sahen Nada vorbeigehen, und ihre Gesichter wurden finster. Nach einer Weile sahen sie sie vom Fluß zurückkommen, vom Bad erfrischt und mit Blumen im Haar, und während sie so ging, sang sie ein Liebeslied.

Nun warf Zinita ihre Grabhacke zu Boden.

»Müssen wir uns das bieten lassen, meine Schwestern?« rief sie empört.

»Nein«, antwortete eine andere, »das lassen wir uns nicht bieten. Was sollen wir tun? Sollen wir über sie herfallen und sie töten?«

»Es wäre gerechter, Bulalio zu töten, unseren Herrn«, sagte Zinita. »Nada ist nur eine Frau, und nach Art der Frauen nimmt sie sich alles, was sie bekommen kann. Doch er ist ein Mann und ein

Häuptling und sollte mit Weisheit handeln und mit Gerechtigkeit.«

»Sie hat ihn mit ihrer Schönheit verhext«, sagte die andere Frau. »Kommt, wir wollen sie töten.«

»Nein«, sagte Zinita, »ich werde mit ihr sprechen«, und sie ging und trat Nada in den Weg, die Arme vor der Brust gekreuzt.

Als Nada sie sah, hörte sie auf zu singen und streckte ihr die Hand entgegen. »Sei gegrüßt, Schwester«, sagte sie mit einem freundlichen Lächeln. Doch Zinita nahm ihre Hand nicht. »Es schickt sich nicht, Schwester«, sagte sie, »daß meine Hand, die von der Arbeit rauh und schmutzig ist, die deine verunreinigt, die frisch ist vom Bad und vom Duft der Blumen. Doch will ich dir eine Botschaft geben, eine Botschaft von mir und von jenen dort, den anderen Frauen unseres Herrn, Bulalio: Das Unkraut wächst dicht auf jedem Feld, und wir sind nur wenige Frauen; nun, da eure Liebestage vorüber sind, willst du nicht kommen und uns helfen? Wenn du keine Hacke von deinem Kraal in Swaziland mitgebracht hast, wollen wir dir gerne eine besorgen.«

Jetzt erkannte Nada, was die andere vorhatte, und das Blut schoß ihr ins Gesicht. Doch antwortete sie mit ruhiger, freundlicher Stimme: »Gerne würde ich euch helfen, meine Schwester, obwohl ich noch nie in den Feldern arbeiten mußte, denn wo immer ich lebte, haben die Männer verhindert, daß ich eine Arbeit verrichtete – mit Ausnahme des Windens von Blumenkränzen und des Aufreihens von Kugeln zu Ketten. Doch steht dies dagegen: Umslopogaas, mein Mann und mein Herr, hat verboten, daß ich mit meinen Händen arbeite, und ich darf ihm nicht ungehorsam sein.«

»Unser Mann hat dir verboten, zu arbeiten, Nada? Das ist seltsam. Sieh, ich bin seine Hauptfrau, seine *Inkosikaas* – ich war es, die ihm sagte, wie er die Axt gewinnen könne. Und doch hat er weder mir noch einer meiner Schwestern so ein Verbot erteilt, in den Feldern zu arbeiten, wie es den Frauen zukommt – selbst mir nicht, seiner Hauptfrau, die ich ihm Kinder geboren habe. Könnte es sein, Nada, daß Bulalio dich mehr liebt als uns?«

Nun saß die Lilie in einer Falle, und sie wußte es. Also spielte sie ihren Stolz aus.

»Eine muß die Meistgeliebte sein, Zinita«, sagte sie, »so wie auch eine die Schönste sein muß. Du hattest deine Stunde, gönne mir jetzt die meine; sie wird vielleicht nur kurz sein. Außerdem haben Umslopogaas und ich uns schon lange geliebt, viele Jahre, bevor du und seine anderen Frauen ihn kannten, und wir werden uns bis zum Ende lieben. Mehr ist dazu nicht zu sagen.«

»Nein, Nada, es gibt noch etwas, das gesagt werden muß: Du hast zwei Möglichkeiten: Geh fort und laß uns mit unserem Herrn glücklich sein, oder bleibe und bringe über uns alle den Tod.«

Nun dachte Nada eine Weile nach, dann antwortete sie: »Wenn ich glaubte, daß meine Liebe dem, den ich liebe, den Tod brächte, würde ich keine Minute zögern und ihn verlassen; aber, Zinita, ich glaube es nicht. Der Tod liebt die Schwachen, und wenn er kommen sollte, so um die Blume zu holen und nicht den Schlächter.« Sie trat an Zinita vorbei und ging weiter, auf den Kraal zu; doch sie sang nicht mehr.

Zinita sah ihr nach, bis sie hinter einer kleinen Anhöhe verschwand, und ihr Gesicht war so finster wie der Himmel vor einem Unwetter. Dann kehrte sie zu den anderen Frauen zurück.

»Die Lilie verhöhnt uns alle, meine Schwestern«, sagte sie. »Hört meinen Rat: Wir werden verkünden, daß ein Frauenfest stattfinden soll, und zwar bei Anbruch des neuen Mondes und an einem geheimen Ort. Alle Frauen und Kinder werden zu diesem Fest kommen, alle außer Nada, die ihren Geliebten nicht verlassen wird, und wenn es einen Mann gibt, den eine Frau wirklich liebt, so täte sie gut daran, meine Schwestern, ihn zur Zeit des neuen Mondes auf eine Reise zu schicken, denn großes Unheil könnte über den Kraal des Volkes der Axt hereinbrechen, während wir fort sind und unser Fest feiern.«

»Was für ein Unheil, meine Schwester?« fragte eine.

»Wie kann ich das wissen?« antwortete Zinita. »Ich weiß nur, daß wir uns entschlossen haben, diese Nada loszuwerden, um uns dadurch an einem Mann zu rächen, der unsere Liebe verschmäht – und auch an solchen Männern, die der Schönheit Nadas huldigen. Ist es nicht so, meine Schwestern?«

»So ist es«, antworteten sie.

»Dann schweigt über diese Sache und laßt uns unser Fest geben.«

Nun berichtete Nada Umslopogaas von dem Wortwechsel, den sie mit Zinita gehabt hatte, und der Schlächter war verärgert. Doch seine Torheit und die Medizin der Augen Nadas hinderten ihn daran, sein Verhalten zu ändern, sondern er wich nicht eine Minute von ihrer Seite und dachte nur noch an sie. Als also Zinita später zu ihm kam und ihn um die Erlaubnis bat, ein Frauenfest geben zu dürfen, das weit vom Kraal entfernt gehalten werden sollte, gab er bereitwillig seine Zustimmung, denn vor allem anderen wollte er Zinita und ihr zorniges Gesicht für eine Weile nicht mehr sehen, und er dachte mit keinem Gedanken daran, daß dieses Fest Teil eines Komplotts sein könnte. Er sagte ihr nur, daß Nada nicht daran teilnehmen würde; und beide Frauen, Zinita und Nada, sagten sofort und wie aus einem Mund, daß sein Wille ihnen Befehl sei.

Nun sah ich, Mopo, wie sehr Umslopogaas, mein adoptierter Sohn, im Bann der Schönheit Nadas stand, und ich sprach mit Galazi darüber und sagte ihm, daß wir einen Weg finden müßten, um diesen Bann zu brechen. Dann zog ich Galazi ganz in mein Vertrauen und erzählte ihm alles, was er über Umslopogaas noch nicht wußte, und das war sehr wenig. Ich erzählte ihm auch von meinem Plan, den Schlächter auf den Thron der Zulus zu bringen, und was ich bereits getan hatte, um dieses Ziel zu erreichen, und was ich noch zu tun gedächte, und dies war, einige der großen Häuptlinge selbst aufzusuchen und sie auf unsere Seite zu ziehen.

Galazi hörte mir schweigend zu und sagte dann, es könne gut oder schlecht sein, wie es das Schicksal wolle. Er sei jedoch fest davon überzeugt, daß die Tochter schneller niederreißen würde, als ich, der Vater, aufbauen könne, und er deutete dabei auf Nada, die gerade an uns vorüberging an der Seite Umslopogaas'.

Doch ich war fest entschlossen, diese lange Reise zu den Häuptlingen zu unternehmen, und ich brach zu ihr am Vorabend des Tages auf, an dem Zinita Umslopogaas' Erlaubnis erhielt, ein Frauenfest zu geben. Ich suchte Umslopogaas auf und teilte ihm meinen Plan und meinen Entschluß mit, doch er hörte mir nur mit halbem Ohr zu, weil er wieder bei Nada sein wollte und meine Reden über Politik ihn langweilten. Also verabschiedete ich mich von ihm und ging; ich verabschiedete mich auch von Nada, doch der Name ihres Mannes vermischte sich mit dem meinen bei ihrem Lebewohl.

»Jetzt hat der Wahnsinn diese beiden befallen«, murmelte ich. »Aber das wird sich legen; noch bevor ich wieder zurück bin.«

KAPITEL XXXII

Zinita kommt zum König

Eines Tages saß Dingaan, der König, in seinem Kraal Umgugundhlovu und wartete auf die Rückkehr seiner *Impis* vom Income, der jetzt der Blut-Fluß heißt. Er hatte sie dorthin geschickt, um das Laager der Buren zu zerstören, und er erwartete, daß sie bald siegreich zurückkehren würden. Als er so auf die Rückkehr seiner *Impis* vom Income wartete, blickte er zum Himmel hinauf und sah die Geier über dem Hügel des Schlachtens ihre Kreise ziehen, und bei ihm stand ein Regiment.

»Meine Vögel sind hungrig«, sagte er zu einem seiner Berater.

»Sicher wird es bald Fleisch geben, um sie zu füttern, o König!« antwortete der Berater.

Während er das sagte, trat einer heran und sagte, daß eine Frau um die Gnade bäte, den König sprechen zu dürfen; es handele sich um eine sehr wichtige Sache.

»Sie soll kommen«, sagte der König. »Ich hungere nach Neuigkeiten; vielleicht kann sie mir etwas über meine *Impis* sagen.«

Die Frau wurde vor den König geführt. Sie war groß und hübsch, und sie führte zwei Kinder an ihren Händen.

»Was ist dein Geschäft?« fragte Dingaan.

»Gerechtigkeit, o König«, antwortete sie.

»Bitte mich um Blut, das ist leichter zu finden als Gerechtigkeit.«

»Ich bitte um Blut, o König.«

»Um wessen Blut?«

»Um das Blut von Bulalio, dem Schlächter, dem Häuptling des Volkes der Axt, um das Blut von Nada, der Lilie, und all derer, die sie bewundern.«

Als er diese Namen hörte, sprang Dingaan auf, stieß einen Fluch auch und schrie: »Was? Die Lilie lebt also tatsächlich, wie dieser Soldat es mir gesagt hat?«

»Sie lebt, o König. Sie ist die Frau des Schlächters, und durch ihre Hexerei hat sie mich, seine Erste Frau, verdrängt, gegen alle Gesetze und Sitten unseres Volkes. Deshalb bitte ich um Rache an dieser Hexe, und auch um Rache an dem, der mein Mann war.«

»Du bist wirklich eine gute Ehefrau«, sagte der König. »Mögen die Himmel mich vor einer wie dir bewahren. Höre! Ich würde dir deine Bitte gern erfüllen, denn auch ich hasse den Schlächter, und auch ich möchte diese Lilie zertreten. Doch, Frau, kommst du zu einer schlechten Stunde. Ich habe nur ein Regiment hier, und ich glaube, daß man mehr braucht, um den Schlächter zu töten. Warte, bis meine *Impis* zurück sind, die ich ausgesandt habe, um die weißen *Amaboona* aufzufressen, dann soll geschehen, was du verlangst. – Wessen Kinder sind diese?«

»Es sind meine Kinder, o König, und die Bulalios, meines Mannes.«

»Die Kinder dessen, den du töten lassen willst?«

»Ja, o König.«

»Wahrlich, du bist als Mutter genauso gut wie als Frau!« sagte Dingaan. »Ich habe gesprochen. Geh!«

Doch das Herz Zinitas war hungrig auf Rache, und sie sollte rasch und schrecklich sein, die Rache an der Lilie, die auf ihrem Platz lag, und an ihrem Mann, der sie der Lilie wegen zur Seite gestoßen hatte. Sie wollte nicht warten – nein! nicht einmal eine Stunde.

»Höre, o König!« rief sie. »Das ist noch nicht alles! Dieser Mann, Bulalio, schmiedet ein Komplott gegen deinen Thron, gemeinsam mit einem Mopo, Sohn Makedamas, der dein Berater war.«

»Er macht ein Komplott gegen den Thron, Frau? Die Eidechse macht ein Komplott gegen die Felswand, auf der sie sich sonnt? Nun, soll er. Und was dieser Mopo angeht, den werde ich eines Tages schon erwischen!«

»Das wirst du, o König! Doch ich habe dir noch nicht alles gesagt. Dieser Mann hat einen anderen Namen: Umslopogaas, Sohn Mopos. Aber er ist nicht der Sohn Mopos; er ist der Sohn des Schwarzen, der tot ist, des mächtigen Königs, welcher dein Bruder war, und von Baleka, der Schwester Mopos. Ich habe dies von Mopos eigenen Lippen gehört. Er ist der Erbe dieses Throns durch sein Blut, o König, und du sitzt auf seinem Platz!«

Ein paar Sekunden lang saß Dingaan reglos. Dann befahl er Zinita, näherzukommen und ihm alle Einzelheiten zu berichten.

Nun standen hinter dem Stuhl, auf dem er saß, zwei Berater, und nur diese beiden hatten die letzten Worte Zinitas gehört. Jetzt befahl er ihnen, vor ihn und außer Hörweite zu treten, und auch außer Hörweite aller anderen, die dort standen. Dann trat Zinita näher und erzählte Dingaan die Geschichte von der Geburt Umslopogaas' und alles, was folgte, und an vielen Einzelheiten und gewissen anderen Dingen erkannte Dingaan, daß es eine wahre Geschichte war.

Als sie zu Ende erzählt hatte, ließ Dingaan den Hauptmann des Regiments kommen, das im Kraal war; es war ein großer, kräftiger Mann namens Faku, und einige der Männer, welche die Befehle des Königs vollstrecken.

Zu dem Hauptmann des *Impi* sagte er: »Nimm drei Kompanien und Führer, und komme bei der Nacht über den Kraal des Volkes der Axt, der beim Geisterberg liegt, und brenne ihn nieder und vernichte alle Zauberer, die darin leben. Vor allem aber töte den Häuptling dieses Volkes, den man Bulalio, den Schlächter, nennt, oder auch Umslopogaas! Töte ihn mit der Folter, wenn es dir möglich ist, aber töte ihn und bringe mir seinen Kopf! Bringe mir auch diese Frau, die bei ihm ist, welche Nada, die Lilie, genannt wird, lebend, wenn es geht, denn ich will, daß sie hier vor meinen Augen getötet wird. Und bringe auch die Rinder! Nun geh und geh schnell, noch in dieser Stunde! Wenn du zurückkommst und auch nur eine Winzigkeit meiner Befehle nicht erfüllt hast, wirst du sterben – werdet ihr alle sterben – und langsam. Geh!«

Der Hauptmann salutierte, lief zu seinen Soldaten zurück und schrie Befehle. Drei volle Kompanien traten an und folgten ihm aus dem Tor des Kraals, um zum Geisterberg zu gehen.

Nun rief Dingaan die, welche den Befehl des Königs vollstrecken, deutete auf die beiden Berater, die die Worte Zinitas gehört hatten, und befahl, sie zu töten.

Die Berater hörten es, grüßten den König und bedeckten ihre Gesichter, denn sie wußten, daß sie sterben mußten, weil sie zuviel gehört hatten. Sie wurden getötet. Und einer der beiden war der Berater, der dem König gesagt hatte, daß es sicher bald Fleisch geben würde, um die Vögel des Königs zu füttern.

Dann befahl der König, daß man auch die Kinder Zinitas töten sollte.

Als Zinita das hörte, begann sie zu schreien, denn sie liebte diese Kinder.

Dingaan sagte voller Spott: »Was? Bist du nicht nur falsch, sondern auch dumm? Du hast gesagt, daß dein Mann, den du dem Tod ausgeliefert hast, aus dem Stamme des Schwarzen ist und Erbe des Throns. Du hast gesagt, daß diese Kinder von seinem Samen sind; also sind sie, wenn er tot ist, die Erben meines Throns. Bin ich denn verrückt, sie am Leben zu lassen? Frau, du bist in deine eigene Falle gefallen. Bringt sie fort!«

So mußte Zinita den Trank, den sie für andere Lippen gebraut hatte, selbst kosten, und sie schrie vor Verzweiflung und rang die Hände und rief, daß sie bereue, was sie getan hätte, und Umslopogaas und die Lilie vor dem Unheil warnen wolle, das auf sie warte. Und sie wandte sich und lief auf das Tor zu. Doch der König lachte und gab seinen Männern einen Wink, und sie brachten sie zurück und erschlugen sie zu seinen Füßen mit ihren Keulen.

KERR

Dies, mein Vater, waren die Früchte der Falschheit Zinitas, der Hauptfrau Umslopogaas', meines adoptierten Sohnes.

Doch waren dieses die letzten Morde im Kraal Umgugundhlovu, denn kurz nachdem Dingaan Zinita hatte töten lassen und sich wieder langweilte, hob er den Blick und sah den Hang des Hügels, der vor dem Kraal lag, schwarz von Männern, die er als sein *Impi* erkannte, das er gegen die Buren ausgeschickt hatte.

Doch wo waren ihre stolzen Federbüsche, wo ihre Schilde, wo war der Siegesgesang? Ja, es waren seine Soldaten, die dort herankamen, doch sie gingen in Gruppen, wie Frauen, und sie ließen die Köpfe hängen wie gescholtene Kinder.

Und dann erfuhr er den Grund: das *Impi* war am Ufer des Income geschlagen und fast vernichtet worden; Tausende waren vor dem Lager gestorben, niedergemäht von den Gewehren der Buren, Tausende anderer waren im Fluß Income ertrunken, dessen Wasser rot war, und in dem die Leichen sich übereinandertürmten, so daß die, die noch lebten, auf ihnen den Fluß überqueren konnten.

Dingaan hörte, und er wurde vor Angst geschüttelt, denn er erfuhr auch, daß die *Amaboona* dem geschlagenen *Impi* dicht auf den Fersen folgten.

An diesem Tag floh er in den Busch am Schwarzen Umfolozi, und in der folgenden Nacht war der Himmel rot von den Flammen, die den Kraal Umgugundhlovu verbrannten, in dem der Elefant nie wieder trompeten sollte, und die Geier wurden durch die Flammen vom Hügel des Schlachtens vertrieben.

Galazi saß auf dem Schoß der Stein-Hexe und blickte auf die weite Ebene hinaus, die unterhalb des Geisterberges lag. Helles Mondlicht fiel auf das Land, obwohl es schon kurz vor Tagesanbruch war. Todesbiß winselte an seiner Seite, doch Galazi kümmerte sich nicht um ihn; er dachte über Umslopogaas nach, über seinen Sturz von dem Mann, der er einmal gewesen war, zum Sklaven einer Frau, und über den Zerfall des Volkes der Axt durch die Ankunft Nadas. Alle Frauen und Kinder waren zu diesem Frauenfest gegangen und würden für eine ganze Weile nicht zurückkehren, und Galazi hatte den Eindruck, als ob auch eine ganze Anzahl von Männern mit ihnen verschwunden wäre, als ob sie eine nahe Gefahr witterten.

»Ach, Todesbiß«, sagte Galazi leise zu dem wilden Tier, das an seiner Seite lag, »der Wolfskönig, mein Bruder, hat sich sehr verändert, und nur wegen der Küsse einer Frau. Er jagt jetzt nicht mehr, und der *Witwenmacher* wird nicht mehr geschwungen; ihn verlangt es nur noch nach dem Kuß einer Frau, nicht nach der Berührung deiner Zunge, es ist die Hand einer Frau, die er hält, nicht der Hornstiel der Axt, er, der einst der stärkste aller Männer war und der erste in der Schlacht; durch eine Frau hat er seine Ehre verloren. Chaka war ein großer König, wenn auch ein grausamer, und es war ein Zeichen seiner Größe, als er allen Kriegern die Heirat verbot, denn sie schwächt das Herz und läßt das Blut zu Wasser werden.«

Galazi hörte auf zu sprechen und blickte zum Kraal des Volkes der Axt hinunter, und als er das tat, glaubte er ein Aufblitzen zu sehen, das an einer Hecke im Schatten des Geisterberges entlangzog, so wie die Nadel einer Frau durch ein Leder fährt, einmal sichtbar und dann wieder nicht.

Er richtete sich auf und beobachtete. Ah! Jetzt erkannte er dieses Aufblitzen aus dem Schatten: es war der Widerschein der Sonne auf Speerklingen!

Galazi beobachtete weiter. Es war ein kleines *Impi*, vielleicht zweihundert Männer, die geräuschlos gingen, um unbemerkt zu bleiben. Doch die zogen nicht in den Krieg, da sie keine Federbüsche auf ihren Köpfen trugen. Und doch wollten sie töten, denn sie waren zu Kompanien formiert, und jeder Mann trug mehrere Assegais und einen Schild.

Nun hatte Galazi von solchen *Impis* gehört, die bei Nacht jagen, und ihm war klar, daß dies die Hunde des Königs waren, und daß ihre Beute Menschen sein sollten, ein großer Kraal voller schlafender Menschen, denn sonst wären es weniger Hunde gewesen. Man schickt ja auch nicht eine ganze Meute auf die Hatz, um eine einzige Antilope zu jagen. Galazi fragte sich, wem diese Jagd galt. Ah! jetzt bogen sie zur Furt ab, und nun wußte er: es waren sein Bruder Umslopogaas und Nada, die Lilie, und das Volk der Axt. Dies war die Meute des Königs, und Zinita hatte sie losgelassen. Das also war der Grund, warum sie die Frauen und Kinder aus dem Kraal geholt hatte, und warum auch viele der Männer einen Vorwand gefunden hatten, ihn zu verlassen: um dem Abschlachten zu entkommen.

Galazi sprang auf die Füße. Einen Moment überlegte er: Sollte er nicht diese Jäger zu Gejagten machen? Konnte er sie nicht von den Fängen seiner Wölfe zerreißen lassen, so wie sie vor Jahren ein anderes *Impi* des Königs zerrissen hatten? Ach! wenn er sie nur eine Stunde früher entdeckt hätte, dann wäre kein Mann mehr am Leben, noch bevor sie den Fluß erreicht hätten, denn er hätte ihnen mit seinen Wölfen einen Hinterhalt gelegt. Jetzt aber war das nicht mehr möglich; die Soldaten näherten sich der Furt, und Galazi wußte nur zu gut, daß seine Grauen Brüder nicht auf der anderen Seite des Flusses jagten, obwohl er den Grund dafür nur von den Lippen eines Toten in einem Traum gehört hatte.

Was also konnte er tun? Es gab nur noch eines: er mußte Umslopogaas warnen. Aber wie? Für ihn gab es einen schnelleren und kürzeren Weg zum Kraal des Volkes der Axt – einen Weg, der zu dem des *Impi* verlief wie die Bogensehne zu der Krümmung eines gespannten Bogens. Aber sie hatten die Hälfte dieses Bogens bereits hinter sich gebracht. Trotzdem konnte er es noch schaffen, er, dessen Füße die schnellsten im Land waren – mit Ausnahme der Füße Umslopogaas'. Zumindest mußte er es versuchen. Vielleicht würde das *Impi* am Fluß eine Pause machen, um zu trinken.

So waren die Gedanken Galazis, und seine Gedanken waren so schnell wie ein Blitz. Dann lief er mit großen Sätzen den Berghang hinab. Von Fels zu Fels sprang er wie ein Bock; brach durch Gestrüpp wie ein Bulle und flog wie eine Schwalbe über ebene Strekken. Dann lag der Berg hinter ihm, und vor ihm der gelbe Fluß, der mit Hochwasser schäumte und gischtete wie damals, als er ihn durchschwommen hatte, um den Toten zu suchen. Ah! Ein weiter Sprung mitten in die Strömung; sie war stark und riß ihn mit sich, doch er war stärker als sie. Er war am anderen Ufer und schüttelte das Wasser von sich wie ein Hund, und dann lief er den steinigen Weg entlang, der in leichter Steigung zum Kraal führte, und er lief geduckt, so wie Wölfe laufen.

Vor ihm lag der Kraal – die eine Seite glänzte silbrig im Licht des sinkenden Mondes, die andere war grau vom Dämmern des Morgens. Ah! Dort waren sie; er sah sie durch das Gras zum Osttor des Kraals ziehen; er sah, wie sich die Mörder des Königs nach links und rechts verteilten und geduckt weiterliefen.

Wie konnte er die Männer im Kraal warnen, bevor sich der Ring des Todes schloß? Noch sechs Speerwurfweiten lagen vor ihm, und sie hatten nur noch wenige Schritte! Der Mais stand hoch, und an einer Stelle reichte das Feld fast an den Zaun des Kraals. Er hetzte weiter. Würde Umslopogaas, sein Bruder, schneller sein als der Wolf, der heranlief, um ihn zu retten? Jetzt war er beim Zaun, gedeckt durch die hohen Maisstauden, und links und rechts von ihm krochen die Mörder.

»Ho! Was war das?« sagte einer der Soldaten des Königs zu einem anderen. »Ho! Etwas Großes, Schwarzes ist eben neben mir über den Zaun gesprungen.«

»Ich habe es gehört, Bruder«, antwortete der andere Mann. »Ich habe es gehört, aber nichts gesehen. Es muß ein Hund gewesen sein; kein Mensch kann so hoch springen.«

»Eher ein Wolf«, sagte der erste. »Mindestens ein Wolf, und wir wollen beten, daß es kein *Esedowan** war, der uns in das Loch im Rücken stecken will. Ist dein Feuer bereit, Bruder? Ho! Diese Zauberer sollen warm aus ihren Träumen erwachen!«

In diesem Augenblick schrie eine laute Stimme: »Wacht auf, ihr Schläfer! Der Feind steht vor euren Toren!«

* Ein Fabeltier, von dem die Zulus glauben, daß es Menschen in einem auf seinem Rücken befindlichen Loch entführt.

KAPITEL XXXIII

Das Ende der Geisterwölfe

Galazi lief durch den Kraal und schrie mit lauter Stimme, und aus den Hütten kamen die Geräusche der aus dem Schlaf gerissenen Männer. Sie schliefen alle, es waren keine Wachen aufgestellt, denn Umslopogaas hatte sich so in seiner Liebe zu Nada, der Lilie, verloren, daß er auch seinen Verstand verloren hatte und nicht mehr an Krieg und Tod dachte, noch an den Haß Dingaans. Endlich erreichte Galazi, der Wolf, die große Hütte, die Umslopogaas für Nada hatte errichten lassen, und kroch hinein, weil er wußte, daß er hier seinen Bruder Bulalio finden würde. Und er hatte recht: sie lagen beide schlafend auf einem Lager aus Fellen, und Umslopogaas' Kopf ruhte auf den Brüsten Nadas, und neben ihm lag seine große Axt *Witwenmacher*.

»Wach auf!« schrie der Wolf.

Umslopogaas fuhr hoch und sprang sofort auf die Füße und griff nach der Axt, doch Nada drehte sich nur auf die andere Seite und murmelte: »Laß mich schlafen, der Schlaf ist süß.«

»Vielleicht wirst du bald für immer schlafen!« rief Galazi. »Schnell, Bruder, wirf dir das Wolfsfell über und nimm deinen Schild! Schnell, sage ich dir. Die Mörder des Königs stehen vor deinen Toren!«

Jetzt sprang Nada ebenfalls auf, und sie taten, was er ihnen gesagt hatte; und während sie sich anzogen und Umslopogaas nach seinem Schild griff, nahm Galazi einen Schluck Bier, um wieder zu Atem zu kommen. Dann standen sie vor der Hütte. Der Himmel war jetzt grau, und im Norden und Süden, im Osten und Westen loderten Flammen zu dem grauen Himmel empor, denn der Kraal war von den Mördern des Königs in Brand gesteckt worden.

Umslopogaas sah die Flammen, und seine Sinne kehrten wieder zu ihm zurück; er verstand. »Wohin, Bruder?«

»Durch das Feuer und das *Impi* zu unseren schwarzen und grauen Brüdern auf dem Geisterberg. Wenn wir es schaffen, sind wir sicher.«

»Und was ist mit den Leuten im Kraal?«

»Es sind nicht sehr viele, mein Bruder; die Frauen und Kinder sind fort. Ich habe die Männer geweckt; die meisten werden entkommen. Kommt jetzt, bevor wir verbrennen!«

Sie liefen auf den Zaun zu, und während sie liefen, schlossen sich ihnen zehn andere Männer an, halbwach, verstört, bewaffnet –

einige mit Speeren, andere mit Keulen – und die meisten von ihnen waren nackt. Sie liefen gemeinsam weiter, auf den Zaun zu, der jetzt ein Feuerring um den ganzen Kraal war, Umslopogaas und Galazi voran, und jeder der beiden hielt eine Hand der Lilie umklammert. Sie näherten sich dem Zaun, und von draußen hörten sie das Schreien der Mörder. Der Zaun war ein Flammenmeer. Nada stieß einen leisen Angstschrei aus und wollte stehenbleiben, doch Umslopogaas und Galazi rissen sie mit sich. Sie stürzten auf den brennenden Zaun zu und schlugen mit Axt und Keule eine Bresche in das flammende Ried. Sie waren hindurch, nur leicht verbrannt. Draußen stießen sie auf eine Gruppe der Mörder. Sie standen ein Stück vom Zaun entfernt, um der Hitze zu entgehen. Die Mörder sahen sie und schrien: »Hier ist Bulalio! Tötet den Zauberer!« Und sie drangen mit erhobenen Speeren auf ihn ein. Jetzt bildeten die zehn Männer vom Volk der Axt einen Kreis um Nada, und Umslopogaas und Galazi stürzten sich auf die Mörder des Königs, und sie wurden von *Witwenmacher* und *Wächter* niedergemäht wie Gras von einer Sichel.

Sie waren hindurch, und nur einer der Männer war getötet worden, doch der Alarmruf, daß der Häuptling der Zauberer und die Lilie, seine Frau, geflohen seien, war inzwischen bis zum letzten Mann des *Impi* weitergeben worden. Und da der Hauptmann den Befehl hatte, vor allem diese beiden zu töten, rief er die Männer zusammen, die in den Kraal eingedrungen waren, und machte sich an die Verfolgung Umslopogaas'. Inzwischen waren um die hundert Männer des Volkes der Axt getötet worden und von den Soldaten des Königs fünfzig, denn nachdem die Männer des Kraals von Galazi aus dem Schlaf gerissen worden waren, kämpften sie tapfer, obwohl keiner von ihnen wußte, wo die anderen waren oder wohin der Häuptling geflohen war, außer den zehn, die bei den beiden Wolfsbrüdern waren.

Inzwischen hatten die Wolfsbrüder und die, die bei ihnen waren, einen guten Vorsprung gewinnen können, da sie die Schnellsten im ganzen Land waren. Doch das Tempo eines Regiments wird von seinem langsamsten Mann bestimmt, und Nada konnte das Tempo der Wolfsbrüder nicht durchhalten. Trotzdem aber kamen sie gut voran und hatten die Hälfte des steinigen Wegs, der zum Fluß führte, schon hinter sich, als die Soldaten Dingaans ihn erreichten. Doch als sie sich dem Ende des Weges und dem Flußufer näherten, hatten die Feinde sie fast eingeholt – das Ende des Wegs war eine tiefe, enge Schlucht, mein Vater, wie der Hals einer Kalebasse – und Galazi blieb stehen und sagte: »Halt, ihr Männer der Axt. Wir wollen uns mit den anderen ein wenig unterhalten, bis wir wieder zu Atem gekommen sind. Du aber, mein Bruder, wirst mit der Lilie durch den Fluß schwimmen. Wir werden euch im Wald wiedertreffen; aber falls ich aus irgendeinem Grund nicht nachkommen kann, so weißt du, was du zu tun hast: bringe die Lilie in die Höhle und rufe mein graues *Impi* zusammen. Ho! mein Bruder, ich muß dich dort treffen, wenn ich es kann, denn diese Männer Dingaans haben einen Sinn für Sport, und es soll auf dem Geisterberg eine Jagd geben, wie sie die alte Hexe noch nie gesehen hat. Geh jetzt, mein Bruder!«

»Es ist nicht meine Art wegzulaufen, wenn andere bleiben und kämpfen«, knurrte Umslopogaas; »doch Nadas wegen muß ich es wohl tun.«

»Oh! Kümmere dich nicht um mich, Liebster«, sagte Nada. »Ich habe dir Leid gebracht – ich bin müde, laß mich sterben. Tötet mich und rettet euch!«

Anstelle einer Antwort nahm Umslopogaas sie bei der Hand und lief mit ihr auf den Fluß zu; doch noch bevor sie das Ufer erreichten, hörten sie Kampfeslärm, den Schlachtruf der Mörder, als sie über die Männer vom Volk der Axt herfielen, und den Schrei seines Bruders, des Wolfs, als der sich in den Kampf stürzte – und das Krachen der Keule, als sie niedersauste.

»Gut gebissen, Wolf«, sagte er grimmig, »der braucht nichts mehr. Oh, wenn ich doch nur ...« Doch ein Blick in die Augen Nadas genügte, um seinen Wunsch, bei diesem Kampf dabeisein zu können, zu ersticken.

Sie sprangen in den schäumenden Fluß, und zu ihrem Glück war Nada eine gute Schwimmerin, denn sonst wären sie beide ertrunken. Doch sie erreichten sicher das andere Ufer und liefen weiter, auf den Hang des Geisterberges zu. Durch den Wald gingen sie langsamer, und sie hatten fast seinen anderen Rand erreicht, als Umslopogaas endlich das Heulen eines Wolfes hörte.

Jetzt mußte er Nada auf seinen Schultern tragen, so wie Galazi einst ihn getragen hatte, denn es war tödlich für jeden, außer den Wolfsbrüdern, auf den Hängen des Geisterberges zu gehen, wenn die Wölfe unterwegs waren.

Schließlich drängten sich die Wölfe um ihn, sprangen vor Freude winselnd an ihm empor und starrten mißtrauisch auf die, welche auf seinen Schultern saß. Nada wurde fast ohnmächtig vor Angst und wäre fast heruntergefallen, denn es waren viele Wölfe, und ihre Augen glühten vor Blutdurst, und wenn sie heulten, wurde ihr Blut zu Eis.

Doch Umslopogaas beruhigte sie und sagte ihr, dies seien die Hunde, mit denen er auf die Jagd ginge und mit denen er heute wieder jagen würde.

Schließlich kamen sie zu den Knien der Stein-Hexe und dem Eingang der Höhle. Sie war leer, mit der Ausnahme von zwei, drei Wölfen, denn Galazi wohnte nur noch selten hier; und wenn er auf dem Berg war, schlief er im Wald, weil er dort dem Kraal näher war, in dem sein Bruder Umslopogaas lebte.

»Hier mußt du bleiben, Geliebte«, sagte Umslopogaas, nachdem er die Wölfe hinausgescheucht hatte. »Ruhe dich hier aus, bis wir die Mörder erledigt haben. Ich wünschte, wir hätten etwas zu essen mitgebracht, aber es war keine Zeit dafür. Sieh her, ich will dir jetzt das Geheimnis des Steins erklären; man darf ihn nur bis an diesen Punkt schieben, kein Stück weiter. Dann braucht man ihn nur zu berühren, wenn man den Zugang wieder öffnen will; doch wenn man ihn über diesen Punkt hinaus dreht, braucht man zwei kräftige Männer, um ihn wieder zurückzuschieben. Darum darfst du ihn auf keinen Fall weiter drehen, sonst bist du in der Höhle gefangen. Habe keine Angst, du bist hier sicher; niemand kennt diesen Ort, außer Galazi und mir und den Wölfen, und niemand wird ihn finden. Doch jetzt muß ich gehen und Galazi suchen, wenn er noch am Leben sein sollte, wenn nicht, dann muß ich eben allein mit den Wölfen gegen die Mörder des Königs kämpfen.«

Jetzt begann Nada zu weinen und sagte, sie habe Angst, allein hierzubleiben, und daß sie ihn nie wiedersehen würde, und sein Herz wurde von Mitleid zerrissen. Trotzdem nahm er Abschied und ging, und er schloß die Höhle, indem er den Stein so vor den Eingang drehte, wie er es ihr gezeigt hatte.

Als das geschehen war, wurde es fast dunkel in der Höhle, denn der Stein verschloß den Eingang fast ganz, und nur ein kleines Loch von der Größe einer Männerfaust blieb offen, durch das Licht hereinfallen konnte. Nada setzte sich so auf den Boden, daß der Lichtstrahl ihr direkt ins Gesicht fiel, weil sie Licht liebte; ohne Licht würde sie verwelken wie eine Blume. So saß sie in der dunklen Höhle, und ihre Gedanken waren voll von Trauer und Angst. Und plötzlich verdunkelte sich das Loch, durch das Licht hereingefallen war, und sie hörte ein Geräusch wie von einem wilden Tier, das Beute wittert. Sie starrte auf das dunkel gewordene Loch und sah die spitze Schnauze und die gebleckten Fänge eines Wolfs.

Nada stieß einen gellenden Angstschrei aus, und die Schnauze mit den gebleckten Fängen fuhr zurück, doch jetzt hörte sie ein Kratzen und sah, wie der Stein, der den Eingang der Höhle verschloß, sich bewegte. In ihrer Torheit kam ihr der Gedanke, daß der Wolf vielleicht wüßte, wie man den Stein zur Seite dreht, und daß er hereinstürzen und sie verschlingen würde, denn sie hatte die Mär gehört, daß all diese Wölfe die Geister böser Menschen seien und menschlichen Verstand besäßen. In ihrer Angst und Torheit sprang sie auf und drehte den Stein über den Punkt hinweg, an dem er leicht wieder zurückgeschoben werden konnte. Der Stein wackelte, löste sich von seinem Sockel und fiel in den Eingang der Höhle, wo er so an der schmalsten Stelle steckenblieb und sie verschloß wie ein Kiesel den Hals einer Kalebasse.

»Jetzt bin ich vor den Wölfen sicher«, sagte Nada. »Ich kann den Stein von innen nicht einmal rütteln, und die Wölfe können es von außen erst recht nicht.« Und sie lachte ein wenig, hörte aber bald wieder auf, weil Furcht sie beschlich. »Doch es wäre schlimm, wenn Umslopogaas nicht zurückkäme, um den Stein herauszurollen, denn dann säße ich hier wie in einem Grab – lebendig begraben.« Sie erschauerte, als sie daran dachte, doch dann fuhr sie zusammen und lauschte, denn vom unteren Hang des Berges hörte sie Kampfeslärm, das Schreien von Männern und das wütende Heulen der Wölfe.

Nachdem Umslopogaas die Höhle geschlossen hatte, lief er rasch den Berghang hinab, und mit ihm liefen einige der Wölfe. Sein Herz war schwer, denn er befürchtete, daß Galazi nicht mehr lebte. Und er war wild vor Wut und entschlossen, die Mörder des Königs zu vernichten, bis auf den letzten Mann; doch vorher mußte er feststellen, was sie vorhatten. Während er weiterlief, hörte er ein langes, lautes Heulen aus der Tiefe des Waldes, und sein Herz machte einen Sprung; er kannte diesen Ruf – es war Galazi, der den Speeren der Mörder entkommen war.

Er lief rascher und erwiderte den Ruf, und kurz darauf fand er Galazi. Er saß auf einem Stein und ruhte sich aus, und um ihn waren die Grauen und Schwarzen.

Umslopogaas trat zu ihm und blickte ihn prüfend an, denn Galazi sah müde aus. Auf Brust und Armen hatte er mehrere tiefe Wunden, sein kleiner Schild war in Streifen geschlagen, und der *Wächter* zeigte Spuren heftigen Gebrauchs.

»Wie ist es gegangen, Bruder?« fragte Umslopogaas.

»Nicht schlecht, aber alle, die bei mir waren, sind tot, und mit ihnen einige der Feinde. Ich allein bin entkommen; ich bin geflohen wie ein Feigling. Dreimal haben sie angegriffen, doch wir haben sie zurückgehalten, bis die Lilie in Sicherheit war; und dann, als der letzte unserer Männer am Boden lag, bin ich gelaufen, Umslopogaas, und durch den Fluß geschwommen, weil ich hier, auf meinem Berg, sterben will.«

Galazi hatte wenige Worte gemacht, mein Vater, doch ich muß dir sagen, daß er dort, im Engpaß des Steinweges, ein großes Schlachten gemacht hatte. Später habe ich die Toten gezählt, es waren so viele, daß die neun Männer vom Volk der Axt tief unter ihnen begraben waren.

»Vielleicht werden es die Mörder des Königs sein, die hier sterben, mein Bruder.«

»Vielleicht, zumindest werden einige von ihnen hier sterben. Trotzdem habe ich das Gefühl, Schlächter, daß unsere Bruderschaft ihrem Ende zugeht, denn das Schicksal dessen, der den *Wächter* hält, und das mein Vater mir vorausgesagt hat, schwebt über mir. Und wenn es zu Ende sein sollte, so lebe wohl, mein Bruder. Unsere Freundschaft war gut, und auch ihr Ende wird gut sein. Aber sie hätte noch viele Jahre länge währen können, wenn du, Schlächter, nicht versucht hättest, das Glück, das Kampf und Freundschaft bringen, durch die Liebe von Frauen noch zu vergrößern. Aus dieser Quelle fließen alle Übel; doch hat das Schicksal es so gewollt. Wenn ich in dieser Schlacht fallen sollte, mögest du noch viele Jahre leben und kämpfen, um schließlich mit erhobener Axt zu sterben; und mögest du einen besseren Mann und einen besseren *Wächter* finden, die dir in der Not beistehen. Falls aber du fallen und ich weiterleben sollte, verspreche ich dir dies: Ich werde bis zum letzten Atemzug Rache üben an deinen Feinden, und ich werde die Lilie, die du liebst, hüten und beschützen, aber nicht mehr. Der Feind wird jetzt bald hier sein. Sie haben den Umweg zur Furt genommen, weil sie nicht wagten, durch den Fluß zu schwimmen, und sie haben mir zugeschrien, daß sie uns töten müßten oder selbst von Dingaan getötet würden. Es wird also ein guter Kampf werden, mein Bruder, falls sie nicht vor den Fängen unserer grauen Freunde davonlaufen. Und nun, o Häuptling, gib mir deinen Befehl, damit ich ihm gehorchen kann.«

So sprach Galazi im Kreis der Wölfe, während Umslopogaas auf seine Axt *Witwenmacher* gelehnt stand und ihm zuhörte – und er weinte, während er Galazi zuhörte, denn nach der Lilie und mir, Mopo, liebte er Galazi, den Wolf, am meisten.

Dann sagte er: »Wäre es nicht um die, die oben in der Höhle sitzt und die hilflos und schwach ist, würde ich dir schwören, Wolf, daß, wenn du fallen solltest, ich auf deiner Leiche sterben würde; doch schwöre dir jetzt dieses: Solltest du fallen und ich leben, so wird der

Witwenmacher viel Arbeit haben, Jahr um Jahr, bis alle Männer jenes *Impi* dort sein werden, wo du bist. Vielleicht habe ich einen Fehler begangen, als ich damals auf die Worte Zinitas hörte und es zuließ, daß Frauen zwischen uns traten. Mögen wir eines Tages ein Land finden, in dem es keine Frauen gibt, sondern nur Krieger, denn in einem solchen Land würden wir groß werden. Doch jetzt wollen wir unserer Freundschaft ein gutes Ende bereiten, und die Grauen sollen nach Herzenslust kämpfen, und die alte Hexe, die dort oben sitzt und auf das Ende der Welt wartet, soll lächeln, wenn sie diesen Kampf sieht, so wie sie noch nie zuvor gelächelt hat. Dies ist mein Plan: daß wir zweimal über die Männer Dingaans herfallen, einmal auf der Lichtung im Wald, die sie bald erreichen müssen, und dann, falls sie uns zurückschlagen sollten, müssen wir zum letztenmal auf den Knien der Stein-Hexe stehen, vor der Höhle, in der Nada ist. Sage, Wolf, wird das Graue Volk kämpfen?«

»Bis zum letzten Atemzug, Bruder, so lange noch einer von ihnen auf seinen Beinen steht. Aber sie haben nur ihre Fänge gegen die Speere von Dingaans Mördern. Dein Plan ist gut, Schlächter. Komm, ich bin ausgeruht!«

Sie standen auf und zählten ihr Rudel, und es waren alle bei ihnen, doch war seine Zahl geringer als vor Jahren, als die Wolfsbrüder zum erstenmal mit ihnen jagten; denn viele der Wölfe waren von Speeren getötet worden, wenn sie die Rinder-Kraals der Menschen überfielen, und den Geisterwölfen wurden keine Jungen geboren. Nun wurde das Rudel, wie immer, geteilt, die Wölfinnen sammelten sich um Umslopogaas und die Wolfs-Rüden um Galazi.

So gingen sie durch den Wald und verbargen sich in den dichten Büschen am Rand der Lichtung, zu allen Seiten im Gebüsch. Hier warteten sie, bis sie die Schritte des *Impis* hörten, der Mörder des Königs, die langsam durch den Wald kamen, um sie zu suchen. Voraus gingen zwei Späher, die nach einem Hinterhalt Ausschau halten sollten, und diese beiden waren dieselben, die miteinander gesprochen hatten, als Galazi zwischen ihnen über den Zaun gesprungen war. Jetzt sprachen sie wieder miteinander, während sie mit vorsichtigen Schritten auf die Lichtung zugingen und in diese oder jene Richtung blickten. Als sie nichts sahen, blieben sie am Rand der Lichtung stehen und warteten auf die anderen Männer des *Impi*, und Umslopogaas konnte ihre Worte deutlich verstehen.

»Ein schrecklicher Ort ist dies, mein Bruder«, sagte der eine. »Ein Ort voller Geister und unheimlicher Geräusche, mit Händen, die uns zurückzudrängen scheinen, und dem Heulen unsichtbarer

Wölfe. Man nennt ihn den Geisterberg, und das ist wirklich ein passender Name. Ich wollte, der König hätte uns eine andere Arbeit gegeben, als diese Zauberer zu töten – denn Zauberer sind sie, mein Bruder, und dies ist das Haus ihrer Zaubereien. Sage mir, Bruder, was war es, das heute morgen zwischen uns hindurchgesprungen ist? Ich sage, es war einer der Zauberer. *Ou!* Sie sind alle Zauberer. Oder könnte jemand, der nur ein Mensch ist, sich so schlagen wie der, den sie den Wolf nennen, unten am Fluß, und uns dann entkommen? Wenn die Axt bei der Keule geblieben wäre, hätten sie unser *Impi* aufgefressen.«

»Die Axt hat eine Frau zu bewachen«, lachte der andere. »Ja, du hast recht, dies ist ein Ort von Zauberern und unheilvollen Wesen. Ich glaube, ich sehe die roten Augen des *Esedowana* aus dem Dunkel der Bäume zu uns herüberstarren, und ich rieche seinen Geruch. Doch wir müssen diese Zauberer fangen, denn du weißt doch, mein Bruder: Wenn wir in den Kraal Umgugundhlovu zurückkehren, ohne den Befehl des Königs ausgeführt zu haben, so wird man Pfähle im Feuer härten, und wir werden ihre Spitzen zu spüren bekommen. Und wenn wir alle dabei getötet werden – und ich denke, viele von uns sind schon nicht mehr da –, wir müssen sie fangen! Sage, mein Bruder, sollen wir weiterziehen? Das *Impi* hat uns fast erreicht. Ich wollte, daß Faku, unser Hauptmann, zwei andere bestimmen würde, um unsere Stelle einzunehmen, denn in diesem Dickicht gehe ich lieber als letzter, denn als erster. Sieh! Da sind Spuren, eine Menge Wolfsspuren, und die Fußabdrücke von zwei Männern; vielleicht sind sie einmal das eine und dann das andere – wer weiß, mein Bruder? Dies ist ein Land der Geister und Zauberer. Gehen wir weiter! Gehen wir weiter!«

Inzwischen hatten die Wolfsbrüder alle Mühe, ihr Volk der Grauen und Schwarzen ruhig zu halten, denn von ihren Lefzen tropfte der Speichel, und ihre Augen glühten, als sie die Menschen sahen, und schließlich konnte es eine der Wölfinnen nicht länger ertragen und sprang mit einem wütenden Heulen dem Mann, der gerade gesprochen hatte, an die Kehle. Ihre Fänge bissen sich dort fest, und zusammen rollten Mensch und Wolf auf dem Boden hin und her, und sie töteten sich gegenseitig.

»Die *Esedowana*! Die *Esedowana* sind über uns gekommen!« schrie der andere Mann und floh zum *Impi* zurück. Doch er sollte es nie erreichen, denn jetzt stürzten auch die anderen Geisterwölfe heulend aus den Büschen und fielen von allen Seiten über ihn her, und nach wenigen Sekunden war nichts mehr von ihm übrig als sein Speer.

Nun stiegen Angstschreie aus den Reihen des *Impi* auf, und einige der Männer wollten fliehen, doch Faku, ihr Hauptmann, ein großer und tapferer Mann, rief ihnen zu: »Bleibt stehen, Kinder des Königs! Bleibt stehen! Dies sind keine *Esedowana*, sondern nur die Wolfsbrüder mit ihrem Rudel. Was! Wollt ihr vor Hunden davonlaufen, ihr, die ihr die Speere von Männern verlacht habt? Macht einen Kreis! Macht einen Kreis und steht!«

Die Soldaten hörten den Befehl ihres Hauptmanns, und sie gehorchten ihm; sie formierten sich zu einem Doppelkreis, ein Kreis in dem anderen. Sie blickten nach rechts, und dort stürmte Bulalio heran, den *Witwenmacher* über den Kopf geschwungen, das abgewetzte Wolfsfell über den Schultern, und hinter ihm sein rotäugiges *Impi.* Sie blickten nach links, und ah! sie kannten den mächtigen *Wächter* nur zu gut! Hatten sie nicht seine dumpfen Schläge unten am Fluß gehört? Und sie kannten auch den Riesen, der die Keule schwang wie einen leichten Stecken, den Wolfskönig, der die Kraft von zehn Männern besaß! *Ou!* Jetzt waren sie heran. Seht das Volk der Schwarzen und Grauen, hört, wie sie ihren Kriegsgesang heulen! Seht, wie sie die Männer anspringen – eine Welle gebleckter Fänge gegen einen Zaun von Speeren! Der Kreis ist zerbrochen; der *Witwenmacher* hat ihn zerbrochen! Ha! Galazi ist auch durch den Doppelring gestoßen; jetzt müssen die Männer des Königs Rücken an Rücken kämpfen oder sterben!

Wie lange es dauerte? Wer kann das sagen? Die Zeit fliegt rasch, wenn die Hiebe dicht fallen. Sie brechen aus dem Kreis der *Impi* heraus, so wie sie in ihn eingebrochen sind, und fort sind sie, zusammen mit den Wölfen, die noch leben. Doch das *Impi* hatte mehr abbekommen: Nur ein Drittel der Männer, die am Fluß die Sonne gesehen hatten, war noch am Leben, die anderen lagen erschlagen, zerrissen und zerfleischt neben den Kadavern der toten Wölfe.

»Dies war eine Schlacht gegen böse Geister, die in Wolfsgestalt leben«, sagte Faku, der Hauptmann, »und diese Wolfsbrüder sind Zauberer, wie man sie selten findet, und solche Zauberer mag ich, denn sie sind wilde Kämpfer. Doch wir werden sie töten, oder von ihnen getötet werden. Und wenn auch nur wenige von uns übriggeblieben sind, auch die meisten Wölfe sind tot, und die Arme der Zauberer werden müde.«

So stieg er den Hang des Berges hinauf, mit den Soldaten, die ihm verblieben waren, und während des ganzen Weges wurden sie immer wieder von Wölfen angefallen, und sie rissen hier einen Mann zu Boden, und dort einen anderen; aber obwohl sie die Stimmen der

Wolfsbrüder hörten, die das Rudel anfeuerten und auf den Rest des *Impi* hetzten, konnten sie sie nirgends entdecken und wurden auch nicht von ihnen angegriffen; denn die beiden sparten ihre Kräfte für den letzten Kampf.

Der Weg war lang und steil, und die Soldaten kannten ihn nicht, und immer wieder fielen die Geisterwölfe sie von den Flanken her an. So wurde es Abend, bis sie die Füße der Stein-Hexe erreichten und begannen, zur Plattform ihrer Knie hinaufzuklettern. Dort oben, auf den Knien der Stein-Hexe, standen die beiden Wolfsbrüder Seite an Seite, und es gab kein zweites Paar wie dieses auf der Welt, und sie schienen in Flammen zu stehen, denn das rote Licht der untergehenden Sonne fiel auf ihre Körper, und die Wölfe, die sprungbereit zu ihren Füßen hockten, waren rot von Blut.

»Ein herrliches Paar!« rief der große Faku. »Ich wünschte, ich würde auf ihrer Seite kämpfen und nicht gegen sie! Doch sie müssen sterben!« Und er stieg auf die Knie der Steinhexe.

Umslopogaas wandte den Kopf und blickte in das Gesicht von ihr, die dort oben saß, und es glühte im Licht der untergehenden Sonne.

»Habe ich nicht gesagt, daß die alte Hexe lächeln wird, wenn sie diesen Kampf sieht?« rief er. »Ja! Sie lächelt wirklich! Auf, Galazi, wir wollen den Rest unseres grauen Volkes auf den Feind hetzen, und wenn der letzte tot ist, das Ende im Kampf Mann gegen Mann suchen! Ho! Blut und Grauschnauze! Ho! Todesbiß! Ho! Ihr Schwarzen und Grauen! Auf sie, meine Kinder!«

Die Wölfe hörten seine Stimme; sie waren nur noch wenige, und auch sie trugen Spuren der Schlacht, doch ihre Angriffslust war ungebrochen. Laut aufheulend stürzten sie sich zum letztenmal auf die Feinde, bissen und rissen, bis sie von den Speeren getötet wurden, alle bis auf Todesbiß, der schwer verwundet zurückgekrochen kam, um bei Galazi zu sterben.

»Jetzt bin ich ein Häuptling ohne Volk!« rief Galazi. »Nun, so scheint es mir vom Schicksal bestimmt zu sein. So war es in den Kraals der Halakazi, und nun ist es auch auf dem Geisterberg so gekommen, und so ist es selbst für die größten Könige, wenn ihr Ende kommt, denn auch sie müssen allein sterben. So, Schlächter, nun sage mir, auf welchem Platz du stehen willst, rechts oder links.«

Denn, mein Vater, der Weg der zu den Knien der Stein-Hexe heraufführte, teilte sich, da ein Felsen in seiner Mitte lag und ihn in zwei schmale Pfade spaltete, die etwa zehn Schritte zwischen sich hatten. Umslopogaas bewachte den linken Pfad, und Galazi den rechten.

Dann warteten sie, und sie hielten Speere der toten Krieger in ihren Händen. Plötzlich kamen die Soldaten um den Fels herum und stürmten auf sie zu, einige auf dem linken Pfad, und andere auf dem rechten.

Die beiden Wolfsbrüder schleuderten ihnen ihre Speere entgegen, und drei Männer blieben tot liegen. Jetzt hatten sie keine Assegais mehr, und die Feinde fielen über sie her. Umslopogaas beugte sich vor, sein langer Arm schoß vor, die Axt blitzte auf, und der, den sie traf, stand nie wieder auf.

»Eins!« schrie Umslopogaas.

»Eins, mein Bruder!« antwortete Galazi von der anderen Seite, als er den *Wächter* nach einem Schlag wieder emporriß.

Die Soldaten drangen auf sie ein. Hin und her tobt der Kampf um Umslopogaas. Einer springt mit erhobenem Speer auf ihn los. *Witwenmacher* fährt herab, doch der Mann springt zurück, der Schlag verfehlt sein Ziel, und Umslopogaas ist für einen Augenblick dekkungslos.

»Ein armseliger Zauberer!« schreit der Mann und springt auf ihn zu, um ihn zu erstechen. Doch im gleichen Augenblick fährt die mächtige Axt empor und schlägt aufwärts; bevor der Speermann zustechen kann, hat ihm der Stahl den Kopf vom Kinn bis zum Gehirn gespalten.

»Zwei!« schreit Galazi von rechts.

»Zwei, mein Bruder!« antwortet Umslopogaas.

Wieder greifen zwei Männer an, jeder einen der Wolfsbrüder, in der Hoffnung, mehr Glück zu haben als die beiden vor ihnen. Und der Ruf »Drei!« schallt von einem zum anderen, und kurz darauf lautet der Ruf »Vier!«

Nun befiehlt Faku den Männern, die noch auf den Füßen stehen, ihre Schilde aneinanderzuhalten und die beiden damit vom Pfad zu drängen, und sie tun es; aber sie verlieren vier Männer, bis sie es geschafft haben.

»Jetzt haben wir sie ins Freie gedrängt! Umzingelt sie, und dann macht ein Ende!« rief Faku.

Doch wer soll die Axt *Witwenmacher* umzingeln, deren Blatt an allen Seiten gleichzeitig aufzublitzen scheint, und die klopft und klopft und klopft, wie ein Specht, und niemals vergeblich. Wer soll diese Füße umzingeln, die schneller sind als die einer Gazelle? *Ou!* Er ist hier! Er ist dort! Er ist ein Zauberer! Tod ist in seiner Hand, und Tod strahlt aus seinen Augen!

Auch Galazi steht noch auf den Beinen, und man hört das Donnern des *Wächters* auf Schilden, und die rauhe Stimme des Wolfs,

wenn er die Zahl der Toten zu Umlopogaas hinüberruft. Er blutet aus mehr als einem Dutzend Wunden, doch er kämpft weiter! Sein rechtes Bein ist von einem Axthieb fast abgetrennt, doch er kämpft weiter! Sein Rücken ist wieder und wieder von Speeren getroffen worden, doch er kämpft weiter! Zwei stehen noch vor ihm. Einer von ihnen springt hinter ihn und stößt ihm den Speer in den Rücken. Er kümmert sich nicht um ihn, sondern erschlägt den, der vor ihm ist, und erst dann dreht er sich um, und die Keule fällt mit solcher Wucht, daß sie den Schädel des Mannes zertrümmert wie ein Ei.

Galazi wischt sich das Blut aus den Augen und wirft einen Blick auf die Toten, die vor ihm liegen.

»Das sind alle, Schlächter!« ruft er.

»Alle bis auf zwei!« kommt die Antwort durch das Krachen von Stahl und das Zerbersten eines Schildes.

Der Wolf will ihm zu Hilfe kommen, doch er hat keine Kraft mehr; sein Leben verebbt.

»Lebe wohl, Bruder! Der Tod ist gut! Und so wollte ich immer sterben, mit dem Klang von Stahl und berstenden Schilden in meinen Ohren. Und ich habe mir ein weiches Bett von Männern gemacht, auf denen ich ruhen kann«, rief er.

»Lebe wohl! Schlafe sanft, Wolf!« kam die Antwort. »Jetzt alle bis auf *einen*!«

Galazi fiel sterbend auf die Toten, doch er war noch nicht tot. »Alle bis auf einen! Haha! Schlimm für den einen, der nun allein vor dem *Witwenmacher* steht! Es ist schön, so gelebt zu haben, und so zu sterben. *Sieg! Sieg!*«

Galazi, der Wolf, stemmte sich auf die Knie und schüttelte zum letztenmal den *Wächter der Furten* über seinem Kopf. Dann sank er zurück und starb.

Umslopogaas, der Sohn Chakas, und Faku, der Hauptmann Dingaans, standen einander gegenüber. Sie waren die einzigen, die noch auf den Füßen standen, alle anderen waren zu Boden gegangen. Umslopogaas hatte viele Wunden; Faku war unverletzt. Er war ein kräftiger Mann und mit einer Axt bewaffnet.

Faku lachte laut. »Nun ist es also dazu gekommen, Schlächter«, sagte er, »daß du und ich entscheiden müssen, ob der Wille des Königs erfüllt wird oder nicht. Dies aber will ich sagen, wie es auch ausgehen mag: Es war ein großartiger Kampf, und ich bin glücklich, daß ich dabei sein konnte, und geehrt, gegen zwei so gewaltige Krieger gestanden zu haben. Ruhe ein wenig, Schlächter, bevor wir zum Ende kommen. Dein Wolfsbruder ist gut gestorben, und wenn es mir gegeben sein sollte, diesen Kampf zu gewinnen, werde ich die Geschichte seines Endes von einem Kraal zum anderen im ganzen Land verbreiten, und es soll eine Geschichte sein, die niemals in Vergessenheit gerät.«

KAPITEL XXXIV

Der Abschied der Lilie

Umslopogaas hörte die Worte Fakus, des Hauptmanns, doch er antwortete nicht darauf, obwohl sie ihm gefielen, weil er keinen Atem zum Reden verschwenden wollte, und das letzte Licht des Tages verging.

»Ich bin bereit, Mann Dingaans«, sagte er und hob seine Axt.

Eine Weile umkreisten die beiden einander, und jeder suchte nach einer Chance zum Zuschlagen. Schließlich schlug Faku nach Umslopogaas' Kopf, doch der Schlächter riß seine Axt empor und fing den Schlag mit dem Blatt ab. Doch im Abgleiten am Stahl des *Witwenmachers* streifte sie seine Stirn und riß die Haut auf.

Wütend von dem Schmerz packte der Schlächter seine Axt mit beiden Händen und schlug dreimal hintereinander zu. Der erste Hieb schlug Faku den Federbusch vom Kopf und riß ihm den Schild aus der Hand. Der zweite Schlag ging daneben. Der dritte und mächtigste traf nicht mit der Schneide, sondern mit der Breitseite der Axt, da Umslopogaas' schweißfeuchte Hände keinen festen Griff mehr hatten. Trotzdem traf sie Faku voll in die Brust, zerschmetterte ihm die Rippen und schleuderte ihn von der Plattform auf den Hang, wo er reglos liegenblieb.

»Mit dem Tag ist auch die Schlacht vorbei«, sagte Umslopogaas mit einem grimmigen Lächeln. »Jetzt, Dingaan, mußt du mehr Töter schicken, um deine Getöteten zu suchen.« Und er wandte sich um und schritt auf die Höhle zu, in der Nada saß.

Doch Faku, der Hauptmann, war noch nicht tot, auch wenn er tödlich verwundet war. Er richtete sich auf, und mit letzter Kraft schleuderte er seine Axt nach dem, der ihn besiegt hatte. Und sein Ziel war gut, und Umslopogaas sah die Axt nicht kommen. Sein Ziel war gut, und die Spitze der Axt schlug Umslopogaas in die linke Schläfe und zertrümmerte den Knochen.

Faku sank sterbend zurück, und Umslopogaas warf beide Arme in die Luft und stürzte wie ein gefällter Ochse zu Boden. Dort lag er wie tot, im Schatten eines Felsens.

Den ganzen Tag lang kauerte Nada in der Höhle und lauschte auf den Kampflärm, der den Hang herauf und immer näher kam: das Heulen der Wölfe, das Schreien von Männern, und das Krachen von Eisen auf Eisen. Den ganzen Tag lang saß sie so, und jetzt wurde es Nacht, und der Lärm der Schlacht war nahe der Höhle, schwoll an und ab, wurde leiser und verstummte schließlich ganz. Sie hörte die Stimmen der Wolfsbrüder, wie sie einander die Anzahl der erschlagenen Gegner zuriefen. Sie hörte Galazi »Sieg! Sieg!« schreien, als er starb, und ihr Herz schlug schneller vor Freude, obwohl sie hörte, daß der Tod in seiner Stimme klang. Noch einmal hörte sie dann das Klingen von Eisen auf Eisen, dann wurde es still, und das letzte Licht verschwand.

Alles war still geworden, still wie die Nacht. Kein Rufen von Männern, kein Kampflärm, kein Heulen der Wölfe, keine Schreie von Schmerz und Triumph – alles war so still wie der Tod, denn der Tod hatte alle genommen.

Eine Weile saß Nada, die Lilie, im Dunkel der Höhle und sagte sich: »Gleich wird er kommen, mein Mann, sicher wird er gleich kommen; die Mörder des Königs sind getötet – er hält sich nur noch etwas auf, seine Wunden zu verbinden; ein paar Kratzer hier und dort. Ja, er wird kommen, denn ich bin der Einsamkeit leid, und dieser Ort ist schrecklich und öde.«

So sprach sie mit leiser Stimme, doch nichts geschah; alles blieb still. Sie sprach wieder, und ihre Stimme hallte wider von den kahlen Felswänden der Höhle. »Ich muß mutig sein, ich fürchte mich vor nichts, ich werde jetzt den Stein zur Seite drücken, hinausgehen und ihn suchen. Wahrscheinlich hält er sich noch damit auf, welche zu verbinden, die verwundet sind – vielleicht Galazi. Bestimmt ist Galazi verwundet. Ich muß hinausgehen und ihn pflegen, obwohl er mich nie mochte, und obwohl auch ich ihn nicht mag, weil er zwischen mir und meinem Mann steht. Dieser wilde Wolfsmann ist der Feind aller Frauen, und vor allen anderen mein Feind; doch will ich mich trotzdem um ihn kümmern. Ja, ich werde jetzt hinausgehen, sofort.« Und sie stand auf und stemmte sich gegen den Stein.

Doch was war das? Der Stein rührte sich nicht. Da erinnerte sie sich, daß sie ihn aus seinem Sockel gestoßen hatte in ihrer Angst vor den Wölfen, und daß der Stein nun ein kleines Stück in den engen Hals des Höhleneingangs geglitten war. Umslopogaas hatte sie davor gewarnt, den Stein über einen bestimmten Punkt hinauszudrehen, und in ihrer Torheit und Angst hatte sie seine Warnung vergessen. Aber vielleicht gelang es ihr doch, den Stein zu bewegen. Nein, er rührte sich nicht einmal um die Breite eines Korns. Sie war eingeschlossen, ohne Nahrung und Wasser, und sie mußte hier bleiben, bis Umslopogaas kam.

Und wenn er nicht kam?

Dann würde sie sterben.

Jetzt schrie sie vor Angst laut auf, und dann rief sie seinen Namen, wieder und wieder und immer wieder, und die Wände der Höhle warfen das Echo zurück: »Umslopogaas! Umslopogaas! Umslopogaas!«

Doch außer dem Echo antwortete ihr niemand.

Später senkte sich Irrsinn auf Nada, meine Tochter, und sie lag Tage und Nächte in der Höhle und wußte nicht, wie lange sie dort lag. Und mit dem Irrsinn kamen Visionen, denn sie träumte, daß der Tote, von dem Galazi ihr erzählt hatte, wieder in seiner Nische in der Rückwand der Höhle säße und zu ihr spräche.

»Galazi ist tot«, sagte er. »Das Geschick dessen, der den *Wächter der Furten* trägt, hat ihn ereilt. Tot sind auch die Geisterwölfe; ich bin auch tot, hier in dieser Höhle bin ich vor Hunger gestorben; und so wie ich starb, wirst auch du sterben, Nada, die Lilie! Nada, Stern des Todes, wegen deren Schönheit und Torheit jetzt die vielen Toten auf dem Geisterberg liegen.«

So, schien es Nada, sprach der Schatten dessen, der in der Nische gesessen hatte, zu ihr, von einer Stunde zur anderen.

Und so schien es Nada, als ob zweimal Licht durch das kleine Loch neben dem Stein in die Höhle fiele, und daß es Tag war, und daß es zweimal erlosch, als es Nacht wurde. Ein drittes Mal fiel der Lichtstrahl durch das Loch und erlosch wieder – und plötzlich verließ sie der Irrsinn, und sie wachte auf und wußte, daß sie sterben würde, und daß eine Stimme, die sie liebte, durch das Loch sprach.

»Nada?« sagte die Stimme, und ihr Echo wurde hohl von den Wänden zurückgeworfen. »Nada, lebst du noch?«

»Ja«, antwortete sie heiser. »Wasser! Gib mir Wasser!«

Dann hörte sie ein Geräusch, als wenn eine große Schlange sich mühsam vorwärtsschleppte. Lange Zeit verging, dann streckte eine Hand eine kleine Kalebrasse mit Wasser durch das Loch. Sie trank sie mit einem Zug leer, und jetzt konnte sie wieder sprechen.

»Bist du es wirklich, Umslopogaas?« fragte sie. »Oder bist du tot und ich träume nur von dir?«

»Ich bin es wirklich, Nada«, sagte die Stimme. »Höre! Hast du den Stein ganz fortgeschoben?«

»Ja, leider!« antwortete sie. »Vielleicht, wenn wir zwei gegen ihn drücken, können wir ihn bewegen.«

Sie schoben und zerrten an dem Stein, doch beide zusammen hatten nicht einmal die Kraft eines Mädchens, und er rührte sich nicht.

»Gib es auf, Umslopogaas«, sagte Nada; »wir vergeuden nur die wenige Zeit, die mir noch bleibt. Sprich mit mir.«

Eine Weile bekam sie keine Antwort, denn Umslopogaas war

ohnmächtig geworden, und Nada schlug sich verzweifelt auf die Brust, weil sie glaubte, er sei tot.

Schließlich aber hörte sie seine Stimme wieder. »Es soll nicht sein«, sagte Umslopogaas, »wir müssen beide hier sterben, jeder auf seiner Seite des Steins, ohne das Gesicht des anderen sehen zu können, denn meine Kraft ist zu Wasser geworden; ich kann nicht einmal auf den Beinen stehen und Nahrung suchen.«

»Bist du verwundet, Umslopogaas?«

»Ja, Nada; die Spitze einer Axt hat mir den Schädelknochen durchschlagen; und es war kein fairer Schlag; der Hauptmann Dingaans warf sie nach mir, als ich ihn für tot hielt, und ich brach zusammen. Ich weiß nicht, wie lange ich im Schatten des Felsens gelegen habe, doch muß es eine lange Zeit gewesen sein, denn meine Muskeln sind erschlafft, und alle, die in der Schlacht fielen, waren schon von den Geiern gefressen worden, und ich sah nur noch ihre Knochen, als ich erwachte; alle außer Galazi, weil der alte Wolf Todesbiß sterbend auf seiner Brust liegt und die Vögel verscheucht. Es war der Schnabelhieb eines Geiers, der mich schließlich weckte, Nada, und ich bin sofort hierher gekrochen. Ich wünschte, der Geier hätte mich nicht geweckt; ich wünschte, ich wäre dort im Schatten des Felsens gestorben, anstatt nun noch eine kleine Weile leben zu müssen, während du stirbst, wie ein gefangener Fuchs, um dir dann bald zu folgen.«

»Es ist schwer, so zu sterben, Umslopogaas«, antwortete sie, »ich bin noch jung und schön, und ich liebe dich und hatte gehofft, dir Kinder schenken zu können; aber es ist anders gekommen, und wir können nichts daran ändern. Ich bin fast am Ende, Umslopogaas; Schrecken und Angst haben meine Kräfte aufgezehrt, aber ich leide nicht. Laß uns nicht mehr vom Tod reden; sprechen wir lieber über unsere Kindheit, als wir Hand in Hand gingen; laß uns von unserer Liebe sprechen, von den glücklichen Stunden, die wir verlebt haben, seit deine große Axt neben meinem Kopf an die Falswand der Halakazi-Höhle krachte und ich dir in meiner Angst gestand, daß ich eine Frau sei. Sieh, ich kann die Hand durch dieses Loch stecken. Küsse meine Hand, Umslopogaas.«

Umslopogaas beugte seinen zerschlagenen Kopf über die Hand der Lilie und küßte sie, dann hielt er sie in seiner Hand, und so saßen sie bis zum Ende – er draußen, den Rücken an den Fels gelehnt, sie drinnen, auf der Seite liegend, den Arm aus dem kleinen Loch gestreckt. Sie sprachen von ihrer Liebe und versuchten, ihr Leid zu vergessen, und er berichtete ihr auch von der Schlacht und wie sie verlaufen war.

»Ah«, sagte sie, »das war Zinitas Werk. Zinita haßte mich, und zu Recht. Ich bin sicher, daß sie Dingaan auf unsere Spur gesetzt hat.«

»Wieder ist ein Stück der Zeit vergangen«, sagte Umslopogaas, »und ich hatte gehofft, daß wir unseren letzten Atemzug gemeinsam tun würden, Nada, und daß wir gemeinsam den großen Galazi suchen, meinen Bruder, dort, wo er jetzt ist. Jetzt aber hoffe ich, daß mich Hilfe findet und ich noch eine Weile lebe, um eine Rache zu tun, die getan werden muß.«

»Sprich nicht von Rache, mein Mann«, antwortete sie. »Auch ich bin schon nahe an der Grenze des Landes, wo die Töter und die Getöteten, solche, die Blut vergossen haben, und die, welche vergossenes Blut gerächt haben, in derselben Dunkelheit sitzen. Ich möchte mit Liebe in meinem Herzen sterben, nur mit Liebe, und mit deinem Namen, und nur dem deinen, auf meinen Lippen, so daß ich an jenem Ort, an dem wir wieder leben werden, bereit bin, aufzuspringen und dich zu begrüßen. Doch, mein Mann, in meinem Herzen weiß ich, daß du nicht mit mir gehen wirst, sondern weiterlebst, um weit entfernt von hier den größten aller Tode zu sterben, und es wird wegen einer anderen Frau sein. Als ich im Dunkel dieser Höhle lag, schien es mir, als ob ich dich sähe, Umslopogaas, einen großen Mann, hager und grauhaarig, und tödlich getroffen, und du schwangst die Axt *Witwenmacher* über deinem Kopf, und viele tote Männer lagen auf einem weißen, glänzenden Weg, und um dich sah ich die Gesichter weißer Frauen; und du hattest ein Loch im Kopf und eine Wunde in deiner linken Brust.«

»Das kann so kommen, wenn ich leben sollte«, sagte er, »denn der Knochen meiner Schläfe ist zerschmettert.«

Nada sprach nicht mehr, und auch Umslopogaas schwieg, und so blieben sie eine lange Weile. Umslopogaas war von Schmerz und Leid zerrissen, weil er die Lilie verlieren und sie auf eine so grausame Art sterben mußte, und das nur, weil die Axt Fakus ihn feige getroffen und ihn seiner Kraft beraubt hatte. Ach! Er konnte nichts tun, um sie zu retten; er konnte kaum an den Felsen gelehnt aufrecht sitzen. Tränen quollen ihm aus den Augen und fielen auf die Hand der Lilie.

»Weine nicht, mein Mann«, sagte sie. »Ich bin dir eine schlechte Frau gewesen. Trauere nicht um mich, doch erinnere dich daran, daß ich dich sehr geliebt habe.« Und dann schwieg sie wieder eine lange Weile.

Und dann sprach sie zum letztenmal, und ihre Worte drangen als kaum hörbares Flüstern aus dem Loch im Fels.

»Lebe wohl, Umslopogaas, mein Mann und mein Bruder. Ich danke dir für deine Liebe, Umslopogaas. – Ah! Ich sterbe...«

Umslopogaas konnte nicht antworten, er blickte schweigend auf die kleine Hand, die er in der seinen hielt. Zweimal öffnete sie sich, zweimal schloß sie sich wieder um die seine, dann öffnete sie sich zum drittenmal, erzitterte, und lag für immer still.

Es wurde gerade Tag, als Nada starb.

KAPITEL XXXV

Die Rache Mopos und seines Adoptivsohns

Der Zufall wollte es, daß ich, Mopo, am Tage, an dem Nada starb, und sogar in derselben Stunde der Morgendämmerung, von meiner Reise zum Kraal des Volkes der Axt zurückkehrte; und meine Reise war erfolgreich gewesen, denn der große Häuptling, dessen Besuch ihr Zweck gewesen war, hatte auf meine Worte gehört. Ich erreichte den Kraal zur Stunde des ersten Morgenlichts – und erblickte eine Stätte der Verwüstung.

Dies sind die Spuren der Schritte Dingaans, wußte ich, als ich niedergeschlagen zwischen den verkohlten Resten des Kraals hin und her ging. Schließlich traf ich auf eine Gruppe von Männern, die dem Blutbad entkommen waren, da sie sich in den Maisfeldern versteckt hatten, und sie waren noch immer dort, aus Angst, daß die Mörder des Königs zurückkommen könnten. Von ihnen erfuhr ich, was geschehen war. Ich hörte ihnen schweigend zu, denn, mein Vater, ich war im Unglück alt geworden. Als sie zu Ende gekommen waren, fragte ich, wo die Mörder des Königs seien. Sie antworteten, daß sie es nicht wüßten; die Soldaten seien in Verfolgung der Wolfsbrüder und Nadas, der Lilie, auf den Geisterberg gegangen, und aus dem Wald habe man später das Heulen der Wölfe und Kampflärm gehört; doch dann nichts mehr, und niemand sei vom Berg zurückgekommen, aber den ganzen Tag über hätten die Geier über ihm gekreist.

»Laßt uns zum Berg gehen«, sagte ich.

Zuerst wollten sie nicht; sie hatten Angst vor dem üblen Ruf des Berges, doch schließlich kamen sie alle mit mir, und wir folgten den Spuren von Dingaans *Impis* und errieten, was geschehen war. Schließlich erreichten wir die Knie der Stein-Hexe und standen auf dem Platz, an dem die Wolfsbrüder ihre letzte, große Schlacht geschlagen hatten. Alle, die daran beteiligt gewesen waren, waren nur noch Gerippe, denn die Geier hatten nur ihre Knochen gelassen, mit der Ausnahme von Galazi, auf dessen Brust der alte Wolf Todesbiß lag, der noch immer lebte. Ich trat auf Galazi zu, und der riesige Wolf stellte sich mühsam auf die Beine und stürzte sich auf mich, mit gesträubtem Nackenfell und aufgerissener Schnauze, aus der kein Ton kam. Doch bevor er mich erreichte, brach er zusammen und war tot.

Nun sah ich mich um und suchte nach der Axt *Witwenmacher* zwischen den Knochen der Toten, und als ich sie nicht fand, erwachte in mir die Hoffnung, daß Umslopogaas dem Abschlachten entkommen sei. Wir gingen nun schweigend zu dem Ort, an dem sich der Eingang der Höhle befinden mußte, und dort fanden wir den Körper eines Mannes. Ich lief auf ihn zu – es war Umslopogaas, abgezehrt vom Hunger, mit einer großen Wunde an seiner Schläfe und anderen Wunden an Brust und Gliedern. Und in seiner Hand hielt er eine andere – eine tote Hand, die durch ein Loch im Felsen heraushing. Ich kannte diese kleine Hand – es war die Hand meines Kindes, die Hand Nadas, der Lilie.

Nun verstand ich, kniete mich neben Umslopogaas und legte die Hand auf sein Herz und eine Vogelfeder auf seine Lippen. Meine Hand fühlte, daß sein Herz noch schlug, und die Vogelfeder bewegte sich ein wenig.

Ich befahl denen, die bei mir waren, den Stein im Eingang der Höhle zur Seite zu rollen, und sie taten es. Jetzt fiel helles Sonnenlicht in die Höhle, und wir sahen Nada, meine Tochter, auf dem Felsboden liegen. Sie war abgezehrt, aber auch im Tod noch immer schön. Ich fühlte auch nach ihrem Herzen; doch es schlug nicht mehr, und ihre Brust war kalt.

Dann sagte ich: »Die Tote zu den Toten. Wir wollen uns um den Lebenden kümmern.«

So trugen wir Umslopogaas in die Höhle, und ich ließ Brühe kochen und flößte sie ihm ein; dann reinigte ich die tiefe Wunde und band heilende Kräuter darauf und setzte meine ganze Kunst ein. Ich kannte die Kunst des Heilens gut, mein Vater, war ich doch der erste der *Izinyanga* der Medizin, und ohne meine Kunst hätte Umslopogaas nicht gelebt, denn er stand hart an der Schwelle des Todes. Aber dort, wo er schon einmal dem Tode entrissen worden war, von Galazi, dem Wolf, brachte auch ich ihn zum Leben zurück. Es dauerte drei Tage, bevor er wieder sprach und seine Sinne zu ihm zurückkehrten. Ich ließ ein tiefes Loch in den Boden der Höhle graben, und in diesem Loch begrub ich Nada, meine Tochter, und wir bedeckten sie mit einer dicken Schicht von Lilienblüten, damit sie vor der Erde geschützt war, die wir dann in die Grube füllten, um das Grab zu schließen. Denn ich wollte nicht, daß Umslopogaas sie tot liegen sähe, weil dieser Anblick ihn vielleicht getötet hätte, durch sein Verlangen, ihr zu folgen. Ich begrub auch Galazi, den Wolf, in der Höhle und legte ihm seine Keule, den *Wächter der Furten,* in die rechte Hand, und so schlafen die beiden dort Seite an Seite, endlich zu Freunden geworden, die Lilie und der Wolf. Ah! Wann wird es jemals wieder einen solchen Mann geben, und ein solches Mädchen?

Schließlich, am dritten Tag, sprach Umslopogaas, und seine ersten Worte galten Nada. Ich deutete schweigend auf den Boden der Höhle, und da erinnerte er sich und verstand. Danach kam Umslopogaas allmählich wieder zu Kräften, und die Wunde in seinem Kopf heilte zu. Doch sein Haar war in dieser Zeit grau geworden, und wir sahen ihn fast nie mehr lächeln.

Bald erfuhren wir die Wahrheit über Zinita, denn die Frauen und Kinder kehrten zum Kraal des Volkes der Axt zurück, nur Zinita und ihre Kinder nicht. Kurz darauf kam auch ein Spion aus Mahlabatine und berichtete mir vom Ende Zinitas und von der Flucht Dingaans vor den Buren.

Als Umslopogaas endlich wieder ganz wiederhergestellt war, fragte ich ihn, was er zu tun gedenke, und ob ich weiterhin meinen Plan verfolgen sollte, ihn zum König des Landes zu machen oder nicht.

Doch Umslopogaas schüttelte den Kopf und sagte, daß ihm nicht mehr der Sinn danach stünde. Er würde einen König vernichten, sei jedoch nicht mehr daran interessiert, seinen Platz einzunehmen. Er suche nur noch Rache. Ich sagte, es sei gut so, da auch ich Rache suche, und gemeinsam würden wir sie wohl finden.

Es gäbe hier noch sehr viel zu erzählen, mein Vater, aber soll ich es erzählen? Der Schnee ist weggetaut, deine Ochsen sind wiedergefunden worden an dem Ort, den ich dir genannt habe, und du willst aufbrechen. Und auch ich muß jetzt auf eine weite Reise gehen.

Höre, mein Vater, ich werde mich kurz fassen. Dieser Plan kam mir in den Sinn: Panda gegen Dingaan auszuspielen; es war für eine solche Stunde der Not, daß ich Dingaan am Leben erhalten hatte. Nach der Schlacht am Blut-Fluß befahl Dingaan seinen Bruder Panda zu einer Jagd. Dies war zu der Zeit, als ich zum Kraal Pandas am Unteren Tugela reiste, und mit mir Umslopogaas. Ich warnte Panda, nicht auf diese Jagd zu gehen, denn er selbst würde das Wild sein und die Beute dieser Jagd, und riet ihm, mit seinem ganzen Volk nach Natal zu fliehen. Das tat er auch, und ich begann Verhandlungen mit den Buren, besonders mit einem, der *Ungalunkulu* hieß, oder Großer Arm. Ich machte den Buren klar, daß Dingaan böse sei, und daß man ihm nicht trauen könne, Panda dagegen ehrlich und gut. Das Ende davon war, daß die Buren und Panda gemeinsam Krieg gegen Dingaan machten. Ja, ich, Mopo, habe diesen Krieg angezettelt, um mich an Dingaan zu rächen. So, mein Vater, haben kleine Ursachen oft eine große Wirkung.

Wir waren dabei in diesem Krieg, mein Vater; wir waren dort. Als Dingaans Krieger uns zurücktrieben, war ich es, der Nongalaza, dem General, sagte, wo die Buren angreifen sollten, denn die *Amaboona* hielten sich noch zurück und überließen den Kampf uns Schwarzen. Es war Umslopogaas, der sich mit seiner Axt *Witwenmacher* einen Weg durch eins der Regimenter Dingaans schlug, bis er den Buren-Hauptmann *Ungalunkulu* erreichte und ihm zurief, die Flanke von Dingaans Truppen einzudrücken. Das war das Ende, mein Vater, denn sie hatten Angst, gegen beide zu kämpfen, gegen die Schwarzen und die Weißen zusammen. Sie flohen, und wir folgten ihnen und erschlugen viele von ihnen, und Dingaan war nicht mehr König.

Er war zwar kein König mehr, aber immer noch am Leben, und unsere Rache blieb hungrig. Also gingen wir zu diesem Buren-Hauptmann und zu Panda und sagten ihnen dieses: »Wir haben euch treu gedient, wir haben für euch gekämpft, und wir haben alles so geregelt, daß der Sieg auf eurer Seite war. Nun erfüllt uns unsere Bitte, daß wir Dingaan verfolgen mögen, der sich irgendwo versteckt, und ihn töten, wo immer wir ihn finden, denn er hat großes Unrecht an uns getan, und wir wollen Rache.«

Da lächelten die beiden, der weiße Hauptmann und Panda, und sagten: »Geht, Kinder, und möge eure Suche erfolgreich sein. Nichts würde uns mehr erfreuen als die Nachricht, daß Dingaan tot ist.« Und sie gaben uns Männer, die mit uns gehen sollten.

Jetzt jagten wir diesen König, Woche um Woche, so wie Männer einen verwundeten Büffel jagen. Wir jagten ihn in den Dschungeln des Umfolozi und auf der Steppe, die dahinter liegt. Doch er floh ständig vor uns her, denn er wußte, daß die Rächer auf seiner Spur waren. Danach verloren wir seine Spur für eine Weile. Dann hörten wir, daß er den Pongolo überquert habe, zusammen mit einigen Männern seines Stammes, die ihm treu geblieben waren. Wir folgten ihm zu dem Ort Kwa Mayawo, und dort lagen wir im Busch und lauerten ihm auf. Endlich kam unsere Chance: Dingaan ging in den Busch, und es waren nur zwei seiner Männer bei ihm. Wir erstachen die beiden Männer und ergriffen Dingaan.

Er sah uns an und erkannte uns, und seine Knie begannen zu zittern.

Dann sagte ich: »Wie lautete die Botschaft, die ich dir sandte, o Dingaan, der du nicht mehr König bist, daß du falsch daran tätest, mich zu verjagen, war es nicht so? – weil ich dich auf deinen Thron gesetzt habe und ich allein dich auf ihm halten könne?«

Er antwortete nicht, und ich fuhr fort: »Ich, Mopo, Sohn Makedamas, habe dich auf deinen Thron gesetzt, o Dingaan, der du einst König warst, und ich, Mopo, habe dich von deinem Thron herabgerissen. Doch war meine Botschaft damit noch nicht zu Ende. Sie sagte dir, daß du falsch daran tätest, mich zu verjagen, daß es jedoch noch schlimmer für dich kommen würde, solltest du jemals mein Gesicht wiedersehen, denn das sei der Tag deines Endes.«

Noch immer antwortete er nicht.

Nun sagte Umslopogaas: »Ich bin jener Schlächter, o Dingaan, der nicht mehr König ist, dem du eine große Zahl von Mördern schicktest, um den Kraal des Volkes der Axt aufzufressen. Wo sind deine Mörder jetzt, o Dingaan? Bevor wir mit dir fertig sind, wirst du sie wiedertreffen.«

»Tötet mich und macht ein Ende«, sagte Dingaan. »Dies ist eure Stunde.«

»Noch nicht gleich, o Sohn Senzangaconas«, antwortete Umslopogaas, »und nicht hier. Es gab einmal eine Frau, die Nada, die Lilie, hieß. Ich war ihr Mann, o Dingaan, und Mopo, der neben mir steht, war ihr Vater. Doch Nada ist tot, und sie ist einen schweren Tod gestorben – drei Tage und drei Nächte hat es gedauert, bis sie endlich tot war. Du sollst den Ort sehen und die Geschichte hören, o Dingaan, der du einst König warst. Sie, die immer zart war, wird dir dein Herz zerreißen. Es lebten damals auch zwei Kinder, von einer anderen Frau geboren – sie hieß Zinita – und es waren kleine Kinder, liebenswert und liebevoll. Ich war ihr Vater, o Elefant in der Fanggrube, und ein Dingaan hat sie getötet. Auch von denen sollst du hören. Und jetzt wollen wir gehen, denn der Weg ist weit.«

Zwei Tage vergingen, mein Vater, und dann saß Dingaan allein und gefesselt in der Höhle des Geisterberges. Wir hatten ihn langsam und mit viel Mühe den Berg hinaufgeschleppt, denn er war schwer wie ein Ochse. Drei Männer schoben ihn, und drei andere zogen an einem Seil, das wir um seine Mitte geknotet hatten, und so zerrten wir ihn den Berg hinauf und blieben immer wieder stehen, um ihm die Knochen jener zu zeigen, die er ausgesandt hatte, uns zu ermorden, und wir beschrieben ihm den Kampf, in dem sie umgekommen waren.

Schließlich waren wir in der Höhle, und nun schickte ich die fort, die bei uns waren, denn Umslopogaas und ich wollten in den letzten Minuten Dingaans mit ihm allein sein. Er saß vor uns auf dem Boden der Höhle, und ich sagte ihm, daß unter der Erde, auf der er säße, die Knochen Nadas lägen, die er ermordet habe, und die Knochen von Galazi, dem Wolf.

Dann rollten wir den Stein in den engen Eingang der Höhle und ließen ihn allein mit dem Geist von Galazi und dem Geist Nadas.

Am dritten Tag, vor Anbruch der Dämmerung, kamen wir zurück und sahen nach ihm.

»Tötet mich«, flehte er, »denn die Geister quälen mich!«

»Du bist nicht mehr groß, o Schatten eines Königs«, sagte ich, »der du jetzt vor zwei Geistern zitterst, vor nur zweien all der Tausende von Geistern, die du gemacht hast. Sage mir dann, wie du es ertragen wirst, wenn wir dich jetzt zu ihnen schicken?«

Nun bettelte Dingaan um Gnade.

»Gnade, du Hyäne?« antwortete ich. »Du bittest um Gnade, der du niemals und niemandem Gnade gewährt hast? Gib mir meine Tochter zurück! Gib diesem Mann seine Frau und seine Kinder wieder! Dann können wir über Gnade sprechen! Und jetzt komm, Feigling, und stirb den Tod eines Feiglings!«

So, mein Vater, schleppten wir ihn aus der Höhle und zu der Kluft, die zwischen den Brüsten der alten Stein-Hexe ist, derselben Kluft, in der Galazi einst die Menschenknochen entdeckt hatte. Dort standen wir und warteten auf den Anbruch der Dämmerung, auf den Augenblick, an dem Nada gestorben war. Dann schrien wir ihm ihren Namen ins Ohr, und die Namen der Kinder Umslopogaas' und stießen ihn in die Kluft.

Das war das Ende Dingaans, mein Vater, das Ende des Königs, der die Grausamkeit Chakas besaß, doch nicht seine Größe.

KAPITEL XXXVI

Mopo beendet seine Geschichte

Das ist die Geschichte von Nada, mein Vater, und von der Rache, die wir für ihren Tod übten. Eine traurige Geschichte – ja, eine traurige Geschichte; aber es war alles traurig in jenen Tagen. Später wurde es besser, als Panda regierte, denn Panda war ein Mann des Friedens.

Es gibt nun kaum noch etwas zu sagen. Ich verließ das Land, in dem ich nicht länger bleiben konnte, da ich zwei Könige getötet hatte, und kam hierher, nach Natal, und lebte nahe dem Ort, an dem einst der Kraal Duguza stand.

Die Knochen Dingaans, wie sie in der Kluft zwischen den Brüsten der Stein-Hexe lagen, waren das letzte, das meine Augen sahen, denn kurze Zeit später wurde ich blind und sah die Sonne nicht mehr – und auch kein anderes Licht. Warum das so ist, weiß ich nicht, mein Vater – vielleicht kam es von zu vielem Weinen. Ich änderte nun meinen Namen, damit nicht doch ein Speer das Herz träfe, das den Tod von zwei Königen und einem Prinzen geplant hatte – Chaka, Dingaan und Umhlangana. Heimlich und bei Nacht führte mich Umslopogaas, mein adoptierter Sohn, über die Grenze und brachte mich nach Stanger, an diesen Ort, und hier habe ich viele, viele Jahre lang als alter Medizinmann gelebt. Ich bin reich, mein Vater; Umslopogaas hat dafür gesorgt, daß Panda alle Rinder mir zurückgab, die Dingaan mir geraubt hatte, und er hat sie hierher getrieben. Doch niemand war hier, der früher im Kraal Duguza gelebt hatte, niemand erkannte in Zweete, dem alten, blinden Medizinmann, jenen Mopo, der Chaka, dem Löwen der Zulus, den Todesstoß gegeben hatte. Und niemand weiß es bis heute. Nur du hast diese Geschichte gehört, du allein, mein Vater. Erzähle sie nicht, bevor ich tot bin.

Umslopogaas? Ja, er ist zum Volk der Axt zurückgekehrt und hat es regiert, doch wurden sie nie wieder so stark wie vor der Zeit, als sie die Halakazi in ihren Höhlen vernichteten und Dingaan sie auffraß. Panda ließ ihn in Frieden und mochte ihn sehr, da er nicht wußte, daß der Schlächter der Sohn Chakas war, seines Bruders, und Umslopogaas weckte diesen schlafenden Hund nicht, denn mit Nada war auch sein Wunsch gestorben, groß zu werden. Doch wurde er Hauptmann des Nkomabakosi-Regiments, kämpfte in vielen Schlachten und vollbrachte große Taten, und er stand Umbulazi, dem Sohn Pandas, in der großen Schlacht am Tugela bei, als Cetywayo seinen Bruder Umbulazi tötete.

Danach machte er auch ein Komplott gegen Cetywayo, den er haßte, und wenn nicht ein gewisser weißer Mann gewesen wäre, ein Jäger namens Macumazaho*, wäre Umslopogaas dabei getötet worden. Doch der weiße Mann rettete ihn mit seinem großen Verstand. Ja, und von Zeit zu Zeit hat er mich besucht, denn er liebte mich noch immer so wie früher; aber jetzt ist er nach Norden geflohen, und ich werde seine Stimme nicht mehr hören. Nein, ich kenne seine ganze Geschichte nicht; es war eine Frau darin. Frauen waren immer das Unheil Umslopogaas', meines adoptierten Sohnes. Ich kenne die Geschichte mit dieser Frau nicht, denn ich erinnere mich nur an die Dinge, die vor langer Zeit geschahen, bevor ich sehr alt wurde.

Sieh dir diese weiße, verdorrte Hand an, mein Vater! Ich kann sie nicht sehen; doch ich, Mopo, Sohn des Makedama, stelle sie mir noch immer so vor, wie sie einst war, rot von dem Blut zweier Könige. Sieh...!

Plötzlich hörte der alte Mann auf zu sprechen und sein Kopf sank auf seine eingefallene Brust. Als der Weiße Mann, dem er diese Geschichte erzählt hatte, seinen Kopf hob und ihn anblickte, sah er, daß er tot war.

* Alain Quatermain, siehe HEYNE-BUCH Nr. 3647

Dr. Franz Rottensteiner

Nachwort

Unter den vielen afrikanischen Abenteuerromanen, die den Ruhm Henry Rider Haggards (1856-1925) begründeten, nimmt *Nada, die Lilie*, eine Sonderstellung ein. In diesem Roman verzichtet der Autor völlig auf seine weißen Abenteuer-Helden und schildert in legendenhafter Form die Geschichte des Zululandes vor der Herrschaft der Weißen. Weiße sind in diesem Buch, wiewohl die Titelgestalt teilweise weißes Blut in den Adern hat, entweder nur Opfer in nebensächlichen Episoden (wie die Buren, die Dingaan gegen Schluß hinmetzeln läßt) oder eine ferne Drohung, ein Schatten an der Wand; mit seinen letzten Atemzügen prophezeit der tödlich getroffene Chaka ihr Kommen und damit das Ende einer Kultur, der er den Stempel aufgedrückt hat. Alle Personen sind Schwarze, unangekränkelt von europäischen Vorstellungen, und damit enthält dieser fantastische Abenteuerroman das, was die Science Fiction so oft anstrebt, was zu schildern ihr aber höchst selten gelingt: das Bild einer wahrhaft fremden Kultur, mit Werten und Überzeugungen, die mit dem europäischen Kulturkreis nichts gemein haben. Daß diese Werte von den humanistischen Idealen der abendländischen Welt grundsätzlich verschieden sind, ist offensichtlich; auf den empfindsamen Europäer muß sie erschreckend wirken, denn es ist von Taten die Rede, die nur als Greueltaten zu bezeichnen sind. Und doch hat der Autor nach eigenen Worten viele Einzelheiten ausgelassen, weil sie, wie er im Vorwort mit sanfter Ironie schreibt, in diesem ›höflichen Zeitalter des Melanits und der Torpedos‹ nicht veröffentlicht werden könnten. Aber man hat inzwischen ja gesehen, was diese angeblich so zivilisierten Europäer zu tun imstande sind, und jeder Blick in die Tageszeitung belehrt uns, in welcher Welt wir leben, und welch großartige Fortschritte wir seit dem Jahre 1892, in dem *Nada, die Lilie*, erstmals erschien, gemacht haben. Übel steht es uns an, über die sogenannten Wilden zu richten, und selbst ihre grausigsten Verbrechen müssen verblassen gegenüber dem, was diese Weißen an industrialisiertem Massenmord verübt haben.

Gewiß, ein Menschenleben galt in dieser Kultur gar nichts; die Herrschaft Chakas (wie Haggard ihn schrieb; die heute übliche Transkription dieses Namens ist Schaka), der um 1800 als Häuptling eines kleinen Stammes in die Geschichte eintrat und 1828 unter den Assegais seiner Brüder Dingaan (oder Dingane) und Umhlangana und seines Vertrauten Mopo (Umbopo), des Helden dieses Buches, fiel, war reine Despotie. Gesetz war der Wille des Herrschers und sonst nichts. Jeder konnte grundlos getötet werden, alles konnte als Anlaß dienen, und der ›Große Elefant‹ war so krankhaft mißtrauisch gegen alle potentiellen Rivalen, daß er selbst alle seine Kinder töten ließ, damit sie nicht zu Gegnern heranwüchsen. Dieses Mißtrauen gegen die eigene Verwandtschaft erwies sich als nicht völlig unbegründet, denn es waren die eigenen Brüder, die ihn töteten, ehe er selbst zum Schlag gegen sie ausholen konnte. Ein eigenes Regiment, die ›Totschläger‹, stand bereit, um dem König Mißliebige auf der Stelle umzubringen. Chaka war einer der größten Massenmörder der Weltgeschichte, er soll beinahe eine Million Menschen auf dem Gewissen haben. In einem Wutanfall tötete er, wie der Roman nur wenig ausgeschmückt beschreibt, auch die eigene Mutter, als sie mithalf, eines seiner Kinder vor ihm zu verbergen. Was zeigt deutlicher die absolute Willkür seiner Herrschaft, als die daraufhin angeordnete Staatstrauer für die durch ›Zauberei‹ umgekommene Mutter, bei der alle, die sich keine Tränen mehr abpressen konnten, von den Leibwachen des Königs als herzlose Gesellen erschlagen wurden (wobei der König freilich nicht verfehlte, bei dieser Gelegenheit sich seiner Feinde zu entledigen; so sehr zufällig waren die Zufallsopfer auch wieder nicht). Und als das Gemetzel vorbei ist, meint er, seine Mutter werde unzufrieden sein im Jenseits, daß ihretwegen so wenig Blut geflossen sei. An Zynismus kaum mehr zu überbieten ist auch die Vernichtung des gesamten Langeni-Stammes, angeblich in Erfüllung einer Wette, um zu sehen, ob der Stamm eine Schlucht ausfülle. Seine Krönung findet dieser Zynismus und diese Mißachtung menschlichen Lebens in der Art, wie Chaka seine Frau Baleka, die ebenfalls vom Langeni-Stamm ist, den vielen Toten hinterherschickt und damit den Schwur, den er als kleines Kind getan, erfüllt: den ganzen Stamm auszurotten bis auf seinen Diener Mopo, der allein dem Dürstenden und seiner Mutter einst den Becher Wasser nicht verweigert hatte.

Diese Episode aus Kindertagen, mit der der Roman beginnt, und in der die ganze verhängnisvolle spätere Entwicklung bereits angelegt ist, zeigt, wie die Handlung des Romans bloße Abenteuer und Greueltaten transzendiert und in Mythisches hineinreicht. Haggard beschreibt nicht einfach isolierte Ereignisse, sondern stellt sie in den größeren Zusammenhang einer Kultur, einer Lebensauffassung und läßt Schicksalhaftes anklingen. Menschliche Einzelschicksale sind auf raffinierte Weise mit dem Kontakt historisch belegter Ereignisse verknüpft; nichts in *Nada, die Lilie,* ist zufällig, alles fügt sich zusammen zu einem Gewebe, dessen Fäden sehr kunstvoll geknüpft sind. In den persönlichen Taten, dem Unrecht, das den Personen zugefügt wird, aus dem wiederum Rache erwächst, liegt etwas Zwangsläufiges, Unausweichliches, und in diesen Schicksalsfügungen, in denen die Personen verstrickt sind, liegt das eigentlich fantastische Element des Romans, über einzelne fantastische Episoden hinaus, so beeindruckend diese sein mögen (etwa die nächtlichen Jagden der ›Wolfsbrüder‹ Galazi und Umslopogaas mit den Wölfen – Szenen, die ihren Niederschlag in Rudyard Kiplings *Dschungelbüchern* fanden, der durch sie zu seinem Mowgli angeregt wurde; Kipling und Haggard waren eng befreundet).

Was es im Roman an einzelnen fantastischen Elementen gibt, entspricht fast völlig dem Volksaberglauben. Haggard entwirft ja keine völlig fantastische Welt, die in rein mythischen Räumen existierte, er beschreibt auch nicht das Eindringen dämonischer Mächte in unsere Alltagswelt, sondern er beschreibt eine Welt des Volksglaubens, die aus einem Guß ist und in der Natürliches und Übernatürliches zwanglos ineinander übergehen.

Die fantastischen Elemente sind Teil der Grundüberzeugung der geschilderten Personen und ihrer Eingeborenenkultur; fast ausnahmslos handelt es sich um Elemente, wie sie in Volkssagen und Heldengedichten der Stämme immer wieder vorkommen. Zumeist handelt es sich um prophetische Gesichter, um Visionen und Vorahnungen, die den Personen – meist in der Stunde ihres Todes – zuteil werden (wie Chakas Prophezeiung von der Herrschaft der Weißen oder die Voraussage des Medizinmannes, wer Chaka töten wird) oder um den Fluch von Sterbenden (Baleka verflucht ihren Mörder Chaka, er solle künftig nie mehr ruhig schlafen können – bei dem vielen vergossenen Blut kaum ein Wunder). Es erscheint auch die Himmelsprinzessin *Inkosazana-ye-Zulu* oder *Numkubulwana,* der Zulu-Geist, um durch ihre dritte Ankunft Mopo das Zeichen zur Ermordung Chakas zu geben. An Warnungen und Vorahnungen fehlt es also nicht, aber wie es der besten mythischen Tradition entspricht, schenkt ihnen jedermann erst dann die rechte Beachtung, wenn es zum Handeln bereits zu spät ist. So ahnen denn die Helden, was ihnen zum Schicksal werden wird, aber sie sind machtlos, dem Verhängnis zu entrinnen, und was sie auch tun, ihr Fatum abzuwenden, sie führen es durch alle ihre Taten nur um so unabwendbarer und schrecklicher herbei. Was Mopo auch tut, es fruchtet nichts; als mächtiger Medizinmann und Vertrauter Chakas kann er weder seinen Stamm, noch seine Frauen und Kinder retten, und er wird auch seine wunderschöne Tochter Nada nicht vor ihrem Schicksal bewahren. Er kann nur eine Rache nehmen, die zum Zeitpunkt, als sie geübt wird, schon reichlich schal ist.

Mythisch ist schließlich vor allem die Gestalt Nadas, die eine Art afrikanische Helena ist; sie wird von allen begehrt, um ihretwillen brechen Kriege aus und werden ganze Stämme ausgerottet, und sie, die selbst unberührt bleibt in ihrer eisigen Schönheit, bringt allen, die mit ihr in Berührung kommen, nur Unglück und Tod. Sie ist ein Engel des Todes, nur um so schauerlicher in ihrer Unschuld. So wird sie auch Umslopogaas zum Schicksal, den eine andere Frau, von Eifersucht zerrissen, an Dingaan verrät. In einem solchen Schicksalsdrama, in dem der einzelne, der in dieser Kultur a priori nicht viel gilt, völlig machtlos ist, in dem er nichts ist als ein kleines Element in einer Kette des Werdens und Vergehens, ausgesetzt dem Willen eines Despoten und seiner Handlanger, bleibt dem Krieger nur eines übrig: die uralte Rolle des Helden in allen Heldensagen – zu kämpfen bis zum Untergang und stoisch und in Würde zu sterben. So sterben die Personen Haggards in diesem Roman, aber sie tun es stolz und mit Würde.

»Wir im Kraal von Chaka werden tapfer«, erklärt ein Offizier seiner *Impis.* »Dort fürchten die Männer weder Speere noch Geister, noch wilde Tiere oder Zauberei; sie fürchten allein des Königs Wort.«

Mut und Kampf bis zum Untergang, weder Schonung des Feindes noch des eigenen Lebens, das sind die Maximen dieser schaurig-schönen Heldensage einer fremden Kultur. Es gibt zwar schreckliche Untaten, aber auch Heldentaten, tapfere Hingabe und Wagemut angesichts des Todes. Auch Chaka war nicht bloß ein Tyrann, ein unberechenbarer Unterdrücker, sondern er bewies auch Mut und Großzügigkeit. Anders als so viele Gemetzel in der Fantasy-Literatur, in denen sich meist bloß die Fantasielosigkeit der Autoren spiegelt, wirken Haggards Schlachten echt, sie sind erschütternd glaubwürdig und Ausdruck einer anderen, einer barbarischen, kämpferischen Kultur. Haggard beschreibt die Gebräuche und Sitten der Zulus, aber er spielt sich nicht zum Richter über sie auf, und er hat nichts von jener Herablassung gegenüber den Eingeborenen an sich, die viele Vertreter des imperialen Gedankens zur Schau trugen. Sein Standpunkt ist eher der eines Historikers. Er ist sich der Bedingtheit und Vergänglichkeit einer jeden Kultur bewußt und achtet ihre Eigenständigkeit. Diese Toleranz für die eingeborene Kultur und seine Achtung vor ihr, zeichnet ihn vor vielen anderen Autoren fantastischer Abenteuerromane aus. Und dieses Verständnis gibt gerade dem Roman *Nada, die Lilie,* seine eigenartige Faszination.

Herny Rider Haggard wußte, wovon er schrieb. Als junger Mann von kaum 19 Jahren war er 1875 nach Südafrika gekommen, als Angestellter des Nachbarn und Freundes seines Vaters in Norfolk, Sir Henry Bulwers, der zum Lieutenant-Gouverneur von Natal ernannt worden war. In verschiedenen Beamtenfunktionen, zuletzt beim Gericht in Pretoria, wurde er Zeuge der Auseinandersetzungen der Engländer mit den Buren und den Eingeborenen, machte sich mit den Problemen des Landes vertraut, lernte die Sprache der Zulus, ließ sich ihre Legenden und Sagen erzählen und führte ein Tagebuch über seine Erlebnisse. Seine ersten Veröffentlichungen waren Zeitungsaufsätze über Südafrika. Die südafrikanische Landschaft hielt er für die schönste der Welt und beschrieb sie in glühenden Farben sowohl in *Nada, die Lilie,* wie auch in seinen anderen Zulu-Romanen. Die Eingeborenen verliehen ihm auch einen Zulu-Namen, Lundanda u Ndandokalweni oder abgekürzt Indanda, was soviel bedeutet wie ›der Große, der hoch oben daherkommt‹. Zu Haggards Freunden in Afrika zählte ein Mann namens H. Bernard Fynney, der für die britische Kolonie als Hauptdolmetscher fungierte, und der ihm viele Informationen über die Sitten der Zulus und ihre Geschichte lieferte; seine Hilfe wird im Vorwort zu *Nada, die Lilie,* dankend vermerkt.

Als die Engländer 1877 die Buren-Republik Transvaal annektierten, war es H. Rider Haggard, der am Geburtstag von Königin Victoria die englische Flagge in Pretoria hißte; nach dem 1. Burenkrieg, als Haggard bereits aus Regierungsdiensten ausgeschieden war und sich zeitweilig der Straußenzucht widmete, war es seine Farm, auf der der Friedensvertrag zwischen Buren und Engländern ausgehandelt wurde. Haggard war so Zeuge von wichtigen historischen Ereignissen im Süden Afrikas, und seine Erfahrungen und die ihm bekannt gewordenen Erzählungen der Eingeborenen lieferten ihm viel Stoff für seine Bücher. Manches hat er direkt aus dem Leben in seine Abenteuergeschichten verpflanzt. Zu den Mitgliedern der britischen Annexionsexpedition in den Transvaal zählte auch ein Swazi-Krieger namens M'hlopekazi, ein Sohn Mswazis, des Königs von Swaziland. Dieser trug stets eine Streitaxt mit sich herum, die er *Inkosi-kass,* die Herrin, den weiblichen Häuptling, zuweilen auch ›Graanmaker‹ (›Stöhnenmacher‹, hier als ›Witwenmacher‹ übersetzt) nannte, und wurde ›Umslopogaas‹ genannt. Diesen Namen hat Haggard in seinen Roman als den eines Zulu-Kriegers von unübertrefflicher Tapferkeit und Ausdauer im Kampfe unsterblich gemacht, zuerst in *Allan Quatermain* (1887)*, wo er seinen letzten Kampf ausficht. Umslopogaas ist zum Inbegriff des schwarzen Krieges geworden. In *Nada, die Lilie* wird Umslopogaas' Jugend beschrieben, und wie er, durch den Verrat einer Frau und den Verlust einer anderen, zu dem ruhelosen Wanderer wird, als der er in den vielen Quatermain-Romanen erscheint.

Die Beschreibung, die Haggard in seinen Tagebüchern von ihm gibt, zeigt, wie sehr die physischen Attribute seines Helden dem lebenden Vorbild entnommen sind:

> »Er war ein großer schlanker Bursche mit wildem Gesichtsausdruck und einem großen Loch oberhalb der linken Schläfe, wo man durch die Haut das Blut pulsieren sah, und das er in irgendeiner Schlacht erhalten hatte. Er behauptete, zehn Männer im Zweikampf getötet zu haben, von denen der erste ein Häuptling namens Shive war; alle mit der Streitaxt.«

Die Streitaxt ist das unverzichtbare Attribut Umslopogaas'; sie macht ihn zum unüberwindbaren Kämpfer, wie ihn jeder Haggard-Leser kennt. Haggard hat über eine Vielzahl von Völkern und Kulturen geschrieben, von den alten Ägyptern und den Juden über die Wikinger bis hin zu den Azteken; aber am besten und glaubwürdigsten sind ihm zweifellos seine Schilderungen der Zulus gelungen. Später hat er eine Trilogie über den Untergang dieser Nation verfaßt: *Marie* (1912), *Child of Storm* (1913, worin er unter anderem die berühmte Schlacht am Fluß Tugela beschreibt, wo die Armeen Cetywayos und seines Bruders und Gegners Umbelazi aufeinandertrafen) und *Finished* (1917). In *Nada, die Lilie*, jedoch sind die Zulus auf dem Höhepunkt ihrer militärischen Macht, eben erst aus dem Dunkel der Geschichte emporgetaucht, dazu verurteilt, bald wieder von der Bühne abzutreten. Ihrem kriegerischen Geist hat er in *Nada, die Lilie*, ein literarisches Denkmal gesetzt. Auch hier neigt Haggard zuweilen zu einem Pathos, das um so bedenklicher, weil blutig und grausam ist, gleichwohl ist es ein Roman von echter Dramatik, von einer Überzeugungskraft und einer Folgerichtigkeit von Fabel und Handlung, der sich heute noch ebenso hinreißend liest wie vor fast neunzig Jahren, als er veröffentlicht wurde. Fantastik und Abenteuerlichkeit des Buches erwachsen aus den genuin anthropologischen Elementen, und die Schicksale der handelnden Personen sind ins Visionäre und Mythische er-

* HEYNE-BUCH Nr. 3647

höht. In einer seiner letzten Reden im Jahre 1924 erklärte Haggard:

»Die Fantasie ist die Kraft, die uns, wir wissen nicht von wo, zukommt. Vielleicht ist sie eine vorhandene, aber unerkannte Wahrheit, eine Ritze im Vorhang des Ungesehenen, das manchmal so nahe auf uns eindringt. Sie bedeutet Leiden, aber auch die Vision, und ist Licht nicht besser als Finsternis? Wer kennt ihr Ziel? Niemand; doch mag es sein, daß diejenigen, die Fantasie haben, Toren sind, durch die die Kräfte des Guten und des Bösen mit Macht auf die Welt eindringen: Instrumente, die an ihrem Schicksal unschuldig sind. Denn es kommt mir mit dem Älterwerden so vor, als sei der Geist jenen Rieseneisbergen ähnlich, die im arktischen Meer treiben – sich auftürmende Massen glitzernden blaugrünen Eises, die dennoch vier Fünftel ihrer Masse unter dem Wasser verbergen. Sie ist die verborgene Macht des Geistes, die das Sichtbare mit dem Unsichtbaren verbindet, die die kleine stumme Stimme hört, die aus der Unendlichkeit ruft.«

Die Fantasie als Macht, die das Sichtbare mit dem Unsichtbaren verbindet: Haggard besaß sie in reichlichem Maße, und doch wirkt seine Fiktion so, als handelte es sich um eine echte Volkssage, die eine längst dahingegangene Kultur vor den Augen des Lesers wieder auferstehen läßt. Und was Rühmenderes könnte man von *Nada, die Lilie*, behaupten?